Brandon Sanderson

布蘭登・山德森

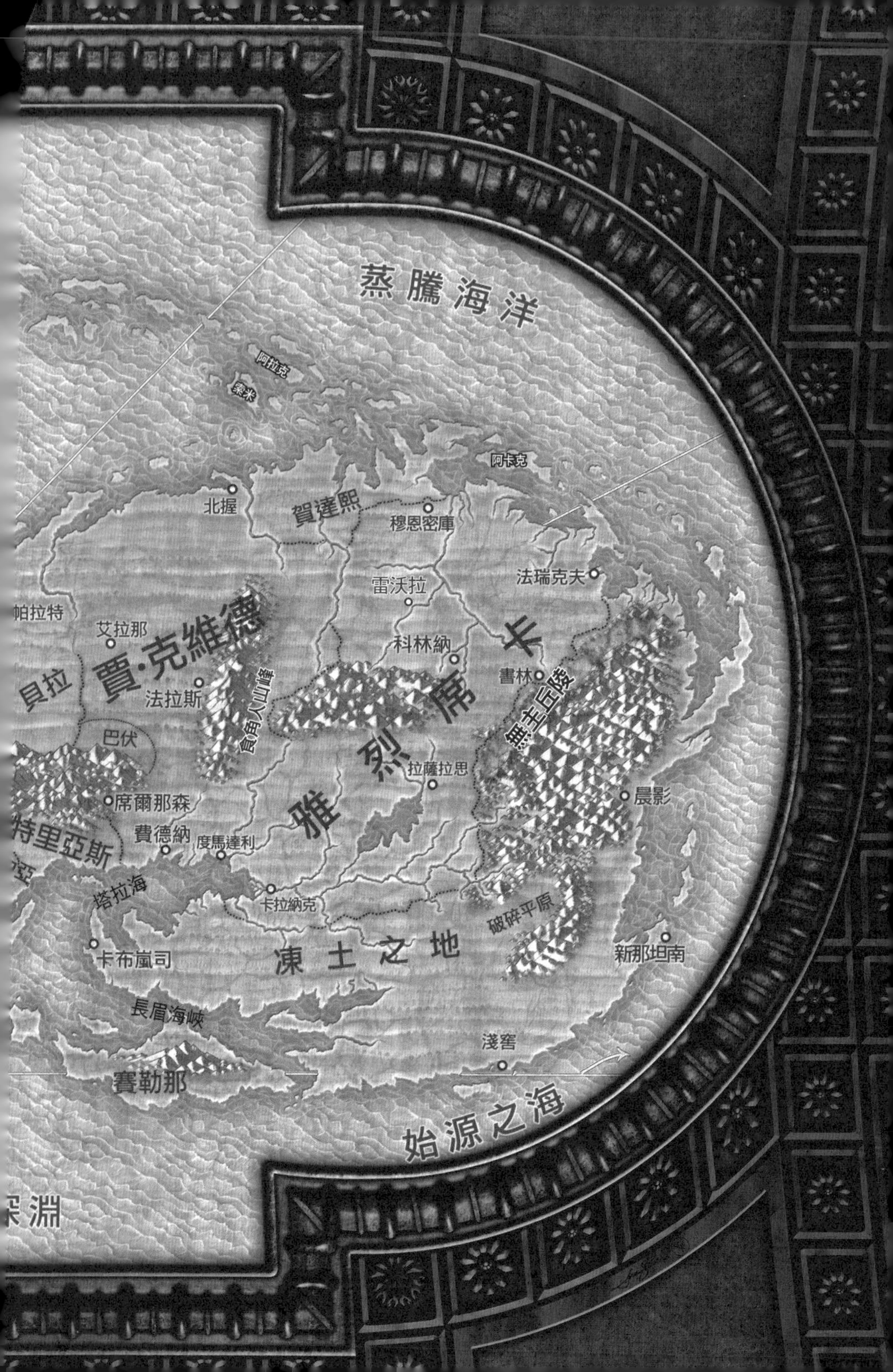

蒸騰海洋
阿拉克
索米
阿卡克
北握
賀達熙
穆恩密庫
法瑞克夫
雷沃拉
帕拉特
艾拉那
賈·克維德
貝拉
法拉斯
食角人山峰
科林納
書林
無主丘陵
雅烈席卡
巴伏
拉薩拉思
席爾那森
晨影
特里亞斯
費德納
度馬達利
塔拉海
卡拉納克
破碎平原
卡布嵐司
凍土之地
新那坦南
長眉海峽
淺窖
賽勒那
始源之海
淵

無盡海洋
勞．艾洛里
雷熙諸島
卡西朵
庫司
依瑞
雷熙海
艾拉
巴巴薩南
帕那坦
純湖
迷霧山脈
雪諾瓦
艾米亞海
育雷
德西
托費司
亞西爾
艾米亞
亞西米爾
伯利司赫特
艾姆歐
利亞佛
塔西克
使丁
瑟瑟瑪雷達
圖卡
冰水

Brandon Sanderson

布蘭登・山德森

B
E
S 嚴
T 選

奇幻基地出版

颶光典籍二部曲

燦軍箴言・上冊

The Stormlight Archive: Words of Radiance

布蘭登・山德森 著
段宗忱 譯

Brandon Sanderson

BEST 嚴選

緣起

在繁花似錦的奇幻文學花園裡，你或許還在門外徘徊，不知該如何抉擇進入的途徑；也或許你已經置身其中，卻因種類繁多，或曾經讀過不合口味的作品，而卻步、遲疑。

BEST嚴選，正如其名，我們期許能透過奇幻基地對奇幻文學的瞭解，以及對讀者的理解，站在出版者與讀者的雙重角度，為您精選好作家與好作品。

他們是名家，您不可不讀：幻想文學裡的巨擘，領域裡的耀眼新星。

它們最暢銷，您怎可錯過：銷售量驚人的大作，排行榜上的常勝軍。

這些是經典，您務必一讀：百聞不如一見的作品，極具代表的佳作。

奇幻嚴選，嚴選奇幻。請相信我們的眼光，跟隨我們的腳步，文學的盛宴、幻想世界的冒險，就要展開。

excellent bestseller classic

獻給奧利佛·山德森

他出生於本書寫作期間，本書完成時已健步如飛。

致謝

如您所能想像，製作一本颶光典籍系列書籍需要相當龐大的努力。從設定寫作架構到最後修訂，便花了將近十八個月的時間，同時需要四位繪圖師分頭製作，以及一群編輯的逐字逐句審核，更別提Tor出版社的好幾個團隊，分別負責製作、行銷……等等等一本書籍想要成功絕對不可少的種種重大投入。

將近二十年來，颶光典籍系列一直是我的夢想——是我一直希望能夠說給別人聽的故事。以下列舉的各位，都是讓我的夢想得以成眞的人，沒有任何文字足以表達我有多麼感激他們的努力。首先要感謝的，就是我的助理兼主要連貫編輯：不可或缺的彼得．阿斯特姆（Peter Ahlstrom）。他花了非常多時間在這本書上，並且忍受我一直堅持說故事情節不連貫（其實是連貫的）——最後他終於說服我，其實我經常是錯的那邊。

另外一定要感謝的是摩許．費德（Moshe Feder），是他發掘了我，讓我成爲專職作家，他也爲這本書進行了絕佳的編輯工作。我的經紀人約書亞．畢梅斯（Josha Blimes），也在這本書上投注了相當多版權代理與編輯心血。在經紀公司中，另外還要感謝的有Eddie Schneider、Brady “Words of Radiance” McReynolds、Krystyna Lopez、Sam Morgan，以及Christa Atkinson；Tor出版社的Tom Doherty，忍受我保證會交出一本比第一集更短的作品以後，結果卻是比第一集更長的書；Terry McGarry負責校稿，Irene Gallo負責封面創作方向，Greg Collins負責內頁設計，Westchester Fublishing Services公司的Brian Lipofsky的團隊負責排版，Meryl Gross與Karl Gold進行製作，Patty Garcia與她的團隊負責宣傳；Paul Stevens隨時因爲我們的需求變身成超人。大大地感謝各位。

您也許已經注意到這一冊跟之前一樣，有著很多驚人的畫作。我對颶光典籍系列總是期待能擁有超越這類書籍的畫作水準，因此很榮幸能再次邀請到我最喜歡的畫家：麥克・威藍（Michael Whelan）一起參與。我認爲他的設計完全捕捉到卡拉丁的精髓，並且極爲感激他爲此花了額外的時間——因爲他個人的品質堅持——進行了三輪修稿，直到他滿意爲止。能在本書（美國版）加入紗藍的畫作大大超過我的期望，最後成品的高水準讓我再次感嘆何其有幸得到這麼多的幫助。當我提出颶光典籍系列的構想時，曾提出想請「特別來賓畫家」替書籍繪製一些額外的插畫，這些額外插畫第一次出現在本書中，Dan dos Santos（另一位我個人非常喜歡的畫家，也是破戰者系列的封面畫家）首肯提供一些書頁插畫。

Ben McSweeney亦慷慨地同意再次替我們繪製更多令人驚艷的素描，跟他合作非常愉快，他很快就能抓住我想要的重點，有時甚至是在我還不確定如何描述到底想要什麼之前就已呈現出來，我鮮少遇見像Beb這樣同時具有極高天分與專業的畫家，他的作品可見於InkThinker.net。

在很久以前，距今幾乎快十年了，我見到一個叫做艾薩克・史都華（Isaac Stweart）的人，他除了是個新人作家，也是個極好的畫家，尤其擅長地圖跟符號繪製。我從迷霧之子系列開始與他合作，後來他還替我安排了一次盲目約會（注：約會的雙方並不認識對方，由第三方促成的第一次約會），對方叫做艾蜜莉・布希曼（Emily Bushman），最後她成爲了我的妻子。所以，我欠艾薩克幾個很大的人情，隨著他經手的書越多，我欠他的人情就越大，因爲他屢屢提供了如此精湛的作品。今年，我們決定讓他的參與更加正式，因此聘請他成爲全職專屬畫家，同時協助我打理一些行政事宜，如果各位見到他，請歡迎他加入我們的團隊（並鼓勵他繼續寫作，因爲眞的很不錯）。同時加入我們龍鋼娛樂公司（Dragonsteel Entertainment）的還有卡菈・史都華（Kara Stewart），艾薩克的妻子；她是我們的物流經理（其實我一開始想聘的是卡菈，結果艾薩克冒出來說她能打理的事情他也可以做到，最後兩個人都加入了我們，一箭雙雕）。如果您透過我的網站訂購T恤、海報等等產品，就會跟卡菈有所互動，她很棒。

我們爲這本書聘請了幾名顧問專家，Matt Bushman提供寫歌與寫詩的專業意見，Ellen Ahser提出很多非常優秀、跟馬有關的場景指導，而Karen Ahlstrom是額外的詩歌顧問。Mi'chelle Walker是雅烈席手寫字體顧問，Elise Warren針對某個重點角色的心理狀態提供了非常好的注記。謝謝各位把腦子借我一用。

本書在時間並不寬鬆的情況下，進行了深度的初稿閱讀，因此我要朝以下的初稿讀者行個大大的橋兵禮：Jason Denzel、Mi'chelle Walker、Josh Walker、Eric Lake、David Behrens、Joel Philips、Jory Philips、Kristina Kugler、Lyndsey Luther、Kim Garrett、Layne Garrett、Brian Delambre、Brian T. Hill、Alice Arneson、Bob Kluttz，還有Nathan Goodrich。

Tor的校稿人員有Ed Chapman、Brian Connolly，還有Norma Hoffman。社群校稿人員有Adam Wilson、Aubree and Bao Pham、Blue Cole、Chris King、Chris Kluwe、Emily Grange、Gary Singer、Jakob Remick、Jared Gerlach、Kelly Neumann、Kendra Wilson、Kerry Morgan、Maren Menke、Matt Hatch、Patrick Mohr、Richard Fife、Rob Harper、Steve Godecke、Steve Karam以及Will Raboin。

我的寫作團隊校了半本，以這本書的長度來說，已經算很長了。他們是我彌足珍貴的資源，成員包含了：Kaylynn ZoBell、Kathleen Dorsey Sanderson、Danielle Olsen、Ben-son-son-Ron、E.J. Patten、Alan Layton，以及Karen Ahlstrom。

最後，感謝我溫馨洋溢（而且熱鬧萬分）的家人。喬依、達林，還有小奧利佛，讓我時時保持謙遜的心，因爲我總是那個被狠狠揍扁的「壞人」。我寬容的妻子愛蜜莉，因爲簽書巡迴行程越來越長，她今年忍受了我很多，我還是不知道我何德何能有她攜手相伴。感謝你們讓我擁有了一個充滿神奇的世界。

目錄

目錄

插圖

（注：許多插圖和標題都涉及後文內容，如要閱讀，請慎思。）

羅沙

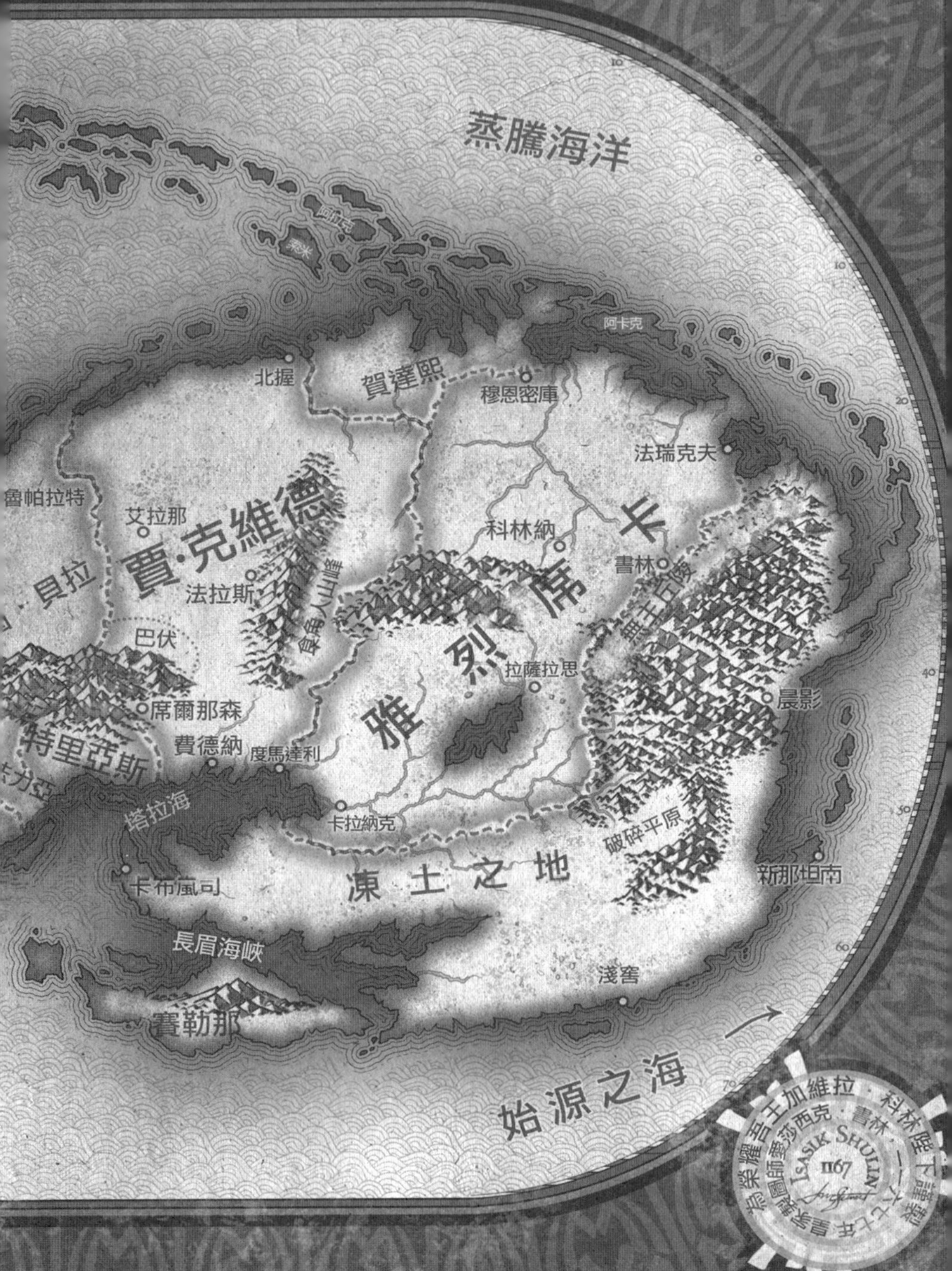
蒸騰海洋
阿卡克
北握
賀達熙
穆恩密庫
法瑞克夫
魯帕拉特
艾拉那
賈·克維德
科林納
卡
書林
席
貝拉
法拉斯
鹿角人山脈
無王丘陵
巴伏
烈
雅
拉薩拉思
晨影
席爾那森
特里亞斯
費德納
度馬達利
塔拉海
卡拉納克
破碎平原
卡布嵐司
凍土之地
新那坦南
長眉海峽
淺窖
賽勒那
始源之海
為榮耀吾王加維拉·科林陛下謹獻
一一六七年
言家製圖師愛莎西克·書林
ISASIK SHULIN
1167

Roshar
無盡海洋
勞
艾洛里
雷熙諸島
卡西朵
里拉
庫司
依瑞
雷熙海
艾拉
巴巴薩南
帕那坦
瑪拉貝息安
純湖
雪諾瓦
艾米亞海
育雷
德西
亞西爾
葉席爾
艾米亞
亞西米爾
利亞佛
塔西克
艾姆歐
使丁
瑟瑟瑪雷達
圖卡
冰水
N
背風向
順風向
S
南方深淵

重拾古老誓言
生先於死
力先於弱
旅程先於終點
人與碎甲重聚
燦軍必將再起

《第二卷》

燦軍箴言

Words of Radiance

六年前

加絲娜．科林假裝很享受宴會，完全沒有洩露她打算派人殺害其中一名客人的跡象。

她穿梭在擁擠的饗宴大廳，仔細聆聽動靜。酒液潤滑了舌頭，愚蠢了腦袋，她的叔叔達利納玩得很盡興，正從上桌前站起，叫喊帕山迪人讓鼓手出來，加絲娜的弟弟艾洛卡衝上前要他叔叔別再說了——雅烈席卡眾夫人們都很有禮貌地假裝沒聽到達利納的喊叫，艾洛卡的妻子愛蘇丹則用手帕捂著嘴偷笑。

加絲娜轉身背向上桌，繼續穿梭在房間之中。她跟殺手有約，因此迫不及待想要離開悶熱的室內，這裡混合了太多不同香水的空氣已經發臭；火光活躍的壁爐對面，四人女子橫笛樂團在高台上演奏音符，但早就讓人聽得發膩。

加絲娜跟達利納不一樣，她總是能吸引人們的目光，如同蒼蠅被腐肉吸引那般，那些眼睛總是追隨著她，像是嗡嗡搧動的翅膀低語。如果說雅烈席卡宮廷裡有比酒釀更受歡迎的東西，那一定就是流言。所有人都知道達利納會在宴席上喝得形象盡失——但是國王的女兒承認自己信奉異教？這是前所未有的事。

正是因爲如此，所以加絲娜才這般直言不諱。

她經過帕山迪使節團。他們聚集在上桌周圍，以饒富韻律感的語言交談著。雖然這個慶祝會的主題是身爲上賓的帕山迪人以及他們剛剛跟加絲娜的父親簽署的協定，但這些人看起來並不投入，甚至一點都不開心。他們看起來很緊張。當然啦，他們不是人類，所以有時候的反應令人摸不清。

加絲娜想跟他們聊聊，但是她約好的會面不等人。她刻意把約會定在宴會進行一半的時間點，好趁所有人都注意力分散、醉醺醺時離開。加絲娜走向大門，卻突然停住腳步。

她的影子，方向居然是反的。

悶熱、吵鬧、熙攘的房間突然顯得很遙遠，薩迪雅司光爵穿過加絲娜的影子，但影子很明顯指向附近牆上的錢球燈。薩迪雅司專心與人交談，並沒有注意這個異狀。加絲娜盯著影子，冷汗直冒，胃部緊縮，感覺很想吐。

不要又來了。她尋找另一個光源，一個原因。找得到原因嗎？找不到的。

影子徐徐地溶向她的方向，凝聚在她的腳邊，然後朝正常方向延展。她渾身一鬆。有沒有別人注意到？

幸好，在她以目光環掃一圈後，並沒有發現任何驚恐的注視。人們的注意力全被帕山迪鼓手吸引，如今鼓手們正在一片敲擊聲中穿過門廊，準備架設樂器。加絲娜皺眉，注意到一名不是帕山迪人的僕人，身著鬆軟的白衣在協助他們。雪諾瓦人？很罕見。

加絲娜定下心神。她這樣發作是什麼意思？鄉野傳說迷信裡，作怪的影子代表人被詛咒了。她向來將這種事斥爲無稽之談，但有些迷信來自於事實，而她的另類經驗早已證明這點。她需要進一步調查。

平靜、探究的思緒跟她冰冷的皮膚與順著脖子流下的冷汗相比，感覺像是自欺欺人的謊言，可是隨時保持理性很重要，不只在一切平靜無波的時候。她強迫自己出門，離開悶熱的房間，進入安靜的走廊。她選了通常只有僕人走的後門，這是最直接的道路。

在這裡，穿著黑白妝束的上僕正在服侍光爵光淑們，這番光景她早就預料會看到，但沒料到的是她父親就在前面，正在和梅利達司．阿瑪朗低聲交談。國王在這裡幹什麼？

加維拉．科林國王比阿瑪朗矮一些，但是阿瑪朗在國王面前保持微微躬身的姿勢，這在加維拉身邊是很常見的情形。國王說話的語氣往往輕柔卻充滿魄力，讓人忍不住俯身傾聽，捕捉字字句句與其中的含義。他是個英俊的男人，跟他的弟弟不同的鬍形勾勒出而非掩飾住堅毅的下巴，加絲娜覺得至今沒有傳記作者能傳達他的個人魅力與魄力。國王親衛隊隊長提瑞姆立在他們身後，穿戴著國王的碎甲。國王最近已經不再穿碎甲，偏好將碎甲交給提瑞姆，這位隊長被譽爲世界上最優秀的劍術大師之一。加維拉自己則改穿古典款式的尊貴王袍。

加絲娜回頭瞥了饗宴大廳一眼。她父親是什麼時候出來的？她責怪自己的粗心，*妳出來前應該先看看他是否還在裡面*。他在前方不遠處一手按著阿瑪朗的肩膀，一手手指懸空，憤怒卻低聲地說著話，加絲娜聽不清楚。

「父王？」她開口。

他瞥向她。「啊，加絲娜，這麼早就要休息了？」

「一點都不早了。」加絲娜優雅地走上前。很顯然加維拉跟阿瑪朗兩人是溜出來密談。「這個時候的宴會已經到了讓人厭煩的階段，高談闊論多了，內容卻沒變得更有意義，談話的對象大多已經醉了。」

「很多人反而覺得這樣很愉快。」

「可惜很多人都是白癡。」

她的父親一笑，「對妳來說，很難熬嗎？」他輕柔地問。「跟我們其他人同生於世，忍受我們平庸的智商與簡單的思想？妳獨一無二的聰明睿智讓妳覺得寂寞嗎，加絲娜？」

話中的責難意味讓加絲娜發現自己滿臉通紅，就連她母親娜凡妮都沒辦法讓她如此羞愧。

「如果妳找得到愉快的誘因，也許就能喜歡宴會了。」加維拉的眼睛瞥向阿瑪朗，他一直覺得這個人跟他女兒很匹配。

但那永遠不可能成眞。阿瑪朗與她對視一下，便低聲向國王告退，快步從走廊離去。

「您叫他去辦什麼事了？您今天晚上在安排些什麼？」

「當然是和約啊。」

和約。他爲什麼這麼在乎？其他人都建議征服帕山迪人或是不理他們，加維拉卻堅持要跟他們和談。

「我該回慶祝會去了。」加維拉示意提瑞姆，兩人順著走廊走向加絲娜剛才通過的門。

「父親？您有什麼事情沒告訴我？」加絲娜說。

他回頭看著她，目光平穩，淺綠色的眼睛是他良好出身的證據。他什麼時候變得這麼擅長洞悉人心了？颶風的……她覺得自己幾乎不認得他。這麼短的時間，這麼明顯的改變。

從他端詳她的方式看來，幾乎像是他並不信任她。難道他知道她跟利絲見面的事？

國王一語不發地轉身，返回宴會，衛隊們跟在後面。

這個皇宮是怎麼了？加絲娜心想，深吸一口氣，她得進一步探究。希望父親沒發現她在跟殺手們見面，但如果他知道了，她再隨機應變就行。他一定能理解，總要有人盯著家裡，最近他所有注意力都在帕山迪人身上。加絲娜轉身，繼續往前走，經過一名向她鞠躬的上僕。

在走廊裡走了一段時間之後，加絲娜注意到她的影子又變得怪怪的。她煩躁地嘆口氣，看到它又伸向牆上的三盞錢球燈。幸好她已經離開了人來人往的區域，這裡也沒有僕人。

「好了，夠了。」她叱罵。

她原本沒打算開口，可是隨著她說出口的話，幾個在路口遠處的影子突然動了起來，讓加絲娜一口氣梗在喉頭。影子變長，變深，出現了人影；越來越長，越來越高，站起來了。

颶父啊，我要瘋了。

其中一道影子變成漆黑的人形，微微帶著一點光澤，像是油做的人。不對……是某種別的液體，但外表泛著油光，讓它看起來既黑又亮。它走向她，抽出劍。冰冷明確的邏輯指引著加絲娜，喊來人太慢，這個怪物漆黑流暢的動作訴說著它的速度一定比較快。

她站在原地，迎向怪物的注視，讓怪物忽然間遲疑了，它後面有一小群其他怪物也在黑暗中現形。好幾個月以來，她一直察覺到它們的目光。

這時，整條走廊已經變黑，彷彿逐漸陷入無光的深淵。加絲娜心跳加快，呼吸急速，舉起手朝旁邊的大理石牆伸去，想要觸碰實實在在的東西，但她的手指卻微微陷入了岩石，彷彿牆壁都變成了泥巴。

颶風的，她得想個辦法。什麼辦法？她能怎麼辦？

在她面前的身影瞥向牆，離加絲娜最近的壁燈變黑，然後……

然後皇宮崩解了。

整棟建築物碎裂成小玻璃錢球，像是千千萬萬顆珠子那樣。加絲娜尖叫，向後仰摔入黑色的天空。她已經不在皇宮裡，她在別的地方——另一片土地，另一片時空，另一片……不知名。

她眼前只剩下黑暗豐潤的身影，懸浮在空中，似乎正滿意地收起劍。

加絲娜撞上什麼……是玻璃珠累積成的海洋。無數的玻璃珠落在她身邊，像是冰雹般落入奇怪的海洋。她從來沒有見過這個地方，無法解釋發生了什麼事，或是有什麼意義。她一面掙扎，一面沉入似乎不可能存在的地方。四面八方都是玻璃珠，她看不到玻璃珠以外的地方，只感覺自己不斷地陷入翻騰、窒息、撞擊聲不絕的地方。

她要死了。但她的工作還沒完成，她的家族無人保護！她永遠不會知道答案。

不。

加絲娜在黑暗中掙扎，珠子滾過她的肌膚，卡在她的衣服裡，在她想要游泳時還滾入她的鼻腔。沒有用，她在這片材質中沒有任何浮力。她將手舉在嘴前，想要圍出一塊空間方便呼吸，一時間似乎成功了，能夠短促地吸氣，但是珠子順著她的手滾動，硬擠入她的指縫。她繼續往下沉，速度變得更慢，像是整個人緩緩沉入黏膩的液體。

每顆碰到她的珠子都讓她有某種隱約的感覺。一扇門。一張桌子。一隻鞋子。

珠子滾入她的口中。這些珠子似乎可以隨意移動，它們會嗆死她、摧毀她。不對……不對，它們似乎被她吸引。她突然有個念頭，不是清晰的想法，而是一種感覺。

它們對她有所求。

她抓住手中的一顆珠子，珠子給了她杯子的感覺。她給了它某種……東西？在她周圍的其他珠子聚集在一起，相互連結，像是被水泥封在一起的岩石。一瞬間，她突然落下，不再是一顆顆珠子，而是一堆珠子，黏在一起形成了……

杯子。每顆珠子都是一個圖形，是給其他珠子的指引。她放開手中的珠子，周圍的珠子也跟著散落。她揮動手腳，隨著呼吸用盡，慌亂地拚命尋找。她需要可以使用的東西，有用的東西，能夠活命的辦法！她別無選擇地攤開雙臂，盡量去碰觸珠子。

一個銀盤。

一件外套。

一座雕像。

一盞油燈。

然後，一樣古老的東西。

沉重，思緒緩慢，卻強大。是皇宮。加絲娜慌亂地抓住這顆珠子，把力量灌注進去。她的意識開始模糊，但是她仍然朝這顆珠子灌注她的一切，然後命令它升起。

珠子動了。

一陣澎湃聲中，珠子相互撞擊、敲打、碎裂、晃動，幾乎像是浪花拍打在岩石上的聲音。加絲娜從深處升起，某種堅實的東西抵在她腳下，服從她的命令。珠子敲打著她的頭、肩、手臂，直到她終於衝出玻璃海面，將一捧珠子灑入黑色的天空。

她跪在小珠子相互黏接形成的玻璃平台上，舉起手，抓住似乎是指引的珠子；其他珠子滾到她身邊，形成走廊的形狀，牆壁上有油燈，前面有交叉口。看起來形狀不太對——當然，因為一切是珠子形成的，可是也相當逼真。

她不夠強大到能夠形成整個皇宮。她只創造了走廊，連屋頂也沒有，但地板支撐住她，讓她不會再沉下去。她呻吟地張開口，珠子從嘴巴掉出來，喀啦喀啦地落在地面，然後她一邊咳嗽，一邊吸入甜美的空氣，汗水順著她的臉頰滾下，匯集在她的下巴。

黑色的人影又踏上平台，在她面前再次抽出劍。

加絲娜舉起第二顆珠子，是她之前感應到的雕像。她給了它力量，其他珠子在她面前聚集起來，集合成宴會廳前面的其中一座雕像——戰爭神將，塔勒奈拉·艾林，一名高大、渾身肌肉的男人，手中舉著一把巨大的碎刃。

它不是活的，但是她可以讓它動起來，揮下珠子聚成的劍。只是她懷疑它有多少戰鬥力，因為圓珠沒辦法開出銳利的刀鋒，不過這個威脅仍然讓黑色的身影停頓了。

加絲娜一咬牙站起，珠子從衣服上滾下。不論那是什麼東西，她絕對不會跪在它面前。她站到珠子雕像旁邊，第一次注意到天上奇怪的積雲似乎形成一條長長大道，筆直而綿長地指向天際線。

她與油人對望。它看了她一陣，然後舉起兩隻手指到額頭，彷彿尊敬地鞠躬行禮，一襲披風在它身後揚起，其他油影聚集在它後方，紛紛開始交頭接耳起來。

珠子之界驟然消失，加絲娜發現自己回到皇宮的走廊。真的皇宮，有著真的石頭，只是一切都變暗了。牆上壁燈裡的颶光完全耗盡，唯一的照明來自走廊盡頭。

她背靠著牆，深呼吸，心想，*我要把這段經歷寫下來*。

她寫下來之後會進行分析跟思考。不過現在她只想馬上離開這個地方，她快步而行，不在乎走向哪裡，只想逃離她覺得還在注視自己的眼睛。

沒有成功。

最終，她穩住心神，用手絹擦掉臉上的汗。*幽界*，她心想，*童話故事把那裡稱為幽界*，是各種靈的神話王國。她從來沒相信過神話。如果在歷史裡仔細查找，一定可以找出任何事的蛛絲馬跡，幾乎所有發生的事情，之前都發生過。這是歷史的偉大教訓，而且……

颶風的！她約定好的會面。

加絲娜一面咒罵自己，一面急急忙忙趕路。剛才的經驗一直讓她忍不住要回想，但是她必須赴約，所以她繼續下了兩層樓，離帕山迪的鼓聲越來越遠，直到只聽得見幾聲最響亮的敲打。

帕山迪音樂的複雜程度每每都讓她相當意外，暗示他們不是眾人以爲的野蠻人，隔著這麼遠的距離聽起來，居然有點像那個黑暗之界的珠子敲擊的聲音，讓人不由得心驚。

她故意挑了這個人跡罕至的皇宮一角跟利絲見面。一名加絲娜不認得的男子靠在約定的門外，讓她鬆了一口氣。這個守衛應該是利絲的新僕人，他在這裡意味著雖然加絲娜遲到，但利絲還沒離開。

她穩下心神，朝鬍子裡夾雜著紅點、粗壯的費德人守衛點點頭，推開門走了進去。

利絲從小房間裡的桌邊站起，穿著女僕的衣服，胸口開得很低，看起來像是雅烈席人。或是費德人。或是巴伏人——端看她選擇強調哪一部分的血統。利絲的長髮自然披散，圓潤誘人的身材讓她引人注目得恰到好處。

「光主，您遲到了。」利絲說。

加絲娜沒有回應。她是雇主，不需要解釋什麼，所以她只是將東西放在利絲身旁的桌上。

一個小信封，用小惡魔蠟彌封。

加絲娜用兩隻手指按著信封，陷入思索。

不行，這太衝動了。她不知道父親是否知道她在做什麼，就算他不知道，皇宮裡最近的狀況也太多，除非更有把握，否則她不能進行刺殺行動。

幸好她有備案。她從袖子裡的內袋取出第二個信封，放在桌上，移開手指，繞過桌子坐下。

利絲坐回原位，信封消失在她的胸前。「光主，選擇在這一夜叛國……有點奇怪。」

「我僱用妳只是爲了盯著對方。」

「抱歉，光主，一般人不會僱用殺手只是爲了盯著對方。」

「信封裡有指示，還有頭款。我選擇妳是因爲妳擅長長期觀察，這是我需要的。現在先暫時這樣。」

利絲微笑，但點了點頭。「監控王位繼承人的妻子？這樣比較昂貴。您確定不想要她死？」

加絲娜的手指敲打著桌面，這才發現自己正應和著樓上的鼓聲。這個音樂複雜得出奇——就像帕山迪人。

有太多事情發生。我得非常小心，非常低調。她心想。

「我同意所有費用。一個禮拜以後，我會讓我弟媳的一個女僕被解僱，妳得去申請這個職位，我相信妳有能力製造出假身分。妳被僱用之後，負責監控跟回報，我會告訴妳是否需要動用到其他服務，除非我開口，否則不准輕舉妄動，聽清楚了嗎？」

「付錢的人是您，您說了算。」利絲說，微微透露出一絲巴伏方言口音。

如果她露出口音，那也是刻意的。利絲是加絲娜認識的殺手中手法最精湛的一個，人們稱她爲「泣血殺手」，因爲被她殺害的人，眼睛都會被挖出來。雖然這個名字不是她自創的，但是卻相當合用，因爲她有需要隱藏的祕密——首先，沒有人知道泣血殺手是女人。

據說泣血殺手挖掉人眼是表示根本不在乎下手對象是淺眸或深眸人，事實上，這是爲了隱藏第二個祕密——利絲不想要任何人知道她殺死的屍體會有被燒焦的眼眶。

「那我走了。」利絲站起身。

加絲娜心不在焉地點點頭，又回想起先前跟靈的奇特交手。閃動的皮膚，在皮膚上舞動的顏色有如焦油……

她強迫自己暫時不再想下去。她需要專注於手邊的工作。現在，就是利絲。

利絲在門口停頓片刻，沒有立即離去。「您知道我爲什麼喜歡您嗎，光主？」

「我想跟我的口袋還有它神話般的深度有關。」

利絲微笑，「當然，這點沒有必要否認，但是，您跟其他淺眸人不同。別人僱用我的時候，他們看不起整個過程。他們對於我的服務極端急切，然而卻通常絞著手、一臉輕蔑，好像很痛恨自己被逼著去做一件令人厭惡的事。」

「刺殺是令人厭惡的，利絲，倒夜壺也是。我可以敬重被僱用來做這份工作的人，卻不會去欣賞工作本身。」

利絲咧嘴一笑，推開門。

「那個新僕人，妳不是說想要讓我見識見識嗎？」加絲娜說。

「塔拉克？」利絲瞥向費德人。「噢，您是說另外一個。我幾個禮拜前把那個人賣給奴隸商人了，光主。」利絲皺眉。

「眞的？我以爲妳說他是妳用過最好的僕人。」

「這麼說吧，那個人太好了。颶風的詭異，那個雪諾瓦來的傢伙。」利絲明顯打了個哆嗦，然後一溜煙地出了門。

「記住我們的第一個約定。」加絲娜在她身後說。

「從來沒忘，光主。」利絲關上門，安靜地離去。

加絲娜靠回椅背，雙手在身前交握。她們的「第一個約定」是：如果有人去找利絲要訂下對加絲娜家人下手的契約，加絲娜會給予同等的報酬，換取利絲提出的人名。

利絲會這麼做。應該。其他十幾個加絲娜打過交道的殺手也會，熟客總比零賣契約來得好，而且對於利絲這種人，有個在政府裡的朋友更是好處多多。加絲娜的家人不會受到這種人的傷害，除非殺手是她自己僱用的。

加絲娜深深嘆口氣，然後站起身，想要甩掉似乎壓在肩頭上的重擔。

等等。利絲剛剛是不是說她的舊僕人是雪諾瓦人？

應該只是巧合。雪諾瓦人在北邊不常見，但偶爾還是會有。可是利絲提到了雪諾瓦人，加絲娜又在帕山迪人那裡看到一個……多查一下也好，即使她因此必須回到宴會上去。今天晚上不太對勁，不只是因爲她的影子跟碰到的靈。

加絲娜離開皇宮深處的小房間，回到走廊。往上走時，上面的鼓聲倏地消失，像是樂器的弦突然被割斷。宴會爲什麼這麼早結束？達利納該不會得罪了客人吧？那個人一喝酒……

帕山迪人之前對於他的失禮處處視而不見，這次想來應該也是。說實在的，加絲娜很高興她父親突然非常專注和約這件事，這表示她有空可以慢慢研究帕山迪的傳統與歷史。

她心想，該不會這麼多年來，學者們都找錯遺跡了吧？

走廊前方傳來交談的回音。

「我擔心艾希。」

「你一天到晚擔心這擔心那的。」

加絲娜停下腳步，沒有立刻上前。

「她越來越嚴重了。我們不應該變得更嚴重的。我有變得更嚴重嗎？我覺得我變得更嚴重了。」第一個聲音不斷地說。

「閉嘴。」

「這整件事不對，我們做得不對。那東西配戴著主上的碎刃，我們不該讓他保留那把碎刃，他——」

兩個人走過加絲娜面前的路口，他們是西邊來的大使，包括臉上有白色胎記的亞西須人。還是那是疤痕？兩人之中比較矮的那個——有可能是雅烈席人——一注意到加絲娜便立刻住口，叫了一聲，快速離開。

穿著一身黑銀的亞西須人停下腳步，上下打量她一番，皺著眉。

「宴會已經結束了嗎？」加絲娜在走廊另一頭問。她的弟弟邀了這兩人以及科林納城裡的每名外國使節前來參加慶典。

「對。」男子說。

他的注視讓她很不自在，但她仍然繼續往前。我應該調查一下這兩個人，她心想。她當然已經調查過他們的背景，結果並沒有什麼奇怪之處。他們之前是提到碎刃嗎？

「快點！」矮子說，回過身來拉著高眺男子的手臂。

高個子允許自己被拉走。加絲娜走到走廊交叉的地方，看著他們離去。

尖叫聲在這時突然炸開。糟了……加絲娜一驚，立刻轉身，抓起裙襬跑得飛快，腦海裡閃過十幾種不同的災難。今天這樣諸事不順的夜晚，有站起來的影子還有一臉懷疑地看著她的父親，還會發生什麼？她懷著緊繃到極點的心情，來到台階，開始拾級而上。

這一段路走得太久。她一路上聽到尖叫頻傳，爬到目的地時，迎面淨是混亂場景，一邊都是屍體，另一邊是被破壞的牆。怎麼……

破壞的殘破痕跡一路通向她父親的房間。

整個皇宮晃動，她父親房間的方向傳來碎裂聲。

不，不，不！

她跑過劃入牆壁的碎刃劍痕。

不要啊。

燒焦眼睛的屍體四散在地面，像是晚餐桌上隨意亂丟的骨頭。

怎麼會這樣？

破碎的門。她父親的住所。加絲娜停在門口，瞠目結舌。

控制自己，控制……

她做不到。現在不行。她慌亂地衝入室內，雖然碎刃師隨隨便便就能殺了她，但她無法冷靜。她應該找到能幫忙的人。達利納？他一定已經喝醉了。那就要找薩迪雅司。

房間看起來像是被暴風席捲過，到處都是碎裂的家具與木屑，陽台門被往外撞開、破裂，有人正朝門口跌跌撞撞地撲去。一個穿著她父親碎甲的人。是他的護衛提瑞姆嗎？

不對。頭盔破了。不是提瑞姆。是加維拉。陽台上有人大叫。

「父親！」加絲娜大叫。加維拉踩上陽台的腳步瞬間一滯，回頭看她。

陽台在他腳下崩裂。

加絲娜尖叫，衝過房間，撲向破碎的陽台，跪倒在邊緣。狂風扯鬆她的髮髻，髮絲飄揚在風中，她眼睜睜看著兩人往下墜落。

她的父親，還有宴會裡穿白衣的雪諾瓦人。

雪諾瓦人散發著白光。他撞上牆，翻滾，停止，又站起來，居然還停在皇宮外牆的牆頭，沒有摔倒。這不合邏輯。

他轉身，一步步走向她父親。

加絲娜目不轉睛，全身如墜冰窖，無助地看著殺手走到她父親身邊，跪倒在國王身旁。眼淚順著她的下巴滑落，被風吹走。他在那裡幹什麼？她看不清楚。

當殺手離開時，只留下她父親被木頭貫穿的屍體。他死了——沒錯，國王的碎刃出現在他身邊，持劍者死去時向來如此。

「我這麼努力……」加絲娜茫然地低語。「我做了這麼多事，就是爲了保護他們……」

怎麼會？利絲，是利絲幹的！

不對。加絲娜沒想清楚。那個雪諾瓦人……她不會承認擁有這個人，她把他賣了。

「我們對於妳的損失深表遺憾。」

加絲娜轉身，眨著滿是淚水的雙眼。三名帕山迪人，站在門口，穿著他們各具特色的服裝：縫紉整齊的布料外袍，腰間綁布帶，無袖寬鬆襯衫，寬鬆大敞的背心兩側也有開口，以鮮豔的顏色織成。他們的衣服沒有性別差異，不過她認爲差別在於階級不同，那麼——

夠了，她對自己說，就這麼他颶風的一天，別老像個學者那樣思考可以嗎！

「我們爲他的死負責。」站在最前面的帕山迪人甘納發話，她是女性，但是帕山迪人的性別特徵似乎差異不大。衣服掩飾住胸部與臀部原本就不明顯的曲線，幸好沒有鬍子是一個明確的特徵。她見過的所有帕山迪男人都有鬍子，上面會有寶石裝飾還有——

夠了。

「妳說什麼？」加絲娜質問，強迫自己站起。「甘納，爲什麼說是你們的錯？」

「殺手是我們僱用的。妳父親是我們殺死的，加絲娜·科林。」帕山迪女人以宛如吟唱般起伏的濃重口音說。

「你們……」

她滿腔情緒瞬間變冷，宛如在高山上凍結的河流。加絲娜看向甘納，然後是克雷德，最後是伐納利，三人都是長老，帕山迪統治議會的成員。

「爲什麼？」加絲娜低語。

「必須如此。」甘納說。

「爲什麼？」加絲娜向前一步，厲聲質問。「他爲你們戰鬥！他讓怪物不去襲擊你們！你們這群禽獸不如的東西，我父親想要跟你們和平共存！你們爲什麼挑這個時候背叛我們？」

甘納抿起嘴唇，聲音的旋音改變，像個母親在向幼小的孩子解釋難懂的事情。「因爲妳父親即將要做出一件很危險的事。」

「叫達利納光爵來！」大廳外的一個聲音大喊。「颶風的！我的命令傳到艾洛卡那邊的人了沒？帶太子去安全的地方！」藩王薩迪雅司帶著一群士兵闖進房間，肥胖通紅的臉龐滿是大汗，身上穿著加維拉的衣服，代表王權的尊貴服飾。「這些野蠻人在這裡幹什麼？颶風的！保護加絲娜公主。做出這種事情的人是他們的隨從！」

士兵上前包圍帕山迪人。加絲娜不再理他們，轉身回到破碎的門口，一手扶著牆，低頭看著她父親仰躺在下面的岩石上，碎刃在他身邊。

「我們會開戰。我不會阻止戰爭發生。」她低語。

「我們明白。」甘納從她身後說。

「那個殺手。他走在牆壁上。」加絲娜說。

甘納什麼都沒回應。

加絲娜的世界碎裂的同時，她捕捉到這塊碎片。她今天晚上見到了不尋常的事情，不應該會發生的事情。跟那奇怪的靈有關嗎？跟她在玻璃珠跟黑色天空世界的經歷有關嗎？

這些問題成爲她保持鎮定的生命線。薩迪雅司質問帕山迪領袖們，但得不到答案。他站到她身邊，看到下方的慘劇時，宛如酒醉般連連後退，大喊要侍衛跟上，立刻衝下去找已死去的國王。

幾個小時以後，他們發現刺殺行動以及三名帕山迪領袖的投降，掩護了大多數帕山迪人的逃逸。那些人飛快地逃離城市，達利納派去追擊的騎兵也被殲滅。上百匹馬，每匹幾乎都是無價之寶，跟騎士們一起喪命。

帕山迪領袖們什麼都沒說，沒有給予任何線索，直到他們因爲犯下的罪行而被吊死。

加絲娜無視這一切。她將精力放在盤問倖存的守衛身上，詰問他們看到了什麼；她追查所有關於這名如今惡名昭彰的殺手的消息，並試圖從利絲那裡挖取情報。

但利絲幾乎什麼都不知道，她擁有他的時間很短，宣稱對於他奇怪的力量並不知情。加絲娜找不到他的再上一任主人。

接下來加絲娜只是閱讀。專心、瘋狂地研究，讓她不去多想她失去了什麼。

那天晚上，加絲娜看到了不可能的事情。

她會找出來那到底是什麼。

第一部

降臨

Alight

紗藍 ◆ 卡拉丁 ◆ 達利納

坦白說，過去兩個月發生的事情都應該怪罪於我。所有的死亡、破壞、失去、痛苦都是我的重擔。我早就應該預料到。我早就應該阻止它。

——收錄於一一七四年，娜凡妮·科林私人日誌，傑瑟瑟斯日

紗藍捏著細炭筆，畫了許多從天上的一個圓球散發出來的直線。圓球不像是太陽，也不是月亮，炭筆勾勒出的雲朵似乎正湧向圓球，而下方的海洋……圖畫無法傳達海洋奇怪的特性：不是水滴組成，而是一顆顆半透明的玻璃珠。

紗藍回想起那個地方，一陣哆嗦。加絲娜對那個地方的了解甚多，卻不肯跟她的學生說明，紗藍也不打算追問。像紗藍這樣的背叛者，有什麼資格多問？自從那件事發生後才過了幾天，紗藍仍然不知道自己跟加絲娜的關係會怎麼演變。

船身隨著船帆的動作一搖一晃，巨大的風帆在空中飄蕩，紗藍被逼著用她藏在布裡的內手抓住欄杆來穩住身體。托茲貝克船長說目前爲止，長眉海峽這段海路還不算難走，但如果浪頭變得更大，船晃得更厲害，她說不定就得躲進艙房裡。

紗藍吐口氣，盡量隨著船身平穩下來的律動放鬆身體，一

陣冷風吹過，風靈隨著隱形的氣流飄竄。每當大海肆虐，紗藍就會回想起那天，那詭異的玻璃珠海……

她再次低頭看她畫出的景象。她只瞥過那個地方，素描並不完美，是──

她皺眉。她的畫紙上出現了一個圖形，像是剛才有人拿鋼印蓋出來那樣。她做了什麼？那個圖形幾乎和畫紙一樣寬，有一系列複雜的線條、銳利的角度跟重複的箭頭。這是因爲畫出那個加絲娜叫做「幽界」的怪地方所造成的效果嗎？紗藍遲疑地用外手摸著紙頁上不自然的起伏。

圖形動了，像是在床單下的野斧犬一樣滑過紙頁。

紗藍尖叫一聲，從位子上跳起來，把畫板丟到地上。鬆散的頁面散落在甲板，一陣翻動後亂飛在風中。附近的水手──都是有長長白眉毛的賽勒那男人，他們會把眉毛梳到耳後──急忙過來幫忙撿拾，免得畫紙被吹到海裡。

「妳還好嗎，小姐？」原本正在跟一名大副交談的托茲貝克轉頭問紗藍。矮壯的船長腰上繫著一條寬腰帶，穿著一件金紅相間的外套，以及同色的帽子；他的眉毛則被梳高、梳硬成扇子形，立在眼睛上方。

「沒事，船長，只是心驚了一下。」

亞耶伯來到她身邊，把畫紙還給她。

「光淑，妳的雜件。」

紗藍挑起眉毛，「雜件？」

「對啊。我正在學習使用比較高深的字眼，話說得漂亮有助於獲得女性的陪伴。妳知道，就是那種聞起來不太臭，還有幾顆牙齒的年輕女性。」

「眞好。」紗藍接過畫紙。「至少你覺得好就好。」她沒有繼續跟船員鬥嘴，而是盯著手中的一疊紙。幽界的圖畫在最上面，已經沒有那些奇怪的起伏紋樣。

「發生了什麼事？」亞耶伯問。「有克姆林蟲從下面爬出來還是怎麼了？」他一如往常地穿著一件開襟背心，一條寬鬆的長褲。

「沒什麼。」紗藍輕聲說，把畫紙塞回背包。

亞耶伯朝她微微行個禮——她不知道他最近爲什麼開始這麼做——然後就回去跟其他水手一起控帆。她很快就聽到他身邊的男人發出爆笑聲，她瞥向他時，勝靈正繞著他的頭舞動成小光球的形狀。顯然他對於自己剛才說的笑話很得意。

她微笑。幸好托茲貝克在卡布嵐司被耽擱了，她喜歡這一船人，很高興加絲娜挑中他們接續她們的旅程。紗藍坐回托茲貝克船長命人綁在欄杆旁的箱子，好讓她能夠享受海景。她得小心濺起的浪花，海水對她的畫作有害，但只要海面不是太波折，能夠欣賞海水的機會讓種種不方便都變得值得。

船桅頂端的瞭望手發出大喊，紗藍瞇眼看向他指的方向。他們已經看得到遠端的大陸，正在順著大陸航行，昨天晚上就曾靠港躲避颶風。在船上航行時，不能離港口太遠——冒著被颶風突襲的危險衝入大海無疑是自殺。

北邊的一抹黑影是凍土之地，是羅沙底邊多半無人居住的區域。她瞥到南邊較高的懸崖，賽勒那，偉大的島國，在那裡形成另一個屏障，海峽從兩者之間穿過。

瞭望手在船艦北方的海浪間看到一個浮浮沉沉的東西，一開始看起來像是大樹幹，後來覺得不對勁，那東西要比樹幹大，也更寬。紗藍瞇著眼站起身，看著它靠近。原來是一隻褐綠色的殼獸，大概有三艘小舟綁在一起那麼大。他們航行經過時，殼獸靠到船邊，居然也保持同樣速度一起前進，牠大概比水面高出六到八呎。

這是一隻山提德！紗藍彎腰探出欄杆外，低頭看著殼獸，水手們也興奮得吱吱喳喳，好幾個人跟她一樣彎腰探出去看動物。山提德獸的行蹤非常隱密，有些書籍宣稱牠已經絕種了，所有近代的觀察紀錄全都不可靠。

「妳眞是帶來好運，小姐！」亞耶伯提著繩子經過她時大笑著說。「我們好幾年沒看到一隻山提德了。」

「你還是沒看到一隻啊，只看到上面一點殼而已。」紗藍說。她失望地發現海水把山提德其他部分都藏住——只除了深處的幾道影子，可能是往下伸展的長觸手。有傳言說這些巨獸會跟著船好幾天，船靠岸時就在海裡等，船一出發就繼續跟著。

「反正也只能看得到殼而已。烈情諸神的，這是個好兆頭！」亞耶伯說。

紗藍抓住背包。她閉起眼睛，將動物的影像定格在腦海中，將牠在船邊的景象存成「記憶」，方便之後仔細描畫。

*可是要畫什麼？水裡的一團東西嗎？*她心想。

某個念頭開始在她腦海中成形。她趁著還沒細想，趕快說出口。「把那條繩子拿來給我。」她指示亞耶伯。

「光主？」他停下腳步。

「其中一邊幫我綁個圈。」她急忙把背包放回座位上。「我得看看那隻山提德。我從來沒把頭放入海裡過，鹽水會讓我看不清楚嗎？」

「水底下？」亞耶伯的聲音拔高。

「你還不快動手綁繩子。」

「因爲我不是他颶風的蠢蛋！船長會把我的頭拔掉，萬一妳……」

「找個朋友來。」紗藍不理他，逕自把繩子的一端綁成一個小圈。「你們把我順著船邊放下，我要看看貝殼下有什麼。你知道沒人畫過活生生的山提德嗎？所有沖上海岸的山提德都腐壞得很嚴重，而且水手們認爲獵捕這些東西會招來噩運——」

「沒錯！誰都不准殺牠。」亞耶伯的聲音越發尖細。

紗藍綁完圈，快步繞到船的另一邊，紅髮在她俯探出欄杆的臉旁飛揚。山提德還在。牠是怎麼跟上的？她沒看到鰭。

她回頭看著握住繩子的亞耶伯，他正露出大大的笑容。「啊，光主，妳是因爲我跟貝茲克說的話整我吧？我只是開玩笑，但妳眞的騙過我了！我……」他看見她抬頭迎向他的雙眼。「颶風的，妳是認眞的。」

「我絕對不會再碰上這種機會。娜菈旦幾乎一輩子都在追尋這東西，卻從來沒有好好看清楚過。」

「妳瘋了！」

「不，這是研究！我不知道在水裡能看到什麼，但我總得試試。」

亞耶伯嘆口氣。「我們有面罩。是龜殼做的，前面挖出的口有玻璃，旁邊還有氣囊免得水滲進去。妳可以戴上面罩把頭埋在水下看。我們都是用面罩在碼頭邊檢查船身的。」

「太好了！」

「當然我得去請示船長是不是能用……」

她雙手抱胸。「你眞狡滑，那還不快去。」反正她也不太可能在船長不知道的情況下做這種事。

亞耶伯咧嘴笑，「妳在卡布嵐司發生了什麼事？第一次上船時明明好膽小，看起來一副光想到要航行遠離家鄉就會暈倒的樣子！」

紗藍遲疑，然後感到自己雙頰發熱，「這有點太魯莽了，對不對？」

「掛在一艘航行的船邊、把頭埋到水裡？」亞耶伯說。「對，是有一點。」

「你覺得……我們能讓船停下來嗎？」

亞耶伯大笑，但還是跑去找船長說話，將她的詢問視爲她仍然堅持貫徹計畫的表現。的確沒錯。

*我是怎麼了？*她心想。

答案很簡單：她失去了一切。她從加絲娜．科林那裡偷了東西——那可是世界上最有權力的女性之一——結果不只失去一直以來夢想能跟隨加絲娜學習的機會，同時讓她的兄弟跟家族陷入絕境。她徹底、悲慘地失敗了。

然後又撐過來。

她不是毫髮無傷。因爲她在加絲娜面前的信用可說是嚴重破裂，她覺得自己差不多已經算是捨棄了家人。先有偷竊加絲娜的魂器的經驗——結果卻發現是假的——後來差點被她以爲他愛她的男人殺死……她現在知道人生可以有多悲慘了。就像是……曾經她害怕黑暗，如今她卻已經踏入黑暗。她已經歷過一些等在那裡的夢魘。雖然仍然令人害怕，但至少她知道那是怎麼一回事。

*妳向來知道，紗藍。*內心深處一個聲音低語，*妳是跟夢魘一起長大的，妳只是不允許自己記得而已。*

「怎麼一回事？」托茲貝克邊走邊問，他的妻子艾徐蘿走在他身邊，這名嬌小的女子不常說話。她穿著一身鮮黃色的裙子跟長袖上衣，頭巾包裹住整個頭部，只露出兩道白眉毛，卷曲地垂在臉頰旁。

「小姐，妳想去游泳？不能等我們靠岸嗎？我知道有些好地方，水沒有那麼冷。」托茲貝克說。

「我不是要游泳。」紗藍的臉越發通紅。有這麼多男人在周圍，她怎麼會想游泳？眞的有人會在這種情況下游泳嗎？「我只是想更靠近看一眼我們的同伴而已。」她朝殼獸比了比。

「小姐，妳知道我不能允許這麼危險的事。就算我們能停下船，萬一野獸傷了妳怎麼辦？」

「據說牠們是無害的。」

「牠們這麼罕見，我們真的能確定嗎？況且，這片海域裡有其他能傷害妳的動物。紅水肯定在這附近出沒打獵，而且這裡說不定淺到得擔心科納克在不在。」托茲貝克搖搖頭。「對不起，我不能允許。」

紗藍咬住下唇，感覺心跳背叛自己，跳得飛快。她想要更堅持自己的想法，但是船長眼中決斷的光芒讓她說不出口。「好吧。」

托茲貝克露出大大的笑容。「小姐，等我們到艾米迪拉頓之後，我再帶妳去看那裡的殼獸。他們可是網羅了不少啊！」

她不知道那地方在哪裡，但從長長的名字聽起來，她想應該在賽勒那。

到了這麼南邊，大多數的城市都屬於賽勒那，雖然那裡幾乎跟凍土之地一樣寒冷，但大家似乎都喜歡住在那裡。只不過賽勒那人都有點怪怪的——不然怎麼解釋亞耶伯跟其他人大冷天的也不穿件上衣？

然而紗藍提醒自己，想要去海裡泡泡水的人可不是他們。她望向船邊，看著海浪拍打溫和的山提德。那是什麼東西？是破碎平原上令人害怕的裂谷魔那樣的巨殼獸嗎？底下比較像魚還是像烏龜？山提德這麼罕見，學者們能親眼看到的機會又更難得——所有的理論都在相互矛盾。

她嘆口氣，打開背包，開始整理她的畫紙，上頭多半畫著不同姿勢的水手，忙著調整頂上巨大的船帆，迎風而行。她父親絕對不會允許她一整天坐在這裡看著一群沒穿上衣的深眸人。

短短一段時間裡，她的人生改變得多快啊。

她正在畫下山提德外殼時，加絲娜來到甲板上。

加絲娜跟紗藍一樣穿著哈法，一種設計獨特的弗林長洋裝。裙襬長到腳邊，領口快要到下巴，有些賽

「我猜想這就是讓妳心神不寧的理由？」加絲娜問。

「是的，光主。」

「那我應該解釋給妳聽吧。」

「眞的？妳會這麼做？」

「有必要這麼意外嗎？」

「這感覺是很強大的資訊。妳禁止我時說的話……我認爲關於這個地方的知識是祕密，至少不是我這個年紀的人能知道的事。」

加絲娜哼了哼。「我發現拒絕解釋祕密給年輕人，反而會讓他們更容易惹麻煩。妳的實驗證實妳已經整個人撲了進去，我可以跟妳說，當年我也是這樣。我親身的痛苦經驗讓我知道幽界有多危險。如果我讓妳繼續無知下去，萬一妳死在那裡，那就是我的錯。」

「所以如果我早點去問妳，妳會告訴我？」

「可能不會。」加絲娜承認。「我得看看這一次妳有多聽話。」

紗藍一聽這話就洩了氣，然後克制住衝動，沒有說出當她是個認眞又聽話的學生時，加絲娜講的祕密還沒有現在多。「所以那到底是什麼？那個……地方。」

「那裡其實不是地點。至少不是我們平常說的地點。幽界就在這裡，在我們周圍。所有東西都以某種狀態存在於那裡，就像存在於這裡一樣。」

紗藍皺眉，「我不——」

加絲娜舉起一隻手指，讓她先別說話。「所有東西都由三個部分組成：靈魂、實體、意識。妳看到的地方，幽界，是我們稱之爲意識界的地方，是認知的所在。

「妳現在眼中所見到的是實體的世界，妳可以碰到、看到、聽到，妳的肉體用這些方法感知到世界的存在。幽界呢，就是妳的自我認知，主要是妳的潛意識自我感知這世界的方法。妳隱藏的感官碰觸到那個領域時，能夠做出直覺性的推斷，也能產生希望。很有可能妳這個人，紗藍，在創作藝術時就是動用到這些額外的感官。」

船壓過一陣波浪，在船首濺上水花。紗藍抹去臉頰上的一滴鹹水，試圖想通加絲娜剛說的話。「光主，剛剛妳說的我幾乎完全聽不懂。」

「如果妳真聽懂了，我反而才覺得奇怪。我花了六年的時間研究幽界，到現在仍然對它的了解少之又少。我需要陪妳一同前往幾次，妳才能對那個地方真正的意義有極微薄的理解。」

加絲娜蹙起眉頭，紗藍每次看到她顯露情緒都會被嚇一跳。情緒是可以理解的，是屬於平凡人的——但紗藍眼中的加絲娜．科林幾乎是神人。回過神想想，用這種方式看待一名堅定的無神論者還真有點奇怪。

加絲娜說：「聽聽我剛才都說了什麼。我用的語言暴露了我的無知。我告訴妳幽界不是一個地方，但接下來就用『地方』稱呼它。我說要前往那裡，那裡卻又是無所不在，何須前往。我們根本沒有討論這個主題的合適語言。讓我試試另一種方法。」

加絲娜站起身，紗藍急忙跟上。兩人順著船邊的欄杆前進，感覺甲板在腳下晃動。水手們紛紛對加絲娜快速鞠躬後便退到一旁，他們眼中的崇拜有如面對君王。她是怎麼辦到的？她怎麼能似乎什麼都沒有做，卻能如此徹底掌控周圍的環境？

兩人來到船首後，加絲娜說：「看看水裡。妳看到什麼？」

紗藍停在欄杆旁，低頭望著碧藍的水面被船首劃破時翻出的白色泡沫。她可以看到浪花深處有一片無應該一天之內就可以安排好隨訂。」

隨訂——在弗林定義中，指的是有條件的訂婚。紗藍在各方面都會成爲已訂婚狀態，但直到執徒簽署、認證正式婚書之前，不會有任何法律地位。

加絲娜解釋：「達利納說他不會強迫雅多林做任何事，雖然這孩子最近才恢復單身，又得罪了一名小姐。不過達利納仍然希望你們兩個在婚約更正式進一步之前有機會見個面。破碎平原的政治氣候最近有了……變化。我叔叔的軍隊遭受很大的損失，這也是我們需要趕到破碎平原的另一個理由。」

「雅多林・科林。」紗藍有點心不在焉地聽著。「決鬥家。非常出色的決鬥家。甚至可能是碎刃師。」

「所以妳確實專心研讀了我父親跟我的家族相關的功課。」

「當然，不過在那之前我就知道你們這一家的事。雅烈席卡是社交圈的中心！就連各地鄉下家族的女孩都知道各位雅烈席王子們的名字。」她不能否認，自己也曾做過遇見王子的白日夢。「光主，妳確定這門親事合適嗎？我算不上什麼重要人物。」

「嗯，是的，也許另一名藩王的女兒可能更適合雅多林，但是他似乎已經得罪了所有門當戶對的適婚貴女。怎麼說呢，這孩子對感情的事情太急了點。但我相信妳一定處理得來。」

「颶父啊。」紗藍感覺自己的雙腿發軟。「他是藩地的繼承人！他是王位繼承人！」

「第三順位。在我弟弟的兒子還有我叔叔達利納之後。」加絲娜說。

「光主，我必須要問，爲什麼選雅多林？爲什麼不選他弟弟？我……我對那個家族還有雅多林沒有什麼可貢獻之處。」

「正好相反。如果妳眞是我認爲的人，那妳能給他的東西將是沒有人給得起的，那是比財富更重要的東西。」

「妳覺得我是誰？」紗藍小小聲開口，與對方四目對望，終於問出她一直不敢問的問題。

「妳現在只是個可能。一枚繭，裡面藏著偉大的潛能。過去當人類與靈締結約束時，結果有了可以自由翱翔於天際的女子，還有輕輕一碰就能毀滅岩石的男子。」

「迷失的燦軍。人類的叛徒。」她一直無法完全接受。婚約、幽界、靈，現在又是她神祕的命運。她在心底早就知道，但是聽到別人說出口……

紗藍坐倒在地，不在乎裙襬被甲板沾溼，背靠上船頭。加絲娜讓紗藍平復一下心情之後，才出人意料地也坐了下來。她的姿勢優雅很多，側坐的同時還把裙襬塞在腿下。兩人的舉動都引來水手的注目。

「他們會把我撕碎。雅烈席卡宮廷是世界上最凶狠的宮廷。」紗藍說。

加絲娜哼了一聲。「虛張聲勢罷了，紗藍。我會訓練妳。」

「我永遠無法像妳一樣，光主。妳擁有權力、地位和財富，看看那些水手對妳的態度就知道了。」

「我現在使用了妳說的權力、地位和財富嗎？」

「這趟旅行是妳出錢的。」

「妳在這艘船上不也出了幾次錢？」加絲娜問。「他們對待妳我的方式不一樣嗎？」

「對。他們很喜歡我，但是我沒有妳的份量，光主。」

「我想妳指的應該不是我的腰圍。」加絲娜帶著一絲笑意說。「我明白妳的論述，紗藍，但是妳錯得徹底。」紗藍轉向加絲娜，看著她坐在甲板上，彷彿這裡就是寶座。她的背脊筆直，昂首直視，氣勢非凡。

紗藍雙膝曲在身前，雙手抱著膝蓋下方。她們就連坐姿都不同，她跟這個女人沒有半點相像的地方。

「孩子，這是妳需要知道的祕密。一個比幽界跟靈更重要的祕密——力量只是人眼中的幻象。」

紗藍皺眉。

「妳要分清楚，有些力量是眞實的，像是能指揮軍隊，能施展魂術的力量，可是這些力量被運用到的機會遠比妳以爲得要少。以個人而言，在大多數的待人接物中，我們稱之爲力量或者地位的東西，只存在人的眼睛裡。

「妳說我有財富，沒錯，但妳也看到我不經常使用財富。妳說我身爲國王的姊姊有地位，確實如此，但是如果我讓這艘船上的人相信我是國王的姊姊，就算我是一名乞丐，他們也會以同樣方法對待我。既然這樣，我的地位就不是眞實的，只是泡影、幻象而已。我可以爲他們創造出這個幻象，妳也可以。」

「我沒有被說服，光主。」

「我知道。如果妳被說服了，早就已經這麼做了。」加絲娜站起身，拍拍裙襬。「如果妳又看到那個圖樣，就是在海浪上出現的圖樣，妳會告訴我，對不對？」

「是的，光主。」紗藍心神不寧地說。

「那今天就花在追尋妳的藝術上吧。我需要思考該怎麼樣教導妳幽界的事。」成熟的女子離開，經過時水手們紛紛鞠躬，她一一向他們點頭，然後下了甲板。

紗藍站起來，轉身面海，雙手放在欄杆上，各自按在船首兩邊。大海在她面前伸展，波浪翻騰，帶來一絲沁涼。船首穿透海浪，引發富有節奏感的拍打韻律。

加絲娜的話在她的腦海中爭鬥，像是在爭奪老鼠的天鰻。有城市的靈？幽界，一個在這裡，但是沒有人看得見的領域？紗藍突然跟世界上地位最高的單身漢訂婚了？

她離開船舷，順著船往旁邊走，外手摸著欄杆。水手們是怎麼看待她的？他們微笑，他們揮手。懶洋洋地從附近船帆上垂降的亞耶伯對她大喊，告訴她下個港口有一個她一定要去看的雕像。「那是一隻大腳，小姐。只有一隻腳！他們根本沒建完那什麼鬼雕像……」

她朝他微笑，繼續前進。她希望他們看待她的方式跟看待加絲娜一樣嗎？總是害怕，總是擔心會犯錯？那是力量嗎？

她邊想邊走向被綁好的箱子座位，當我一開始從賈德納出發時，船長一直要我回家。他覺得我的目標沒有成功的希望。

托茲貝克每次都表現出一副載著她去追加絲娜是賣她一個人情的態度。她應該因爲僱用了他跟他的船員而一路上都覺得虧欠他們嗎？沒錯，她父親之前跟他合作過，所以他替她打了折，但是她還是他的雇主。

他對待她的態度應該是賽勒那商人的特色，如果船長能讓你覺得載你是他大發慈悲，那你就會願意多付點錢。她喜歡這個人，但是他們的互動方式有點讓人不滿意。加絲娜絕對不會允許別人這麼對待自己。

山提德還在一旁游著。牠就像是座小小的移動島嶼一樣，背上長滿了海草，殼上凸出小結晶。

紗藍轉身走向船尾，托茲貝克船長正在跟一名大副聊天，指著滿是符文的地圖。他看到她走來時，朝她點點頭。「先提醒一下，小姐，接下來的港口不會像之前那麼歡迎外來人。我們即將離開長眉海峽，繞過大陸的東邊，航向新那坦南。從這裡到淺窖之間什麼都沒有，即使是淺窖也沒什麼好看的，我連自己的弟弟都不會放他一個人上岸，他可是赤手殺過十七個人呢。」

「我明白，船長。謝謝你的忠告。同時，我改變了我先前的決定。我要你把船停下來，讓我檢視在旁邊並行的生物。」

他嘆口氣，舉手順過一條尖硬的眉毛，這動作換成別的男人身上就是捋鬚了。「光主，我不建議這麼做。颶父的！萬一我讓妳掉到海裡……」

「那我會溼掉。我活到現在也算是全身泡溼過一兩次。」紗藍說。

「我不能允許妳這麼做。我說了，我們會帶妳去看殼獸，就等——」

「不能允許？」紗藍打斷他的話。她希望自己帶著不解的表情看他，希望他看不出來她垂在身側的手握得很緊。颶父啊，她最討厭跟人起衝突。「我不知道我提出要求時你有權力允許或拒絕，船長。停船。把我垂吊下去。這是給你的命令。」她試圖跟加絲娜一樣有魄力地下令。那女人能讓人覺得抗拒颶風都比反駁她來得簡單。

托茲貝克動動嘴，卻沒有任何聲音發出，彷彿他的身體還想繼續先前的反對，但是腦子卻跟不上速度。「這是我的船……」他終於說。

「你的船不會怎麼樣。動作快點，船長。我不想延誤我們今天晚上停泊的時間。」紗藍說。

她走回她的箱子，心跳如雷，雙手顫抖。她坐了下來，一部分是爲了讓自己冷靜。

托茲貝克聽起來氣呼呼地開始發號施令。船帆被降下來，船慢下來。

紗藍吐出一口氣，覺得自己像個傻子。

可是，加絲娜說得對。紗藍的表現在托茲貝克眼裡創造了差異，是幻象嗎？也許就像靈那樣？人類期待的片段活了過來？

山提德跟他們一起慢了下來。紗藍緊張地站起身，看著水手們帶繩子過來。他們很不情願地綁了一個圈讓她踩住，然後解釋她被放下去的時候要抓緊繩子。他們在她腰間綁了第二條比較細的繩子，準備用來把又溼又丟臉的她吊回甲板——在他們眼裡這是必然的結果。

她脫下鞋子，照他們的指示爬過欄杆。剛剛的風有這麼大嗎？她有一瞬間的暈眩，穿著襪子的腳趾緊抓住細窄的邊緣，裙子在風中飛揚。一隻風靈倏地來到她身邊，然後變成一張人臉，後面有雲朵。颶風啊，那東西最好不要搗蛋。是因爲人類的想像力才讓風靈這麼調皮嗎？

她不穩地踩上水手放在她腳邊的繩索圈，然後亞耶伯遞給她之前提過的面罩。

加絲娜從甲板下出現，不解地看著四周。看到紗藍站在船邊，她挑起眉毛。

紗藍聳聳肩，示意他們把她垂下。

她一吋又一吋地朝水面跟在水裡浮浮沉沉的神祕動物降下，拒絕覺得自己的行爲很愚蠢。上頭的人讓她浮在水面上方一兩呎，然後她帶上面罩，後面有皮帶綁著，蓋住她大半張臉，包括鼻子。

「再低一點！」她朝他們大喊。從繩索下降的遲緩速度，她可以感覺得出來他們的不情願。她的腳浸入水裡，一陣刺骨的寒冷竄上小腿。颶父啊！但是她沒有讓他們停手。她讓他們垂下她，直到她的雙腿全部泡入冰凍的海水裡，裙子很討厭地整個膨脹起來，她得一面踩著圈，一面踩著裙襬的一角，免得她一彎腰，裙子就會飄在水面上。

她與布料爭鬥了一會兒，很高興上面的人看不見她的臉紅。不過布料一旦溼透，反而更容易處理，最後她成功地蹲下身，依然緊握住繩子，讓水泡到她的腰部。

然後她把頭埋入水面下。

水面上的陽光像是燦爛的光柱射入水裡。這裡有許多活力充沛、驚人的生物。小魚左右亂竄，啄著殼獸下方，殼裡則住著讓人讚嘆不已的動物。山提德的身體像是老樹一樣糾結，皮膚層層疊疊，有著修長下垂的藍色觸手，很像水母，但是更粗，末稍消失在海裡深處，斜斜地飄在動物身後。

動物本身是殼下方一團灰藍色的肉塊，看起來很古老的皺紋包圍著在她這側的一隻大眼睛——另一邊應該也有一隻。牠顯得很笨重，卻又非常霸氣，強壯的鰭像是划槳的人一樣搖動。一群奇怪的靈繞著動物身邊在水裡來來去去，形狀像是箭頭。

許多魚群來往穿梭，雖然深海似乎非常空曠，但是山提德周圍充滿了生命力，就像船底下的區域一樣。小魚啄著船底，在山提德跟船之間游動，有時是一隻隻，有時則是一波波。所以牠才游到船邊嗎？跟魚還有牠們之間的關係有關？

她看向動物，而動物跟她的腦袋一般大的眼睛轉向她，在一瞬間對焦，看見了她。紗藍感覺不到冷，感覺不到尷尬。她正看著一個就她所知沒有學者造訪過的世界。

她眨了眨眼，收入生物的「記憶」，準備日後作畫。

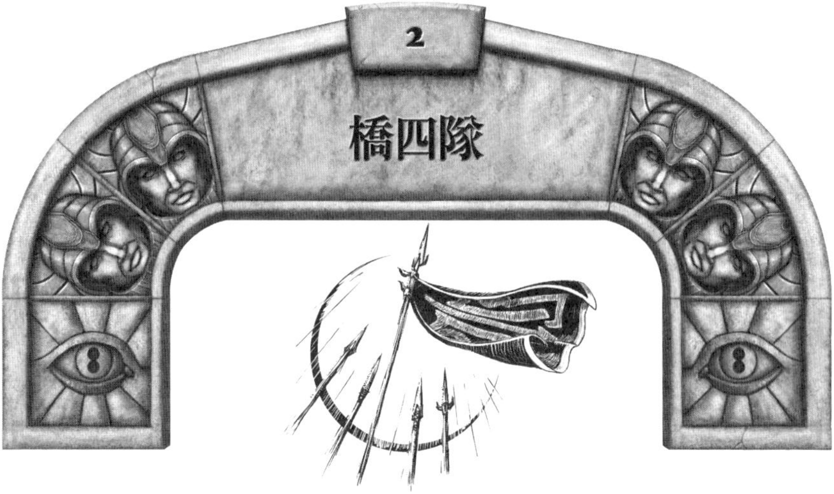

2

橋四隊

我們得到的第一個線索是帕山迪人。就在他們放棄追尋寶心前的好幾個禮拜，他們的戰鬥方式已經出現了變化。在戰鬥之後，他們會一直在台地上流連不去，彷彿在等待什麼。

——收錄於一一七四年，娜凡妮·科林私人日誌，傑瑟瑟斯日

呼吸。

人的呼吸就是他的生命，一點一點地吐還給這個世界。卡拉丁閉著眼睛深呼吸，一時間耳中只聽得到這些。他自己的生命。吸，吐，隨著他胸中如雷的鼓聲起伏。

呼吸。他自己的小颶風。

外面的雨停了，卡拉丁繼續坐在黑暗裡。當國王跟富有的淺眸人死時，他們的身體不會像普通人那樣被燃燒，而是被魂術變成石頭或金屬的雕像，永遠地凝結。

深眸人的遺體則被燃燒，變成輕煙，飄向天空以及等在天空中的未知，宛如焚燒的祈禱文。

呼吸。淺眸人的呼吸與深眸人沒有什麼不同，不會更甜美，不會更自由。國王跟奴隸的呼吸交織在一起，再次被所有人吸入，一遍又一遍。

卡拉丁站起，睜開眼睛。颶風肆虐時，他待在橋四隊新軍營旁邊的漆黑小房間。獨自一人。他走到門邊，卻停下腳步，手摸上他知道掛在鉤子上的一件披風。黑暗中，他看不見披風的深藍色，以及其上的科林符文——達利納的徽記。

他覺得自己人生中的所有改變似乎都是颶風造成的。現在是個很大的改變。他推開門，走入陽光下，成為自由人。

他還是沒有帶著披風出門。

他一出門，橋四隊的人們就為他歡呼。他們按照習慣在颶風過後的細雨裡洗澡、理頭刮面，隊伍快要排到盡頭。大石一一替每個人剃頭刮臉，壯碩的食角人一面哼著歌，一面用剃刀刮過德雷越發稀疏的頭髮。下過雨的空氣聞起來很潮溼，周圍一個被沖刷過的火堆殘跡，是前天晚上所有人共享濃湯後留下的唯一證據。

在很多層面上，這個地方跟他的人剛逃離的木材場沒有太大不同。長方形的石頭軍營差別不多——只是魂術製造而不是手工，看起來就像巨大的石頭木柴。這些營房的末端都有中士專用的小房間，獨立一扇門通往外面，先前使用的隊伍在門上塗了自己的符號。卡拉丁的人得塗上新的、屬於他們的符號。

「摩亞許、斯卡、泰夫。」卡拉丁喊人。

三人朝卡拉丁小跑步過來，踩過暴雨留下的水窪。他們穿著橋兵的衣服：簡單的長褲，從膝蓋以下割斷，光裸的胸膛穿著皮背心。斯卡的腳之前受過傷，但現在已經可以行走，很顯然正努力不要走得一拐一拐的。卡拉丁暫時沒有命令他去臥床休息，他的傷勢不嚴重，而且卡拉丁需要這個人。

「我要檢視我們手邊有的東西。」卡拉丁帶著他們離開橋四隊的新軍營，裡面可以住五十個人以及六名中士。兩邊還有更多營房，卡拉丁得到整整一區二十棟建築，讓他的新軍隊進駐，成員都是前任橋兵。

二十棟。達利納如此容易就幫橋兵們弄到這麼多的空房，表明了驚人的事實：薩迪雅司的背叛付出了高昂的代價，造成好幾千人喪命。許多女書記都在軍營附近監督著帕胥人，他們正在抱出一堆堆衣服跟其他個人用品，全是死者的所有物。

很多人都帶著紅眼眶，情緒激動地看著這一切。薩迪雅司在達利納的陣營裡製造了上千名的新寡婦，以及同樣多的孤兒。如果卡拉丁需要一個恨那個人的新理由，他已經找到了，就是這些婦人遭受的心靈折磨，她們的丈夫都是在戰場上信任薩迪雅司而死的人。

在卡拉丁的眼裡，沒有比在戰場上背叛盟友更重大的罪行，也許除了背叛自己人——在他們冒著生命危險來保護你之後，還想殺害他們。卡拉丁一想到阿瑪朗跟他的所作所爲就感覺一陣怒氣立刻升起，奴隸印記似乎再次在額頭上灼燒起來。

阿瑪朗跟薩迪雅司。卡拉丁人生裡的這兩個人，在某個時候將會爲自己的所作所爲付出代價，並且狠狠地帶上一大筆利息。

卡拉丁繼續跟泰夫、摩西許、斯卡往前走。這些軍營裡的私人物品正在逐漸清空，同時有更多橋兵入住。他們看起來很像橋四隊的人，有同樣的背心跟及膝長褲，但是在其他方面簡直是天壤之別：滿頭亂髮、好幾年沒刮的鬍子、似乎不知道什麼是眨眼的空洞眼神、彎著背脊、面無表情。

雖然周圍都是同伴，但每個人幾乎都是獨自坐在那裡。

「我記得那種感覺。」斯卡柔聲說。矮小精瘦的男人有著銳利的五官，發白的鬢角，雖然年齡只有三十出頭而已。「我不想記得，但是我卻記得。」

「我們得把這些人變成軍隊？」摩亞許問。

「卡拉丁不是讓橋四隊成功了嗎？」泰夫對摩亞許擺擺手指。「他會辦到的。」

「改變幾十個人跟改變幾百個人不一樣。」摩亞許踢開被颶風吹斷的樹枝時說。他的身材高大壯實，下巴有疤痕，但是額頭上沒有奴隸烙印，走路時背脊挺直，下巴抬起，除了有著深褐色眼眸外，他就像個軍官。

卡拉丁帶著三人走過一間又一間軍營，很快地計算了一下。幾乎有一千人。雖然他昨天說過，他們已經自由了——願意的人可以回去過自己原本的日子——但現在鮮少有人願意動起來，全都只想坐在那裡。雖然原本有四十組橋隊，但許多人在最近一次的攻擊中被殺害，其他橋隊原本就更缺人。

「把他們組成二十組，每組五十人。」卡拉丁說。空中的西兒像一條光帶一樣飄下，繞著他。其他人似乎沒有看到她，對他們而言她是隱形的。「我們沒有辦法一開始就一一教導這上千人，得從比較積極的幾個人開始，然後把他們送回自己的隊伍去訓練跟領導其他人。」

「好像有道理。」泰夫抓抓下巴。他是年紀最大的橋兵，也是少數幾個蓄鬍子的人之一。大多數人會把自己的鬍子剃掉，表現自信驕傲，顯示橋四隊的人跟普通奴隸不同。泰夫則是因為同樣原因而留了一片整齊的鬍子。鬍子沒有花白的地方是淺褐色，修得短而方正，幾乎像是執徒。

摩亞許皺眉看著那些橋兵。「你認為他們有些人會『比較積極』，卡拉丁，在我看來他們都一樣失魂落魄。」

「一定有人還有膽氣。」卡拉丁繼續走回橋四隊。「先從昨天晚上加入我們火堆的人開始。泰夫，我需要你去挑出其他人。把不同的小隊組織起來，混合在一起，然後從每隊裡挑兩個人，總共四十個人開始訓練，由你來負責。這四十人將會是我們用來幫助其他人的種子。」

「我應該沒問題。」

「很好。我會給你幾個幫手。」

「幾個？」泰夫問。「我需要的可不只幾個……」

「你只能有幾個。」卡拉丁停在路上，面向西方，看向軍營圍牆外的國王行宮。皇宮建在山坡上，俯瞰其他戰營。「我們大多數人都得去保住達利納．科林的命。」

摩亞許跟其他人一起在他身邊站定。卡拉丁瞇眼看著宮殿，它看起來一點都不像有國王住在裡頭，根本不夠豪華——這裡的一切除了石頭之外就是更多石頭。

「你願意信任達利納？」摩亞許問。

「他為我們放棄了他的碎刃。」卡拉丁說。

「那是他欠我們的。」斯卡哼了一聲說。「我們颶風的可救了他一命。」

「也許他是裝的。」摩亞許雙手抱胸。「那是他跟薩迪雅司想要扳倒對方的政治手段。」

西兒落在卡拉丁的肩膀上，變成一名年輕女子，穿著一件薄透修長的洋裝，一身藍白。她交握雙手，抬頭看著國王的宮殿，達利納．科林正在那裡進行他的計畫。

達利納告訴過卡拉丁，他要做一件會讓很多人憤怒的事情。我要把他們的遊戲奪走……

「我們必須保住那個人的命。」卡拉丁轉頭看其他人。「我不知道我是不是信任他，可是在這個平原上，只有他對橋兵展現過最些微的同情。如果他死了，你們要不要猜猜他的繼任者多久就會把我們賣回給薩迪雅司？」

斯卡鄙夷地哼了一聲。「他們試試看，我們可是有燦軍騎士帶領。」

「我不是燦軍。」

「隨便啦，不管你是什麼，想把我們從你身邊奪走可不容易。」斯卡說。

「你認為我能打過他們所有人嗎，斯卡？」卡拉丁直視年紀較長的男子雙眼。「幾十名碎刃師？幾萬名士兵？你認爲我一個人可以？」

「不是隨隨便便一個人。」斯卡固執地說。「是你。」

「我不是神，斯卡。我無法抵擋十支軍隊。」卡拉丁轉身面向另外兩人。「我們決定留在破碎平原上。爲什麼？」

「逃跑有什麼用？」泰夫聳聳肩。「就算我們是自由人，在那片山區裡早晚也會被招募入伍，不管是哪一支軍隊，再不然就是餓死。」

摩亞許點點頭。「只要我們能夠保持自由，這裡沒什麼不好的。」

「達利納・科林最有可能給我們一個眞正的生活。是貼身護衛，不是被徵召的勞工。是自由人，即使我們額頭上有烙印。沒有別人能給我們這些。如果我們想要自由，就得保住達利納・科林的命。」

「那白衣殺手呢？」斯卡輕聲問。

他們都聽說了那個人在世界各處的犯行，刺殺各個國家的國王跟藩王。自從信蘆開始一點一滴地把這些消息傳入戰營後，流言便在各處不脛而走，引起諸多討論。亞西爾的皇帝死了。賈・克維德陷入混亂，五六個其他國家也失去了統治者。

「他已經殺了我們的國王。老加維拉是殺手的第一起刺殺。我們只能希望他不會有再來這裡的念頭。無論如何，我們都要保護達利納。不計代價。」

他們一個一個開始點頭，雖然每個人都點得不情不願。這也難怪他們，信任淺眸人這件事沒替他們帶來什麼好處，就連曾經說達利納好話的摩亞許，現在都一副對那個人沒什麼好感的模樣。不只是達利納，任何淺眸人都一樣。

說實話，卡拉丁有點驚訝自己的態度，還有對那個人的信任。但是颸風的，西兒喜歡達利納，這點對他來說很重要。

「我們現在很弱。」卡拉丁壓低聲音說。「可是只要我們陪他們玩一段時間，保護科林，就能收到豐厚的獎賞。我就能夠訓練你們，眞的把你們當軍官跟士兵來訓練。除此之外，我們還能教導其他人。

「光靠我們這二十幾個前任橋兵要在外面生存是不可能的，但如果我們是戰技高超的傭兵呢？千人大隊，配備戰營中最精良的裝備？最糟糕的情況就是我們得拋下這個戰營，那我希望走的時候我們是一個軍團，身經百戰，令人無法輕視。給我一年帶這一千人，我就能辦得到。」

「我喜歡這個計畫。我能學用劍嗎？」摩亞許說。

「我們還是深眸人，摩亞許。」

「你不是。」站在另一邊的斯卡開口。「我看到你的眼睛了，就在——」

「住口！」卡拉丁說。他深吸一口氣。「別再說了。再也別說了。」

泰夫安靜下來。

「我要任命你們爲軍官。」卡拉丁對他們說。「你們三個，還有席格吉和大石。你們來擔任第二中尉。」

「深眸人中尉？」斯卡說。這個軍階一般來說只有在全是淺眸人的連裡才會用到，等同於上士。

「達利納任命我爲上尉，他說這是他敢給深眸人的最高軍階。我得爲一千人安排出完整的指揮架構，在中士跟上尉之間還需要一個層級，意思就是你們這五個人要成爲中尉。我想達利納不會阻止我。如果我們還需要一層，那就再指派上士。」

「大石是軍需官，負責一千人的伙食，我會指派洛奔當他的副手。泰夫，你負責訓練。席格吉是我們的文書官，只有他讀得懂符文。摩亞許跟斯卡……」

他瞥向另外兩人。一個矮，一個高，兩人走路的方法一模一樣，流暢的步伐，危險的肢體語言，肩上隨時扛著矛，武器從不離手。他在橋四隊裡訓練出來的人裡，只有這兩人從本能上理解戰鬥，他們天生具有殺性。

就像卡拉丁。

「我們三個人要負責守住達利納。」卡拉丁告訴他們。「在盡可能的範圍內，我希望我們三人之中隨時有一人親自守在他身邊，另外兩人之一可以去保護他的兒子們，但是別搞錯了，我們首要保護的對象是黑刺。不計代價。他是橋四隊可以獲得自由的唯一憑證。」

其他人點點頭。

「很好。把其他人召集起來吧。該讓整個世界看到我眼中的你們是什麼樣子了。」

❖

在所有人的同意下，霍伯第一個坐下來接受刺青。這名缺牙的男人是最早信任卡拉丁的人之一。卡拉丁記得那天在出勤之後，他累得只想倒在地上放空，但是他選擇去救霍伯，而不是任這男人自生自滅。卡拉丁那天也救了自己。

橋四隊的其他人在帳棚中圍著霍伯，沉默地看著刺青師仔細地在他額頭上動手，用卡拉丁選擇的符文遮蓋奴隸烙印。刺青的痛楚讓霍伯偶爾會齜牙咧嘴一番，但他臉上的笑容從未消失。卡拉丁聽人說過刺青掩蓋疤痕的效果很不錯，一旦有刺青印記，符文便會吸引別人的注意，幾乎看不出皮膚下還有疤痕。

一切結束後，刺青師給了霍伯一面鏡子。橋兵遲疑地碰著自己的額頭，皮膚仍然因為針刺而紅腫，但是黑色刺青完美地掩蓋了奴隸烙印。

「上面說什麼？」霍伯低聲問，滿眼含淚。

「自由。」席格吉在卡拉丁回答前便說。「符文的意思是自由。」

「上面比較小的符文是你獲得自由的日期，還有給你自由的人是誰。就算你弄丟了自由身分書，任何想把你當成逃奴抓起來的人，都可以找到你不是逃奴的證據。達利納．科林的書記會留有一份你的身分書副本。」

霍伯點點頭。「這樣很好，但是不夠。我想在上面加『橋四隊』。自由，橋四隊。」

「代表你是離開橋四隊獲得自由？」

「不是的，長官。我不是離開橋四隊才獲得自由，我是因爲橋四隊才獲得自由。就算有機會，我也不會離開。」

胡說八道。進入橋四隊根本就是死路一條，無數人因爲扛那座受詛咒的橋而被殺。即使是卡拉丁下定決心要救人以後，他還是失去了太多人。有機會能逃的話，只有傻子才不會逃。

可是霍伯還是固執地坐在那裡，直到卡拉丁替刺青師——一名平靜、眼神沉穩的深眸女子，壯得像是靠自己就能扛起一座橋——畫出正確的符文。她在凳子上坐下，開始在霍伯的額頭上加上兩個符文，就在自由符文下方。過程中她利用時間再次解釋刺青會腫痛好幾天，叮囑霍伯要怎麼照顧刺青。

霍伯帶著笑容接受了新刺青，一副蠢樣，但是其他人紛紛點頭致意，與霍伯攬臂言歡。霍伯結束後，斯卡很快坐下，興奮地要求一模一樣的刺青。卡拉丁後退一步，交疊雙臂，無奈地搖頭。

外頭繁忙的市集買賣不斷。所謂的「戰營」其實是個城市，順著巨大的天然岩壁內側的凹洞建成。破碎平原連年不斷的戰事引來各式各樣的商人、工匠、藝術家，甚至帶著小孩的家庭。

摩亞許站在一旁，一臉糾結地看著刺青師。橋隊裡不只他沒有奴隸印記，泰夫也沒有。他們在成爲橋

「走吧。」卡拉丁拋給刺青師一小袋錢球，然後走到帳棚門口抓起自己的矛。在戰營裡不需要帶著武器，但他希望他們能夠習慣自己已經是自由身，可以隨意攜帶武器了。

外面的市集繁忙而充滿活力。昨天晚上因颶風被拆下來收好的帳棚，現在已經紛紛架了起來。也許是因爲他剛剛想到沈，所以現在特別注意到帕胥人的存在。他一眼就看到幾十個，正在幫忙架起最後幾座帳棚，替淺眸人捧東西，幫店家們堆貨物。

*他們對破碎平原上的這場戰爭有什麼想法？*卡拉丁心想。*是打敗——也許是征服——這世界上唯一自由的帕胥人嗎？*

要是能從沈的嘴裡得到這種問題的答案就好了。他似乎只能從帕胥人那裡得到聳肩而已。

卡拉丁帶著他的人穿過市集。這裡的市集比薩迪雅司戰營裡友善太多，雖然其他人還是會盯著橋兵看，卻沒有人表現出輕蔑的態度，周圍的討價還價仍然非常激烈，但並沒有升級到互相喊罵的程度，就連流浪兒跟乞丐的數量似乎都比較少。

卡拉丁心想，一切都是你自己幻想出來的。你想去相信達利納眞如眾人口中那般好，是故事裡那種有榮譽心的淺眸人。但大家也都是這麼說阿瑪朗的。

他們一邊走，經過一些士兵。但士兵的人數太少。這些人都是當初輪値守營的人，而其他人則參與那場災難，結果不幸碰上薩迪雅司背叛達利納。他們又經過一群巡邏市集的士兵時，卡拉丁看到前方有兩個人雙手舉在胸前，手腕交疊著。

他們怎麼這麼快就學到橋四隊以前的敬禮了？這些人沒有正式行禮，只是小小致意，但是卡拉丁跟他的人經過時，他們都點點頭打招呼。突然間，市場較爲平靜的一面在卡拉丁的眼裡出現了另一層含義，也許這不只是因爲達利納的軍隊比較有秩序跟組織性而已。

戰營瀰漫著一股安靜的擔憂。因爲薩迪雅司的背叛，他們失去好幾千人，這裡的每個人應該都認得死在平原上的人。每個人大概也都在想，兩名藩王之間的衝突會不會越演越烈。

「被視爲英雄的感覺不錯，對吧？」席格吉走在卡拉丁身邊，看著另一群士兵經過。

「你覺得他們的善意會持續多久？多久以後就會開始對我們反感？」摩亞許問。

「哈！」站在他後面高壯的大石拍一拍摩亞許的肩膀。「今天不抱怨！你太常抱怨了。不要逼我踢你。我不喜歡踢人。腳趾痛。」

「踢我？你連矛都不肯拿，大石。」摩亞許哼了哼。

「矛不是用來踢愛抱怨的人。可是像我這種的昂卡拉其大腳就是用來踢的！哈！很明顯吧，啊？」

卡拉丁帶著所有人出了市集，來到軍營附近一棟大型長方形建築物。這一棟是工匠砌成的石屋，不是魂術做出來的，所以做工也精緻很多。隨著越來越多石匠來到，這樣子的建築物也越發常見。魂術比較快，但也比較貴，比較沒有彈性。他對魂術所知不多，只知道魂師能做的事情是有限制的，所以軍營基本上都一樣。

卡拉丁帶著他的人走進高大的建築物裡，來到櫃檯前。一名滿臉鬍渣的大漢，腹部的胃凸似乎足以飽到下個禮拜，正在那裡監督幾名帕胥人堆疊藍色的布料。這人是科林的軍需長，林德。卡拉丁昨天晚上就把他的指示送給林德。林德是淺眸人，但屬於所謂的「坦納」階級，只比深眸人的地位高上那麼一丁點。

「啊！」林德用跟他的雄厚肚圍完全不符合的尖細聲音說。「你們終於到了！我都拿出來給你了，上尉。我剩下的都拿出來了。」

「剩下？」摩亞許問。

「碧衛的制服！我訂了一些新的，但現在還剩下的就這些。」林德的情緒微微低落。「因爲沒想到這麼快就需要這麼多件。」他上下打量一眼摩亞許，然後遞了一身制服過去，指了指附近的換衣間。

摩亞許接下。「我們要在這件衣服上面套皮背心？」

「哈！你說的是你們在宴會那天穿的那種，上面的骨頭多到簡直看起來像是西方骨頭人的背心？我聽說了。不是那種。達利納光爵說你們每個人都要有胸甲、鋼盔和新矛，如果需要的話還有上戰場用的鎖甲。」

「現在先有制服就行了。」卡拉丁說。

「我覺得我穿這個一定很蠢。」摩亞許抱怨著，但還是過去換衣服。林德把制服分給所有人，他怪異地看了沈一眼，但還是沒多說什麼就給帕胥人一身制服。

橋兵們熱切地聚成一團，一邊興奮地交頭接耳，一邊攤開制服。大家都一樣，很久沒有穿過橋兵皮衣或奴隸破布以外的衣服。摩亞許出來的時候，全場一下子安靜了。

這是比較新的制服，比卡拉丁之前服役時的款式要更現代一點。筆挺的藍色長褲，黑色光亮的靴子，一件排釦白襯衫，只在外套外露出一小截領口跟袖口。外套長及腰部，在腰帶下用釦子扣好。

「這才有個士兵樣啊！」軍需長笑著說。「你還覺得自己看起來蠢嗎？」他揮手要摩亞許去牆上的鏡子前照照。

摩亞許調整一下袖口，居然臉紅了，卡拉丁很少看到他這麼不知所措的樣子。「不蠢，不蠢。」摩亞許說。

其他人爭先恐後地開始找地方換衣服。有人去旁邊的換衣間，但大多數人不在乎場地。他們曾經是橋兵跟奴隸，大半輩子都只有塊兜襠布，甚至更少衣服，卻仍得在所有人面前晃。

泰夫比誰都穿得更快，也知道釦子該往哪裡扣。「已經很久了。」他低聲說，繫上腰帶。「我沒想過我還有穿上這身衣服的一天。」

「這才是你，泰夫。不要讓奴隸的過去使喚你。」卡拉丁說。

泰夫悶哼一聲，調整腰上的戰鬥匕首。「你呢，孩子？你什麼時候才會承認自己的身分？」

「我承認了。」

「只有對我們。沒有對其他人。」

「別又開始提這件事。」

「他颶風的我愛提就提。」泰夫沒好氣地說。他向前傾身，低聲說話。「至少你得給我個眞正的答案。你是個封波師，雖然還不是燦軍，但等這一切結束時，你一定會是。其他人逼你是對的。你爲什麼不去找那個叫達利納的傢伙，吸點颶光，讓他把你好好當淺眸人看待？」

卡拉丁看著亂成一團的人，每個人都急著穿好制服，林德則氣急敗壞地跟他們解釋要怎麼扣外套。

「泰夫，我擁有過的一切都被淺眸人奪走了。我的家人，我的弟弟，我的朋友，還有更多，比你能想到還要更多。他們看到我有什麼，就會奪走。」他舉起手，看著幾絲隱約發光的煙霧從手背散發。「他們會把它奪走。如果他們知道我的能力，一定會被他們奪走。」

「克雷克吐氣的，他們能怎麼樣奪走啊？」

「我不知道。泰夫，我不知道，可是我一想到就心慌。我不能讓他們奪走這能力，無論是這個能力或你們都不可以被奪走。我的能力，不能提。不要再說了。」

泰夫抱怨了兩句。其他人終於穿好衣服，可是只有一隻手臂的洛奔——他多餘的袖子往裡面塞了回去，免得空蕩蕩地垂在外面——開始戳著肩膀上的肩章。「這是什麼？」

「是碧衛的徽章。達利納．科林的私人親衛隊。」卡拉丁說。

「他們死了，大佬，我們不是他們。」

「對啊。」斯卡同意。

林德驚駭地看著他拿出刀子，把徽章割了下來。「我們是橋四隊。」

「橋四隊是你們的監牢。」卡拉丁抗議。

「不重要。我們是橋四隊。」斯卡說。其他人紛紛同意，也把肩膀上的徽章割下，丟在地上。

泰夫點點頭，也這麼做了。「我們會保護黑刺，但是我們不是要去取代他以前的人。我們是我們自己的人。」

卡拉丁揉揉額頭，這是他自己幹出來的好事，他把他們都聚集在一起，鍛鍊成一個整體，結果就是這樣。「我再畫一個服裝徽章，得請你訂做新的了。」他告訴林德。

胖子嘆口氣，彎腰撿起被丟下的徽章。「也只能這樣了。上尉，你的制服在那裡。深眸上尉！誰想得到會有這種事呢？你會是軍隊裡唯一的一個。就我所知，前無古人啊！」

他似乎不覺得這件事有哪裡讓人討厭的地方。卡拉丁很少跟林德這種低達恩的淺眸人打交道，可是他們在戰營裡很常見。在他的家鄉，只有城主的家族——非常高的達恩——還有深眸人。一直到他去到阿瑪朗的軍隊以後，他才發現原來淺眸人也分好多種，許多人也做著一般的工作，爲生計操勞，就像普通人一樣。卡拉丁走向櫃檯上最後一疊衣服。他的制服不一樣，有藍色的背心，外搭雙排釦的藍色長大衣，白色的襯裡，銀色的釦子。大衣雖然有兩排釦子，但穿著的時候應該要敞開前襟。

他經常看到這種制服，穿在淺眸人身上。

「橋四隊。」他說完，也把肩膀上的碧衛徽章割下，跟其他人的一起丟在櫃檯上。

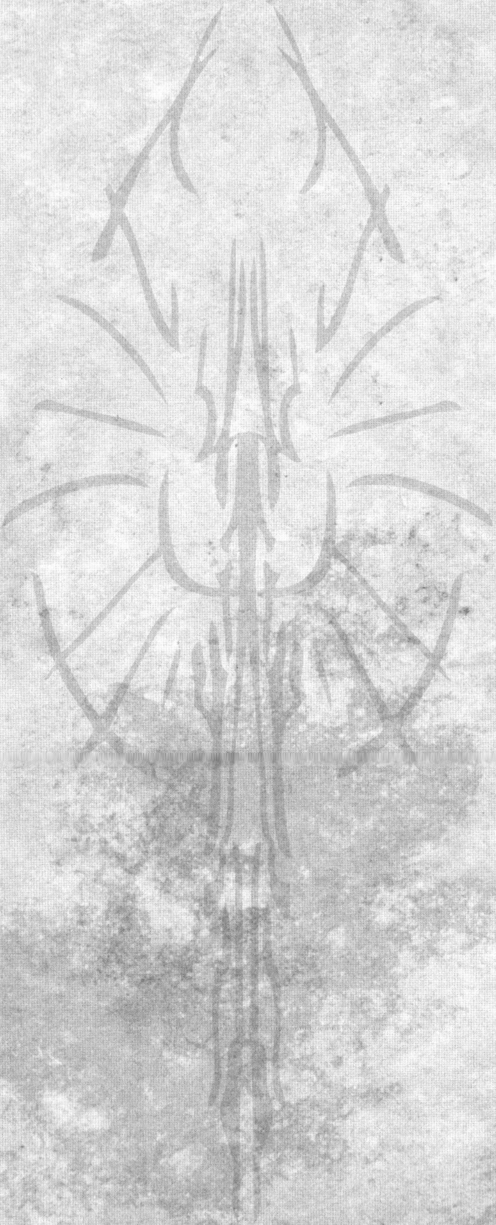

3 圖樣

士兵們回報遠處一直有數量高到令人緊張的帕山迪斥候在觀察他們，然後我們注意到對手出現新的攻擊模式，亦即夜晚突擊離營地很近的地方，然後快速撤退。我唯一的結論就是，我們的敵人當時已經在準備結束這場戰爭的戰略。

——收錄於一一七四年，娜凡妮·科林私人日誌，傑瑟瑟斯日

書上寫著：對神學時期之前的年代進行研究是件困難到令人髮指的工作，因爲在神權統治期間，弗林教對羅沙東半球幾乎擁有徹底的控制。他們自創的理念——後來被當做絕對的事實來教化群眾——最後已經被社會意識內化。更令人介懷的是他們修改古籍，把歷史改寫成符合教條的版本。

紗藍在艙房裡藉著錢球杯的燈光讀書，身上只穿著睡袍。這個狹窄的房間沒有眞正的觀景窗，只有細細一道窗戶開在對外的牆壁頂端，她唯一聽到的聲音是海浪對船身的輕拍。今天晚上，船並沒有靠岸。

書裡寫著，這個時代的教會對燦軍相當忌諱，卻仍然仰賴神將給予弗林教的威信，因此造成兩極化的現象，重創期跟騎士們的背叛被過度強調；在此同時，古代的騎士——在影時代

時期與神將們共同生活的騎士——則受到崇敬。

這點使得燦軍以及名叫幽界的地方之研究非常難以進行。什麼是事實？教會意欲錯誤地清除他們眼中的衝突時，改寫了多少關於過去的紀錄，好符合其偏頗的論述？該時期的文件從原本的皮紙被抄成現代紀錄時，鮮少沒有經過弗林之手。

紗藍抬起頭。這本書是加絲娜成爲學者後，最早出版的著作之一。加絲娜沒有要紗藍讀這本書，因此當紗藍跟她索取的時候，她其實頗爲猶豫，最後還得去收在船艙深處的許多書箱中翻找，好不容易才挖了出來。

爲什麼加絲娜這麼不情願，這本書不正是紗藍在學習的內容？加絲娜不是應該直接把這本書給她？它——

圖樣又出現了。

紗藍的呼吸梗在喉頭，看著圖樣出現在她床邊的艙房牆壁上，就在左邊。她小心翼翼地將目光移回面前的書頁。圖樣跟她先前在畫板上看到的一模一樣。

從那時候起，她的眼角餘光就經常看到這個圖像出現在木紋上、水手上衣背後或水面的閃光。每次她想要直視，圖樣就會消失。加絲娜什麼都不肯說，除了表示應該是無害。

紗藍繼續翻頁，穩住呼吸。之前自行出現在她的圖畫中的奇怪符號頭生物也是這樣，所以她已經有了經驗，知道該怎麼做。她允許自己的目光滑過書頁，看著牆壁——不是看圖樣，而是看圖樣的旁邊，彷彿她沒有注意到它。

沒錯，就在那裡，像是戳印一樣凸起，圖樣繁複，呈現一種詭異的對稱感。細巧的線條纏繞、穿梭成一團，從木頭表面浮起，彷彿在繃緊的桌巾下放了一塊有花紋的鐵板。

又是這種東西。這個圖樣跟之前長相奇怪的符號頭很像。她繼續看著書，卻什麼都沒讀進去。船身搖晃，杯子裡發亮的白球也晃動起來，輕敲出聲。她深吸一口氣。

然後直接看向圖樣。它立刻開始褪去，輪廓漸漸撫平，趁它完全消失之前，她清清楚楚地看了一眼，存了記憶。

「你跑不掉。這次我記住你了。」她對著消失的圖樣喃喃低語，把書拋在一旁，急忙抓起炭筆跟一張畫紙，蜷在燈旁，紅色的長髮披散在肩頭。她畫得又急又快，莫名地被某種衝動驅策，想要儘快完成這幅畫，手指像是有自己的意志般快速挪動，露出的內手抓著畫板湊向杯子，杯中的燈光在紙上灑滿碎光。她把炭筆一丟。她需要更乾淨的畫筆，能夠畫出更精細的線條。用墨水好了。炭筆很適合畫出生命的細柔層疊，但是這次她筆下的主題不是生命，是別種東西，一種不眞實的東西。她從畫具包裡找出一支筆，一瓶墨水，重新埋頭作畫，一絲不苟地把細小、複雜的線條畫出來。

她在作畫時沒有半絲雜念，整個人被創作吞食，創作靈出現在她身邊，幾十個細小的靈堆在她床邊的小桌和她蜷跪的地板周圍。靈轉動、跳躍，每一個都不比湯匙大多少，幻化成它們最近看過的形狀。她沒有多理會，雖然她從來沒有一次見過這麼多創作靈同時出現。

她專注地畫著，靈的形體也越變越快。那個圖樣似乎不可能被捕捉在任何筆下，繁雜的重複紋樣反覆纏繞至無盡。沒錯，用筆永遠無法完美地畫出一模一樣的圖樣，但是她的成品也算是相差不遠。她從中心開始往外勾勒螺旋狀，然後重新畫出由中央往外延伸的每一道枝幹，枝幹上也有各自纏纏繞繞的細線，簡直像是要把囚犯逼瘋的迷宮。

她畫完最後一條線的時候，發現自己正在大口喘氣，像是跑了很長一段路。她眨眨眼，再次注意到身邊的創作靈居然有好幾百隻。它們流連了一下，才一一開始消失。紗藍將筆放在墨水瓶旁邊，墨水瓶被她

人的臉被頭盔面甲遮住。

「列隊！」達利納一行人抵達時，騎士下令，達利納心裡暗自點頭。沒錯，是女性。

達利納跟其他士兵在騎士周圍排成圓陣，武器朝外。不遠的地方有另外一圈士兵，中間有個騎士，同樣在水裡前進。

「妳為什麼把我們召回來？」達利納的一名同伴問。

「卡艾柏說他看到有地方不對勁。大家提高警覺，小心前進。」騎士說完，所有人便開始從另一個方向退離碉堡。達利納舉矛朝外，額角上都是汗珠。他看到的自己跟平時沒有什麼不同，但在其他人眼裡，他是他們的同伴。

他對這些幻境的了解仍然不多。全能之主不知道用了什麼方法把幻境送給他，但是祂親口承認祂已經死了。所以這到底是怎麼一回事？

「我們在找東西。」達利納壓低了聲音說。「一隊隊騎士跟士兵的組合在夜間被派出來，尋找某個有人看到的東西。」

「菜鳥，你還好嗎？」一名身邊的士兵發問。

「沒事。我只是有點擔心，我連我們在找什麼都不知道。」達利納說。

「我們在找行跡詭異的靈。眼睛睜大些，被斯加阿納碰過的靈都會開始舉止怪異。有任何不對勁的地方，你就立刻出聲。」

達利納點點頭，壓低了聲音重複這一切，希望娜凡妮可以聽到他的話。他跟其他士兵們一起繼續搜尋，中央的騎士在……自言自語？她聽起來像是在跟某人對話，但是達利納沒有看到或聽到她身邊有任何人回應。

他把注意力放回周遭附近。他一直想要看看純湖中心長什麼模樣，但每次都只有去到湖邊而已。上次他去亞西爾的時候想找空檔出來看看風景，但亞西須人露出一臉驚訝的樣子，說那裡「什麼都沒有」。

達利納腳上穿著某種很緊的鞋子，大概是為了避免腳在水裡被割傷。腳下的地面並不平整，他可以感覺到凹洞跟隆起，他發現自己看著游來游去的小魚，水裡的影子，旁邊是一張臉。

一張臉。

達利納大喊，往後一跳，矛往下指著。「有一張臉！在水裡！」

「河靈？」騎士來到他身邊。

「看起來像個影子，有紅眼睛。」達利納說。

「果然在這裡。斯加阿納的間諜。卡艾柏，去檢查哨。其他人繼續盯好，沒有載體，它跑不了多遠。」她從腰帶扯下一個小布囊。

「那裡！」達利納指著水裡的一個小紅點，正在往反方向游走，像條魚一樣。他衝了上去，照之前學到的姿勢奔跑。不過追靈有什麼用？又抓不到它們，至少他不知道有什麼方法可以抓住靈。

其他人跟著衝上來。魚群四散，被達利納濺起的水花嚇走。「我在追一個靈。」達利納壓低了聲音說。「我們就是在找它。它看起來有點像張臉，像個影子一樣，有紅眼睛，在水裡像魚一樣游走。等等！又來了一個，兩個會合了。那個比較大，有一人高，至少有六呎。一個在游泳的人，但是像個影子。它——」

「颶風的！」騎士突然大喊。「它帶了護衛來！」

大靈轉身，往水裡一鑽，消失在岩石中。達利納停下腳步，不知道該繼續去追小的靈還是待在原地。

其他人轉身就跑。慘了……達利納立刻跟著往後退。湖底的岩石地開始搖晃，他跌倒在地，濺起一片水花。水乾淨到他可以看見湖底正在裂開，彷彿有東西正從地心往外砸來。

「起來！」一名士兵大喊，抓住他的手臂，達利納被拉了起來。湖底的裂縫變得更寬，曾經平靜的湖面開始翻騰。

地面一陣搖晃，達利納幾乎又要翻倒在地，前方的幾名士兵真的被甩倒了。

騎士站得非常穩當，手裡握著巨大的碎刃。

達利納轉過頭，正好看到岩石從水裡露出來的畫面。好長的手臂！很纖細，大概有十五呎，猛然從水裡暴起，然後用力往下一拍，彷彿想要抓穩河床。附近又有一條手臂抬起，手肘朝向天空，兩隻手臂同時用力，如同在做伏地挺身。

一個巨人的身體形狀從河床剝離，就像是有人被埋在沙裡，現在突然起身。汩汩的水從怪物凹陷隆起的背部流下，上頭長滿了河苔與河菌。那個靈居然讓岩石動了起來。

它挺起身體，四處轉看。達利納看到那雙發光的紅眼，宛如融化的岩石鑲嵌在邪惡的石臉上。巨人的身體倒很乾扁，細細的四肢，尖尖的手指末端是爪子，胸膛是岩石組成的肋骨。

「雷劈的！榔頭！準備榔頭！」士兵們大喊。

騎士站在三十呎高、全身滴水的怪物前，一陣平靜的白光開始從她身上泛起，讓達利納想到錢球。是颶光。她舉起碎刃，向前衝鋒，踏過水面的腳步流暢得不可思議，彷彿水根本無法阻止她的慣性。也許是碎甲的效力。

「他們被創造出來的目的只是守護。」一個聲音在他身邊響起。

達利納看到先前扶他起身的士兵，是一個長臉的色雷男子，頭頂漸禿，有大大的鼻子。達利納伸手幫這個人站起。

之前那人說話的聲音不是這樣，但達利納認得這個聲音。大多數幻境的結尾都有這個聲音出現。全能之主。

「燦軍啊。」全能之主站在達利納身邊，看著騎士攻擊宛如噩夢的怪物。「他們的出現只是爲了解決問題，用來平衡寂滅帶來的破壞而已。十支軍團，創立的目的是協助人類戰鬥，而後重建。」

達利納一字不漏地重複，專注於不漏掉任何一個字，沒有多花心神去理解。

全能之主轉身面向他。「這十支軍團出現時，我很驚訝。我沒有教會我的神將們這些。這都是因爲靈，它們想要模仿我給了人類的能力，所以才會帶來這樣的結果。你必須重建他們，這是你的任務。讓他們團結起來，建造一個可以捱過風雨的堡壘，惹惱憎惡，然後讓雷司相信他可能會輸，逼他派出一戰定勝負的代戰對手。他會選擇這條路，而不是冒失敗的風險，因爲他已經失敗過太多次。我能給你最好的建議只有這些。」

達利納重複完這段話時，前方的戰鬥已經全面爆發，水花濺起，岩石交磨，士兵扛著榔頭前進，出乎意料的是這些人身上也泛起了颶光，只是黯淡許多。

「騎士的出現在你的意料之外。」達利納轉向全能之主說。「這股力量，這個敵人，最後殺了你。你從來都不是神。神是無所不知的，神是無法被殺死的。所以，你到底是誰？」

全能之主沒有回答。他無法回答。達利納之前就發現這些幻境是某種已經預定的體驗，像是一齣戲一樣。裡面的人可以對達利納做出回應，就像演員在某種範圍裡可以自由發揮，但是全能之主自己從來沒有這樣回應過。

「我會盡我所能，我會重建他們，我會準備好一切。你告訴過我很多事情，但我自己琢磨出了一件事。如果你可以被殺死，那你的同類，包括你的敵人，也可以被殺死。」達利納說。

黑暗降臨。喊叫與水花聲褪去。這個幻境是在寂滅期間，還是兩段之間？幻境給的訊息從來就不夠。

黑暗消失時，他發現自己躺在一個小石室裡，這是他的戰營住所一角。

娜凡妮跪在他身邊，握著寫字板，快速地書寫。颶風的，她真美。塗得紅豔的嘴唇，頭髮編成繁複的辮子，纏繞在頭上，紅寶石在髮髻間閃閃發光。她看向他，發現他正眨著眼，逐漸清醒，露出微笑。

「剛剛是——」他開口。

「噓。」她手下寫個不停。「最後一段似乎很重要。」她又寫了一陣子，終於挪開筆，但是內手仍然抓著寫字板。「我應該都抄到了。你換語言的時候很難記。」

「我換語言？」他問。

「最後那段。之前你在說古代色雷語，但我們有紀錄可比對。我希望我的翻譯們讀得懂我的抄錄，那個語言我不是很熟。親愛的，你說話時得慢點。」

「在當下恐怕很難。」達利納站起身。跟他在幻境裡的感覺相比，這裡的空氣很冷。雨點打在房間關起的百葉窗上，根據他的經驗，幻境的結束意謂颶風也差不多要結束了。

他精疲力竭地走到牆邊的椅子坐下。房間裡只有他跟娜凡妮，這是他的要求。雷納林跟雅多林在附近等颶風結束，卡拉丁上尉跟他的橋兵護衛們在另一間房裡警戒地守護著他們。

也許他應該邀請更多學者來觀察他，他們可以同時抄下他的話，然後互相討論出一個最準確的版本。但颶風的，光是讓一個人看他這樣在地上又翻滾又臆語就已經夠尷尬了。他相信幻境，甚至依靠幻境，並不代表他不會因此感到困窘。

娜凡妮在他身邊坐下，雙手抱住他。「慘烈嗎？」

「這次嗎？不會，一點也不會。就是跑了一下，然後有一點打鬥。我沒參與。我還沒上場，幻境就結束了。」

「那你怎麼是這樣的表情？」

「我需要重建燦軍。」

「重建……怎麼做？重建是什麼意思？」

「我不知道。我什麼都不知道。我只知道一些暗示還有隱約被提到的威脅。不過可以確定的是，有某個極大的危險正在逼近。我必須阻止它。」

娜凡妮將頭靠上他的肩膀，他凝視著柔和的火光，房間裡洋溢著溫暖的光亮。現在多數壁爐都已經被改裝成法器用來加熱，這是難得一個還在燒柴火的爐，其實他比較喜歡眞正的火，但是他絕對不會這樣跟娜凡妮說。她爲了讓法器普及給所有人而非常賣力。

「爲什麼是你？爲什麼非得要你來做這件事？」娜凡妮問。

「爲什麼有人出生就是國王，有人就是乞丐？世事便是如此。」達利納回應。

「你這麼容易就接受了？」

「不容易，但是這種問題硬要追究答案也沒有意義。」

「尤其是全能之主都死了……」

也許他不該跟她說這件事。光是這句話就能讓他被視爲異教徒，他的執徒將捨棄他，薩迪雅司更會利用這件事來威脅王室。

如果全能之主死了，達利納的信仰在哪裡？他的信念在哪裡？

「我們應該趁你記憶猶新時，趕快把你的幻境記錄下來。」娜凡妮嘆口氣，依依不捨地離開他身邊。

他點點頭。除了抄錄他的口述，事後的場景描述也很重要。他開始回憶起當時他看到的一切，刻意放慢語速好方便她寫下。他描述了湖，那些人的衣著，還有遠處奇怪的堡壘。她說住在純湖的人曾傳說他們那裡有過大建築物，學者們一直認爲這只是神話。

達利納站起身，邊走邊描述從湖裡站起的邪惡怪物，「它在湖床上留下一個大洞。想像妳在地板上畫出一個人形，然後看到那個人形從地面上拔起。

「妳想想，這種怪物的戰略優勢會有多大。靈很靈巧，速度又快，只要衝到戰線後面，然後站起來，直接攻擊戰線後方，那種怪物的石頭身體一定很難打破。颶風的……碎刃……我在想，說不定碎刃其實是設計來攻擊這種怪物的。」

娜凡妮邊寫邊露出微笑。

「妳在笑什麼？」達利納突然停下腳步問。

「你眞是個百分之百的軍人。」

「是啊，所以呢？」

「所以很可愛。」她寫完最後一筆。「後來呢？」

「全能之主對我說話。」他盡力回憶起當時全能之主的獨白，邊說邊緩慢地踱步。*我得多睡點*，他心想。他已經不是二十年前的年輕人，能跟加維拉一起徹夜不眠，端著一杯酒，聽著他哥哥高談闊論，然後第二天又精神飽滿地衝上戰場，渴望碰到旗鼓相當的對手。

他一說完，娜凡妮便起身把她的書寫用具收起。她會把他說的話拿去給她的學者——其實是他的學者，但全都被她霸佔去了——叫他們把她的抄寫轉成雅烈席語，不過她一定會把裡面的敏感內容先刪掉，例如全能之主的死。

她也會去找支持他的描述的歷史紀錄。娜凡妮喜歡把資料整理得整整齊齊，按照時間排序。她已經將他的幻境整理出一個時間表，試圖組織成一段連貫的描述。

「你還是決定要這個禮拜發布宣告？」她問。

達利納點點頭。他一個禮拜前已經私底下把宣告交遞給所有藩王。原本他打算同一天跟戰營宣告，但娜凡妮說服他分開來是比較睿智的作法。消息已經慢慢滲透出去，至少這樣藩王們都能多做點準備。

「宣告再幾天就會公布給眾人，得讓藩王沒辦法再繼續對艾洛卡施壓，要他收回成命。」達利納說。

娜凡妮抿抿嘴。

「我一定得這麼做。」

「你應該要做的是統一他們。」

「藩王們就像是被寵壞的孩子，想要改變他們需要很極端的手段。」

「如果你讓王國分崩離析，那我們永遠沒辦法統一他們。」

「王國不會崩潰的。」

娜凡妮上下打量他，然後微笑。「我必須承認，我喜歡你現在更有自信的樣子。要是能讓你對我們的事也多一點這樣的自信就好了……」

「我對我們很有自信。」他把她拉近。

「眞的？每天從國王的皇宮跟你的住所來來往往花費我不少時間。如果我把自己的東西搬過來，例如……搬去你住的地方，想想會有多方便。」

「不行。」

「達利納，你相信他們不會讓我們結婚，那我們還能怎麼辦？是因爲道德感嗎？你自己都說全能之主死了。」

「對就是對，錯就是錯，跟全能之主沒關係。」達利納覺得自己對於這點很頑固。

「不論神的命令是對是錯，神跟所有事情都沒關係。」娜凡妮沒好氣地說。

「呃，對。」

「小心，你現在說話越來越像加絲娜了。」娜凡妮說。「反正，如果神死了——」

「神沒死。如果全能之主死了，那很簡單，他根本就不是神。」

她嘆口氣，依然依偎在他身邊，然後踮起腳尖，一點都不矜持地吻上他。娜凡妮認爲矜持是造作扭捏的人才做的事，所以她萬分熱情地獻吻，緊貼著他的唇，把他的頭往後推，渴望更多。當她抽身離開時，達利納發現自己喘不過氣。

她朝他微笑，然後走開，撿起自己的東西——他根本沒注意到她吻他時已經把手上的東西拋下——然後走到門口。「你很清楚，我不是很有耐心的女人。我跟那些藩王一樣任性，習慣想要什麼就得弄到手。」

他嗤了一聲。這句話沒半個字是眞的。她絕對可以很有耐心，只要她願意。她的意思是，她現在不願意了。

她打開門，卡拉丁上尉親自探頭進來檢視了一番。這名橋兵眞是認眞。「上兵，護送她回家。」達利納告訴他。

卡拉丁行了軍禮。娜凡妮推開達利納，沒說半句話就走了，門關上，留下達利納一個人。

達利納深深地嘆口氣，走到壁爐邊的椅子坐下，開始思考。

等到他驚醒時，壁爐的火已經燒盡。颶風的，他現在居然連大白天都會睡著了？要是晚上不會老這樣輾轉難眠就好了，每一夜滿腦子都是原本不該由他來承擔的擔憂跟包袱。他單純的生活到哪裡去了？以前他不是只要一手按劍，安心相信困難的部分有加維拉就好？

達利納伸展四肢，站了起來。他需要檢視國王宣告的預備工作，還有找新的守衛——

他停下腳步。牆壁上出現一行慘白色的刮痕，形成符文。之前這些符文根本不存在。

符文寫：六十二天，死亡跟隨。

❖

沒多久後，達利納背脊挺直地站起身，雙手背在身後，聽著娜凡妮跟一名科林學者露舒討論。雅多林站在附近，檢視一塊在地上找到的白色石頭。它顯然是從房間窗框的白石圈裝飾上被撬下來，然後拿來畫符文。

達利納告訴自己，你得抬頭挺胸，就算是想癱在椅子上也不行。領袖不會癱成一團，領袖永遠是冷靜自持的。儘管他覺得自己對什麼都沒有把握。

尤其是當下。

「啊。」露舒叫了一聲，她是一名年輕的女性執徒，有著長睫毛，小嘴唇。「看看這亂七八糟的線條，一點都不對稱，畫這些符文的人並不習慣畫圖。『死』幾乎快要拼錯了，看起來比較像是『破碎』，而且意思一點都不清楚。『死亡跟隨』？還是『跟隨死亡』？還是六十二天的死亡與跟隨？符文的意思一向不精準。」

「妳只管抄吧，露舒。記住，不能跟任何人談起這件事。」娜凡妮說。

「連妳都不行？」露舒隨口便問，手中忙著抄寫。

娜凡妮嘆口氣，走到達利納跟雅多林身邊。「她非常專精自己的本行，但待人接物上就有點障礙了。

不管如何，沒有人比她更懂得解讀筆跡，這是她的興趣之一。」

達利納點點頭，壓下心頭的恐懼。

「爲什麼要這麼做？想威脅我們嗎？」雅多林拋下手中的石頭問。

「不是。」達利納說。

娜凡妮迎向達利納的眼睛。「露舒，妳先出去一下。」她說。

女子沒回答，被催促兩聲才連忙出門。她一開門就看到外面幾名橋四隊的成員，領頭的是卡拉丁上尉，表情陰沉。他當時正護送娜凡妮離去，一回來就發現這件事，立刻派人去把娜凡妮找了回來。

很顯然，他認爲這件事是自己的錯，認爲有人趁他睡著時溜入了達利納的房間。達利納揮手要他進來。

卡拉丁趕緊進屋，達利納希望上尉沒發現雅多林一看到他，臉色立刻緊繃起來。卡拉丁跟雅多林在戰場上起衝突時，達利納正在跟帕山迪碎刃師戰鬥，後來才聽說了他們的衝突。雅多林對於這個深眸人成爲碧衛隊隊長的消息相當不滿。

「長官。」卡拉丁一步上前。「我十分羞愧。才擔任這份工作一個禮拜，我就已經讓你失望了。」

「你只是聽令行事而已，上尉。」達利納說。

「我的命令是要保護你的安全，長官。」卡拉丁的聲音透露出怒氣。「我應該在你的住所裡也安排護衛，而不只是在住所區域外而已。」

「我們以後可以更仔細。你的前任也有同樣的安排，以前都沒問題。」達利納說。

「時代不同了，長官。」卡拉丁打量著房間，瞇起眼睛。他的注意力被窗戶引了過去，但窗戶不夠大到能讓人鑽進來。「眞不知道他們怎麼進來的，守衛什麼都沒聽到。」

達利納檢視年輕的士兵，他臉上的疤痕跟表情一樣黑。爲什麼？我爲什麼這麼信任這個人？達利納心想。

他說不出來爲什麼，但這麼多年來，他已經學會信任自己身爲軍人跟統帥的直覺。他的內心有著想要相信卡拉丁的衝動，而他也接受了這些直覺。

「這是小事。」達利納說。

卡拉丁目光銳利地看向他。

「別太擔心這個人到底是怎麼鑽進來在牆上寫東西了。以後多仔細點就好，退下吧。」達利納朝卡拉丁點點頭，隊長不情願地退出去，順手關起門。

雅多林走了過來。一頭亂髮的年輕人已經跟達利納一般高，有時候眞難記住這點。雅多林，似乎不久以前還只是個玩木劍的好動男孩。

「你說你回過神來的時候，這排字就已經在了。你說你沒看到任何人進來，或聽到有人畫畫。」娜凡妮說。

達利納點點頭。

「那我爲什麼突然覺得你很清楚知道這些字會出現？」她說。

「我不知道是誰寫的，但我知道這是什麼意思。」

「那是什麼意思？」娜凡妮質問。

「意思是我們的時間很少了。快發布公告，然後跟藩王們安排會面。他們會想要跟我談談的。」達利納說。

永颶要來了……

六十二天。時間太少了。

可是他似乎只剩這些時間。

我得花上好幾個小時觀察橋兵，才能畫下他們額頭上不同的蠢符文讓你看到，我的朋友。我很確定他們是由此設計的。

——納拮

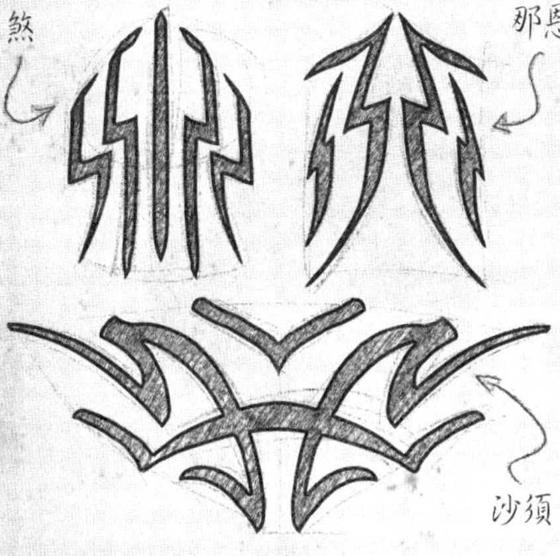

卡拉丁前額烙印

橋四隊制服徽章

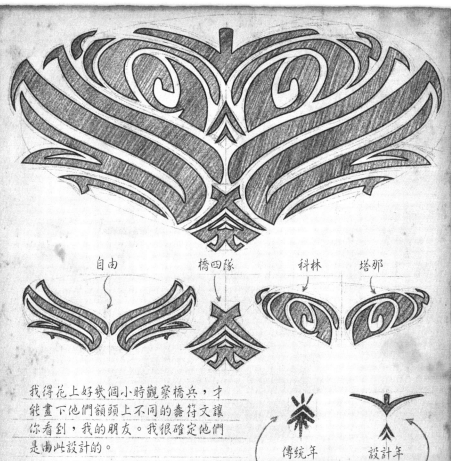

5 理念

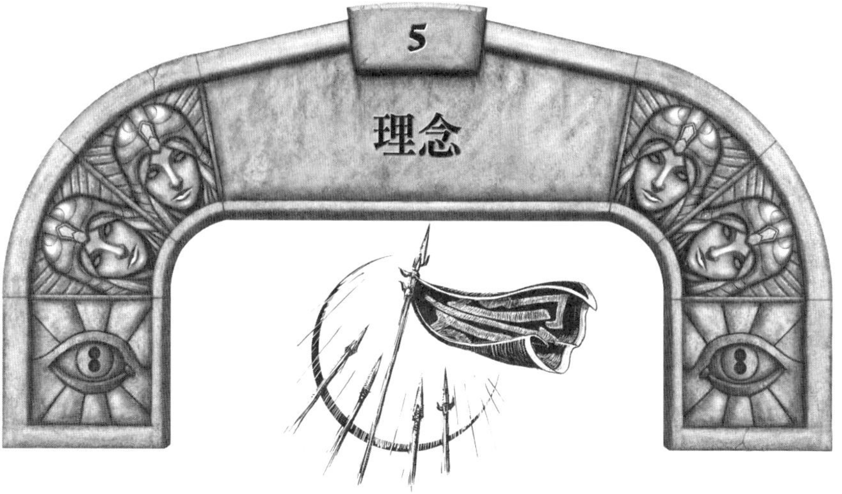

牆上的信號比它說的期限更危險，預見了未來將至的引虛者。

——收錄於一一七四年，娜凡妮・科林日誌，傑瑟瑟斯日

「……對勝利的重新重視，以及終於可以達成的復仇。」宣令官手中拿著卷軸，上面寫著國王的話——卷軸被捆在兩片有布包的木板之間——不過她很顯然已經把內容背得滾瓜爛熟。卡拉丁聽到她重複同樣的宣令三次。

「再來。」他說。

他坐在橋四隊的火堆旁其中一塊石頭上。橋四隊裡的許多人都放下了早餐碗，安靜下來，席格吉在附近低聲喃喃複誦，背誦下來。

宣令官嘆口氣。她是一名圓潤的淺眸年輕女子，黑髮裡混著幾絲紅，顯露出費德人或食角人的血統。整個營地裡有幾十名像她這樣的女子，負責唸誦，有時還負責翻譯達利納的話。

她再次打開筆記本。卡拉丁不經意地想，要是其他部隊，長官的階級絕對會比她高。

「奉吾王之令，達利納・科林戰事藩王受命改變破碎平原

寶心之蒐集與分配規則。從今天起，每顆寶心將輪流由兩名合作的藩王搜取。戰利品全數爲國王所有，國王將根據參與者的戰果跟遵令的程度判定藩王應得的部分。

「另有布告宣達藩王跟軍隊負責獵捕寶心及其攻打順序，每次組合都會不同，依據戰術契合度來判別。我們認定，以眾人共同遵奉之戰地守則，軍隊中的男女都將欣喜地迎來對勝利的重新重視，以及終於可以達成的復仇。」

宣令官啪的一聲闔起卷軸，抬頭看著卡拉丁，挑起一邊修長的黑眉——卡拉丁很確定這道眉毛是畫上去的。「謝謝。」他說。

她朝他點點頭，然後走向下一個部隊廣場。卡拉丁站起來。「這就是我們預料中的颶風了。」

所有人點點頭。在達利納的住所以如此奇特的方式被闖入之後，橋四隊的交談便非常壓抑。卡拉丁覺得自己被耍了，可是達利納似乎完全不在乎被闖空門這件事。藩王知道的絕對多過他告訴卡拉丁的事。*如果我的情報不足，那我要怎麼把事情辦好？*

上工還不到兩個禮拜，淺眸人的政治手段跟操作就已經讓他左支右絀了。

「藩王們一定會恨死這個宣告。」坐在火堆邊的雷頓說，他正在改貝德的胸甲皮帶，從軍需長那裡拿到時扣環就是反的。「他們擁有的一切都是靠弄到這些寶心得來，今天過後絕對會有非常多的不滿。」

「哈！」大石替回來加菜的洛奔裝滿一杓咖哩。「不滿？今天會暴動吧。你沒聽見她提到了守則？那東西，對其他人來說就是汙辱，因爲我們知道他們並沒有遵守自己的誓言。」他正在微笑，似乎覺得藩王的怒氣甚至暴動是很有趣的事。

「摩亞許、德雷、馬特、艾瑟，還有我，我們去輪替斯卡還有他的人的班。泰夫，你的任務進展如何？」卡拉丁說。

「很慢。其他橋兵隊的孩子……要努力的地方還多著呢。阿卡，我們需要更多方法，好讓他們打起精神。」

「我來想想。」卡拉丁說。「先從食物開始吧。大石，我們現在只有五名軍官，所以你可以拿外面最後一間房來儲物。科林給了我們從戰營軍需長那裡要資源的權利。去把儲藏間塞滿。」

「塞滿？」大石臉上露出大大的笑容。「多滿？」

「非常滿。」卡拉丁說。「我們已經吃了好幾個月的湯跟魂術穀做的粥。接下來一個月，橋四隊要吃得像國王一樣。」

「別弄穀類啊。」馬特指著正在拿矛跟拉上制服外套拉鍊的大石說。「你要弄來什麼都可以，但我們可不要吃什麼鬼東西。」

「空氣病的低地人。你不想長得壯嗎？」大石說。

「我想要保住我的牙齒，謝謝。」馬特說。「食角人瘋子。」

「我會煮兩樣東西。」大石一手撫胸，彷彿在行禮。「一種給勇士，一種給傻子，你可以挑。」

「你要煮大餐，大石。我要你去教會其他營房的廚師。就算達利納現在的軍隊人數變少而多出額外的廚師，但我還是要橋兵能夠自給自足。洛奔，你和達畢還有沈就跟著大石去幫忙。我們要把這一千人變成士兵，作法就照你們當時那樣——先從塡飽肚子開始。」

「包在我身上。」大石大笑，用力拍了沈的肩膀。帕胥人走過來是爲了要加餐的，他最近才剛剛開始這麼做，似乎也不像之前那樣老是躲在暗處。「我連半點大便都不會加！」

其他人聞言都笑了。當初大石變成橋兵就是因爲他在食物裡放大便。卡拉丁舉步走向國王行宮——達利納今天跟國王有重要會面，席格吉走到他身邊。「長官，借一步說話。」席格吉低聲說。

「想說就說吧。」

「你答應我，我可以有機會測量你的……特殊能力。」

「答應？我不記得有這件事。」卡拉丁說。

「你哼了一聲。」

「我……哼了？」

「當我說要測量的時候，你似乎覺得這是個好主意，你也告訴過斯卡我們能幫你弄懂你的力量。」

「也許吧。」

「長官，我們需要知道你的確切能力，包括能力範圍，還有颸光能在體內滯留的時間長短。你是否同意，了解自己能力的極限會很有價值？」

「……是的。」卡拉丁不情願地說。

「太好了。那麼……」

「給我幾天吧。去準備一個不會被人看到的地方，然後……好吧，我讓你來測量。」卡拉丁說。

「太好了。我一直在研究要怎麼樣測試。」席格吉說完，便沒有再跟著走，讓卡拉丁跟其他人離開。

卡拉丁把矛扛在肩上，放鬆了手。他經常發現自己把武器握得太緊，緊到指節發白，好像他內心仍然不相信自己能公開扛矛，還在害怕矛會被奪走。

西兒結束她每天早上要乘著晨風，例行繞著營地飛一圈的運動，降落在他肩頭坐下，似乎陷入沉思。

達利納的戰營是很有秩序的地方，這裡沒有游手好閒的士兵，他們隨時都有自己的任務，無論是練習武器，拿食物，搬貨物或巡邏。這裡的人經常巡邏，雖然人數已經減少，但卡拉丁走向大門的一路上仍然經過三支巡邏隊，比薩迪雅司的營地多出了三支。

他又再次被提醒這營地的空曠程度。死者不需要成爲引虛者，空蕩蕩的軍營已經讓人心生寒意。他經過一名坐在一間空洞營房旁邊地上的女子，她抬頭呆望著天，手中緊握一團男裝，兩名幼童站在她旁邊的路上。太安靜了。這麼小的幼童不該這麼安靜。

軍營形成一個巨大的環，中央是比較多人居住的營地——是達利納的住所，擾攘非常，還有幾名上主跟將領也住在裡面。這裡是一個小圓丘般的岩石碉堡，上頭旗幟飄蕩，來往匆忙的書記抱著一疊疊的筆記本。幾名軍官在附近架起了徵兵帳棚，前面站著一長排未來的士兵，有些是來破碎平原找工作的販劍人，其他人看起來像是在戰敗之後，回應軍隊需要更多士兵徵召前來報名的麵包師傅。

「你爲什麼沒有笑？」西兒檢視著前面一排人。卡拉丁繞過他們，走向離開營地的大門。

「抱歉？你剛做了什麼好笑的事情，我沒看到。」他回答。

「我是說之前。大石跟斯卡笑了，你沒笑。前幾個禮拜情況不好時，我聽得出來你的笑聲是你強迫自己要笑。我以爲也許情況變好了以後……」

「我現在要管一整隊的橋兵，」卡拉丁直視前方。「也有一名要保護的藩王。我還站在滿是寡婦的軍營裡，我想我沒什麼可以大笑的心情。」

「可是情況已經變好了。你跟你的人都有了更好的生活。想想看你辦到了什麼，還有你的成就。」

一整天待在台地上廝殺不斷。他、武器、颶風完美融合一體。他掌握了這股力量來殺戮，殺戮來保護一名淺眸人。

他不一樣。他們都這麼說。卡拉丁心想。「我想我只是在等吧。」卡拉丁說。

「等什麼？」

「雷。閃電後向來是滾雷。有時候要等，但早晚會來臨。」卡拉丁低聲說。

「我……」西兒衝到他面前，站在空氣中，隨著他的動作不斷往後退。她沒有飛，因爲她沒有翅膀，也沒有在空中上下起伏。她只是站在空無一物的空中，跟他一起移動。她似乎能罔顧正常的物理定律。

她朝他歪著頭。「我不懂你的意思。可惡！我以爲我弄懂了。颶風？閃電？」

「妳記得當初妳鼓勵我動手去救達利納，但我殺人時妳還是會覺得難過？」

「對。」

「就是像這樣。」卡拉丁低聲說。他撇過頭，又開始把矛握得太緊了。

西兒雙手扠腰看著他，等著他說下去。

「有不好的事情要發生。我不可能事事順利，人生哪有這麼好。說不定這些都跟昨天出現在達利納牆上的符文有關。它看起來像是倒數。」

她點點頭。

「妳有看過那種東西嗎？」

「我好像有點……記憶。」她低語。「不太好的事。能看到未來發生的事……這不屬於榮譽的一部分，卡拉丁。是別的東西。危險的東西。」

這下好了。

他沒再說下去，西兒嘆口氣，衝入空中，變成一條光帶。她跟著他一路往前走，在一陣陣風間移動。

她說她是榮譽靈，那她爲什麼還要這樣假裝跟風玩呢？卡拉丁心想。

他得問問她，只是不知道她會不會回答，也不知道她是否知道答案。

❖

托羅．薩迪雅司雙手交握在前，手肘抵著精緻的石雕桌面，盯著他插在桌子中央的碎刃，看見自己的臉孔反照在上面。

該死的。他什麼時候老了？他想像自己是二十幾歲的年輕人，現在卻已經五十了。颶風的五十。他咬著牙關，看著碎刃。

「引誓」。這是達利納的碎刃，像彎拱的背一樣的弧形，末端有倒鉤，呼應護柄旁的一排尖刺，像是從深海探出頭的海波。

他渴望擁有這柄武器已經多久了？但到手後，他卻覺得無比空洞。被悲傷逼瘋、精神破碎到連戰鬥都害怕的達利納．科林，仍然緊抓著一線生機。薩迪雅司的老朋友就像是一頭受寵的野斧犬，他不得不讓其往生，卻發現毒效不夠強烈，牠仍然在窗邊嗚咽不止。

更糟的是，他擺脫不了這一回合是達利納佔上風的莫名感覺。

通往起居室的門打開，雅萊安靜地進屋。脖子纖細，嘴唇寬闊，他的妻子從來就不以外貌著稱，隨著歲月流逝更是與美貌一詞漸行漸遠。他不在乎。雅萊是他所認識的女人中，最危險的一個，這點比普通的一張漂亮臉蛋更吸引人。

「看來你毀了我的桌子。」她打量著戳在桌子中央的碎刃。

「我總得有個地方放這颶風的鬼東西。」他需要把這東西帶在身邊五天——整整一個禮拜——才能與它結合，之後才能隨意釋放和召喚。

雅萊一屁股在他身邊坐下，擠在小沙發上，一手臂環過他的背，雙腳架在桌上。在人前，她是完美的雅烈席卡女子，私底下，她喜歡怎麼舒服就怎麼來。

「達利納在廣招人手。我趁機在他的戰營裡又多添了幾名我的雇員。」

「士兵？」

「你把我想成什麼人了？那太明顯了，他一定會仔細盯著新兵。他也有許多後勤人員的空缺，因爲很多人會響應號召，投筆拾矛從軍。」

薩迪雅司點點頭，眼睛仍然緊盯著劍。他的妻子有所有戰營中最厲害的間諜網，厲害點在於：非常、非常少人知道它的存在。她抓了抓他的背，引得他一陣戰慄。

雅萊此時提起，「他發布宣告了。」

「我知道。反應如何？」

「跟預料中無異，其他人恨死了。」

薩迪雅司點點頭。「達利納早該死了，但既然他沒死，我們至少還可以等他過一陣子之後把自己吊死。」

「什麼？」

薩迪雅司瞇起眼睛。「我毀掉他是爲了阻止王國崩壞，但現在我在想，也許崩壞不是件壞事。」

「吾愛，我的大業不該只有如此。」薩迪雅司低聲說。「平原上這些爭鬥都只是愚蠢的兒戲。我一開始能滿足，但我已經逐漸憎惡它了。我要戰爭，雅萊。不是花好幾個小時行軍，只希望能夠碰上一場小打小鬧！」

「這些小打小鬧帶給我們不少財富。」

所以他才忍受這麼久。他站起身。「我要跟其他人見面。艾拉達、盧沙。我們需要在其他藩王心中搧風點火，讓他們對達利納的意圖更不滿。」

「我們的目標呢？」

「我要重新開始。」他摸著引誓的劍柄。「征服一切。」

現在只剩下這件事能讓他還有活著的感覺。在戰場上與人一對一搏鬥帶來的光輝、美妙和刺激。為了目標拿一切做賭注。征服。勝利。

他只有這個時候才會有年輕的感覺。這是個很殘忍的事實。可是最好的事實向來都很簡單。他抓住引誓的劍柄，把它抽出桌子。「達利納現在想當政客了，我一點也不意外。其實他內心裡一直偷偷地想要當他哥哥。幸好，達利納根本不擅長這種事。他的宣告只會讓其他人眾叛親離，會把藩王逼上絕路，他們會對他兵戎相向，讓國家分崩離析。最後，我會憑著腳下的鮮血還有我手中的劍，從火焰跟淚水中塑造出新的雅烈席卡。」

「可是如果達利納成功了怎麼辦？」

「親愛的，那時就該妳的刺客上場了。」他把碎刃架在肩上。「我會重新征服這個王國，然後是賈·克維德。畢竟，人生在世的目標就是為了鍛鍊強兵。我只是完成神的意志。」

❖

從軍營走到國王的行宮——國王現在開始稱之為峰宮——花了大概一個小時，讓卡拉丁有充分的時間可以思考。他在路上經過了一群達利納的外科醫生，帶著僕人在田野間蒐集做成消炎藥的團草汁。

看到他們，讓卡拉丁不只想到自己蒐集草汁的過去，更想到他的父親，李臨。

卡拉丁經過他們時心想，*如果他在這裡，他會問我為什麼沒有跟那些外科醫生們在一起。他會質問既然達利納已經收我在麾下，我為什麼沒有要求加入他的醫療隊。*

事實上，卡拉丁極有可能說服達利納把橋四隊全都雇成外科醫生的助手。卡拉丁可以教他們學醫，就像當初教會他們使矛一樣容易。達利納也會同意的，軍隊的醫生向來只嫌不夠，不嫌太多。

都好，我們是橋四隊。」

「說得好。」卡拉丁說。他得格外小心跟摩亞許的互動，因爲他發現自己越來越常跟這個人說心裡話。大多數其他人都盲目地崇拜著卡拉丁，摩亞許卻不然。摩亞許對卡拉丁而言，算是在他被烙印後最貼近眞正朋友的存在。

離國王的會議廳越近，走廊的裝飾越華麗，牆上甚至雕出一系列壁畫——都是神將，在適當的地方還有寶石裝飾。

*越來越像城市了，*卡拉丁心想。*這裡說不定很快就會成爲眞正的皇宮。*

他跟斯卡還有其他人在國王會議廳的門前會合。「回報。」卡拉丁低聲說。

「一切無恙，正合我意。」斯卡說。

「你們今天的任務到此爲止。我會在這裡待到會議結束，然後讓摩亞許接替下午的守衛工作，我晚上再回來接替他。你跟你的人去睡一覺，今夜輪你們值守到明早。」卡拉丁說。

「是的，長官。」斯卡行禮，帶著他的人離去。

門後的房間裝飾了厚重的地毯，遠處還有沒遮擋的大窗。卡拉丁從未來過這個房間，爲了保護國王，蜂宮的地圖只包括了最基本的通道還有穿過僕人區的路徑。這個房間只有一扇門，應該是通往陽台，除了卡拉丁進來的方向之外，沒有出口。

兩名穿著藍與金的士兵站在門內的兩邊。國王則在書桌旁來回踱步，他的鼻子比畫像上要大。達利納正在跟娜凡妮光淑說話，她是一名優雅的女性，頭髮帶著灰絲。國王的叔叔與母親之間的不倫關係絕對會是戰營的一大話題，只是目前暫時被薩迪雅司的背叛蓋過去而已。

「摩亞許。」卡拉丁一指。「去看看那扇門通往哪裡。馬特、艾瑟，去房間外守著。藩王以外的人都不准入內，必須先經過我們裡面的人同意。」

摩亞許向國王行了軍禮而非鞠躬，然後去檢查門。門的確通往卡拉丁從下面看到的陽台，陽台環繞此地最高處的房間外圍。

達利納端詳著工作中的卡拉丁跟摩亞許。卡拉丁行了軍禮，與對方四目對視。他今天絕對不會像前一天那樣再次失敗。

「叔叔，我不認得這些侍衛。」國王不耐地說。

「他們是新來的。士兵，沒有其他路可以進入陽台，它離地有一百呎。」達利納說。

「謝謝你的資訊。德雷，跟摩亞許一起站到陽台上，把門關起來守著。」

德雷點點頭，立刻行動。

「我剛才說了，沒有辦法可以從外面上到陽台。」達利納說。

「那我就會想辦法從那裡進來。如果我想進來的話，長官。」卡拉丁說。

達利納好笑地微笑，但國王卻在點頭。「說得好……說得好。」

「陛下，有別的方法可以進入這個房間嗎？祕密通道或入口？」卡拉丁問。

「如果有的話，我也不會讓別人知道。」國王說。

「如果我的人不知道要守哪裡，就沒有辦法保證房間的安全。如果這裡有他人不該知道的通道，那這些通道就會是最可疑的目標。如果你願意告訴我，我會確保只使用我的軍官們來守住這些通道。」

國王看了卡拉丁一會兒，然後轉向達利納。「我喜歡這個人。爲什麼你之前沒讓他來管你的侍衛？」

「以前沒機會。」達利納以饒富深意的眼神端詳著卡拉丁，眼神中帶著沉重。他走過來，一手按住卡拉丁的肩膀，把他拉到一旁。

「等等，那是上尉的徽章嗎？深眸人也能用了？這是什麼時候的事？」國王從後面追問。

達利納沒回答，只管把卡拉丁拉到房間一旁，壓低了聲音說：「你應該要知道，國王對於殺手很憂心。」

「適當的多疑會讓他的貼身護衛更好行事，長官。」卡拉丁說。

「我不會說這多疑是適當的。你稱我為長官，一般的稱呼是『光爵』。」

「長官，如果你下令，我會這麼稱呼你。」卡拉丁與對方四目對望。「可是用『長官』來稱呼直屬長官是合宜的，即使對方是淺眸人。」

「我是藩王。」

「恕我直言，」卡拉丁絕對不會先詢問自己是否可以隨意發言，這個人給了他這個位置，所以除非對方另有告知，否則卡拉丁會認為這位置同時伴隨著一些特權。「所有我稱呼過『光爵』的人都背叛過我。直到今日，有幾名我以『長官』稱呼的人仍然擁有我的信任。這兩個稱呼裡，我使用其中一個的敬意遠大於另一個，長官。」

「你還眞是個怪人，孩子。」

「正常人都死在裂谷裡了，長官。」卡拉丁輕聲說。「薩迪雅司的傑作。」

「好吧，那叫你站在陽台上守衛的人往旁邊靠點，站到沒辦法隔著玻璃聽到裡面談話的位置。」

「那我跟其他人一起在外面等。」卡拉丁注意到國王衛隊的另外兩人已經出了門。

「我沒這麼下令。你去守門，但守裡面。我要你聽聽我們的計畫，只是出了這個門之後不要多言。」達利納說。

「是的，長官。」

「還有四個人要來開這場會。我的兒子們、卡爾將軍，還有泰紗芙光主，她是卡爾的妻子。除了他們，其他人都不得進入，直到會議結束。」

達利納繼續去與國王的母親交談。卡拉丁讓摩亞許跟德雷就位，然後向馬特跟艾瑟解釋守門的規定。他之後得再進行一番加強訓練。當淺眸人說「其他人都不得進入」時，從來都不是眞的在說「其他人都不得進入」，他們的意思是「如果你讓別人進入，最好我同意這件事夠重要，否則你就倒大楣了」。

然後卡拉丁在關閉的門旁站定位，靠在牆邊，牆壁上有一片木板雕刻，用的是他不認得的珍稀木材。他懶懶地心想，*它大概比我這輩子賺到的所有錢加起來還要貴。不過只是一片木板。*

藩王的兒子們到來。雅多林跟雷納林，卡拉丁在戰場上看過前者，不過少了碎甲，他看起來不太一樣，沒有那麼威武，比較像是被寵壞的有錢少爺。當然，他跟所有人一樣都穿著制服，但是釦子是雕琢的，靴子嘛……靴子是昂貴的豬皮，上面沒有一絲刮痕。全新的，很可能花了一大筆錢。

*可是他救了市集上的那名女子，*卡拉丁心想，記起幾個禮拜前的遭遇。*要記住這點。*

卡拉丁不知道該怎麼看待雷納林。那年輕人——可能比卡拉丁要大幾歲，但看起來一點也不像——戴著眼鏡，像是影子一樣走在他哥哥後面，細瘦的四肢跟精緻的手指可能從來沒有碰過戰鬥或眞正的勞作。

西兒在房間裡飄來飄去，往所有的死角、縫隙、花瓶裡探頭探腦。她停在寫字桌上的一個水晶紙鎮旁，桌子旁邊就是國王的椅子。她戳著那塊水晶，水晶裡還困著某種像是螃蟹一類的怪東西。她身上是冒出翅膀了嗎？

「那個人不是該去外面等？」雅多林問，朝卡拉丁一偏頭。

達利納雙手背在身後說：「我們要做的事情會讓我陷入直接的危險之中。我要他很清楚細節，這對於他的工作也許很重要。」達利納沒有看雅多林或卡拉丁。

雅多林走上前去，握住達利納的手臂，壓低了聲音，但還沒低到卡拉丁聽不清的程度，「我們對這個人幾乎一無所知。」

雅多林的父親以正常的音量回答，「我們總得有可以信任的人。如果在這個軍隊裡，有一個我能保證不是替薩迪雅司工作的人，那絕對就是那名士兵。」達利納轉身瞥向卡拉丁，冉次以深不可測的眼神端詳著他。

他沒有看到我身上充斥的颶光，那時他幾乎已經昏迷了。他什麼都不知道。卡拉丁強烈地告訴自己。他知道嗎？

雅多林無奈地雙手一揚，還是走到了房間另一端，跟自己的兄弟喃喃數語。卡拉丁則留在原處，很自在地以稍息姿勢站著。沒錯，絕對被寵壞了。

沒過多久，一名動作靈活、光頭的將軍來到，他有著挺直的背脊跟淺黃色的眼睛；他的妻子泰紗芙一張窄臉，頭髮中有一綹綹的金髮，她在書桌旁邊站定。娜凡妮完全沒有坐到書桌後的打算。門在新來者的身後關上。「回報。」達利納站在窗邊說。

「光爵，我想您已經清楚您會得到的情報。他們很煩躁。原本他們眞心地期盼您會重新考慮您的命令，但是您把這道命令直接公開激怒了他們。唯一做出正式回應的是哈山藩王，他打算，請容我引述他的話，『負責說服國王放棄支持此一衝動且考慮不周的行動方針』。」

國王嘆口氣，走回座位。雷納林立刻坐下，將軍亦然，雅多林則比較不情不願地坐下。

達利納繼續站著，望著窗外。

「叔叔？你聽到他們的反應了嗎？幸好你沒眞的說出你原本的打算，要求他們必須遵從守則，否則他們的資產會全部被沒收。那麼一來，我們就要面對集體叛變了。」國王說。

「那是早晚的事。我仍然在想是不是應該一次就宣布完。被箭射中之後，最好的療法就是直接一口氣拔出來。」

其實，如果眞的被箭射中，最好不要動它，直到找到外科醫生。箭通常可以止住外流的血液，替人保命。不過現在不是開口打斷藩王譬喻的時候，卡拉丁心想。

「颶風的，多可怕的念頭啊。」國王用手帕擦擦臉。「你眞的得把話說得這麼明白嗎，叔叔？我已經擔心這禮拜沒過完，我們大家都會死光了。」

「你父親跟我撐過比現在更嚴重的情況。」達利納說。

「你們當時有盟友！三名藩王支持你們，反對的只有六個，而且你並沒有同時一起對抗他們。」

「如果藩王團結起來對抗我們，那我們根本無法抵擋。到時候我們沒有選擇，只能收回宣告，那會大幅削弱王位的威權。」卡爾將軍說。

國王往後靠，手扶著額頭。「傑瑟瑞瑟啊，這絕對會是場災難……」

卡拉丁挑起眉毛。

「你不同意？」西兒化成一團飄動的葉子朝他靠來。看著這種形體傳出她的聲音，讓人感覺一陣怪異。當然，房間中其他人是看不到也聽不到她的。

「不是，」卡拉丁低聲回答。「這個宣告聽起來的確像個大風暴。我只是以爲國王沒這麼……愛抱怨。」

「我們需要盟友，我們需要組成同盟陣線。薩迪雅司一定會組織他自己的，所以我們必須也有一個來與其對抗。」雅多林說。

「把王國一分爲二？」泰紗芙搖頭。

「我想不出內戰對保住王座有任何幫助，尤其是我們不太可能會贏。」泰紗芙說。

「這有可能是雅烈席卡王國的結束。」將軍贊同。

「雅烈席卡王國好幾個世紀前就結束了。」達利納輕聲說，看著窗外。「我們創造的這東西不是雅烈席卡，雅烈席卡代表的是正義。我們只是披著父親披風的孩童。」

「可是叔叔，王國至少是個成就，遠超過好幾個世紀以來的成就！如果我們現在失敗了，崩裂成十個內鬥的藩國，那就否定了我父親所有一切的努力！」

「孩子，這不是你父親努力的目標。在破碎平原上的種種遊戲、令人作嘔的政治騙局，這不是加維拉的願景。永颶要來了……」達利納說。

「你說什麼？」國王問。

達利納終於轉身，不再看著窗外。他走向所有人，一手按著娜凡妮的肩膀。「我們會找到成功的方法，再不然就是因此摧毀王國。我不會再繼續忍受現在這種虛偽狀態。」

卡拉丁雙手抱胸，手指敲著手肘。「達利納一副他是國王的樣子。」他無聲地說，聲音壓得極低，只有西兒能聽到。「其他人也沒反對。」

令人擔心。這就像阿瑪朗之前那樣，奪取他看到放在自己面前的權力，即使那權力不屬於他。

娜凡妮抬頭看著達利納，伸手按著他的手。根據她的表情判斷，她早已參與他的計畫。

國王沒有。他輕輕嘆口氣。「叔叔，顯然你早有計畫了。所以呢？你就快說吧。這樣裝神弄鬼的讓人聽了就累。」

達利納坦白地說：「我真正想做的是把他們一個個打昏。我向來都是這樣處理不願意服從命令的菜鳥新兵。」

「我想你要打打那些藩王的屁股，把他們打到乖可不容易，叔叔。」國王挖苦地說，不知道為什麼開始有點心不在焉地揉起自己的胸口。

「你也得解除他們的武裝。」卡拉丁發現自己開口了。

房間裡所有人一起看向他。泰紗芙光主朝他皺眉，彷彿卡拉丁無權說話。大概真是如此。

可是達利納朝他點點頭。「你有建議，士兵？」

「請恕我擅自開口，長官，還有陛下，請恕我直言。如果今天惹麻煩的是一隊士兵，那麼第一件事就是要把小隊成員分隔開來，拆散他們，塞入更好的小隊裡。但我想現在的情況不能用同樣的辦法處理。

「我想不出拆散藩王的方法，不覺得有辦法能夠阻止他們勾結。如果想打贏這場戰爭，也許能派不同的任務給不同的藩王，把他們派走，各個處理，可是目前我們已被困在這裡了。

「對付刺頭的第二種辦法就是解除他們的武裝。如果奪走了他們的矛，他們就會更容易對付。他們會覺得丟臉，覺得自己又像是新兵了。所以……你能奪走他們的軍隊嗎？」卡拉丁說。

達利納回答：「恐怕不行。士兵們發誓效忠的對象是他們的淺眸人，不是皇室，發誓效忠皇室的只有藩王。可是，你的思路很正確。」

他伸手捏捏娜凡妮的肩膀。「過去兩個禮拜，我一直想決定該怎麼處理這個問題。我的直覺是應該把這些藩王，包括整個雅烈席卡的淺眸人，都當做需要調教的新兵來看待。」

「他來找我之後，我們談過。我們不能真的把這些藩王打到可以管理的層級，不論達利納有多希望這麼做，但是我們可以讓他們以為如果他們不好好整頓整頓，我們會把他們的一切都奪走。」娜凡妮說。

「這個宣告會讓他們生氣，而我就是要他們生氣。我要他們好好想想這場戰爭，他們在這裡的任務，還有提醒他們加維拉被刺殺的事。如果我能逼著他們表現得更像軍人，就算他們要起兵對付我，我也有說服他們的可能。我可以跟軍人講道理。無論如何，這都跟威脅他們萬一不好好使用自己的權力跟力量，我就會把他們的一切奪走息息相關。開頭的作法，就像卡拉丁上尉提議的那樣，解除他們的武裝。」達利納說。

「解除藩王的武裝？」國王問。「這太蠢了吧？」

「一點也不。」達利納微笑地說。「我們無法奪走他們的軍隊，但是我們另有辦法。雅多林，我打算解除你劍鞘上的封鎖。」

雅多林皺著眉頭思考了一陣子後，臉上露出大大的笑容。「你是說讓我再上場跟人決鬥？真的？」

「沒錯。」達利納轉身面對國王。「有很長一段時間，我禁止他參與重要的決鬥，因為戰地守則禁止軍官們在戰事期間進行榮譽決鬥。可是我越來越明白，這些人並不覺得自己是在參戰，他們是在玩遊戲。所以，該是放手讓雅多林跟戰營裡其他碎刃師進行正式決鬥的時候了。」

「好讓他羞辱他們？」國王問。

「重點不是羞辱，而是奪走他們的碎具。」達利納走入一圈椅子中央。「如果我們控制住軍隊裡所有的碎刃跟碎甲，那藩王要跟我們對打就會很困難。雅多林，我要你去挑戰其他藩王的碎刃師，進行榮譽決鬥，獎品就是碎具。」

「他們不會同意的。他們會拒絕決鬥。」卡爾將軍說。

「我們得確保他們會同意。」達利納說。「找個方法去逼迫他們，或讓他們丟臉到必須接受。我想如果我們能找到逃走的智臣的話，那絕對會事半功倍。」

卡爾將軍問：「如果那孩子輸了怎麼辦？這個計畫似乎太難預料了。」

「再說吧。這只是我們一部分的計畫，是比較小的部分，但也是最明顯的。雅多林，所有人都告訴我你的決鬥技術有多高超，你也一直在煩我，要我放鬆禁令。除了我們自己的碎刃師，軍隊裡另有三十名碎刃師，你能打敗這麼多人嗎？」

「我能嗎？」雅多林咧嘴笑了。「我連汗都不會出，只要能從薩迪雅司開始下手就好。」

所以除了被寵壞之外，還很自大，卡拉丁心想。

「不行。薩迪雅司不會接受對他本人的挑戰，但我們總有一天會打敗他。先從別人開始，早晚不放過他。」

房間裡的其他人似乎很煩惱，包括娜凡妮光主，她抿著嘴唇，瞥向雅多林。也許她早就參與了達利納的計畫，但她並不喜歡侄子去跟人決鬥的主意。

可是她沒說出口。娜凡妮說：「就像達利納所說，這不是我們整個計畫，希望雅多林的決鬥不需要進展到那個地步。我們希望在其他人心中挑起的是擔憂跟恐懼，雅多林能向我們的敵對方施加一些壓力。我們更大的努力就是要進行一系列複雜且堅定的政治操作，跟可以被我們說服的人密切聯繫。」

「娜凡妮跟我會一起去說服其他藩王，讓他們相信一個眞正統一的雅烈席卡可以帶來的好處。」達利納點著頭說。「不過颶父在上，我對我的政治敏銳度可不像雅多林對他的決鬥技巧那樣有自信，只是我們勢在必行。如果雅多林是大棒，我就得是羽毛。」

艾洛卡疲累地說：「會有殺手的，叔叔。我不認爲卡爾說得對，不覺得雅烈席卡會立刻崩解。藩王們已經開始喜歡上身屬同一王國的感覺，但他們同時也喜歡自己的遊戲、樂趣和寶心。所以他們會派出殺手。一開始可能很低調，不會直接針對你我，而是我們的家人。薩迪雅司跟其他人會想要傷害我們，逼我們屈服。你願意拿你兒子們的性命冒險嗎？那我母親的性命呢？」

「你說得沒錯。我沒……但沒錯，他們的確會這樣。」卡拉丁覺得達利納的語氣聽起來很遺憾。

「這樣你還是願意繼續堅持這個計畫？」國王問。

「我沒有選擇。」達利納轉過身，走向窗前，看著西方。大陸的方向。

「至少你要告訴我一件事，叔叔。你最後的目標是什麼？你做這一切的目的是什麼？一年內，如果我們在這場混亂中活下來，你希望我們變成什麼樣？」

達利納將雙手撐在厚重的石頭窗沿。他凝視著外面，好像看著只有他能看到的景象。「我要我們恢復到過往，孩子。一個可以承受風雨的王國，一個充滿光明而非黑暗的王國。我要看到一個眞正統一的雅烈席卡，有著忠誠、正直的藩王。我要的不只這樣。」他敲敲窗沿。「我要重新建立燦軍。」

卡拉丁聞言大驚，手中的矛差點落地。幸好，沒人在看他，因爲所有人猛然站起，緊盯著達利納。

泰紗芙光主質問：「燦軍？您瘋了嗎？您想要重建一群把我們丟給引虛者的叛徒？」

雅多林上前一步。「其他的部分很不錯，父親。我知道你經常在想燦軍的事，但你眼中的他們，跟其他人都……不一樣。如果你宣布要我們仿效他們，後果不堪設想。」

國王直接呻吟出聲，臉埋入掌心。

「其他人對他們的看法是錯的。」達利納說。「就算眞是如此，那最原始的燦軍，由神將建立的那批，是連弗林教會都承認爲道德高尚、正直的一群人。我們需要提醒所有人，燦軍這個群體代表的是一個偉大地位。如果沒有這份偉大，也不會有後來的『墮落』。」

「可是爲什麼？你這麼做的目的是什麼？」艾洛卡問。

「這是我必須做的事。」達利納遲疑片刻。「我還沒完全確定爲什麼，只知道這是我接到的指示，做爲對接下來將發生的事情的一種保障，一種準備。某種風暴即將發生。也許只是其他藩王背叛我們這麼簡單，但我懷疑遠不只如此。」

「父親。」雅多林一手按住達利納的手臂。「你說的聽起來都不錯，也許你真的能改變人們對燦軍的觀感，可是……艾沙的靈魂啊，父親！燦軍有著我們沒有的能力。把一群人叫做燦軍也給不了他們像傳說中那各式各樣的能力。」

「燦軍的重點不只是他們的能力。他們的存在是一種理念，一種我們如今欠缺的理念。我們也許沒有辦法達成古代的封波術，就是他們當時擁有的能力，但是我們在其他方面仍然能仿效燦軍。我心意已決，毋需多言。」

其他人看起來不像被說服的樣子。

卡拉丁瞇起眼睛。達利納到底知不知道我的能力？

會議接下來談起比較平常的話題，例如要怎麼引得碎刃師們願意與雅多林交手，還有要怎麼樣增加附近區域的巡邏守衛。達利納認為要達成他的目標，先決條件就是要保障戰營的安全。

會議終於結束後，大多數人離開房間去執行命令。卡拉丁還在想著達利納剛才提到的燦軍。他不知道，但是他說得非常準確。燦軍的確有理念——他們也是用同樣這個詞。五個理念，永恆之言。

卡拉丁從口袋裡拿出錢球把玩，心裡想著：生先於死，力先於弱，旅程先於終點，這些箴言組成第一理念。他對其中的意義只有隱約的概念，但並不影響他想出逐風師的第二理念，也就是發誓要保護無力自保的人們。

西兒不肯告訴他另外三個。她說需要的時候，他自會知道。或者他無法知道，也無法進步。

他想要進步嗎？進步成什麼樣的人？燦軍的一員？卡拉丁沒想過要讓別人的理念來主宰他的人生，他只想要活下去。可是如今不知為何，他居然直直走上一條好幾個世紀以來無人涉足的大道。也許他將成為羅沙上眾人景仰或唾棄的存在，這麼多的目光……

「士兵？」達利納停在門邊，開口詢問。

「長官。」卡拉丁立正敬禮。立正的感覺很好，讓他覺得找到自己的位置。他不知道這是因為讓他想起過去曾經鍾愛的生活而因此覺得愉快，還是野斧犬又找到牽繩的可悲安慰。

「我侄子說得沒錯。」達利納邊說邊看著國王順著走廊離去的背影。「其他人也許會傷害我的家人，他們就是這種人。我需要隨時都有人守著娜凡妮跟我的兒子，派你最優秀的人來。」

「長官，我有兩打這樣的人，但不夠隨時隨地保護你們四位。過不了多久，我應該就會有新訓練好的人，只是給了矛不代表橋兵就能成為軍人，更別提優秀的護衛。」

達利納點點頭，一臉憂心地揉揉下巴。

「長官？」

「這戰營裡被逼到極限的隊伍不只你的人，士兵。薩迪雅司的背叛害我失去很多人。非常好的人。現在我又要面對一個期限，只剩六十幾天……」

卡拉丁感到一陣寒意漸起，藩王對寫在牆壁上的數字非常認真。

達利納低聲開口：「上尉，我需要每個身強體健的人。我需要訓練他們，重建我的軍隊，準備迎接風暴。我需要他們上去台地，去與帕山迪人交手，獲得戰鬥經驗。」

這跟他有什麼關係？「你答應過我的人不需要去台地上戰鬥。」

「我會維持我的承諾。但是國王衛隊裡有兩百五十名士兵，他們之中有我最後一批可以上戰場的軍官，我需要他們去負責管理新兵。」達利納說。

「我要保護的人將不只是你的家人，對不對？」卡拉丁感覺新的重擔落在肩頭。「你的意思是要將保護國王的任務也交給我。」

「是的。一步一步來，但有一天是的。我需要這些士兵。不僅如此，保留兩個獨立的衛隊在我感覺起來是不對的。我認為你的人有獨特的背景，最不可能容許我的敵人派出的間諜容身。你要知道，不久前，有人想要刺殺國王。我還沒找出動手的人是誰，但是我擔心其中有他的護衛隊成員涉入。」

卡拉丁深吸一口氣。「發生什麼事？」

「艾洛卡跟我正在獵捕一頭裂谷魔。在獵捕當中遭遇危險時，國王的碎甲幾乎失效，後來我們發現許多提供能量的寶石被有瑕疵的寶石取代，造成寶石在危急時碎裂。」

「我對碎甲了解不多，長官。有沒有可能寶石是在無人破壞的情況下自行碎裂的？」卡拉丁說。

「不是沒有可能，但是可能性非常低。我要你的人跟國王衛隊輪班守衛蜂宮跟國王，熟悉他跟宮殿。也許你的人能從比較有經驗的侍衛身上學到東西。在此同時，我要把衛隊中比較有經驗的軍官抽出來訓練軍隊裡的新兵。

「接下來幾個禮拜，我們要把你的人跟國王衛隊混合為一，由你來負責。一旦你把其他橋隊裡的橋兵訓練到一個地步，就把護衛隊裡的士兵用你的人取代，把士兵移到我的軍隊裡。」他看著卡拉丁的雙眼。「士兵，你辦得到嗎？」

「是的，長官。」卡拉丁口中答應，內心卻有一部分正驚慌不已。

「很好。」

「長官，我有個建議。你之前說過想要擴大戰營巡邏隊的範圍，巡邏破碎平原周圍的山丘區域？」

「沒錯。那裡的山賊數量已經多到令人汗顏的程度。現在這裡是雅烈席卡的土地，必須遵從雅烈席卡的法律。」

「我有一千名需要訓練的人。如果我可以送他們去那裡巡邏，也許他們會因此感覺比較像士兵。我派出去的人數可以多到讓山賊們都得到我們的訊息，也許這麼做能逼退他們，而我的人也不需要面對太嚴重的打鬥。」

「好主意。卡爾將軍之前負責巡邏任務，但是他現在是我最資深的指揮官，需要承擔其他任務。去訓練好你的人。我們的最終目標是讓你的一千人進行這裡、雅烈席卡，還有南方與東方港口的真正巡邏任務。我要斥候小隊去尋找山賊的蹤跡，找到被攻擊的車隊。我需要數字，知道到底有多少起犯罪事件，以及真實的危險程度。」

「我會親自負責，長官。」

颸風的，他要怎麼樣辦到這一切？

「很好。」達利納說完從房間裡走出去，雙手背在身後，彷彿陷入沉思。摩亞許、艾瑟、馬特遵照卡拉丁的命令跟在他身後。隨時至少有兩人會跟在達利納身邊，如果有多出來的人手，便會安排三個人。卡拉丁原本希望能夠擴充到四五人，但颸風的，他現在要保護的人這麼多，加人是不可能的事。

卡拉丁看著達利納消失的身影，一邊心想。這到底是個什麼樣的人？他的軍營管理得井井有條。卡拉丁相信，從跟隨的人可以看出領導者的心性。

但是暴君也可以擁有井然有序的軍營、嚴格守紀的士兵。達利納．科林這個人幫助統一了雅烈席卡——透過泅泳其他人的鮮血。如今，他說話的口吻有如國王，即使國王本人也在場。

卡拉丁心想，他想要重建燦軍。這不是憑藉達利納．科林的個人意志就可以辦到的事。

除非有人幫忙。

6 可怕的破壞

我們從來沒有想過，我們的奴隸中可能藏有帕山迪間諜。這是另一件我們應該預見的事情。

——收錄於一一七四年，娜凡妮·科林日誌，傑瑟桑日

紗藍再次坐在放在甲板的箱子上，現在她頭上戴著一頂帽子，洋裝外加了一件外套，外手上套著手套，內手當然是藏在袖子裡。

海面的涼意簡直讓人不敢相信。船長說在極南的地方，大海居然會凍結。她覺得那簡直是天方夜譚，很想要親眼見識。她偶爾在賈·克維德難得遭遇的冬天裡會看到雪跟冰，可是一整面海都是冰？太驚人了。

她一面觀察著她命名為圖樣的靈，一面用包在手套裡的手寫下描述。圖樣正從甲板表面立起身體，變成一團黑線的球，糾結無盡的線條以她無法在紙張上畫出的方向交纏著。所以她選擇用筆記述，偶爾搭配插畫。

「食物……」圖樣的聲音嗡嗡作響，說話時還會震動。

「沒錯。我們吃食物。」她從身邊的小碗選了一小塊利馬果，放到嘴巴，咀嚼幾下後吞進去。

「吃。妳……把它……變成妳。」圖樣說。

「對！一點也沒錯。」

它趴下來，黑影隨著它陷入木頭甲板而消失。它再次成爲材質的一部分，讓木頭像是水一樣波動。它滑過甲板，然後移到她旁邊的箱子上，來到裝著小小綠色水果的碗邊，然後又移過水果表面，每顆水果的果皮隨著圖樣的形狀起伏。

「可怕！」震動的聲音從碗裡傳來。

「可怕！」

「破壞！」

「什麼？不是，這是我們生存的方法，所有東西都需要吃。」

「可怕的破壞是吃！」它聽起來相當驚駭，又從碗退到甲板上。

紗藍寫著，圖樣已經能將越來越複雜的概念串接起來。它很容易就能理解抽象概念。之前它問過我問題：「爲什麼？爲什麼是妳？爲什麼存在？」我解讀成它在問我，我存在的意義是什麼。我回答：「找到眞相。」它似乎一下子就了解了我的意思，但是很簡單的現象——例如人爲什麼要進食——卻是它完全無法理解的，這——

她停下書寫的動作，因爲紙張皺成一團，凸起，圖樣出現在紙張上，身上小小的皺褶抬起了她剛才寫下的字母。

「這個爲什麼？」它問。

「要記得。」

「記得。」它嘗試著發音。

「意思是……」颶父的，記憶這種事要怎麼解釋？「意思是能夠知道你以前做過什麼事情。以前就是其他的瞬間，很多天前發生的瞬間。」

「記得。」它說。「我……不能……記得……」

「你記得的第一件事是什麼？」

「第一，」圖樣說。「跟妳。」

「在船上？」紗藍寫下。

「不。綠。食物。食物沒被吃。」

「植物？」紗藍問。

「對。很多植物。」它顫抖起來，她突然覺得在這陣顫抖中，她可以聽出風吹過樹枝的聲音。紗藍深深吸入這道氣息，她幾乎可以在眼前看見，面前的甲板變成一條泥土路，她的箱子變成一張石凳，影像很淡，並不完全存在，但幾乎可以被看到。她父親的花園，圖樣在地上，在灰塵中……

「記得。」圖樣的聲音如低語。不，紗藍驚恐地心想，不要！

影像消失。其實根本從來沒存在過，不是嗎？她舉起內手撫住胸口，急促地喘息。不要。

「嘿，小小姐！」亞耶伯從後面喊。「跟那小菜鳥說說妳在卡布嵐司發生了什麼事！」

紗藍轉身，心跳依然飛快，看到亞耶伯帶著「小菜鳥」走過來。那是一名六呎高的彪形大漢，至少比亞耶伯年長五歲。他們在上一個港口艾米迪拉頓讓他上船，托茲貝克想要確保他們到新那坦南的最後一段旅程中不會人手不足。

亞耶伯蹲在她身邊。這麼寒冷的天氣之下他終於妥協，穿了一件袖子被割開的上衣，還有附蓋住耳朵的某種頭帶。

「光主？」亞耶伯問。「妳還好嗎？妳看起來像是剛生吞了烏龜一樣，而且還不只吞了顆頭。」

「我很好。」紗藍說。「剛剛……剛剛你找我什麼事？」

「在卡布嵐司。」亞耶伯將大拇指往肩膀後面一比。「我們是不是見了國王？」

「我們？」紗藍反問。「是我見了國王。」

「但我是妳的隨從。」

「你是在外面等我。」

「不重要。」亞耶伯說。「那次會面時，我是妳的男僕，對吧？」

男僕？他那時是好心帶她去皇宮。「呃……算是吧。」她說。「我記得你的鞠躬禮做得很好。」

「聽到了沒？」亞耶伯站起身，面對壯漢。「我有說過鞠躬吧？」

「小棻鳥」沉聲同意。「所以快去洗盤子。」亞耶伯的話讓對方皺起臉。「別給我來這套。」亞耶伯說。「我跟你說了，船長特別重視洗碗工作。你想要融入這裡，那就給我好好去洗，還要洗得格外努力，做得好會讓船長跟其他人都對你另眼相看。我可是給你出頭的好機會，要知道感恩懂不懂？」

對方似乎信了這些話，於是邁著大步朝下層甲板走去。「烈情諸神的！」亞耶伯說。「那傢伙腦子一點都不靈光，跟泥巴做成的兩錢球一樣。他會被別人佔便宜的，光主。」

「亞耶伯，你又到處去吹噓了？」紗藍說。

「有一部分是真的就不叫吹噓。」

「你講的正是吹噓的定義。」

「對了，」亞耶伯轉身看她。「妳之前在做什麼？就是顏色變來變去那個？」

「顏色？」紗藍突然渾身發冷。

開。

「對啊，甲板變綠了不是？」亞耶伯說。「我發誓我看到了，跟那個奇怪的靈有關，對吧？」

「我……我想弄清楚那到底是哪種靈。」紗藍保持聲音平穩。「算是學術研究吧。」

「我想也是。」亞耶伯說，雖然她其實也沒提供多明確的答案，但他愉快地朝她揮揮手，小跑步離開。

她一直很擔心他們會看到圖樣。她試著要待在艙房裡，不讓其他人發現圖樣這個祕密，但是一直被關在下面實在很難受，而且每次跟圖樣商量要它別在其他人面前出現也沒什麼用，所以過去四天以來她只能一邊研究它，一邊讓整個過程暴露在外。

他們自然因爲它而覺得有點不自在，但也沒多說什麼。今天，他們正在備船，因爲晚上要徹夜航行。在大海上過夜讓她覺得不安，但這是遠離文明要付出的代價。兩天前，他們甚至被逼著要在海灣裡躲過風暴。加絲娜跟紗藍上岸，躲到一個專門讓人避難、所費不貲的碉堡裡，水手們則得待在船上。

那個海灣雖然不是眞正的海港，至少有一道颶風牆，有助於保護船隻，但是下一場颶風來臨時，他們可能連颶風牆都不會有。他們會找個海灣，想辦法熬過去，托茲貝克說他會讓紗藍跟加絲娜上岸去找個山洞躲躲。

她回過神來，繼續研究圖樣，這時圖樣已經變回飄浮形態，看起來有點像是被水晶吊燈折射出的碎光，只不過它是黑色，不是光亮的，而且是立體的，所以……也許其實它跟光也沒有那麼像。

「說謊。」圖樣說。「亞耶伯說謊。」

「對。」紗藍嘆口氣。「亞耶伯太擅長說服別人，有時候對他來說其實不好。」

圖樣輕輕哼，它似乎很滿意。

「你喜歡謊話？」紗藍問。

「好謊話。」圖樣說。「那個謊話。好謊話。」

「什麼樣的謊話算是好謊話？」紗藍仔細地做筆記，一五一十地抄下圖樣的回話。

「眞謊話。」

「圖樣，這兩件事根本是相反的。」

「嗯嗯。光做影。眞話做謊話。嗯嗯。」

紗藍開始動筆。加絲娜稱它們爲謊靈，它們顯然不喜歡這個稱謂。當我第一次施魂術時，有一個聲音要我說眞話，我還是不知道那是什麼意思，加絲娜也不肯多透露，她似乎也不知道該怎麼解讀我的經歷。我不認爲那個聲音是圖樣的，但我也不確定，因爲它似乎忘記很多關於自己的事情。

她改成畫出圖樣飄浮跟平貼的樣子，畫畫讓她的腦袋可以放鬆。畫完後，她已經想起有幾個依稀記得的段落，決定要抄在她的筆記裡。

她走入通往下層甲板的台階，圖樣跟在後面，引來水手們的注視。水手很迷信，有些人覺得它是個噩運的象徵。

在她的房間裡，圖樣爬到她身邊的牆上，沒有眼睛卻能「看」著她翻找她記憶中的段落，其中提到會說話的靈。不只是風靈或河靈，那種會模仿人、開人玩笑的靈。這些靈當然比普通靈要高等，但還有另一種更高等的靈，也更罕見——像是圖樣這樣的靈，能跟人進行眞正的對話。

紗藍抄寫著段落。阿萊認爲：守夜者很明顯是其中之一，跟她的對話——她絕對是女性，不管雅烈席卡的鄉野傳說是怎麼描述的——有許多被記錄下來，來源也很可信。書芭萊本人爲了要提供第一手的學術紀錄，親自造訪守夜者後，將她的故事逐字逐句地記錄下來……

紗藍又翻出另一個紀錄，很快便完全沉浸於研究之中。幾個小時後，她闔上一本書，放在床邊的桌上。她的錢球已經開始變暗，再過一下就會熄滅，得重新灌注颶光。紗藍滿足地嘆口氣，靠回床上，幾個不同出處的筆記躺在小房間的地板上。

她覺得很……滿足。她的哥哥們很喜歡把魂器修好歸還的計畫，而且她那些關於事情不是沒有轉圜餘地的暗示，似乎讓他們又打起了精神。他們認為有了計畫之後，他們可以撐得更久。

紗藍的人生正逐漸成形。她有多久沒辦法像現在這樣坐在一個地方安靜讀書？不用擔心她的家族，不用憂懼自己需要找到偷取加絲娜東西的辦法？即使是在那串最終導致她父親身亡的災難發生前，她也一直是焦慮的。她的人生只充滿焦慮。她覺得成為真正的學者對她來說是一個遙不可及的目標。颶父的！當時的她覺得光是去隔壁市鎮都遙不可及。

她站起身，整理了一下素描本，翻過幾張畫山提德的圖，包括她浸入海裡看到的景象記憶畫出來的圖，看著看著，她露出微笑，想起自己當時全身溼透、滿面笑容地爬回甲板，所有水手都覺得她瘋了。現在她正航向位於世界邊緣的城市，與一名強大的雅烈席卡王子有了婚約，同時還能夠無拘無束地學習。她正在見識不可思議的新景象，白天用畫筆記錄，晚上進行同樣方向的研讀。

她意外地得到了完美的人生，這是她所期望擁有的一切。

紗藍在她的內手袖袋裡掏了掏，拿出幾枚新錢球，替代之前耗盡光芒的幾枚。可是出現在她手裡的錢球已經完全黯淡，沒有半點光。

她皺眉。這些錢球上次颶風時被裝在籃子裡綁在主桅上，才剛充飽了颶光。杯子裡的錢球用了兩個颶風之久才用完，內袋裡的錢球怎麼可能更快耗盡？根本不合理。

「嗯嗯。」圖樣在她的頭旁邊的牆壁上說。「謊言。」

紗藍把錢球放回內袋，然後打開通往船上狹窄走道的艙門，走向加絲娜的艙房。以往這裡是托茲貝克跟他的妻子共住的地方，但是他們搬到第三個——也是最小的——艙房去，讓加絲娜擁有比較好的住處。所有人都會自動這麼對待她，即使她並未開口要求。

加絲娜一定有可以讓紗藍用的錢球。果然，加絲娜的門微微打開，隨著船身在夜晚的海濤上起起伏伏而微微搖晃。加絲娜坐在房內的書桌前，紗藍偷看了一眼，突然不確定是不是該打擾對方。

她可以看到加絲娜的臉，公主的手抵著太陽穴，專注凝視著面前的紙張，眼神充滿憂懼，神情疲累不堪。

這不是紗藍習慣看到的加絲娜，她的自信被精疲力竭打敗，她的沉穩被擔憂取代。加絲娜提筆想要寫些什麼，但寫了幾個字就把筆放下，閉上眼睛，按摩起太陽穴。幾個看起來在發暈的靈飄入空中，出現在加絲娜的頭邊。疲憊靈。

紗藍往後退，突然覺得自己打擾了很私密的瞬間。加絲娜卸下了防備。紗藍開始想要溜走，但是地板上一個聲音突然說：「真相！」

加絲娜驚訝地抬頭，看到紗藍，後者當然立刻滿臉通紅了起來。

加絲娜的眼睛望向地板上的圖樣，自然便重新戴上面具，儀態端正地坐好。「什麼事，孩子？」

「我……我需要錢球……我袋子裡的暗掉了。」紗藍說。

「妳在施魂術嗎？」加絲娜銳聲問。

「什麼？沒有，光主，我答應妳不會的。」

「那就是第二能力了。」加絲娜說。「進來，把門關上。我應該要跟托茲貝克船長說說，這個門沒辦法好好關緊。」

紗藍進了房間，把門關起，但是門栓卡不住。她交握著雙手走上前，覺得很尷尬。

「妳做了什麼？」加絲娜問。「應該跟光有關吧？」

「我好像能讓植物出現。」紗藍說。「應該說，只有顏色。一名水手看到甲板變成綠色，但是我不想植物的時候，顏色就消失了。」

「對……」加絲娜在書裡翻找，最後停在一幅畫上。紗藍以前看過這幅畫，它的起源和弗林教一樣古老。十枚錢球由線條串連，組成彷彿躺下來的沙漏，中間的兩枚錢球看起來幾乎像是瞳孔。全能之主的雙瞳。

「十元素。」加絲娜低聲說，手指撫過書頁。「十種波力。十支騎士團。可是靈終於決定將箴言還給我們是什麼意思？我還剩下多少時間？不久了，不久了……」

「光主？」紗藍問。

「在妳出現之前，我可以以爲我是異類。」加絲娜說。「我可以希望封波術沒有大量回歸，但現在我已經不再這麼希望。謎族靈把妳送到我身邊，這點我毫不懷疑，因爲它們知道妳需要接受訓練，這件事讓我希望我至少是最早一批。」

「我不明白。」

加絲娜抬頭看紗藍，目光專注而強烈，眼睛累得發紅。她熬夜多久了？每天晚上紗藍就寢時，加絲娜的門口縫隙仍然有光線透出。

「說實話，我也不明白。」加絲娜說。

「妳還好嗎？」紗藍問。「我進來之前，妳似乎有點……難受。」

加絲娜只遲疑了一瞬間。「只是在書桌前工作太久了。」她轉向一個箱子，拿出一包裝滿錢球的黑布袋。「拿去吧。建議妳隨身攜帶，讓妳的封波術有機會成形。」

「妳能教我嗎？」紗藍接過袋子問。

「我不知道。」加絲娜說。「我會試試看。在這個圖形上，其中一種波力稱為『照映』，也就是對光的掌握。我希望妳現在將精力花在學習使用這種波力上，而不是學習魂術。那是一門危險的技藝，尤其是現在。」

紗藍點頭起身。可是離開前她遲疑了。「妳確定沒事？」

「當然。」公主答得太快。對方的確相當沉穩、自制，但同時很明顯已經不堪負荷。她的面具出現裂縫，紗藍可以看到眞相。

紗藍靈光乍現。她想安撫我。拍拍我的頭，叫我回去睡覺，把我當成被噩夢驚醒的孩子。

「妳在擔心。」紗藍迎向加絲娜的眼睛。

對方別過身，推書壓過一個在她書桌上扭動的身影——一個小小的紫色靈。懼靈。沒錯，只有一隻，可是……

「不對……」紗藍低語。「妳不是擔心。妳是害怕。」颶父啊！

「沒事的，紗藍。」加絲娜說。「我只是需要睡眠而已。去讀書吧。」

紗藍在加絲娜書桌旁的凳子坐下。年長的女子看著女孩，紗藍看到她的面具再次龜裂。加絲娜抿起嘴唇的樣子訴說著煩躁，手用拳頭的姿態握著筆的樣子訴說著壓力。

「妳說過，我可以參與這件事的。」紗藍說。「加絲娜，如果妳擔心……」

「我擔心的事情一直沒有改變。」加絲娜靠回椅背。「我會不會來不及？我會不會沒有辦法做出有意義的事來改變即將到來的危險？我是不是只靠很用力地吹氣，就想阻止一場颶風？」

「引虛者。」紗藍說。「帕胥人。」

「在過去，寂滅時代，也就是引虛者到來時，據說都有神將回歸，來讓人類做好準備。他們會訓練燦軍，燦軍同時會突然迎來一波新生。」

「可是我們抓住了引虛者，奴役了他們。」紗藍說。這是加絲娜當初推斷，也是紗藍看過研究結果後認同的。「所以妳認爲他們要進行革命，帕胥人會像過去那樣攻擊我們。」

「沒錯。」加絲娜翻著筆記。「而且很快就會。妳的確是一名封波師這件事更讓我不能安心，因爲這跟過去的軌跡太過相似，可是當時的新燦軍有教導他們的導師，還有好幾代綿延下來的傳統。而我們什麼都沒有。」

「引虛者都被抓住了。」紗藍瞥向圖樣，它趴在地板上，幾乎看不見形狀，什麼都沒說。「帕胥人幾乎沒有溝通能力，他們要怎麼樣規劃革命？」

加絲娜找到她之前正在翻找的紙，遞給紗藍。上面是加絲娜的筆跡，內容是一名上尉妻子記述在破碎平原上的一場攻擊。

「帕山迪人無論與彼此相隔多遠，都可以同聲歌唱，速度一致。他們有某種我們不了解的溝通能力。我只能認爲他們的表親帕胥人也有同樣的能力，他們也許不需要聽到任何號召，就能叛變。」

紗藍讀著報告，緩緩點頭。「我們要警告別人，加絲娜。」

「妳覺得我沒有試過嗎？」加絲娜問。「我寫信給世界上許多國王跟學者，大多數人都認爲我危言聳聽。妳這麼快就接受的事實，其他人皆認爲太過薄弱。

「執徒是我最大的希望，但是他們的目光被神權組織的介入蒙蔽。況且，我個人的信念讓執徒對我說的話都充滿懷疑的態度。我母親想要看看我的研究，這倒是很大的進展，我的弟弟跟叔叔可能會相信，所以我們才要去找他們。」她遲疑了片刻。「我們要去破碎平原還有另一個原因：爲了找到能說服所有人的證據。」

「兀瑞席魯。妳在尋找的城市？」紗藍說。

加絲娜再次銳利地看了她一眼。那座古代城市是當初紗藍第一次偷看加絲娜筆記時知道的。

「妳還是有一跟人對峙就容易臉紅的問題。」加絲娜評論。

「對不起啊。」

「而且太容易就道歉。」

「我是在表示……呃，不滿？」

加絲娜微笑，拾起雙瞳的示意圖看著。

「在破碎平原上藏著某個祕密，關於兀瑞席魯的祕密。」

「妳告訴過我那個城市不在那裡！」

「是不在，但通往它的路也許在。」她抿緊嘴唇。「根據傳說，只有燦軍可以打開通道。」

「幸好我們認識兩名燦軍。」

「我再說一次，妳不是燦軍，我也不是。能夠重現他們的能力也許無關緊要，我們沒有他們的傳統或知識。」

「所以最嚴重的後果就是文明終結，對不對？」紗藍小聲問。

加絲娜遲疑了。

「寂滅時代。我知道的不多，可是傳說裡……」紗藍說。

「傳說裡，每次的寂滅時代結束後，人類都被粉碎，大城市變成灰燼，工業完全被摧毀。每一次，人類的知識跟成長都被削減到幾乎返回史前時代，要花上好幾世紀重建，才能恢復到先前的文明程度。」她停頓了一下。「我一直希望自己是錯的。」

「兀瑞席魯。」紗藍想要避免只是問問題，而是要利用自己的推理能力找到答案。「妳說這個城市是燦軍的基地或是家園。除了妳之外，我沒有在任何地方聽過這個名字，所以我想它應該不常出現在文獻裡。也許這就是神權壓制的知識之一？」

「想得很好。不過也許這個知識在之前就已經開始褪色成傳說，當然神權也是有害無利的影響。如果它是在神權崛起之前就存在，通往它的路徑也隨著燦軍的消滅而關閉……那也許裡面還保存了現代學者沒有看過的史料。沒有被改變、沒有被竄改，還存有關於引虛者跟封波術的知識。」

紗藍顫抖。「所以我們才要去破碎平原。」

儘管疲累，加絲娜仍然露出笑容。「的確非常好。我在帕拉尼奧那段時間的研究很有成效，但在其他方面還是讓人失望。雖然我確定了關於帕胥人的懷疑，同樣也發現那座大圖書館的紀錄跟別處一樣，有被竄改過的跡象。所謂的『淨化』歷史，就是刪除關於兀瑞席魯或燦軍的部分，只因爲他們是讓弗林教艦尬的存在，實在讓人怒不可遏！所以我如何不對教會充滿敵意？我需要第一手資料，除此之外，有些故事，有些我敢相信的故事聲稱，兀瑞席魯是聖地，不會受到引虛者的攻擊。也許這只是妄想，但我還沒有實事求是到不願去期盼那些故事是眞的。」

「那帕胥人呢？」

「我們要去說服雅烈席卡不再使用這些人。」

「不容易。」

「幾乎是不可能。」加絲娜起身。她開始把書本收拾起來，放入防水的箱子中，準備就寢。「帕胥人是完美的奴隸，乖順、聽話，我們的社會太過仰賴他們。帕胥人不需要變得暴力就可以讓我們陷入混亂，雖然我很確定他們會這麼做，但其實他們只要離開，我們立刻就會有經濟危機。」

她拿出一本書之後，闔上書箱。「在沒有更多證據之前，要說服其他人這些事，根本不是我們能力所能及的。就算我的兄弟會聽，他也沒有足夠的威信能強迫藩王們處理掉他們的帕胥人。而且，說實話，我擔心我的兄弟沒有勇氣，去冒險承擔趕走帕胥人可能會帶來的崩潰。」

「可是如果他們背叛我們，崩潰也是不可避免的。」

「對。妳知，我知，我母親可能會信，但是判斷錯誤的風險大到……唉，我們需要的就是證據。證據確鑿，不可質疑的證據。所以我們要找到那座城市，不惜一切代價。」

紗藍點頭。

「我不想將這一切都壓在妳的肩頭上，孩子。」加絲娜再次坐下。「可是我承認，能跟一個不會每一點都跟我爭論不休的人討論這些事，實在讓人舒心。」

「我們可以的，加絲娜。我們會到破碎平原，我們會找到兀瑞席魯。我們會找到事實，說服所有人聆聽。」紗藍說。

「啊，年輕人的樂觀啊。偶爾能聽聽這樣的話也很好。」加絲娜說完，把書遞給紗藍。「在燦軍中，有一個軍團被稱爲『織光師』。我對他們所知非常有限，但是在所有我讀過的紀錄中，這本的資訊最多。」

紗藍興奮地接過書。書名是《燦言》。「去吧，去讀書。」加絲娜說。

紗藍瞥了她一眼。

「我會去睡覺。」加絲娜保證，嘴角浮現一抹笑意。「別想一直這樣管我，我甚至不准娜凡妮對我管東管西的。」

紗藍嘆口氣，點點頭，離開加絲娜的房間。圖樣跟在後面，整段對話中，它一直沉默。她走入艙房時，發現自己的心情比剛才離開這裡時還要沉重。她無法忘記加絲娜眼中的恐懼。加絲娜‧科林應該是無所畏懼的，不是嗎？

紗藍爬上床，抱著剛才拿到的書，還有那袋錢球。一部分的她很想要閱讀，但她也精神不濟，眼皮打架了。眞的已經很晚了，如果她現在開始看書……

也許該好好睡上一覺，明天再精神飽滿地進行研究。她把書放在床邊的小桌上，讓船的搖曳將她勸入夢鄉。

她醒來時，周圍淨是尖叫，狂吼，濃煙。

7 點火

我在沒有準備的情況下，迎來失去這個人之後降臨的傷痛，就像一場毫無預兆的大雨，從晴天傾盆而下，促不及防全數淋在身上。加維拉多年前的死讓我毫無招架之力，但這一次……這一次幾乎擊潰了我。

——收錄於一一七四年，娜凡妮·科林日誌，傑瑟薩克日

依舊半睡半醒的紗藍聞聲一陣驚慌失措。她慌亂地下了床，一不小心翻倒了幾乎全滿的一杯錢球。雖然她用了蠟把杯子固定住，猛然的一揮仍然讓杯子歪倒，錢球散落一地。

煙味很重。她衣衫不整跑到門前，心跳加速，至少自己之前是穿著衣服睡著的。她推開門。

三個男人擠在外面的走廊，握著火把，背對她。

火把，上面有炎靈在火焰旁舞動。誰把火帶上了船？紗藍茫然地僵在原地。

喊叫聲從甲板上方傳來，看來船本身並沒有著火，但這些人是誰？他們握著斧頭，全神貫汁於加絲娜的艙房，門被打開了。

裡面有人影晃動。在令人驚駭的一瞬間，有人將某樣東西

推落到其他人面前，那些人全部讓開位置。

一具穿著薄薄睡衣的身體，目光呆滯，鮮血從胸口湧出。加絲娜。

「要確定。」其中一人說。

另一人跪倒，將一把細長的刀刺入加絲娜的胸口，紗藍聽到刀戳入軀體下方的木頭聲音。

紗藍尖叫。

其中一人轉身面向她。

「喂！」是那個亞耶伯稱之爲「小菜鳥」的扁臉高大男子，她不認得其他人。

紗藍奮力壓下恐懼跟不敢置信，用力把門關上，以顫抖的手指按下門栓。颶父啊！颶父！她退開門邊，重重的撞擊開始打上門。他們不需要斧頭，光是用肩膀持續撞幾下，門就會倒了。

紗藍跌跌撞撞地退到床邊，幾乎被隨著船搖晃而滾來滾去的錢球絆倒，靠近天花板的狹窄洞口小到擠不出去，只顯露外面黑暗的天色。上面繼續有喊叫聲，腳步重重踩在木板上。

紗藍顫抖，腦子發麻。加絲娜……

「劍。」一個聲音說。

圖樣掛在她身邊的牆上。

「嗯嗯。劍……」

「不！」紗藍尖叫，雙手抱頭，手指纏入頭髮。颶父的！她在發抖。

噩夢。這一定是噩夢！不可能——

「嗯嗯。戰鬥……」

「不！」紗藍發現自己的呼吸開始失控，外面的人不斷用肩膀撞她的門。她沒有準備好。她沒有心理準備。

「嗯嗯。」圖樣聽起來很不滿。「謊言。」

「我不知道該怎麼樣用謊言！」紗藍說。「我沒有練習過。」

「知道。知道……記得……之前……」

門發出吱嘎聲。她敢去記得嗎？她能記得嗎？一個孩子，在跟一片閃亮的光玩耍……

「我該怎麼做？」她問。

「妳需要光。」圖樣說。

這句話喚醒記憶深處的片段，帶著她不敢碰觸的利刺。她需要颶光提供封波術的能量。紗藍跪倒在床邊，直覺地猛然吸氣。颶光從周圍的錢球消失，湧入她的身體，成爲在她血脈中怒湧的颶風。房間變得漆黑，宛如地底深處的洞穴。

然後光開始從她的皮膚浮現，像是從滾水升起的水氣，讓房間中充滿了泅泳的影子。

「現在呢？」她質問。

「塑造謊言。」

這是什麼意思？門再次發出吱嘎聲，中間出現一道裂縫。紗藍驚慌地吐出一口氣，颶光像是雲霧一樣從她身體流瀉，她覺得自己幾乎可以碰到光，可以感覺到光的潛能。「怎麼做？」她質問。

「製造眞實。」

「我聽不懂！」紗藍尖叫的同時，門被撞開。新的光湧入房間，是火把——紅與黃，充滿敵意。光雲從紗藍身邊躍起，更多颶光從她身體流失，形成一個隱約的直立人影。一團光影，衝過了門口的眾人，揮舞著像是手臂的肢體。紗藍自己則跪在床邊，跌入陰影中。

所有人的目光被發光的形體吸引，感謝颶父，他們轉身追了出去。

紗藍縮在牆邊，不斷發抖，房間一片漆黑。上面傳來男人的慘叫聲。

「紗藍……」圖樣在黑暗某處嗡嗡說。

「去看。告訴我甲板上發生了什麼事。」她不知道它有沒有聽話，因爲它移動時沒有聲音。幾下深呼吸後，紗藍站起來。她的腿在發抖，但她站了起來，不知如何，穩住了心神。現在很可怕，很糟糕，但什麼事，什麼事都比不上她父親死去那晚，她做的事。那晚她活了下來。現在她也可以。

這些人跟卡伯薩是一夥的——加絲娜擔心的殺手。他們終於殺了她。

噢，加絲娜……加絲娜死了。等一下再哀悼。紗藍要怎麼處理那些掌握船艦的武裝男人？她要怎麼逃？紗藍摸黑出了走廊，這裡沒什麼光，只有從甲板漏下來的火把光線，她聽到的慘叫越發慌亂。

「殺。」一個聲音突然說。

她一驚，但那只是圖樣。「什麼意思？」紗藍壓低聲音問。

「黑色人在殺。水手被繩子綁。一個死了，榴紅色。我……我不明白……」圖樣說。

噢，颶父啊。上面的喊叫更激動，但已經沒有靴子在甲板上走動的聲音，也沒有武器的撞擊。水手都被抓住了，至少死了一個人。

黑暗中，紗藍看到顫抖、扭曲的形狀從她周圍的木頭爬出。懼靈。

「那些追我的形體出去的人怎麼了？」她問。

「在水裡找。」圖樣說。

所以他們以爲她跳下船了。紗藍心跳如雷，摸著黑進入加絲娜的房間，以爲隨時都會被女子在地上的屍體絆倒。可是沒有東西。那些人把她拖上去了嗎？

紗藍進了加絲娜的船艙，把門關上。門無法鎖，所以她拖了箱子把門擋起來。

她必須想辦法。她摸索到加絲娜的箱子旁，箱子被那些人打開，裡面的內容物到處散亂。她在底層找到暗格，拉開，房間突然被光照亮。錢球亮到紗藍瞬間什麼也看不見，必須轉過頭。

圖樣在她身邊的地板上震動，形體擔憂地晃動。紗藍環顧四周，小艙房一片混亂，到處都是衣服，紙張散落各地，裝滿加絲娜藏書的箱子不見了。血還沒來得及滲透，凝結在床上，紗藍很快地別過頭。

上方突然傳來喊叫，接下來是重重的撞擊聲，慘叫聲更爲響亮。她聽到托茲貝克在慘叫要那些人放過他妻子。

全能之主在上……刺客正在一個一個處決水手。紗藍必須想辦法，什麼方法都好。

紗藍回頭看向放在暗格裡的錢球，暗格下方墊著黑布。「圖樣，我們要對船底施魂術，讓船沉下去。」她說。

「什麼！」它的震動增強，聲音嗡嗡作響。「人類……人類……吃水？」

「我們喝水，但不能吸入水。」紗藍說。

「嗯……不懂……」圖樣說。

「船長跟其他人被抓了，正在被處決，我能給他們的最好機會就是製造混亂。」紗藍雙手按在錢球上，猛力一吸，吸入颶光，感覺體內的颶光像是把自己整個點起火來，好像就要爆炸。颶光是活生生的能量，想要從她的毛孔湧出。

「告訴我！」她大喊，遠比她預期的要大聲。颶光催促她要行動。「我之前施過魂術。我必須再成功一次！」她說話時，颶光從嘴巴流出，如同冷天時吐出的氣息。

「嗯……」圖樣焦慮地說。「我會協調。看。」

「看什麼？」

「看！」幽界。上次她去那裡時差點害死自己，只是那不是個地方，還是就是個地方？重要嗎？她從最近的記憶裡，找出上次她用魂術一不小心把酒杯變成血的時候。「我需要眞話。」

「妳給得夠多了。」圖樣說。「現在。看。」

船消失。一切……碎了。牆壁、家具，全都碎成一顆顆黑玻璃珠。紗藍以爲自己會落到玻璃珠海洋裡，卻發現自己落到實地上。她站在一個有著黑色天空，以及遙遠、細小太陽的地方。她腳下的地面反映出光芒。黑曜岩？她看見的所有方向，地面都是以同樣的黑色材質組成。

附近的錢球——就像會呈載颶光的那種，只是比較小又黑——彈跳後落在地上。

樹木，像生長出來的水晶一樣，三三兩兩地聚集，樹幹多枝而光滑，沒有葉子。附近有小小的光浮在空中，是沒有蠟燭的火焰。她隨後發現，那是人。這些是每個人的意識，反應在意識領域中。比較小的散落在她腳邊，幾十上百個，但是小到她幾乎看不出來。是魚的意識？

她轉身，正面朝向一個生物，有著符號爲頭。她一驚之下尖叫，往後一退。這些東西……它們追趕著她……它們……

是圖樣。它長得又高又瘦，但有點模糊，半透明。組成它的頭的複雜圖樣，有著銳利的線條以及不可能的幾何規律，似乎沒有眼睛。它站在那裡，雙手背在身後，穿著硬到不像布的袍子。

「去。」它說。「選。」

「選什麼？」她說，颶光從她唇中流出。

「妳的船。」它沒有眼睛，但她覺得她可以跟隨它的視線，看向光滑地面上的一個小球。她抓起小球，突然感應到船。

隨風號。一艘被愛護、照料有加的船，載了好多年的乘客，一直屬於托茲貝克跟他的父親。一艘老船，還沒有衰老，仍然可靠。一艘驕傲的船，以球的方式出現在這裡。

它其實有思考能力。這艘船會思考，或者該說……它能反映出那些在船上工作、知道這艘船、會想著這艘船的人的心思。

「我需要你改變。」紗藍對它低語，雙手捧著珠子。它的重量跟體積不成比例，彷彿整艘船的重量被壓縮在這一顆珠子裡。

「不。」傳來了回答，但說話的是圖樣。「不，我不行。我必須服務。我很快樂。」

紗藍看向它。

「我會協調。」圖樣重複。「……翻譯。妳還沒有準備好。」

紗藍繼續看著手中的珠子。「我有颶光。有很多。我會把颶光給你。」

「不！」回答似乎很憤怒。「我服務。」

它真的很想繼續當一艘船。她可以感覺得到它，它的驕傲，透過許多年的服役而增強。

「他們要死了。」她低語。

「不要！」

「你可以感覺到他們死去，他們的血沾在你的甲板上。一個接一個，你服務的人會被砍死。」她自己也感覺得到，可以透過船看到。他們正在被處決。

不遠處，一個飄浮的蠟燭火焰消失。八名俘虜中，有三人死亡，但她不知道是誰。

「只有一個機會可以救他們，就是要改變。」紗藍說。

「改變。」圖樣替船低語。

「改變的話，他們有機會逃離殺人的壞人。」紗藍低語。「不確定，但是他們會有機會可以游走，可以想辦法，隨風號，你可以最後一次替他們服務。替他們改變。」

沉默。

「我……」又一盞蠟燭消失。「我會改變。」

事情發生時，只需要慌亂的一秒。颶光從紗藍體內被奪走。她聽到實體世界傳來隱約的龜裂聲，因爲她從附近的寶石抽取了太多颶光，直到寶石碎裂。

幽界消失。

她回到加絲娜的船艙。地板、牆壁、天花板都消失在水中，紗藍沒入冰冷漆黑的水裡。她在水裡掙扎，洋裝阻礙了她的動作。周圍的一切都在沉入水中，人類生活中的常見物品一一消失。

她慌亂地尋找表面。原本她還想著要游到外面去，如果還有水手被綁住，她可以幫忙解開。可是現在，她發現自己就連要找水面的方向都已無所適從。

黑暗彷彿本身活了過來，有東西包裹住她，將她往更深處拖去。

8 背後的刀·戰場的士兵

我不是要將我的悲痛當做藉口，而是一個解釋。人們在意外失去親人後經常會有奇怪的行爲。雖然加絲娜離家已經有一段時間，但我仍然沒有料到會這樣失去她。我，跟很多人一樣，都認爲她是不會死的。

——收錄於一一七四年，娜凡妮·科林日誌，傑瑟薩克日

橋被推到正確位置上的熟悉木頭摩擦聲傳來。整齊的腳步聲，撞擊在岩石上的沉悶聲響，然後是靴子踩在木頭上的響亮碰撞。遠方傳來斥候的喊叫，回報前方沒有狀況。

台地戰的聲響對達利納來說很熟悉。曾經，他渴望聽到這些聲音。他在戰鬥發生的間隔時間內總是很不耐煩，渴望用他的碎刃砍倒帕山迪人，贏得財富跟聲望。

那個達利納想要掩飾他的恥辱——當他的哥哥在對抗殺手時，自己卻醉醺醺不省人事的恥辱。

台地戰的環境都是同樣光裸、尖銳的岩石，多半跟他們坐著的石頭表面一樣，顏色黯淡，不同的只有偶爾長出、小叢緊閉的石苞。就連石苞，光從名字就可以看出來，有時候也跟石頭沒什麼兩樣。從人們站著的這裡，到極遠天際的那邊，都是

一樣，而人類帶來的一切，所有人類製造的一切，在這無盡的破碎平原與致命裂谷間襯托之下，顯得如此渺小。

這麼些年來，這裡的活動已經變成慣例。在如同熔化鋼鐵般炙熱的白色太陽下行軍前進，跨過一個又一個的裂縫。最後，戰鬥不再是值得期盼的事，比較像是必須完成的責任。沒錯，為了加維拉跟榮耀，但主要是因為反正自己——還有敵人——都已經在這裡，不戰白不戰。

戰鬥的氣味是巨大而沉靜的氣味：被太陽烘烤的岩石，被曬乾的克姆林蟲，從遠處吹來的風。

近來達利納開始痛恨台地戰。這些戰鬥只是遊戲，完全浪費生命，根本不是為了履行復仇盟約，而是為了貪婪。許多寶心出現在鄰近的台地，很容易抵達，可是無法滿足雅烈席人。他們想去到更遠的地方，衝向會製造昂貴代價的攻擊。

艾拉達藩王的人在前方台地上戰鬥，他們比達利納的軍隊早到，眼前的場景訴說著熟悉的故事。人類與帕山迪人各排成長長的一列，兩邊都想把對方逼退。人類可以投入比較多人數，但帕山迪人可以更快趕到，更快佔領台地。

橋兵的屍體四散，排出通往裂谷的道路，證明了衝向已經建立陣地的敵人有多危險。達利納注意到他的護衛們看到死者時臉上陰沉的表情。艾拉達跟大多數藩王一樣，在橋兵出勤時選擇了跟薩迪雅司一樣的作法：快速、暴力的攻擊，把人力當成可消耗資源。以前並不是這樣的。過去，橋是由武裝軍隊所扛，但勝利會培養出仿效者。

戰營需要不斷湧入的廉價奴隸來餵飽怪物，讓無主丘陵區域的奴隸商人跟土匪如病毒一樣蔓延，進行奴隸交易買賣。*又一件我需要改變的事*，達利納心想。

艾拉達自己沒有上戰場那座台地，而是在隔壁的台地上設立了指揮中心。達利納指向飛舞的旗幟，他的一架機械橋便滾動定位。這座橋是芻螺拖拉，上面有很多齒輪、槓桿和絞鎖，能夠保護操作橋的人，可是速度很緩慢。達利納以極為自制的耐心等著工人們把橋拖拉到位，跨越腳下這座與艾拉達旗幟飛揚的那座台地之間的裂谷。

橋就定位置、卡好，他的護衛們——領頭的是卡拉丁上尉麾下的一名深眸軍官——小跑步地跑過橋，矛扛在肩膀上。達利納向卡拉丁承諾過，除非是為了保護他，否則卡拉丁的人不需要出手戰鬥。他們跑過橋之後，達利納一踢胯下的英勇，跑向指揮點。達利納覺得在雄駒背上的自己太過輕盈——他沒穿碎甲。自從得到碎甲這麼多年以來，他從來沒有不穿碎甲就上戰場。

可是今天，他不是為了上戰場，不完全是。他身後飛揚著雅多林的私人旗幟，而他的兒子帶領達利納的主力軍隊去攻擊艾拉達的人已經在奮戰的台地。達利納沒有發布任何該如何進攻的命令，他的兒子被訓練得很好，已經準備好可以接過戰場的指揮權——當然身邊要帶著卡爾將軍做為參謀。

沒錯，從現在開始，雅多林去領軍，達利納來改變世界。

他騎向艾拉達的指揮帳。這是他宣布所有軍隊必須合作之後的第一次攻擊。光是艾拉達有按照命令前來，而洛依恩沒有——即使目標台地更靠近洛依恩的戰營——就是一場勝利。小小的鼓勵，但達利納不挑骨頭。

他發現艾拉達藩王坐在一個小帳棚下，位於這座台地上一塊可以俯瞰戰場的安全區域，是指揮中心的完美位置。艾拉達是碎刃師，但他經常將碎刃跟碎甲借給戰鬥中的軍官，寧願在戰線後方進行戰術指揮。一名有經驗的碎刃師可以用意志命令碎刃不要在放手時消失，不過在緊急時刻，艾拉達可以把劍召回到身邊，讓劍一眨眼間從軍官的手中消失，十秒鐘後出現在自己手中。出借碎刃兩邊都需要有很深厚的信任基礎。

達利納下馬，英勇瞪著想要把牠牽走的人。達利納拍拍馬脖子。「不用理牠，牠會照顧自己。」他對馬伕說，反正大多數普通馬伕也不知道該怎麼樣照顧瑞沙迪馬。

達利納身後跟著他的橋兵護衛，一行人走到站在台地邊緣的艾拉達身邊。艾拉達正在俯瞰下方的戰場。他長得不高，沒有半根頭髮，膚色比大多數雅烈席人要深，雙手背在身後，穿著一身俐落的傳統制服，裙子狀的塔卡瑪，不過上面有一件樣式現代的外套，剪裁與塔卡瑪類似。

達利納從來沒看過這種樣式的穿著。艾拉達還有一道小鬍子，嘴唇下方還有一綹鬍子，同樣也是很罕見的選擇。艾拉達的勢力夠大，名聲夠響亮，能夠創造自己的時尚，往往也因此主導流行。

「達利納。」艾拉達朝他點點頭。「我以為你不會再參加台地戰了。」

「沒錯。」達利納朝雅多林的旗幟點點頭。士兵正湧過達利納的橋加入戰場，台地很小，所以艾拉達的許多人必須撤退以騰出位置，很明顯他們也迫不及待想讓賢。

「你今天差點輸了。」達利納評論。「幸好你有援軍。」達利納的軍隊在下方讓戰場恢復秩序，將帕山迪人推後。

「也許吧，但是在過去，我每出戰三場會贏一場。有援軍當然意味著我會多贏幾場，但同樣也會耗去我一半的營利——假設國王眞的會把我應得的給我。我並不確定長期來說，這對我是眞的有利。」

「可是你損失的人會比較少，而且整個軍隊的勝利次數會增加。榮譽——」

「不要跟我提什麼榮譽，達利納。我不能拿榮譽養士兵，而且我也不能拿榮譽去阻止別的藩王咬斷我的脖子。你的計畫有利於我們之中最弱的一批，同時削弱成功者的利潤。」

「很好。」達利納怒回。「榮譽對你來說沒有價值，可是你還是要聽命，艾拉達，因為你的國王這麼要求。這是你唯一需要的理由。你必須聽命行事。」

「要不然呢？」艾拉達說。

「去問問葉奈夫。」

艾拉達像被人甩了一巴掌似的全身一震。十年前，藩王葉奈夫拒絕接受雅烈席卡的統一，在加維拉的命令下，薩迪雅司跟對方決鬥，然後殺了他。

「這是威脅？」艾拉達問。

「對。」達利納轉身直視較矮男子的雙眼。「艾拉達，我已經勸夠了，我好聲好氣夠了。你敢違背艾洛卡的命令，就是藐視我哥哥，還有他代表的一切。這個王國必須統一。」

「眞有趣。」艾拉達說。「你提起加維拉正好，因爲他也不是靠榮譽心才讓整個王國統一的。他是靠背後的刀子還有戰場上的士兵，誰敢反抗，誰的腦袋就落地。現在我們要再來一次了是吧？這種事情聽起來不太像你那本寶貝書裡的偉大言論啊。」

達利納氣恨得磨牙，轉身去看戰場。直覺要達利納告訴艾拉達，他是達利納麾下的軍官，同時因爲那個人不遜的語氣好好教訓他一番，把艾拉達當成需要糾正的新兵。

可是如果艾拉達不理他怎麼辦？他要強迫對方服從嗎？他的軍力不夠。

他發現自己開始氣惱起來——生氣的對象是自己，而不是艾拉達。他來參加這場台地戰不是爲了要吵架，而是要談話。要說服。娜凡妮說得對。達利納要想要拯救這個王國，不能只靠凶狠的言詞跟軍事命令。他需要的是忠誠，不是恐懼。

可是颶風的，他該怎麼做？他這一輩子讓人服氣的方法都是靠一手劍，一手拳頭。

會說話的一直是加維拉，一直是他才能讓所有人聆聽。

達利納根本不該嘗試變成政治家。

有一部分的他低聲說，戰場上有半數小伙子大概一開始也覺得他們根本不該當士兵。你沒有搞砸這件事情的餘地。不要抱怨。趕快改變。

「帕山迪人逼得太緊，」艾拉達對他的將領說。「他們想要把我們推下台地。叫我們的人往後退一點，讓帕山迪人失去他們的站位優勢，這麼一來，我們就能包圍他們。」

將領們點頭，其中一人開始下令。達利納瞇著眼睛判斷戰場的情況。「不對。」他輕聲說。將領停止發布命令，艾拉達瞥向達利納。「帕山迪人正在準備後退。」達利納說。

「他們的動作看起來一點也不像。」

「他們想要有挪移的空間。」達利納判讀著戰場上的局勢。「他們快要收割寶心了。他們會繼續往前逼，但是很快就會在蛹周圍開始快速撤退，好拖延時間，進行最後的收割。這才是你要阻止的。」

帕山迪人向前衝。「這場戰役由我領軍。根據你的規定，我們的戰術由我作主。」艾拉達說。

「這只是我的觀察。」達利納說。「我今天甚至沒有指揮自己的軍隊。你可以自行選擇你的戰術，我不會干涉。」

艾拉達思考片刻，然後低聲咒罵。「假設達利納說得對吧。叫所有人準備迎戰帕山迪人的後撤，派突擊小隊去守住獸蛹，蛹應該快打開了。」

將領安排好新的細節，傳令兵帶著戰術命令跑開。艾拉達跟達利納兩人並肩觀戰，看著帕山迪人往前擠，他們的歌聲在戰場上方飄蕩。

然後，他們後撤了，一如往常地敬重地上的死者，跨過他們的屍體。人類的士兵已經準備好應對這個瞬間，立刻衝了出去，領頭的是一身晶亮盔甲的雅多林，帶著一群精力充沛的突擊士兵打破了帕山迪人的戰線，趕到獸蛹旁邊，其他人類軍團從他們打開的破口衝入，將帕山迪人擠到兩側，讓帕山迪人的撤退變成戰略災難。

幾分鐘後，帕山迪人已經捨棄台地，跳離著朝遠方奔逃。

「該死的。我眞痛恨你在這方面的能耐。」艾拉達輕聲說。

達利納瞇起眼睛，注意到有些逃跑的帕山迪人停在離戰場不遠的台地上，遲遲不肯離去，儘管許多他們的士兵仍繼續撤退。

達利納揮手要艾拉達的一名僕人拿望遠鏡來給他，之後他舉起望遠鏡，瞄準了那群人。有個人站在那座台地邊緣，一個穿著晶亮盔甲的人。

帕山迪碎刃師，他心想。*那個在高塔之戰上出現的人，他差點殺了我*。

達利納記不太得那場戰鬥的細節，他在最後幾乎已經被打到昏迷。這名碎刃師沒有參與到今天的戰場上。

爲什麼？如果他們有碎刃師，一定能更快打開蛹。達利納內心湧過一陣不安，光是這名在一旁觀戰的碎刃師就讓他對這場戰局的理解徹底改觀。他以爲他能夠讀出戰場局勢，但現在發現敵人的戰術比他以爲的還要隱蔽。

「他們還有人在台地上嗎？」艾拉達問。「在看？」

達利納點點頭，放下望遠鏡。

「你以前參與過的戰場上，他們這麼做過嗎？」

達利納搖搖頭。艾拉達思索片刻，然後下令要台地上的人保持警戒，安置斥候，準備迎接帕山迪人的突襲。「謝謝。」艾拉達不情願地轉向達利納說。「你的建議很有用。」

「你在戰略上信任我，爲什麼不相信我的確知道怎麼做才對這個國家最好？」達利納轉頭說。

艾拉達端詳他。後面的士兵歡呼著迎接勝利，雅多林將寶心從蛹裡拔出，其他人員開始散開，準備防守對方的反擊，但沒有發生。

「不是我不想，達利納。」艾拉達終於說。「可是重點不是你，而是其他藩王。也許我能信任你，但是我絕對不會信任他們。你要我冒太多險了。其他人會用薩迪雅司在高塔上對待你的方式對待我。」

「如果我能勸服其他人呢？如果我能向你證明他們値得你去信任呢？如果我能改變這個王國、這場戰爭的方向呢？那時你就會追隨我嗎？」

「不會。對不起。」艾拉達轉身離開，喊人牽馬來。

回程中，達利納相當沮喪。他們今天獲得了勝利，但艾拉達繼續與他保持距離。達利納怎麼可以做對這麼多事情，卻完全沒有辦法說服像艾拉達這樣的人？還有，帕山迪人開始改變戰術，不讓碎刃師投入戰場又是什麼意思？他們害怕失去碎具嗎？

當達利納終於回到他的營房——得先去安頓他的人，還有送報告給國王——他發現有一封出乎預料的信在等著他。

找人請娜凡妮來讀信給他聽之前，他站在他的私人書房中，凝視寫著奇怪符文的牆壁。符文已經被磨去，刮痕被隱藏起來，但石頭上一塊淺色的區域仍然在低語。

六十二天。

還有六十二天可以找出答案。啊，現在剩六十一天了，沒多少時間讓他拯救一個王國，能夠準備好面對最嚴峻的狀況。執徒們絕對不會相信這個預言，輕則將其視爲惡作劇，重則將其定爲瀆神的行爲。預言未來的行爲是被禁止的，這是引虛者的行止。就連賭博都遊走在灰色邊緣，因爲賭博會引誘人們去窺探未來的祕密。

可是他還是相信。

因爲他懷疑那是他親手寫下的。

娜凡妮到來，快速瀏覽一遍信，然後大聲讀出。

原來是個老朋友，很快就要來到破碎平原，並且很有可能有辦法解決達利納的問題。

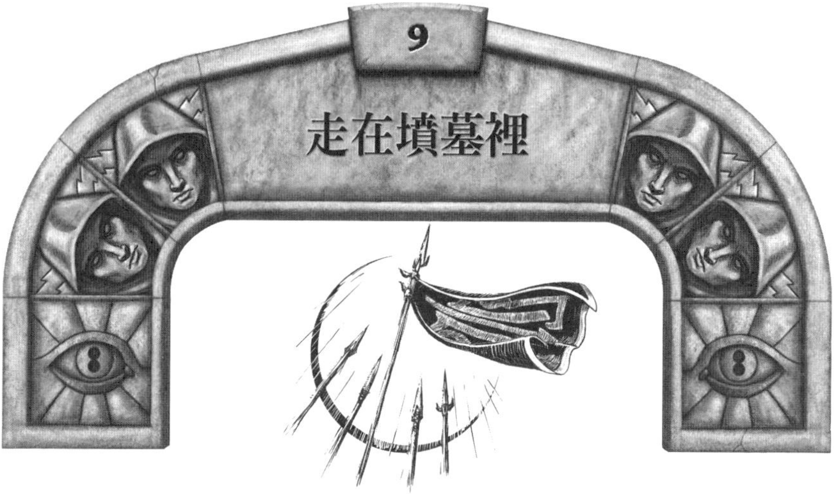

9 走在墳墓裡

我想像自己如果沒有被悲傷的情緒掌控，也許就能更早看見逼近的危險。可是，坦白說，我不覺得事情眞的會有所改變。

——收錄於一一七四年，娜凡妮·科林日記，傑瑟薩克日

卡拉丁領著眾人下到裂谷，這是他的權利。

他們用的是繩梯，跟當年在薩迪雅司軍中一樣。原本那條繩梯是很糟糕的東西，繩子已經磨損，上面長了苔蘚，木板被太多次的颶風凌虐過。卡拉丁從來沒有因爲那鬼颶風的梯子而失去部下，但是他總是很擔心。

現在這條繩梯是全新的，這一點他很確定，因爲軍需長林德一聽他的要求便不解地直抓頭，最後乾脆按照卡拉丁的需求，替他訂做了一條。繩梯結實堅固，做工優秀，就像達利納的軍隊一樣。

卡拉丁最後一跳，離開了繩梯。西兒飄下，落在他的肩頭。他舉起一枚錢球，檢視裂谷的底端。光是這枚藍寶石布姆就比他當橋兵期間賺過的所有錢加起來還要有價值。

在薩迪雅司的軍隊中，橋兵經常需要來裂谷。卡拉丁仍然

不知道這麼做的目的是要從破碎平原蒐刮所有的資源，還是只想找些微不足道又能消磨心智的小事給橋兵在出勤之間去做。

這裡的裂谷從來沒有人碰過，地上堆滿了颶風過後的雜物，中間沒有任何人類行走的痕跡，牆上的苔蘚也沒有被刻下訊息或指示。這裡跟所有裂谷一樣，形狀都像花瓶，底寬口窄——這是颶風時流水沖刷後的結果。地面算是平整，被一層層沉澱下來的堅硬克姆泥鋪得光滑。

卡拉丁一邊往前走，一邊要繞過各式各樣的垃圾和斷掉的樹枝跟樹幹，來自平原四處被吹入裂谷的樹、裂開的石苞殼、無數的乾樹藤，像是被拋棄的毛線一樣糾纏在一起。

當然也有屍體。

許多屍體最後出現在裂谷裡。只要輸了佔領台地的戰鬥，人們就必須撤退，留下死者。颶風的！薩迪雅司經常把死者留在原處，即使他獲勝。橋兵則是只要有傷就會被他遺棄，即使他們其實可以被救活。颶風後，死者都會出現在這裡，裂谷底。因爲颶風往西朝戰營吹，所以屍體也會朝這個方向被沖來。

卡拉丁發現地面上的茂密植被裡經常有人骨纏繞其中，行走時很難不去踩到。

他盡量以敬重死者的心情小心翼翼地前進，大石則在他後面第二個落地，以母語低聲說了一句，卡拉丁分不出來那是咒罵還是祈禱。西兒從卡拉丁的肩膀飛下來，畫出一個弧形，落到地上。此時她變成他認爲是她眞正形象的形體，一個年輕的女子，穿著一件簡單的洋裝，群襬長到膝蓋下，然後化成白霧。她站在一根樹枝上，研究從苔蘚間冒出的一根大腿骨。

她不喜歡暴力。他到現在還是不確定她是否了解死亡。每次她提到死亡時，聽起來都像是一個孩子想要弄懂完全無法理解的事。

「眞是一團亂。」泰夫落地後說。「呿！這地方根本沒人理過嘛。」

「這是個墳墓。我們走在墳墓裡。」大石說。

「所有的裂谷都是墳墓。」泰夫的聲音在黑暗的窄巷間迴蕩。「只是這裡是個亂糟糟的墳墓。」

「整整齊齊的死是很少見的，泰夫。」卡拉丁說。

泰夫悶哼一聲，然後開始招呼剛下到裂谷裡的新人。摩亞許跟斯卡正守著達利納跟他的兒子們，一起去參加了某個淺眸人的晚宴。卡拉丁很高興自己避開了那個場合，而且能跟泰夫下來這裡。

這一行人總共有四十個橋兵——每個重新調整過的橋兵隊各出兩人——泰夫正在訓練他們，希望他們會成爲自己隊伍的好士官長。

「小子們，仔細看清楚了。」泰夫對他們說。「這是我們開始的地方，這就是爲什麼有些人叫我們骨頭軍團。你們該慶幸我們不會逼你們照我們當時那樣全部來一遍！我們隨時都有可能被颶風吹走。現在有了達利納．科林的颶風官來指引我們，危險已經小很多，而且以防萬一，我們要待在離出口不遠的地方……」

卡拉丁雙手抱胸，看著泰夫一面教導，大石一面將練習矛遞給所有人。泰夫沒有拿矛，雖然他比所有聚集在周圍的橋兵都矮，但那些穿著簡便軍服的人，看起來都被嚇壞了。

你以爲能怎麼樣？卡拉丁心想。他們是橋兵，風大一點都能把他們吹倒。

可是泰夫看起來一臉氣定神閒的樣子，非常自在。這是對的。說不出來理由，但感覺就是……對的。

一堆小小的光球包圍住卡拉丁的頭，是一群靈，形狀是金色的小球，來回飛梭。他一驚，看著它們。勝靈。颶風的，他好多年以來都沒看過這種景象了。

西兒飛入空中，加入它們的行列，也繞著卡拉丁的頭繞圈，輕笑。「感覺很自豪嗎？」

「是泰夫。他是個領導者。」卡拉丁說。

「他當然是。你給了他個軍銜，不是嗎？」

「不是。那不是我給他的，是他自己掙得的。來吧，走了。」

她點點頭，在空中停下，坐了下來，交疊雙腿，彷彿正端莊地坐在隱形的椅子上。她繼續浮在空中，跟著他亦步亦趨地前進。

「妳又放棄繼續假裝會受到自然定律約束了。」他說。

「自然定律？」西兒覺得這個概念很好笑。「定律是人類的概念，卡拉丁。自然沒有這種東西！」

「如果我把東西往上丟，它會掉下來。」

「除非它不掉下來。」

「這是定律。」

「不是。」西兒抬頭看天。「比較像是……朋友之間的協定。」

他看著她，挑起眉毛。

「我們需要有很固定的行為方式，」她彷彿在說什麼大祕密一樣，貼近他低聲說。「否則會弄壞你們的腦子。」

他鄙夷地哼了一聲，繞過被矛刺穿的一堆骨頭跟樹枝，上面覆蓋了寄生物一樣的鐵鏽，看起來像個紀念碑。

「拜託，你好歹笑一下吧，我覺得挺好笑的啊。」

卡拉丁腳步不停地往前走。

「哼跟笑不一樣。」西兒說。「我分得出差別是因為我有智慧同時表達也條理分明，你現在應該稱讚我。」

「達利納．科林想要重建燦軍。」

「對。」西兒高傲地說，浮在他的視角邊緣。「很聰明的主意，眞希望是我想到的。」她露出勝利的笑容，然後臉色一垮。

「幹嘛？」他轉頭去看她。

「你有沒有覺得，靈不能吸引別的靈很不公平？我剛剛眞的應該有一些自己的勝靈的。」

「我必須保護達利納。」卡拉丁無視她的抱怨。「不只是他，還有他的家人，也許還包括國王本人。儘管我沒有成功阻止別人溜進達利納的房間。」他還是想不出來那個人到底是怎麼進去的。除非那不是一個人。

「靈有可能在牆上寫字嗎？」

西兒曾經搬來一片葉子，她是有某種實體存在，只是不大。

「我不知道。」她瞥向一旁。「我看過……」

「什麼？」

「像是紅閃電一樣的靈。」西兒低聲說。「危險的靈。我沒有看過的靈。我偶爾會在遠遠的地方看到它們。颶風靈嗎？有很危險的東西正在逼近。關於這件事，那些字說得沒錯。」

他反覆咀嚼了這幾句話其中的含義，然後突然停下腳步，看著她。

「西兒，有其他像我一樣的人嗎？」

她的表情變得嚴肅。「噢。」

「噢？」

「噢，這個問題啊。」

「所以妳一直在等我問？」

「差不多是。」

「所以妳有很長時間可以想想要怎麼回答。」卡拉丁雙手抱胸，背靠著一塊乾燥的牆。「讓我猜猜，妳想出了一個很完整的解釋，或是很完整的謊話。」

「謊話？」西兒不可置信地說。「卡拉丁！你以爲我是什麼？謎族靈嗎？」

「謎族靈是什麼？」

西兒繼續像是坐在椅子上那樣浮在空中，挺直了背脊，歪著頭。「我其實……我其實不知道。呃。」

「西兒……」

「我是認眞的，卡拉丁！我不知道。我不記得。」她抓著頭髮，一邊一手握著一把半透明的髮絲，往兩側拉。

他皺眉，指著她，「這個是……」

「我在市場上看到有個女人這樣做。」西兒又開始扯起她的頭髮。「意思是我很煩躁。我覺得這樣拉應該會痛，所以我該……好痛？不管啦，反正不是我不想告訴你，我很想！只是……我不知道我知道什麼。」

「完全不合理。」

「那你就可以想像這種感覺有多煩了！」

卡拉丁嘆口氣，繼續沿著裂谷前進，經過一灘灘死水，裡面塞滿垃圾。一堆很努力生長的石苞營養不良地長在一邊的裂谷牆上，這裡一定沒多少陽光。

他深深吸入充滿各式各樣生命氣味的空氣，苔蘚跟黴菌。這裡大多數屍體都只剩下骨頭，不過他也避開了一片爬滿腐靈紅點的地面。旁邊有一叢皺花在空中搖曳著如扇子般的精細葉片，上面跳躍著生靈的綠點。在裂谷裡，生與死伸手互握。

他探索了裂谷裡的幾條岔路，對這區的不熟悉讓他很不自在，因爲他把薩迪雅司戰營附近的裂谷摸得比戰營還熟。越往下走，裂谷越深，路面也變得越廣。他在牆壁上做了幾個標記，在一條岔路上，他找到一塊圓形空地，上面沒什麼垃圾。他留下標記後，走了回來，在牆壁上做出記號，又走了另一條岔路。終於，他們來到另一段裂谷寬敞的開闊處。

「來這裡很危險。」西兒說。

「來裂谷？」卡拉丁問。「離戰營這麼近的地方不會有裂谷魔。」

「不是，我是說在我找到你之前，進入這個領域對我來說，很危險。」

「妳之前在哪裡？」

「另一個地方。有很多靈在一起。我記不太清楚……空中有燈。活的燈。」

「像是生靈。」

「是，也不是。來這裡是冒生命的危險。沒有你，沒有在這個領域中出生的意識，我沒有辦法思考，如果只有我，我只是個普通的風靈。」

「可是妳不是風靈。」卡拉丁跪在一大灘水旁。「妳是榮耀靈。」

「對。」西兒說。

卡拉丁握住球幣，讓山洞一般的空間幾乎完全陷入黑暗。上方是白天，但是那絲天空很遙遠，不可碰觸。

一堆堆被洪水沖來的垃圾堆積在陰影裡，朦朦朧朧的輪廓看起來幾乎又有了血肉。一落落骨頭彷彿又變回了毫無生氣的手臂，被疊成一層層的屍體。一瞬間，卡拉丁想起了一切。

他曾大吼一聲衝向一排排的帕山迪弓箭手，他的朋友們死在空無一物的台地上，在自己的血泊裡掙扎。

馬蹄如雷，敲打在岩石上，毫不間斷的陌生語言不斷唸誦，淺眸人跟深眸人同聲大喊。一個根本不關心橋兵的世界。他們是垃圾，要被丟到裂谷裡，讓淨化的洪水沖走的祭品。

這是他們真正的家，這些大地中的裂縫，這些低到不能再低的地方。隨著他的視覺適應了陰暗的光線，死亡的記憶漸漸消退，雖然他永遠擺脫不了這些記憶。他會永遠留著這些記憶上的疤痕，就如同身上的許多疤痕，就如同他額頭上的疤痕。

前方的水潭散發著深紫色的光。他之前就注意到，可是在球幣的光芒下很難看得出來，如今在隱約的光線下，水池展露出它詭異的光芒。

西兒落在水池旁邊，看起來像是站在海邊的女人。卡拉丁皺眉，彎下腰去更仔細地檢視她。她似乎……不同了。她的臉變了形狀嗎？

「有其他像你一樣的人。」西兒低語。「我不認得他們，但是我知道其他的靈都在用自己的辦法找回失去的東西。」

西兒看向他，臉恢復了熟悉的形狀。改變如此短暫，卡拉丁甚至不確定那是不是自己的幻覺。

「我是唯一一個來到這裡的榮耀靈。」西兒說。「我……」她似乎很努力要回想起來。「我被禁止，可是我還是來了。來找你。」

「妳認得我？」

「不認得，但我知道我會找到你。」她微笑。「我跟我的表親們在一起好久，一直在找尋。」

「風靈。」

「沒有了連結，我幾乎可以說是它們之一，只是它們沒有我們這麼大的能力。而且我們要做的事情很重要，重要到我拋下一切、反抗颶父，就爲了來這裡。你在那場颶風中也看到他了。」

卡拉丁的手臂寒毛直豎。那天他的確看到颶風裡有一個人。一張跟天一樣大的臉。不論那東西是什麼——靈或神將或神——在卡拉丁被吊在外面的那天，它沒有爲了卡拉丁調整颶風的強度。

「我們是被需要的，卡拉丁。」西兒柔聲說。她向他揮揮手，他放下自己的手，放到在裂谷裡柔柔發著紫光的小海洋旁邊。她踩上他的手，然後他站直身，把她端起來。

她順著他的手指走向前，他居然可以感覺到一點點重量，這很不尋常。他隨著她的步伐慢慢轉著手，直到她站在一根手指上方，雙手背在身後，迎向他的目光，而他則將手指舉到眼前。

「你，」西兒說。「你要成爲達利納．科林在尋找的人。不要讓他的找尋一無所獲。」

「他們會把它從我身上奪走，西兒。」卡拉丁低語。「他們會找到辦法把妳從我身邊奪走。」

「蠢話。你明知道那是蠢話。」

「我知道是蠢話，但我的感覺不一樣。他們粉碎了我的精神，我不是妳想的那個人，我不是燦軍。」

「我看到的不是這樣。」西兒說。「在薩迪雅司叛變後的戰場上，當所有人被圍困、遺棄的時候，那天，我看到一個英雄。」

他望入她的眼睛。她有瞳孔，雖然只是以不同深淺的白與藍所組成，就像其餘部分的她那樣。她散發的光芒比光線最微弱的錢球還要幽暗，但足以點亮他的手指。她微笑，似乎對他有絕對的信心。

好歹兩個人中有一個有信心。「我會試著去做到。」卡拉丁低語，這是他的承諾。

「卡拉丁？」大石帶有明顯食角人口音的聲音傳來。他唸卡拉丁的名字跟別人不同，通常別人重音放在「卡」，他卻把重音放在「丁」，還拖長音。他以食角人的方式對西兒表示敬意，一手輪流輕點兩邊肩膀，然後將手舉到額前。她咯咯輕笑，原本極其嚴肅的她瞬間又變得少女般無憂無慮地開心。西兒也許只是風靈的表親，但淘氣這方面可算是一脈相承。

「來啦。」卡拉丁朝大石點點頭，然後在水潭裡摸了一陣，拿出一枚紫水晶布姆，舉了起來。在平原上某處，有個淺眸人死時，這枚布姆曾在他的口袋裡。「如果我們還是橋兵的話，這就是發財了。」

「我們還是橋兵。」大石走了過來，從卡拉丁的手中拿走錢球。「這還是發財。哈！他們讓我們取用的香料只有吐馬阿奇！我答應過，不會煮大便給大家吃，可是好難，士兵已經習慣差不多那樣的味道了。」他舉起錢球。「我用它買更好的，行？」

「好啊。」卡拉丁說。

西兒落在大石的肩膀上，變成一名年輕女孩，坐了下來。大石瞅著她，試著歪頭向自己的肩膀鞠躬。

「西兒，不要一直這樣欺負他。」卡拉丁說。

「可是好好玩啊！」

「妳對我們的幫助眞大，我讚美妳，瑪法利奇。」大石對她說。「妳對我有什麼要求，我都會接受。如今我獲得了自由，我可以爲妳建造一座足以匹配妳的神壇。」

「神壇？」西兒睜大眼睛。「哇。」

「西兒！好了，大石。我找到一個適合大家練習的地方，就在後面兩條岔路，牆壁上有標記。」卡拉丁說。

「對，我們看到那個，泰夫帶人去了。很奇怪。這個地方很可怕，沒有人來這裡，可是新兵……」

「他們開始放鬆了。」卡拉丁接話。

「對。你怎麼知道這個事會發生？」

「他們也跟我們一起在薩迪雅司的戰營裡，那時我們獲得裂谷任務的專屬權。他們看到我們當時的行爲，聽說我們在這裡進行的訓練，所以帶他們來這裡等於邀請他們加入我們，像是啓蒙儀式一樣。」

泰夫一直無法讓這些前任橋兵對他的訓練方式產生興趣，老兵總是不高興地在罵他們。既然他們都堅持要待在卡拉丁身邊，不肯自由離去，那爲什麼又不好好受訓呢？

他們需要的，是被邀請參與。而且不能只靠言語。

「好吧。席格吉叫我來的。他想知道你是不是準備好要練習你的能力了。」

卡拉丁深吸一口氣，瞥向西兒，點點頭。「可以。帶他來。我們在這裡進行。」

「哈！終於發生了。我去叫他。」

10 曾經雪白的紅地毯

六年前

世界結束了，都是紗藍的錯。

「假裝這件事沒有發生過。」她的父親低語。他擦掉她臉頰上的溼漉，收回的拇指上一片鮮紅。「我會保護妳。」

房間在顫抖嗎？沒有，是紗藍。她在顫抖，她覺得自己好幼小。她曾經覺得十一歲已經很大了，但她是個孩子，還是個孩子。好幼小。

她輕顫地抬頭看著她父親。她沒辦法眨眼，僵硬得眼睛睜得老大。

父親開始低語，眨眼壓下淚意。「乖乖地在深深的裂谷裡安睡，被漆黑包圍……」

熟悉的搖籃曲，他以前常對她唱這首歌。在他身後的房間裡，黑色的屍體倒在地上。一片曾經是雪白色的紅地毯。

「儘管岩石跟恐懼是妳的床，我親愛的寶貝，快快睡。」

父親將她摟在懷裡，她感覺皮膚一陣發麻。不對。不對。不對，這樣子被疼愛是不對的。怪物不應該被愛擁抱。一個殺人的怪物。不對。

她動彈不得。「颶風來臨，但是妳會暖暖地睡，讓風來搖動妳的搖籃……」

父親抱著紗藍跨越一具身著藍與金色衣服的女子屍體。沒有多少血。流血的是男人。母親面朝下趴著，所以紗藍看不到她的眼睛。可怕的眼睛。

紗藍幾乎可以相信，這首搖籃曲是噩夢的結束。現在是晚上，她剛剛尖叫醒來，她父親正唱著搖籃曲，哄她入睡……

「漂亮的水晶會散發神奇的光芒，所以我親愛的寶貝，快快睡。」

他們經過嵌入牆壁、屬於父親的保險箱，那裡散發出明亮的光芒，門周圍的裂縫透出光。裡面有個怪物。

「聽著歌，很快很快，親愛的寶貝就會睡著了。」

父親抱著紗藍離開。滿是屍體的房間，門被關上。

紗藍在此登陸
——納指

可是，我們當時的注意力都放在薩迪雅司身上。他的叛變才剛過去，我每天經過空曠的軍營跟哀傷的寡婦時都會不斷被提醒。我們知道薩迪雅司不會滿足於屠殺的成果，一定還會有後招。

——收錄於一一七四年，娜凡妮·科林日誌，傑瑟薩克日

紗藍醒來時，全身差不多已乾，躺在一塊位於海面的粗糙岩石上。海浪輕拍她的腳趾，她整個人還沒回過神來，幾乎失去所有感官知覺。她呻吟，抬起趴在溼答答岩石上的臉頰。附近就有陸地，隱約傳來海浪拍打岩石的低吼，反方向則只有無止境的藍海。

她全身冰冷，頭痛得像是不知道撞了幾次牆，但是她還活著，雖然不明白爲什麼。她舉起手搓掉額頭上發癢的乾鹽巴，沙啞地嗆咳幾聲。她的頭髮黏在臉邊，衣服上都是海水留下的汗漬，還有岩石上的海草。

怎麼……？

然後她看到了，水裡有一個很大的褐色貝殼，正在朝天邊移動，幾乎快要看不見了。山提德。

她站起身，抓著岩石的尖角，頭暈腦晃地看著貝殼離去，直到消失不見。

有東西在她身邊發出嗡嗡聲。圖樣在翻騰的海面上凝結出它慣常的形狀，半透明的身體看起來像個小海浪。

「有……」她咳了咳，輕輕喉嚨，然後呻吟一聲，坐倒在岩石上。「有別人撐下來了嗎？」

「撐？」圖樣問。

「其他人，水手。他們逃走了嗎？」

「不確定。」圖樣嗡嗡地回答。「船……沒了。水花大。什麼都看不見。」

「山提德救了我。」牠怎麼知道該怎麼做？牠們有智慧嗎？她是不是用某種方式跟牠溝通了？她是不是錯過機會，可以——

她發現自己的思緒離題時，幾乎要大笑出聲。她剛剛差點淹死，加絲娜死了，隨風號的船員很有可能都已被殺害或被大海吞沒！她沒有哀悼他們的死亡，也沒有慶幸自己的生還，反而開始進行學術探討和思考？

妳總是這樣，一個被深埋的自己指控著。妳用別的事情來分散注意力。妳拒絕去想會讓妳不安的事情。

可是她每次都是靠這個方法才活下來。

紗藍坐在岩石上，環抱著自己取暖，凝望著大海。她必須面對事實。加絲娜死了。

加絲娜死了。

紗藍好想哭。一個這麼聰明、這麼出色的女人，就這樣……沒了。加絲娜想要救所有人，保護這個世界，他們卻爲此殺了她。突如其來的衝擊讓紗藍一時怔忡失神，所以她只是坐在那裡不斷發抖、發冷，愣愣地看著大海。她的腦子感覺跟腳一樣失去了知覺。

遮蔽。她需要遮蔽……什麼都好。水手的下落，加絲娜的研究，這些都不是那麼迫切的危機。紗藍被拋在一片幾乎毫無人煙的海灘上，在一片夜晚中會凍結的大地。她坐在原地時，潮汐慢慢地撤退，她跟海岸間的空隙已經沒有原本那麼寬。幸好，因爲她不太會游泳。

她強迫自己起身，不能停下來，雖然四肢每一次動作都讓人感覺像是要推動一截倒地的樹幹。她咬了咬牙，進入水裡。她仍然能感覺得到刺骨的寒意，所以她還沒完全失去知覺。

「紗藍？」圖樣問。

「我們不能一直坐在這裡。」紗藍抓著岩石，一路泡入水裡。她的腳踩到下方的岩石，所以她大膽地放手，半游半亂揮地筆直朝陸地前進。

她掙扎地穿過冰冷的海浪，大概吞下了半個海灣的水之後，終於能夠持續走行。身上的衣服跟頭髮不斷滴水，她一面咳嗽，一面爬上了沙灘，然後跪倒在地。這裡的地上鋪著十幾種不同的海草，在她腳下不斷扭動，觸感溼滑。克姆林蟲跟大一點的螃蟹四面八方逃散，有些附近的螃蟹朝她發出咔咔聲，彷彿警告她離遠一點。

她昏沉地想著，在離開岩石之前，她居然沒想到在書裡讀過的各式各樣大型海洋猛獸，證明她果然已經疲累至極。那十幾種甲殼類動物可是會高高興興地咬下一條腿大嚼特嚼，想到這裡，懼靈突然像紫色的蛞蝓般從沙地裡鑽出來。

這也太蠢了。現在才害怕，在她都游完之後？靈立刻消失無蹤。

紗藍回頭望去先前那塊岩石。山提德大概沒辦法把她送得更近，因爲水太淺了。颶父啊，她還活著眞是幸運。

雖然越發焦慮，但是紗藍仍然跪在地上，在沙地裡畫了一個符文陣祈禱，她沒有辦法燃燒這個符文陣，所以只能一廂情願地認爲全能之主會接受她的祈禱。她低下頭，虔誠地等了十下心跳。

然後她站起身，抱著微乎極微的希望，開始尋找其他倖存者。這一段海岸上有許多海灘跟小灣，她暫時沒有去尋找遮蔽的地方，而是順著海岸走了好遠。海灘上的沙礫比她以爲的還要粗糙，絕對跟她讀過的小說描述都不一樣，她走的每一步都覺得沙子很不舒服地摩擦著她的腳趾。身邊的沙地以圖樣的形狀不斷上下起伏，圖案跟在她身邊，焦慮地嗡嗡哼著。

紗藍走過樹枝，甚至有可能是船隻留下來的木塊，卻沒有看到半個人，也沒有腳印。隨著時間過去，她終於放棄，坐上一塊飽經風霜打磨的岩石。她沒注意到她的腳因爲走在岩石上而紅腫、刮痕累累，頭髮糾結成一團。她的內袋裡還有幾枚錢球，但已經沒有半點光。除非她找到文明的地方，否則這些錢球根本沒用。

柴火，她心想。她可以蒐集柴火，開始生火。在黑夜裡，也許能對其他倖存者發出訊號。可是如果海盜、土匪，或是船上的殺手還活著，也可能把他們引來。

紗藍皺眉。她該怎麼辦？

生堆小火來取暖，但是遮住火光，然後在黑夜裡尋找別的火光。如果找到火光的話，想辦法不要太靠近地去觀察一下。

計畫很好，只是她一輩子都住在精美的宅邸裡，有僕人替她生火。她連壁爐裡的火都沒生過，更遑論在野外獨身一人時。

颶風的……如果她沒有在這裡被凍死，或餓死。那颶風來了怎麼辦？下一次颶風什麼時候來？明天晚上？還是後天？

「來！」圖樣說。

它在沙地上顫抖，說話時砂礫會隨之跳動，在它周圍起起伏伏。我認得這個……紗藍心想，朝它皺眉。盤上的沙子。卡伯薩……

「來！」圖樣更緊急地重複。

「怎麼了？」紗藍站起身。颶風啊，她好累。她幾乎動不了了。「你找到了人？」

「對！」

這個答案立刻振作她的精神。她沒有再問問題，而是跟著圖樣，圖樣很興奮地順著海灘前進。它分得出危險的人或友善的人嗎？但在這瞬間，冰冷又疲累的紗藍，完全不在乎。

它停在某個被半埋在海洋邊緣的海浪跟海草間的東西前。紗藍皺眉。

一個箱子。不是人，而是一個大木箱。紗藍的呼吸梗在喉頭，她跪倒在地，扳動卡榫，打開箱子。

裡面宛如發光的寶藏，是加絲娜的書籍跟筆記，小心翼翼地被收好，在防水包裝裡受到保護。加絲娜也許沒有活下來，但她畢生的心血活下來了。

❖

紗藍跪在她臨時湊出的篝火堆旁。旁邊有一圈石頭，裡面裝滿她從這個小樹叢蒐集來的樹枝。夜晚幾乎完全降臨，隨之而來的是驚人的冰冷，跟家鄉裡最嚴寒的冬天一樣。在凍土之地，這是常見的溫度。她的衣服在這麼潮溼的地方雖然已走動了好幾個小時，感覺還是像冰塊一樣。她不知道該怎麼生火，但也許她可以用另外一種方式。她壓下了她的疲累——颶風的，她好累——拿出一枚發光的錢球，是她在加絲娜的箱子裡找到的。

「好吧。」她低語。「動手吧。」幽界。

「嗯……」圖樣說。她開始學會解讀它的嗡嗡聲，現在聽起來挺焦慮的。「危險。」

「爲什麼？」

「這裡的陸地是那裡的海。」

紗藍呆滯地點頭。等等。想想。思考越來越困難，但是她強迫自己再次思索圖樣的話。

他們在海上航行時，她到了幽界發現腳下是黑曜石地面，可是在卡布嵐司，她卻跌入那片錢球的海洋。

「那該怎麼辦？」紗藍問。

「慢慢來。」

紗藍深吸一口冰涼的空氣，點點頭。她嘗試之前的方法。

緩慢，小心，感覺像是……早上睜開眼睛。感覺到意識被另一個地方吞沒，附近的樹像是泡泡一般爆開，被珠子取代，落到下方起伏的海洋。紗藍感覺自己正在墜落。

她驚呼一聲，眨眼逼退那個意識，閉上她意識中的眼睛。那個地方消失，一瞬間，她又回到小樹叢。

圖樣緊張地哼著。

紗藍一咬牙，又試了一次。這次比較緩慢，緩緩進入有著奇怪的天空和不是太陽的地方。有一瞬間，她飄浮在兩個世界之間，幽界如同幻影般的殘影疊加在身邊的世界上方，想保持在兩者中間很不容易。

圖樣說：用光。引來。

紗藍遲疑地將光吸入體內。下方海洋裡的錢球像一群魚一樣朝她湧來，相互敲擊。紗藍疲累得幾乎無法維持自己在兩個世界中同時存在，越往下看，腦袋越暈眩。

可是她還是莫名地堅持住了。

圖樣站在她身邊，幻化成人形，穿著僵硬的衣服，頭部以不可能的線條所組成，雙手背在身後，彷彿飄浮在空中。它在這裡的形體又高大又威嚴，她隱約注意到它投射的影子方向不對，是朝向遙遠、似乎很寒冷的太陽，而不是跟太陽反方向。

「很好。」它在這裡的聲音是一個更深的嗡嗡響。「很好。」它歪著頭，雖然沒有眼睛，仍然顯得在觀察這裡。「我是從這裡來的，但是我記得的事情好少……」

紗藍感覺到她的時間有限。她跪倒在旁邊，伸手摸向她堆起來要生火的木枝。她可以感覺到木枝——可是她望入這個奇怪的領域時，手指也摸到了從她下方湧起的一枚玻璃珠。

她碰觸到玻璃珠時，注意到有東西從她頭頂飛過。她躲了一下，抬頭看到像鳥一樣的巨大生物在幽界裡包圍著她。它們是深灰色的，似乎沒有特定的形狀，輪廓模糊。

「什麼……」

「靈。」圖樣說的。「被妳引來的。妳的……疲累？」

「疲憊靈？」她被靈在這裡的大小嚇到了。

「對。」

她發抖，然後低頭看向手掌下的球。她幾乎快要完全落入幽界，幾乎快看不見周圍實體世界的輪廓，只有這些珠子。她覺得她隨時就要跌落海中。

「拜託。」紗藍對球說。「我需要你變成火。」

圖樣嗡嗡，以新的聲音說話，翻譯球的話。「我是木枝。」它的聲音聽起來很心滿意足。

「你可以變成火。」紗藍說。

「我是木枝。」

這根木枝不太會說話。這應該也很正常。「你爲什麼不要變成火呢？」

「我是木枝。」

「我要怎麼樣讓它改變？」紗藍問圖樣。

「嗯……我不知道。妳需要說服它。我想，給它眞話？」它聽起來很緊張。「這地方很危險。對妳。對我們。請。快。」

她轉頭去看木枝。「你想要燃燒。」

「我是木枝。」

「想想燃燒多好玩啊？」

「我是木枝。」

「颶光。你可以得到颶光。我有的颶光都給你。」

一陣停頓。終於。「我是木枝。」

「木枝需要颶光，可以拿來……用……」紗藍眨眼，清掉眼前疲累的淚水。

「我是——」

「木枝。」紗藍說。她抓著球，同時感覺到它，跟在實體世界的木枝一起存在，想要找出另一個理由。有一瞬間，她沒有這麼累，但是疲累感很快又回來了——淹沒了她。爲什麼……

她的颶光要用完了。

一瞬間，體內的颶光耗盡，她吐出一口氣，在嘆息中陷入幽界，感覺毫無招架之力，筋疲力盡，心神俱乏。

她落入球海中。可怕的黑暗，數百萬顆不斷挪動的顆粒，吞噬著她。

她猛地從幽界撲離。

小球往外炸開，變成樹枝、岩石、樹，恢復成她熟悉的世界。她軟倒在那小片樹林中，心跳如擂鼓。周圍的一切恢復正常。沒有遙遠的太陽，沒有錢球海洋，只有冰冷的氣溫和夜空，還有吹過樹林間的刺骨寒風。被她吸盡颶光的錢球從她手中落下，敲在石頭地上，發出清脆的聲響。她往後靠向加絲娜的書箱，手臂因爲把箱子拖到樹林而依然痠疼。

她害怕地縮成一團。「你會生火嗎？」她問圖樣。她的牙關不斷打戰。颶父啊。她已經不冷了，可是牙齒繼續打戰，在星光下呼出來的氣息清晰可見。

她發現自己好想睡。也許她應該睡著，明天再來想辦法。

「改變？提供改變。」圖樣說。

「我試過了。」

「我知道。」它的震動聽起來很沮喪。紗藍盯著那堆木枝，感覺自己眞沒用。加絲娜是怎麼說的？控制是所有眞正力量的根源？權威跟力量都只是個人觀感而已。現在這個情況很明顯反駁了她的說法。紗藍可以想像自己很偉大，可以舉止如女皇，但是野外的一切不會因此有任何改變。

不行，我不能坐在這裡凍死。要凍死也得是在求救的過程中凍死，紗藍心想。

可是她沒有移動。移動好難。至少縮在這裡的樹幹邊，冷風沒有那麼直接地吹在身上。就躺在這裡，等到早上……

她縮成一團。

不對。這麼做感覺不對。她咳嗽兩聲，拚死命又站了起來，歪歪倒倒地離開點不起的火堆，從內袋裡掏出一枚球幣，開始前進，圖樣跟在她腳邊。她的雙腳已血跡斑斑，在岩石上留下一條血路。她感覺不到傷痛。

走著，走著。

走著。

然後……有光。

她沒有走得更快。她快不了。可是她仍然一直走，跌跌撞撞地筆直朝黑暗中的一點亮光前進。她凍僵的腦子有一小部分擔心那光點其實是第二個月亮諾蒙，她再往前走就會從羅沙的邊緣跌下去。

所以，出乎她的意料，她直直地闖入了一小群圍繞著火堆的人。她眨眨眼，一一看著他們的臉，對他們發出的聲音充耳不聞，因為在她現在的狀況下，語言毫無意義。她走到營火邊，倒了下去，縮成一團昏去。

❖

「光主？」

紗藍咕噥一聲，翻了過去。她的臉在痛。不對，她的腳在痛。跟腳比起來，臉算不了什麼。

如果她再多睡一下，也許腳就不痛了，至少睡著時不會痛……

「光……光主？」聲音又問。「妳還好吧，是吧？」是賽勒那人的口音。從極深的某處，光浮現在她的腦海，帶來記憶。船。賽勒那人。水手？紗藍逼自己睜開眼睛。空氣帶有淡淡的煙味，來自於煙暈裊裊的營火，天空是深紫色，隨著太陽打破天際而明亮起來。她睡在堅硬的岩石上，全身處處痠痛。

她不認得說話的人，一名矮胖的賽勒那男人，有著白鬍子，戴著一頂編織帽，穿著一身老舊的套裝與背心，上頭幾個不起眼的地方有補丁。他白色的賽勒那眉毛被塞在耳後。不是水手，是商人。

紗藍壓下一聲呻吟，坐了起來。驚慌中，她檢查了內手的情況。一根手指從袖子裡滑了出來，她立刻把手指收回去。賽勒那人瞥了一眼，卻沒說什麼。

「那妳沒事？」男子說的是雅烈席語。「我們原本收拾好要走了。妳昨天晚上的到來讓我們……意外。我們不想打擾妳，但想著也許妳會希望在我們離開前醒來。」

紗藍用外手疏理一下頭髮，感覺紅色的鬈髮中糾纏了一堆樹枝。旁邊另外有兩個又高又壯，看起來有弗林血統的人，正在捲起被褥跟棉被。她昨天晚上要是能有被褥跟棉被，叫她殺人都願意。她記得自己很不舒服地一直翻來翻去。

壓下了自然需求後，她轉身，驚訝地看到了三輛大芻螺拖車，上面有籠子，裡面有幾個骯髒、光著上衣的男人。一瞬間，一切都清晰起來。

奴隸商人。

她忍下最初的一陣驚慌。奴隸買賣在大多數時候是絕對合法的行業。只不過這裡是凍土之地，遠離任何人群或國家。在這裡，誰能說什麼是合法，什麼又不合法？

冷靜點，她強迫自己。如果他們有那種打算，就不會很有禮貌地把妳叫醒了。

賣掉高階達恩的弗林女子——從她的衣著就可以看出這點——對於奴隸商人來說是很大的風險。大多數文明區域的買家都會要求看到證明奴隸背景的文書，除了執徒之外，淺眸人奴隸實在太罕見。通常出身高貴的人都是直接被處決，被降爲奴隸是給低等出身的人的恩典。

「光主？」奴隸商人緊張地問。

她又開始用學者的模式在思考，好讓自己不那麼焦慮。她需要克服這點。「你叫什麼名字？」紗藍問。她不是故意要讓聲音聽起來如此不帶情緒，但是她經歷的一切仍然讓她心神不寧。

男人聽到她的語氣後，退了一步。「我是弗拉克夫，一名小小的商人。」

「奴主。」紗藍站起身，將頭髮從臉邊撥開。

「正如我說，商人。」

他的兩名保鏢一邊把營地設備搬入領頭的棚車，一邊盯著她。她沒有錯過他們腰間明顯掛著的大錨頭。她昨天晚上走過來時，手裡是不是拿著一枚錢球？

關於昨晚的記憶讓她的腳再次疼痛起來。她必須咬緊牙根才壓得下痛楚，但痛靈如筋骨形成的綠手，正勾著爪子從周圍的地面伸出。她需要清理傷口，但是以現在雙腳腫脹流血的情況來看，她有一段時間是無法走路了。那些拖車有椅子……

他們很有可能偷了我的錢球，她心想。她在內袋裡摸了摸。其他錢球都在，可是袖釦被解開了。這是她做的嗎？他們偷看了嗎？一想到此，她忍不住臉紅了一下。

兩名保鏢飢渴地盯著她，弗拉克夫裝得一臉謙恭相，但是他肆意的眼神也同樣非常急切。這些人離搶劫她只差一步了。

可是如果離開他們，她很有可能獨自死在這裡。颶父啊！她該怎麼辦？她好想坐倒大哭。已經發生了這麼多事，現在居然還雪上加霜？

控制是所有力量的根源。如果是加絲娜的話，會怎麼處理這個情況？答案很簡單。她會成爲加絲娜。

「我允許你們協助我。」紗藍說。她居然保持語氣平穩，即使內心恐懼萬分。

「……光主？」弗拉克夫問。

「如你們所見。我是船難的受害者，我的僕人已經散落，你跟你的人暫時就充當一下吧。我有一只箱子，我們得去拿。」紗藍說完，立刻覺得自己就像十傻人之一。他一定會看穿她薄弱的僞裝。假裝自己擁有權威，跟實際擁有是不一樣的，不管加絲娜怎麼說。

「這……自然是我們的榮幸，能夠提供協助給……」弗拉克夫說。「請問光主怎麼稱呼？」

「達伐。」紗藍回話，不過很小心地把聲音放柔。加絲娜從不鄙視他人。其他的淺眸人，例如紗藍的父親，總是自傲自滿，但是加絲娜不會，她只是認定其他人都會照她的意願去做，而他們也的確如此。她可以辦得到。她一定要。「弗拉克夫奴主，我要去破碎平原，你知道路嗎？」紗藍說。

「破碎平原？」男人瞥向其中一名走上前來的人。「我們幾個月才去過，可是現在要去趕一艘前往賽勒那的船。我們已經結束了這一區的買賣，不需要再回北邊。」

「原來如此。可是你還是要回去。」紗藍走向其中一輛拖車。每一步都是折磨。「因爲你們要載我。」她環顧四周，感激地看到圖樣在其中一輛車上觀察著。她走到那輛車前面，然後朝站在附近的另一名保鏢伸出手。

他呆呆地看著手，抓抓頭，然後他抬頭看看拖車，爬了上去，伸手幫助她上車。

弗拉克夫走到她身邊。「沒有貨物就回去對我們來說是很昂貴的！我只有這些在淺窖買的奴隸，不夠彌補回程，遠遠不夠。」

「昂貴？」紗藍坐穩，語氣盡量表達出覺得好笑的態度。「我向你保證，弗拉克夫奴主，這個耗費對我來說是微乎其微的，你會獲得極大的報酬。好了，上路吧，還有很重要的人在破碎平原等著我。」

「可是，光主。」弗拉克夫說。「妳最近顯然遭受了一連串很艱困的磨難，我看得出來。讓我帶妳去淺窖吧。那裡近得多，妳可以在那裡休息，送消息給在等妳的人。」

「我有說過帶我去淺窖嗎？」

「可是……」他沒再說完，因爲她定定的注視和放柔的表情。「我知道自己在做什麼，而且，謝謝你的建議。現在，我們上路吧。」

三個男人交換不解的眼神，奴隸商人拿下編織帽子，雙手緊絞著。兩名皮膚有斑紋的帕胥人走入營地，他們經過時，紗藍幾乎要跳起來。帕胥人手裡拿著乾掉的石苞殼，顯然是去蒐集這些當柴火，弗拉克夫則根本不理會他們。

帕胥人，引虛者。她的皮膚一陣發麻，但是現在沒辦法擔心他們的事。她回頭看奴隸商人，以爲他會無視她的命令。

然而，他點頭了，然後他跟他的人就這麼……聽話了。他們套好芻螺，奴隸商人聽了她的箱子在何處後，再也沒有反對地開始出發。

紗藍告訴自己，他們可能只是一時聽從，因爲他們想要知道我的箱子裡有什麼，有沒有更多可以搶劫的東西。可是他們到了箱子邊，只是把箱子扛上棚車、綁好，然後就轉頭朝東北方前進。

前往破碎平原。

12 英雄

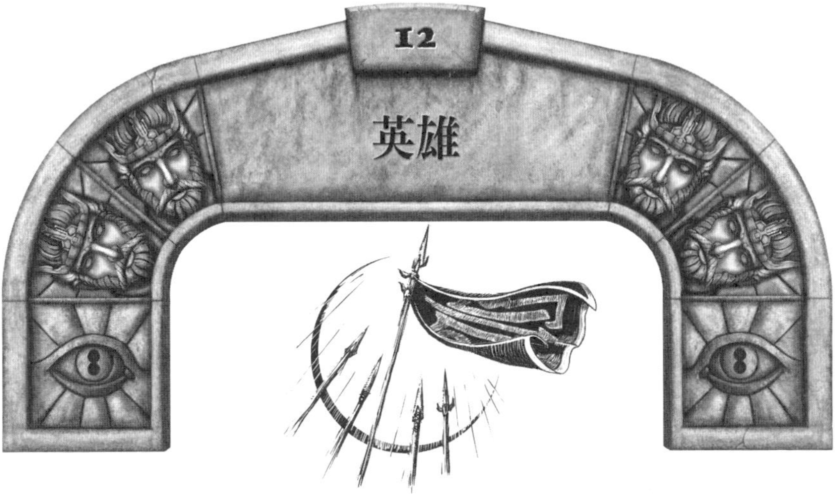

不幸的是，我們過度專注於薩迪雅司的陰謀，沒有留意到敵人攻擊模式的改變、對我丈夫的暗殺動機，還有眞正的危險。我想知道是什麼樣的風，吹來了他們突如其來、無可理解的改變。

——收錄於一一七四年，娜凡妮·科林日誌，傑瑟薩克日

卡拉丁將石頭貼上裂谷的牆壁，石頭沒有掉落。「好了。」他往後退開。

大石跳起來，抓住石頭，縮起腳，整個人就靠著那塊石頭吊著懸空，他深沉響亮的笑聲在裂谷裡迴蕩。「這次他撐住我！」

席格吉在筆記本上寫下注記。「很好。大石，繼續吊著。」

「吊多久？」大石問。

「吊到你掉下來爲止。」

「吊到我……」壯碩的食角人皺眉，兩隻手都抓著石頭。「我不喜歡這個實驗了。」

「唉，別抱怨了。」卡拉丁雙手抱胸，靠在大石身邊的

牆上。錢球將他們周圍的地面點亮，包括四散的藤蔓、垃圾，還有綻放的植物。「你掉下來的距離又不遠。」

「不是掉下來的問題。是我的手臂。我很壯，你知道吧？」大石抱怨。

「所以幸好你有很壯的手臂可以支撐。」

「我覺得應該不是這樣。」大石辛苦地說。「而且握的位置又不好，而且我——」石頭突然落下，大石往下跌。卡拉丁拉著他的手臂，幫他穩住腳步。

「二十秒。不太久。」席格吉說。

「我早跟你提醒過了。」卡拉丁拾起落地的石頭。「如果我用更多颶光，可以撐更久。」

「我覺得我們需要一個基準點。」席格吉往口袋裡掏掏，拿出一枚發亮的鑽石夾幣，球幣中最小的面額。「把裡面所有的颶光都抽走，放到石頭裡，再把大石吊回去，看他多久才會掉下來。」

大石呻吟，「我可憐的手臂……」

「喂，老兄，好歹你有兩隻，對吧？」站在裂谷較遠處的洛奔喊話。賀達熙人正守著入口，以免有新人一不小心逛過來，看到卡拉丁在做什麼。理論上這種事不會發生，因爲他們在幾條裂谷巷以外的地方練習，但是卡拉丁還是想要有人看著。

不過他們早晚都會知道，卡拉丁心想，接過席格吉手中的球幣。*你不是剛剛這樣承諾西兒嗎？說你願意讓自己成爲燦軍？*

卡拉丁猛抽一口氣，吸入夾幣的颶光，然後將光灌入石頭中。他已經越來越擅長將颶光吸入手中，然後把它當成發光顏料一樣塗在石頭的底部。颶光滲透石頭後，只要把石頭貼住牆壁上，石頭就會附著於上。

石頭散發出淡淡煙暈。「應該不用讓大石吊上去。如果你需要基準點的話，爲什麼不測量石頭多久以後會自己掉下來？」卡拉丁問。

「那樣就沒那麼好玩了，但也可以吧。」席格吉說完，繼續在筆記本上寫寫畫畫。光是這件事就讓其他橋兵很不舒服。寫字被視爲非常不男人的舉動，甚至是瀆神的，雖然席格吉只是在寫符文。

幸好今天卡拉丁帶的是席格吉、大石、洛奔，都是外地人，各有自己的風俗規矩。技術上來說，賀達熙王國也信仰弗林教，但是他們有自己的一套版本，洛奔似乎不介意男人書寫這件事。

一群人在等著的時候，大石開口：「那個，我們受颶風祝福的領袖，你不是說你還會別的？」

「會飛！」窄道另一端傳來洛奔的聲音。

「我不會飛。」卡拉丁沒好氣地說。

「在牆上行走！」

「我試過了，差點摔破頭。」卡拉丁說。

「唉，大佬，不會飛也不會在牆上走啊？我需要讓女人都很佩服，光靠把石頭黏在牆上不太夠啊。」

「我覺得所有人都會很佩服，那根本就違背自然定律。」席格吉說。

「你認識的賀達熙女人應該不多吧？」洛奔嘆口氣。「我眞的覺得你應該試試看能不能飛，那是最好的。」

「還有一樣，不是飛，但很有用，只不過我不確定能不能再辦到一次。我從來沒有刻意去做。」卡拉丁說。

「盾牌。」大石站在牆上，抬頭看著石頭。「在戰場上，帕山迪人朝我們射箭時，箭會射中你的盾牌，所有的箭都射到那裡。」

「對。」卡拉丁說。

「我們應該試試看，我們需要弓。」席格吉說。

「有靈。」大石一指。「它們將石頭拉著，貼在牆上。」

「什麼？」席格吉連忙趕來，瞇眼研究被卡拉丁貼在牆上的石頭。「我沒看到。」

「啊。那它們不希望被人看到。」他朝它們低頭。「抱歉了，瑪法利奇。」

席格吉皺著眉頭更仔細地研究，舉起球幣來照亮牆壁。卡拉丁走過去，站到他們身邊。如果很仔細地看，可以看到細小的紫靈。

「阿席，確實有。」卡拉丁說。

「為什麼我看不到？」

「跟我的能力有關。」卡拉丁瞥向西兒，她正坐在附近的一塊岩石裂縫中，一腳垂在岩石邊緣，晃啊晃的。

「可是大石——」

「我是阿賴依庫。」大石舉手齊胸。

「意思是？」席格吉沒耐心地問。

「我可以看到靈，你看不到。」大石一手按在較矮男人的肩膀上。「沒關係的，朋友。你是瞎子，我不怪你，大多數低地人都是這樣。這都是因為空氣的關係，讓你們的腦子不管用。」

席格吉皺眉，但還是寫下筆記，手指一邊在動著計算時間。石頭終於從牆壁落下，墜地時散發出最後幾絲颶光。「一分多鐘。我算了八十七秒。」席格吉望向其他人。

「我們該一起數嗎？」卡拉丁看向大石，後者聳聳肩。

席格吉嘆口氣。

「九十一秒。」洛奔大喊。「不客氣。」

席格吉坐在石頭上，不去管從他身邊的苔蘚中探出的幾根指頭骨，在筆記本上又寫了一下。他皺眉。

「哈！」大石蹲在他身邊。「你看起來像是剛吃壞掉的蛋，怎麼了？」

「我不知道我在做什麼，大石。我的老師教導我要問問題，找到精準的答案，可是我該怎麼精準？我需要用鐘來測量時間，但這樣太貴了。就算我們有鐘，我也不知道該怎麼測量颶光！」席格吉說。

「用寶石啊。所有寶石在被玻璃罩起來之前，都被精準量過重量。」卡拉丁說。

「但所有寶石能呈載的量都一樣嗎？」席格吉問。「我們知道沒有切割的寶石能呈載的光比有切割過的多。所以切割得比較好的寶石裝得多嗎？況且颶光會隨著時間而流走。那枚夾幣上次充光是多久以前，從那時開始已經流失多少了？所有錢球流失的速度都一樣嗎？我們知道的太少，也許我在浪費你的時間，長官。」

「這不是浪費。」洛奔走到他們身邊，單臂的賀達熙人打個呵欠，在席格吉身邊坐下，逼得他得往旁邊挪一些。「我們只是需要測點別的，對吧？」

「像是什麼？」卡拉丁問。

「比如吧，大佬，你能把我黏在牆壁上嗎？」洛奔問。

「我……我不知道。」卡拉丁問。

「知道應該挺好的吧？」洛奔站起來。「試試吧？」

卡拉丁瞥向席格吉，他聳聳肩。

卡拉丁吸入更多颶光。暴虐的風暴充填了全身，彷彿在撞擊他的皮膚，是想要逃脫體內的囚犯。他將颺光吸入手中，貼在牆上，用光亮塗抹岩石。

然後他深吸一口氣，舉起洛奔，這人這麼瘦，很容易就被舉起來，尤其是卡拉丁的血脈裡還湧流著一點颺光。他將洛奔貼在牆上。

當卡拉丁遲疑地往後退開時，賀達熙人就這樣被黏在牆上，制服因爲被黏住而在腋下皺成一團。

洛奔笑容滿面。「成功了！」

「這很有用。」大石搓著他造型奇怪的食角人鬍子。「對，我們需要測試這個。卡拉丁，你是個士兵。你在戰場上用得到嗎？」

卡拉丁緩緩點頭，腦中出現十幾個可能。如果他的敵人跑過一團他放在地上的光，會怎麼樣？他能阻止棚車滾走嗎？可以將矛戳上敵人的盾牌，然後一把將盾牌從他們手中奪走嗎？

「感覺怎麼樣，洛奔？會痛嗎？」大石問。

「哪會啊。」洛奔扭動身體。「我比較擔心外套會扯爛，或是釦子會爆開。對了，對了，有問題問你們！單手的賀達熙人要怎麼對付把他黏在牆壁上的人？」

卡拉丁皺眉。「我……我不知道。」

「什麼都沒辦法。賀達熙人難甏（單臂）了。」瘦小的男子猛然爆笑出聲。

席格吉呻吟，大石笑倒。西兒歪著頭，飛到卡拉丁身邊。「那是笑話嗎？」她小聲地問。

「是。而且是個很爛的笑話。」卡拉丁說。

「啊，別這麼說嘛！」洛奔還在笑。「這是我知道最好笑的一個了，而且你得相信我，我可是單臂賀達熙人笑話專家。我媽總說：『洛奔啊，你必須學會這些笑話，好在別人笑你之前先笑。那樣的話，你就把他們的笑聲都搶走了，全部屬於你。』她是個很睿智的女人。我曾經給了她一個芻螺頭。」

卡拉丁眨眼。「你……什麼？」

「芻螺頭。」洛奔說。「很好吃。」

「洛奔，你眞是個怪人。」卡拉丁說。

「不是，眞的很好吃。這個頭，它是芻螺最好的部分。」大石說。

「我信你們兩個的話就是了。雖然只信一點點。」卡拉丁伸手，抓住洛奔的手臂，因爲颶光開始黯淡。大石抓住那人的腰，兩人一起把他扶了下來。

「好了。」卡拉丁直覺地抬頭看天空，準備算時間，雖然在裂谷的狹窄空間中看不到太陽。「我們來實驗吧。」

❖

暴風在卡拉丁的體內肆虐，衝過了裂谷地面，動作驚動了一叢皺花驚慌地回縮，像是握起的小手。峭壁上的藤蔓顫抖，開始往上捲。

卡拉丁的腳踩在死水潭中，跳過一堆堆垃圾，身後散發著颶光。他的體內充滿颶光，隨著心跳而鼓動，這讓颶光更容易被使用，因爲它自己想要流動。他把颶光推入矛裡。

前面的洛奔、大石、席格吉拿著練習矛等著。雖然洛奔不太厲害，缺少的手臂是很大的缺憾，但大石彌補了這一塊。大食角人不會跟帕山迪人打，也不願意殺人，但今天同意對練，都是爲了「實驗」。

他的技巧很好，席格吉的矛使得也還可以，如果這三個人同時出現在戰場上，曾經可能會讓卡拉丁有點爲難。

時間帶來了改變。

卡拉丁將他的矛往旁邊拋向大石，讓舉起武器格擋的食角人吃了一驚。颶光把卡拉丁的矛黏上大石的矛，形成一個十字。大石咒罵一聲，想要將矛轉向攻擊，卻同時被卡拉丁的矛擊中自己的腰。

洛奔的矛攻來時，卡拉丁輕鬆地一手將矛壓低，讓指尖充滿颶光，對手的武器落到一堆垃圾，黏在木塊跟骨頭上。

席格吉的武器攻到，又往旁邊一讓的同時，離卡拉丁的胸口差了好大一截。卡拉丁一推擠，用掌心將颶光灌入席格吉的矛，塞入他剛從垃圾堆拔出來原屬於洛奔的矛裡，洛奔的矛上還黏著一堆苔蘚跟骨頭，連帶著新抓到的這柄，兩柄矛被他黏在一起。

卡拉丁從大石與席格吉兩人之間穿過，身後的三人亂成一團，東倒西歪又想要把武器救回來。卡拉丁露出笑容，跑到裂谷另一邊，拾起一支矛，轉身，重心不斷左右移動。颶光鼓動著他不能停，體內充盈著颶光時，根本不可能站在原地不動。

來吧，來吧，他心想。三人終於解開了他們的武器，因為颶光流完了。三人再次轉身準備迎戰。

卡拉丁向前猛衝。在裂谷中陰暗的光線下，他身體周圍散發的煙霧足以投下迴旋跳躍的影子。他踩碎了水潭，赤裸的腳感覺水的冰涼。之前他刻意脫下靴子，為的就是感覺腳下的岩石。

這一次，三名橋兵將矛尾抵在地面，彷彿準備要面對敵人衝鋒。卡拉丁微笑，然後抓起矛頭——這也是一柄練習矛，上面沒有真的矛尖——往裡面充入颶光。

他將矛拍上大石的矛，準備把大石的矛也抽走，但大石不同意，猛然大力地往後一抽，讓卡拉丁驚得差點鬆手。

洛奔跟席格吉立刻逮住機會，各從一邊攻上，卡拉丁驕傲地心想，打得好。他教會了他們這樣的攻擊組合，告訴他們在戰場上要如何互相配合。

三人逼近時，卡拉丁鬆開矛，伸出腿。颶光從他的裸足瀉出，輕鬆如方才從手裡淌瀉那般，他一勾腳，在地上畫了一個明亮的弧形。席格吉一踏入就絆倒，腳黏在地面。他試圖邊摔邊刺，但他的攻擊完全沒有力道。

卡拉丁用全身重量撞向洛奔，洛奔因而重心不穩。他把洛奔推向牆，然後離開，結果就是把賀達熙人又黏回牆上，因為卡拉丁趁人與牆接觸的瞬間，灌入颶光。

「不會吧，又來了。」洛奔呻吟時，席格吉已面朝下撲倒在水窪裡。

卡拉丁才剛露出微笑，就發現大石抱著一根樹幹朝他的腦袋揮來。一整根樹幹。大石是怎麼把那東西舉起來的？卡拉丁立刻往旁邊一撲，在地上打個滾，磨破了手的同時，也聽到樹幹重重摀向裂谷地面的聲音。

卡拉丁咆哮，颶光從他的牙關之間流淌，在他面前飄升入空。大石又想把樹幹舉起來，但這次卡拉丁先一步跳到樹幹上。

卡拉丁落下的重量將木頭重重撞回地面。他撲向大石，心中不禁自問，這是在幹什麼，居然跟比他重兩倍的人進行徒手較量？他撞上食角人，兩個人撲倒在地，一起在苔蘚中打滾，大石不斷翻身想要壓住卡拉丁的手臂，食角人顯然受過摔角選手的訓練。

卡拉丁將颶光灌入地面。他發現颶光不會影響或限制自己，所以他們一邊打滾的同時，先是大石的手臂，然後是身側，都黏上了地面。

大石不斷掙扎，想要抓住卡拉丁，他差一點就成功了，直到卡拉丁雙腿一踢，把兩個人都翻個身，讓大石另一邊手肘也碰到地面，黏住。

卡拉丁一躍而起，氣喘吁吁地咳嗽，體內剩餘的颶光幾乎流失殆盡。他靠著岩牆，抹去臉上的汗水。

「哈！」大石黏在地上，雙手大攤。「我差點逮住你了。你跟第五子一樣油滑！」

「颶風的，大石。我眞想不顧一切把你弄到戰場上，你當廚子太浪費了。」卡拉丁說。

「你不喜歡我的食物？」大石笑著問。「我得試試看煮點油比較多的菜，這東西很適合你！想抓你就跟用手抓活湖魚一樣！而且還是全身塗了奶油的湖魚！哈哈！」

卡拉丁來到他身邊，蹲下。「你是個戰士，大石。泰夫的能力是被我看出來的，隨便你怎麼說，但是我也在你身上看到同樣的特質。」

「我的排行不對，不可以當士兵。」大石固執地說。「那是吐安那利奇那，第四以及後面幾個排行的兒子才可以做的事。第三子不能浪費在戰場上。」

「你也沒因爲這個就不朝我的腦袋丟樹。」

「只是小樹。而且是很硬的腦袋。」大石說。

卡拉丁微笑，伸出手，碰觸了灌入在大石身下岩石裡的颶光。他從來沒有在使用過後嘗試把颶光收回。可以嗎？他閉上眼睛，深呼吸，嘗試……成功了。

體內些許的風暴再次甦醒。當他睜開眼睛後，大石自由了。卡拉丁沒辦法把所有颶光都收回，但有一部分成功，剩下的消散在空氣中。

他握住大石的手，幫壯漢站起。大石拍拍自己身上的灰塵。

「剛才眞丟臉。」席格吉對著放開他的卡拉丁說。「我們好像小孩一樣。連皇帝都沒有看過這麼丟臉的一幕。」

「我有個很不公平的優勢。」卡拉丁幫席格吉站起。「很多年的士兵訓練，又比你更壯碩，對了，還有可以用手指吐颶光的能力。」他拍拍席格吉的肩膀。「你做得很好，這只是個測試，正是你要的。」

而且還更有用，卡拉丁心想。

「好嘛。」洛奔在他們身後說。「幹嘛去管那個被黏在牆上的賀達熙人。這裡的風景眞好。對了，那個在我臉頰上滑過的黏液是什麼？洛奔的新打扮，而且還是沒辦法擦掉的那種，因爲呢，我忘了提是吧？因爲他的手被黏在牆上。」

卡拉丁微笑，走過去。「是你先叫我把你黏在牆上的，洛奔。」

「我的另外一隻手？」洛奔說。「那隻很久以前被砍斷、被可怕的怪物吃掉的手？它啊，它現在正在對你比中指。我想你應該會想知道這件事，這樣才能做好被侮辱的準備。」他的口氣帶有一貫的輕鬆愉快，身上散發著某種瘋狂的熱切。

卡拉丁把他放下來。

「這東西，用得很好。」大石說。

「對。」卡拉丁回答。不過說實話，如果他只用矛跟颶光給予的額外力量與速度，反而能更快料理掉三人。他不知道這是不是因爲他還不熟悉這些新力量，可是他覺得強迫自己去用這些力量，有時反而讓他碰到更棘手的狀況。

他心想，熟悉。*我需要了解這些能力，就像我了解自己的矛那樣。*

這表示要練習。許多練習。很可惜的是，練習的最好辦法就是要找到一個有旗鼓相當的技巧、能力和力量的人，甚至要能打敗自己。以他現在的能力來說，還眞不好找。

另外三人走去從包袱裡拿水囊出來。卡拉丁注意到有人站在離裂谷有一小段距離的陰影中。他警戒地站起，直到看見泰夫走入錢球的光圈之下。

「我以爲你應該要守住通道。」泰夫朝洛奔一吼。

「我忙著被黏在牆上。」洛奔舉起水囊。「我以爲你有一堆青藤菜鳥要照顧？」

「交給德雷了。」泰夫繞過垃圾，來到卡拉丁身邊，一起站在牆旁。「我不知道他們有沒有跟你說，但把那群人帶下來這裡，好像突破了他們的障礙。」

卡拉丁點頭。

「你怎麼這麼了解人？」泰夫問。

「這需要割碎很多人的經驗。」卡拉丁回答，低頭看著他跟大石打鬥時擦傷的手。傷口消失了，因爲颶光已經將他皮膚中的傷口癒合。

泰夫哼了一聲，回頭去看大石跟另外兩個人，三人已經拿出乾糧。「你應該讓大石去管新兵。」

「他不肯戰鬥。」

「他才剛跟你對練過，所以也許他會願意跟他們練。所有人都喜歡他勝於我，我只會把這件事搞砸。」

「泰夫，你可以做得很好，我不會接受任何藉口。我們現在有資源了，沒必要到處摳門。這些人交給你帶，你一定要帶得好。」

泰夫嘆口氣，沒再說什麼。

「你看到我剛才的動作？」

「對，看到了。如果我們需要讓你眞的有點挑戰度，得帶二十幾個人來。」泰夫說。

「要不然就找個跟我一樣的人。」卡拉丁說。「一個可以對練的人。」

「對。」泰夫再次點點頭，彷彿沒想到這點。

「不是有十支騎士團嗎？」卡拉丁問。「你對其他幾支知道多少？」

一開始想通卡拉丁能力是什麼的人是泰夫，他甚至比卡拉丁自己先知道。

「不多。」泰夫皺眉。「我知道這些騎士團有些其實不是那麼融洽，不管官方的故事怎麼說。我們得找找看有沒有人知道得比我多。我……我沒有更了解。至於那些我知道能告訴我們更多的人，都已經不在了。」

如果泰夫之前心情不好，那這個話題就讓他更陰鬱。他看著地面。他不常提到自己的過去，可是卡拉丁越來越確定，無論這些人是誰，他們都是因爲泰夫做的某件事才死的。

「如果你聽說有人想要重建燦軍，你會怎麼想？」卡拉丁低聲對泰夫說。

泰夫猛然抬頭。「你——」

「不是我。」卡拉丁回答得很謹慎。達利納．科林讓他旁聽那場討論，雖然卡拉丁信任泰夫，但有些時候，軍官的責任就是要保持沉默。

達利納是個淺眸人。如果你跟他說個祕密，他絕對不會遲疑，立刻就會說出去，一部分的自己喃喃低語。

「不是我。」卡拉丁再次說。「如果有某個國王決定要召集一群人，說他們就是燦軍呢？」

「那我會說他是白癡。」泰夫說。「燦軍不是別人說的那樣。他們不是叛徒，眞的不是。可是所有人都相信他們背叛了我們，那些人絕對不會這麼快就改變想法，除非你用封波術讓眾人閉嘴。」泰夫上下打量卡拉丁。「你眞的要這麼做？」

「他們會恨我，對不對？」卡拉丁說。他無法不注意到西兒，她在空氣中走動，直到靠近他身邊，端詳著他。

「因爲過去燦軍的行爲。」他舉起手，阻止泰夫的反駁。「因爲人們以爲過去的燦軍做出的行爲。」

「對。」泰夫說。西兒雙手抱胸，看了卡拉丁一眼。那個眼神在說，你答應過。「那我們得小心點。」卡拉丁說。「去把新兵召集起來。他們在這裡的第一天練習已經夠久了。」泰夫點頭，跑去執行命令。

卡拉丁拿起矛，還有他擺出來照亮對戰場地的錢球，朝另外三人揮揮手。他們收起背包，開始往外走去。

「所以你會去做。」西兒落在他的肩膀上。

「我想再練練。」卡拉丁說。而且還要習慣一下這個念頭。

「沒事的，卡拉丁。」

「不。很難。人們會恨我。就算不恨我，我也會跟他們格格不入，被排斥在外。不過這是我的命運，我已經接受這點了。我可以承受。」就算在橋四隊裡，也只有摩亞許不把卡拉丁當成某種神話中的救命神將一般對待，再來大概就是大石了。

不過其他橋兵沒有因此就像他擔心的那樣開始恐懼他。他們也許會崇拜他，卻沒有孤立他。這樣就夠了。

他們比泰夫和那些菜鳥先到達繩梯，但也沒必要等人。卡拉丁爬出潮溼的裂谷，上到在戰營西邊的台地上。能夠帶著矛跟錢出裂谷，感覺好怪。不僅如此，守著達利納戰營大門的士兵不但沒騷擾他，反而向他行禮，站得筆直，對方的敬禮俐落無比，彷彿在向將軍行禮。

「他們似乎很以你為傲。他們甚至不認識你，但還是以你為傲。」西兒說。

「他們是深眸人。」卡拉丁回禮。「應該是在薩迪雅司背叛時，在高塔上作戰的人。」

「受颶風祝福的，你聽說了沒？」其中一人喊。

告訴他們這個綽號的人眞該死，卡拉丁心想。大石跟另外兩人來到他身邊。

「沒有，什麼消息？」卡拉丁喊。

「一個英雄來到了破碎平原！」那個士兵回喊。「他要跟科林光爵會面，也許會支持他！這是個好跡象，可以能讓這裡的情況平靜一下。」

「怎麼回事？」大石喊。

「誰？」

他們說了一個名字，卡拉丁的心臟瞬間變成冰塊，他的矛差點從僵硬的手指間滑下。然後，他飛奔出去。他沒有理會大石在身後的叫喚，沒有停下腳步讓其他人能趕上他。他衝過戰營，跑向戰營中央，屬於達利納的指揮中心。

他不想相信眼前掛在一群士兵頭上的旗幟，也許在戰營之外還有更大一群士兵。卡拉丁經過他們，引來驚呼跟注視，詢問是否出事了。

他終於跌跌撞撞地停在一段短短的台階前，後方是達利納的軍營風石頭建築群。黑刺站在建築物最前面，正與一名高大的男子握手。

表情嚴正、態度高貴的客人穿著無瑕的制服。他大笑一聲，與達利納擁抱。「老朋友，太久沒見了。」

「眞的太久了。」達利納同意。「我很高興你答應了這麼多年，這次眞的來了。聽說你甚至幫自己弄到一把碎刃！」

「沒錯。」客人往後一退，手往旁邊伸出。「從一個膽敢在戰場上想要刺殺我的刺客身上奪走的。」

劍刃出現。卡拉丁看著銀色的武器，劍身上的花紋，還有宛如燃燒火焰般的造型。在卡拉丁的眼裡，這把武器彷彿被染成紅色。名字出現在他的腦海：達雷、克雷伯、利西……另一個時空，上一輩子的小隊。卡拉丁深愛的人。

他抬頭，強迫自己去看那個客人的臉。

一個卡拉丁憎恨超過任何人的男人。一個他曾經崇拜過的男人。

阿瑪朗。那個偷走了卡拉丁的碎刃，在他的額頭上烙下烙印，將他當成奴隸出售的男人。

間曲

伊尚尼 ◆ 尹姆 ◆ 芮心

I-1

納拉克

伊尚尼來到破碎平原中央的台地上時，決心節奏也在她的意識深處輕柔地敲擊著。納拉克。放逐。家。她把碎甲的頭盔掀掉，深吸一口清涼的空氣。碎甲非常透氣，但是在連續使用之後還是會變悶。其他士兵在她後方落下，她這次出兵帶了將近一千五百人。幸好這次他們比人類到得早很多，經過非常有限的戰鬥後，就把寶心收割回去。戴維捧著寶心，這是他的榮耀，因爲是他從遠處看到獸蛹的。

她幾乎懊悔這次行動太過於簡單。幾乎。

*黑刺，你在哪裡？*她心想，望著西方。*你爲什麼不再出現，與我較量？*

她覺得一個禮拜前的那次出兵，似乎有看到他。當時他們被他的兒子逼下台地的時候，伊尚尼在那場戰鬥裡，沒想到會有這種結果。她受傷的腳在痛，從一個台地跳到一個台地的重複過程也讓腳傷得更重，即使有碎甲也一樣。也許她一開始就不應該跟著出來。

她想去的原因是如果她的突擊小隊被包圍，那他們需要碎刃師——即使是個受傷的碎刃師——幫他們打破重圍。她的腳還在痛，但是碎甲提供足夠良好的保護，很快她就必須要回到戰場上。如果她直接參與，也許黑刺會再次出現。

她需要跟他談談。她感覺吹來的風帶來了這麼做的急迫性。

她的士兵舉手告別，各自離去。許多人跟著哀悼節奏輕輕地唱著或哼著歌。近來很少人唱著興奮，連決心都很少見。每踏出一步，每度過一次颶風，她的人民正逐漸被沮喪佔據，他們自稱「聆聽者」，「帕山迪人」是人類的稱呼。

伊尚尼走向佔據大半納拉克的廢墟。這麼多年之後，這裡已經沒剩下多少可以被稱爲廢墟的地方。人類跟聆聽者的成品在颶風的威能下都維持不久。

前方的石柱應該曾經是座石塔，其他的古代建築物就沒這麼好運了。伊尚尼走過一堆堆矮丘跟土堆，都是慢慢地被破碎平原吞沒、傾倒的建築物。颶風無可預料。有時候大塊的岩石會從建築物上落下，留下許多凹陷跟崎嶇的邊緣。其他時候，石柱可以維持好幾個世紀，在狂風同時的磨損與堆積下，石柱不減反增。

伊尚尼的許多次探險都發現了類似的遺跡，比如她第一次碰到人類那次探險。不過是七年前的事，卻像是過了永恆那麼久。她深愛那段時間，探索一個感覺像是無窮無盡的世界，可是現在……

現在她的人生被困在這個台地上。大自然在朝她呼喚，歌聲勸說她要收拾行囊，立刻出發。可惜，那已經不再是她的命運。

她穿過一大塊岩石下的陰影，在她的想像中，這裡是座城市的大門。根據這些年透過間諜的了解，她知道雅烈席人並不知道。他們踏過台地的崎嶇地面，眼中只看到天然岩石，從來都不知道他們正踏在死去多年的城市骨架上。

伊尚尼輕顫，轉換成喪失節奏。節奏輕緩，卻仍然暴虐、銳利，音符分明。她沒有維持太久。記住逝者確實重要，但努力保護生者更是重要。

她再次換回決心，進入納拉克。幾年戰亂下來，聆聽者們盡了一切心力，在這裡建造出最好的家園。凸出的岩壁變成軍營，大殼類的甲殼變成屋頂跟牆壁，一度是建築物的圓丘，如今在背風面上種植著做爲食物的石苞。破碎平原上曾經多半都有他們的聚落，但最大的城市卻是在中心，他們殘存的這一族，正以死去城市的殘存廢墟爲家。

這裡被她的族人稱爲納拉克——放逐——因爲他們是在這裡與他們的神分開的。

聆聽者，無論男倫（Malen）或女倫（Femalen）都朝經過的她舉起手。數量剩下好少。人類的復仇未曾休止。

她不怪他們。

她轉身走向藝術廳。藝術廳不遠，她已經好幾天沒去了，裡面的士兵正在很可笑地作畫。

伊尙尼走在他們之間，依然穿著碎甲，頭盔夾在腋下。長長的建築物沒有屋頂，讓很多天光射入好方便作畫，牆壁上則是乾硬很久的克姆泥。士兵們握著鬃毛濃密的刷子，盡最大努力在中間的高台上畫出一把石苞插花。伊尙尼繞畫家們走了一圈，看著他們的作品。紙張很寶貴，帆布根本不可能，所以他們畫在殼上。

他們的畫好難看。一團團俗氣的顏色，歪斜的花瓣……伊尙尼站在瓦藍尼斯身邊，他是她的臂膀之一。他以包在皮甲內的手指仔細地握著筆刷，巨大的身軀縮在畫架前。他的手臂、肩膀、胸口，甚至頭上都長著皮甲。她身上也長著同樣的皮甲，只是蓋在碎甲下。

「你的畫技越來越好了。」伊尙尼對他說，搭配稱讚節奏。他看向她，輕輕地以質疑節奏哼了起來。

伊尙尼輕笑，按上他的肩膀。「瓦藍尼斯，它眞的看起來像花。我說眞的。」

「它看起來像是一窪在泥巴台地上的髒水。」他說。「上面也許還漂著幾片褐色的葉子。爲什麼顏色混在一起就會變成褐色？三個漂亮的顏色混在一起，立刻變成最不漂亮的顏色。將軍，這根本不合理嘛。」

將軍。有時候她覺得自己擔任這個職位，就像這群在作畫的人一樣非常彆扭。她現在是戰爭形體，因爲她上戰場時需要皮甲，但她其實比較喜歡工作形體，比較靈活、耐撞擊。她不是不喜歡帶領這些人，但是每天做著同樣的事情——操練，出戰——讓她的思想開始麻痺。她想要看看新的事物，想去新的地方，但是她也只能加入她的同胞，繼續這場漫長的靈堂守夜，看著他們一一死去。

不。我們一定會找到走出來的辦法。

她希望藝術創作會是解決辦法的一部分。在她的命令下，所有男女都需要按照指定時間，輪流前來藝術廳作畫。他們眞的很努力，非常努力，可是到目前爲止，他們的成就就像想跳過一道看不見另一邊有多遠的裂谷一樣。

「沒有靈？」她問。

「一隻都沒有。」他以哀悼節奏說，她最近太常聽到這個節奏了。

「繼續試。我們不會因爲缺乏努力而輸掉這場戰鬥。」

「可是將軍，這麼努力有什麼用？有藝術家也沒辦法把我們從人類的劍下救出來。」瓦藍尼斯說。

附近的士兵們轉身聽她的答案。

「藝術家確實沒有幫助。」她以和平節奏說出。「可是我的妹妹相信，她很快就會找到新的形體。如果我們可以發現該如何創造藝術家，有可能她就會從此更了解改變的過程，更有助於她的研究。幫她找到更強大的形體，甚至能超越戰爭形體。藝術家無法幫我們走出困境，但是別的形體說不定可以。」

瓦藍尼斯點頭。他是個好士兵，戰爭形體不會讓一個人自動變得更有紀律。可惜的是，戰爭形體卻會抑制一個人的藝術能力。

伊尚尼試過作畫。她沒有辦法用對思考方式，沒辦法理解藝術創作需要的抽象思考。戰爭形體是個好形體，很多樣性，不像配偶形體那樣會阻撓思考能力。就像工作形體一樣，戰爭形體可以保持原本自己的本性，每種形體都有自己的特點。工作形體有做出暴力行爲的困難，腦子某處就像被塞住，完全沒有辦法，那也是她喜歡那個形體的原因之一。強迫她用不同的方式思考，來規避問題。

兩個形體都無法創作藝術，至少創作得不好。配偶形體比較適合，但是也帶來一大堆其他問題。那種形體幾乎不可能集中注意力到能做出任何有價值的產出。還有另外兩種形體，但是第一種——遲鈍形體——他們很少使用。那是過去留下來的過時形體，屬於他們發現更好的選擇之前的時代。

最後剩下來的就是靈活形體，一種多功能形體，行動流暢仔細。他們用靈活形體來養育孩童，以及進行需要靈巧多於蠻力的工作。他們沒辦法讓太多人選擇這種形體，雖然這種形體更擅長於藝術創作。

古老的歌謠中有幾百種形體，現在他們只知道五種。好吧，如果還算上奴隸形體，那是第六種。可是那種形體沒有靈，沒有靈魂，也沒有歌，那是人類習慣的形體，被稱爲「帕胥人」。但那其實不是形體，而是缺少任何形體的狀態。

伊尚尼離開藝術廳，頭盔夾在腋下，腳持續發痛。她穿過蓄水廣場，靈活形體用克姆泥雕塑出一個大水池。颶風的細雨階段會在此蓄水，水裡充滿營養。工人們則提著水桶來裝水，工作形體很強壯，幾乎跟戰爭形體一樣強壯，可是手指比較細，沒有皮甲。許多人朝她點頭，即使她的將軍身分意味著她沒有指揮他們的權利。她是他們最後一個碎刃師。

一組三人，都是配偶形體——兩女一男——在水裡嬉戲，往彼此潑水。他們沒穿多少衣物，身上滴著其他人拿來飲用的水。

「你們三個。」伊尚尼叱罵他們。「不做點正事嗎？」圓滾又呆傻的他們朝伊尚尼咧嘴而笑。「來嘛！好好玩！」其中一人大喊。

「出來。」伊尚尼一指。三個人以煩躁節奏低聲咒罵，從水裡爬出來。附近幾個工人看到他們走過時，紛紛搖頭，其中一人以讚美節奏歌唱，稱讚伊尚尼。工人不喜歡質疑別人。

那只是藉口。就像那些變成配偶形體的人利用他們的形體當做藉口，淨做一些白癡行為。當自己是工人時，伊尚尼訓練自己必要時還是要對人有話直說。她甚至有一次變成配偶形體，同時親自證明，就算是配偶形體也能夠有產出，雖然有很多事情……令人分心。

當然，她是配偶形體時的其他經驗是徹底的災難。

她對那些配偶形體以責怪節奏說話，言詞感情充沛到居然吸引了怒靈，她看到它們從遠處靠近，被她的情緒所吸引，以驚人的速度行動，如閃電般朝她奔來。閃電聚集在她的腳邊，讓石頭變得通紅。

這讓那些配偶形體充滿對天地的敬畏，於是他們都跑去藝術廳報到，希望他們不會又半路消失到某個山洞裡去結合。她一想到就反胃。她從來無法了解那些想要一直保持配偶形體的人。大多數伴侶為了生孩子會變成那個形體，把自己關起來一年——然後小孩一出生，就會以最快的速度脫離那個形體。畢竟，誰會想要用那種形體在外面行走？

可是人類卻是這樣。早年她花時間學習人類語言，跟他們交易時，這點就讓她非常不解。人類不只不會變化形體，他們還隨時都可以結合，隨時都因為性衝動而分心。

她願意付出一切，來變化成不會受到他們注意的形體，擁有他們那種單調的膚色一年，走上他們的大道，去看看他們的偉大城市，但是她跟其他人卻下令要殺死雅烈席卡王，孤注一擲地希望能阻止聆聽者的神祇回歸。

是成功了——雅烈席卡王因此沒有辦法執行他的計畫。可是現在，她的人民卻爲此被緩緩摧毀。

她終於來到她稱之爲家的岩石結構：一個小小的、坍塌的圓頂。這裡其實讓她想起在破碎平原邊緣的那些圓頂，非常巨大，被人類稱爲戰營的結構。她的人民之前也住在那裡，最後因爲安全原因撤退到破碎平原，因爲人類無法跳躍這裡的裂谷。

她的家當然小了非常、非常多。她剛搬進這裡時，凡莉用大殼類的甲殼做了一個屋頂，立起牆壁把空間分割成獨立的房間。她用克姆泥塗在牆壁各處，隨著時間過去，克姆泥逐漸硬化，做出了一個感覺像是屋子，而非棚子的地方。

伊尚尼把頭盔放在一進門的桌上，可是沒脫下盔甲。碎甲穿在身上感覺很好，她喜歡力量的感覺，這讓她知道世界上還是有可靠的東西。有了碎甲的力量，她可以幾乎忽略腳上的傷。

她彎腰穿過幾個房間，朝經過的人點點頭。凡莉的同僚都是學者，雖然沒人知道學者的眞正形體該是什麼。他們目前暫時都是用靈活形體湊合。伊尚尼發現妹妹凡莉站在最內側的房間窗邊，凡莉曾經的伴侶戴米，坐在她旁邊。凡莉自從發現靈活形體之後，過去三年來都是使用這個形體，只是在伊尚尼心中的妹妹仍然是工人，有更粗壯的手臂跟健碩的軀體。

那都是過去的事了。現在，凡莉是個纖細的女人，有張偏瘦的臉，身上的圖樣是精緻的紅白螺旋，靈活形體會長出很長的髮絲，上面沒有遮住頭髮的皮甲頭盔。凡莉的髮絲是深紅色，長達腰部，分成三束綁起。她穿著一件長袍，腰部束緊，露出胸口的些微起伏，這不是配偶形體，所以胸部比較小。

凡莉跟她過去的伴侶很親近，雖然他們成爲伴侶的期間沒有小孩誕生。如果他們一起上戰場，那他們就會是戰鬥組合，而他們現在是研究組合，或是別種組合。他們花時間在進行的活動都不是聆聽者的習慣，但這正是重點。伊尚尼這一族已經不能再像過去那樣生活，能夠悠閒地在台地上不受外界打擾，自在地對彼此歌唱，只有偶爾戰鬥的日子已經結束。

「怎麼樣？」凡莉以好奇節奏問。

「我們贏了。」伊尚尼說，靠著牆壁抱胸，碎甲發出敲擊聲。「寶心是我們的。我們繼續有飯吃。」

「這是好事。妳的人類呢？」凡莉說。

「達利納·科林。他沒來這場。」

「他不會再跟妳對戰了。妳上次差點殺了他。」凡莉的語氣帶有笑意，她站起身，拾起一張紙。紙是用收穫季後的石苞渣曬乾做成的，她把紙遞給曾經的伴侶。他看了看後，點點頭，開始在自己的那張紙上做筆記。

紙張需要寶貴的時間跟資源製作，但凡莉堅持這份努力必定有等值的回報。她最好是對的。

凡莉看著伊尚尼。她有很敏銳的眼神，晶亮漆黑，典型的聆聽者雙眼。但她的眼睛似乎比別人更加充滿智慧、深沉，在特定的光線下，看起來還帶有紫暈。

「妳會怎麼做？」凡莉問。「如果妳跟這個科林眞的能暫停彼此砍殺，開始談話？」

「我會要求和平共處。」

「我們殺了他的哥哥。我們在加維拉王邀請我們進入他家的那晚殺了他。這不是件雅烈席人會了解或原諒的事情。」凡莉說。

伊尚尼垂下雙臂，握緊又放鬆盔甲內的拳頭。那個晚上。一個絕望的計畫，由她本人跟另外五人一起制定。雖然當初她很年輕，但因爲她對人類的了解，仍然被允許參與。所有人都投票贊成同樣的決定。

殺了那個人。殺了他，接受被摧毀的風險。如果他活下去，完成他那天晚上告訴他們的目標，那一切都完了。

那些跟她一起做了這個決定的人都死了。

「我找到颶風的祕密了。」凡莉說。

「什麼？」伊尚尼坐直身子。「妳原本不是該研究有幫助的形體嗎？像是外交官或學者的形體。」

「那些救不了我們。」凡莉順著笑意節奏說。「如果我們要跟人類打交道，我們需要古代的力量。」

「凡莉。」伊尚尼抓住她的手臂。「我們的神！」

凡莉動也不動。「人類有封波師。」

「也許不是。有可能是榮刃。」

「妳跟他戰鬥過。打傷妳的腳、讓妳開始跛腳的，是榮刃嗎？」

「我……」她的腳發痛。

「我們不知道哪些歌謠是真的。」凡莉說。雖然她選擇的節奏是堅決，聽起來卻很累，還吸引來疲憊靈。疲憊靈帶著風聲一起到來，像是半透明的煙霧吹進窗戶跟門，越來越清晰、強壯，像是一團團煙霧繞著她的頭打轉。

我可憐的妹妹。她跟其他那些士兵一樣操練自己。

「如果封波師回來了，那我們必須朝有意義的目的努力，件能夠保障我們自由的努力。力量形體，伊尚尼……」她瞥向伊尚尼依然抓著她手臂的手。「妳至少坐下來好好聽我說，別像座山那樣杵在那裡。」

伊尚尼移開手，但沒有坐下。她身上碎甲的重量會壓壞椅了。她彎著腰，端詳起來桌上的紙張。

凡莉發明了這個文字。他們是從人類身上學到這個概念——記住歌謠是很好，但就算有節奏的引導，記憶仍然不完美。儲存在紙張上的資訊實用得多，尤其適合研究。

伊尚尼靠著自學，學會這種字體，但是閱讀對她來說還是很困難。她沒有多少練習的時間。

「所以是……颸風形體？」伊尚尼問。

「如果有足夠的人數，這個形體可以控制颸風，甚至召喚颸風。」

「我記得那首提到這個形體的歌，那是神的能力。」伊尚尼說。

「大多數形體都跟神有關。我們眞的能相信這麼久遠前出現的歌謠，內容一定完全正確？當這些歌謠被記得時，我們這一族多半還在使用遲鈍形體。」

那是低智商、低能力的形體。他們現在使用這個形體對人類進行滲透。曾經，她這一族就只有這種形體以及配偶形體。

戴米調整了幾張紙的順序，把一疊紙搬開。「凡莉說得對，伊尚尼。這是我們需要冒的風險。」

「我們可以跟雅烈席人協商。」伊尚尼說。

「協商什麼？」凡莉伴隨著質疑說，她的疲憊靈終於消散，靈們轉著圈圈離開，去尋找更新鮮的情緒來源。「伊尚尼，妳一直說妳想要協商，我覺得這是因爲妳對人類入迷了。妳覺得他們會讓妳自由地在他們之間行走嗎？一個在他們眼裡有反叛奴隸形體的人？」

「好幾個世紀以前，我們從我們的神跟人類控制之下逃了出來。我們的祖先留下文明、權力、力量以獲得自由。伊尚尼，我不會放棄自由。颸風形體，有了它，我們可以摧毀雅烈席卡軍隊。」戴米說。

「沒有了雅烈席卡軍隊，妳就可以重新開始探險。沒有責任——妳可以旅行，畫妳的地圖，發掘沒有人去過的地方。」凡莉說。

「我要什麼一點也不重要。」伊尚尼以責難節奏說。「因爲我們和所有人都還處於被毀滅的危險之中。」她快速掃過紙張上的黑點，歌謠的記述。這樣寫下來的歌，沒有音樂，靈魂因此而被剝奪。

聆聽者的救星眞的必須這麼可怕嗎？凡莉跟她的團隊花了五年的時間記下所有歌謠，從長者身上學得所有細微轉折，記錄在紙張上。透過合作、研究、深沉的思考，他們發現了靈活形體。

「這是唯一的辦法。」凡莉以和平節奏說。「我們要將這個成果呈現給五人小組，伊尚尼。我希望妳站在我們這邊。」

「我……我會考慮。」

I-2 尹姆

尹姆小心翼翼地從小木方四邊削掉多餘的木頭，然後舉起木塊，靠近工作桌旁邊的錢球燈，同時捏著眼鏡，讓眼鏡更靠近眼睛。

眼鏡眞是太好的發明了。活著就是成爲寰宇的一小部分，跟寰宇一起體驗自己的存在，如果看不見東西，又該怎麼好好體驗呢？發明這件器具的亞西須人已經逝世很久，尹姆已提出申請，希望那人被認可爲英靈之一。

尹姆放下木塊，繼續雕刻，小心翼翼地切割前方，形成一條弧線。他的同業有些人會從木匠那裡買鞋底，也就是鞋匠用來做成鞋子的木頭底座。但是教導尹姆的人告訴他，鞋底要自己做，這個才是古法，傳了好幾個世紀的傳承。他自己是覺得，如果有一件事用同樣方法做了這麼久，那一定有個好原因。

他身後是鞋匠工作室必不可缺的小櫃子，幾十雙鞋頭像鰻魚一樣從自己的格子裡露出頭。這些是實驗鞋，用來測量大小，選擇材質，決定款式，好替每個人做出最合腳、最符合個性的鞋子。如果眞的好好做，試鞋是很耗費時間的。

他右邊的陰影中出現動靜。尹姆朝那邊瞥了一眼，但沒有改變姿勢。那個靈最近越來越常出現——一顆顆光點，像是吊在太陽下的水晶折射出的光彩一樣。他不認識這種靈，以前從來沒見過。

它爬過工作桌的表面，靠得更近，下來的時候，光會緩緩地朝它爬去，就像生長在洞穴裡的小植物爬出來時那樣。它換個位置後，光又會縮回去。

尹姆繼續雕琢。「這是用來做鞋子的。」晚上的店鋪很安靜，只有刀切割木頭的聲音。

「些——鞋……？」一個聲音問，像是少女的聲音，很柔和，還帶點銀鈴般的清亮。

「是的，我的朋友。給小孩的鞋子。我發現最近我要用到的小孩鞋越來越多。」

靈學著說：「鞋。給小——小孩。小的人。」

尹姆把桌上的木屑撥掉，等晚點再來掃，然後將最後一個鞋底放在靈附近的桌面上。靈躲了開，像是鏡子的倒影——半透明一樣，不比一抹光大多少。

他收回手，等著。靈小心翼翼地靠近，很遲疑，彷彿颶風後從裂縫裡爬出的克姆林蟲。它停了下來，光像小芽一樣從它身體往上長出。好奇怪的景象。

「你是個很有趣的經驗，我的朋友。」尹姆邊說，邊看到光點移動到鞋底上。「這是我的榮幸。」

「我……」靈說。「我……」靈的形體突然顫抖，然後變得更爲光亮，像是光束集中。「他來了。」

尹姆站起來，突然開始緊張。外面的街道上有動靜。是那個人嗎？那個穿著軍裝大衣的監視者？不是，只是個孩子，從大開的門探頭進來。尹姆微笑，打開抽屜，露出錢球，讓房間有更多光。孩子跟靈一樣，往後退縮。

靈不知道消失到哪裡去。有別人來的時候，它就會消失。

「別害怕。」尹姆重新坐回到凳子上。「進來。讓我看看你。」

全身髒汙的流浪兒又探頭進來。他只穿著一條破爛的褲子，沒有上衣，在依瑞這樣的穿著很常見，因爲這裡日夜都很溫暖。

可憐的孩子兩腳都是傷痕，髒兮兮的。

「這樣可不行。進來吧，孩子，坐下來。我們得讓這雙腳穿點東西。」他推出一張小凳子。

「他們說你啥都不收。」男孩站在原處說。

「他們說錯了。但是我想你會覺得我的收費很容易負擔。」尹姆說。

「沒錢球。」

「不用錢球。你用你的故事來支付就可以。我想要聽你的經驗。」

「他們說你很怪。」男孩終於走入店鋪。

「他們沒說錯。」尹姆拍拍木凳。

男孩怯生生地走到木凳前，試圖掩飾自己一拐一拐的步伐。

他是依瑞雅利人，只不過金色的皮膚跟頭髮在髒汙下都顯得黑漆。他的皮膚可能沒有那麼金——需要足夠的照明才看得出來——但頭髮絕對是金色的，這是他們這一族的特徵。

尹姆要孩子舉起完好的那隻腳，拿出一塊抹布、沾溼，擦掉上面的塵土。他沒打算替這麼髒的腳試鞋。男孩很顯然想要藏起他走路時一拐一拐的腳，彷彿不想讓人看見上面包著一塊破布。

「你的故事呢？說吧。」尹姆說。

「你很老。比我認識的任何人都老。老爺爺那樣老。你一定什麼都知道，爲什麼要聽我說？」男孩說。

「這是我的怪癖。說吧，說給我聽聽。」尹姆說。

男孩嘆口氣，但還是說了起來。一開始說得很簡短，這很自然，他想要把完整的故事留給自己。尹姆透過小心翼翼的詢問，慢慢地把他的故事引了出來。男孩是個妓女的兒子，長大到能自理生活後就被趕了出來。男孩覺得那應該是三年前的事，他現在大概八歲。

尹姆一邊聽著，一邊清理第一隻腳，然後修剪、磨平腳趾甲。完畢之後，他示意要男孩伸出另一隻腳。

男孩不情願地舉起腳。尹姆解開破布，發現腳底有個嚴重的割傷已經發炎感染，上面爬滿了腐靈，都是紅色的小點。

尹姆停了手。

「得要有鞋子。」流浪兒別過頭。「沒鞋子不行。」

皮膚上的傷口凹凸不平，*也許是爬牆的時候割傷的？*尹姆猜想。

男孩看著他，假裝無所謂。這樣的傷會讓流浪兒奔跑的速度變得緩慢，在街頭上就意味著很容易死亡。尹姆太了解這一點。

他抬頭看著男孩，注意到孩子眼中的一抹擔憂。感染已經擴散到腳背了。

尹姆低語：「我的朋友，我想我需要你的幫助。」

「什麼？」流浪兒說。

「沒什麼。」尹姆回答，伸手打開桌子邊的抽屜。抽屜露出的光來自於五枚鑽石夾幣，所有來找他的流浪兒都看過這些夾幣。到目前爲止，尹姆只被搶過兩次。

他往裡面挖得更深，在一個隱藏格子裡拿出更強大的錢球——一枚布姆——放入手中，快速地一把抓住，遮蔽光芒，同時另一手伸向消毒藥膏。

光靠藥是不夠的，因爲這孩子沒辦法臥床休息。要他在床上躺好幾個禮拜，不斷地使用昂貴的藥膏來復原？對於一個每天光爲了吃飽而必須在街頭努力的流浪兒來說是不可能的事。

尹姆收回雙手，其中一隻手裡面藏著錢球。可憐的孩子，一定很痛吧。那個孩子早應該倒在床上發燒不止，但每個流浪兒都知道可以咀嚼粗皮來保持清醒跟警覺，甚至遠超過身體能承受的範圍。

不遠處，亮晶晶的光靈從一疊方形皮革下探出頭。尹姆使用藥膏，然後把它放到一旁，輕哼著，舉起男孩的腳。

尹姆另外一隻手中的光消失，腐靈從傷口逃走。

尹姆拿開手後，傷口已經結疤，顏色恢復正常，感染的跡象全部消失。尹姆只用過這種能力幾次，每次都偽裝成是藥的功效。他從來沒聽人說過這種能力。也許這就是爲什麼他得到了這份能力——好讓寰宇能夠體驗。

「哇，感覺好多了！」男孩說。

「我很高興。」尹姆將錢球跟藥收回抽屜，靈又不見了。「我來看看有沒有合腳的鞋子給你。」

他開始替孩子試鞋。通常試完鞋之後，他會讓客人離開，專門爲他們製作一雙完美的鞋子，可惜他必須給這孩子一雙已經做好的鞋。有太多流浪兒從未回來取鞋，讓他十分擔憂，老想著他們是不是出了什麼事？還是只是忘了？還是他們多疑的天性讓他們改變主意？

幸好他有幾雙結實的好鞋，也許有適合這孩子的。他同時一邊做筆記，我需要更多豬皮。孩子不會好好照顧鞋子，需要就算不照顧也不會輕易損壞的皮革。

「你真的要免費給我一雙鞋？」流浪兒說。

「我只需要你的故事。」尹姆往孩子的腳套上另一個鞋型，他已經放棄勸流浪兒們穿襪子。

「爲什麼？」

「因爲你跟我都是一體。」

「一體什麼?」

「一體的存在。」尹姆說。他把鞋子放在一旁,拿出另一隻。

「很久以前,只有一體。一體無所不知,卻沒有任何的體驗,於是一體成爲許多,也就是我們,人類。既是男又是女的一體這麼做,是爲了有所體驗。」

「一體。你是指神嗎?」

「你要這樣稱呼也行,可是這麼說也不完全正確。我不接受神的存在,你不應該接受神的存在,我們是依瑞雅利人,屬於長路的一部分,而這裡是第四大陸。」

「你說話好像祭司。」

「你也不要接受祭司。這些人都是從別的地方來向我們傳教的。依瑞不需要他們的傳教,只需要經驗。每個不同的經驗會帶來完整。終究,當抵達第七大陸時,一切都會被重新收回,我們會再次成爲一體。」

「所以你跟我……是一樣的?」流浪兒說。

「是的,一個存在的兩個腦袋,在體會不同的人生。」

「太蠢了。」

「只是觀點不同而已。」尹姆將細粉拍上孩子的腳,又替他穿上一雙試穿的鞋。「請穿著這些走走看。」

男孩懷疑地看了尹姆一眼,還是聽話地走了幾步。他已經不會一拐一拐了。

「觀點。」尹姆舉起手,動動手指。「從很近的地方看,一隻手的手指看起來像是獨自存在,拇指說不定覺得它跟小指沒什麼相似的。可是從適當的觀點，我們可以看到手指是屬於更大的一部分，這能證明，它們的確是一體的。」

流浪兒皺眉。這段話他應該無法完全聽懂。*我需要用更簡單的方法解釋，而且——*

「爲什麼你可以當那根戴著昂貴戒指的手指，我卻只能當指甲斷掉的小指頭？」男孩朝另一個方向走來走去。

尹姆微笑，「我知道聽起來不公平，但是最後我們都會一樣的，所以不可能存在不公平。況且，我也不是一直擁有這間店。」

「你不是一直有這家店？」

「不是。如果你知道我從哪裡來，說不定會很驚訝。請坐吧。」

男孩又坐下去。「藥很有用，眞的眞的很有用。」

尹姆把他的鞋脫下，用粉來評量這鞋子是否合腳，腳上的粉會因爲走動摩擦而消失。他拿出一雙預先做好的鞋子，又調整了一下，在手裡折了幾折。他想在受傷的那隻腳穿的鞋子裡加軟墊，但墊子過幾個禮拜以後，腳一癒合就必須取下來……

「你說的話，我聽起來覺得很蠢。如果我們都是同一個人，難道我們會不知道嗎？」男孩說。

「當我們是一體時，我們知道，但是當我們是許多時，我們需要變得無知。我們以不同的方式存在，經歷各式各樣的思考方式，意思是我們之中有些人必須知道，有些必須不知道，就像有些人必須富有，其他人必須貧窮。」他繼續調整鞋子。「以前很多人的確知道這件事，可是現在提起的人已經很少了，這是不對的。來，試試看合不合腳。」

他把鞋子交給男孩，男孩穿上，綁好鞋帶。「你的人生也許不愉快——」尹姆開口。

「不愉快？」

「好吧。是非常慘。可是孩子，一定會變好的，我保證。」

男孩跺著沒問題的腳，試試鞋子大小，「我以爲你要跟我說：人生很慘，但其實不重要，因爲我們都會去同一個地方。」

「沒錯，只不過現在聽到這種話，不會覺得很安慰，對吧？」尹姆說。

「對。」

尹姆回到工作桌後。「如果可以的話，盡量別用受傷的腳走路。」

流浪兒急切地走向大門，彷彿想要趁尹姆改變主意、把鞋子拿回去之前離開。可是他還是在門口停下來了。「如果我們都是同一個人，在嘗試不同的人生，那你也不需要給別人鞋子，因爲不重要。」男孩說。

「你不會故意打自己的臉吧？如果我讓你的人生變好，我也讓我自己變好。」

「胡說八道。我覺得你就是個好人。」男孩鑽出去，再也沒說話。

尹姆微笑著搖頭，回去繼續他尚未完成的工作。靈又冒了出來。

「謝謝你的幫忙。」尹姆說。他不知道自己爲什麼會有這樣的能力，但他知道跟那個靈有關。

「他還在這裡。」靈低聲說。

尹姆抬頭看著門口外的街道。流浪兒還在？

尹姆身後有聲響。

他跳了起來，轉身。工作室裡到處都是小櫃子跟陰暗的角落。是老鼠的聲音嗎？

爲什麼尹姆睡覺的臥室門打開了？他通常都把門關著。

一個影子在那裡的黑暗中動了起來。

尹姆顫抖地說：「如果你是爲了錢球，我這裡只有五個夾幣。」

更多騷動聲。影子與黑暗剝離，變成一個男人，有著馬卡巴奇人的深膚色，但臉頰有淺淺的新月形。他穿著一身黑與銀的制服，卻不是任何尹姆認得的款式。他戴著很厚的手套，衣服有筆挺的袖口。

「我非常仔細尋找之後，才發現你的過失。」男人說。

「我……」尹姆結結巴巴地說。「只有……五枚夾幣……」

「自從年輕的浪蕩生活後，你就過著很乾淨的人生。」男子的聲音很平和。「一個有錢的年輕人，把父母留下的錢財全部在喝酒跟狂歡中花光了，但這不是非法的行爲。殺人才是非法的。」

尹姆軟癱在他的凳子上。「我不知道。我不知道她會因此而死。」

男人走入房間。「用一瓶酒下的毒。」

「他們告訴我這種酒就是信號！」尹姆說。「他們說她一看就會知道這是他們的訊息，意思是她必須付錢！我那時爲了錢簡直不顧一切，我需要吃飯啊，你明白嗎？混道上的人沒幾個是好人……」

「你是殺人凶手的共犯。」男子輪流把左右手的手套拉得更緊。他說話時完全沒有情緒，彷彿在聊天氣一樣。

「我不知道……」尹姆懇求。

「你還是有罪。」男子朝旁邊伸手，一陣霧氣中凝結出一把武器，落入他手中。

碎刃？哪裡有這種治安官？尹姆呆呆地看著神奇的銀色長劍。

然後他轉身就跑。

顯然尹姆仍然保留在街上求生那段時間裡養成的有用直覺。他朝那人丟了一疊皮革，彎腰躲過揮來的長劍，跑入陰暗的街道，大喊地衝出去。也許有人會聽到他的聲音。也許有人會幫忙。

沒有人聽到。沒有人幫忙。

尹姆現在已經是個老人。他來到第一個街口時，已經大大地喘息不已。他停在一間老舊的理髮店旁邊，店裡一片漆黑，門已經被鎖上。小小的靈跟在他身邊，一片晶光灑成一個美麗的圈。

尹姆氣喘吁吁地說：「我想，我的……時辰到了。希望一體……對這段記憶……感到滿意。」

腳步聲在他身後的街道響起，越來越近。

「不。」靈低聲說。「光！」

尹姆在口袋裡掏出一枚錢球，他是不是能用它來——

治安官的肩膀重重把尹姆壓上理髮店的牆壁。尹姆呻吟一聲，錢球落地。穿著銀色衣服的男人把他抓著轉身，男人看起來像是夜晚的影子，一道映襯夜空的剪影。

「那已經是四十年前的事了。」尹姆低語。

「正義沒有期限。」男人將碎刃刺入尹姆胸口。

體驗結束。

I-3 芮心

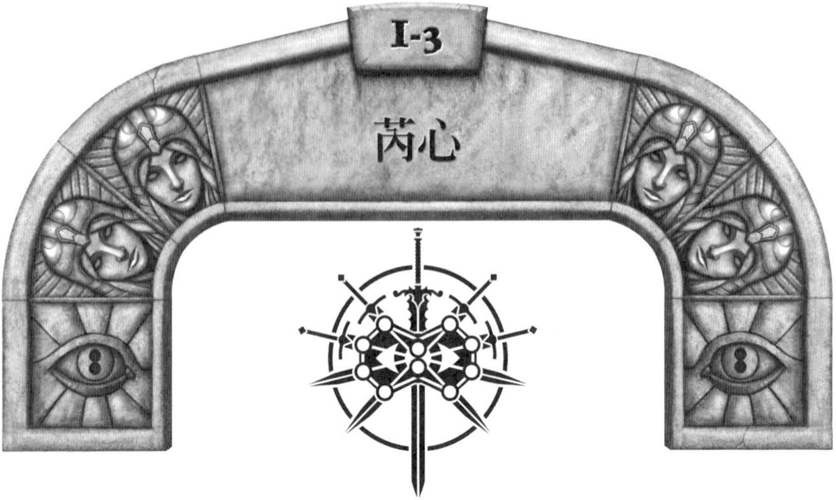

芮心喜歡假裝她那盆雪諾瓦草不是笨，只是愛沉思。她坐在自己那艘小艇的船首，把植物捧在懷裡。雷熙海的平滑表面被後方嚮導的划槳動作撥出一道道波紋，溫暖、潮溼的空氣讓她的額頭跟脖子上都滲出汗珠。

大概又要下雨了。海上降雨最不舒服，不是颶風那種威風八面的景況，甚至不像普通下雨時那樣堅持的狀態，只是一陣水滴形成的薄霧，比普通的霧氣來得溼，又不到下細雨的程度，但剛剛好能破壞髮型、妝容、服裝——徹底毀掉一名年輕女性爲了談生意做的所有外表準備。

芮心換了換花盆的位置。她把草取名爲泰溫克，意思是「生悶氣」。她的巴伯思一聽這個名字就開始大笑，他懂她的意思。從取名字這件事上就可以看得出來，她承認他是對的，她是錯的。他去年跟雪諾瓦人做的生意大賺了一筆。

芮心決定不要因爲錯得這麼明顯就生悶氣，她可以讓植物替她生悶氣。

他們已經在海上旅行了兩天，這還是在港口等了好幾個禮拜，才等到颶風之間出現的一段合適時間，可以朝幾乎完全被海水包圍的海灣出發。今天的海水安靜得嚇人，幾乎跟純湖的水一樣寧靜。

弗廷則在兩艘船之外的船上，他們這群船組成了零散的艦隊，總共有十六艘線條俐落的小艇，由新買的帕胥人划著，裝滿了上次交易賺取的營利所買來的貨物。弗廷還躺在船後面，看起來就像一堆布團，幾乎跟裝著貨物的袋子沒差多少。

他不會有事的，所有人都會生病。他病了，但一定會好起來。

那妳在他的手帕上看到的血呢？

她壓下這個念頭，在位置上轉身，把泰溫克塞到左肘彎裡。她一直保持花盆的乾淨。這種草需要泥土才能活下來，但叫做泥土的東西比克姆泥還糟糕，特別擅長弄髒衣服。

艦隊的嚮導古搭乘她的船，就坐在她的後面。他看起來很像純湖人，有修長的四肢，厚厚的皮膚，深色的頭髮。她見過的每個純湖人都很在乎他們的那些神，她不覺得古關心過任何東西。包括讓他們準時抵達目的地。「你說我們快到了。」她對他說。

「噢，對啊。」他舉起槳，然後划回水面。「很快了。」

他的賽勒那語說得不錯，所以他們才僱用他，絕對不是因爲他這個人很準時。

「定義一下『很快』。」芮心說。

「定義……」

「你說『很快』是什麼意思？」

「很快。也許今天。」

也許。太棒了。

古繼續划船，雖然他只在船的一邊划槳，船卻沒有原地打轉。在芮心的這艘船尾，他們的護衛隊隊長凱洛在玩她的洋傘，不斷開開關關。他似乎覺得這是很神奇的發明，即使洋傘在賽勒那已經流行好久了。

這顯示弗廷僱用的人多難得回到文明世界，想到就讓人覺得很開心啊。唉，她當初決定要當弗廷的學徒也是為了能到奇異的地方旅行，這裡可夠奇異了吧。她從前的確以為奇異跟文明一定會同時並存於一個地方，如果她有半點腦子——最近她越來越常懷疑自己是不是連半點也沒有——早該想到最成功的商人一定不會老是去所有人都想去的地方。

「難。」古依舊慢吞吞地划著。「最近的規律都變了。神都不走祂們原本該走的路了。我們會找到她的，一定會。」

芮心壓下一聲嘆息，轉身面向前方。弗廷又倒下了，所以艦隊得由她來領導。她多麼希望自己知道要帶著艦隊去哪裡，甚至知道該如何找到目的地。會移動的島嶼就是這麼麻煩。

小艇滑過一片凸出海面的樹枝。在風的鼓動下，輕柔的水浪拍打著僵硬的樹枝，彷彿溺斃的人伸出的手指。海洋比純湖要深，但純湖的水面著實淺得讓人不解。這些海中樹至少有幾十呎高，有著岩石一樣的樹皮。古給他們的名字是唉那，意思應該是「壞」，這種樹可以把船底刮破。

有時候他們會經過隱藏在平滑海面下方的樹枝，幾乎完全看不見。她不知道古如何能駕著小艇避開樹枝，但是他們別無選擇，只能相信他。在許多方面，他們也只能這樣相信。如果他帶著他們進入在這片安靜水域中的陷阱該怎麼辦？她突然非常高興弗廷命令守衛要隨時盯緊顯示是否有人靠近的法器，這樣的——

陸地。

芮心在小船上猛地站起，讓整艘船危險地搖晃起來。前方有東西出現，一條遙遠的黑線。

「啊。看到了吧？很快。」古說。

芮心繼續站著，直到一陣細雨開始落下，才揮手要後面的人把洋傘送上來。洋傘雖然上過兩層蠟，可以充做雨傘，但用處不大，不過她在興奮之餘也沒有心思去多想是否該擋雨，或是關心她越來越毛躁的頭髮。終於要到了。

那個島比她以爲的要大很多。在她的想像中，這座島像是一艘很大的船，而不是這樣一塊巨大的岩石，如同草原上的巨石塊一樣從水面升起。它跟她看過的所有島嶼都不同，上面沒有海灘，地表並不平緩，而是崎嶇不平。山頂跟懸崖不是應該被侵蝕得平滑了嗎？

「好綠啊。」他們更靠近時，芮心說。

「太納是種東西的好島。住也好。除非發生戰爭。」古說。

「因爲兩個島太近了。」芮心說。她在準備時曾讀到這點，雖然沒有多少學者在乎雷熙群島，願意書寫這個地方的事。這裡的海上有幾十個，也許幾百個會移動的島嶼，島上的人生活很簡單，把島的移動視爲神的意志。

「不是隨時都是。有時候靠太納近點是好事，有時候不好。」

「誰來決定？」芮心問。

「當然是太納自己。」

「島會決定？」芮心沒好氣地說，就當是在敷衍他。眞是個野蠻人。她的巴伯思認爲來這裡交易能得到什麼？「島怎麼會——」前方的島嶼這時動了。不是她想像中的漂移，而是島的形狀改變，石體扭曲伸展，一大塊石頭似乎以慵懶的姿態升起，直到顯現出龐大的身形。

芮心猛地跌坐在船上，眼睛睜得老大。岩石——的腿？——舉起來，海水如下雨般狂灑。石頭往前一撲，然後以極大的力量又落入海裡。

這些太納，也就是雷熙群島的神明，原來都是大殼類。

這是她看過最大也聽過最大的動物，大到能讓遙遠那塔那坦傳說中的裂谷魔顯得像是小石子一樣！

「爲什麼沒人告訴我？」她質問，轉頭看船上另外兩個人。凱洛總該先跟她說一聲吧。

「自己看比較好。」古以一貫的放鬆姿態繼續划船。她不喜歡他那種得意汴洋的微笑。

「說了妳不就失去發現眞相的瞬間？」凱洛說。「我還記得我第一次看到太納在動的感覺……那種體驗不要被破壞得好，我們從來不跟新來的護衛說。」

芮心壓下她的惱怒，轉頭去看『島』。都是那些書籍裡的錯誤描述害的，太多的道聽塗說，眞正的經驗太少。她很難相信沒有人記錄過這裡的眞相，應該是她讀錯書了。一陣雨霧將巨大的動物籠罩在迷霧跟謎團裡，這麼大的東西吃什麼？牠會注意到活在牠背上的人嗎？牠在乎嗎？克雷克啊……這種怪物的交配方式會是怎樣？

牠一定很古老。船駛入牠投下的陰影，她可以看到岩石般的皮膚上長滿植物，各式各樣的板岩芝形成一個個小丘，匯整變成一大片色彩多變的原野。到處都是苔蘚、藤蔓跟石苞，纏在從甲殼裂縫中站住腳跟、奮力向上的小樹上頭。

古帶著船隊繞過後腿——謝天謝地，他駛離得遠遠的——來到動物的身側。這裡的甲殼垂入水中，宛如一片平台。未見到人影，先聽到人聲，一陣潑水間的笑聲飄來。雨已經停了，所以芮心放下洋傘，在海面上抖了抖。她終於看到那些人，一群年輕男女爬上甲殼邊緣，然後從上往下跳到海裡。

其實也沒那麼奇怪。雷熙海的水跟純湖的水一樣，出奇地溫暖。她曾經有一次冒險進入過家鄉附近的水裡，險些把自己凍僵，絕對不是腦子清醒的人會做的事，幸好任何去海裡游一圈的人都免不了有酒精跟膽氣相伴。

在這裡，她已預料到游泳的人會很常見，但沒想到的是他們都沒穿衣服。

芮心羞紅了臉，看到一群人跑過像碼頭那樣的凸出甲殼，個個宛如新生那天一樣赤裸，無論男女，不管有誰看見。她不是雅烈席卡那裡保守的人，可是……克雷克！他們不該穿點東西嗎？

羞恥靈在她身邊落下，如風中飄蕩的白色與紅色花瓣，在她身後的古吃吃笑了。

凱洛也一起笑開。「這是另一件我們不跟新來的人說的事。」

野蠻人，芮心心想，她不應該這樣臉紅，她可是成年人了。幾乎是。

艦隊繼續朝一段長得像是碼頭的甲殼前進，那是一塊很低的殼，大半都在水面上。船艦們此時都靜下來等著，雖然她不知道在等什麼。

一會兒後，甲殼向前撲了一下，水從上面流下，因爲下面的動物懶洋洋地走了一步。嘩然流下的水浪拍打著船身，一直等到全部動靜停止之後，古才撐船來到碼頭。

「上去吧。」他說。

「船要綁著嗎？」芮心問。

「不，不安全，會動。我們等下往後退。」

「晚上呢？你們怎麼靠岸？」

「睡覺時我們把船移開，綁在一起，在船上睡，早上再找島。」

「噢。」芮心深吸一口氣平靜下來，檢查一下自己那盆草被小心翼翼地放在船艦底部後，站了起來。這裡一定不適合她的鞋，這雙鞋還挺貴的。不過她感覺雷熙人根本不會在乎這些，也許她光腳去見國王都無所謂。烈情諸神在上！根據她看到的景象，自己就算光著上身去見他也可以。

她小心翼翼地爬了上去，滿意地發現雖然殼沒入水下一吋左右，卻不會滑腳。凱洛跟她一起爬上甲殼，她把收起的洋傘遞給他，往後退了一步，等古把船撐走。接下來另一名船伕讓一艘比較長的小艇靠岸，帕胥人幫忙一起撐船。

她的巴伯思縮在裡面，雖然天氣很熱，全身依然包在一條毯子裡，頭枕著船底，蒼白的皮膚有蠟色。

「巴伯思……」芮心心痛如絞。「我們應該折返的。」

「胡說。」他的聲音如此虛弱，卻仍然露出微笑。「我又不是沒有病得比現在重過。交易必須進行，我們投入太多了。」

「我去找島上的國王跟商人，請他們來碼頭上與你協談。」芮心說。

弗廷捂著嘴咳嗽。「不行。這些人不像雪諾瓦人，我的虛弱會破壞交易。要大膽。面對雷熙人妳必須要大膽。」

「大膽？」芮心瞥向小艇的嚮導，後者正倒在船上，手撥弄著水。「巴伯思……這些雷熙人是很悠閒的民族，我不覺得他們在意太多事情。」

「那妳會大吃一驚。」弗廷說。他跟隨她的眼神注意到在附近游泳的人，他們正大笑嬉戲著跳入水裡。「這裡的生活的確很簡單，像是戰爭吸引痛靈一樣吸引這類人。」

吸引……一個女子快速地跑過，芮心震驚地發現她有賽勒那人的眉毛。她的皮膚已經被太陽曬黑，所以膚色的差異沒有那麼明顯。仔細檢視過那些游泳的人，芮心發現其中有別的種族。兩個應該是賀達熙人，甚至有個……雅烈席人？不可能。

「人們特意來到這個地方，他們喜歡雷熙的生活，在這裡他們可以跟著島走，島跟另一個島戰鬥時，他們跟著打，其他時候就儘管放鬆。在任何文化裡都有這種人，因為任何社會都是由一個個獨立個體組成，妳必須學到這點。不要讓妳對一個文化的預設立場阻礙個人洞悉的能力，否則妳會失敗。」

她點點頭。他看起來好虛弱，但是他說的話很堅定。她盡量不要去想那些游泳的人，其中居然有同族人這件事讓她更是尷尬。

「如果你不能跟他們交易……」芮心說。

「那就必須由妳來。」

雖然天氣炎熱，芮心卻感到一陣寒意。她加入弗廷的門下就是爲了這麼做，不是嗎？有多少次她多希望他能讓她來領頭談判？爲什麼現在膽怯了？

她瞥向自己的船，船正漸漸離開，帶走她的那盆草。她轉頭看她的巴伯思。「告訴我該怎麼做。」

「他們對外國人很了解，遠超過妳對他們的了解，因爲有太多外國人來到這裡居住。許多雷熙人的確如妳所說那樣自由自在，但是也有很多不是如此，他們寧可戰鬥。至於貿易……對他們來說就像戰鬥。」

「對我來說也是。」芮心說。

「我了解這些人。烈情諸神一定站在我們這邊，聽說塔里克不在，他是他們最優秀的一個，經常去別的島貿易。無論妳跟誰交易，無論男女，對方都會把妳當成戰場上的敵人一樣衡量。對他們來說，戰鬥首先重視的就是擺出來的姿態。

「有一次很不幸的，有個島發生戰爭時，我還留在上面。」他咳了咳，卻推開凱洛想要給他的飲料。「兩個島激戰時，他們爬到自己的船上相互辱罵跟吹噓。兩邊會從最弱的人開始，這個人會開始先吹噓自己，然後一路用言語互戰，直到最偉大的戰士開始舌戰，再來才是弓箭跟飛矛，以及在船艦跟水裡打鬥。幸好喊叫的時間遠超過動傢伙的時間。」

芮心吞吞口水，點點頭。「妳還沒有準備好，孩子。」弗廷說。

「我知道。」

「很好。妳終於也明白了。去吧。他們不會允許我們久待，除非我們答應永遠留下。」

「留下的條件是……？」芮心說。

「首先嘛，就是要把自己擁有的一切獻給國王。」

「太好了。」芮心站起身。「不知道他穿我的鞋子看起來會是什麼樣。」她深吸一口氣。「你還沒告訴我，要交易的東西是什麼？」

「他們知道。」她的巴伯思咳嗽起來。「妳的談判不是談定條件，條件很多年前就定下來了。」

她轉身面向他，皺眉。「什麼意思？」

「重點不是妳能得到什麼，而是他們是否認爲妳有資格得到。說服他們。」他遲疑片刻。「願烈情諸神引領妳，孩子，好好表現。」

聽起來像是個請求。如果他們的艦隊被趕走……這場貿易的成本不是貨物——木材、布料、便宜購買的簡單補給品——而是組成商隊的成本。前來這麼遠的地方、僱用嚮導、浪費時間等颶風停歇，還有尋找正確的島嶼耗費的更多時間。如果她被拒絕了，他們還是可以賣掉手邊的貨物，但是要忍受極大的損失，因爲這趟旅程的成本太高。

凱洛跟蘭特護衛跟她一起告別弗廷，順著碼頭般凸出的甲殼往裡面走。離動物這麼近距離，很難去想這是隻動物而不是一座島。前面的一層苔蘚讓甲殼跟岩石看起來幾乎沒有差別，這裡的樹長得很密，根部垂入水中，樹枝長得很高，形成一片森林。

她遲疑地踏上從水邊往內伸展的唯一一條小徑。這塊「地」上的台階太方止，不像自然生成。

「他們在牠的殼上切割？」芮心邊走邊說。

凱洛沉聲哼了一聲。「蒭螺對自己的殼沒有感覺，這野獸大概也一樣。」他們邊走向前，手同時也按在他的一種傳統賽勒那劍「泰特」上。

那東西的劍刃是一個大大的三角形，底部直接就是握把。用緊握拳頭的姿勢握著劍柄，劍刃的部分會往下延伸、超過指節，部分的劍柄能靠在手腕上協助穩定。現在他把劍收在劍鞘裡，帶在身邊，背後還背著一把弓。

他爲什麼這麼焦慮？據說雷熙人並不危險。也許身爲僱傭護衛應該隨時認爲每個人都很危險。

走道向上蜿蜒，穿過濃密的叢林。這裡的樹木很有彈性，非常健康，樹枝似乎動個不停。每次巨獸向前一步，所有東西都會一陣搖晃。藤蔓顫抖，在走道上翻轉或從樹枝上垂下，她一靠近，藤蔓就會縮起，但她一走過，很快就會爬回來。沒多久，她就看不到海，甚至聞不到鹹鹹的海風了。叢林包圍了一切，濃密的綠色與褐色間偶爾會冒出一堆堆粉紅與黃色的板岩芝，每一叢看起來都像長了好幾代。

她之前就覺得這裡的潮溼壓迫感很重，現在更是讓人喘不過氣，覺得好像是在水裡游泳一樣，而且她身上薄薄的亞麻裙、襯衫、背心感覺都像是賽勒那高地老式的冬季裝備。

爬了不知道多久後，她聽到聲音。叢林在她右邊退開，展露出遠方的大海，讓芮心屏住呼吸。無止境的藍色海水，雲朵灑下一片片的雨霧，無比地清晰，而在更遠的地方……

「還有一個？」她指著天邊的一道影子。

「對啊，希望是往另一個方向。萬一他們打起來，我可不想待在這裡。」凱洛握緊了劍柄。

剛才的聲音從更高的地方傳來，所以芮心無奈地接受了還要繼續爬山的現實，即使她的腿已經開始發痠。左邊的叢林仍然十分濃密，右邊的叢林則保持大開，可以看到大殼巨大身軀形成的山脊跟平台。她看到有些人坐在帳棚周圍，靠著東西，望向大海，幾乎懶得瞄向她跟兩名護衛。再往上走，她發現了更多雷熙人。

他們正在往下跳。

有男有女，穿得一個比一個少，正輪流從凸出的甲殼一邊歡呼大喊，一邊往下飛跳，投身下方遠處的水面。芮心光看就覺得反胃，他們離水面有多遠啊？

「他們故意要嚇妳。每次有外國人來，他們都會從更高的地方往下跳。」

芮心點點頭——然後一驚——發現說這話的人不是她的護衛。她轉身，看見左邊的叢林露出一塊甲殼，彷彿是個小石丘。

在石丘上面，有個人正頭下腳上地倒吊，雙腳被捆起，掛在甲殼最高的地方。他很瘦削，顏色白得透藍，身上只有一塊兜襠布，皮膚上滿是無數細小、複雜的刺青。

芮心向他走了一步，但凱洛抓住她的肩膀，把她往後拉。「艾米亞人。保持距離。」他壓低了聲音說。

藍色的指甲跟深藍色的眼睛早該提醒她。芮心往後退，雖然她沒看到他的引虛者影子。

「沒錯，保持距離，永遠都是明智的作法。」男人的口音是她從未聽過的，不過他的賽勒那語說得很好。他倒吊在那裡，臉上保持和善的微笑，好像完全不把自己倒掛的狀況放在心上。

「你還……好嗎？」芮心問那男人。

「嗯嗯？噢，除了偶爾昏倒之外，沒事。好得很。我想我開始感覺不到腳踝的痛了，眞是令人愉快。」

芮心雙手貼上胸口，不敢靠得更近。艾米亞人，他們是很會帶來噩運的人。她其實不是太迷信，有時候甚至不太相信烈情諸神的存在。可是……這可是個艾米亞人。

「你爲這裡的人帶來什麼樣的邪惡詛咒，畜生？」凱洛質問。

「不合時宜的笑話。」男人懶洋洋地說。「還有不知道吃了什麼，肚子不舒服排出的臭氣。你們要去見國王是吧？」

「我……」芮心開口時，她身後又有一個雷熙人大聲歡呼後跳下。「對。」

「別去問他們的神有什麼樣的靈魂，我發現他們不喜歡談這種事。那一定是個很壯觀的靈魂，因爲能讓巨獸長這麼大，甚至超過住在普通大殼體內的靈。嗯……」他似乎對某件事很滿意。

「不要同情他，商主。」凱洛輕聲說，引她離開倒吊的囚犯。「他隨時都可以逃走。」

另外一名護衛蘭特說：「他們可以取下自己的四肢，甚至可以取下自己的皮膚。他們沒有眞正的身體，只是某種邪惡的存在，僞裝人類的外形。」矮壯的護衛手腕上戴著某個祈求勇氣的護身符，此時被他緊緊攢在手裡。護身符本身當然沒有任何功效。它只能提醒，勇氣，熱情，去想要你需要的，擁抱它，渴望它，將它招到自己身邊。

她現在最需要的嘛，則是她的巴伯思跟她在一起。她再次開始往上走，與艾米亞人的交談讓她緊張起來。右邊有越來越多人往下跳，瘋子。

商主，她心想。凱洛稱呼我商主。她不是商主，至少現在還不是。她是弗廷的所有物，目前只是個學徒，偶爾還可以提供奴隸服務。

她不配得到這個頭銜，但被這樣稱呼仍然讓她變得更堅強。她帶領著一行人爬上台階，這道台階繼續繞著巨獸的甲殼往上。他們經過一處地面裂開、下方深處露出甲殼間的皮膚，開口像是裂谷，她沒有辦法從一邊跳到另一邊。

她一路上經過的雷熙人拒絕回答她的問路，幸好凱洛知道怎麼走，碰到分岔時，他往右邊一指。有時候，小徑有很長一段距離都很平緩，但之後總是有更多的台階。

她的腿在燃燒，衣服因爲流汗已經溼透，就這樣來到這道台階的頂端，然後——終於終於——發現沒有更多的台階了。到這裡，叢林完全消失，空曠的原野上只有石苞緊緊攀著大殼，除此之外，就是空無一物的天空。

這是頭，芮心心想。我們爬到了巨獸的頭。

道路兩旁士兵羅列，手中握著的矛掛著繽紛的穗子。他們的胸甲跟護臂都是甲殼製作，上面雕刻出銳利的尖刺。雖然他們身上只有腰間包裹布條，姿勢卻跟雅烈席卡士兵一樣筆挺，有著一樣嚴峻的表情，所以她的巴伯思說得沒錯，不是每個雷熙人都只會「曬太陽和游泳」。

大膽點，她對自己說，想起弗廷說過的話。她不能讓這些人看到一張膽怯的臉。國王在並列了兩排侍衛跟石苞的走廊盡頭，一個小小的身影站在甲殼的邊緣，看向太陽。

芮心向前走去，經過兩邊並列的矛。她原本以爲國王會穿類似材質的衣物，但是那人穿著寬大的袍子，鮮豔的綠色與黃色，一身衣服看起來熱得要命。

走得更近以後，芮心越發意識到自己爬了多高的一段距離。下方的海面在太陽照射下閃閃發光，遠到芮心相信，就算她丟塊石頭下去，一定也聽不到聲響。遠到光探頭看下方就讓她的胃一陣緊縮，雙腿不禁顫抖。

如果要靠近國王，就必須走上他站立位置的那片平台，這表示只差一個呼吸的距離，她就會摔下好幾百呎的高度。

穩住，芮心告訴自己，她要讓自己的巴伯思看到她有這個能力。她不再是看錯雪諾瓦人或惹怒依瑞雅利人的無知女孩，她學到教訓了。

不過，也許她應該要跟蘭特借一下他的勇氣護身符。

她踏上平台。國王從後面看起來很年輕，體格像是年輕人，或是……

不會吧，芮心驚愕地心想。那是個女人，年紀足夠讓頭髮中摻雜銀絲，卻沒有大到背脊因此拱起。有人跟在芮心身後來到平台上。他是個年輕人，有著標準的腰巾跟穗子，頭髮編成兩條辮子，垂在赤裸黝黑的肩膀上。他說話時，甚至不帶一絲口音：「國王想知道，他的交易老夥伴弗廷爲什麼沒有親自來，而是派了個孩子代替？」

「你是國王嗎？」芮心問新來的人，男人大笑。

「妳就站在她身邊，卻還問我？」芮心望向穿著袍子的身影。袍子的前襟散開，足以讓她看到「國王」絕對有胸部。「我們由國王帶領，性別不重要。」新來的那人說。

芮心覺得國王這個詞的定義就包括了性別，但是沒必要爭論這種事。「我的主人身體不適。」她向新來的人說，他一定是這個島的商主。「我有權代替他發言，同時完成交易。」

新來的人一哼，坐在平台上，腿垂掛在邊緣，讓芮心的胃一陣翻騰。「他想得太美了，交易取消吧。」

「我猜你是塔里克吧？」芮心雙手抱胸。那人已經不再面對她，似乎是故意侮辱她。

「對。」

「我的主人跟我警告過你。」

「那他還沒蠢到極點。」塔里克。「只是蠢了大半。」

他的發音相當驚人完美。她發現自己忍不住開始研究他是否有賽勒那人的眉毛，但他很明顯是雷熙人。芮心一咬牙，強迫自己在他身邊坐下。

她試著像他那樣滿不在乎，但是她實在辦不到，於是，她慢慢坐倒——穿著這條最流行的裙子時可不容易——然後挪到他身邊。烈情諸神！我一定會摔死。不要往下看！不要往下看！她還是忍不住往下瞥了

「你的父母是國王跟皇后？」芮心又猜。

他瞅著她。「國王跟國王的伴侶。」

「你們可以直接稱呼她爲女王。」

「交易不會進行。」塔里克站起身。「去跟妳的主人說，我們很遺憾他身患疾病，希望他早日康復。如果他康復，他可以明年交易季時再回來，我們會與他見面。」

「你言下之意很敬重他，」芮心起身，離懸崖遠遠的。「那就跟他交易啊！」

「他病了。」塔里克沒有看她。「這樣對他來說不公平，這是我們佔他便宜。」

佔他……烈情諸神啊，這些人還眞奇怪。從說了一口如此完美賽勒那語的人口中聽到這種話，更是奇怪。

「如果你們尊重我的話，你們會跟我交易。如果你們覺得我有資格。」芮心說。

「那得再花上好幾年的時間。」塔里克跟他的母親一起站上平台。「離開吧，去——」

塔里克被國王輕聲說話的聲音打斷，嘴唇抿成一直線。

「怎麼了？」芮心問，上前一步。

塔里克面向她。「妳讓國王留下了好印象。妳很努力地辯論，雖然妳把我們看做野蠻人，但是妳沒有像其他人那麼嚴重。」他磨了一會兒牙。「國王願意聽聽妳要求進行交易的理由。」

芮心眨著眼，先看看一人，又看看另一人。她剛剛不是提了很多交易的理由，國王也在一旁聽著嗎？女人黑色的眼睛看著芮心，表情平靜。這時芮心才明白，我剛剛是贏了第一戰，就像戰場上的戰士。在決鬥後，我被判定有資格與更有權威的人戰鬥。

國王開口，塔里克開始翻譯：「國王說妳很有才華，可是交易自然不可以繼續。妳應該跟妳的巴伯思一起回來，也許十年後，我們會願意與妳交易。」

芮心思索著該用什麼理由說服對方。「陛下，弗廷就是這樣得到尊敬的嗎？」她不會在這裡失敗。她不可以！「一直跟著他的巴伯思，熬過幾年的時間？」

「是的。」塔里克說。

「你沒有翻譯我剛才的話。」芮心說。

「我……」塔里克嘆口氣，然後翻譯了她的問題。

國王露出愉悅的笑容，用他們的語言說了幾個字，塔里克一聽就轉向他的母親，滿臉震驚。

「我……哇。」

「怎麼樣？」芮心質問。

「妳的巴伯思跟著我們的獵人一起殺了一隻科拉卡。靠他自己？還是個外地人？我從來沒聽說過這種事。」塔里克說。

弗廷，殺東西？跟獵人一起？不可能。

不過，他不可能一直是現在這樣，胖胖的老書蟲，只不過是她一直想像他年輕時也是個胖胖的年輕書蟲。

國王又說話。

「我懷疑妳能夠殺野獸，孩子。」塔里克翻譯。「去吧。妳的巴伯思會恢復過來的，他很睿智。」

不會的，他要死了，芮心心想。這個念頭不受控制地浮現，眞實性讓她極爲恐懼，遠超過這裡離地的高度，遠超過她所知道的一切。弗廷要死了，這也許是他最後一場交易。

她卻要把這場交易搞砸了。

「我的巴伯思信任我。」芮心說，順著大殼鼻子的方向走到國王身邊。「妳說妳信任他。難道妳不能相信他的判斷力，因爲他相信我的能力？」

「個人經驗是無法被替代的。」

巨獸向前踏了一步，大地震動，芮心咬著牙，想像所有人都會被甩下殼。幸好在這麼高的地方，這個動靜比較像是溫和的搖晃。樹木發出窸窸窣窣的聲音，她的胃一陣緊縮，但其實並沒有比在海浪上起伏的船隻更危險。

芮心走上前，更靠近國王站的位置，就在巨獸的鼻子邊。「妳是國王，妳知道信任底下的人有多麼重要。妳不可能無所不在、無所不知，有時候，妳必須接受妳了解的人所做出的判斷。我的巴伯思就是這樣的人。」

「妳說得有道理。」塔里克翻譯，語氣中帶著驚訝。「可是妳不了解，我已經用這樣的方式尊重了妳的巴伯思，所以我才同意親自與妳對話。換成別人，我不會這麼做。」

「可是——」

「回去下面吧。」國王透過塔里克說，聲音變得更嚴厲，她似乎覺得這就是結束了。「告訴妳的巴伯思，妳做到了與我親自對話，這一定已經超過他預料的成績。毫無疑問，這已經超過他所預期的程度。你們可以離開島嶼，等他康復之後再回來。」

「我……」芮心感覺有拳頭捏住她的喉嚨，讓她幾乎無法說話。此時此刻，她不能讓他失望。

「代我向他致敬，希望他早日康復。」國王轉身離去。

塔里克的笑容似乎帶著滿意。芮心瞥向她的兩名護衛，他們的表情都很陰沉。

芮心離開平台，全身麻木。這樣被拒絕，讓她覺得自己像是要不到糖吃的小孩。她感到赤紅的臉色吞沒了她整個人，伴隨著她走過正準備更多水果的男女。

芮心停下腳步，看向她左邊無盡的藍。她轉身面向國王。「我相信，我需要跟更高層的人談談。」她大聲說。

塔里克轉向她，「妳已經跟國王談過，沒有更有權力的人。」

「很抱歉，但我相信其實有。」芮心說。

一條繩子因爲水果獻禮被吃掉而顫抖。這麼做簡直太蠢，太蠢，太——

不要去想。

芮心跑向繩子，讓她的護衛們大喊出聲。她抓住繩子，翻下山邊，爬到大殼的頭邊。

神的頭。烈情諸神！穿裙子做這種事眞難。繩子深深勒入她手臂上的皮膚，隨著巨獸咀嚼末端的水果而顫抖。塔里克的頭出現在上面。「他克雷克的，妳這個白癡女人在做什麼？」他放聲大吼，她突然覺得好笑，這人去我們那裡念書時居然也學會我們的咒罵方式了。

芮心緊抓繩索，心跳瘋狂驚慌，她在幹什麼？她朝塔里克大喊：「雷魯納讚賞大膽。」

「大膽跟愚蠢不一樣！」

芮心繼續往下爬，其實應該說是往下滑。噢，渴望啊，掌管需要的烈情諸神……

「把她拉上來！」塔里克下令。「你們這些士兵，快來幫忙。」他繼續以雷熙語下令。

芮心抬頭，看著工人抓住繩子要把她拖上去。可是一張新的臉出現在上面，看著下方。是國王。她舉起一隻手，阻止他們，同時端詳著芮心。

芮心繼續往下爬。她沒有爬得太遠，也許五十呎左右，甚至不到巨獸的眼睛。她很努力地停下自己的動作，手指傳來灼燒般的痛感。「噢，偉大的雷魯納，」芮心大喊。「你的子民拒絕與我交易，所以我來懇求你。你的子民需要我帶來的東西，可是我更需要與你們交易，我不能就這樣回去。」

巨獸當然沒有回答。芮心掛在牠的甲殼旁邊，上面長滿了苔蘚跟小石苞。

「求求你。求求你。」芮心說。

妳眞的以爲這樣做會有什麼用？芮心忍不住心想。她從沒認爲這東西會做出任何形式的回答，但也許她能說服上面的人，她的大膽證明她有交易的資格，至少不會有什麼壞處。

手中的繩子顫抖，這時她做錯了一件事——往下看。她發現，其實她現在做的事很有可能會有壞處。大大的壞處。「國王下令要妳回來。」塔里克在上面說。

「我們的交易會繼續嗎？」芮心抬頭問，國王居然一臉關切。

「這不重要，她對妳下令了。」塔里克說。

芮心咬著牙，抓緊了繩索，看著下方的甲殼。「你覺得呢？」她輕聲問。

下方某處，那東西往下一咬，繩索突然變得很緊，讓芮心撞上巨大的腦袋。上面的工人們大叫，國王突然銳聲朝他們一喊。

慘了……繩索綳得更緊。

然後斷了。

上方的喊叫變得紛亂，不過芮心幾乎沒有注意到，她整個人已經陷入驚慌。

她摔得一點都不優雅，而是一團尖叫的布料跟腿，裙子亂飄，胃部一陣翻絞。她幹了什麼？她——

她看到一隻眼睛。神的眼睛。只有她摔下時暫時的一瞥，那眼睛跟房子一樣大，晶亮黝黑，映照出她落下的身影。

她似乎有那麼一瞬間浮在那隻眼睛前面，尖叫消失在她的喉嚨中。

一瞬間，眼睛消失。接著就是呼嘯而過的風聲，又一聲尖叫，然後她跌入如岩石一樣堅硬的水中。

黑暗來襲。

❖

芮心醒來時，發現她整個人浮著。

她沒有睜開眼睛，但是可以感覺到自己在漂浮。蕩漾，起起落落……

「她是個白癡。」她認得這個聲音。塔里克，之前跟她交談的人。

「那她跟我很像。」弗廷說完，咳嗽兩聲。「老朋友，我必須說，你應該幫我訓練她，不是把她推下懸崖。」

蕩漾……漂浮……等等。芮心強迫自己睜開眼睛。她躺在茅屋的一張床上，裡面很熱。她的視線一陣模糊，她在飄……因爲她的神智依然朦朧。他們餵她吃了什麼？她想要坐起來，可是腿動不了。

她的腿不會動了。

她驚喘一聲，開始急促地呼吸。

弗廷的臉出現在上方，後面是一名面色擔憂的雷熙女人，頭髮中編著緞帶。不是皇后……國王……隨便啦。這個女人以雷熙沙啞的語言快速說話。

「冷靜下來。」弗廷對芮心說，跪倒在她身邊。「冷靜下來……孩子，他們一下就會拿東西來給妳喝。」

「我還活著。」芮心說話時的聲音很低啞。

「就差那麼一點點。」弗廷回應，帶著寵溺。「靈墊住了妳的墜勢。從這麼高的地方……孩子，妳在想什麼，居然就這樣爬下去？」

「我需要想點辦法。」芮心說。「我需要證明我的勇氣。我以爲……我需要大膽……」

「噢，孩子，都是我的錯。」

「你就是他的巴伯思，塔里克，他們的交易人。你跟他安排了這一切，好讓我有機會能夠獨自進行交易，但是在一個可以控制的環境之下進行。交易根本沒有危險，你也沒有表面上病得這麼重。」所有的話從她口中湧現，像是一百個人同時想從同一個門口離開，擠成一團。

「妳什麼時候猜到的？」弗廷問，然後咳嗽起來。

「我……」她不知道。一切似乎就在她眼前合理起來。「是現在。」

「那妳一定知道我現在覺得自己是個十足的蠢蛋。我以爲這對妳來說會是完美的機會，能夠利用眞正關鍵的情況練習。結果……結果妳卻從島的頭上摔了下去！」

芮心緊閉眼睛，此時雷熙女人端著一杯東西進來。「我以後還能走路嗎？」芮心輕聲問。

「來，把這個喝了。」弗廷說。

「我以後還能走路嗎？」她沒有接下杯子，只是緊閉眼睛。

「我不知道。」弗廷說。「可是妳以後還可以進行交易。烈情諸神啊！居然膽敢踰越國王的權威？被島嶼的靈魂親手拯救？」他笑了，聽起來很勉強。「別的島嶼會迫不及待地要來與我們交易。」

「那我好歹有點成績。」她覺得自己是個徹徹底底的白癡。

「噢，妳絕對很有成績。」弗廷說。

她感覺手臂上一陣刺麻的壓力，猛然睜開眼睛。

有東西在那裡爬，大概跟她的手掌一樣大——那動物看起來像是隻克姆林蟲，可是翅膀卻折在背後。

「那是什麼？」芮心質問。

「我們來這裡的理由。」弗廷說。「那就是我們交易的目標，鮮少有人知道仍然存在這世上的寶藏。牠們據說應該跟艾米亞王國一起死去了。我帶來了這麼多的貨物，是因爲塔里克派人來跟我說他們有一隻屍體可供交易，其他國王們會願意爲此付出高昂的財寶。」

他彎下腰。「我從來沒有看過活的。我得到了我想要交易的屍體，但這一隻是送給妳的。」

「是雷熙人送的？」芮心的腦子仍然昏沉，她不知道該怎麼想這一切。

「雷熙人沒有辦法命令拉金。」弗廷站起身。「這是島嶼親自給妳的。現在，快把藥喝了，睡吧。妳的兩條腿都摔碎了，我們要待在島上好一陣子直到妳康復，同時我要向妳尋求原諒，因爲我是個無比愚蠢的人。」

她接下飲料，喝了。喝著的同時，小動物飛向茅屋的房樑，停在那裡，低頭以純銀的眼睛看著她。

I-4

最後的軍團

「這到底是哪一種靈？」度德以緩慢的好奇節奏問。他舉起寶石，瞇起眼觀察在裡面動來動去的半透明身影。

「我妹妹說是颶風靈。」伊尚尼回答，靠著牆，雙手抱胸。

度德的鬍鬚上綁了幾個沒雕琢的寶石原石，隨著他摩挲下巴的動作而搖晃閃爍。他把經過切割的大顆寶石遞給碧拉，她接過後，用手指敲敲。

他們是伊尚尼個人親衛中的一對戰鬥伴侶，兩人穿著簡單的衣服，順著手臂、腿、胸口的皮甲剪裁；度德還穿著一件長外套，不過他不會穿著這件衣服上戰場。

相反的，伊尚尼則穿著她的制服，緊繃的紅布緊貼在她的天然皮甲外，還有頭殼外的一頂扁帽。她從來沒跟任何人提起她覺得那身制服感覺好像是禁錮住她的牢銬一樣，監禁了她整個人。

「颶風靈？」碧拉以質疑節奏說，同時在指間翻轉著寶石。「這能幫我殺人類嗎？不能的話，對我來說看不出有什麼用。」

「這有可能可以改變世界，碧拉。如果凡莉沒錯，她可以跟這個靈連結，變成遲鈍形體以外的形體……那麼最少我們會有全新的一種形體可以選用，最好的情況是我們能夠得到控制颶風、使用颶風能量的能力。」

「所以她會親自嘗試嗎？」度德以風之節奏詢問，這個節奏是用來判斷颶風何時會逼近。

「如果五人組允許。」他們要討論，同時做出決定，就在今天。

「太好了，但這能幫我殺死人類嗎？」碧拉說。

伊尚尼改成哀悼節奏。「如果颶風眞的是古人所擁有的力量之一，那麼碧拉，答案是可以。這會幫妳殺死人類，殺死很多人類。」

「我只要知道這麼多就夠了。妳爲什麼這麼擔心？」碧拉說。

「古代力量據說來自於神。」

「誰在乎？如果那些神明可以幫助我殺死外面那些敵人，那我現在就會向他們宣示效忠。」

「不要這樣說，碧拉。」伊尚尼以責怪說。「永遠不要說這種話。」

女人安靜下來，把寶石拋回桌上，以質疑輕輕地哼著，這幾乎是抗命了。伊尚尼與碧拉的眼睛對視，發現自己輕輕地哼著決心。

度德看看碧拉，又看看伊尚尼。「吃東西去？」

「你怎麼每次碰到有人爭吵就提議吃東西？」伊尚尼問，中斷她的歌。

「嘴巴塞滿的時候很難爭吵嘛。」度德說。

「我很確定看過你這麼幹過。很多次。」碧拉說。

「可是爭吵的結果很開心啊，因爲大家都吃飽了。所以……吃東西去？」度德說。

「好啦。」碧拉瞥了伊尚尼一眼後，兩人退下。

伊尚尼坐在桌邊，覺得精疲力竭。她什麼時候開始擔心起她的朋友是否不服從命令？都是這身討厭的制服害的。

她拿起寶石，凝視著它的深處。這是顆很大的寶石，大小有她的拳頭三分之一，但寶石不必很大，就能控制靈。她很痛恨困住靈這種事。

正確的作法是帶著合宜的態度進入颶風，唱出合宜的歌謠，吸引合宜的靈，然後在颶風的肆虐下與靈結合，帶著全新的身體重生。自從第一道風來臨起，人們就這麼做。

聆聽者從人類那裡學到了捕捉靈是有可能的事，然後自己發現該怎麼做。被抓著的靈讓改變的過程變得可靠許多。在此之前，向來都有意外的可能。你可能進入颶風時想要變成士兵，結果出來時卻變成配偶。

這是進步，伊尚尼心想，看著裡面如煙霧般的靈。*進步就是學會控制世界。搭建高牆來阻擋颶風，選擇何時變成配偶形體。進步就是把自然關在一個盒子裡。*伊尚尼收起寶石，看看時間。她跟五人組其他人的會面約在和平韻律的第三樂章，在那之前她還有大半個樂章的時間。

該去跟她母親說說話了。

伊尚尼進入納拉克，順著路徑往前走，朝行禮的人點頭。她經過的人多半是士兵，如今他們的人口中有大半部分選用戰爭形體。如今他們小小的人口。曾經有幾十萬的聆聽者散布在這片平原上，現在只剩下最後一批。

即使如此，聆聽者仍然是一個團結的民族。當然還是會有分歧、派系，甚至派系之間的戰爭，但是他們是同一個民族，都是那些拒絕了神明、選擇默默無聞卻能自由生活的人。

碧拉已經不在乎他們從何處來。一定有別的人像她那樣，無視神明的危險，只專注於與人類的爭鬥。

伊尚尼經過一批簡陋的住所，只用硬化的克姆泥塗在甲殼的框架外面，縮在一團團岩石的背陽面陰影下。大多數住所都是空的，他們在這麼多年的戰爭中損傷了好幾千人。

我們一定得想想辦法，她心想，淺意識與和平節奏開始同調。她在平靜、安撫的韻律中尋找安慰，溫和而柔軟，像是輕撫。

然後她看到了遲鈍形體。

他們看起來很像人類稱為「帕胥人」的那種同類，不過這些比較高，也沒那麼笨，但遲鈍形體仍然是很有限制的形體，沒有新形體的能力跟優勢。這裡不應該有遲鈍形體。這些人不小心跟錯的靈結合了嗎？有時候會發生這種事。

伊尚尼來到這三人面前，兩個女倫，一個男倫，他們正拖著從附近一座台地拔回來的石苞，這些石苞利用灌注颶風的寶石快速催熟過。

「怎麼了？你們一不小心選到了這個形體？還是你們是新的間諜？」伊尚尼問。

他們呆滯的目光看著她。伊尚尼與焦慮同調。她曾經嘗試遲鈍形體一次，想要知道他們的間諜會遭受什麼樣的折磨。那時她的感覺是，想要逼著腦子去理解一個概念，就跟想要在夢境中理性思考一樣困難。

「有人要你們使用這個形體嗎？」伊尚尼緩慢、清晰地說。

「沒有。」男倫完全沒有使用任何節奏地回答。他的聲音聽起來像個死人。「是我們自己。」

「為什麼？為什麼要這麼做？」伊尚尼說。

「人類來的時候不會殺我們。」男倫舉起石苞，繼續前進，其他人一語不發地跟著。

伊尚尼聞言瞠目結舌，焦慮節奏在她腦海中強烈地鼓動。幾個懼靈像是長條的紫色軟蟲，在附近的岩石中鑽進鑽出，朝她逼近，直到在她周圍的地面爬起。

形體是無法被命令選用的，每個人都有自由選擇的權力。改變可以透過勸說和要求，卻不能強迫。神明不允許他們擁有這樣的自由，所以聆聽者無論如何都要保有這樣的選擇權。這些人希望選擇遲鈍形體的話，的確可以，伊尚尼無可奈何，至少不能直接有所作爲。

她加快腳步。腿上的傷還在痛，但是癒合得很快，這也是戰爭形體的好處之一，現在她已經幾乎可以不去管受傷的部位。

這個城市裡到處都是空屋，伊尚尼的母親偏偏就挑了一間城市邊緣的木屋，幾乎完全暴露在颶風之下。母親正照料一排排的板岩芝，輕輕地以和平節奏哼著。她使用的是工作形體，也一直都比較喜歡工作形體。就算在他們發現靈活形體後，母親還是沒有改變。她說她不想鼓勵人們去認爲一個形體的價值高於另一個，這樣的分歧會毀滅他們一族。

睿智的語言。伊尚尼已經好多年沒有聽到她母親說出類似的話。

「孩子！」母親看到伊尚尼走近時叫喚。雖然年紀很大，母親的身體仍然結實，有著一張端正的圓臉，頭髮編成辮子，以緞帶收尾。那條緞帶是伊尚尼很多年前跟雅烈席人會面後替她帶回來的。「孩子，妳有看到妳妹妹嗎？今天是她第一次變身的日子！我們需要替她準備。」

「已經處理好了，母親。」伊尚尼以和平節奏說，跪倒在女人身邊。「修剪得如何？」

「我一下就好了，得趁這間屋子的屋主回來前離開。」母親說。

「妳就是這裡的屋主，母親。」

「不對，不對，這裡是另外兩個人的。他們昨天晚上回來，告訴我必須離開，我只是想在走之前把這些板岩芝照顧一下。」她拿出磨板，刮平了一片的邊緣，然後塗上汁液，鼓勵板岩芝朝那個方向生長。

伊尚尼往後坐倒，與哀悼同調，和平離她而去。也許她應該改成喪失節奏。腦中的節奏改變。

她強迫自己改變。不對。不對。她的母親還沒有死，雖然也不是完全活著。「來，拿著。」母親以和平說著，將磨板遞給伊尚尼。至少母親今天認得她。「去處理那叢長出來的，我不要它一直往下長，得要讓它往上，朝光的方向長。」

「城市這邊的颶風太強了。」

「颶風？胡說。這裡沒颶風。」母親停頓一下。「不知道我們要帶妳妹妹去哪裡，她需要颶風才能改變。」

「別擔心，母親。」伊尚尼強迫自己以和平說。「我來處理。」

「妳好乖，凡莉。」母親說。「這麼會幫忙。都待在家裡，不會跑走，像妳那個姊姊。那個女孩……她該幹什麼的時候，都不見人影。」

「她現在不會了，她現在很努力。」伊尚尼低語。

母親自顧自地哼著，繼續工作。曾經，這個女人有著城市中最好的記憶力。現在她在某方面仍然還是擁有這個能力。

「母親，我需要幫助。我覺得有很可怕的事情要發生，我沒有辦法決定那是不是比正在發生的事情還要可怕。」

母親削平了一段板岩芝，吹掉粉屑。

「我們的民族正在崩潰。我們正漸漸被侵蝕。我們搬到了納拉克，選擇一場消耗戰，卻連輸了六年，節節敗退。人民正在放棄。」

「這不好。」母親說。

「可是另一條路呢？碰我們不該碰的東西，也許會招惹來魄散的關注。」

「妳沒有在工作。」母親指著她說。「不要像妳姊姊那樣。」

伊尙尼雙手放在腿上。沒有用，母親這樣……

「母親，我們爲什麼要離開黑暗家園？」伊尙尼以懇求說。

「啊，這是一首很古老的歌謠了，伊尙尼。一首很黑暗的歌，不適合妳這樣的孩子，妳還沒到變化的第一天呢。」

「我已經夠大了，母親，拜託妳？」

母親繼續吹著她的板岩芝。難道她終於忘記她最後一部分殘存，原來的自己？伊尙尼的心沉了下去。

「我們已經很久沒有回過黑暗家園了。」母親以記憶節奏的其中一種輕輕唱著。「我們當時的名字是最後軍團，被派去最遙遠的平原作戰的戰士。曾經是個國家的此處，如今只剩殘垣。死亡是大多數人得到的自由，未知的形體被強加在我們身上，力量的形體同時也是服從的形體。神的命令，我們服從。永遠。」

「除了那一天。」伊尙尼跟她母親一起跟著節奏說。

「颶風的那一天，最後軍團逃脫。」母親繼續唱著。「選擇的道路很艱難。戰士是被神碰觸過的存在，我們唯一的選擇就是讓意識遲鈍，一個換來自由的殘疾。」

母親平緩、明亮的歌聲與風共舞。雖然她有時顯得很脆弱，但當她唱起古時的歌謠，似乎又會變回過去的自己：一個不時與伊尙尼起衝突的家長，但也是伊尙尼永遠尊敬的家長。

「颶風的那一天，最後軍團逃脫。」母親繼續唱著。「當最後軍團放棄思考與力量以交換自由，他們也冒著忘記一切的危險。所以他們編了曲子，傳頌一百個故事，爲了記得。我把它們告訴妳，妳會這樣告訴妳的孩子，直到我們再次發現所有形體。」

然後，母親唱起一首古代的歌謠，唱著人們如何在一個荒棄的王國廢墟裡建立起自己的家園。他們一族如何四散，表現得像是原始的部落與難民，這是他們的計畫，想要隱藏起自己，至少不要被關注。

這些歌謠有好多部分都沒有細節。最後軍團當時怎麼在沒有神的幫助下變成遲鈍形體跟配偶形體？他們又是怎麼知道還有別的形體可變化的？難道這些事實原本也記錄在歌謠裡，卻隨著時間過去，字句慢慢轉化而消失？

伊尚尼聽著，雖然母親的聲音的確讓她回復到和平節奏，但她發現自己仍然深深地擔憂著。她來這裡是為了得到答案，以前她總是能有收穫。

現在變了。

伊尚尼站起身時，她母親仍唱著歌。

「我找到了一些妳的東西。」母親中斷歌聲說。「我今天在打掃家裡，妳應該把東西拿走，家裡弄得亂七八糟的，而且我很快就要搬走了。」

伊尚尼暗自哼起哀悼節奏，但仍然出了門去看她母親「發現」了什麼，大概又是一堆石頭，在母親眼裡可能是孩子們的玩具？伊尚尼在房子門口發現一個小布袋。她打開袋子之後，看見裡面裝著紙。是當地植物做成的紙，不是人類的紙。粗糙的紙張有不同的顏色，那是用聆聽者的古法製成的，表面粗糙，質地厚實，不是人類那樣整齊卻毫無生氣的紙。寫在上面的墨水已經褪色，但是伊尚尼認得這個筆跡。

她心想，*這是我以前留下來的地圖*。

她在毫無意識的情況下進入了記憶節奏。

她曾花了無數日子在人類稱為「那塔那坦」的荒野中前進，經過森林與叢林，畫出自己的地圖，探索世界。一開始只有她一個人，但是她的發現讓整個民族都興奮起來。很快地，儘管她還是個青少年，卻已經能帶領整支探險隊出發去找尋新的河流、廢墟、靈和植物，還有人類。某種程度來說，這一切都是她的錯。

她的母親又開始唱起歌。看著她的舊地圖，伊尙尼發現內心出現強烈的渴望。

她眼裡的世界曾經新鮮刺激，宛如暴雨過後重新綻放的叢林一般清新。現在的她卻逐漸慢慢死去，一如他們這一族。

她收好地圖，離開母親的屋子，走向城鎭中心。她母親依然美麗的歌聲在身後餘音繚繞。伊尙尼連結上和平節奏，意識到已經快到與其他五人組成員會面的時候，她幾乎要遲到了。

她沒有加快腳步，而是讓平穩、恢宏的和平節奏帶著她前行。除非刻意去選擇一個特定的節奏，否則身體會自動選擇最能反映出當下心情的節奏。所以，要去聆聽一個跟自己的心情不符合的節奏，永遠都是刻意的抉擇。如今她就是這麼聆聽著和平節奏。

聆聽者好幾個世紀前做出了決定，這個決定讓他們回到原始的情況。選擇刺殺加維拉．科林是一個爲了貫徹先祖意志的行爲。伊尙尼當時不是領袖成員之一，但是他們聽取了她的建議，讓她投下她的一票。

那個選擇，雖然可怕，卻是一個勇敢的選擇。他們原本希望這場漫長的戰爭能讓雅烈席人感到厭倦。

伊尙尼跟其他人低估了雅烈席人的貪婪。寶心改變了所有的一切。

在鎭中心水池附近，有一座很高的塔依然驕傲地佇立，抗拒著好幾個世紀以來的颶風侵襲。裡面曾經有台階，但是從窗戶滲透進去的克姆泥讓建築物裡被岩石塡滿，所以工人們雕鑿出在塔面上的台階。

伊尙尼開始爬著，握住鐵鍊以防萬一。這是一條很漫長但很熟悉的攀爬。雖然她的腿很累，不過戰爭形體的耐力很好，缺點只是需要吃更多食物才能保持強壯。她很輕鬆地便來到塔頂。

她發現五人小組的其他成員已經在等她，每個人都使用著一種已知的形體。伊尙尼自己是戰爭形體，達維是工作形體，艾伯奈是配偶形體，奇薇是靈活形體，而安靜的祖恩則是遲鈍形體。

凡莉跟她過去的伴侶也一起等著，他因爲辛苦的攀爬而滿臉通紅，靈活形體雖然很適合進行許多精細的工作，耐力卻不太好。

伊尚尼來到曾是塔頂的平台，東方的風吹拂著她。這裡沒有椅子，五人組都得坐在岩石上。達維哼著惱怒。腦子裡有節奏的時候，實在很難一不小心遲到，他們的懷疑沒錯，伊尚尼的確刻意拖延了一會兒。

她坐在岩石上，從口袋裡拿出裝了靈的寶石，放在身前的地面，紫色的石頭徐徐散發著颶光。

「我對這個測試很擔心，我不認爲我們應該允許測試進行。」伊尚尼說。

「什麼？」凡莉焦慮地說。「姊姊，這太可笑了，我們的人民需要這個形體。」

達維向前傾身，手臂撐著膝蓋。他有張寬臉，工作形體的皮膚主要是黑色條紋，偶爾有一小團紅色間雜。「如果成功，這會是驚人的進步。這是古代力量的最初形體之一，至今終於被重新發現。」

「那些形體與神有關。如果我們選擇這個形體的同時，也招來祂們的回歸呢？」伊尚尼說。

凡莉哼著煩躁。「在古代時，所有的形體都來自於神。靈活形體並沒有傷害我們，颶風形體有何不同？」

「這是不同的。妳唱唱這首歌，自己哼著聽：『無可預料且可怖，賜予時爲神明帶來祂們要的黑夜』。古代的力量是很危險的。」

「人類擁有這個力量。」艾伯奈說。他使用的是配偶形體，豐腴圓滾，不過他克制住了自己的本能衝動。伊尚尼從來都不羨慕他的處境，兩人私底下的交談讓她知道他其實寧可換一種形體。可惜的是，其他使用配偶形體的人要不是只短暫使用一段時日，再不然就是不具備加入五人小組需要的嚴肅態度。

「這個報告是妳自己帶來給我們的，伊尚尼。」艾伯奈繼續說。「妳看到雅烈席人的某個戰士使用了古代的力量，許多人也爲我們證實了這個看法。封波術已經回到人類身上，靈再次背叛了我們。」

「如果封波術又回來了，說不定意味著神反正也要回來了。」達維以深思節奏說。「如果眞是這樣，那我們最好做出應對祂們的準備。有力量的形體在這方面能夠有幫助。」

「我們還不知道祂們是否會回來。」伊尚尼堅定地說。「這一切我們都不確定。誰知道人類是不是眞的有封波術，說不定只是榮刃的功能？我們那天晚上在雅烈席卡裡留下了一柄。」

奇薇哼著質疑。她的臉形修長，髮絲綁成一根長尾，目前是靈活形體。「我們這個民族正在凋零。今天我經過一些人，他們選擇了遲鈍形體，卻不是爲了記得我們的過去，而是因爲擔心不這麼做人類會殺了他們！這些人正在爲了讓自己成爲奴隸做準備！」

「我也看到他們了。」達維以決心節奏說。「伊尚尼，我們一定要做點什麼。妳的士兵們正隨著每個節奏而輸掉這場戰爭。」

「下一次的颶風。」凡莉以懇求節奏說。「我可以在下一次的颶風裡進行測試。」

伊尚尼閉上眼睛。懇求。鮮少有人選擇跟這個節奏同調。在這樣情況下，她很難拒絕她妹妹。

「我們對這個決定必須有一致共識，這一點我絕對堅持。」達維說。「伊尚尼，妳堅持反對嗎？我們需要在這裡待上好幾個小時才能下決定嗎？」

她深吸一口氣，做出一個在她意識深處已經竄動很久的決定。一個探險者的決定。她看著被她放在身邊地上的那袋地圖。

「我同意進行這個測試。」伊尚尼終於說，不遠的凡莉哼出感謝。

「可是，」伊尚尼以堅決節奏開口。「先嘗試新形體的人必須是我。」所有的哼聲停止。

其他人瞠目結舌地看著她。

「什麼？」凡莉說。「姊姊，不要這樣！這是我的權利。」

「妳太寶貴了。妳對形體的了解太深，而且大多數的研究成果都只存在妳的腦子裡。我只是個士兵，如果這個實驗出了問題，我是可以被放棄的。」伊尚尼說。

「妳是碎刃師。我們最後一個碎刃師。」達維說。

「度德用我的碎刃跟碎甲訓練過，我會把兩者都留給他，以防萬一。」伊尚尼說。

五人小組中的其他人哼著深思節奏。

「這是個好建議。伊尚尼有力量跟經驗。」艾伯奈說。

「這是我的發現！」凡莉以惱怒說。

「我們爲此感謝妳。可是伊尚尼說得對，妳跟妳的學者們對我們的未來太重要了。」達維說。

「不只如此，凡莉，妳跟這個計畫的關係太近，從妳談論這個計畫的方式讓這一點更明顯呈現。如果是伊尚尼進入颶風，發現這個形體有問題，她可以停止實驗，回到我們身邊。」艾伯奈加上一句。

「這是個很好的妥協。」奇薇點點頭。「我們都同意嗎？」

「我想是的。」艾伯奈說著，轉向祖恩。遲鈍形體的代表鮮少說話，她穿著帕胥人的罩袍，表示她認爲代表那些帕胥人——沒有歌的人——以及遲鈍形體的人，都是她的責任。

她的犧牲與維持配偶形體的艾伯奈一樣高貴，甚至更高貴。遲鈍形體是個很難忍受的形體，極少數人願意體驗遲鈍形體超過一個颶風停緩期左右的時間。

「我同意這件事。」祖恩說。

其他人哼著感謝，只有凡莉沒有加入歌聲。如果颶風形體是眞的，他們會在五人組中多增加一個人嗎？一開始五人組都只是遲鈍形體，然後都是工作形體，只有在發現靈活形體時，他們才決定一人使用一種形體。

這是之後的問題了。五人組的其他人站起身，開始走下長長的台階，繞著高塔轉圈而下。風從東方吹來，伊尚尼轉身面向風，看著破碎的平原——朝向颶源點。在下一次的颶風中，她會走入風裡，成爲一種新的存在。一種強大的存在，一種會永遠改變聆聽者的未來，也許甚至是人類未來的存在。

「我幾乎有恨妳的理由，姊姊。」凡莉以責怪節奏說，在伊尚尼身邊滯留不去。

「我沒有禁止這個測試。」伊尚尼說。

「可是妳卻奪走了這件事的榮耀。」

「如果眞的有榮耀，那也是妳的，因爲是妳發現了這個形體。這一點根本不需要多想。唯一重要的是我們的未來。」伊尚尼以責怪說。

凡莉哼著煩躁。「他們說妳很睿智，有經驗，讓人覺得他們忘記了以前的妳，曾經那樣不顧一切進入蠻荒之地。不管族人怎麼說，我卻是待在家裡背誦歌謠的人。究竟什麼時候開始，所有人都相信妳才是有責任心的那一個？」

都是這件該死的制服，伊尚尼心想，站起身。「妳爲什麼沒有告訴我們妳在研究什麼？妳讓我相信妳的研究是想尋找藝術形體或調停形體，事實上妳卻是在尋找古代力量的形體之一。」

「重要嗎？」

「很重要。凡莉，這是超越一切的重要。我愛妳，可是妳的野心讓我害怕。」

「妳不信任我。」凡莉以背叛節奏說。背叛是鮮少有人唱過的歌，它帶來的刺痛足以讓伊尚尼蹙眉。

「我們先看看這個形體的能力吧。」伊尚尼拿起她的地圖還有困住靈的寶石。「之後我們再談這件事。我只是希望小心爲上。」

「是妳自己想這麼做。」凡莉以煩躁說。「妳老是想當第一個。算了，決定就是決定。跟我來吧，我要訓練妳進入合適的心境才能幫助形體成形，然後我們再來挑在哪個颶風裡進行轉換。」

伊尚尼點點頭。她會進行這個訓練。在這期間，她會思考，也許還有別的方法。如果她能讓雅烈席人聽她說話、找到達利納·科林、談定和平協議……那也許，就不需要走到這一步。

第二部

諸風迫近

Winds' Approach

紗藍◆卡拉丁◆雅多林◆薩迪雅司

13 今日的傑作

戰爭形體，著爲戰、著爲御，
神之獨有，爲殺戮。
致勝關鍵，無可知、無可覷，
意志堅毅，即交賦。

——收錄於〈聆聽者列表之歌〉，第十五節

拖車搖著晃著，行經裸石，紗藍坐在布魯斯身邊的硬座上。他是弗拉克夫聘僱的傭兵之一，這一夥傭兵老是面無表情。布魯斯負責引導拖拉棚車的芻螺，不太多話，但當他以爲她不會發現時，卻會用如黑色玻璃珠般的眼睛檢視著她。

天氣頗冷，她戴著從加絲娜的所有物中找出的帽子來抵擋陽光，以防萬一。她很希望氣候趕快改變，讓春天，甚至是夏天，出現一陣子。可是這個地方以永恆的冰冷聞名，要天氣改變應該不太可能。弗拉克夫給了她一條毯子，她把毯子蓋在膝蓋上，長至腳踝，一部分是擋冷，一部分也是隱藏她的裙襬有多破爛。

她想要靠研究周圍的環境來讓自己分散心神。在南方凍土之地的花草是她完全不熟悉的植物，如果有草，那也都長在岩石的背陽面，有著短而刺的葉片，不是修長搖曳的那種。這裡的石苞永遠不超過拳頭大，也沒有完全打開，就算她在石苞上澆水也一樣，藤蔓的移動緩慢慵懶，彷彿被寒冷凍僵了。除此之外還有一些乾巴巴的小灌木生長在石頭縫隙跟山邊，脆而硬的條枝刮過拖車的兩側時，如雨滴般大小的細小綠葉會在枝幹上來回縮吐。

灌木十分茂盛，只要有個空位就會瘋狂擴散。在拖車經過一叢特別高的灌木時，紗藍伸出手，折斷一截枝幹。枝幹是管狀的，中央空洞，摸起來像沙子那樣粗糙。

「好脆弱，根本耐不過颶風。這植物是怎麼活下來的？」紗藍舉著枝幹研究。

布魯斯嗯了一聲。

「布魯斯，一般人都會跟同行夥伴進行開暢心胸的交談。」紗藍說。

「如果我聽得懂妳說的話裡該死的半句，我當然會那麼做。」他面色不善地說。

紗藍一驚，她其實沒想到布魯斯會回應。「那我們扯平了。因爲你也說了很多我聽不懂的話，不過我想一半應該都是用來罵人的……」

她的本意只是說笑，可是他的表情卻變得更陰沉。「妳覺得我跟那根樹枝一樣笨。」

不要侮辱我的樹枝。這句話不受控制地湧現在她腦海，差點就要來到口中。以她從小受到的教養來看，她應該更爲擅長克制自己的言詞才對，但是自由——不必害怕她父親躲在每扇關閉的門後——嚴重降低她的自制能力。

她這次壓下了挑釁的回應。「所謂笨只是一個人在環境下的產物。」她如此回答。

「妳在說我笨是因爲我從小沒被教好？」

「不是。我是說，每個人在某些情況下都是笨的。在我的船沉沒之後，我發現自己被送到岸上，卻沒辦法生火取暖。你認爲我這樣算笨嗎？」

他瞥了她一眼，卻沒說話。也許對深眸人來說，這種問題聽起來很像陷阱。

「我覺得自己很笨。在許多事情上，我很笨。也許在使用一些很難懂的詞語這件事上，你也是笨的。所以我們需要學者也需要車隊工人，以及布魯斯護衛，這樣才能彌補每個人笨的地方。」

「我可以明白爲什麼我們需要會生火的人，但我看不出來，爲什麼我們需要淨說些讓人聽不懂話的人。」布魯斯說。

「噓，別說得那麼大聲，萬一被淺眸人聽到了，他們說不定就不再浪費時間編些新的難懂言詞，開始轉來干涉本分人做的本分事。」

他又瞥了她一眼。濃密眉毛下的眼中連一絲幽默都沒有。紗藍嘆口氣，將注意力轉回植物上。它們是怎麼在颶風中活下來的？她應該拿出素描本來——

不。

她讓腦子放空，放掉這個念頭。不久後，弗拉克夫喊停，準備進行午休。紗藍的棚車慢下來，另一輛棚車也停在旁邊。

駕駛這一輛的是泰格，另兩個帕胥人坐在其後的籠子裡，靜靜地用他們在中午摘的蘆葦編成帽子。人們經常命令帕胥人去做這種雜事，確保他們所有時間都要替那些擁有他們的人賺錢。弗拉克夫到達目的地後，每頂帽子都能賣幾個夾幣。

棚車停下來，他們繼續編織著。一定要有人特別告訴他們去做點別的事，而且做的每件事都要先經過特別訓練。一旦訓練好之後，他們就會毫無怨言地工作。

紗藍很難不把他們安靜的馴服視爲更有陰謀的作爲。她搖搖頭，朝布魯斯伸手，他不經催促，已自動地扶她下車。踩到地面時，她一手按在車身上，咬著牙猛抽一口冷氣。颶父的，她是怎麼摧殘自己的腳？痛靈從她身邊的壁上鑽出，如同小小的橘色手臂，全部都是筋骨，像是被扒掉皮肉的手。

「光主？」肥嘟嘟的弗拉克夫晃向她這裡。「恐怕沒有什麼適合的餐飲可以提供妳，我們都是窮苦的商人，吃不起精緻的餐點。」

「你有什麼都可以。」紗藍盡量不讓痛楚出現在臉上，雖然靈已經暴露出她的情況。「請派一個人把我的箱子拿下來。」

弗拉克夫毫無異議照做，不過卻緊盯著布魯斯放在地面的箱子。讓他看到裡面的東西，感覺是個特別糟糕的主意。他知道得越少，對她來說越好，紗藍心想。

「那些籠子，」紗藍看著她的棚車後方。「從上面的卡榫看來，木板可以被裝在鐵棍上。」

「是的，光主，那是爲了因應颶風。」弗拉克夫說。

「你的奴隸只夠坐滿一輛棚車，帕胥人坐在另一輛棚車裡。這輛是空的，很適合做爲我的旅行車廂。把木板裝上吧。」紗藍說。

「光主？妳想被關在籠子裡？」他驚訝地說。

「有何不可？」紗藍迎向他的眼睛。「我在你的保護之下一定很安全，弗拉克夫奴主。」

「呃……對……」

「你跟你的手下一定已經習慣嚴酷的旅行。」紗藍平和地說。「但我不是。每天坐在太陽底下的一張硬座位上並不適合我，可是一個合適的車廂能夠讓這趟荒野旅程帶來令人滿意點的調劑。」

「車廂？這只是輛載奴隸的棚車而已！」弗拉克夫說。

「只不過是個稱呼，弗拉克夫奴主。」紗藍說。「請動手，可以嗎？」

他嘆口氣，還是下達了命令。其他人紛紛把木板從車身下拿出，掛到外面，留下最後一塊沒架起來，籠子門也在那裡，成品看起來不太舒適，但能夠提供一些隱私。紗藍叫布魯斯把她的箱子拖進去，讓弗拉克夫一陣心痛。最後，她爬上去，關上籠子門，隔著鐵柱朝弗拉克夫伸手。

「光主？」

「鑰匙。」她說。

「噢。」他從口袋裡拿出，看了一陣子——太久的一陣子——然後將鑰匙遞給她。

「謝謝。」她回答。「餐點好了以後，可以讓布魯斯送來給我，但是我現在立刻需要一桶清水。你非常配合，我不會忘記你的服務。」

「呃……謝謝。」他回答的方式幾乎像是提問，離開時也顯得一臉茫然。很好。

她等來了布魯斯的水，然後在密閉的車廂裡爬行——為了不讓腳再接觸地面。這裡面聞起來都是髒汗跟汗臭味，她光想到在這裡被關過的奴隸就一陣噁心。晚點她會叫布魯斯讓帕胥人把車廂刷洗一遍。

她停在加絲娜的箱子前，跪下來小心翼翼地抬起蓋子。光芒從裡面灌滿颶光的錢球中射出，圖樣也在裡面——她叫它別被人看見——它的形狀讓一本書的封面隆起。

紗藍目前為止算是活下來了。絕對不算安全，但至少不會立刻凍死或餓死。這也表示她終於必須面對更大的疑問跟問題。她的手放在書上，暫時不去理會疼痛的雙腳。

「這些書一定得被送到破碎平原。」

圖樣顫抖，發出迷惘的聲音，詢問的音調傳達好奇。

「一定要有人繼續加絲娜的工作。」紗藍說。「我們一定要找到兀瑞席魯，而且必須說服雅烈席人，引虛者就要回來了。」她顫抖，想到就在隔壁車廂內的帕胥人。

「妳……嗯……繼續？」圖樣問。

「對。」她堅持弗拉克夫朝破碎平原前進的瞬間就已做出決定。「在沉船的前一晚，當我看到放下警戒心的加絲娜時……我就已經知道我該怎麼做。」

圖樣哼著，再次聽起來像是很困惑的樣子。

「很難解釋，這是個人類的特質。」紗藍說。

「太好了。」圖樣興奮地說。

她朝它挑起眉毛。它已經不再是以前那個整天只知道在房間中央轉圈圈，或是在牆壁爬上爬下的樣子。

紗藍拿出錢球，準備擁有更好的光線。她拿下一塊加絲娜用來包書的布。布乾淨得一絲不苟，紗藍將布浸入水桶裡，開始清洗自己的腳。

「在我看到那晚的加絲娜以前，在我趁著她的疲累突破她的心防、眞的感受到她有多麼擔心之前，我掉入了一個陷阱，學者的陷阱。雖然我一開始對於加絲娜所描述的帕胥人威脅感覺很害怕，在那之後卻把這一切看做是個値得思考的謎團。加絲娜在外表上的徹底冷靜，讓我以爲她也是這樣。」

紗藍皺著眉頭，從腳中的傷口挖出一塊小石頭。更多痛靈從車廂底部鑽出，她有好長一段時間都不可能走很多路了，但至少她還沒看到腐靈。她最好找到一些消炎藥。

「圖樣，我們的危險不只是個理論。它是眞實且可怕的。」

「對。」圖樣聽起來相當嚴肅。

她抬起頭，沒再去看著自己的腳。它移到了箱蓋的內側，被不同色彩的錢球光芒點亮。「你知道這個危險？帕胥人？引虛者？」也許她過度解讀它的音調了，它不是人類，而且說話時經常有奇特的尾音。

「我的回歸……因爲這個。」圖樣說。

「什麼?那你爲什麼沒早點說!」

「說……說話……思考……都很難。現在好點。」

「你來找我是因爲引虛者?」紗藍挪動自己更靠近箱子,手上鮮血斑斑的布塊一時被忘記了。

「對。圖樣們……我們……我們……擔心。派了一個。我。」

「爲什麼是我?」

「因爲謊話。」

她搖頭。「我不懂。」

他不滿地嗡嗡作響。「妳。妳一家。」

「你看著我跟我家人在一起?從那麼久以前?」

「紗藍。記得……」

又是這些回憶。這次不是花園中的長椅,而是冷清潔淨的白色房間。

她父親的催眠曲。地上的血。不要。

她轉過頭,再次開始清理起自己的腳。

「我對……人類知道很少。他們會斷掉。腦子會斷掉。妳沒有斷。只有裂。」圖樣說。

她繼續清洗。

「拯救妳的是謊言。謊言吸引我來。」圖樣說。

她將布塊放入水桶。「你有名字嗎?我一直叫你圖樣,但那比較像是個形容詞。」

「名字是數字。很多數字。很難說。圖樣……圖樣好。」圖樣說。

「只要你別開始叫我塗鴉就好。」紗藍說。

「嗯嗯嗯嗯……」

「這是什麼意思？」她問。

「我在思考，思索這個謊言。」圖樣說。

「笑話？」

「對。」

「請不要想得太努力，那個笑話不太好笑。如果真的想要思索一個笑話，那你該想想阻止引虛者回歸的重責大任，在所有人之中居然會落到我頭上這件事。」

「嗯嗯嗯……」

她盡量把腳上的傷清理乾淨，然後用箱子裡的另外幾塊布包好。現在她沒有拖鞋也沒有鞋子，也許能從其中一人那裡買一雙靴子？光是想就讓她一陣噁心，但她沒得選。

接下來，她開始整理箱子裡的東西。這只是加絲娜眾多箱子中的一個，但紗藍認得這是公主放在房間裡的那一個——被殺手拿走的那一個。裡面有加絲娜的筆記，都有好幾本書那麼厚。箱子裡沒有很多原始出處資料，可是這不重要，因為加絲娜一絲不苟地把所有相關段落都抄進了筆記裡。

紗藍把最後一本書放到一旁時，注意到一樣東西在箱子底部。一片紙？她好奇地把紙拿起來，看清楚後，大驚之下幾乎要鬆手。

是加絲娜的畫像，由紗藍親自完成的。紗藍被接受成為對方的學生之後，把這幅畫送給了她。原本以為加絲娜把這幅畫丟了，因為她不喜歡視覺藝術，覺得那是種浪費精神時間的消遣。

可是她卻把這幅畫跟她最寶貴的收藏擺在一起……

不要。紗藍不願去想，不願去面對。

「嗯……妳不能把所有事都包成謊言。只有最重要的事情才可以。」圖樣說。

紗藍舉起手，發現眼中充滿淚水。因爲加絲娜的死。

她一直不讓自己去哀悼，把它塞進一個小盒子，收起來。

一旦她允許哀痛的心情湧現，另一份哀痛立刻堆疊上去。相比於加絲娜的死，這份哀痛顯得非常渺遠，但是卻能夠把紗藍拉進同樣的深淵，甚至更深的地方去。

「我的素描本……都沒有了。」她低語。

「對。」圖樣的聲音聽起來也很難過。

「我畫下的每一張圖，我的哥哥們，我的父親，母親……」全都墮入海洋深處。同樣沉落的還有她畫的動物，以及她關於動物、生物、自然之間關連的發想。沒有了。全都沒有了。

世界不會因爲紗藍隨便畫的那些天鰻有什麼改變，可是她仍然覺得一切都崩壞了。

「妳會畫更多新圖的。」圖樣低聲說。

「我不想畫。」紗藍眨眼，掉下更多眼淚。

「我不會不震動。風不會不吹。妳不會不畫畫。」

紗藍輕摸過加絲娜的圖。女人的眼睛明亮，幾乎像是她又活了過來——這是紗藍第一次畫下的加絲娜，是她們見面的第一天畫的。「那個壞掉的魂器跟我的東西放在一起，現在也掉在海底，消失了。我沒有辦法修好它，寄還給我的哥哥們。」

圖樣發出嗡嗡的聲音，聽在她耳裡感覺像是懊惱。

「他們是誰？」紗藍問。「做了這種事的人，殺了她、奪走我的畫作的人。他們爲什麼要做這麼可怕的事？」

「我不知道。」

「但你確定加絲娜是對的？引虛者會回來？」紗藍問。

「對。有靈……他的靈。它們來。」

「這些人殺了加絲娜。他們大概跟卡伯薩是同一個集團，跟……跟我的父親一樣。他們為什麼會要殺死最可能了解引虛者，以及引虛者會用什麼方式回歸的人？」

「我……」它說不下去。

「我根本不用問。我早就知道答案了。這是一個非常典型人類思維的答案。這些人想要控制這件事的消息，好從中獲利。從世界末日中獲利。我們絕對不會讓這種事情發生。」

她放下加絲娜的畫像，夾在書頁間，好好保存。

更長卷軸的節錄。我帶著卷軸從我偷出來的地方逃走時，下半部被野斧犬吃了。

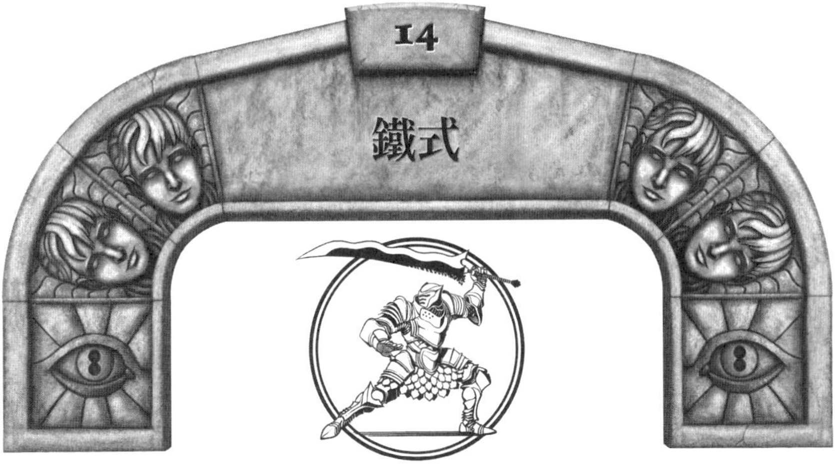

配偶形體，著爲愛眷，
爲生而得，予我喜悅。
欲求形體，必先顧念，
眞切體恤，必不可缺。

——收錄於〈聆聽者列表之歌〉，第五節

「已經有一陣子了，」雅多林跪在地上，將碎刃舉在面前，劍尖陷入岩石地幾吋深。只有他一個人。只有他跟這把劍一起在新建的準備室裡，就在決鬥場旁邊。

「我記得我贏得你的那天。」雅多林低語，看著自己在劍身上的倒影。「當時也沒有人眞的把我看成對手，只把我當成會穿衣服的紈褲子弟。提納拉跟我決鬥只是爲了讓我父親丟臉，沒想到我得到了他的碎刃。」如果雅多林輸了，就得把自己的碎甲給提納拉，那是雅多林從母親那一族繼承來的。

雅多林從來沒替他的碎刃命名過。有些人有，有些人沒有，他一直都覺得這麼做不適當——不是因爲這把劍不配擁有名字，而是因爲他覺得自己其實不知道正確的名字。這把武器屬於很久以前的某位燦軍，那個人一定爲武器取過名字，用不同的名字稱呼它顯得太狂妄了。雅多林一直以來都是這麼想的，從他父親開始對燦軍的觀感改變之前就已如此。

雅多林死後，這把劍會繼續存在。他並不擁有這把劍，只是借用一段時間。

劍的表面光滑無瑕，如鰻魚一樣修長流暢，劍背有凸起，宛如長出了水晶晶體，形狀像是大號的標準長劍，跟他在食角人手中看過的巨大雙手用寬劍有點類似。

「眞正的決鬥。」雅多林對碎刃低語。「勝負會帶來眞正的影響，這一刻終於來了。不用再躲躲藏藏，不用再克制自己的能力。」

碎刃沒有回答，但在雅多林的想像中，碎刃正在聽他說話。不可能在用過這樣感覺像是自己靈魂延伸的武器之後，還會懷疑這是不是一把活生生的劍。

「我對所有人都講得很有自信，因爲我知道他們完全倚仗我。可是，如果我今天輸了，那一切就完了。再也不會有決鬥的可能，父親的偉大計畫也會出現極大的困難。」

他可以聽到外面的人聲。跺腳的重音，嗡嗡的交談，步伐摩擦著石地。他們來了。來看雅多林勝利，或被羞辱。

「這也許是我們一起打的最後一戰。」雅多林低聲說。「我感謝你爲我做的一切。我知道無論是誰握著你，你都會這麼做，但我還是很感謝你。我……我要你知道，我相信父親。我相信他是對的，他看到的都是眞的。這個世界需要一個統一的雅烈席卡，像今天這樣的戰鬥是我讓他的目標實現的方法。」

雅多林跟他的父親都不是政治家，他們是軍人——達利納是出於自己的選擇，雅多林多半是因爲出身背景。他們不可能用言詞就創造一個統一的國家。只能靠戰鬥。

雅多林站起身，拍拍口袋，等劍消失回霧中，才走到小房間對面。他走入的狹窄長廊石牆上，有著劍術的十大基本招式，這些雕刻是在別處完成，然後等這裡建好之後才搬入的。這是新增的房間，以取代原本用來舉行決鬥準備的帳棚。

風式、石式、火式……十種元素對應的每一式都有一幅浮雕，雅多林走過時，暗自一一細數。這條小通道是以決鬥場的石牆直接鑿出來的，盡頭是岩石中的一個小房間。決鬥場的明亮陽光，照在他跟對手中間最後的一扇門上。

有了合適的準備室進行冥想，還有備戰室可以穿戴盔甲或在戰鬥之間進行休息，戰營共用的決鬥場開始變成在雅烈席卡裡會有的正式決鬥場地，這些新添的設施很受歡迎。

雅多林走入備戰室，他的弟弟跟伯母都在那裡等他。

颶父的，他的手在流汗。上戰場有真正生命危險時，他都沒這麼緊張過。

娜凡妮伯母剛完成一幅護身符。她離開了高桌，放下筆刷，將護身符舉起來給他看，鮮紅色的符文寫在一塊白布上。

「勝利？」雅多林猜測。

娜凡妮放下布塊，朝他挑眉。

「幹嘛？」雅多林問。他的盔甲保養師們魚貫而入，每個人都抱著一塊他的碎甲。

「上面寫的是『平安與榮耀』。你多學幾個符文不會死的。」娜凡妮說。

他聳聳肩。「我向來不覺得那有什麼重要。」

「這個嘛，」娜凡妮尊敬地把祈禱文折起，放在火爐中燃燒。「希望你終究會有個替你這麼做的妻子。可以幫你讀符文，也可以幫你寫。」

雅多林低下頭，這是燃燒祈禱文時的儀節。佩利亞在上，現在不是得罪全能之主的時候。等一燒完，他就瞥向娜凡妮。「船有沒有消息？」

他們原本預計在加絲娜到達淺窨時就會得到她的信息，但是一直以來都沒有回音。娜凡妮跟那個遙遠城市的港口管理長辦公室詢問過，他們說隨風號還沒有抵達，已經延遲了一個禮拜。

娜凡妮不在意地揮揮手。「加絲娜在那艘船上。」

「我知道。」雅多林不安地動了動。發生了什麼事？船碰上颶風了嗎？如果照加絲娜說的，雅多林可能會娶的女人怎麼了？

「如果船延遲了，一定是因爲加絲娜去做了什麼事。你等著瞧吧，再過幾個禮拜我們就會接到她的消息，要求我們去做某件事或給她什麼情報，到時我會好好問清楚她爲什麼消失不見。眞是的，巴塔在上，請讓那女孩除了聰明之外，更多點腦子吧。」

雅多林沒有堅持再問下去。娜凡妮比任何人都了解加絲娜，可是……他眞的擔心加絲娜，而且也突然擔心他沒辦法按照預定時間見到那名叫做紗藍的女孩。當然，這個初步婚約應該不會眞正發生，但有一部分的他其實還滿希望就這樣順其自然下去。奇特的是，讓別人替他決定的感覺居然還不錯，尤其是想到之前他跟丹蘭結束關係時，對方罵他罵得之凶狠響亮。

丹蘭仍然是他父親的書記之一，所以他偶爾還是會看到她，常被她瞪個不停，可是颶風的，這次根本不是他的錯。她跟她朋友說的那些話……

一名盔甲師把他的靴子擺在面前，雅多林套上，感覺靴子自動密合。盔甲師們很快地安上護腿，然後繼續往上，一身盔甲感覺輕盈得過分。沒多久，他就只剩下護手跟頭盔還沒戴上。他跪倒，把手深入兩側的護手盔甲，手指深入插槽。碎甲自動收縮，像是天鰻纏繞在老鼠周圍，舒適地貼合他的手腕。

他轉身，從最後一名盔甲師那裡接過頭盔。是雷納林。

雅多林接過頭盔時，雷納林問：「吃雞了沒？」

「早餐吃了。」

「跟劍說過話了？」

「談了很久。」

「母親的項鍊在口袋裡？」

「檢查了三次。」

娜凡妮雙手抱胸。「你們還信這種愚蠢的迷信？」

兄弟倆立刻看向她。

「這不是迷信。」雅多林說，同時間雷納林也說：「只是爲了求個好運，伯母。」

她翻翻白眼。

「我已經很久沒有正式決鬥了。」雅多林戴上頭盔，掀開面甲。「不想出任何差錯。」

「愚蠢。」娜凡妮再次說。「你該信任全能之主還有神將，而不是決鬥前吃的東西對不對。颶風的，說不定接下來你就會開始信烈情諸神了。」

雅多林跟雷納林對視一眼。他的小慣例也許不會幫他獲勝，但是何必冒險？每個決鬥家都有自己的癖好，他的癖好至今還沒讓他失望過。

「我們的護衛不高興。」雷納林低聲說。「他們一直說有人拿碎刃砍你時，還要保護你眞的很難。」

雅多林哐的一聲放下面甲。兩旁散出霧氣，將面甲卡入定位，變成透明，讓他可以看清楚整個房間。

雅多林露出大大的笑容，很清楚雷納林看不見他的表情。「我好難過他們不能擁有把我當成小寶寶一樣保護的機會。」

「你為什麼這麼喜歡折磨他們？」

「我不喜歡保姆。」

「你以前又不是沒有護衛。」

「那是在戰場上。」雅多林說，有人到處跟著他感覺不一樣。

「不只這樣而已。不要騙我，我太了解你了。」

雅多林審視著弟弟，他眼鏡後的眼神如此認眞。這孩子老是這麼嚴肅。

「我不喜歡他們的隊長。」雅多林承認。

「為什麼？他救了父親一命。」

「他就是讓我覺得不對勁。」雅多林聳聳肩。「雷納林，他有哪裡怪怪的，所以我對他很有疑心。」

「我覺得你只是不喜歡他在戰場上把你指揮來指揮去。」

「我幾乎不記得這件事了。」雅多林輕鬆地說，走向出口。

「那就沒事了，你去吧。還有一件事，哥哥？」

「什麼事？」

「盡量不要輸。」

雅多林推開門，踏上沙地。他來過這個決鬥場，當時他的理由是，雖然雅烈席卡戰場守則禁止軍官進行決鬥，但他仍然需要保持自己的技巧。

為了安撫他的父親，雅多林當時沒有參加重要的對決，例如冠軍對決或是碎甲碎刃對決，他不敢拿自己的碎甲或碎刃冒險。現在一切都不同了。

空氣依然因為冬天而寒冷，可是頭頂上的太陽很明亮。他的呼吸聲在頭盔中環繞，腳步把沙地踩得沙沙作響。他確定了一下他父親有沒有在場。沒錯，他在，國王也在。

薩迪雅司沒有來。這樣也好，如果那個人來了，說不定雅多林會分心，想到以前薩迪雅司跟父親關係還好的時候，兩人會一起坐在石階上看著雅多林決鬥。薩迪雅司那時已經在策劃要怎麼背叛父親，卻同時跟他一起說笑聊天，像個老朋友一樣？

專心。今天的敵人不是薩迪雅司。可是有一天……很快的那一天，他會讓那個人也出現在決鬥場中。他在這裡做的一切，都是爲了那個目標。

至於現在，他必須接受對手只是沙利諾，薩拿達的碎刃師之一。那個人只有碎刃，但是他借來了一組國王的碎甲，好跟一名全副武裝的碎刃師決鬥。

沙利諾站在決鬥場另一邊，穿著毫無裝飾的暗灰色碎甲，等著最高裁判依絲托示意對戰開始。從某種角度來看，這場戰鬥是對雅多林的侮辱，因爲讓沙利諾同意決鬥的代價，是雅多林被逼著要同時拿碎甲與碎刃去與沙利諾的碎刃對賭，彷彿雅多林沒有資格跟他決鬥，必須拿出更高價值的戰利品，才能彌補沙利諾被打擾的損失。

一如他所預期，整個決鬥場裡滿滿都是淺眸人。就算許多人認爲雅多林已經失去了先前的鋒芒，拿碎刃做爲賭注的決鬥仍然是非常非常罕見的。這會是一年多以來的第一次。

「召喚碎刃！」依絲托命令。

雅多林往旁邊一伸手。十下心跳後，碎刃落入他等待的手中，比他對手的劍出現得稍快一些。雅多林的心跳比沙利諾的要快，也許這表示他的對手並不害怕，卻會低估他。

雅多林選擇風式，雙手彎曲，半轉側身，劍尖朝上後方。他的對手則擺出火式，一手握劍，一手輕觸劍身，雙腿平均打開穩立。這兩式代表的不是固定的招式順序，而是代表戰鬥理念。風式：流暢、澎湃、氣勢宏大；火式：靈活、迅敏，比較適合較短的碎刃。

雅多林熟悉風式，他的戰鬥生涯中一直都憑藉風式無往不利，但是今天感覺不對。

*我們正身處戰爭，*雅多林心想。沙利諾緩慢前進，想要測試他的反應。*這支軍隊裡面的每個淺眸人都是新兵。*

現在不是表演的時候。

而是要狠狠擊潰對手的時候。

沙利諾靠近，準備進行第一次謹慎的攻擊來試探敵手，雅多林此時一轉身，擺出鐵式，雙手握劍，舉在頭邊，立刻拍開沙利諾的第一劍，上前一步就用劍托用力往下砸中對方的頭盔。一下，兩下，三下。沙利諾想要格擋，但是很顯然被雅多林的攻擊殺了個措手不及，沒擋下其中兩次攻擊。

沙利諾的頭盔上開始出現裂痕。雅多林聽著對方的重哼、咒罵，以及想要舉起武器反擊。不應該是這樣的啊，對方的試探、風姿展現、優雅舞動到哪裡去了？

雅多林低吼，感覺久違的戰意再次湧現，拍開了沙利諾的攻擊，無視對方砍中了自己身側，同時雙手握劍，從上往下砍向對手的胸甲，彷彿在劈木頭。沙利諾再次重哼，雅多林一抬腳把對方踢倒在地。

沙利諾的劍脫手，這是火式單手持劍的弱點。巨劍消失在霧氣裡。雅多林從上往下俯瞰對方，也驅散了自己的劍，以帶有重甲的腳跟用力一蹬沙利諾的頭盔。碎甲爆炸成融化的碎塊，露出一張失神、驚慌的臉孔。

雅多林接下來用腳跟重踹胸甲。雖然沙利諾想要抓住他的腳，雅多林仍然毫無停滯地不斷猛踢，直到胸甲也碎去。

「停！停！」

雅多林停下，把腳踩在沙利諾的頭邊，抬頭看最高裁判。

女人站在她的包廂中，滿臉漲紅，聲音憤怒。

「雅多林．科林！這是決鬥，不是摔跤！」她大吼。

「我違反了規則嗎？」他回吼。

沉默。在熱血沸騰中，他突然發現所有觀眾都安靜下來，他甚至可以聽到他們呼吸的聲音。

「我違反了規則嗎？」雅多林再次質問。

「這不是決鬥的——」

「所以我贏了。」雅多林說。

女人一時反應不過來。「決鬥判決是要破壞三塊碎甲，你只破壞了兩塊。」

雅多林低頭看著失神的沙利諾，然後他彎腰，伸手扯下對方的肩甲，兩隻拳頭一撞。

「好了。」

現場震驚的沉默。

雅多林跪倒在他的對手身邊。「你的碎刃。」

沙利諾想要站起來，可是他少了胸甲，要站起來很困難。盔甲已經無法正常運行，他需要就地打滾，以側面慢慢把自己撐起來。技術上是可以辦到，但是他顯然缺少使用碎甲的經驗，一直無法成功。雅多林一踩對方的肩膀，又讓他倒回沙地上。

「你輸了。」雅多林低咆。

「你作弊！」沙利諾氣急敗壞地說。

「怎麼作弊？」

「我怎麼知道！就是——不應該這樣……」

他沒再說下去，因爲雅多林戴著護甲的手穩穩地貼上他的喉嚨。

沙利諾的雙眼睜大。「你不會動手的。」

懼靈從他腳邊的沙地裡爬出來。

「我的戰利品。」雅多林突然覺得精疲力竭，戰意從他體內褪去。

颶風的，他在對決時從來沒有這種感覺過。

沙利諾的碎刃出現在他的手中。

「判定。」最高裁判聽起來十分不情願。「勝利者爲雅多林・科林。沙利諾・艾夫失去碎具。」

沙利諾讓碎刃從手中滑落。雅多林握住碎刃，跪在沙利諾身邊，將劍托伸向對方。「截斷聯繫。」

沙利諾遲疑片刻後，碰觸了劍托上的紅寶石。寶石發出亮光，聯繫被截斷了。

雅多林站起身，拔下寶石，戴著護甲的手一捏，寶石粉碎。這麼做沒有必要，但是代表的意義彰顯無疑。人群終於發出聲響，慌亂的交談聲。他們原本是想來看一場好戲，沒想到卻看到如此暴虐的一幕。戰場上經常都是這樣，他覺得讓他們看清楚也好。不過等他鑽回備戰室時，開始對自己的行爲有了懷疑。他剛才實在太過衝動。驅散碎刃？讓自己的雙腳暴露在敵人的攻擊範圍裡？

雅多林進入準備室，雷納林睜大了眼睛看著他。

他弟弟說：「剛才實在是太精采了，那一定是歷史上最短的碎具決鬥！你實在太棒了，雅多林！」

「我……謝謝。」他把沙利諾的碎刃遞給雷納林。「禮物。」

「雅多林，你確定嗎？我自己的那副碎甲只是用得一般而已。」

「乾脆湊齊一套，拿著吧。」雅多林說。

雷納林顯得遲疑。

「拿著。」雅多林又說了一次。

雷納林遲疑地照做，接下劍的同時，皺著眉頭。雅多林搖搖頭，在特別經過加強、可以負擔碎刃師重量的長凳上坐下，之前離開看台座位區的娜凡妮此時也進入房間。

「你剛才的行爲，在遇到更有技巧的對手時不會成功。」

「我知道。」雅多林說。

「這麼做很睿智。你掩飾了你眞正的技巧，其他人也許會認爲這是靠巧取獲得的勝利，因爲你使用了肉搏，而不是正當的決鬥技巧。他們也許會繼續低估你，我可以靠這一點安排到更多場決鬥。」

雅多林點點頭，假裝這正是他這麼做的原因。

15 手與塔

工作形體，著爲力與庇，
靈於耳邊輕吐絮語。
先尋此形，擔負其謎，
尋得自由免於懼。
——收錄於〈聆聽者列表之歌〉，第十九節

「弗拉克夫奴主，我想你今天穿的鞋子，跟我們第一天相遇時穿的不一樣。」紗藍說。

弗拉克夫走向夜間篝火的腳步停下，但是很流暢地對她的質問做出回應。他帶著笑容轉向她，搖頭說：「光主，妳恐怕是弄錯了！這趟旅行剛出發沒多久，我的一個衣物箱就因爲暴風雨而遺失了，我現在只有這一雙鞋子。」

這是個明明白白的謊話，可是在共同旅行六天後，她發現弗拉克夫並不介意謊話被揭穿。

紗藍坐在車廂前座，天色已經昏暗。她的雙腳被包紮起來，而她正由上往下俯視弗拉克夫。她幾乎一整天都在擠團草莖好榨出汁液，塗在腳上以預防腐靈。她對於自己能夠注意到這些植物感覺非常滿意——雖然她嚴重缺乏實用技能，但有一部分她的研究結果在野外還是有用的。

她要不要揭穿他的謊話？揭穿了又有什麼好處？他似乎不會因爲這種事情而尷尬。他在黑暗中觀察她，小小的眼睛隱藏在陰影後。

「好吧。」紗藍對他說。「這眞是不幸。也許我們能在旅途上碰見另一個商隊，到時就能跟他們進行鞋子的交易。」

「我絕對會留意這樣的機會，光主。」弗拉克夫朝她鞠躬行禮，露出一個假惺惺的笑容，然後走向火光一明一滅的火堆。他們的木頭已用完，帕胥人趁夜出去找更多柴火。

「謊言。」圖樣輕輕地說，它的形狀在她身邊的椅子上幾乎隱形不見。

「他知道如果我不能走路，我會更依賴他。」

弗拉克夫在掙扎著燃燒的火堆旁坐下。一邊的芻螺已經被解開，正到處蹣跚地走動，巨大的腳踩破一地小小的石苞，牠們向來不會走太遠。

弗拉克夫開始跟傭兵泰格交頭接耳。他一直保持著笑容，但是她不相信那雙在火光下閃閃發光的黑眼睛。

「去看看他在說什麼。」紗藍告訴圖樣。

「看……？」

「聽他說的話，回來重複給我聽，不要太靠近亮光。」

圖樣順著棚車下去。紗藍靠在堅硬的座位上，從內袋拿出她在加絲娜的箱子裡找到的小鏡子，還有一枚藍寶石錢球。這只是一枚馬克，不是太亮，而且就連這點光都快要用完。下次颶風是什麼時候？明天嗎？

幾乎又是一個新年的開始，表示泣季又要來了，不過還有好幾個禮拜。今年是個少雨年，對吧？她可以在這樣的環境下耐受颶風，她已經被強迫要忍受這種屈辱的情況，被迫鎖在她的棚車裡。

鏡子裡，她看得出來自己簡直是一團糟。紅通通的眼睛下面眼袋深重，頭髮亂糟糟成一團，洋裝汙穢磨損。她看起來像個乞丐，只是從垃圾堆裡撿到一件還不錯的衣服。

紗藍不是太在意外表。有必要在奴隸商人面前漂漂亮亮的嗎？根本沒必要。可是，加絲娜雖然不在乎別人怎麼看待她，卻向來將自己的外貌維持得一絲不苟。這並不是說加絲娜想以舉止誘人——絕絕對對沒有這種事，而且她很清楚明白地表示過鄙視這種行為。利用美貌讓男人按照自己的意願行事，跟男人利用蠻力強迫女人服從沒什麼兩樣，她曾經這麼說過。兩種都是低下的手段，會隨著一個人的年紀增長而失敗。

加絲娜從來都不贊許以誘惑為工具，可是人們對於那些看起來將自己的一切掌握在手的人，總是用不同的眼光看待。

但是我能怎麼做？紗藍心想。我沒有化妝品，連鞋子都沒有。

「……她說不定是重要人物。」弗拉克夫的聲音突然從附近傳來。紗藍一驚，立刻往旁邊看，圖樣趴在她身邊的座位上，聲音就是從那裡傳來的。

「她是個麻煩。」泰格的聲音說，圖樣的震動完美地模仿了對方的聲音。「我還是覺得我們應該丟下她離開。」

「幸好替大家做這個決定的人不是你。你只管擔心煮晚飯就好，我來擔心我們這個小淺眸同伴。有人正在找她，一定是個有錢人。如果我們能把她賣回去給他們，那我們的麻煩就解決了，泰格。」

圖樣模仿了一小段柴火燃燒的聲音，然後安靜下來。

這段對話能夠如此精準地被複製下來，眞是太棒了。紗藍心想，這說不定很有用。

可惜的是，她必須想辦法先處理弗拉克夫的問題，她不能允許他繼續把她當成可以賣給在找她的人的貨物——這樣跟把她看成奴隸的差別已經不大。如果她讓他繼續用這種的眼光看待她，那麼這一趟旅行中，她都必須不停擔心他跟他手下對自己不利。

在這種情況下，加絲娜會怎麼做？

紗藍一咬牙，下了棚車，僵硬地用受傷的雙腳踩地。她可以很勉強地行走，於是等待痛靈撤退後，掩飾起自己的痛楚，走到微小的火堆邊，坐了下來。「泰格，你可以退下了。」

他看了弗拉克夫一眼，後者點點頭。泰格退開去查看帕胥人的情況。布魯斯早已離開去探查附近環境，這是他晚上的習慣，尋找是否有別人往這個方向來。

「我們該討論你的報酬了。」紗藍說。

「爲如此尊貴的人物服務，本身當然就是一種報酬了。」

「當然。」她與他對視。不可以軟弱。妳辦得到。「可是生意人還是要謀生的。我不是瞎子，弗拉克夫。你的手下不同意你幫助我，他們認爲你在浪費時間。」

弗拉克夫瞥了泰格一眼，露出不安的神色。希望他正在想她還猜到了什麼。

「抵達破碎平原之後，我會獲得鉅額的財富，但現在我的身邊並沒有。」紗藍說。

「這眞……不幸。」

「一點都不會。」紗藍說。「這是個機會，弗拉克夫奴主。我將獲得的財富是訂婚所致。如果我能安全抵達，那些拯救我、把我從海盜手中救下、付出了極大的犧牲，才把我帶到我的新家人身邊的人，絕對會獲得極大的報酬。」

「我只是個卑微的僕人。」弗拉克夫露出大大的虛假笑容。「報酬是我最沒想到的事啊。」

他認為我在騙他，紗藍恨恨地一咬牙，內心開始燃燒著憤怒。卡伯薩就是這樣！把她當成玩物和達成目的的手段，而不是眞正的人。

她靠向弗拉克夫，整個人籠罩在火光下。「不要跟我玩把戲，奴主。」

「我哪有這種——」

「你根本不知道自己陷入了什麼樣的風暴。」紗藍狠狠地說，不允許他移開目光。「你根本不知道我的到來將引起多大的改變。把你那些小算小計全都塞到岩縫裡，照我說的去做，我會把你的債務取消，你會成爲自由人。」

「什麼？怎麼會……妳怎麼——」

紗藍站起身，打斷他。她感覺自己比之前更強大，更堅定。她的不確定仍然在胃裡顫抖，但是她根本不去理會。

弗拉克夫不知道她很膽小。他不知道她是在人跡罕至的鄉野長大的。對他來說，她是宮廷中的貴婦，擅長與人辯論，習慣得到他人的服從。

站在他面前，她感覺自己在火光的照耀下無比璀燦。聳立在他跟他卑下的小計謀面前，她看得很清楚。期待不只是別人對妳的期待。

更是妳對自己的期待。

弗拉克夫往後仰，像是想要避開憤怒的火焰。他往後退，眼睛睜大，舉起了手臂。紗藍發現自己正因爲錢球的光芒而隱隱發光。她洋裝上的裂痕跟汙漬消失，整個人變得華貴、高高在上。

她直覺地讓臉上的光芒隱去，希望弗拉克夫會以爲那只是火光的錯覺。她轉身，留下商人在火邊顫抖，自己則走回棚車。

黑夜徹底降臨，第一個月亮尚未升起。她一邊走著，發現腳沒有之前那麼痛了。她錯估了自己的傷勢嗎？

她來到棚車邊，開始爬回座位，但是布魯斯選擇在這一刻衝入營地。

「快把火熄掉！」他大喊。

弗拉克夫瞠目結舌地看著他。

布魯斯往前急衝，經過紗藍，一手伸入火堆，抓起了熱氣騰騰的湯鍋，往火堆一倒，激起一片灰燼跟蒸汽，發出陣陣嘶嘶聲，驅散了消失中的火靈。

弗拉克夫跳起身，低頭看著骯髒的湯在熄滅的火光中流過他的腳。紗藍咬牙壓著痛楚，下了馬車，走過去。泰格從另外一個方向跑來。

「……好像有幾十個人。」布魯斯壓低了聲音說。「他們武裝很齊全，但是沒有馬或芻螺，所以不是很有錢的那種。」

「怎麼回事？」紗藍質問。

「土匪或是傭兵，隨便妳要叫什麼。」

「沒人管理這一區的，光主。」弗拉克夫瞥向她，然後很快別過頭，顯然仍心神未定。「這裡是眞正的蠻荒區域。雅烈席人待在破碎平原，便是爲什麼很多人會在這裡往來的原因。像是我們這樣的商隊、尋找工作機會的工匠、低階參軍的淺眸傭兵等等。沒有法律管轄，卻有很多旅人，這兩件事加起來就吸引了某些混蛋。」

「很危險的那種。想要什麼就搶，只留下屍體。」泰格附和。

「他們看到了我們的火光嗎？」弗拉克夫問，雙手絞著帽子。

「不知道。」布魯斯瞥向肩後。紗藍在黑暗中只能隱約看到他的表情。「我不想靠得太近。我溜近是去算算有多少人，然後立刻跑了回來。」

「你怎麼知道他們是土匪？」紗藍問。「也許是弗拉克夫說的，那些要去破碎平原的士兵。」

「他們沒有旗幟，也沒有徽章，可是有很好的軍備，而且非常警戒。我敢拿芻螺打賭，他們是逃兵。」布魯斯說。

「呿，就算你有一手塔牌也會拿我的芻螺下注，布魯斯。可是光主，這傢伙的賭博技術雖然不好，但我相信那個蠢蛋說得沒錯。我們必須立刻套上芻螺離開，黑夜是我們的盟友，我們要盡量利用它。」

她點點頭。所有人動作很快，就連肥胖的弗拉克夫也不例外，他們立刻撤了營地，套好芻螺。奴隸們抱怨連連，因為晚飯沒了。紗藍停在他們的籠子邊，覺得一陣羞愧。她的家族也有奴隸，不只是帕胥人跟執徒，甚至是普通的奴隸，但大多數時候，他們的處境也不過就像是沒有旅行自由的深眸人而已。

可是這群可憐人病懨懨的，餓個半死。

紗藍，妳離被關進這種牢籠裡也相差不遠了，她顫抖著心想，看到弗拉克夫走過去對奴隸們狠聲威脅。不對，他根本沒膽子把妳關進去，他只會直接殺了妳。

她得再次提醒布魯斯協助她上棚車。泰格趕著帕胥人上車，咒罵他們動作太慢，然後自己也爬上座位壓車。

第一個月亮開始升起，亮得讓紗藍很不自在。她覺得芻螺腳下的每一步碎裂聲，都像是颶風的雷聲一樣響亮。牠們撞過她取名為「脆刺」的植物，枝幹像是一根根空心的砂石，清脆地崩裂、甩晃。

他們前進的速度不快，因為芻螺快不起來。一邊前進時，她一邊看到山上有光，近得讓人害怕，營火不到步行十分鐘外的距離。一陣風吹來了遙遠的聲音，金屬敲擊，也許有人在打鬥。

弗拉克夫駕著車隊往東，紗藍在黑夜裡皺眉。「為什麼這麼走？」她低聲問。

「記得我們看到的那道山溝嗎？可以讓山溝擋在我們跟他們中間，以防他們聽到什麼動靜過來。」布魯斯低聲說。

紗藍點頭。「如果他們抓到我們，該怎麼辦？」

「不會有什麼好事。」

「不能賄賂他們放我們走嗎？」

「逃兵不像普通的土匪。這些人已經放棄了一切，誓言、家人。成為逃兵的那刻起，就已經完全壞了，什麼都敢做，因為早放棄了一切不願意失去的東西。」

「噢。」紗藍轉頭看著身後。

「我……是啊，這種決定會跟著人一輩子，真的。你會希望自己還有一絲重新找回榮譽的可能，但是也知道自己已經拋棄所有的榮譽心。」

他安靜下來，紗藍緊張到沒心思再追問。她繼續看著山邊上的光線，而棚車——謝天謝地——朝黑夜越行越遠，終於逃入黑暗中。

16 劍術大師

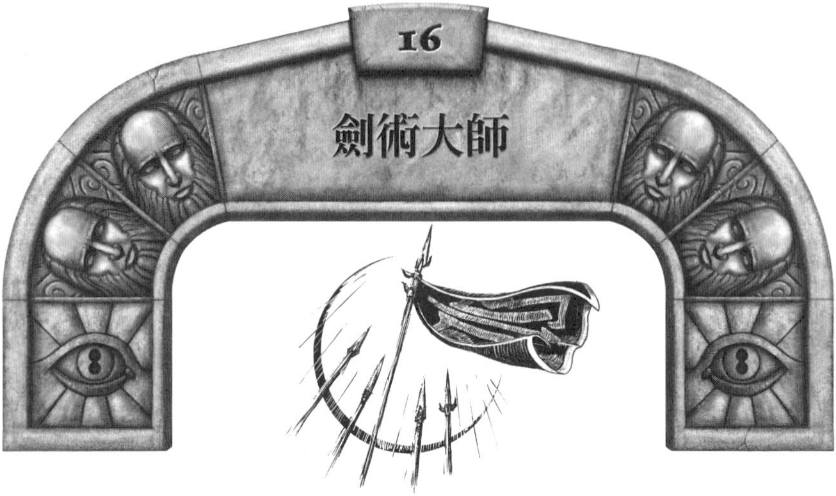

靈活形體動作仔細，
神多許以此形體，
一旦忤逆，神盡毀棄。
此形渴望精準與餘裕。

——收錄於〈聆聽者列表之歌〉，第二十七節

卡拉丁身邊的摩亞許開口：「你知道嗎？我一直以爲這裡會……」

「更大？」德雷帶著些微口音問。

「更好。」摩亞許看著訓練場。「這裡看起來跟深眸人士兵練習的地方一模一樣啊。」

這片對練校場是達利納的淺眸人專用，開闊的中庭中央有一層厚厚的沙，外邊圍了一圈架高的木頭走道，走道另一邊是一棟狹窄的建築物，只有一個房間那麼深。這棟窄樓包圍了中庭的三邊，正門處則是一面牆，有一道拱門做爲入口，窄樓的屋頂很寬，替走道提供了遮陰。淺眸軍官們站在底下聊天，看著在陽光底下對打的人，執徒則在周圍來來去去，提供飲料或武器。

這是最常見的訓練場設置。卡拉丁見過好幾棟都是這樣，大多數是他還在阿瑪朗的軍隊裡服役時看到的。

卡拉丁咬著牙根，手掌輕放在通往訓練場的拱門前。阿瑪朗來到戰營已經七天了。這七天來，他一直努力想要消化阿瑪朗跟達利納是朋友這件事。

他最後決定要因爲阿瑪朗的到來而開心得颶風一樣，畢竟這意味著卡拉丁終於有機會往那個人身上捅一矛。

*不行，不能用矛，*他邊走入訓練場邊想。*要用刀。我想要貼近他，跟他面對面，看著他在驚慌中死去。我要感覺刀子捅進他的瞬間。*

卡拉丁朝他的人揮手，進入拱道，強迫自己把心神放在周圍環境，不要老想著阿瑪朗的事。拱道用的石材很堅硬，是從附近切割出來的，造型是傳統的面東強化型，從上頭不多的克姆泥量看來，這道牆建造沒多久。這個跡象再次顯現達利納把這戰營視爲永久性的建築物——開始拆下簡單的臨時建築，用堅固的結構取代。

「我不知道你以爲會是怎樣。」德雷一邊看一邊對摩亞許說。「你想怎麼樣替淺眸人建訓練場？不用沙子用鑽石塵嗎？」

「聽起來眞痛。」卡拉丁說。

「我也不知道，不過他們把整件事弄得好像多偉大一樣。不准深眸人使用『特殊』訓練場，我看不出來這有什麼特殊的。」摩亞許說。

「因爲你想事情的方法跟淺眸人不一樣。這個地方爲什麼會特別，有一個很簡單的原因。」卡拉丁說。

「什麼原因？」摩亞許問。

「沒有我們。」卡拉丁帶著其他人進入。「至少平常沒有。」

他帶著德雷跟摩亞許一起來，還有包括橋四隊及碧衛隊剩下來的另外五個人。達利納把碧衛隊交給了卡拉丁，而卡拉丁又驚又喜地發現，這些人毫無怨言地接受他成爲他們的新領袖。他對他們每一個人都相當贊許，碧衛果然名不虛傳。

其中幾個人，都是深眸人，開始跟橋四隊一起用餐。他們也索取了橋四隊的徽章，卡拉丁幫他們訂了一批，同時要求他們另一個肩膀要釘上碧衛的徽章，繼續把它們當成榮譽的象徵配戴。

卡拉丁一手握著矛，帶著他的人一起走向一群正在朝他們趕來的執徒。這些執徒穿著弗林教服，鬆垮的長褲與上衣用簡單的繩子綁在腰間——乞丐的衣服。他們是奴隸，但也不是。卡拉丁從來沒有多想這些人的存在意義。他母親應該會很失望卡拉丁多麼不在乎這些宗教儀式。在卡拉丁的想法裡，全能之主向來沒多在乎他，所以爲什麼他要在乎祂？

「這是淺眸人的訓練場。」領頭的執徒嚴厲地說。她是一名纖細的女人，不過執徒不該有男女之別。她跟所有執徒一樣都剃光了頭，她的男性同伴留有方形的鬍子和乾淨的上唇。

「卡拉丁上尉，橋四隊。」卡拉丁一邊說，一邊打量訓練場，將他的矛扛上肩膀。在對打的時候，很容易有意外發生，他必須特別注意。「我來這裡保護科林家的兒子，他們今天要來練習。」

「上尉？」一名執徒輕蔑地說。「你——」

另一個執徒低聲說了什麼，讓那人閉起嘴。卡拉丁的事跡很快就傳遍了營地，可是執徒有時候很不靈敏。

「德雷。」卡拉丁邊指邊說。「看到牆上長的那片石苞嗎？」

「看到了。」

「那是人種的，所以有辦法可以上去。」

「當然。」領頭的執徒說。「樓梯間就在西北角，我有鑰匙。」

「很好。你可以讓他上去。」卡拉丁說。「德雷，去上面看著。」

「行。」德雷朝樓梯間的方向小跑步去。

「你覺得他們在這裡能有什麼樣的危險？」執徒雙手抱胸。

「我看到很多武器。」卡拉丁說。「很多人進進出出，而且……那些是碎刃吧？所以能出什麼事呢……」他意有所指地看了她一眼。女人嘆口氣，將鑰匙交給助手，後者跟著德雷跑走了。

卡拉丁指出其他位置，分派他的人去看守，他們一一離開後，只剩下他跟摩亞許。一聽到碎刃，精瘦的男人已經立刻轉身，飢渴地看著碎刃。兩名拿著碎刃的淺眸人走到沙地中間，其中一人的劍又長又細，有較大的護柄，另一把劍很寬又巨大，有著尖銳的刺——近乎火焰形狀——從劍尖朝兩邊伸出。兩把劍在開刃的那一面都套著保護罩，幾乎像是半段刀鞘。

「咦，這兩個人我不認得。我以為我認得營地裡的每個碎刃師。」摩亞許說。

「他們不是碎刃師。他們只是用國王的劍。」執徒說。

「艾洛卡讓別人用他的碎刃？」卡拉丁問。

「這是個偉大的傳統。」執徒似乎對於需要解釋這件事很不耐煩。「在再度統一之前，藩王在自己的領地中也會這樣，現在這是國王的義務跟尊榮。許多人使用國王的碎刃跟碎甲練習。我們軍隊中的淺眸人必須練習使用碎刃——為了所有人好。碎刃跟碎甲很難掌握，如果有碎刃師倒在戰場上，必須讓其他人有能力可以立刻接手使用。」

卡拉丁想想覺得似乎有道理，不過他很難想像會有淺眸人允許別人碰觸他的碎刃。「國王有兩柄碎刃？」

「一柄是他父親的，保存的原因正是爲了訓練碎刃師的傳統。」執徒瞥向兩人。「雅烈席卡向來有這世界上最優秀的碎刃師，這個傳統便是原因之一。國王暗示有一天，他也許會將他父親的碎刃交給一名配得上的戰士。」

卡拉丁贊許地點頭。「不錯嘛。我敢打賭會有很多人前來請求使用碎刃練習，每個人都想證明他是最有能耐、最有資格獲得這柄劍的人。艾洛卡可以用這種方法騙到一堆人。」

執徒聞言氣憤地走開。卡拉丁看著碎刃在空中閃爍，這些用碎刃的人幾乎不知道自己該幹什麼。他看過眞正的碎刃師，與他對戰過的眞正碎刃師，不會拿著大劍卻像是揮木棒一樣亂舞。就連雅多林那天的決鬥都——

「颶風的，卡拉丁，你還叫我對這些執徒放尊重點？」摩亞許看著氣呼呼離開的執徒。

「嗯？」

「你沒有對國王使用尊稱，然後又暗示來練習的淺眸人很懶惰，需要被騙才會練習。我以爲我們應該要避免激怒淺眸人？」摩亞許說。

卡拉丁別過頭，不再看碎刃師。他當時有點心不在焉，所以回答時不夠小心。「你說得沒錯，謝謝你提醒我。」

摩亞許點點頭。

「我希望你能守著門口。」卡拉丁往前指。一群帕胥人扛著箱子進來，應該是食物。這些帕胥人應該不危險……吧？「特別注意僕人、送劍的，或任何看起來無關緊要卻靠近達利納藩王兒子們的人。利用那種人瞬間往腰間一捅的突襲，往往是最有效的刺殺手法之一。」

「行。可是阿卡，你得先跟我說。阿瑪朗這個傢伙是誰？」

卡拉丁猛然轉身面向摩亞許。

「我看到你看他的眼神，還有其他橋兵提起他時你的表情。他對你做了什麼？」摩亞許說。

「我原本在他的軍隊裡，那是我最後一個作戰的地方，直到……」

摩亞許朝卡拉丁的額頭一比。「所以那是他的傑作？」

「對。」

「那他就不是人們口中的英雄。」摩亞許說，這個事實似乎讓他很滿意。

「沒有人比他的靈魂更黑暗。」

摩亞許握住卡拉丁的手臂。「我們會找到辦法報復他們，薩迪雅司跟阿瑪朗。那些對我們幹了這種事情的人，是吧？」怒靈從他身邊沸騰而出，像是沙地上的血泊。

卡拉丁與摩亞許四目對望，然後點點頭。

「那我就滿意了。」摩亞許扛起矛，朝卡拉丁示意的地方小跑去，靈瞬間消失。

「他是另一個需要多微笑的人。」西兒悄悄說。卡拉丁沒注意到她就飛在身邊，如今她已坐在他的肩膀上。

卡拉丁轉身繞了訓練場一圈，記下每個入口。也許他過度小心，不過他喜歡把自己的事情做到最好，而他一生中唯一的工作就是拯救橋四隊，之前那些過往都像是上輩子的事。

只不過，有時候他的工作似乎根本不可能做得好。上個禮拜時，又有人溜到達利納的住所，在牆上寫下第二個數字。倒數之後，它指向一個多月以後的同一個日期。

藩王似乎並不在意，而且不想聲張這件事。颶風的……難道是達利納自己發瘋的時候寫下來的？還是某個靈寫的？卡拉丁很確定這次不可能有人趁他不注意時溜進去寫字。

「你想談談你的心事嗎？」西兒問。

「我在擔心颶風時達利納的情況。那些數字……要出事了。妳還有看到那些靈嗎？」卡拉丁問。

「紅閃電？我想有。它們很難看見，你看到了？」她問。

卡拉丁搖搖頭，扛起矛，走到繞著沙地的走廊中。他開始探頭去看一間儲藏室，裡頭有練習用的木劍，有些是碎刃的大小，牆上還掛著對練用的皮甲。

「你沒擔心別的事？」西兒問。

「還能有什麼事？」

「阿瑪朗跟達利納。」

「這不是大事。達利納・科林跟我所知最惡毒的殺人犯之一是朋友，那又怎麼樣？達利納是淺眸人，他可能跟很多殺人犯都是朋友。」

「卡拉丁……」西兒開口。

「阿瑪朗比薩迪雅司更惡毒，妳知道嗎？」卡拉丁在儲藏室裡繞著，尋找門口。「所有人都知道薩迪雅司是個鼠輩，可是他很直接。他跟我說過『你是橋兵，我會把你搾乾，直到你死』。可是阿瑪朗……他擺出一副不只這樣的樣子，像是故事中的光爵一樣。他告訴我他會保護提恩，他假裝自己是個有榮譽心的人。這種用心險惡的程度，薩迪雅司永遠無法達到。」

「達利納跟阿瑪朗不一樣，你知道的。」西兒說。

「所有人對他的描述就跟人們描述阿瑪朗一樣。人們現在仍然用同樣的方式在描述阿瑪朗。」卡拉丁離開室內，繼續巡邏校場，經過對戰中的淺眸人，他們一邊踢起沙子，一邊喘氣、流汗，用木劍相互敲擊。

每一隊人都有六名深眸僕人伺候，捧著毛巾跟水壺，許多人甚至叫了一兩個帕胥人端來椅子好坐著休息。颶父的，這麼簡單的一件事，淺眸人都要人從頭伺候到腳。

西兒衝到卡拉丁面前的空中，如颶風一般驟下。眞的像是颶風一樣。她停在他面前的空中，腳下沸騰著一朵雲，亮著閃電。她劈頭質問：「你老老實實告訴我，你眞的認爲達利納·科林只是在假裝當個有榮譽心的人？」

「我——」

「別對我撒謊，卡拉丁。」她上前一步，指著他。雖然她身形嬌小，但在那一瞬間，卻宛如颶風一樣龐大。「不可以說謊。永遠。」

他深吸一口氣。「沒有。」他終於開口。「沒有。達利納爲了我們付出了他的碎刃。他是個好人，我接受這點。阿瑪朗騙了他，也騙了我，所以也許我不能太責怪科林。」

西兒俐落地點頭，雲朵散去。「你應該跟他談談阿瑪朗的事。」她走在卡拉丁頭邊的空氣中，陪著他一起檢查建築物。她的腳步很小，理論上應該要落後的，卻完全沒有。

「我又該說什麼？」卡拉丁問。「我應該去找他，指控一名第三達恩等級的淺眸人屠殺自己的軍隊、搶走我的碎刃？這麼說只會被當成傻子或瘋子。」

「可是——」

「他不會聽的，西兒。達利納·科林也許是個好人，但他不會允許我說一名強大淺眸人的壞話。這世界就是這樣，我眞心這麼想。」

他繼續檢查，想要知道在那些能讓人觀看別人對練的房間裡有什麼。有此是儲藏室，其他則是休息室跟淋浴間。有幾間上鎖著，裡面是剛完成每日練習、正在休憩的淺眸人。淺眸人喜歡洗澡。

建築物的背面，也就是入口的對面，都是執徒的住所。卡拉丁從來沒看過這麼多平頭袍子擠成一團竄動，在爐石鎮上，城主只養了幾名老邁的執徒來教導兒子。那些執徒同時也定期進入鎮上，燃燒祈禱文，還有提升深眸人的天賦。

這些執徒看起來很不同。他們有戰士的身材，經常下場跟需要對手的淺眸人對練。有些執徒有黑色眼睛，卻也用劍——他們不是深眸或淺眸人，只是執徒。

*如果有執徒決定要殺死小王子們怎麼辦？*颶風的，他眞的很痛恨當保鏢帶來的這些問題。即使沒出事，也沒辦法知道是因爲一切無恙，還是因爲已經阻撓了一些原本要出現的刺客。

雅多林跟他弟弟終於來了，兩個人都一身碎甲，抱著頭盔，身邊陪同者有斯卡還有幾名碧衛的前成員。這些人朝卡拉丁行禮，卡拉丁揮手，示意他們可以退下，正式進行交接。斯卡會去加入泰夫還有保護達利納跟娜凡妮的那組人。

「光爵，在不打擾訓練的情況下，這個地方的安全已經是我所能做到的最好狀態。」卡拉丁走到雅多林身邊說。「在你們對練時，我跟我的人會留心四周，但是如果你看到哪裡不對勁，別遲疑，立刻叫人。」

雅多林沉哼了一聲，環顧四周，幾乎沒有在聽卡拉丁說話。他長得很高，黑色的雅烈席卡髮色混入不少金色。他的父親沒有金髮，也許雅多林的母親是從里拉來的？

卡拉丁轉身要走向中庭的北邊，從那裡他可以跟摩亞許有不同的視野。

雅多林在後面喊：「橋兵，你決定要用正確的敬稱了嗎？你不是叫我父親『長官』？」

「他是我的直屬長官。」卡拉丁轉身，簡單的答案似乎最合適。

「但我不是？」雅多林皺眉問。

「不是。」

「如果我對你下令呢？」

「光爵，我會配合所有合理的要求。可是如果你希望有人在你休息時去幫你倒茶，那你得找別人，在這裡願意舔你腳跟的人應該很多。」

雅多林站到卡拉丁面前。雖然他身上的深藍色碎甲只讓他高了幾吋，卻似乎因此顯得加倍高大。也許舔腳跟這句話有點太衝了。

可是雅多林代表著某種價值觀，也就是淺眸人的特權。跟會引出卡拉丁恨意的阿瑪朗或薩迪雅司不同，雅多林這類人只會讓他氣惱，提醒他在這個世界上，有種人可以喝美酒穿華服，另外一種人則幾乎在他們心念一動之間就會變成奴隸。

「我欠你一條命。」雅多林低吼，好像說出這些話會疼死他一樣。「這是我唯一沒有把你從窗戶丟出去的原因。」他舉起護甲中的手指，敲敲卡拉丁的胸口。「可是我對你的忍耐度絕對不像我父親那樣，小橋兵。你有哪裡很古怪，我說不出來。我會一直盯著你，記住自己的身分。」

這下可好了。

「光爵，我會保你一命。」卡拉丁推開他的手指。「這就是我的身分。」

「我可以自己保住自己一條命。」雅多林轉身，金屬一陣敲擊後，踏過沙地離去。「你的任務是保護我弟弟。」

卡拉丁巴不得雅多林快走。「被寵壞的小鬼。」他低聲說。卡拉丁猜想雅多林比自己大幾歲，他最近才發現還是橋兵時過了二十歲生日，但他當時完全不記得。雅多林應該有二十出頭，不過是不是小鬼跟年齡沒關係。

雷納林仍然尷尬地站在前門，穿戴著達利納以前用的碎甲，握著他新得到的碎刃。雅多林昨天火速結束的決鬥成爲戰營中的熱門話題，雷納林必須要過五天才能完全與他的碎刃結合，到那時才能驅散他的碎刃。

年輕人的碎甲是深鐵色，上面沒有油料塗繪，這是達利納喜歡的樣式。達利納把碎甲給人的動作暗示他覺得自己需要以政治家的身分贏得接下來的勝利，這是個很值得敬佩的行爲——人不可能因爲害怕你會揍他們一頓而一直跟隨你，就算你是最優秀的軍人也不可能。要成爲眞正的領袖，需要很多、非常多其他特質。

可是卡拉丁依然覺得達利納應該要留下碎甲。只要能讓他活下去的東西，都會是橋四隊的幫手。

卡拉丁靠著柱子，雙手環抱，矛柄枕在臂彎，小心檢查周圍是否有麻煩，研究所有太靠近小王子們的人。雅多林走過來，抓住他弟弟的肩膀，將他拖過中庭。幾名在廣場中對戰的人停下來鞠躬——雖然他們沒有穿制服——或是朝經過的小王子們行禮。一群灰衣執徒聚集在中庭後方，先前的女人上前一步去跟兄弟倆說話，雅多林跟雷納林兩人都正式地朝她行禮。

雷納林得到碎甲已經三個月了。雅多林爲什麼等這麼久才帶雷納林來練習？他是想等決鬥結束，好幫弟弟也贏一把碎刃嗎？

西兒落在卡拉丁的肩膀上。「雅多林跟雷納林都朝她鞠躬。」

「對。」卡拉丁說。

「執徒難道不是奴隸嗎？是他們父親擁有的奴隸之一？」

卡拉丁點頭。

「人類不合理。」

「如果妳現在才發現這一點，那妳對我們的研究也太隨便了點。」卡拉丁說。

西兒一甩秀髮，髮絲如眞的存在一樣飛揚。這個動作很有人類味道，也許她其實是很注意的。「我不喜歡他們。」她滿不在乎地說。「兩個都不喜歡，雅多林或雷納林。」

「妳不喜歡任何握碎刃的人。」

「沒錯。」

「妳以前把碎刃稱爲汙衊人心的存在，但是燦軍都配戴碎刃，所以燦軍也錯了嗎？」

「當然不是。」她說得好像他剛才說了一件很蠢的事。「碎刃當時不是汙衊人心的東西。」

「什麼變了？」

「騎士。是騎士變了。」西兒的聲音放得很低。「已經沒有合適的人了，也許從來就沒有……」

「那些人一開始是從哪裡來的？」卡拉丁問。「碎刃、碎甲，就連現代法器都沒有以前那麼好。古代人到底是從哪裡弄來這麼厲害的武器？」

西兒沉默。每次他一問到關鍵處，她最讓人討厭的習慣就是沉默。

「怎麼樣？」他追問。

「我眞的很希望能夠告訴你。」

「那就說啊。」

「我眞的很希望可以這麼做，但是沒這麼簡單。」

卡拉丁嘆口氣，重新專注雅多林跟雷納林身上，這才是他該做的事。資深執徒帶領他們去到中庭的後方，那裡有另外一群人坐在地上，也是執徒，卻不太一樣。某種老師嗎？

雅多林對他們說話的同時，卡拉丁快速掃過一遍中庭，然後皺起眉頭。

「卡拉丁？」西兒問。

「那個陰影下的男人。」卡拉丁用矛朝屋簷下某處揮了揮。有個人站在那裡，雙臂抱胸，靠著及腰的木欄杆。「他在看小王子們。」

「呃，每個人都在看啊。」

「他不一樣。我們走。」卡拉丁說。

卡拉丁很隨意，不帶著威脅性地慢慢走過去。那個人也許只是個僕人。長頭髮，短鬍子有點凌亂，穿著淺褐色的鬆垮衣服，用繩子綁著。他看起來跟訓練場格格不入，這一點也許足以表示他不是殺手。但最好的殺手通常都是最不顯眼的。

那個人有著健壯的身體，臉頰上也有疤，所以是見過血的人。最好還是查一查。他很專注地看著雷納林跟雅多林，卡拉丁從這個角度看不出來他的眼睛是淺是深。

卡拉丁靠近時，腳步發出明顯的沙地摩擦聲。

對方立刻轉身，卡拉丁直覺地把矛往前一伸。他現在可以看見那個人的眼睛——是褐色的——可是看不出對方的年紀。這雙眼睛似乎很年老，但是男人的皮膚上沒有足以相稱的皺紋。他可以是三十五歲，也可以是七十歲。

太年輕了，卡拉丁心想，說不出爲什麼。

卡拉丁放下矛。「抱歉，我有點緊張，剛上任幾個禮拜而已。」他嘗試以和善的語氣說話，想讓對方放下戒心。

沒有成功。對方上下打量他一番，姿態仍然像一名正在決定是否該出擊的戰士，自制卻充滿威脅。終於，他轉身背向卡拉丁，放鬆看著雅多林跟雷納林。

「你是誰？」卡拉丁來到那個人身邊。「我是新來的，還在記大家的名字。」

「你是橋兵，救了藩王的那個人。」

「是。」卡拉丁說。

「你不必一直探我的口風，我不會傷害你那些該死的王子們。」他有著低沉如砂礪的嗓音，口音也很奇怪。

「他們不是我的王子，只是我的責任。」卡拉丁再次打量那個人，注意到不同的另一點。他的穿著跟執徒很像，只是滿頭頭髮讓卡拉丁一時迷惘了。

「你是士兵。以前是？」卡拉丁猜測。

「對。他們叫我薩賀。」

卡拉丁點頭，不尋常的點一一得到解答。士兵退役後有時會成爲執徒，假如對方沒有別的人生選擇的話。卡拉丁以爲他們至少會要求對方剃頭。

不知道哈福是不是也從某處的僧院來，卡拉丁不經意地想。他現在會怎麼看待我？應該會覺得很驕傲吧。他一直把護衛看做是士兵任務中最值得敬重的一種。

「他們在幹什麼？」卡拉丁問薩賀，朝雷納林跟雅多林揚揚頭。他們雖然身穿碎甲，卻在年邁的執徒面前就地坐下。

薩賀沉哼一聲。「小科林必須被大師挑選，進行訓練。」

「他們不能隨便挑自己想要的人嗎？」

「不能這樣。但這種情況有點尷尬，雷納林王子沒有練過幾次劍。」薩賀頓了頓。「被大師挑選是大多數合適階級的淺眸男孩十歲時走出的第一步。」

卡拉丁皺眉。「他爲什麼沒有？」

「某種健康問題。」

「他們眞的會拒絕他？藩王的親生兒子？」卡拉丁問。

「他們可以，但是應該不會。沒那種勇氣。」對方瞇起眼睛，看著雅多林站起身，揮揮手。「該死的，我就知道他等我回來以後才做這件事有鬼。」

「薩賀大師！你沒跟別人坐在一起！」雅多林喊過來。

薩賀嘆口氣，然後無奈地瞥了卡拉丁一眼。「我大概也不夠有勇氣。我會盡量不要傷他太重。」他繞過欄杆，小跑步過去。雅多林興奮地與薩賀握手，然後指向雷納林。在其他光頭、鬍鬚整齊、衣著乾淨的執徒中，薩賀看起來很格格不入。

「嗯，妳覺得他看起來古怪嗎？」卡拉丁說。

「我覺得你們每一個人都很古怪，除了大石，他是個徹底的紳士。」西兒輕快地說。

「他認爲妳是個神。妳不應該鼓勵他。」

「爲什麼？我是個神啊。」

他轉過頭，眼神不善地看著坐在他肩膀上的她。「西兒……」

「幹嘛？我眞的是啊！」她笑了，舉起手指，好像正捏著很小的東西。「一個神的很小一塊。非常、非常小的一塊。我允許你現在向我鞠躬。」

「妳坐在我肩膀上，有點難度。」他喃喃說，注意到洛奔跟沈來了門口，應該是帶來泰夫送的每日匯報。「來吧，看看泰夫有沒有要我替他做什麼，然後我們繞一圈，去看看德雷跟摩亞許的情況。」

圖樣幾乎隨時都在變形。
它經常變化速度，
有時很慢，有時很快。

我還看不出來這些變化
為何需要不同的時間。

它似乎是以線條組成……那些線條不能算是藤蔓或觸手，也不會攀抓或伸長……只是不斷分岔、複製，然後混合成不同的圖樣……

這些線條似乎都是連貫在一起，無論是在圖樣的根部或是從根部主要線條分岔而出。重複的形狀會混合、重疊、分解成不同的分布！

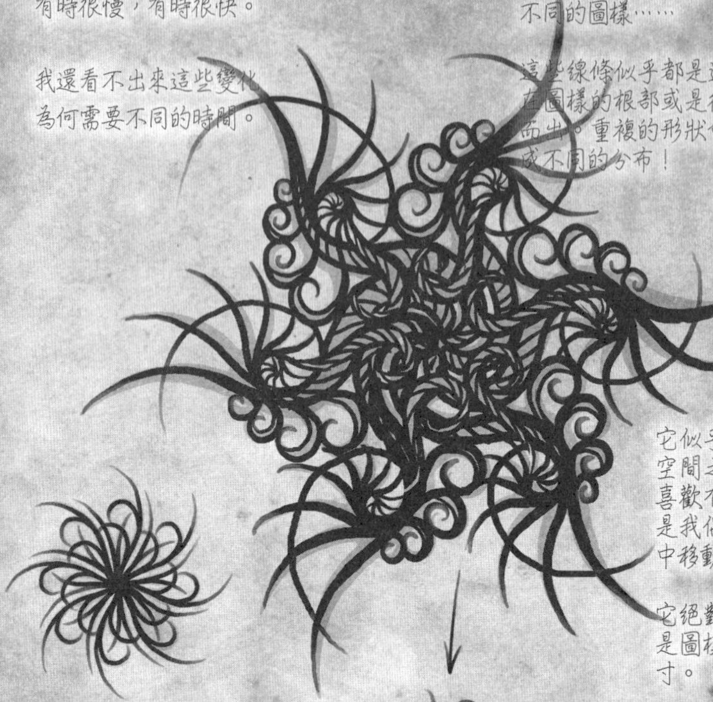

宅似乎總是在二維跟三維空間之間切換。我認為它喜歡有平面可以攀附，但是我偶爾也看到它會在空中移動。

它絕對有立體的形狀，但是圖樣似乎沒有固定的尺寸。

它似乎有無盡的變化可能！

組成圖樣的線條會延伸、彎曲、拉直、扭轉，光滑地分岔，有時還會重疊在一起，然後再次分岔，不斷地讓線條糾纏。線條從未看起來混亂，形狀總是有規律。

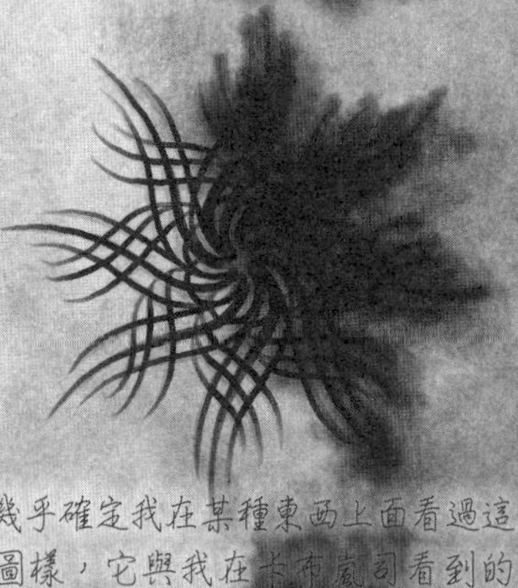

圖樣的組成部分會有多寡變化，但似乎都是雙數。

我幾乎確定我在某種東西上面看過這個圖樣，它與我在卡布葳司看到的生物有點像，但少了身體跟奇特的孢子。它也許是他們的孩童或是僕人？

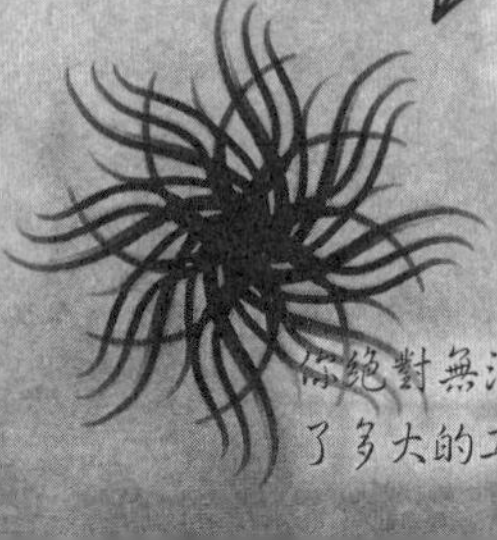

你絕對無法想像我爲了將它從羅沙海底找回來費了多大的工夫。你欠我一件新外套。——納指

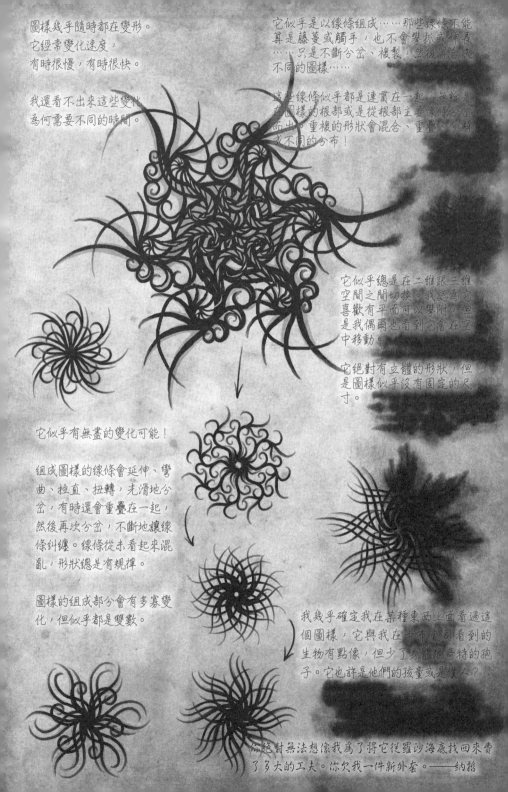

遲鈍形體，意識多失，
品級至低，智慧全無。
欲尋此形體，需捨棄代價。
尋得汝後招瑕與汝。

——收錄於〈聆聽者列表之歌〉，最後一節

在棚車上，紗藍靠研究工作來隱藏她的不安。根本看不出來那些逃兵是否瞄到了車隊壓碎石苞時留下的痕跡。他們也許正追過來，也許沒有。

想也沒用，她告訴自己，所以她讓自己找點別的事情做。「葉子可以長出新苗。」她邊說邊用指尖捏起一片小小的圓葉子，將葉子轉向陽光。

布魯斯坐在她身邊，如岩石一般沉默。今天他戴了一頂寬沿帽，款式對他來說太有型了——前面是白色的，偏窄，黑色的皮革線在帽沿刺了一圈花樣。他偶爾會將他用來指引芻螺的蘆葦往領頭的芻螺殼上拍一下。那條蘆葦至少跟紗藍身高一樣長。

紗藍在她的素描本背面記下了他使用的幾個拍打韻律。布魯斯拍了兩下，停頓，再拍一下。這讓芻螺慢了下來，因為他們前面由弗拉克夫駕駛的棚車，正開始爬上滿是細小石苞的山坡。

「看到沒？」紗藍把小葉子給他看。「所以這種植物的枝芽才這麼脆弱。暴風來的時候，會折斷這些樹枝，把葉子打落，葉子就會隨風飛走，開始長出新芽，建立起自己的殼。這裡的土壤很貧瘠，但它們長得眞快，速度超過我的預期。」

布魯斯悶哼了一聲。

紗藍嘆口氣，放下手指，把小植物放回她用來培養的杯子裡。她轉頭看向身後。沒有追趕的跡象。她眞的應該不要再這樣擔心。

她轉身去看她的新素描本——這是加絲娜的筆記本，但是裡面內容不多——然後開始素描那片小葉子。她的工具不太好，只有一支炭筆，幾支還剩一點墨水的墨水筆，但是圖樣說得沒錯。她停不了。

她一開始是把記憶中入海那次看到的山提德重新畫出來。這張圖跟她在出水之後立刻畫下來的那張沒得比，但是無論好壞，再次擁有這張圖讓她內心的傷口開始癒合。

她畫完葉子，翻過書頁開始畫布魯斯。她不是很想從他開始重新蒐集她的人物肖像，但是她的選擇很少。不幸的是，那頂帽子眞的看起來很蠢。對他的頭來說實在太小了，他看起來就像螃蟹那樣往前縮，背朝著天，頭上頂著帽子……好吧，至少構圖很有趣。

「你從哪裡弄來帽子？」她邊畫邊問。

「交易。」布魯斯嘟囔，沒有看她。

「貴嗎？」

他聳聳肩。紗藍自己的帽子掉在了海裡，但是她說服弗拉克夫給她一頂帕胥人編織的帽子。樣子不太好看，但至少不讓太陽一直曬到她的臉。

雖然棚車一路顛簸，但紗藍仍然畫完了布魯斯。她檢視一番後，不是很滿意。用這種方式開始她的蒐集實在很糟，尤其是她覺得自己把他畫得太可笑了。她抿起嘴唇。如果布魯斯不是一直這樣對她皺著眉頭，會長得什麼樣？如果他的衣服更整齊，如果他握著一柄正式的武器，而不是那個舊鋤頭？

她翻過頁面，重新開始畫。另一幅構圖——也許有點理想化，但是感覺卻更爲合適。只要讓他穿上合適的衣服，他其實也可以看起來很帥氣。一件制服，一根矛，插在他身邊，他的眼睛望著天邊。她畫完之後，立刻心情好了很多。她對自己最後的作品露出微笑，拿起來給布魯斯看，此時弗拉克夫也讓他們停下，準備午休。

布魯斯瞥向圖，什麼都沒說。他拍了幾下芻螺，讓牠停在拉弗拉克夫棚車的那頭芻螺旁。泰格也把自己的棚車並排停下，這次由他載著奴隸。

「團草！」紗藍放下圖畫，指著附近岩石後面長的一叢細蘆葦。

布魯斯呻吟。「又要？」

「對。能請你幫我摘來嗎？」

「不能讓帕胥人去做嗎？我應該要去餵芻螺……」

「你覺得讓誰等比較好，布魯斯護衛，芻螺還是淺眸女士？」

布魯斯抓抓帽子下的頭，不情願地下了棚車，走向蘆葦叢。不遠處，弗拉克夫站在他的棚車上，看著南邊的天邊。

那個方向有一道細細的煙升起。

紗藍立刻感覺到一陣寒意。她趕忙從棚車下來，趕到弗拉克夫身邊。「颶風的！是逃兵嗎？他們在跟蹤我們？」紗藍說。

「對。他們似乎趁中午炊飯時停了下來。」弗拉克夫從棚車上面說。「他們不在乎我們看到他們的火焰。」他擠出一聲笑。「這是個好徵兆。大概他們知道我們只有三輛棚車，不太值得追。只要我們不斷移動，不要停下太久，他們就會放棄追逐我們。對，我很確定這點。」

他跳下棚車，趕忙去給奴隸喝水。他沒讓帕胥人去做，而是自己動手，這個動作遠比任何事情更能表現出他的緊張。商人想要趕快上路。

所以帕胥人只待在弗拉克夫棚車後面的籠子裡繼續編織，紗藍焦急地站在那邊看。逃兵是不是看到了棚車一路上壓碎的石苞？

她發現自己正在冒冷汗，但能怎麼辦？她也沒辦法讓車隊走得更快。她只能像弗拉克夫說的那樣，不斷期望他們可以跑得比追兵快。這似乎不太可能，芻螺棚車不可能比行軍的人更快。

讓自己分心，紗藍告訴開始驚慌的自己。找點事情來做，不要一直去想追兵。

弗拉克夫的帕胥人怎麼樣？紗藍打量他們。也許畫那兩個人在籠子裡的圖？

不行。她緊張到沒辦法畫畫，但也許她能問出點什麼。她走向帕胥人。她的腳一直在抱怨，但是還可以忍一下。她決定與前幾天的掩飾反其道而行，現在很誇張地皺著眉，最好讓弗拉克夫認爲她的傷勢比實際上嚴重。

她停在籠子前，後面沒有鎖——帕胥人從來不逃跑。買這兩個帕胥人對弗拉克夫來說一定是個大投資。帕胥人不便宜，許多國王與強大的淺眸人都會囤積他們。

兩人之一瞥向紗藍，然後繼續手邊的工作。是他還是她？不把兩人的衣服都脫下來比較，很難看出男女性別。這兩個都有白底紅紋的皮膚，身體粗壯，大概五呎高，沒有頭髮。

這麼卑微的勞力，實在很難被當成一種威脅。「你們叫什麼名字？」紗藍問。

一個抬頭，另一個繼續工作。

「你的名字。」紗藍追問。

「一。」帕胥人說。他指著同伴。「二。」然後他低下頭，繼續工作。

「你的生活快樂嗎？如果有選擇，你希望獲得自由嗎？」紗藍問。

帕胥人抬頭看她，皺著臉，眉毛擠成一團，嘴型看起來是在重複她說的幾個字，然後搖搖頭。他不懂。

「自由？」紗藍追問。

他彎下腰，繼續工作。

紗藍心想，*他居然看起來很尷尬，因爲自己聽不懂而覺得不好意思*。他的肢體語言似乎在說：「請不要再問我問題了。」紗藍把素描本夾在腋下，記憶了兩人工作的畫面。

她用力地告訴自己，*這些是邪惡的怪物，傳說中的恐怖，即將要摧毀周圍的一切與人類*。可是站在這裡看著他們，她發現自己很難相信這件事，儘管她已經接受了證據。

颶風的，加絲娜說得沒錯。要說服淺眸人丟掉他們的帕胥人簡直是不可能的事，她會需要非常、非常紮實的證據。她心煩意亂地走回棚車邊，爬上去坐好，特別擺出一臉痛楚的樣子。布魯斯替她準備了一把團草，現在已經去餵芻螺；弗拉克夫則掏出一些食物做爲簡便的午餐，應該是準備邊走邊吃。

她壓下緊張的情緒鎮靜下來，強迫自己素描起附近的植物，接著很快就畫起天空與附近的一團岩石。天氣感覺起來已不像她剛加入奴隸商人時那麼寒冷，不過她的呼吸仍然會在早上凝結成一團霧氣。

弗拉克夫經過時，不自在地看了她一眼。自從昨晚在火堆邊的對峙之後，他對待她的態度就不同了。

紗藍繼續素描。這裡的地勢的確比家裡還要平坦，而且植物也少很多，但也健壯許多，然後……

……然後前面是另一道煙霧嗎？她站起身，舉手遮住眼睛。沒錯。更多煙霧。她看向南方，看著追來的傭兵。

不遠的泰格也注意到了，他停下手邊的工作，趕緊跑到弗拉克夫身邊，兩人低聲爭執起來。

「弗拉克夫奴主。」紗藍拒絕稱呼他為商人，雖然那是他身為正式商人的頭銜。「我希望聽到你們的討論。」

「當然，光主，當然。」他笨拙地跑過來，絞著雙手。「妳看到後面的煙霧了。我們已進入連接破碎平原以及淺窖還有附近村莊的一段窄路，這裡的行人車隊往來比凍土之地其他地方更頻繁，所以我們會碰到別人也不意外……」

「前面的人？」

「運氣好的話是另一個車隊。」

運氣不好的話……她根本不必問下去。不是更多逃兵就是土匪。

「我們可以避開他們。」弗拉克夫說。「只有一大群人才敢在中午時升起炊煙，因為這是個邀請，或是警告，我們這種小商隊是不敢冒險的。」

泰格粗壯的手指搓著額頭。「如果是大商隊，他們會有護衛，很好的保護。」他看向南方。

「對，但我們也可能讓自己陷入兩個敵人中間，兩邊都危險……」弗拉克夫說。

「後面的那些人會追上我們，弗拉克夫。」紗藍說。

「我——」

「打獵的人如果打不到泰姆，打隻貂也是可以的，這些逃兵必須靠殺人才活得下來。你不是說今天晚上可能會有颶風嗎？」紗藍說。

「對，」弗拉克夫不情願地說。「日落後兩個小時，如果我買的清單沒錯的話。」

「我不知道土匪們平常怎麼撐過風暴，但是他們顯然很堅決要追我們。我猜他們打算殺光我們之後以棚車做爲遮擋，他們不會放過我們的。」紗藍說。

「有可能，對，有可能，可是光主，如果我們看得到前面的第二道煙，逃兵們也許也看得到……」弗拉克夫說。

「對。」泰格點著頭，彷彿才剛想到。「我們往東走。那些殺人不眨眼的東西也許會朝前面那一隊下手。」

「我們讓他們攻擊去別人而不是我們？」紗藍雙手抱胸問。

「光主，妳還希望我們怎麼辦？」弗拉克夫氣急敗壞地說。「我們是小克姆林，唯一的希望就是避開大野獸，讓他們互相獵殺。」

紗藍瞇起眼睛，檢視前面的那道煙霧。是她的錯覺，還是煙霧變得濃了？她轉頭回望。兩道煙霧其實大概差不多大。

*他們不會獵捕跟自己一樣大的獵物，*紗藍心想。*他們離開軍隊，逃走了。他們是懦夫。*

她看到不遠的布魯斯也退了回來，帶著她看不懂的表情凝視著煙霧。是唾棄？渴望？恐懼？沒有靈能給她答案。

她又開始想，*是懦夫，還是喪失希望的人？石頭順著山坡滾下，結果快到已經不知道該怎麼停下來？*

不重要。只要給他們機會，石頭就會輾過紗藍跟其他人。往東沒有用，這些逃兵會選擇好對付的，也就是緩慢的棚車，而不是正前方可能更難對付的對手。

「我們朝第二道煙柱走。」紗藍坐了下來。

弗拉克夫看向她。「輪不到妳——」她與他四目對視，他立刻打斷了自己的話。

「妳……」弗拉克夫舔舔嘴唇。「妳到……破碎平原的速度可能會因爲跟大車隊混在一起而減慢，光主，情況可能不好。」

「如果出現問題，我會處理，弗拉克夫奴主。」

「前面的人會一直前進，我們到達他們營地時，也許他們已經走了。」弗拉克夫警告。

「這樣的話，他們不是往破碎平原移動，就是朝這裡來，順著窄道前往港口都市，我們無論如何都會與他們會合。」紗藍說。

弗拉克夫嘆口氣，點點頭，叫泰格動作快點。

紗藍坐下，感覺到一陣暢快。布魯斯也坐回原位，朝她的方向推過來幾根乾巴巴的根莖植物，顯然這就是午餐了。沒多久，棚車開始往北行，這次紗藍的棚車是第三輛。

紗藍穩坐在車位上，耐心靜待。他們離前面那組人至少有好幾個小時的距離，能不能追上還不一定。爲了不讓自己擔心，她開始完成手邊這幅風景畫，然後隨性塗鴉。

她畫了天上飛舞的飛鰻，卡布嵐司的港口、亞耶伯，但她覺得他的臉有哪裡不對勁，也沒畫出來眼中促狹的光芒。也許這些錯誤來自於她一想到他的遭遇便陷入的憂傷情緒。

她翻過頁，重新開始畫，想到什麼畫什麼。手下的畫筆勾勒出一名優雅的女人，穿著高貴的長裙，腰部以下的線條不貼身卻乾淨俐落，胸口與腹部的線條則收緊，長而寬的袖子，一邊遮住內手，另一邊則長至手肘，露出前臂，剩餘的布料自然垂墜。

大膽、自持的女人，智珠在握。紗藍繼續放任自己依憑直覺作畫，開始將自己的臉孔畫在優雅女人的頭上。

她遲疑了，鉛筆停滯在畫面上。這不是她。可以嗎？可能嗎？

她一直看著這幅畫，身下的棚車因爲壓過岩石與植物不斷彈跳。她翻到另一面，又開始一幅畫。一件舞會的禮服，一名在宮廷中的仕女，周圍是她想像中的雅烈席卡頂級貴族，高大、強壯，女人是他們之中的一份子。

紗藍把自己的臉畫在女人身上。

她翻過書頁，又畫了一幅，再一幅。

最後一幅是她站在想像中的破碎平原邊緣，望向東方，眺望加絲娜尋找的祕密。紗藍再次翻頁，開始畫起來。加絲娜在船上，坐在書桌前，周圍散亂著紙張跟書本。重點不是場景，而是她的臉。擔憂、驚恐的臉，筋疲力竭，被逼到極限。

這一幅畫毫無瑕疵。自從災難發生後，這是第一幅徹底抓住她所見所聞情景精髓的畫。加絲娜的重擔。

「停車。」紗藍頭也不抬地說。

布魯斯瞥向她。她壓下重複這句話的念頭。不幸的是，他沒有立刻照做。「爲什麼？」他質問。

紗藍抬起頭。煙柱仍然遙遠，但她想得沒錯，煙柱變粗了，前面的那組人停了下來，升起大火來準備午餐。根據煙霧來看，他們比後面追兵的人數更多。

「我要去後面找資料。等我坐定之後你可以繼續前進，但是我們靠近前面那組人時，停下來叫我。」紗藍說。

他嘆口氣，不過仍然敲了幾下芻螺的殼，要牠停下。紗藍爬下，拿著團草跟素描本進入棚車後方。她一進去，布魯斯便立刻重新開始駕駛，對弗拉克夫喊回去什麼，大概是弗拉克夫在質問為什麼停下來。

在她的棚車裡，擋起來的牆壁提供了隱私與遮蔭，尤其她的棚車是最後一輛，沒有人能透過後門往裡面看。可惜的是，坐在棚車裡沒有坐在前頭舒服，小石苞讓車子一路上顛簸不斷，有點出乎她的意料之外。

加絲娜的箱子被固定在前牆的位置。她打開它，讓裡面的錢球提供朦朧的照明，然後靠在臨時湊合出的靠墊上——這是加絲娜原本用來包書的布塊。紗藍同時也拆了箱子內側的絲絨襯墊，當做晚上的棉被，因為弗拉克夫沒有辦法給她一條毯子。

她往後靠，解開腳上的布條，擦上新摘的團草，腳上的傷口多半結了疤，比一天前的狀況要好了很多。「圖樣？」

它從附近某觸顫抖出聲。她請它待在後車廂裡，免得弗拉克夫跟警衛疑心。

「我的腳在癒合，是你做的嗎？」她說。

「嗯……我幾乎不知道人為什麼會壞掉，要怎麼……修好就更不知道了。」

「你們不會受傷嗎？」她問，咬斷一根團草莖，把汁液滴在左腳上。

「我們會壞掉，只是壞掉的方式……不一樣，而且我們沒有辦法靠自己修好。我不知道妳為什麼修好了。為什麼？」

「我們的身體自動有這個功能。」她說。「活著的生物會自動修復自己。」她挪近一顆錢球，尋找是否有小腐靈出現。她在一個傷口附近看到有幾隻時，立刻使用團草汁，把腐靈趕走。

「我想要知道很多的為什麼。」圖樣說。

「我們很多人也都想知道。」紗藍邊說邊彎下腰。棚車此時壓過一塊特別大的石頭，晃得讓她痛得皺眉。「昨天晚上我在弗拉克夫的火堆邊讓自己發光了。」

「對。」

「你知道爲什麼嗎？」

「謊言。」

「我的衣服變了。我敢發誓，昨天晚上時，所有的撕裂跟開口都不見了。不過現在又出現。」

「嗯，對。」

「我必須要可以控制我們能做的這件事。加絲娜說這叫做織光術，她似乎認爲練習織光術比練習魂術來得安全。」

「書？」

紗藍皺眉，靠在柵車車身的鐵柵欄上。她身邊有一條條長長的刮痕，像是用指甲刮出來的，彷彿有個奴隸發了瘋，想要挖出一條通往自由的道路。

加絲娜給她的《燦言》被大海吞沒了。她覺得掉了這一本比掉了加絲娜給的另外那本《無盡之書》更嚴重，因爲《無盡之書》很奇怪，每一頁都是空白的，她無法了解那本書的重要性到底在哪裡。

「我沒機會去讀那本書。到了破碎平原以後，得想辦法找找看能不能找到另外一本。」紗藍說。不過那畢竟是個戰營，她不覺得會有太多書可以買。

紗藍將一枚錢球舉在面前。錢球已經開始變得黯淡，需要重新充光。如果颶風眞的來臨，但他們還沒趕上前面的隊伍要怎麼辦？那些逃兵會硬穿過颶風來抓他們嗎？到那時候，是不是柵車也沒辦法保護他們了呢？

颶風的，簡直亂成一團，她需要拿個辦法出來。「燦軍與靈之間有某種聯繫。」紗藍與其說是跟圖樣說話，不如說是自言自語。「這是一種共生關係，像是住在板岩芝裡的小克姆林蟲一樣。克姆林蟲清除苔蘚，藉此得到食物，但是同時也保持了板岩芝的乾淨。」

圖樣不解地嗡嗡響。「我是……板岩芝還是克姆林蟲？」

「隨便。」紗藍翻轉著手中的鑽石，困在裡面的微小寶石散發著執著的光芒，懸浮在玻璃中。「波力，讓世界運作的力量，比較聽從靈的操控。或者該說……因爲靈是波力的一部分，所以靈比較擅長影響彼此的力量。我們的聯繫給了我操作其中一個波力的力量，我可以使用的波力是光，也就是照明的力量。」

「謊言，還有眞實。」圖樣低語。

紗藍握緊了拳頭中的錢球，光芒從皮膚間透出，讓她的手發出紅光。她使用意志力要讓光進入體內，但什麼都沒發生。「那我要怎麼運用它？」

「也許把它吃掉？」圖樣來到她頭邊的牆壁上。

「吃掉？」紗藍存疑地問。「我以前不需要把它吃掉就能得到颶光。」

「說不定有用，試試看？」

「我不覺得我能把整個錢球吞下去。」紗藍說。「就算想吞也不可能，更何況我絕對不想。」

「嗯嗯。」圖樣的顫動讓木頭都在震。「所以……這不是人類喜歡吃的東西？」

「颶風的，當然不是。你到底有沒有在注意啊？」

「我有啊。」它氣呼呼地震了一下，發出一聲滋聲。「可是好難分辨！你們吃一些東西以後，把它們變成別的東西……然後還藏著一些怪東西。那些是貴重的東西嗎？可是你們又都不帶走。爲什麼？」

「這個話題到此結束。」紗藍張開拳頭，再次舉起錢球，說實話，它那句話感覺倒是挺對的。她以前沒吃過錢球，但是她有……吞掉光，像喝下去一樣。

她是用呼吸的方式吸進去的，對不對？她盯著錢球一陣子，然後猛吸一口氣。

成功了。在一下心跳的時間內，光從錢球中消失，一道明亮的光線流入她的胸口，從那裡開始擴散，充滿她。這個奇特的感覺讓她有點焦慮、有點敏銳、全神貫注，渴望想要做……某件事。她的肌肉緊繃。

「成功了。」她說。可是她說話的時候，颶光隱隱在她面前呵成一團，也從她皮膚上升起。她必須在全部颶光消失前趕快練習。織光術……她需要製造某件東西。她決定按照之前做過的那樣，改善她的長裙外觀。

同樣的，什麼都沒發生。她不知道該怎麼做，該用哪些肌肉，甚至不知道有沒有用。她煩躁地坐在地上，想要找到讓颶光生效的方法，但隨著颶光一點一點透過皮膚脫逃，她越發覺得自己無能爲力。

颶光花了好幾分鐘才完全消失。「還眞的沒有任何效果。」她站起來要拿更多團草莖。「也許我應該練習魂術。」

圖樣嗡嗡響。「危險。」

「加絲娜也這樣說。可是她已經不在這裡，不能再教導我，我又不知道除了她以外還有誰能教我。若不靠自己練習，我就永遠學不會這個能力。」她擠出幾滴團草汁，準備要擦入腳上的傷口，然後突然停下，發現腳上的傷口跟剛剛比起來明顯地小了很多。

「颶光讓我癒合了。」紗藍說。

「它讓妳沒有壞掉了？」

「對。颶父的！我怎麼什麼都是這樣幾乎意外學會。」

「有『幾乎』意外這種東西嗎？」圖樣問，聽起來眞的很好奇。「妳以前也這樣說過，我不懂這是什麼意思。」

「我……這只是一種語言裝飾而已。」然後趁它還沒來得及問出口，她直接繼續說：「這句話的意思是，我們會說出某些事情是爲了表達一個意念或一個感覺，但不是直接的事實。」

圖樣嗡嗡響著。

「那是什麼意思？」紗藍決定用了團草，揉入傷口。「你那樣嗡嗡叫的時候，是什麼樣的心情？」

「嗯……興奮。對。已經很久沒有人對妳跟你們這一族有新理解了。」

紗藍往腳趾擠了更多團草汁。「你是來研究的？等等……你是個學者？」

「當然。嗯。否則我幹嘛來？我一定會得到很多新理解，直到……」它突然打住。

「圖樣？直到什麼？」她問。

「語言裝飾而已。」它完全不帶一絲起伏地說。它說話的方式越來越像個正常人，有時候跟正常人毫無兩樣，可是如今聲音中的所有色調都消失了。

「你在說謊。」她指控它，瞥向它在牆壁上的輪廓。

它縮小了，變得跟拳頭一樣大，是平常的一半大小。

「對。」它很不情願地說。

「你眞的很不會說謊。」紗藍意外地發現。

「對。」

「可是你喜歡謊言！」

「太有趣了。你們眞是太有趣了。」

「告訴我，你剛才停下來之前想要說什麼。」紗藍命令。「如果你說謊我一定聽得出來。」

「嗯嗯。妳說話像她，越來越像她。」

「告訴我。」

它煩躁地嗡了一聲，快速而高亢。「我會盡量了解你們的事情，直到被妳殺死。」

「你認爲……你認爲我會殺了你？」

「別人都是這樣。」圖樣的聲音輕緩了許多。「我也不會例外，這是……慣例。」

「這跟燦軍有關。」紗藍舉起手，開始編頭髮。這樣比披頭散髮要好，不過沒有梳子跟扁梳，就連編頭髮都很困難。颶風的，我需要洗澡還有肥皂，還有十幾樣別的東西。

「對。騎士殺死了他們的靈。」圖樣說。

「怎麼會？爲什麼？」

「因爲他們的箴言。」圖樣說。「我只知道這麼多。我們的族人，我們撤退了，大多數都保持神智正常。即使如此，還是很難有跟族人不一樣的思想，除非……」

「除非？」

「除非我們有一個人類。」

「所以這就是你們得到的好處。」紗藍用手指梳理她的頭髮。「共生。我能夠使用波力，你能夠得到思考的能力。」

「意念。」圖樣說。「思考，生命，這些都是人類的用語。我們是意念。想要活下去的意念。」

紗藍繼續梳著頭髮。「我不會殺了你。」她堅定地說。「我不會。」

「我覺得其他人也不是故意的，但沒有用。」他說。

「這是一個很重要的事。我不會做這種事，我不是燦軍。加絲娜說得很清楚，能夠用劍的人不一定是士兵。只因爲我能做同樣的事，不代表我就是他們其中之一。」

「妳發了誓。」

紗藍僵住。

生先於死……這些話從她過去的陰影飄向她。

一個她不願去想的過去。

「妳活在謊言中，」圖樣說。「這能給妳力量。可是眞實……不說眞話，妳沒有辦法成長，紗藍。我不知道爲什麼，但是我知道這個。」

她弄完頭髮，重新開始包紮腳。圖樣移到哐啷作響的棚車另一邊，爬在牆上，在昏暗的燈光下只有隱約的輪廓。她只剩下一把還有颶光的錢球。根據上次很快就耗光颶光的情況來看，剩下的量並不多。她應該繼續用颶光來讓腳癒合嗎？她眞的能刻意辦到這一點嗎？還是這個能力也會像織光術一樣，遠離她的掌握？

她將錢球塞入內袋。以防萬一，她打算將錢球先收起來。

現在，這些錢球跟錢球的光可能是她唯一有的武器。

重新裹好繃帶之後，她在噪音大作的棚車裡站起身，發現腳痛幾乎消失了。她幾乎可以正常行走，但她還是不想在沒穿鞋子的情況下走很遠。她滿意地敲敲離布魯斯最近的木牆。「把馬車停下來！」

這次她不需要多說一次。她繞過棚車，在布魯斯身邊坐下，立刻注意到前面的煙柱。煙霧變得更濃、更粗，正劇烈地翻滾。

「那不是灶火。」紗藍說。

「對。」布魯斯的表情很陰沉。「有很大的東西在燒，大概是棚車。」他瞥向她。「不論那是誰，他們的情況看起來都很不好。」

18 瘀青

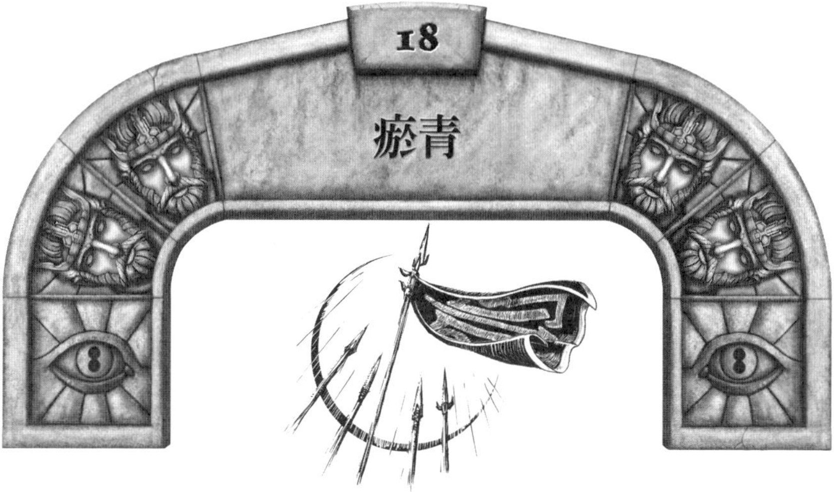

學者形體爲耐心與思考，
戒愼其內蘊野望。
研習與努力雖帶來回報，
天眞盡失爲注定。

——收錄於〈聆聽者列表之歌〉，第六十九節

「新人適應得不錯，大佬。」洛奔說完咬了一口手上某種用紙包著的東西。「穿他們的制服，像個眞正的男人一樣說話，眞有趣。他們只花了幾天，我們花了好幾個禮拜。」

「其他人花了好幾個禮拜，你沒有。」卡拉丁用手擋住眼前的太陽，另一手杵著矛。他還在淺眸人的訓練場上，看著雅多林跟雷納林，後者第一次接受劍術大師薩賀的教導。「你從我們找到你的第一天就有很好的態度，洛奔。」

「人生挺好的，對吧？」

「挺好的？你當時被派去扛橋直到死在台地上。」

「呃。」洛奔又咬了一口看起來像是一塊厚厚的扁麵包，包裹著某種稠稠的醬汁。他舔舔嘴唇，然後把它遞給卡拉丁，讓他能空出唯一的手，伸入口袋。「有些日子好過，有些日子難過，最後都一樣。」

「你是個怪人，洛奔。」卡拉丁檢視洛奔的「食物」。

「這是什麼？」

「芻塔。」

「巧達湯？」

「芻——塔。賀達熙食物，大佬，好吃的，你如果想可以嚐一口。」

「噁心。」卡拉丁遞回給洛奔，洛奔同時把他從口袋裡挖出來的東西還給卡拉丁，那是貝殼做的，兩邊有符文。「你的損失。」洛奔又咬了一口。

那東西看起來像一塊塊來處不明的肉，上面塗著某種黑色的液體，裹在過厚的麵包裡。

「你不應該邊走邊吃。」卡拉丁唸了他一句。「很沒禮貌。」

「哪有，很方便啊。你看，包得好好的，可以一邊走，一邊辦事，一邊吃飯……」

「邋遢。」卡拉丁檢視貝殼。上面標示著席格吉的計算，包括有多少士兵，大石認為他們需要多少食物，還有泰夫評估有多少名前任橋兵適合進行訓練。

最後的數字挺多的。如果橋兵活下來，他們會因為扛橋而變得強壯，一如卡拉丁親自證實那樣，這代表他們會成為非常好的士兵，只要他們能有足夠的動力。在貝殼背面，席格吉替卡拉丁規劃出一條帶隊在戰營外巡邏的路徑。他很快就可以讓那些青藤新兵開始巡邏，提高他們的經驗能力，如同他向達利納保證過的。泰夫認為卡拉丁親自去也是一件好事，能讓那些新人跟卡拉丁相處。

「今天晚上有大颶風。」洛奔說。「阿吉說會在日落兩個小時以後發生。他覺得你會想要先有準備。」

卡拉丁點點頭。又有機會讓那些神祕的數字出現了，之前兩次，它們都在颶風中發生。他會格外確保達利納跟他的家人有人保護。

「謝謝你的報告。」卡拉丁將貝殼塞回他口袋。「把貝殼送回去，告訴席格吉，他提出的路徑帶我離戰營太遠了，要他規劃另外一條。同時告訴泰夫，我今天需要更多人來，讓摩亞許跟德雷換班，他們最近執勤太久了。我今天晚上親自守護達利納時，會跟藩王提議颶風期間讓他們全家人都待在一起，比較方便防守。」

「如風的旨意吧，老大。」洛奔吃了最後一口芻塔，吹聲口哨，看著訓練場。「眞是特別，對吧？」

卡拉丁跟隨洛奔的眼光。雅多林讓他的弟弟跟薩賀繼續對練，自己用碎刃練一套劍招。他優雅地在沙地上轉身，扭轉，以流暢的動作揮舞著劍。

在經驗豐富的碎刃師身上，碎甲看起來完全沒有笨重感，而是非常威武、燦爛，與穿上的人完全契合。雅多林像鏡子一樣映照著陽光，舞著劍，不斷變換劍招。卡拉丁知道這只是一套暖身動作，中看但不是那麼中用。在戰場上絕對不會做這種事，不過許多招式與揮砍的動作仍有實際的功效。

雖然知道這一點，卡拉丁依然需要擺脫油然而生的讚嘆。穿著碎甲的碎刃師戰鬥時看起來不像凡人，像是神將。

他發現西兒坐在離雅多林不遠的屋簷邊緣看著年輕人。她離卡拉丁太遠，卡拉丁看不清她的表情。

雅多林完成他的暖身套路，最後一招單膝跪地，將碎刃刺入地面。劍半埋入土中，然後他一放手，劍消失了。

「我看過他召喚那件武器。」卡拉丁說。

「對，大佬，就在戰場上，那時我們從薩迪雅司劍下救了那個可憐的傢伙。」

「不是，在那之前。」卡拉丁想起來之前在薩迪雅司的戰營中那次妓女事件。「他救了一個被欺負的人。」

「這樣啊。那他不會是太壞的人嘛，對吧？」

「我想是吧。好了，去吧，記得叫替班的人出發。」洛奔行禮，叫上沈。沈剛剛在中庭的牆邊摸著練習劍。兩人一起小跑步離開去辦事。

卡拉丁繼續巡邏，查看摩亞許跟其他人的狀況後，才走去雷納林的方向。雷納林依然全副盔甲地坐在新師傅面前。

薩賀，有著一雙古老眼睛的執徒，以端正嚴肅的姿勢坐著，態度跟他邋遢的鬍子完全不合。「你穿著那身盔甲，必須重新學習如何戰鬥，碎甲會改變一個人走步、握劍、行動的方式。」

「我……」雷納林低下頭，看到穿著這麼華美盔甲的人居然戴眼鏡，感覺很奇怪。「師傅，我不需要重新學習如何戰鬥。我從來沒有學過。」

薩賀哼了一聲。「這樣很好，這表示我不需要破除任何壞習慣。」

「是的，師傅。」

「那你從簡單的開始。」薩賀說。「角落那裡有台階。爬到屋頂上，然後往下跳。」

雷納林猛然抬頭。「……跳？」

「我老了，孩子。一直要我重複自己的話會讓我吃錯花。」薩賀說。

卡拉丁皺眉，雷納林歪頭，疑問地看看他，卡拉丁聳聳肩。

「吃……什麼……？」雷納林問。

「意思是我會生氣。」薩賀沒好氣地說。「你們這些人的語言連個可以用的成語都沒有。去！」

雷納林跳起來，踢起一片沙後快速離開。

「你的頭盔，孩子！」薩賀喊。

雷納林停下腳步，急忙跑回來從地上抓起頭盔，差點滑一跤。他轉過身，整個人重心不穩，笨拙地跑向台階，又差點把路上的一根柱子撞倒。

卡拉丁輕笑了一聲。

「嘿，你認爲你第一次穿碎甲的反應會比較好嗎，保鏢？」薩賀說。

「我應該不會忘記頭盔。」卡拉丁扛上矛，伸展四肢。「如果達利納．科林打算要逼著其他藩王乖乖聽話，我認爲他需要更好的碎刃師。他應該挑別人使用碎甲。」

「例如你？」

「颶風的，當然不是。」卡拉丁的反應可能太過激動。「我是士兵，薩賀，我不想跟碎甲有任何關係。那個男孩很討人喜歡，可是我不會信任他能帶領其他人上戰場，更不要提讓他用一副能讓其他更優秀的士兵活下去的碎甲，如此而已。」

「他會讓你意外的。」薩賀說。「我對他說了那篇『我是師傅，你要照我說的去做』的話，他眞的有在聽。」

「每個士兵在第一天都聽過。有時候他們會聽從，那小子也算不了什麼。」卡拉丁說。

「如果你知道有多少被寵壞的十歲淺眸人會來這裡，就會覺得那是很特別的事了。我以爲他那樣的十九歲小子會讓人無法忍受。還有你，小子，不要叫他小子，他可能跟你差不多年紀，更是這裡最有權勢的人的兒子——」

他突然住口，因爲建築物上方的聲音宣告了雷納林．科林正在往前衝，從空中跳下，靴子磨擦鋪在屋頂的岩石。他飛過中庭上方十到十二呎外——有經驗的碎刃師可以跳得更遠——然後在半空一陣慌亂，像是瀕死的天鰻重重摔到沙地上。

薩賀望向卡拉丁，挑起一邊眉毛。

「幹嘛？」卡拉丁問。

「熱血、服從、不怕看起來像個傻子。我可以教他怎麼戰鬥，但是那些特質是天生的。這孩子會是個好樣的。」

「前提是他沒壓到別人。」卡拉丁說。

雷納林站了起來，他低下頭，彷彿很意外自己沒壓壞東西。

「再去跳。」薩賀對雷納林大喊。「這次頭朝下跳！」

雷納林點點頭，又轉身跑向樓梯。

「你想要他對碎甲保護他的能力有信心。」卡拉丁說。

「使用碎甲的部分關鍵就在於知道它的極限。」薩賀轉向卡拉丁。「況且，我也要他穿著碎甲走動。無論如何，他都在照我說的去做，這是好事。教導他絕對會是一個令人愉快的過程，要是你就是另外一回事了。」

卡拉丁舉起手。「多謝，但不用。」

「你要拒絕接受一名正式武器師傅的訓練？」薩賀問。「我給過這個機會的深眸人，用一隻手就數得完。」

「其實呢，我已經接受過這種『新兵』訓練了。被下士吼，被操練到半死，踏好幾個小時的行軍步。眞的，不用了。」

「完全不一樣。」薩賀揮手招下一名經過的執徒。那人正抱著一把碎刃，刀刃的部分由金屬外殼包著，是國王提供眾人訓練用的其中一把。

薩賀接過執徒手中的碎刃，舉起。

卡拉丁用下巴指指它，「上面是什麼？」

「沒人知道。」薩賀揮著碎刃。「把它卡在碎刃前面，它就會自動變成跟碎刃一樣的形狀，安全地包住碎刃的劍鋒。沒安裝在武器上面時，它們其實出奇地脆弱，完全不能拿來戰鬥，不過用來訓練倒是非常完美。」

卡拉丁嗯了一聲。很久以前被做出來的東西，專爲訓練使用？薩賀看了碎刃一陣子後，將碎刃直指卡拉丁。

雖然碎刃已經被包住，也知道對方不會眞的攻擊他，卡拉丁仍然立刻感覺驚慌。這柄碎刃線條纖細、流暢，劍身扁平處有一條盤旋的花紋，大概一掌寬，至少六呎長，但薩賀可以單手握住碎刃，絲毫沒有不穩的感覺。

「奈特。」薩賀說。

「什麼？」卡拉丁皺眉問。

「在你之前的碧衛隊長。他是個好人，我的朋友。他爲了讓科林家的人活下去而喪命。現在你也有了同樣的地獄工作，你能做到他一半好，就已經很勉強。」

「這跟你對我揮碎刃又有什麼關係？」

「任何會派殺手對付達利納或他的兒子們的人絕對都很有權勢。他們一定能夠使用碎刃師。孩子，這就是你的對手。你需要的不只是矛兵爲了上戰場的訓練。你跟握著這種劍的人打過嗎？」薩賀問。

「一兩次吧。」卡拉丁靠著旁邊的石柱說。

「不要對我撒謊。」

「我沒說謊。」卡拉丁望入薩賀的眼睛。「你去問雅多林，問他幾個禮拜以前，我把他父親從什麼樣的情況下救出來。」

薩賀放下劍。後面的雷納林臉朝下地從屋頂跳下，重重撞上地面。他從頭盔裡發出呻吟，翻個身。頭盔漏出颶光，除此之外似乎安然無恙。

「做得很好，雷納林王子。」薩賀看都不看，直接喊。「多去跳幾次，看看能不能用腳先著地。」

雷納林站起聲，哐啷哐啷地走了。

「那好。」薩賀在空中揮動著碎刃。「我來看看你有什麼本事，小子。說服我放你一馬。」

卡拉丁沒有回答，只是扛起矛，擺出備戰姿勢，一腳在後，一腳在前。他把武器舉在前面，但是矛柄朝前。雅多林在附近跟另外一名劍術師傅對打，對方穿著碎甲，拿著第二把碎刃。

這該怎麼做？如果薩賀打中卡拉丁的矛，他們該假裝矛被砍斷了嗎？

執徒快速衝來，雙手握著碎刃高舉過頭。戰鬥帶來的熟悉平靜跟專注感包圍著卡拉丁，他沒有引入颶光，他必須讓自己不能太過仰賴颶光。

卡拉丁告訴自己，*要盯著那把碎刃*，同時上前一步，想要突破對方武器的攻擊範圍。在攻擊碎刃師時，一切都跟那把碎刃有關。碎刃不可能被抵擋，不只會殺死身體，還會切斷靈魂本身。那把劍——

薩賀拋下了劍。

劍落在地上，薩賀突破了卡拉丁的攻擊範圍。卡拉丁太過專注於碎刃，所以此時雖然想要用武器回擊，但薩賀已經一轉身，朝卡拉丁的肚子揍了一拳。接下來，他再朝卡拉丁的臉揍了一拳，讓卡拉丁倒在訓練場上。

卡拉丁立刻在地上一滾，無視沙地中扭動的痛靈。他站起身的同時，視線依然模糊，然後笑著說：「很好的一招。」

薩賀已經轉身面對卡拉丁，碎刃重新握在手中。卡拉丁在沙地上快步往後退，矛依然朝前，遠離對方的範圍。薩賀很熟悉碎刃的使用方式，他攻擊的方法不像雅多林，沒那麼多大範圍的揮動，是更多從上而下的劈砍，快速而猛烈。他把卡拉丁逼到訓練場牆邊。

卡拉丁的直覺告訴他，如果對方繼續這樣攻擊下去一定會累。他要保持對方不停移動。

幾乎繞了訓練場一圈後，薩賀減慢攻擊速度，反而開始繞著卡拉丁打轉，尋找破綻。「如果我有碎甲的話，你的麻煩就大了。我的速度會更快，而且不會累。」薩賀說。

「你沒有碎甲。」

「如果別人穿著碎甲攻擊國王呢？」

「我會用別的戰術。」

薩賀哼了一聲。雷納林又在不遠處落地，王子幾乎要站好了，腳下卻一個踉蹌，又往側邊歪倒，還在沙地上打滑了一段。

「如果這是真正的刺殺，我也會用別的戰術。」薩賀說。

他衝向雷納林。

卡拉丁罵了一聲，追著薩賀衝去。

對方立刻反身，腳步在沙地上滑行後停止，隨即雙手握劍，旋身朝卡拉丁猛烈地揮砍。這次擊中了卡拉丁的矛，清脆的斷裂聲在場上迴響。如果劍沒有套上保護外殼，一定會砍斷矛，也許還會劃破卡拉丁的胸口。

一名在觀看的執徒拋了半根矛給卡拉丁。他們一直在等著他的矛被「砍斷」，想要盡量模擬一場眞正的戰鬥。不遠處，摩亞許站在那裡擔心地看著，但幾名執徒攔下他，開始解釋。

卡拉丁盯著薩賀。

「在眞正的戰鬥中，我可能已經趕上王子了。」對方說。

「在眞正的戰鬥中，我可以趁你認爲我失去武器的時候，用半根矛刺中你。」卡拉丁說。

「我不會犯這種錯誤。」

「那我們也必須認爲我不會犯讓你趕上雷納林的錯。」

薩賀咧嘴而笑，在他臉上的這個表情顯得相當危險。他向前一步，卡拉丁立刻明白這次絕對不可能把他引開。如果卡拉丁正在保護達利納家族的一員，那他別無選擇，必須盡量假裝自己要殺死對方。

意思是攻擊。

長時間近距離攻擊對薩賀有利，因爲卡拉丁無法格擋碎刃。卡拉丁最好的選擇是快速攻擊，希望盡早造成傷害。於是卡拉丁就地往前一滾，以膝蓋著地，滑身躲過薩賀的攻擊。要貼身，要——

薩賀踢中卡拉丁的臉。

眼前一片黑，但卡拉丁依然將他的假矛刺入薩賀的腿。對方的碎刃在一秒後落下，停在卡拉丁的肩膀與脖子交界處。

「你死了，孩子。」薩賀說。

「你的腿被矛刺穿了，」卡拉丁的視力漸漸恢復，氣喘吁吁地說。「不可能趕上雷納林。我贏了。」

「你還是死了。」薩賀沒好氣地說。

「我的任務是要阻止你殺死雷納林，剛才的行動能夠讓他逃走。保鏢就算死了也無所謂。」

「如果殺手有朋友呢？」另外一個聲音從後面問。

卡拉丁轉身看著雅多林，對方全副武裝，握著碎刃指向地面。他拿下了頭盔，一手抱著，另一手枕在劍柄上。

「如果有兩個人呢，小橋兵？」雅多林輕蔑地笑問。「你能同時攻擊兩名碎刃師嗎？如果我想殺死父親或國王，絕對不會只派一個人。」

卡拉丁站起身，轉轉肩膀，迎向雅多林的目光。如此高高在上。如此自信滿滿。傲慢的混帳。

薩賀開口：「好了雅多林，我相信他已經懂得你的意思，沒必要——」

卡拉丁衝向王子，他覺得他聽到雅多林一邊笑著，一邊戴上頭盔。

卡拉丁體內有什麼沸騰了。

殺死他無數朋友的無名碎刃師。

薩迪雅司，高貴地坐在那裡，一身紅盔甲。

阿瑪朗，雙手握著沾滿鮮血的劍。

卡拉丁怒吼，迎向雅多林毫無外殼的碎刃，對方以練習套路的其中一招仔細地朝他揮來。卡拉丁猛地煞車，舉起手中的半枝矛，讓碎刃在他面前劃過，然後用矛拍上碎刃的劍背，把雅多林的手拍歪，破壞對方的後招。

卡拉丁向前用肩膀撞上王子，感覺就像是撞上一堵牆。他的肩膀立刻劇痛無比，但是慣性——加上意外的重擊——讓雅多林失去平衡。卡拉丁進逼著，兩人同時後退，碎刃師當場重重倒在地上，驚訝地一哼。

雷納林同時也重重地摔倒在不遠處的地上。卡拉丁把他的半枝矛當匕首一般舉起，刺向雅多林的面甲。可惜的是，雅多林摔倒時驅散了他的碎刃，王子戴著碎甲的手掌以單手托住卡拉丁。

卡拉丁的武器往下揮。

雅多林的手往上抬。

卡拉丁的攻擊落了空，自己卻飛騰在空中，被碎刃師經過碎甲加強的力量拋入空中。他在空中一陣翻騰，然後才落在八呎外的地方，沙子磨著他的身側，他撞上雅多林的肩膀又開始劇烈疼痛。卡拉丁驚喘一聲。

「白癡！」薩賀大吼。

卡拉丁呻吟，翻過身，視線矇矓。

「你差點把那小子給殺了！」他正對著遠處的雅多林大吼。

「他攻擊我！」雅多林的聲音被頭盔遮擋得模糊。

「愚蠢的小孩，是你挑釁他的。」薩賀的聲音靠得更近。

「他活該。」雅多林說。

痛楚。有人在卡拉丁身邊。薩賀？

「你穿著碎甲，雅多林。」沒錯，跪在卡拉丁身邊的是薩賀，但是卡拉丁的視覺拒絕集中。「你不能把沒有碎甲的對手像是一團柴火一樣往空中拋。你父親的教導都被你丟到哪裡去了！」

卡拉丁猛吸一口氣，強迫眼睛睜開，腰間布囊的颶光填入他全身。*不能用太多。不能讓他們看到。不要讓他們把它從你身邊奪走！*

痛楚消失。他的肩膀重新復原——不知道肩膀是碎了還是脫臼。薩賀訝異地驚呼出聲，因爲卡拉丁猛然跳起，又衝向雅多林。

王子連忙往後退，手伸向旁邊，顯然是在召喚他的碎刃。卡拉丁把落地的半根矛從沙地中踢起，在空中握住，繼續前衝。

在那一瞬間，力量從他體內抽離，身體中的怒濤毫無預兆地消失，他腳下一軟，整個人撲倒，肩膀重新泛起的痛楚讓他驚喘。

雅多林戴著碎甲的手握住卡拉丁的手臂，將他拉住。王子的碎刃出現在另外一隻手中，可是在那瞬間，第二把碎刃停在卡拉丁的脖子邊。

「你死了。」薩賀從後面說，碎刃抵著卡拉丁的皮膚。「又死了一次。」

卡拉丁倒在場中央，半根矛從手中落下。他覺得自己完全筋疲力盡。剛才發生了什麼事？

「去幫你弟弟練習跳躍。」薩賀命令雅多林。爲什麼他能把王子們這樣呼來喝去？

雅多林離開，只剩下薩賀跪在卡拉丁身邊。「有人用碎刃朝你揮來時，你完全不會反射性地閃躲。你眞的跟碎刃師戰鬥過，對不對？」

「對。」

「那你還能活著眞是走運。」薩賀摸著卡拉丁的肩膀。「你非常不屈不撓，簡直可以說是蠢得不屈不撓了。你的架勢非常好，戰鬥的時候思考也很靈活，可是你幾乎不知道該怎麼應對碎刃師。」

「我……」他該怎麼回答？薩賀說得對。不承認這點就太傲慢了。只打過兩場——加上今天這場可以稱爲三場——並不能讓人成爲專家。薩賀摸到一條特別痠疼的筋，讓他痛得呲牙裂嘴。地面上出現更多痛靈，今天他可是讓痛靈好好運動了一陣。

「沒斷。」薩賀哼了一聲。「你的肋骨呢？」

事。

「沒事。」卡拉丁躺在沙地上，看著天空。

「好吧。我不會強迫你學習。」薩賀站起身。「其實我也不覺得我能強迫得了你。」

卡拉丁緊閉起眼睛。他覺得受到羞辱，但爲什麼會這樣覺得？他以前也輸過練習戰，輸是很常見的事。

「你很多地方都讓我覺得很像他。」薩賀說。「雅多林也不肯讓我教他，一開始也是這樣。」

卡拉丁睜開眼睛。「我跟他一點也不像。」

薩賀爆出一聲大笑，站起來走開時還在不斷地笑，彷彿聽到世界上最好笑的笑話。卡拉丁繼續躺在沙地上，抬頭望著深藍色的天空，聽著附近的人對戰的聲音。終於，西兒飛過來，落在他胸口。

「剛剛發生了什麼事？」卡拉丁問。「颶光從我身體中消失了，我感覺到它離開。」

「你在保護誰？」西兒問。

「我……我在練習要怎麼戰鬥，就像我跟斯卡還有大石在裂谷裡練習那樣。」

「你眞的只是練習而已嗎？」西兒問。

他不知道。他躺在那裡，看著天空，直到終於緩過氣來，強迫自己呻吟著起身。他拍拍身上的塵土，然後去檢視摩亞許跟其他守衛的狀況。他一邊走，一邊吸入一點颶光，這次颶光生效了，緩緩地癒合了他的肩膀，撫平了他的瘀青。

至少是身體的瘀青。

19 安全的東西

五年半前

紗藍的絲質新長裙比她以前穿過的都要柔軟，像是一陣撫慰人心的微風，碰觸著她的皮膚。左邊的袖子扣在手外面，她現在的年紀已經大到要遮住內手。她曾經夢想過穿著女人的長裙，她的母親跟她……

她的母親。

紗藍的意識靜止下來，像是突然被熄滅的蠟燭，她停止思考。她靠在椅背上，雙腿蜷起，雙手放在腿上。枯燥的石造用餐大廳忙碌著，因爲達伐大宅正準備要招待客人。紗藍不知道是什麼客人，只知道她父親要求這個地方得一塵不染。

她當然是什麼忙都幫不上。

兩名女傭匆忙地走過。「她看到了。」其中一人低聲地對另一名新來的婦人說話。「可憐的孩子，當時就在房間裡。五個月以來一個字都沒說。主人殺死了自己的妻子跟她的情人，可是不要讓……」

她們繼續說著，但紗藍沒在聽。

她繼續把手放在腿上，長裙的鮮豔藍色是房間中唯一的眞實色彩。她坐在高椅上，在最高的桌子旁邊。六名穿著褐色制服的女傭，內手戴著手套，正在刷著地板、擦拭家具。帕胥人推進了幾張新桌子，一名女傭打開窗戶，送入剛結束的颶風留下的潮溼、新鮮空氣。

紗藍又聽到自己的名字。女傭們顯然以爲因爲她不說話，所以也什麼都聽不到。有時候，她忍不住覺得自己是不是隱形的，也許她不是眞的人，這樣就好了……

大廳的門重重打開，南・赫拉倫走進來。外表高大魁梧、下巴方正，她的大哥是個男人，其他人……都還是孩子。就連泰特・巴拉特也是，雖然他已經是成人的年齡。赫拉倫在房中掃視一圈，也許是在找他們的父親，然後他走向紗藍，腋下夾著一個小包裹。女傭們紛紛走避。

「哈囉，紗藍。」赫拉倫蹲在她的座位邊。「妳是在監督大家嗎？」

這是她該在的地方。父親不喜歡她待在沒有人能看到她的地方，他會擔心。

「我帶了件東西給妳。」赫拉倫解開他的包裹。「在北握城幫妳訂的，那個商人才剛來而已。」他拿出一個皮囊。

紗藍遲疑地接過，赫拉倫的笑容如此寬大，幾乎散發著光芒。跟微笑的他同處一室時，很難皺起眉頭，只要有他在身邊，她幾乎可以假裝……幾乎可以假裝……她的意識陷入空白。

「紗藍？」他推推她。

她解開皮囊。裡面有一疊畫紙，是很厚也很貴的那種，還有一組炭筆。她的內手不由得抬到唇邊。

「我很想念妳的繪畫。」赫拉倫說。「紗藍，我覺得妳可以成爲很出色的畫家。妳應該多多練習。」

她的右手摸過紙張，然後拿起一支炭筆，開始素描。已經太久了。

「我需要妳回來，紗藍。」赫拉倫輕聲說。她彎著腰，炭筆在紙張上摩挲。「紗藍？」

沒有回答。只有畫畫。

「接下來幾年，我會經常不在家，我需要妳幫我看著其他人。我擔心巴拉特。我給了他一隻新的小野斧犬，他對牠……並不好。妳要堅強起來，紗藍，爲了他們。」赫拉倫說。

赫拉倫到來後，女傭們紛紛安靜下來。慵懶的藤蔓在附近的窗戶外垂落。紗藍的炭筆不斷移動，彷彿這幅畫不是來自於她的手，而是自然從紙張湧出，炭色從纖維間滲出。有如鮮血。

赫拉倫嘆口氣，站起身，然後看到她畫中的內容。屍體，面朝下，躺在地上，滿是——

他抓起紙張，一把捏皺它。紗藍一驚，整個人往後一彈，手指緊抓著炭筆，不斷顫抖。

「畫植物，畫動物，畫安全的東西，紗藍。不要去想發生過的事。」赫拉倫說。

淚水從她臉頰滑下。

「我們還不能復仇。」赫拉倫輕聲說。「巴拉特無法領導我們家族，我也需要離開。不過，很快了。」

門大力被推開。父親是個壯碩的男人，臉上留著鬍子，罔顧時下的流行。他的費德服飾也無視於現代的設計，而是穿著一件如裙子一樣叫做烏拉圖的絲綢衣服，還有一件貼身的上衣，外面加一件罩袍，少了他祖父輩慣常搭配的貂皮。除此之外，仍然非常傳統。

「我得到消息，你要馬廄去準備我的一輛車，赫拉倫！」父親怒吼。「我不允許你再這樣私自離家遠行！」

「世界上有更重要的事情在發生，遠勝過你跟你的那些罪行。」赫拉倫說。

「不准這樣對我說話。」父親怒氣騰騰地上前一步，手指著赫拉倫。「我是你的父親。」女傭們躲到旁邊，試圖不要擋路。紗藍把皮囊抓在胸前，想要躲到椅子裡。

「你是個殺人犯。」赫拉倫冷靜地說。

父親當場僵住，鬍子下的臉皮漲得通紅，然後他繼續向前。「你好大的膽子！你以為我不敢把你關起來嗎？就因為你是我的繼承人，你以為我——」

赫拉倫的手中出現某樣東西，一線霧氣凝結成銀色的金屬。一把六呎長的碎刃，劍身彎曲、粗重，不銳利的那邊像是燃燒的火焰，也像起伏的水流。劍柄處有一顆寶石，光線照耀在金屬上時，波紋似乎在流動。

赫拉倫是碎刃師。颶父的！怎麼會？什麼時候的事？

父親突然安靜下來，猛然停步。赫拉倫朝父親平舉碎刃，劍尖碰到他父親的胸口。

父親舉起雙手，手掌朝前。

「你對這個家族而言是汙穢、敗壞的存在。我應該用這把劍刺穿你的胸口，這麼做反而是一種慈悲。」赫拉倫說。

「赫拉倫……」方才的激動彷彿從父親體中流走，就像他臉上的血色，如今一片慘白。「你以為的事情其實不是你以為的那樣。你的母親——」

「我不會聽你的謊言。」赫拉倫轉動手腕，扭轉手中的劍，劍尖仍然抵著父親的胸口。「如此輕易。」

「不要。」紗藍低語。

赫拉倫歪過頭，轉身，沒有動劍。

「不要。拜託你。」紗藍說。

「妳現在說話了？為他求情？」赫拉倫笑了。瘋狂的聲音。他把劍從父親的胸口揮開。

父親坐倒在椅上，臉色依然慘白。「怎麼會？那是碎刃。哪裡來的？」他突然抬頭看天。「不對，這把劍不一樣。是你的新朋友？他們信任到把這個寶貝交給你？」

「我們有重要的任務。」赫拉倫轉身走向紗藍。他寵溺地按著她的肩膀，放柔了聲音。「有一天我會告訴妳的，妹妹。在我離開前，能再次聽到妳的聲音眞好。」

「不要走。」她低語。這些話感覺像是塞在她口中的紗布一樣粗糙。她已經好幾個月沒說話。

「我必須走。我不在的時候，請爲我畫畫。畫妳喜歡的想像事物，畫更燦爛的日子。可以嗎？」

她點點頭。

「別了，父親。」赫拉倫轉身離開房間。「我不在的時候，盡量不要做出太大的破壞。我會定期回來檢查。」他離去的聲音在走廊上迴蕩。

達伐光爵站起身，咆哮起來。房間裡僅剩的幾名女傭溜出側門，逃入花園。紗藍驚恐地往後縮起，看著她父親舉起椅子，重重摔上牆壁。他踢翻了一張小餐桌，然後一次抓起一把椅子，反覆、暴虐地往地板狂砸。

他重重地喘著氣，眼光轉向她。

他的憤怒，他眼中缺少的人性讓紗藍嗚咽出聲。隨著他的眼神凝聚在她身上，人氣回到了他眼中。父親拋下一張破碎的椅子，轉身背向她，彷彿很羞愧，然後逃離了房間。

20 看透一切的冰冷

藝術形體，著美與色彩，
渴望其所創之樂。
確爲藝術家最誤解之態，
靈造訪莫基之命運。

——收錄於〈聆聽者列表之歌〉，第九十節

太陽是天邊一團氤暈的火光，朝虛無下沉。紗藍跟她的小車隊來到了前方煙柱的附近。如今煙柱已經削弱很多，但她可以看出來煙霧來自於三個方向，各自升騰入空，又交纏成一道。

她在搖晃的棚車上站起身。棚車爬過了最後一座山丘，停在旁邊，差幾呎就能讓她看到下面的情況。當然，如果下面有土匪等著，爬上山頭就會是非常糟糕的主意。

布魯斯從棚車爬下，小跑步向前。他不是非常敏捷，但已經是他們最優秀的斥候。他蹲低了身體，拿下帽子，然後爬上山邊探出頭去。一刻後，他站直了身體，不再嘗試隱藏自己。

紗藍從座位跳下，趕了過去，裙襬被長在四周的樹枝勾住，還是比弗拉克夫更快趕到山頂。

三輛棚車在下方安靜地冒著煙，戰鬥的跡象散落一地。落地的箭和一堆屍體讓紗藍的心跳加速，看見死者之間有活人走動。一些疲累的身形在殘骸間翻找，或是搬動屍體。他們的衣服不像土匪，而是老實的車隊工人。營地另一端有五輛棚車聚集在一起，有些車身上有燒焦的痕跡，但看起來都還完好，裝滿了貨物。

武裝的男人女人們包紮著傷口，是守衛。一群看來十分害怕的帕胥人在照顧芻螺，這些人被攻擊過，卻活下來了。

「克雷克的氣息啊……」弗拉克夫說，他轉身把布魯斯跟紗藍趕回去。「回去，趁他們還沒看到我們以前快走。」

「什麼？」布魯斯提問，但依然照做。「但那是另一個車隊，我們不就是這樣期望嗎？」

「對，他們不需要知道我們在這裡。他們也許會想跟我們說話，這會讓我們的速度減慢。你看！」他指向後面。

在熄滅的光線下，紗藍看到一串影子爬過他們身後不遠處的山丘。她揮手要弗拉克夫交出他的望遠鏡，他不情願地照做了。鏡片有裂痕，但紗藍還是看得清楚後面的人馬。大概有三十人左右，正如布魯斯所報告的是士兵。他們沒有旗幟，沒有排成行伍，也沒有穿著統一的制服，但配備似乎不錯。

「我們得下去找另外那個車隊幫忙。」紗藍說。

「不行！」弗拉克夫搶回望遠鏡。「我們得快逃！土匪會看到這群比較有錢但比較弱的車隊，這樣就會攻擊他們而不是我們！」

「你認爲之後他們不會再趕上來？我們的痕跡非常明顯。你認爲接下來幾天之內他們不會趕上我們？」紗藍問。

「今天晚上應該有颶風。說不定我們的行蹤會被掩埋，我們壓破的植物外殼會被吹掉。」

紗藍說：「不太可能。如果我們跟這個車隊一起抵抗，可以合併兩方的力量，我們可以守得住。這——」

布魯斯突然舉起一隻手，轉身。「有聲音。」他面向反方向，抓起鄉頭。

不遠處有一個人起身，身形被陰影藏住，顯然下面的車隊也有斥候。「是你們把他們領到我們這個方向來的，對不對？他們是誰？又是土匪嗎？」一個女人的聲音問。

弗拉克夫舉起錢球，一名斥候出現在照明下，是個淺眸女子，中等身高，細瘦的身材。她穿著長褲還有一件幾乎看起來像是長裙的長外套，腰間繫著腰帶。她的內手戴著褐色手套，雅烈席語沒有口音。

「我……」弗拉克夫說。「我只是個卑微的商人，這——」

「追趕我們的絕對是土匪，他們追了我們一天了。」紗藍打斷他。

女人咒罵，舉起自己的望遠鏡。「裝備很好。」她喃喃說。「我猜是逃兵。眞是雪上加霜，依克斯啊！」

第二個身影在附近站起，他穿著石頭顏色的厚布服裝，讓紗藍一驚。她怎麼會沒看到他？他好近啊！他的腰間有一把劍。淺眸人？不對，從那金髮看來是外國人。她向來不確定金髮意味著什麼樣的社會地位。馬卡巴奇王國沒有淺色眼眸的人，雖然他們有國王，而依瑞王國裡的所有人幾乎都有淺黃色的眼睛。

他小跑過來，手按著武器，帶有明顯的敵意看著布魯斯跟泰格。女人以紗藍聽不懂的一種語言對他說了些什麼，然後他點點頭，跑向下面的車隊，女人也隨後跟去。

「等等。」紗藍喊著。

「我沒時間說話。我們有兩群土匪要打。」女人喝斥。

「兩群？你們沒打退先前那群？」紗藍說。

「我們打退了他們，但是他們很快就會回來。」女人在山坡上遲疑片刻。「我想失火應該是個意外。他們用燃燒的烙鐵嚇唬我們，後來又撤退，讓我們去救火，因爲我們的人不希望損失更多貨物。」

所以有兩支武裝隊伍，前後都有土匪。

太陽終於消失在西方的天邊，紗藍發現自己在冰冷的空氣中冒著汗。

女人看向北方，看向前一組土匪撤退的方向。「沒錯，他們一定會回來。他們會趁今天晚上颶風來臨前解決我們。」女人說。

「我提供妳我的保護。」紗藍發現自己這麼說出口。

「妳的保護？」女人轉向紗藍，聲音中帶著不解。

「妳可以允許我跟我的人進入妳的營地，我會負責你們今天晚上的安全。過後我需要你們的服務，送我抵達破碎平原。」紗藍說。

女人笑了。「不管妳是誰，膽子可眞夠大。妳可以加入我們的營地，但是妳會跟我們其他人一起死在那裡！」

車隊發出叫喊聲。一秒後，一片箭矢從那個方向飛去，射中棚車跟工人，尖叫聲響起。

之後土匪從黑暗中出現。他們的裝備沒有逃兵那麼精良，但沒這個必要。車隊只有不到十幾個守衛，女人咒罵一聲，開始跑下山邊。

紗藍顫抖，眼睛大睜地看著下方突如其來的殺戮。然後她轉身，走向弗拉克夫的棚車。她很熟悉這種突來的寒意。這是看透一切的冰冷。她很清楚自己該怎麼做。她不知道會不會成功，但是她看得到解決的辦法——就像把圖畫中的線條組合在一起，將塗鴉變成完整的圖畫。

「弗拉克夫，帶泰格下去，幫那些人戰鬥。」她說。

「什麼！不行。不行，我不會因爲妳的愚蠢葬送我的性命。」他說。

她在近乎完全的黑暗中迎向他的眼睛，他突然安靜下來。她知道自己正隱隱發著光，她可以感覺到體內的風暴。「去。」她離開他，走向自己的棚車。「布魯斯，調轉棚車。」

他拿著錢球站在棚車邊，看著手中的某樣東西。一張紙？在所有人之中，布魯斯是最不可能懂得符文的人。

「布魯斯！」紗藍喝斥，爬上棚車。「我們要出發了。現在！」

他甩甩頭，把紙張收起，爬上她身邊的座位。

他朝芻螺一揮鞭，調轉方向。「我們在做什麼？」他問。

「往南走。」

「直衝土匪？」

「對。」

難得一次他沒有多話，直接照她說的話去做，揮鞭要芻螺跑得更快，彷彿他等不及想趕快把這件事情解決掉。棚車下山，一路搖晃，又爬上另外一座山丘。

他們來到山丘頂，看著下方朝他們爬來的隊伍。所有人舉著火把和錢球燈籠，所以她看得到他們的臉。殺氣騰騰的男人們，表情陰沉，武器握在手中。他們的胸甲或皮甲背心上面也許曾經有過徽章，但是她可以看到那些徽章被割下或刮掉的痕跡。

逃兵帶著明顯的驚愕看著她，沒想到他們的獵物居然會朝他們直衝過來。她的到來讓他們一瞬間僵在原地了。這是很重要的一瞬間。

紗藍在座位上站起，心想：他們其中必定有一個軍官。他們是士兵，至少以前曾經是，所以一定有組織架構。

她深吸一口氣。布魯斯舉高他的錢球，看著她，然後嗯了一聲，彷彿吃了一驚。

「感謝颶父，你們來了！」紗藍對所有人大喊。「我極端需要你們的幫助。」

一群逃兵只是愣愣地看著她。

「有土匪。他們正在攻擊兩個山丘以外，我們的車隊朋友。那是一場屠殺！我說了我看到士兵在這裡朝破碎平原前進，但沒有人相信我。拜託你們，一定要幫幫忙。」紗藍說。

他們還是愣愣地看著她。有一點像是跑到白脊巢穴裡問晚餐要吃什麼的雪貂……她心想。終於，所有人不安地晃動著身體，轉向靠近中央的一名男子。那人身材高䠷，留著鬍鬚，手臂過長，看起來跟身體比例完全不協調。

「妳說有土匪？」男人的聲音不帶半點情感。

紗藍從棚車上跳下，走向男子，留下布魯斯坐在原處，變成沉默的一團影子。逃兵們躲開她，眾人穿著破爛骯髒的衣服，有著雜亂的毛髮，還有很久沒有用過剃刀──或是毛巾──的臉龐。可是，在火把的光線下，他們的武器閃閃發光，沒有半點鐵鏽，胸甲也晶亮到能夠映照出她的五官。

她在胸甲上瞥到的女人太修長，太尊貴，看起來根本不像紗藍本人。沒有糾結的亂髮，而是飛揚的紅色卷髮，沒有難民般的破爛衣著，而是一身繡滿金絲刺繡的華貴長裙。她之前沒有戴項鍊，此刻當她朝這群人的領袖伸出手時，斷裂的指甲已被修剪完美。

「光主，我們不是妳以為的身分。」她對上的男人如此說。

「說得不對，你們的身分不是自以為的那樣。」

「颺他風的，我要去。」戴著獨眼罩的男人朝山丘上跑去，其他人也散隊跟著他離開。紗藍轉身，雙手交握在身前，看著幾乎所有人全速衝了出去。布魯斯站在棚車上，震驚的臉被不停經過他的火把點亮，然後他居然發出一聲歡呼，從棚車上跳下，舉高了他的鋤頭，加入逃兵們一起衝向戰鬥。

最後只留下紗藍、法達，還有另外兩個人，那兩人似乎被剛才發生的變故鎮住了。法達雙手環抱在胸前，發出一聲清晰的嘆息。「一個個白癡。」

「他們只是想要成為更好的人，算不上白癡。」紗藍說。

他冷哼一聲，上下打量她。她瞬間感覺到恐懼。不久前，這個人已經準備好要搶劫她，甚至犯下更可怕的惡行。他沒有對她動手，但是在大部分火把都已經離去之後，他的臉看起來更猙獰。

「妳是誰？」他問。

「紗藍．達伐。」

「那麼紗藍光主，為了妳自己的安危著想，我非常希望妳能履行承諾。小子們，來吧，去看看能不能讓那些蠢蛋活下來。」他跟其他留下的人一起離開，爬上山朝打鬥的地方前進。

紗藍獨自一人站在夜裡，輕輕地吐氣。沒有颺光漏出，因為都被她用完了。她的腳也沒再那麼痛，但感覺精疲力竭，像是被刺破漏空的酒囊一般。她走到棚車邊，軟軟地靠著，最後滑倒在地。仰著頭，她看著天空，幾隻疲憊靈在她周圍升起，是一小團灰塵，在空中轉圈飛騰。

第一個月亮薩拉思，在一圈明亮的白星中央形成紫色的圓盤。慘叫聲與打鬥聲持續著。這些逃兵能夠抵擋嗎？她不知道到底有多少土匪。

她去那裡也沒用，只會礙事。她緊閉著眼睛，然後爬上座位，拿出她的素描本。耳邊聽著戰鬥與死亡的聲音，她畫下祈求希望的符文。

「他們聽了。」圖樣在她身邊嗡嗡說。「妳改變了他們。」

「我不敢相信眞的成功了。」紗藍說。

「啊……妳很擅長說謊。」

「不是，我剛才那樣說只是一種修辭方式。我的意思是，我覺得他們會聽我說話幾乎是不可能的事，他們都是心地冷酷的罪犯。」

「妳是謊言與眞實。他們改變。」圖樣輕聲說。

「那是什麼意思？」只憑薩拉思的光源要作畫很不容易，但她盡力了。

「妳之前提過一種波力，織光術，光亮的力量。可是妳的力量不同，是改變的力量。」圖樣說。

「魂術？我沒對任何人施加魂術。」紗藍說。

「嗯。可是，妳改變了他們。可是啊。嗯。」

紗藍完成她的祈禱符文，舉起來，注意到筆記本的前面一頁被撕掉了。誰會做這種事？

她沒辦法把符文燒掉，但她不覺得全能之主會介意。她把符文緊貼在胸口，閉上眼睛，等待，直到下方的喊叫聲漸漸停歇下來。

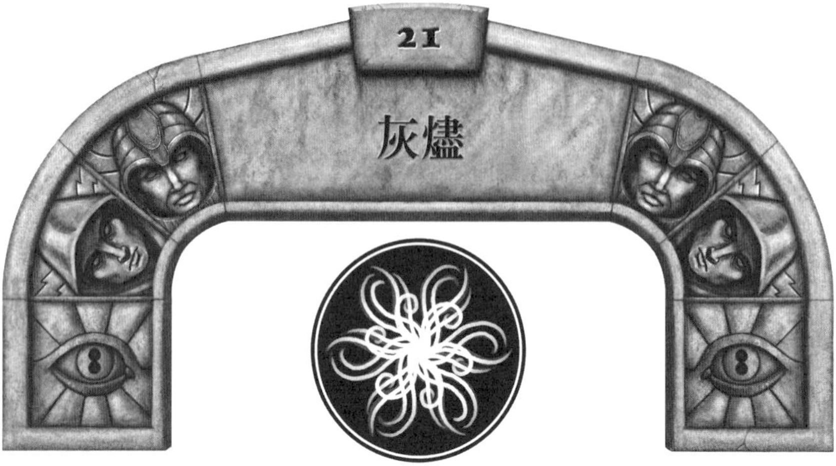

調解形體據傳爲和平所創，
爲教誨與安慰之形。
然爲神所用之時，
卻成謊言與荒寂之形。

——收錄於〈聆聽者列表之歌〉，第三十三節

紗藍闔上布魯斯的眼睛，不去看他胸口被撕扯出的大洞，以及周遭滿是鮮血的場子。周圍都是工人，盡力從營地裡搶救物資。有人在呻吟，但有些呻吟被法達一一處決掉土匪的動作截斷。

紗藍沒有阻止他。他嚴肅陰鷙地執行了任務，經過她身邊時也沒有看她。紗藍心想，他在想那些死去的土匪很有可能原本會是他跟他的人，紗藍再次低下頭，看著布魯斯毫無生氣的臉被火光照耀。英雄跟壞人的差別在哪裡？夜裡的一場演說？

在這場攻擊裡，法達失去了七名士兵，不包括布魯斯，但他們殺死的土匪至少多出兩倍。紗藍疲累地站起身，看見布魯斯口袋裡有東西探出頭來。她彎下腰，撥開了外套。

塞在口袋裡的是她畫下的他。那幅畫的人物不是他現在的樣子，而是她想像中布魯斯過去可能有過的模樣，一名軍隊中的士兵，穿著筆挺的軍服，目光平視，而非總是看著地面。一個英雄。

他什麼時候把這幅畫從她的素描本裡撕下來的？她抽出畫，撫平了皺摺，重新疊好。

「我錯了。」她低語。「以你爲起頭，重新建立我的收藏，是一個很好的開始。大膽的人啊，在你的安眠中，好好爲全能之主作戰吧。」

她站起身，望向營地。車隊的幾個帕胥人正把屍體拖到火邊，準備燒掉。紗藍的插手拯救了商隊，但仍然無法避免嚴重的損失。她沒有去計算，但失去的性命並不少，至少有幾十個人，包括車隊大多數的守衛，裡面有昨晚她見過的依瑞雅利男人。

紗藍疲累地想要爬進她的棚車，蜷成一團睡去。

但是她去找了車隊的領袖。

之前她見過的那名斥候，筋疲力盡、全身血汙地站在一張折疊桌旁，正在跟一名戴著呢絨帽的中年有鬚男子說話。男子的眼睛是藍色的，一邊看著女人交給他的清單，一邊用手梳理著鬍鬚。

紗藍靠近時，兩人同時抬頭。女人一手按上了劍，男人繼續梳著鬍子，不遠處的車隊工人正在整理從傾倒的棚車散出的布匹。

「我們的救星來了。」年長的男人說。「光主，風也訴說不盡妳的威儀，以及妳及時到來的神奇。」

紗藍一點也不覺得自己有什麼威儀。她覺得自己很累，很瘦疼，全身髒兮兮，藏在裙底下的光腳又開始痛了起來，織光的能力也用完了，裙裝看起來幾乎跟乞丐一樣糟糕，還有她的頭髮，雖然都編了起來，仍然一團亂。

「你是商隊的主人？」紗藍問。

「我的名字是馬可伯。」他說。她聽不出來這口音是哪裡人，不是賽勒那人也不是雅烈席人。「妳已經見過我的合夥人，太恩。」他朝女人點點頭。「她是我們的護衛頭領，她的士兵跟我的貨物都因爲今天晚上的遭遇而……損失了。」

太恩雙手環抱胸前，她仍然穿著自己的褐色外套，在馬可伯錢球的光芒照耀下，紗藍可以看出那是很精緻的皮革。她該怎麼看待這名穿著如士兵，腰間還配戴長劍的女人？

「我正在告訴馬可伯，妳之前在山丘上做出的提議。」太恩說。

馬可伯輕笑，聲音跟周圍的環境完全不搭。「她稱之爲提議，我的合夥人認爲這其實是威脅！這些傭兵很顯然是替妳做事的，我們正在想妳對這個車隊有何打算。」

「這些傭兵之前不替我工作，但現在是了。我花了一點心力說服他們。」紗藍說。

太恩挑起眉毛。「妳一定表現出超強的說服力，光主……」

「紗藍．達伐。我對你們的要求跟我之前對太恩提的一樣，伴護我去破碎平原。」

「妳的士兵一定有這個能力，不需要我們協助。」馬可伯說。

紗藍心想，*我要你們跟我在一起，提醒這些「士兵」他們的所作所爲*。她的直覺告訴他，這些逃兵離文明社會的任何事物越近，她的處境就會越好。

「他們是士兵，完全不知道該如何舒適地護送一名淺眸女子，可是你們有很好的棚車與許多貨物。如果你們還看不出來我襤褸的處境，我可以告訴你們，我極需一點奢侈品。我不希望以這身流浪漢的外表去到破碎平原。」紗藍說。

「我們用得上她的士兵。」太恩說。「我自己的人馬只剩下最後一點。」她再次打量紗藍一番，這次帶著好奇，眼光中不乏和善。

「那我們來談個協定吧。」馬可伯露出大大的微笑，隔著桌子朝紗藍伸手。「爲了感謝妳救我一命，我會負責提供新的衣著還有精緻的食物，直到我們共同的旅程結束。妳跟妳的人則保障我們接下來一路上的安全，到達目的地後便分道揚鑣，彼此互不相欠。」

「同意。」紗藍與他握手。「我允許你加入我，你的車隊融入我的車隊。」

他遲疑片刻。「妳的車隊。」

「是的。」

「我猜想也是由妳來指揮？」

「你有別的意見？」

他嘆口氣，但仍然握手同意。「沒有，沒有。」他放開她的手，然後朝兩名站在棚車旁邊的人揮揮手。是弗拉克夫跟泰格。「那些人呢？」

「他們是我的人。我會處理他們。」紗藍說。

「如果可以的話，請叫他們待在車隊最後面。」馬可伯皺皺鼻子。「他們做的是什麼髒兮兮的生意？我可不希望我們的車隊沾染上那些貨物的臭味。無論如何，妳最好趕快召集起妳的人馬，颶風很快就會到來，我們失去了很多棚車，沒有額外的遮蔽。」

紗藍離開兩人，自行橫越谷地，盡量不去注意血腥與燒焦肉味混合的臭氣。一個身影從黑夜剝離，站到她身邊。在清晰的光線下，法達看起來一點也沒有比較不嚇人。

「怎麼樣？」紗藍問他。

「我的人死了一些。」他的聲音毫無波瀾地說。

「他們因爲做了好事而死。活下來的人與他們的家人都會感謝他們的犧牲。」紗藍說。

法達抓住她的手臂，把她拉停。他的箝握很牢固，甚至讓紗藍疼痛。

「妳看起來跟先前不一樣。」他說。

她沒發現原來他比她高這麼多。「是我眼花了嗎？我在黑夜中看到一名皇后，如今我看到了一個女孩。」

「也許那是你的良心需要你看到的景象。」紗藍失敗地想要扯出她的手臂，臉上泛起一陣熱意。

法達靠向她，他的呼吸不太好聞。「我的人犯過比這個更嚴重的罪行。」他低語，朝燃燒的死者揮動另一隻手。「在這片荒野中，我們搶奪、殺人。妳認為一個晚上就能赦免我們？妳認為一個晚上就能阻擋噩夢？」

紗藍感覺胃彷彿空了一塊。

「如果我們跟妳一起去破碎平原，我們就會是死人了。一回去，立刻會被吊死。」法達說。

「我的承諾——」

「妳的承諾毫無意義，女人！」他大吼，握力加重。

「你應該放開她。」圖樣平靜地在他身後說。

法達轉身，看著四周，但周圍沒什麼人。紗藍看到法達轉身時，圖樣就在他制服的後背。

「誰在說話？」法達質問。

「我什麼都沒聽到。」紗藍聽起來居然很平靜。

「你應該放開她。」圖樣重複。

法達再次轉頭在周圍尋找，然後又回頭看看紗藍，她平靜地迎向他的注視，甚至擠出一絲笑容。

他放開她，在褲子上擦擦手，然後退了開去。

圖樣順著他的背跟腿溜到地面，然後朝紗藍竄來。

「那人會是麻煩。」紗藍揉著被他抓住的地方。

「這是修辭嗎？」圖樣問。

「不是。我正是這個意思。」

「有趣。」圖樣看著法達離去。「因爲我覺得他已經是麻煩了。」

「沒錯。」她繼續走向弗拉克夫，那人正坐在棚車上，雙手交握在身前。他朝走來的紗藍微笑，不過今天的表情似乎特別淡薄。

他彷彿閒談一般開口，「那麼，妳一開始就參與了嗎？」

「參與什麼？」紗藍疲累地問，把泰格趕開好跟弗拉克夫私下談話。

「布魯斯的計畫。」

「願聞其詳。」

「很顯然他跟那些逃兵是一夥的。第一天晚上，他跑回營地時，就已經跟他們會合，講好如果他可以分一杯羹，就會允許他們抓住我們。所以你們去跟他們談的時候，他們才沒有殺死你們兩個。」

「哦？如果是這樣的話，那天晚上布魯斯爲什麼要回來警告我們？他爲什麼要跟我們一起逃命，而不是讓他的『朋友們』當時就殺了我們？」

「也許他只見到其中幾個人。」弗拉克夫說。「沒錯，他們在晚上點火，就是爲了讓我們以爲他們的人數更多，然後他的朋友們去找來更多的人……然後……」他沮喪了起來。「颶風的，這根本不合理。可是怎麼會這樣，爲什麼會這樣？我們應該死了。」

「全能之主保佑了我們。」紗藍說。

「妳的全能之主是個假貨。」

「你最好希望祂是。」紗藍走向停在不遠處、屬於泰格的棚車後方。「因爲如果祂不是假的，那地獄就等著你這樣的人去。」她檢視籠子，裡面縮著五名衣著髒汙的人，雖然他們都擠成一團，但每個人看起來都是孤獨的存在。

「這些人現在是我的了。」紗藍告訴弗拉克夫。

「什麼！」他從座位上站起。「妳——」

「我救了你的命，你這個小人。」紗藍說。「你必須把這些奴隸給我，當成報酬，回報我的士兵保護你這條一文不值的命。」

「這是搶劫。」

「這是正義。如果你介意的話，等我們到了破碎平原以後，你可以去跟國王申訴。」

「我才不要去破碎平原。」弗拉克夫啐一口。「妳現在有別人護送了，光主。我要按照原來的計畫往南走。」

「那你不能帶著他們走。」紗藍用了她的鑰匙打開籠子——當初這把鑰匙就是爲了讓她開門而給。「你要把他們的賣身契給我。如果文件有問題的話，連颶父都救不了你，弗拉克夫。我可是很擅長分辨假貨。」

她甚至沒見過賣身契，就算是僞造的，她也看不出來。但她不在乎。她很累、很煩，巴不得今晚快點結束。

五名遲疑的奴隸一一離開了棚車，滿臉鬍渣，赤裸著上身。她跟弗拉克夫的旅程不算愉快，但跟這些人的經歷比起來算是豪華了。其中幾個人迫不及待看著周圍的黑夜。

「如果你們想的話，可以逃跑。」紗藍放柔了聲音。「我不會追捕你們。可是我需要僕人，我會給你們一筆不錯的薪水。如果你們同意每個禮拜都存給我五個火馬克來償還你們的賣身價，那一個禮拜的薪資就會有六個火馬克，不同意的話就是一個火馬克。」

其中一個人歪過頭。「所以……我們拿到手的還是一樣的金額嘛？這有什麼意義？」

「最好的那種意義。」紗藍轉向弗拉克夫，後者正坐在座位旁生悶氣。「你有三輛棚車卻只有兩名車伕，願意把第三輛賣給我嗎？」她用不到哿螺，馬可伯燒了幾輛棚車，一定有多餘的。

「賣棚車？呿！妳乾脆從我這裡搶好了！」

「別幼稚了，弗拉克夫。你到底要不要我的錢？」

「五枚藍寶布姆。這個價錢便宜妳了，別再跟我討價還價。」他沒好氣地說。

她不知道這個價錢是不是便宜，但是以她手上有的錢球也足夠了，雖然大多數錢球已經沒光。

「妳不能把我的帕胥人抓走。」弗拉克夫忿忿不平地說。

「你儘管留著。」紗藍說。她必須跟車隊主人談談僕人們的衣服鞋子問題。

她離開棚車，去查看是否能使用馬可伯多出來的哿螺時，經過一群在火堆邊的車隊工人。逃兵們把最後一具屍體——他們的人——拋入火堆中，然後往後一步，擦乾額頭。

一名深眸的車隊女子上前，向一名前逃兵遞出一張紙。他接過紙，抓抓鬍子。這個人是之前她演說時曾出聲的那個身材較矮的獨眼男子。他把紙舉給別人看，那是以熟悉的符文寫出的祈禱，但不是紗藍以爲的哀悼祈禱，而是感謝祈禱。

過去的逃兵聚集在火焰前方，看著祈禱文，然後他們轉身往外看，彷彿第一次看到站在那裡看著他們的二十幾個人。那些人靜靜地站在夜裡，有人的臉上還帶著淚水，有人握著孩子的手。紗藍之前沒注意到孩子，但並不意外，車隊工人一生都在旅行，家人也會同行。

紗藍停在車隊眾人後面，隱藏在黑暗中。逃兵們似乎不知該如何回應這些如同星空般包圍他們的感謝眼神以及充滿淚水的感激，終於，他們燒了祈禱文。紗藍跟著他們，還有大多數看著這一幕的人們，一起低下頭。

她離開前逃兵們時，他們站得更挺，凝視著祈禱文的灰燼，冉冉升向全能之主所在的空中。

剎亞佛發行的時尚合輯其中一頁。值得注意的是，示範者是[illegible]人，因為這本合輯是打算要在雅烈席卡跟賈德納市場販售。

22 風暴中的光

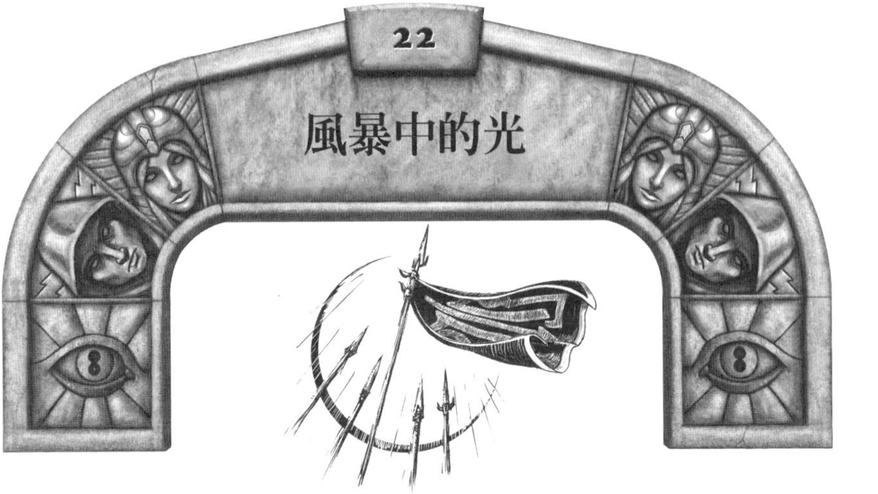

颶風形體據說將帶來，
狂風驟雨暴風雨。
小心它的力量，小心它的力量。
雖然它的來臨爲諸神引來黑夜，
卻也迎合了血紅靈。
小心它的目的，小心它的目的。

——收錄於〈聆聽者風之歌〉，第四節

卡拉丁看著百葉窗。窗外一陣一陣的動靜不停傳來。一開始天地寂然。是的，他可以聽到遙遠的狂嚎，是風穿過某個空洞物體的聲音，但不在附近。

接著是一陣顫抖。窗框中的木頭狂亂地抖動，暴烈的晃動開始，水從交接處滲透進來。有東西在外面，在颶風的黑暗混亂中。它在掙扎，捶打著窗戶，想要進來。

外面有閃光，透過水滴發亮。又一次閃光。

然後光留下了，如發亮的錢球一樣平穩的光，只是在外面。卡拉丁無法解釋，但他覺得那是一雙眼睛。

他神思迷離地舉起手，打算撥開窗栓看一看。

「眞有人該去修修那個鬆掉的百葉窗。」艾洛卡國王煩躁地說。

光褪去。抖動聲消失。卡拉丁眨眨眼，放下手。「等一下誰提醒我，要去叫那卡來修。」艾洛卡在沙發後面來回踱步。「百葉窗不該滲水進來，這是我的皇宮，不是村莊的酒館！」

「我們會負責把它修好。」雅多林說。他坐在爐火邊的椅子上，翻著一本滿是插畫的書。他的弟弟坐在旁邊的椅子裡，雙手交握放在腿上。雷納林大概還因爲練劍而全身痠痛，但是半點跡象都沒有顯露出來，卻從口袋裡拿出一個小盒子，不斷地打開、翻轉、摸摸側邊，再咔答一聲關起箱子，然後不斷重複。

雷納林這麼做的時候，目光也放空。他似乎經常這樣。

艾洛卡繼續踱步。國王衛隊的隊長艾德林站在國王附近，挺著背脊，綠色的眼睛直視前方。以雅烈席人來說，他的膚色偏黑，也許有亞西須血統，他也留著一大把鬍子。

橋四隊的人一直跟艾德林的人輪流換班，這是達利納的建議。到目前爲止，卡拉丁對這個人跟他領導的隊伍印象不錯，可是當台地戰的號角聲響起時，艾德林總是會轉向聲音來源，表情渴望。他想要參與戰鬥。薩迪雅司的背叛讓戰營裡很多士兵變得同樣迫切——彷彿他們想要有機會去證明達利納的軍隊有多強大。

颶風傳來更響亮的轟隆聲。颶風來臨時不會覺得冷是一個很奇怪的感覺——營房向來很冷，而這個房間則很溫暖，不是因爲火焰，是因爲壁爐裡有一顆跟卡拉丁拳頭一樣大的紅寶石，這顆紅寶石的價值能讓他家鄉所有人吃飽好幾個禮拜。

卡拉丁離開窗邊，慢慢地走向爐火，假裝要檢視寶石。他其實是想看看雅多林在看什麼。許多人拒絕看書，認爲這麼做沒有男子氣概，但雅多林似乎不在意這點。有意思。

卡拉丁來到爐火邊時，經過一扇門。颶風一開始，達利納跟娜凡妮就退到了這扇門後。卡拉丁想要在裡面安插守衛，但是他們拒絕了。

他心想，至少只有一條路能進入這個房間。裡面連窗户都沒有。如果這一次牆壁上再出現字，那他就可以確定不是有人偷溜進去。

卡拉丁停下腳步，檢視壁爐中的紅寶石。紅寶石被一個鐵線纏成的東西卡住，強烈的熱力讓他的臉冒出汗珠。颶風的，這個紅寶石大到灌注在裡面的颶光應該會讓他的眼睛瞎掉，但他居然能夠望入其中深處，看到在裡面滾動的颶光。

人們以為來自寶石的照明是平穩靜止的，但那只是跟閃動的燭光比起來而已，如果你深深地望入寶石，就可以看到裡頭的颶光宛如狂亂的颶風不斷變化。裡面並不平靜，沒有一絲微風或一絲低語的平靜。

「你沒有見過加熱法器吧？」雷納林問。

卡拉丁瞥向戴著眼鏡的王子。他穿著雅烈席卡貴族的軍裝，跟雅多林同款同樣。其實卡拉丁從來沒看過他們穿著別種服飾，當然碎甲不包括在內。

「沒有。」卡拉丁說。

「新科技。」雷納林手中繼續玩著小盒子。「這個是我伯母親自製作的。每次我一眨眼，這世界似乎就會變了個樣。」

卡拉丁嗯了一聲。我可以體會那種感覺。有一部分的他渴望吸入那顆寶石的颶光。那會是很愚蠢的行為，裡面的颶光足夠讓他像一團營火一樣發光。他放下手，慢慢走過雅多林的椅子邊。

雅多林的書裡畫著精緻衣著的男子，圖片畫得很好，衣服跟五官都同樣細緻。

「服裝？」卡拉丁問。他沒打算要說出口，卻忍不住。「你把等颶風的這段時間用來找新衣服？」

雅多林猛然把書闔起。

「可是你只穿制服啊。」卡拉丁困惑地問。

「你需要待在這裡嗎，小橋兵？」雅多林質問。「怎麼可能有人趁颶風的時候出手。」

「你會這麼想，就是我需要在此的原因。還有什麼時候比現在更適合刺殺？風會掩蓋喊叫聲，趁大家躲起來、等颶風過去的時候動手，求救也不會有人很快回應，所以我覺得這是陛下最需要護衛的時候。」

國王停下踱步的動作，用手一指，「有道理。爲什麼沒有人把這種事解釋給我聽過？」他看著面無表情的艾德林。

雅多林嘆口氣。「你至少可以不要把我跟雷納林一起關進來。」他小聲對卡拉丁說。

「光爵，如果你們都在一起，保護起來比較容易。」卡拉丁一邊走開一邊說。「況且，你們可以保護彼此。」

反正達利納打算要跟娜凡妮一起度過颶風。卡拉丁再次走到窗邊，聽著外面的颶風經過。他在戶外捱過颶風時所見到的事物是眞的嗎？一個跟天空一樣大的臉？颶父本人？

西兒說，我是一個神。至少是一個神的一小部分。

終於，颶風過去，卡拉丁打開窗戶，外面仍是黑色的天空，幾絲黯淡的雲朵反照出諾蒙的月光。颶風在入夜數小時後開始，颶風肆虐期間沒有人能睡得著。他最痛恨颶風在很晚的時候發生，那會讓他隔天經常覺得十分疲累。

側間那扇門打開，達利納走出來，後面跟著娜凡妮。修長的女子抱著一大本筆記。卡拉丁當然聽說過藩王在颶風期間的發作狀況。他的人在這一點上意見分歧，有人覺得達利納是怕颶風，怕到整個人抽搐起來；其他人則偷偷地說，黑刺年紀大了，也開始失智了。

卡拉丁很想知道是哪一種答案。他的命運，還有他手下的人的命運，都跟這個人的存亡息息相關。

「有數字嗎，長官？」卡拉丁探頭往房間牆壁望去。

「沒有。」達利納說。

「有時候刺客會在颶風後出現。走廊上有更多我的人守著，我希望所有人在這裡面等一陣子。」

達利納點點頭，「如你所願，士兵。」

卡拉丁走到出口。一些橋四隊的人跟國王親衛都在外頭守衛。卡拉丁朝雷頓點點頭，然後手一指，要他們到陽台上去。卡拉丁一定要抓到刻下數字的人——如果眞的有這樣的人存在。

雷納林跟雅多林走向他們的父親。「有新的嗎？」雷納林輕聲問。

「沒有。這次的幻境以前已經出現過，但是出現的順序跟之前不一樣，有時候還會有新的片段出現，所以其中也許還有一些我們尙未發掘的奧祕……」他注意到卡拉丁站在一旁，便沒再說下去，直接改變話題。「對了，既然我們都要在這裡等，我可以順便聽一下你們的進度報告。雅多林，安排好新的決鬥了嗎？」

「還在努力中。」雅多林苦著一張臉說。「我以爲打敗沙利諾會刺激到其他人，讓他們想要挑戰我，但是他們卻開始推托了。」

「這是個問題。」娜凡妮說。「你不是一直說其他人都想要跟你打一場嗎？」

「以前是這樣！我不能決鬥的時候都是，但現在我每次提議，所有人就開始侷促不安，眼睛不肯看我。」雅多林說。

「你嘗試過去找薩迪雅司戰營裡的人嗎？」國王興奮地問。

「沒有，除了他自己以外，那裡只有另一個全副武裝的碎刃師，阿瑪朗。」

卡拉丁全身流過一陣寒冷。

「你沒辦法跟他打的。」達利納笑著說。他在沙發上坐下，娜凡妮光淑坐在他身邊，親暱地按著他的膝頭。「他也許是站在我們這邊的。我一直在跟阿瑪朗談……」

「你認爲你可以說服他，要他投入我們的陣營嗎？」國王問。

「有可能嗎？」卡拉丁驚訝地問。

所有淺眸人都轉頭看他。娜凡妮眨眨眼，似乎第一次看到他站在那裡。「是有可能。」達利納說。「阿瑪朗管理的大部分領地都會回到薩迪雅司手上，但是他可以帶著他個人擁有的土地投奔我，包括他的碎具，這種事通常需要跟藩王鄰居的領地進行土地交換。」

「這種事情已經幾十年沒發生過了。」雅多林搖著頭說。

「我正在努力說服他。」達利納說。「可是阿瑪朗……他希望說服我跟薩迪雅司合作。他認爲我們可以重新好好相處。」

雅多林哼了一聲。「那個可能在薩迪雅司背叛我們那天時就已經煙消雲散。」

「可能比那更久以前就消失，只是我當時不知道。雅多林，你有別的人選嗎？」達利納說。

「我要去試試看塔拉諾，然後是卡利碩。」

「兩個都不是全套的碎刃師。」娜凡妮皺眉說。「不是只有碎甲就是只有碎刃。」

「所有全副的碎刃師都拒絕我了。」雅多林聳聳肩。「那兩個人很熱切，渴望出名。其中一個可能會在別人都不答應時同意出戰。」

卡拉丁雙手抱胸，靠著牆壁。「如果你打敗了他們，其他人不是會被嚇得不敢跟你打嗎？」

「當我打敗他們以後，父親會靠政治手腕讓其他人同意參與決鬥。」

「可是早晚必須停止的，對吧？」卡拉丁問。「早晚，其他藩王會回過神來，拒絕被刺激參與更多場決鬥，也許這種情況已經發生，所以他們不接受你的挑戰。」

「一定會有人接受的。」雅多林站起來。「一旦我開始連續勝利，其他人會把我視爲眞正的挑戰，他們會想要測試自己的能力。」

卡拉丁覺得這種想法太樂觀。

「卡拉丁上尉說得對。」達利納說。

雅多林轉向他父親。

「沒有必要跟戰營裡的每個碎刃師打上一架。」達利納輕聲說。「我們只需要集中攻擊方向，選擇能帶我們到達最終目標的決鬥。」

「是什麼目標？」雅多林問。

「破壞薩迪雅司的地位。」達利納的口氣聽起來似乎覺得很遺憾。「必要的時候，在決鬥中殺死他。戰營中的每個人都知道這場權力鬥爭有哪些勢力參與，如果我們平均地懲罰所有人，這個計畫不會成功。我們必須讓那些中立、還在決定要追隨誰的人明白信任我們的好處。在台地戰中的合作，幫助對方的碎刃師，我們要讓他們看到隸屬於一個眞正的王國是什麼感覺。」

其他人安靜下來。國王搖著頭，轉過身。他不相信，至少不完全相信達利納想要達成的目標是什麼。

卡拉丁發現自己惱怒了起來。他爲什麼會惱怒？達利納同意了他的說法啊。他氣了一陣子後，才發現不高興的原因大概是因爲有人提起阿瑪朗。

就連聽到那個人的名字都能讓卡拉丁心情如此差。他一直覺得這樣的殺人凶手進入戰營後，一定會出事，一定會發生變化，但所有事情卻運作如常。這種情況讓他很煩躁，讓他想要攻擊別人。他必須想辦法處理。

「我覺得我們已經等得夠久了吧？」雅多林對他父親說。「我可以走了？」達利納嘆口氣，點點頭。雅多林打開門，踱步離去，雷納林以較慢的速度跟在後面。他們經過一群卡拉丁安排在外面的護衛時，斯卡跟其他三人從群體中走出，跟著他們離去。

卡拉丁走到門口，很快地計算還剩下誰。總共有四個人。「摩亞許。」卡拉丁注意到那個人正在打呵欠。「你今天執勤多久了？」

摩亞許聳聳肩。「一輪守衛娜凡妮光主，一輪跟國王的守衛在一起。」

我讓他們太操勞了，卡拉丁心想。颶父的，我的人手不足。就算加入達利納留給我的殘餘碧衛隊員也一樣。「回去睡一覺吧。你也是，比西格。我今天早上看到你執勤了。」

「你呢？」摩亞許問卡拉丁。

「我沒事。」他有颶光幫他保持清醒。沒錯，以這種方式使用颶光也許很危險——那會刺激他想要動手，想要變得更衝動。他不確定當他在戰場以外的地方使用颶光，會對他造成什麼改變。

摩亞許挑起一邊眉毛。「阿卡，你絕對至少跟我一樣累。」

「我等一下就回去。摩亞許，你得休息一下，否則反應會變得遲鈍。」

「我得值兩輪班。」摩亞許聳聳肩。「如果你要我跟國王衛隊一起受訓，同時還進行原本的守衛任務的話。」

卡拉丁抿起嘴唇。那也是很重要的事。摩亞許得培養出真正的護衛意識，沒什麼比加入已經成熟的團隊來得更快。

「我跟國王衛隊的輪值快要結束了，之後我就回去。」摩亞許說。

「好，那你帶著雷頓一起。那坦，你跟馬特去保護娜凡妮光主。我負責送達利納回營地，在他門口安置守衛。」卡拉丁說。

「然後你就會去睡覺?」摩亞許問，其他人也看向卡拉丁，他們同樣擔心。

「好，好。」卡拉丁回到房間。達利納正扶著娜凡妮站起身，他會跟大部分晚上一樣，送光主到她房間門口。

卡拉丁思索了一下，最後決定走到藩王面前。「長官，我有事情想跟你談談。」

「能等到我在這裡的事情結束嗎?」達利納說。

「是的，長官。我會去皇宮的正門，然後護送你回營地。」卡拉丁說。

達利納領著娜凡妮走開，兩名橋兵護衛隨後跟上。卡拉丁走入走廊，一邊思索。僕人們已經進屋子裡，開始打開窗戶，西兒隨著一陣霧氣盤旋，也從窗戶外飄了進來。她一邊輕笑，轉了幾次圈之後，從另外一扇窗戶出去。每次她在颶風期間都會比平常更像靈。

空氣聞起來濕潤又新鮮，颶風之後，整個世界都感覺比較乾淨，被大自然的毛刷搓洗過一番。他來到皇宮正面，那裡有兩名國王衛隊正在執勤。卡拉丁朝他們點點頭，獲得對方俐落的軍禮回應，然後他從守衛亭裡拿了一個錢球燈籠，在裡面裝滿自己的錢球。

從皇宮正面，卡拉丁可以看到完整的十個戰營。一如每次颶風結束後，到處都閃爍著充光完畢的晶亮錢球光芒，寶石因爲捕捉了剛剛經過的颶風碎片而熠熠發光。

卡拉丁站在那裡，正視自己要跟達利納說的話。他已經不只一次在心裡無聲地演練過，但是當藩王終於從皇宮裡走出來的時候，他仍然覺得自己沒有準備好。那坦從他們後面行禮，把達利納交給卡拉丁，然後小跑步回去跟馬特一起守在娜凡妮光主的門外。

藩王開始走下從尖頂通往下方馬廄的之字形小路。卡拉丁跟他並行，達利納似乎陷入沉思中。

他甚至沒有宣布任何他在颶風期間異常狀況的任何消息，卡拉丁心想。他不是該告訴大家一些什麼嗎？

他們之前討論過幻境這個話題。達利納到底看到什麼，或者以爲自己看到什麼？

達利納邊走邊開了口：「士兵，你想要討論什麼？」

卡拉丁深吸一口氣，「一年前，我是阿瑪朗軍隊中的一名士兵。」

「原來你是從那裡學到的戰技。我早該猜到。在薩迪雅司的領地中，只有阿瑪朗將軍眞正擁有領導能力。」

卡拉丁在台階上停下腳步，「長官，他背叛了我跟我的人。」

達利納停下腳步，轉頭去看他。「所以他做出了不佳的戰場決定？士兵，沒有人是完美的。如果他把你的人派入一個很糟糕的險境，我不認爲他是故意的。」

卡拉丁告訴自己，你必須要把話說完，他注意到西兒就坐在右邊一層板岩芝上。她朝他點點頭。他必須知道。只是……

他從來沒有提起過這件事的始末，就連對大石、泰夫他們都沒有說過。

「不是這樣，長官。」卡拉丁藉著錢球的光芒，迎向達利納的雙眼。「我知道阿瑪朗的碎刃是從哪裡來的。我當時在場，是我殺了原來持有那把碎刃的碎刃師。」

「不可能。」達利納緩緩地說。「如果眞的是你，那就會是你擁有碎刃跟碎甲。」

「阿瑪朗把它們佔爲己有，然後殺了所有知道事實的人。所有人。除了唯一的一名士兵，被阿瑪朗在罪惡感的驅使之下打上了奴隸的烙印賣掉，而不是殺死他。」卡拉丁說。

達利納沉默地站在原地。大地一片漆黑，只有星光點點閃爍。幾枚錢球在達利納的口袋裡，透過他制服的布料發光。

「阿瑪朗是我認識最優秀的人之一，他的榮譽毫無瑕疵。我從來沒有聽說過他在決鬥中會佔對手半點便宜，即使當時的情況允許如此。」達利納說。

卡拉丁沒有回答。他也曾經如此相信過。

「你有證據嗎？我想你可以理解，這麼重大的事情，不可能單憑一面之詞論斷。」達利納說。

「你是指一個深眸人的一面之詞。」卡拉丁咬著牙說。

「問題不是你眼睛的顏色，而是你指控的嚴重性。你說的話很危險。士兵，你有沒有證據？」

「他拿走碎具的時候有其他人在場，都是他的貼身護衛，在他的指揮下親自動手殺人。還有一名颶風官，是個中年人，有張尖臉，留著一把像是執徒的鬍子。」他頓了頓。

「他們都參與了犯罪，但也許……」

達利納在夜色中輕輕嘆口氣，「你跟其他人提過你的指控嗎？」

「沒有。」卡拉丁說。

「那就繼續什麼都別說。我會跟阿瑪朗談談。謝謝你告訴我。」

「長官。」卡拉丁向達利納靠近一步。「如果你眞的相信正義，你——」

「孩子，現在這樣就夠了。」達利納平靜但淡漠地打斷他。「你已經表達了你的立場，除非你有別的證據可以給我。」

卡拉丁壓下勃然而發的一陣憤怒。非常困難。

「之前提到我兒子的決鬥時，感謝你的發言。我相信這是你第二次在我們的會談中提出重要的言論。」達利納說。

「謝謝，長官。」

「可是士兵，你在對待我跟我的人時，態度卻是介於協助與忤逆之間。你的不遜擺得明明白白，我沒有去糾正，是因爲我知道你身上發生過的事，而我看得到在其下的軍人本色——那正是我找來擔任這個職位的人。」

卡拉丁咬牙，點點頭。「是的，長官。」

「很好。現在，去吧。」

「長官，我必須陪同——」

「我要回皇宮去。」達利納說。「我今天晚上應該睡不著，也許會拿我的思緒去打擾太后。她的護衛可以保護我，我回戰營時會帶走一個人。」

卡拉丁長長地吐了一口氣，然後行了軍禮。隨便他了，他心想，順著陰暗潮溼的小徑繼續往下走。卡拉丁到達小徑底端時，達利納還站在上面，如今看起來只剩一道影子，藩王似乎又陷入沉思之中。

卡拉丁轉身，走向達利納的戰營。西兒飛起來，落在他的肩膀上。「你看，他聽了。」她說。

「他沒有，西兒。」

「什麼？他回答了，還說——」

「我跟他說了一件他不想聽的事情。就算他眞的調查，也會找到很多理由去駁斥我說的話。說到底，就是我跟阿瑪朗的說詞。颶父的！我眞不應該說的。」

「所以你會放過這件事？」

「颶父的，當然不會。我會找到自己的正義。」卡拉丁說。

「噢……」西兒落在他的肩膀。

他們走了好一段時間，終於來到戰營附近。

「卡拉丁，你不是破空師。」西兒終於說。「你不應該是這樣的。」

「不是什麼？」他問，一邊跨過在黑暗中到處竄爬的克姆林蟲。每次颶風後牠們都會傾巢而出，伴隨攤開自己喝水的植物一起出現。「那是燦軍的其中一支，對不對？」他對燦軍的分支有一點了解。每個人都從傳說有所了解。

「沒錯。」西兒輕聲說。「我擔心你，卡拉丁。我以為你擺脫橋隊後，情況會變好。」

「是變好了。從我們獲得自由之後，我的人都沒死。」他說。

「可是你……」她似乎不知道該怎麼表達。「我以為你會變回以前的你。我記得那時有一個人在戰場上……那個人戰鬥的時候……」

「那個人死了，西兒。」卡拉丁一邊走入戰營，一邊朝守衛們揮手。光明與動靜再次包圍他，到處都是趕著辦事的人，還有帕胥人在修理被颶風損壞的建築物。「在我擔任橋兵的期間，我只需要擔心我的人就好。現在情況不一樣了。我必須成為不同的人，只是我還不知道那該是什麼樣子的人。」

他來到橋四隊的營房時，大石正在分發晚餐的燉菜。

這時已比平常晚了很多，但有些人輪值的時間比較不固定。這些人能吃的早就已經不只這個燉菜，但是他們卻仍然堅持要把這個當做晚餐。卡拉丁感激地接過一碗，朝比西格點點頭，後者正跟幾個人在一旁休息閒聊，聊著他們居然會懷念扛橋的日子。卡拉丁在他們心中培養出了對橋的敬重，一如士兵對矛的敬重。

燉菜。橋。他們帶著深刻的感情談論著過去象徵他們囚禁生涯的事物。卡拉丁吃了一口，停下來，因為他注意到有個新人靠在火堆旁邊的岩石上。

「我認得你嗎？」他指著渾身是肌肉的禿頭男子問。他的皮膚偏金黃色，像是雅烈席人一樣，但是臉型不對，是賀達熙人嗎？

「噢，那是普尼歐，我的表親。」不遠處的洛奔喊過來。

「你在橋兵隊上有表親？」卡拉丁問。

「不是，他只是聽我母親說我們需要更多侍衛，所以就來幫忙了。我幫他弄到制服什麼的。」

新來的人普尼歐微笑，舉起湯匙。「橋四隊。」他帶著濃重的賀達熙口音說。

「你是士兵嗎？」卡拉丁問。

「對，洛依恩光爵的軍隊。不要擔心，我現在向科林效忠，因爲表親。」他和善地微笑。

「你不能就這樣離開你的軍隊，普尼歐。」卡拉丁揉著額頭。「這是叛逃。」

「對我們來說不是。」洛奔喊。「我們是賀達熙人，沒人看得出我們的差別。」

「沒錯。我一年回家鄉一次，回來的時候，沒人記得我是誰。」他聳聳肩。「這次，我來這裡。」

卡拉丁嘆口氣。那個人看起來對使矛頗有能耐，而卡拉丁確實需要更多人。「好吧，那你就假裝從一開始就是橋兵，知道了嗎？」

「橋四隊！」那人興奮地大聲說。

卡拉丁走過那人身邊，找到自己習慣待的火堆位置，用來放鬆跟思考，但是他今天卻沒這個機會，因爲立刻就有人過來蹲在他身邊。一個皮膚上有著花紋、穿著橋四隊制服的人。

「沈？」卡拉丁問。

「長官。」

沈繼續看著他。

「你需要什麼嗎？」卡拉丁問。

「我眞的屬於橋四隊嗎？」沈問。

「當然。」

「那我的矛呢？」

卡拉丁直視沈的眼睛，「你在想什麼？」

「我想我不是橋四隊的一員。」沈花了一點時間思索每個字之後才說出口。「我是橋四隊的奴隸。」

卡拉丁覺得肚子被人揍了一拳。他跟這個人相處這麼久的時間，沒聽他說過幾個字，結果一開口就是這一句？

可是他的話聽了讓人感到一陣心痛。這個人跟別人不同，他不能自由離開，不能自在地行走於世界上。達利納讓橋四隊的其他人都成了自由人，但是帕胥人……無論他去哪裡、做什麼，都是個奴隸。

卡拉丁能怎麼說？颶風的。

「我們拾荒的時候，感謝你的幫助。我知道有些時候，我們在那裡的行為讓你很難受。」

沈等著，繼續蹲著聆聽，以那對看不穿、純黑色的帕胥人眼睛看著他。

「沈，我不能開啓給帕胥人武器的先例。淺眸人現在只是勉強接受我們，如果我給你一把矛，想想看會引發多大的風暴。」卡拉丁說。

沈點點頭，臉上沒有露出半點情緒，他站直了身體。「那我是奴隸。」

他離開了。

卡拉丁用頭撞了撞他充做靠背的岩石，望著天空。那個去他颶風的人。以帕胥人來說，他的日子算是過得很好，絕對比他的任何同胞有更大的自由。

這樣你就滿意了嗎？他內心中一個聲音問。你滿足於當個被好好對待的奴隸？還是你仍然想逃，想不斷戰鬥直到自由為止？

眞是一團糟。他邊整理自己的思緒，邊吃著燉菜。才吃了兩口，他就看到那坦——在皇宮守衛的人之一——蹣跚地進入營地，全身大汗、神色慌亂，雙頰因爲狂奔而通紅。

「國王！」那坦氣喘吁吁地說。「有刺客。」

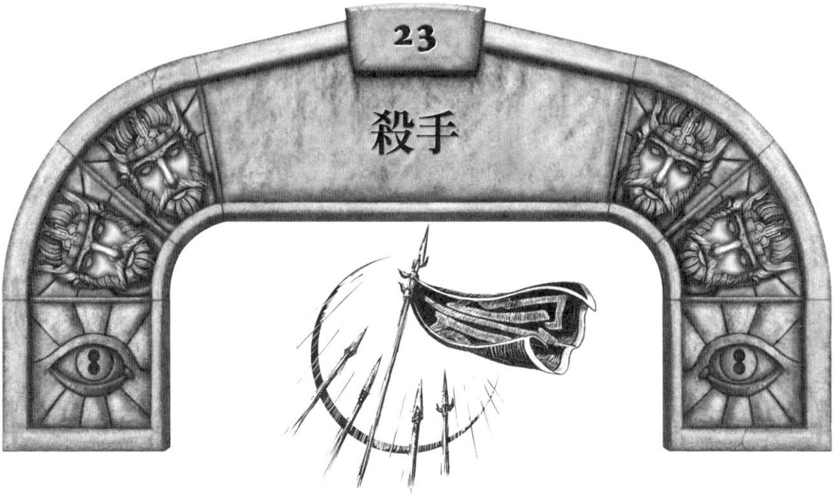

23 殺手

夜晚形體預測未來，
影子的形體，預見的意識。
當神確實離去，夜晚形體低語。
新的颶風將來臨，終有散去的一日。
新的颶風將創造新的世界。
新的颶風將走向新的道路，夜晚形體仔細聆聽。
——收錄於〈聆聽者祕密之歌〉，第十七節

國王沒事。

卡拉丁一手扶著門框，因爲狂跑回皇宮而整個人喘個不停。房間裡面，艾洛卡、達利納、娜凡妮、達利納的兩個兒子都在一起說著話。沒死人。沒死人。

颶父的，他進入房間。有一瞬間，我覺得自己就像是回到台地上，看著我的人衝向帕山迪軍隊。他幾乎不認得這些人，但他們是他的責任。他沒想到他的保護欲會把淺眸人也包括進來。

「至少他是跑來的。」國王邊說邊揮開一名想要替他包紮額頭傷口的女子。「你看看，艾德林。一個好的護衛就應該要這樣，我敢打賭他不會允許這種事情發生。」

國王衛隊的隊長站在門邊，滿臉通紅。隊長別過頭，隨後怒氣沖沖地出了門。卡拉丁茫然地手扶額頭，國王說出了這種話，讓他怎麼樣去跟達利納的士兵好好相處。

房間裡是一堆侍衛、僕人，還有橋四隊的成員，每個人臉上的神情不是迷惘就是尷尬。那坦當時正在跟國王衛隊一起輪值，摩亞許也在。

「摩亞許。」卡拉丁喊。「你應該在戰營裡睡覺的。」

「你也是。」摩亞許說。

卡拉丁嗯了一聲，小跑步過來，壓低了聲音說：「出事的時候，你在這裡嗎？」

「我剛走。」摩亞許說。「剛結束跟國王衛隊的交班。我聽到喊叫聲，所以用最快的速度衝了回來。」他朝大開的陽台門點點頭。「你來看看。」

兩人走到陽台上。這裡是一個圓弧形的石造走廊，繞著皇宮最高層的房間外圍，是切割在山體上的一座陽台，站在這裡就像站在俯瞰戰營的城牆上。國王衛隊的一些成員正在用錢球燈籠檢查陽台欄杆，有一段鐵欄杆居然已扭曲變形，從原本的框架中被扯鬆，如今很危險地掛在下方空無一物的空中。

摩亞許指著那裡說：「根據我們的判斷，國王依照他的習慣來到這裡想事情。」

卡拉丁點點頭，跟摩亞許一起走著，腳下的石地因爲颶風剛過還溼滑。兩人來到欄杆被扯斷的地方，幾名侍衛爲他們讓道。卡拉丁探頭看著欄杆外面，距離下方的岩石地面大概超過一百呎。西兒在空中緩緩飄下，懶洋洋地畫出發光的圓圈。

「該死的，卡拉丁！」摩亞許握住他的手臂。「你想嚇死我嗎？」

*不知道我摔下去會不會死……*他跳過大約比這個距離短一半的高度，當時他全身充滿颶光，落地時也

沒什麼問題。不過爲了摩亞許，他還是往後退開。即使在得到特殊能力以前，他也一直對高處有莫名的著迷，總覺得站在這麼高的地方讓人有種解放感，像是只有自己跟空氣存在。

他跪倒在地，看著原本被鑲嵌入岩石中凹洞的欄杆底座。「欄杆居然從底座鬆掉了？」他邊問邊朝洞裡戳了戳，拿出手指時，上面沾著水泥粉塵。

「對啊。」摩亞許說，國王衛隊的幾個人也在一旁點頭。

「有可能是設計失誤。」卡拉丁說。

「上尉。事情發生的時候我在這裡，看著國王站在陽台上，接著整個陽台就直接垮了，事前幾乎沒發出聲音。我就站在這裡，看著平原，結果突然間陛下就掛在空中，抓著救他一命的欄杆，像個車隊工人一樣罵髒話。」侍衛突然臉紅。「長官。」

卡拉丁站起來，檢視著金屬欄杆。所以國王靠著這段欄杆，結果因爲底座鬆脫，欄杆往前彎了。它幾乎完全脫落，幸好還有一根欄杆很牢固，國王就是抓住那根欄杆，撐到他被人救起。

這種事根本不應該發生。這東西看起來像是用木頭跟繩索先建構，然後用魂術變成鐵。他試著搖晃另外一段欄杆，感覺牢固得不可思議。就算是幾個底座鬆脫也不該能讓整段欄杆斷掉——要發生這種事，每一段金屬零件都必須鬆掉。

他走到右邊，檢視其他被扯鬆脫的欄杆。兩塊金屬之間的接頭被切斷了，切口很光滑、平整。

通往國王房間的門口的光線暗了下來，因爲達利納．科林來到陽台上。「進來。」他對摩亞許跟其他侍衛們說。「關上門，我想跟卡拉丁上尉談談。」

他們服從命令，但是摩亞許離開得不情不願。達利納走到卡拉丁身邊時，窗戶也關了起來，讓兩人能有隱私。雖然藩王年紀不小，但他仍然充滿氣勢，肩膀寬闊，身形像是磚牆一樣。

「長官。」卡拉丁。「我應該——」

「這不是你的錯。」達利納說。「國王不是在你的照管下。就算是，我也不會責怪你，就像我不會責怪艾德林。我不會期待護衛應該要檢查建築物的完整度。」

「是的，長官。」卡拉丁說。

達利納跪下來檢查底座。「你喜歡擔負責任，對不對？這在軍官身上是個値得贊許的特點。」達利納站起身，看著欄杆被割斷的地方。「你的看法是什麼？」

「絕對有人動手鑿斷水泥，破壞了欄杆。」卡拉丁說。

達利納點頭。「我同意。這是刻意對國王的下手。」

「可是……長官……」

「怎麼樣？」

「做這件事的人是個白癡。」

達利納看著他，挑起一邊眉毛。

「他們怎麼可能知道國王會靠向哪一段？」卡拉丁說。「甚至，他們怎麼知道國王會靠上欄杆？這個陷阱可能會害到別人，到時那些失敗的刺客會毫無所獲地暴露自己的行蹤。事實上，結果也的確如此。國王活了下來，現在我們也知道了他們的存在。」

「我們一直認爲有刺客會出現，」達利納說。「也不是因爲國王盔甲的事件。這個戰營裡有一半強大的人，可能都在考慮進行某些刺殺行動，所以對艾洛卡的暗殺其實不像你以爲的那樣，能提供給我們多少訊息。至於他們怎麼會知道在這裡可以害到他，是因爲他有最喜歡站的地方，靠著欄杆，看著破碎平原。任何習慣觀察他的人，都會知道該在哪裡安排他們的陷阱。」

「可是長官，這件事實在太奇怪了。如果他們有辦法進入國王的私人房間，爲什麼不在裡面藏殺手？或是用毒？」

「毒不太可能成功。」達利納朝欄杆揮揮手。「國王的飲食都有人試毒。至於在屋裡藏殺手，說不定會碰到侍衛。」他站起身。「但我同意這種方法會有比較大的成功機率。所以，光是他們沒有嘗試這些方法，就已經提供了我們第一個線索。假設這次和在國王的盔甲裡安裝故障寶石的是同一群人，那意味著他們偏好使用非正面衝突的手段。他們不是白癡，他們是……」

「他們是懦夫。」卡拉丁明白過來。「他們想要刺殺看起來像是意外。他們很膽小。也許等了這麼久才下手，就是爲了降低眾人的疑心。」

「沒錯。」達利納站起身，一臉憂慮。

「可是這次他們犯下大錯。」

「怎麼說？」

卡拉丁走到他先前檢視過、被切割的地方，跪下來摸了摸光滑的區域。「什麼東西可以把鋼鐵切割得這麼平整？」

達利納彎下腰，檢視著切口，拿出一枚錢球照亮些。他哼了一聲，「他們原來可能想讓這邊的接頭看起來像是自然脫落的樣子。」

「像嗎？」達利納問。

「不像。這是碎刃的切口。」

「那我們的嫌疑犯應該少了一些。」

達利納點點頭。「不要跟別人說。我們要假裝沒有注意到碎刃的切口，也許這會讓我們得到某種優勢。現在已經來不及假裝我們認爲這是一起意外，但是不需要讓別人知道所有事。」

「是的，長官。」

「國王堅持要你負責保護他。」達利納說。「我們也許需要提早原本安排這件事發生的時間表。」

「我還沒準備好。我的人光是負責現在的任務就已經忙不過來。」卡拉丁說。

「我知道。」達利納輕聲說，似乎有點遲疑。「你知道這件事是我們內部的人下的手吧？」

卡拉丁覺得全身一陣冰冷。

「國王的房間？意思是僕人，或是他的其中一個侍衛。國王衛隊成員也許也能接觸到他的盔甲。」達利納看向卡拉丁，臉被他手中的錢球點亮。堅毅的臉孔，有著曾經被打斷的鼻子，直率，眞實。「我不知道現在還能相信誰，我能相信你嗎，受颶風祝福的卡拉丁？」

「可以。我發誓。」

達利納點點頭。「我會讓艾德林從這個職位退下來，把他調入我的軍隊，給他一個指揮官職位。這會讓國王滿意，而我會保證艾德林知道他不是被處罰。我想他應該也會比較喜歡新的職位。」

「是的，長官。」

「我會要他列出他最優秀的人，那些人現在會交到你手下，但盡量不要用他們。我的目標是國王身邊只會有橋兵隊的成員，是你信任的人，是不會參與戰營政治的人。小心挑人。我不希望發生走了可能的叛徒，卻混入容易被收買的盜賊的事。」

「是的，長官。」卡拉丁說，覺得重擔壓在肩頭上。

達利納站起身。「我不知道還能怎麼辦。一個人總得信任自己的護衛。」他走向陽台門，聲音聽起來帶有深重的困擾。

「長官？這不是你以爲會發生的刺殺行爲，對不對？」卡拉丁問。

「對。」達利納一手按著門把。「我同意你的判斷，這不是專業的人做的事。整件事刻意到我很意外居然差一點就成功了。」他平視卡拉丁。「如果薩迪雅司決定要下手，或是更糟的是，那個要了我哥哥性命的殺手再次動手，我們的運氣不會這麼好。颶風還沒來臨。」

他打開門，國王的抱怨聲傳出，之前只是被關起的門擋住而已。艾洛卡正在抱怨不休，說沒有人重視他的安危，沒有人聽他說話，他們早就應該去找他在鏡子裡看到、站在他肩膀後面的鬼東西。天知道他在說什麼，他的抱怨聽起來像是被寵壞的小孩在吵鬧。

卡拉丁看著扭曲的欄杆，想像自己吊在上面。國王心情不好是有理由的，可是，王不應該是更優秀的人嗎？他的天職難道不應該要求他在壓力之下仍然保持冷靜？卡拉丁很難想像達利納在任何情況下，會以這種方式發洩情緒。

他告訴自己，*你的工作不是評判他人。*他朝西兒揮手，離開了陽台。*你的工作是保護這些人。*不論有多困難。

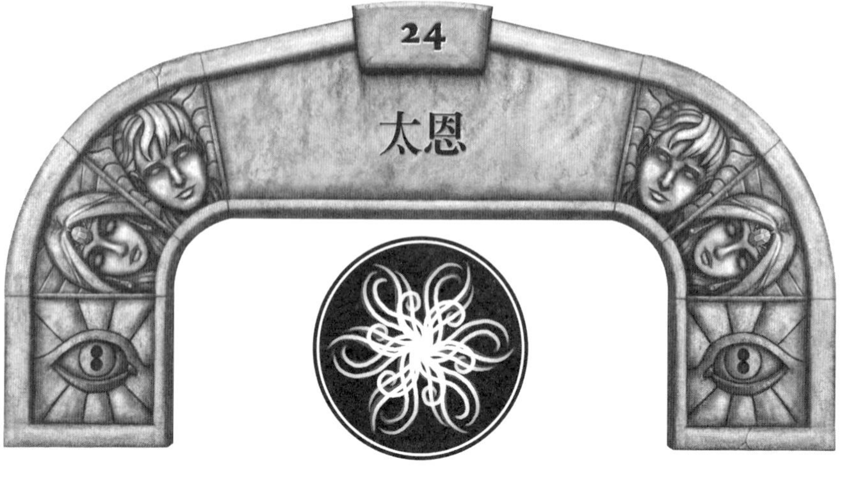

24 太恩

腐朽形體毀滅夢之靈魂。
似乎，爲神亦閃避之形體。
勿尋其碰觸，勿理會其慘呼，拒絕它。
仔細腳下的路，足下的步。
翻閱山丘或崎嶇的河床，
緊抓住滿腦中的恐懼，拒絕它。

——收錄於〈聆聽者祕密之歌〉，第二十七節

「因爲啊……」加茲邊說邊打磨紗藍棚車上的木頭，她坐在不遠的地方，一邊畫一邊聽他說。「我們大多數人加入破碎平原的戰爭是爲了復仇，妳知道嗎？那些大理石傢伙殺了國王。原本我們以爲這是很偉大的復仇之戰，能夠讓整個世界看到，雅烈席卡不會允許背叛的存在。」

「對。」阿紅附議，滿臉大鬍子的瘦削士兵從紗藍的棚車上抽掉了一根棍子。少了這根棍子，只剩下三個角落的支柱可以撐起屋頂。他滿意地拋下支柱，然後拍了拍工作手套。這麼一來，這輛棚車就從會滾動的輪子，變成比較適合淺眸仕女的車駕。

「我記得。」阿紅繼續說，他坐在棚車的車板，雙腿懸掛在邊緣。「傳喚我們上戰場的命令來自法瑪藩王本人，像是一股惡臭一樣傳遍了遠岸鎮。成年男子中，每兩個有一個加入了軍隊。如果你去酒館喝一杯，身上卻沒有新兵的徽章，所有人都會猜想你是不是膽小鬼。我跟五個朋友一起參軍的，他們都死了，爛在被颶風詛咒的裂谷裡。」

「所以你們……厭倦了戰爭？」紗藍問。她現在有書桌了，好吧，也許只能稱之爲一張桌子，一張容易拆開的旅行用家具。他們把它從棚車裡搬了出來，她正在用小桌檢視加絲娜的一些筆記。

夜色漸落，車隊正在紮營，今天走了不短一段路程，但紗藍沒有太強迫他們，畢竟他們才剛歷經一番劫難。在上路四天之後，終於來到比較不會被土匪攻擊的路段。他們已經離破碎平原很近，更靠近平原能提供的安全範圍。

「厭倦戰爭？」加茲邊說邊笑，拿了一個門栓，開始釘上。偶爾他會瞥向旁邊，有點像是緊張的抽搐。「靠，才不是。我們才不是這樣的人，問題是那些他颶風的淺眸人！光主，我無意冒犯。可是颶風他們的，颶風給我好好的去他們的！」

「他們不再是爲了勝利而戰，變得只是爲了錢球而戰。」阿紅輕聲補上。

「每天，他颶風的每天，我們都得去那些台地上打仗，但是一點進展都沒有。誰在乎有沒有進展？那些藩王只要寶心，好大賺一筆！他們要的只有這樣。所以我們走了。我們這群人平常會一起喝酒，不過追隨的都是不一樣的藩王。我們拋下了他們之間的戰爭。」加茲說。

阿紅說：「加茲，不完全是你講的那樣，跟光淑講話要誠實。你不是也欠債主一些錢球？你不是跟我們說你差一點就要變成橋兵——」

「好了好了，那都是過去的事了。過去的事情都不重要了，」加茲完成手邊鎚頭的工作。「況且，紗藍光主說她會解決我們的負債問題。」

「一切都會被原諒。」紗藍說。

「你看吧？」

「只除了你的口臭。」

加茲抬起頭，帶著疤痕的臉冒起一陣紅暈，可是阿紅直接笑了。沒多久，加茲也笑出聲。這些士兵有一種讓人忍不住要喜歡的特質，他們抓住了再次過上正常生活的機會，無論如何都想把握住。自從一起行動之後，從來就沒有出現紀律問題，他們很俐落，甚至是熱切地想要替她服務。

證據就是加茲替她把棚車的側邊重新搭起，然後打開一個窗栓，放下一小扇窗戶讓光線透進來。他朝新開的窗戶比了比，露出笑容，「也許沒有好到能配上淺眸光淑，但是妳至少能看到外面了。」

「不錯嘛。」阿紅緩緩地拍手。「爲什麼沒告訴過我們你受過木匠訓練？」

「我沒有受過訓練。」加茲的表情變得出奇嚴肅。「我只是在木材場上待了一段時間，自然就會學到幾招。」

「這個改變眞的很好，我非常感謝。」紗藍說。

「沒什麼，另外一邊應該也要一扇。我去看看能不能從商人手中弄到另一條鉸鍊。」

「你已經在親我們新主人的腳啦，加茲？」法達來到這群人身邊，紗藍沒注意到他靠近。

前逃兵領袖手中捧著一碗從晚餐大鍋裡呈出來，還在冒著煙的咖哩，紗藍可以聞到刺鼻的胡椒味。雖然現在不必再吃以前奴隸商人每餐都吃的燉菜，但是車隊總會準備女人的餐食，逼得她不得不吃那些。也許她可以趁沒人注意的時候偷偷吃口咖哩。

「你從來都沒主動替我做過這種東西，加茲。」法達拿麵包沾咖哩，直接咬下一口。他邊咀嚼邊說：

「你似乎很高興又能重新變回淺眸人的僕人，你又跪又舔得這麼拚命，身上的衣服居然還沒磨成破布，眞是神奇。」

加茲又臉紅了。

「法達，就我所知，你沒有棚車，所以你要加茲在哪裡替你開個窗？你的腦袋嗎？如果是這種事，那就好辦。」紗藍說。

法達邊吃邊微笑，雖然笑容讓人覺得很不舒服。「他有跟妳說他欠債嗎？」

「到時候自然會解決。」

「這群人比妳以爲的麻煩得多，小淺眸。」法達搖著頭，再次用麵包沾咖哩。「他們絕對會立刻變回以前的樣子。」

「這次他們會因爲救了我而變成英雄。」

他哼了一聲。「這群人永遠當不了英雄。他們是克姆泥，光主，很簡單。」

加茲低下頭，阿紅轉過身，兩人都沒有反駁他的批評。

「法達，你很努力要貶低他們。」紗藍站起身。「你這麼害怕自己犯錯嗎？我以爲你已經習慣這種事了。」

他重哼一聲。「小心點，小妞。妳可不想一不小心侮辱到男人。」

「我絕對無意一不小心侮辱你，法達。你居然會覺得我沒能力故意去侮辱你！」紗藍說。

他看著她，漲紅了臉，想不出來該怎麼反駁。

紗藍在他想得出該如何回嘴前打斷他。「我不意外你被說得啞口無言，我相信這也是你很習慣的經驗。每次有人問你一個比較困難的問題時，你一定都會有這種感覺，像是問你今天穿的上衣是什麼顏色。」

「妳眞是愛說笑。可是光憑空話，妳也沒有辦法改變這些人或是他們碰到的麻煩。」他說。

「正好相反。」紗藍迎向他的眼睛。「在我的經驗中，大多數的改變都是從說話開始的。我答應了要給他們重新開始的機會，我會履行我的承諾。」

法達又哼了一聲，可是沒再說什麼便走開。紗藍嘆口氣，坐了下來，繼續她的工作。「那傢伙老是一臉媽媽被裂谷魔吃掉了一樣的表情。」她皺著眉頭說。「也有可能裂谷魔就是他媽媽。」

阿紅笑了。「光主，請別介意我這麼說，碰上妳這樣的舌頭，還眞難應付。」

「我其實沒有被別人的舌頭碰過。」紗藍翻了一頁書，沒抬頭。「不管難不難應付，我想都會是一個很不愉快的經驗。」

「沒那麼糟。」加茲說。

兩人都轉頭看他。

他聳聳肩。「我只是說說，其實沒那麼……」

阿紅大笑，拍了加茲的肩膀。「我去拿點吃的。晚點再去幫你找那個鉸鍊。」

加茲點點頭，可是他又瞥向旁邊——同樣緊張地抽搐——沒有跟阿紅一起去晚餐燉鍋邊。他反而蹲了下來，開始打磨她的棚車地板上出現木刺的地方。

她把面前的筆記本推到一旁，原本她在筆記本裡寫滿了幫助她的手足的方法，包括從雅烈席卡國王手中購買一個魂器、試圖去追蹤那些鬼血，然後轉移他們的注意力。可是除非她到達破碎平原，否則什麼也不能做。她所有計畫都需要擁有強大的盟友。

她需要繼續貫徹跟雅多林・科林的婚約，不只是爲了她的家人，更是爲了這個世界。紗藍會需要這個婚約帶給她的盟友跟資源，可是如果她沒辦法維持婚約怎麼辦？如果她不能讓娜凡妮光主站在她這邊怎麼辦？她可能要自己去尋找兀瑞席魯，並且準備迎接引虛者的到來。這個可能性讓她嚇壞了，但是她想要讓自己有這個心理準備。

她把筆記本放下，拿出另一本。這是加絲娜僅存的藏書中，少數沒有描述引虛者或傳說的兀瑞席魯的幾本之一，這本書的內容在講述當前所有的雅烈席卡藩王，同時探討他們的政治手段與目的。

紗藍必須有所準備。她必須了解雅烈席卡宮廷的政治環境，這方面的無知會為她招來無法承擔的後果。她必須知道，萬一她在所有事情上都失敗了，這些人之中有哪些是可能的盟友。

這個薩迪雅司怎麼樣？她心想，翻到筆記本中的一頁。裡面描述他是個狡猾危險的人，但也評論他跟他妻子都是很聰穎的人。一個有智慧的人也許會聽取紗藍的論點，願意理解。

艾拉達是另一個加絲娜敬重的藩王。強大，以精湛的政治手腕著稱，他同時喜歡投機遊戲。也許他會冒險派人去兀瑞席魯，如果紗藍強調那裡可能會有的寶藏。

哈山則被描述為一個政治手腕細膩、規劃仔細的人。另一個可能的盟友。加絲娜對薩拿達、貝沙伯和瑟巴瑞爾則形容第一個人油滑，第二個是遲鈍，第三個是不可思議地無禮。

她研究了藩王跟他們的背景一段時間，加茲終於站起身，拍掉長褲上的木屑。他朝她敬重地點點頭，然後準備去幫自己弄點晚餐。

「請等一下，加茲先生。」她說。

「我不是先生。」他走向她。「我只是第六那恩，光主。買不起更高的。」

「你的債務到底有多嚴重？」她從內袋挖出一些錢球，放到她書桌上的錢球杯。

「被我欠錢的其中一個人被處決了。」加茲搓搓下巴。「除此之外，還有更多……」他遲疑了片刻。

「布姆，光主。不過他們也許不肯再收錢球了，他們現在想要的是我的腦袋。」

「以你這樣的人來說，眞是不小一筆的債務。所以你是個賭徒嗎？」

「沒差，算是吧。」他說。

「你在說謊。」紗藍歪頭。「我要聽你說實話，加茲。」

「妳就把我交給他們好了。」他轉身走向湯鍋。「不重要。我寧可被交到他們手上，而不是在外面一直猜他們會不會找到我。」紗藍看著他離開，然後搖搖頭，繼續研究。她說兀瑞席魯不在破碎平原上，紗藍邊想邊翻過幾頁。可是她怎麼能這麼確定？因爲那些裂谷，從來沒有人徹底探索過平原。

誰知道那裡有什麼？

幸好加絲娜的筆記很完整，似乎大多數的舊紀錄都說兀瑞席魯在山區裡，破碎平原則填滿了一座盆地。

諾哈頓可以用走的就走到那裡，紗藍心想，翻到出自《王道》的一段節錄。加絲娜質疑這個說法的合理性，不過她對任何事情都抱持著質疑。太陽漸漸從空中落下，在讀了一小時的書之後，紗藍發現自己開始揉起了太陽穴。

「妳還好嗎？」圖樣的聲音輕輕問。它喜歡在天色偏晚的時候出來，她也沒有禁止它這麼做。她找了找，發現它在桌子上，是木頭表面上一層複雜的花紋。

「歷史學家是一群騙子。」紗藍說。

「嗯嗯嗯。」圖樣聽起來很滿意。

「這不是個讚美。」

「噢。」

紗藍重重闔起手上的書。「這些女人應該要是學者！可是她們沒有記錄事實，而是寫下她們的想法，把它當成事實一樣陳述。她們似乎很努力要互相矛盾，可是一碰到重要的課題就像火堆邊的靈一樣，沒提供半點熱，只是隨之起舞。」

圖樣哼聲，「眞實是很個人的。」

「什麼？才不是。眞實就是……眞實。存在於現實。」

「妳的眞實是妳看到的。」圖樣的口氣聽起來很迷惘。「否則還能是什麼？那是妳對我說的眞實，帶來力量的眞實。」

她看著它，它身上的隆起在她的錢球光芒之下投射出影子。她昨天晚上關在她的棚車中時，讓颶風重新充滿了錢球的光。圖樣在颶風中途開始發出嗡嗡聲，一種奇特、憤怒的聲音。之後它開始用一種她聽不懂的語言咒罵連連，讓加茲還有其他被她邀請進來一起躲避的士兵驚慌起來，幸好他們認定颶風發生的時候一定會發生可怕的事，所以之後再也沒有人提起。

笨蛋，她告訴自己，翻到筆記本的一頁空白。她必須開始表現得像個學者，否則加絲娜會對她感到失望的。她寫下圖樣剛剛說的話。「圖樣。」她邊說邊敲著鉛筆——這是從商人那邊得到的，紙張也是。「這張桌子有四根腳，你難道不認爲這是眞實，獨立存在於我的認知以外？」

圖樣不確定地嗡嗡叫。「腳是什麼？只是妳定義的東西。沒有認知，那就不可能存在腳、桌子這類的東西，只是木頭。」

「你告訴過我，桌子是用這種方式看待自己的。」

「因爲其他人也這麼看待它，有足夠的時間讓它感知到自己是一張桌子。」圖樣說。「它成爲桌子的眞實，是因爲其他人爲它創造了這樣的眞實。」

有意思，紗藍在筆記本裡振筆疾書。她的興致不在於眞實的本質，而是圖樣對這件事的看法。這是因爲它來自於意識界嗎？書上都說靈魂界是一個純粹眞實的地方，意識界則比較流動。

「靈。」紗藍說。「如果沒有人類，靈會有思考能力嗎？」

「在這個領域裡不會有，別的領域我不知道。」圖樣說。

「你聽起來不太在乎。你的存在也許完全依靠人類。」紗藍說。

「確實是這樣，但是孩子也依靠父母。」他遲疑了片刻。「況且還有別人會思考。」

「引虛者。」紗藍渾身冰冷地說。

「對。我不認爲我的同類會活在一個只有牠們的世界裡。牠們有自己的靈。」

紗藍猛然坐起。「牠們自己的靈？」

圖樣在她的桌子上縮成一團，每條凸起擠在一起之後，圖形反而沒有那麼明顯。

「怎麼樣？」紗藍問。

「我們不談這件事。」

「你也許要開始談，這是很重要的事。」紗藍說。

圖樣嗡嗡響。她以爲它會堅持不肯說，但是在一瞬間後，它以非常小的聲音繼續說：「靈是……力量……破碎的力量。力量透過人類的覺知而被賦予思考的能力。榮譽、培養，還有……還有等等。破裂的碎片。」

「等等？」紗藍追問。

圖樣的嗡嗡聲變成尖鳴，幾乎高亢到她聽不到。「憎惡（Odium）。」它彷彿是強迫自己說出這個名字。

紗藍瘋狂地書寫。憎惡。一種靈嗎？也許是一個大型且獨特的靈，像是依瑞的庫希賽須或是守夜者。

恨靈。她從來沒有聽過這種事。

她一邊寫，一個奴隸在夜色中走了過來。膽小的男人穿著簡單的上衣跟長褲，是商人給紗藍的其中一套衣服。這些禮物受到她的歡迎，因爲她最後的一些錢球正放在面前的杯子裡，它們在卡布嵐司一些比較好的餐廳中連一頓飯錢都付不起。

「光主？」男人問。

「什麼事，蘇拿？」

「我……呃……」他指著前面。「另一位光淑，她要我告訴妳……」

他指著太恩的帳棚，那高大的女人是剩餘幾名車隊護衛的領袖。

「她要我去？」紗藍問。

「對。」蘇拿低下頭。「我想是吃東西？」

「謝謝你，蘇拿。」紗藍說，讓他回到火堆去幫助其他奴隸一起煮飯，其他帕胥人則去蒐集柴火。紗藍的奴隸們很安靜，他們額頭上有刺青而不是烙印。這是比較溫和的作法，通常代表這個人自願賣身爲奴，而不是這個人因爲殘暴或嚴重罪行而被懲罰。這些人通常是有高額的欠債或是身爲奴隸的小孩，他們仍然背負父母的債務。

這些人習慣勞動，似乎因爲她要付錢給他們而嚇壞了。雖然她給的金額相當微薄，但是這樣下去，他們不用兩年的時間就可以獲得自由，卻顯然對於這件事感覺很不安。

紗藍搖搖頭，把東西收起來。她走向太恩的帳棚途中在火堆邊停下，請阿紅把她的桌子扛回棚車上鎖好。她的確擔心她的私人物件會被偷，但是箱子裡已經沒有錢球了，所以她也不關箱子，就這樣打開著，讓阿紅跟加茲都有機會看到裡面只有書本，希望這樣就不會有人動念想去翻找。

她邊離開火堆，心裡邊想，妳自己還不是跟那些妳抱怨的歷史學家一樣，不敢正面去面對事實。她假裝這些人是英雄，卻也很清楚萬一情況有變化，他們翻臉的速度絕對是一瞬間。

太恩的帳棚又大又明亮，那女人旅途的生活水準可不像個簡單的護衛，在很多方面來說，她是這裡最耐人尋味的人。她是商人以外少數幾名淺眸人之一，還是一名帶劍的女人。

紗藍從敞開的帳門探進頭，發現幾個帕胥人在一張旅行矮桌上放了餐點，讓人適合坐在地上吃東西。帕胥人快步走了出去，紗藍懷疑地看著他們。

太恩自己則站在布牆上割出的一扇窗邊。她穿著褐色長外套，中間束著腰帶，外套兩邊幾乎完全貼和無縫，有一點長洋裝的感覺，不過比紗藍穿過的任何洋裝都要筆挺，跟太恩穿在外套下的長褲一樣筆挺。

「我問了妳的人，他們說妳還沒用餐，所以我讓帕胥人帶來足夠兩人吃的食物。」太恩沒轉身地說。

「謝謝。」紗藍進了帳棚，不讓聲音露出她的遲疑。在這些人之中，她不是個膽怯的女孩，而是個強大的女人。至少理論上是。

「我已命令我的人去看著帳棚周圍，讓我們可以安心說話。」太恩說。

「甚好。」紗藍說。

「意思是，妳可以告訴我妳眞實的身分。」太恩轉身。

「我說過了，我是紗藍．達伐。」

颶父啊！這是什麼意思？

「沒錯。」太恩走過來，在桌邊坐下。「請坐。」她比了比。

紗藍小心地坐下，以淑女的姿勢將雙腿併攏折在一旁。

太恩則盤腿坐下，長外套甩在身後。她開始用餐，用大餅沾了咖哩，咖哩的顏色看起來很深，聞起來也太辛辣，不像女人的食物。

「男人的食物？」紗藍問。

「我一直很痛恨這種定義。」太恩說。「我在圖．貝拉長大，父母都是翻譯。我從來不知道食物還有男女之分，直到我第一次造訪父母的祖國。到現在我還是覺得這種分法很蠢。我想吃什麼就吃什麼，輪不到別人多嘴。謝謝。」

紗藍自己的餐點就比較中規中矩，聞起來比較甜而不是那麼鹹和辣。她開始吃了起來，才發現自己有多餓。

「我有一支信蘆。」太恩說。

紗藍抬起頭，餅懸在醬碗上方。

太恩繼續說：「這支信蘆跟在塔西克的那支是一對，位於他們那邊的新信息屋。只要在那裡聘請一名中間人，他們就可以替你完成許多服務，包括研究、調查，甚至透過信蘆替你在世界各大城市傳遞訊息。非常厲害。」

「聽起來很有用。」紗藍謹慎地說。

「沒錯。什麼都查得出來。舉例來說，我讓我的人去查達伐家族的事，它似乎是個荒僻的小家族，有很大的債務跟一名生死不知的族長，其人性格怪異。他有一名似乎沒人見過的女兒，紗藍。」

「我就是那個女兒，所以我想『沒人見過』有點誇張。」紗藍說。

「所以，一個小費德家族的無名嫡裔，爲什麼會跟一群奴隸商隊橫跨凍土之地呢？還聲稱破碎平原上有人在等她、會有人大肆慶賀她的被救？而且她的人脈還很強大，足以給付一整個傭兵團的薪水？」

「眞相有時比謊言更令人意外。」

太恩微笑，然後向前傾身，「沒關係，妳在我面前不需要僞裝。其實妳表現得很好，我已經不再生妳的氣，決定要佩服妳。妳在這件事是新手，但是很有天分。」

「這件事是哪事？」紗藍問。

「當然是騙術啊。」太恩說。「假裝自己是另外一種身分，然後帶著貨品逃跑。我喜歡妳騙倒那些逃兵的方法，妳豪賭了一把，然後成功了。

「可是妳現在有了個困境。妳假裝自己是位階高了幾級的人，承諾會給他們很大的報償。我以前也用這種方法騙過人，最難的就是收尾。如果處理不好，妳招募的『英雄』絕對會毫不遲疑地把妳吊死。我注意到妳似乎對於去平原這件事有點拖拖拉拉的，妳是不是很不確定？有點應付不過來？」

「絕對是。」紗藍輕聲說。

太恩大口吃了起來，「幸好我會幫妳一把。」

「代價是什麼？」這女人還眞喜歡講，紗藍很願意讓她說下去。

「無論妳想參與什麼，我都想分一份。」太恩用餅戳入醬碗的姿勢很像拿著劍刺大殼。「妳千里迢迢來到凍土之地有特別目的。妳的計謀想來不是個小騙局，可是我認爲妳經驗不足，可能不足以成功。」

紗藍的手指輕敲桌面。面對這個女人，她會是誰？她需要是誰？

紗藍流著汗心想，*她似乎是個騙術大師，我騙不過這樣的人。*

除非她已經成功了，算是無心插柳吧。

「妳怎麼會淪落到這裡的？在車隊中領導護衛？這是騙局的一部分？」紗藍問。

太恩笑了。「這裡？根本不值得我那麼麻煩。我跟商隊領隊們講話時也許誇飾了我的經驗，但是我要去破碎平原，只是少了安全動身需要的資源。」

「妳這樣的女人怎麼會沒資源？」紗藍皺眉問。「我以爲妳應該隨時什麼都不缺。」

「事實上也是這樣。」太恩比了比周圍。「妳也看到了。如果想走這一行，就得習慣推倒重來，財來財去。我被困在南邊沒有半個錢球，現在正想辦法到比較文明的國家去。」

「去破碎平原。妳在那裡也有工作？一個妳打算動手的……騙局？」紗藍說。

太恩微笑。「重點不是我，小妞，重點是妳，還有我能爲妳做什麼。我認識戰營裡的人。那裡幾乎可以說是雅烈席卡的新首都，國家所有有趣的事情都在那裡發生，金錢像暴風後的河流一樣流向那裡。但是每個人都把那裡看成前線，所以法律很鬆散，只要認識對的人，發財不是難事。」

太恩俯身向前，「反過來說，那也是個容易結仇的地方。相信我，我認識的人肯定是妳也想認識跟共事的人。沒有他們的允許，破碎平原上絕對不會有新的大事發生。所以我再問妳一次，妳在那裡想要幹什麼？」

「我……知道一些達利納．科林的事。」

「老黑刺啊？」太恩很驚訝。「他最近過得很無趣，高高在上，好像自己是個從傳說走出來的英雄一樣。」

「嗯，那我知道的事情對他來說很重要。非常重要。」

「什麼事情？」

紗藍沒有回答。

「還不願意獻寶啊。這也可以理解的，勒索不容易哪。妳會很高興讓我入伙。妳是在讓我入伙，對吧？」太恩說。

「對。我相信我可以從妳那裡學到不少東西。」紗藍說。

25

怪獸

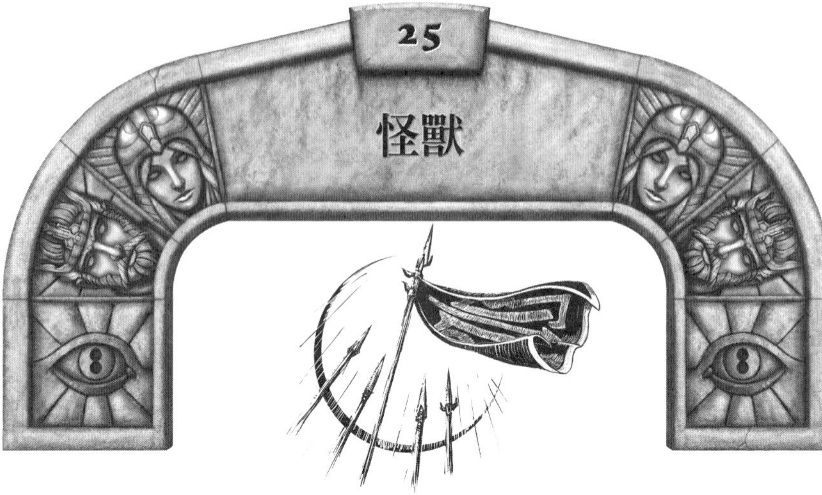

煙霧形體爲躲藏閃避於眾人之間。
力量的形體，如人類的封波術，
再次招其降世。
雖然由神所創造，
卻出自魄散之手。
允其力量可爲敵亦可爲友。
——收錄於〈聆聽者歷史之歌〉，第一百二十七節

卡拉丁覺得要讓他碰上一個自己從未經歷過的處境，一定是件很不容易的事。他曾經是奴隸、醫生，上過戰場，也進過淺眸人的用餐大廳裡服侍，以二十歲的年紀來說，他經歷了不少事，有時候感覺是太多事。他有許多寧可不要的記憶。

即便如此，他也沒想到今天會給他帶來一個如此徹底、令人不安的陌生挑戰。「長官？」他忍不住退後一步。「你要我做什麼？」

「爬上那匹馬。」達利納．科林指向在旁邊吃草的動物。那動物動也不動，等著草自己從洞裡冒出來，然後牠會撲上去，很快地咬一口，讓草又趕緊縮回洞裡。牠每次只能吃到一口，經常把草連根拔起。

這附近有許多同樣的動物在跳躍奔跑，閒散地度日。卡拉丁每次都被達利納這種人的財富震懾，每匹馬都價值無以計數的錢球，達利納居然要他爬上其中一匹。

「士兵，你需要知道該怎麼騎馬，也許有一天你要上戰場去保護我的兒子。況且，那天聽說了國王的意外之後，你花了多久才趕到皇宮？」達利納說。

「幾乎四分之三個小時。」卡拉丁承認。從那天晚上起已過了四天，他還是很緊繃。

「我的營房附近有馬廄。如果你會騎馬，只需要一點點時間就可以趕到。也許你不需要經常坐在馬鞍上，但這對你跟你的人來說會是重要的技能，必須學習。」達利納說。

卡拉丁回頭看著橋四隊其他人，所有人都在聳肩，有幾個人聳得有點害怕，只有摩亞許很熱切地在點頭。「好像是這樣。」卡拉丁回頭看達利納。「如果你認爲這是重要的事，我們會試試看，長官。」

「好。我叫馬廄長詹奈過來。」達利納說。

「我們期盼他的到來，長官。」卡拉丁努力讓自己很認眞地擁有和這句話同樣的心情。

兩名卡拉丁的人伴隨著達利納一起走向馬廄。馬廄是一片敦實寬廣的石造建築物。據卡拉丁了解，當馬不在裡面的時候，牠們可以在這片戰營西區的空地隨意行動，周圍有一道矮石牆，但是這些馬一定很輕鬆就可以跳過去。

牠們完全沒有這樣做，只是隨意亂走，追著草或倒在地上，噴氣或嘶鳴。卡拉丁覺得整片地方都有怪味，不是糞便，只是……馬味。卡拉丁打量著一匹在附近吃草的馬，牠就站在牆的內側。他不信任馬這種動物，牠感覺太聰明，老實的馱獸都是像芻螺那種又慢又乖的樣子，他曾經騎過芻螺。這種動物……天知道牠在想什麼？

摩亞許來到卡拉丁身邊，看著達利納走開。「你喜歡他，對不對？」摩亞許輕聲問。

「他是個好指揮官。」卡拉丁一邊想，一邊反射性地尋找雅多林跟雷納林的身影。他們在附近騎馬，顯然這些東西需要定期運動，才能保持良好的狀態。詭計多端的東西。

「阿卡，別跟他走得太近。」摩亞許繼續看著達利納。「也別太信任他。記得，他是個淺眸人。」

「我不會忘記這種事。」卡拉丁挖苦地說。「況且，他一說要讓我們騎這些怪物，是你一臉高興得快要昏過去的樣子。」

「你面對過騎著這種東西的淺眸人嗎？我是指戰場上？」摩亞許問。

卡拉丁記得如雷震耳的馬蹄聲。一個穿著銀色盔甲的男人。死去的朋友。

「有。」

「那你很清楚馬帶來的優勢，所以我很樂意接受達利納的提議。」摩亞許說。

馬廄長居然是個女人。卡拉丁挑著眉毛，看到年輕漂亮的淺眸女人走向他們，身後跟著兩名馬伕。她穿著傳統的弗林長裙，不過不是絲質，而是更爲粗糙的材質，前後都有從腳踝長到大腿的高叉，搭配一條女性長褲。

女人的黑髮束成馬尾，沒有飾品，臉上的緊繃神情是他沒想過會在淺眸女人臉上看到的。「藩王說要讓你們這些粗手粗腳的傢伙碰我的馬。」詹奈雙手環抱在前。「我不是很高興。」

「幸好，我們也是。」卡拉丁說。

她上下打量他一陣。「就是你對不對？那個所有人都在談論的人？」

「也許吧。」

她哼了哼。「你需要理個髮。好了，小兵們，聽清楚了！我們要中規中矩地來，我不會讓你們傷到我的馬，知道嗎？你們要給我好好聽，都聽個一清二楚。」

接下來是卡拉丁這輩子聽過最無趣、最冗長的講習。女人不斷不斷地講著姿勢：背脊挺直但不能太緊繃，還有要怎麼讓馬動起來——用腳跟輕點，不能太猛力；要怎麼騎馬，怎麼尊重動物，怎麼好好握韁繩，怎麼保持平衡。說了這麼多，還是沒讓他們碰那些動物。

終於，無聊的時刻被一個騎馬而來的男人打斷，不幸的是，那人是雅多林·科林。他騎著他那頭白色大怪獸，牠比詹奈給他們看的馬還要高上幾掌。這匹馬看起來幾乎不像是馬，有著巨大的蹄子，閃亮的白毛，深不可測的雙眼。

雅多林得意洋洋地俯瞰著橋兵，然後對上馬廄長的眼睛，露出沒有那麼看扁人的笑容。「詹奈，妳今天看起來還是一樣迷人。那是妳的新騎裝嗎？」

女人看都不看王子就彎下腰——她正在講述該怎麼引導馬匹前進——從地上撿了一塊石頭，然後轉身就朝雅多林砸去。

王子一縮，舉起手臂保護臉，雖然詹奈沒有瞄準。

「拜託，妳該不會還在生氣那——」

又一塊石頭。這塊砸到了他的手臂。

「好了好了。」雅多林騎著馬小跑步離開，整個身子縮成一團，減少石頭可以打中的面積。

終於，詹奈用自己的馬展示該怎麼裝馬鞍、上馬銜後，結束了長篇大論，認爲他們有資格可以碰馬了。她的一群馬伕，有男有女，跑到原野上替六名橋兵挑選合適的坐騎。

「妳用了很多女人。」卡拉丁對詹奈說，一面看著馬伕們忙碌。

「騎馬沒有被囊括在《技藝與宏觀》中，」她回答。「當時的人對馬不太了解。雖然燦軍有瑞沙迪馬，但是就連國王都沒什麼接觸馬匹的機會。」她的內手藏在袖子裡，跟大多數戴著手套的深眸女馬伕不同。

「這個重要性是……？」卡拉丁說。

她不解地皺眉看著他。「《技藝與宏觀》，」她提示著。「男性與女性技藝的基礎……對了，我看到你肩上的上尉官階繩結，但——」

「但我只是個無知的深眸人？」

「你要這樣說也行，隨便。我沒打算要講解技藝給你聽，跟你們講解的已經夠多了。簡單說，想當馬伕的人都可以成為馬伕，懂吧？」

她沒有卡拉丁常見的淺眸女人表現出的優雅細緻，卻反而讓他耳目一新。一個過度看低他的女人總是比另外一種好。馬伕牽著馬走出圍欄，來到形成一個圓的馬場中央。一群低垂著眼睛的帕胥人抬來了馬鞍、馬鞍墊、馬銜，在詹奈的講課之後，卡拉丁已經可以說出這些器材的名稱。

卡拉丁選了一頭看起來不太邪惡的怪獸，怪獸的身量不高，有著雜亂的鬃毛跟褐色的毛皮，他在馬伕的協助下安上馬鞍。不遠處的摩亞許完成了準備工作，立刻翻身上了馬，馬伕一放開手，摩亞許的馬不用催促就自己走開了。

「嘿！停下來。哇！我要怎麼樣讓牠不亂走？」摩亞許說。

「你弄掉了韁繩，颶風的蠢蛋！剛才到底有沒有好好聽講？」詹奈在他後面喊。

「韁繩。」摩亞許手忙腳亂地拉回韁繩。「我不能就像對芻螺那樣，拿蘆葦拍牠的頭嗎？」

詹奈揉著額頭。

卡拉丁望著他自己挑的野獸。「聽我說。」他壓低了聲音說。「你不想幹這事，我也不想幹這事，所以我們好好相處，儘快結束，啊？」

胯下的馬輕輕地打了個響鼻。卡拉丁深吸一口氣，按照指示，抓住馬鞍，一腳踩上馬蹬，前後搖晃了幾次，猛力一撲，上了馬鞍。他死命地抓住馬鞍的前橋，緊緊攥住，準備好在野獸往外奔跑時被拋下。

他的馬卻低下頭，開始舔石頭。

「好了好了。」卡拉丁拉起韁繩。「來來來，走吧。」

馬不理他。

卡拉丁試圖按照剛才的講課內容踢了踢馬肚。沒動靜。「你不是有腿的棚車。」卡拉丁對那東西說。「你比一座村莊還値錢，讓我看看你到底値錢在哪裡。快走！前進！出發！」

馬繼續舔著石頭。

*這東西在幹什麼？*卡拉丁心想，他彎腰往側邊去看，驚訝地發現有草從洞裡冒出來。*舔草會讓草上當，以為下雨了。*暴雨之後，植物通常會舒展開來好充分暢飲雨水，就算被昆蟲咬上幾口也無所謂。*聰明的東西。很懶惰，但是很聰明。*

「你需要讓牠知道你是老大。」詹奈從旁邊走過，丟下一句。「收緊韁繩，坐挺身子，把牠的頭拉起來，不要讓牠吃草。如果你的態度不夠堅定，牠會把你踩到泥巴裡。」

卡拉丁試圖照她的話去做，終於——好不容易——把馬從牠的餐桌前拉走。馬聞起來是有種怪味，但其實並不糟糕；他讓牠走動起來之後，操縱牠的方向也就沒那麼困難，不過讓另外一樣東西掌控他要去的方向感覺還是很怪。沒錯，他有韁繩在手，但是他的馬任何時候都可以決定要跑起來，而他完全無能為力。詹奈一半的說教內容都是在講不要嚇到馬，什麼如果馬決定要奔跑起來的話不要亂動，還有絕對不要從後面嚇到馬。

坐在馬背上往下看，比他想像中還要高，掉到地上的距離似乎會很遠。他帶著馬走來走去一段時間後，好不容易能夠刻意地停在那坦身邊。那名長臉的橋兵握著手中的韁繩，好像那是珍貴的寶石，既不敢拉，也不敢用它來操控馬匹。

「真不敢相信居然有人會颶風的故意要騎這種東西。」那坦說。他有雅烈席卡鄉村口音，尾音都刻意截斷，像是沒說完之前就故意卡掉。「我們現在的速度比走路也快不了多少，不是嗎？」

卡拉丁再次想起很久前有人衝向自己的那一幕。他確實明白馬匹的重要性，坐得更高能讓人更有力量地攻擊，而馬的體積——無論是體型或是衝力——能夠震懾步兵，驅散他們。

「我想大部分的馬都比這些馬快。我敢打賭，他們給我們的都是方便練習的老馬。」卡拉丁說。

「應該是吧。牠很暖和，我沒想到會這樣。我以前騎過芻螺，但這東西居然會這麼……熱呼呼。很難想像這東西居然這麼昂貴，我覺得自己騎著一堆祖母綠布姆。」他遲疑了片刻，轉頭去看。「只是祖母綠的屁股沒有這麼忙……」

「那坦，你記得有人想殺國王那天的情形嗎？」卡拉丁問。

「當然，我當時跟那些發現他像颶父的耳朵一樣飄在空中的人一起跑出去。」那坦說。

卡拉丁微笑。以前這個人連兩句話都說不完整，老是嚴肅地盯著地面，心神被當橋兵的時間耗盡。過去幾個禮拜對那坦的幫助很大，對所有人都是。

「在那天晚上的颶風前，有誰在陽台上？有你不認得的僕人嗎？有沒有不是國王衛隊的士兵？」卡拉丁問。

「我不記得有僕人。」那坦瞇著眼睛，曾經是農夫的男人，臉上出現深思的神情。「長官，我整天都守著國王，跟國王的衛隊一起，沒什麼特別的。我——哇！」他的馬突然加速，越過了卡拉丁。

「你好好想！想起什麼都跟我說！」卡拉丁對他喊。

那坦點頭，依然像握著玻璃一般握著韁繩，拒絕拉緊韁繩、操控馬匹。卡拉丁搖頭。

在空中，一匹由光組成的小馬從他身邊奔過。西兒的咯咯長笑聲傳來，她改變形狀變成一條光帶，轉了一圈之後才落在卡拉丁的馬脖子上，就在他面前。

她往後一躺，露出大大的笑容，然後朝他的表情皺眉。

「你沒有享受這一切。」西兒說。

「妳說話開始像是我媽了。」

「引人入勝？驚豔、機智、發人深省？」西兒說。

「嘮叨。」

「引人入勝？驚豔、機智、發人深省？」西兒說。

「很好笑。」

「說話的人可沒笑。」她回嘴，雙手環抱。「你今天又是因爲什麼事情在擔憂心啊？」

「擔憂心？」卡拉丁皺眉。「有這種說法？」

「你不知道？」

他搖頭。

「有。絕對有。」她肯定地說。

「有些不對勁。我是說我剛剛跟那坦的對話。」他扯扯韁繩，不讓馬再次低頭去吃草，但那匹馬非常堅持。

「你在說什麼？」

「刺殺。」卡拉丁瞇起眼睛。「關於他有沒有看到任何人……」他頓了頓。「在颶風來之前。」

他低頭迎向西兒的眼睛。

「颶風會把欄杆吹掉。」卡拉丁說。

「把它吹彎！」西兒站起身露出笑容。「噢噢噢！」

「它從中間被割斷，底座的水泥也被敲掉。」卡拉丁繼續說。「我敢打賭風力跟國王壓上去的重量絕對差不多。」

「所以欄杆的破壞一定是颶風之後發生的。」西兒說。

這是一個更小的時間差。卡拉丁調轉馬頭朝向那坦，可惜的是，要趕上他並不容易。那坦正用小跑的速度前進，讓他非常手足無措，卡拉丁卻無法讓自己的馬跑得更快。

「有問題嗎，小橋兵？」雅多林策馬跟上。

卡拉丁瞥向王子。颶父的，騎在雅多林那頭巨獸旁邊，要覺得不渺小還眞困難。卡拉丁試圖踢馬腹，讓牠能跑得更快，但牠仍然以單調的速度前進，沿著給馬專用的跑道繞圈。

「飛沫年輕時速度也許比較快。」雅多林朝卡拉丁的坐騎點點頭。「但那是十五年前的事了。說實話，我很驚訝牠還活著，但牠似乎非常適合訓練小孩。還有橋兵。」

卡拉丁不理他，眼睛直視前方，依然試圖要讓馬匹增加速度，趕上那坦。

「你如果想要比較有精神的坐騎，那邊的颶風之夢比較對你的胃口。」雅多林指著一旁。

他比了比一頭住在自己的圍欄中體型較大的馬，馬背上已經有馬鞍，被綁在一根緊緊埋在地洞的棍子上。長繩子讓牠能夠小跑一段距離，不過只能繞圈；牠甩著頭，正打著響鼻。

雅多林踢了踢自己的動物向前跑，經過那坦身邊。

颸風之夢是吧？卡拉丁心想，打量著那動物。牠的確看起來比飛沫有精神得多，也看起來像是想從任何靠牠太近的人身上咬下一塊肉。

卡拉丁讓飛沫轉向那個方向，靠近之後，他減慢速度——飛沫巴不得這麼做——下了馬。下馬似乎比他預料來得困難，但是他終於避免面朝下撲地。

一下了馬，他雙手扠腰，檢視在圍欄之中奔跑的馬。

「你是不是在抱怨寧可自己走也不想讓馬帶著你跑？」西兒走到飛沫的頭邊。

「是。」卡拉丁說。他沒注意到體內還留著一點颶光，說話時，颶光逃了出來，非常隱約。除非仔細看，才會注意到空氣有一點微微的扭曲。

「所以你爲什麼會想騎那東西？」

「這匹馬，只能用來走路。」他朝飛沫點點頭。「我自己就走得很好。那匹馬，才是適合戰爭的動物。」摩亞許說得對，馬匹在戰場上就是優勢，所以卡拉丁至少應該熟悉這些動物。

這跟薩賀用來說服我，要我學習使用碎刃的論點一樣，卡拉丁不安地心想。但我拒絕他了。

「你在幹什麼？」詹奈騎馬來到他身邊。

「我要爬上那匹馬。」卡拉丁指著颸風之夢。

詹奈冷哼一聲。「牠一瞬間就能把你從馬背上摔下，你會摔破腦袋，橋兵。牠跟騎手處不來。」

「牠身上有馬鞍。」

「那是爲了讓牠習慣背馬鞍。」

馬跑完了一圈，慢下來。

「我不喜歡你眼中的神情。」詹奈告訴他，調轉自己的馬走到旁邊。牠不耐煩地跺腳，彷彿迫不及待想要奔跑。

「我要試試看。」卡拉丁走上前。

「你爬都爬不上去。」詹奈仔細地看著他，好像很好奇他會做什麼。不過他覺得她擔心的是馬的安危，而不是他。

西兒跟隨卡拉丁，落在他的肩膀上。

「這就像回到淺眸人的訓練場上一樣，對不對？」卡拉丁問。「我又會倒在地上看著天空，覺得自己像個笨蛋。」

「很有可能。」西兒很輕鬆地說。「所以你爲什麼要這麼做？因爲雅多林？」

「才不是。」卡拉丁說。「去他颶風的王子。」

「那爲什麼？」

「因爲我怕這些東西。」

西兒看著他，似乎很不解，但是卡拉丁覺得一切很清楚。在他前方，颶風之夢因爲奔跑過後正吐著大氣，牠迎向他的注視。

「颶風的！」雅多林的聲音從後面傳來。「小橋兵，不要眞的這麼幹！你瘋了嗎？」

卡拉丁來到馬旁邊。牠往後踏了幾步，卻讓他靠近到可以碰觸馬鞍。所以他吸入更多一點颶光之後，撲向馬鞍。

「該死的！你在——」雅多林大喊。

卡拉丁只聽到這裡。颶光協助的跳躍讓他跳得比普通人更高，可是他沒瞄準，抓住了鞍橋，一腿卻翻了過去，馬這時開始掙扎。

那野獸跟飛沫比起來強壯許多，牠第一次往上彈跳的時候，卡拉丁幾乎被拋飛。

卡拉丁狂亂地一揮手，把颶光灌注在馬鞍上，將自己黏上去，不過也只能讓他沒有像塊破布一樣從馬背上飛落，而是被來回甩動。他好不容易終於抓住了馬鬃，一咬牙，努力不讓自己被甩昏。

馬廄的影像變成一團模糊。他唯一聽到的聲音是鼓動的心跳跟敲擊的馬蹄聲。死引虛者怪獸像颶風一樣亂跳，但是卡拉丁彷彿被釘在馬鞍上一樣，死死待著。似乎經過了永恆的時間之後，馬兒吐出了一團團帶白沫的氣息，安靜下來。

卡拉丁暈眩的視線清晰起來，他看到一群橋兵——離得遠遠的——在爲他歡呼。雅多林跟詹奈兩人都在馬背上，帶著混合驚恐跟敬佩的表情直盯著他。卡拉丁露出大大的笑容。

然後，颶風之夢最後一次、以最強大的力量，把他拋飛了。

他沒發現馬鞍中的颶光已用完。正如他之前的預言，如今完美契合地實現，卡拉丁發現自己頭暈目眩地躺在地上，望著天空，想不太起來人生先前最後幾秒鐘發生了什麼事。幾隻痛靈從他身邊的地面鑽了出來，橘色小手到處亂抓。

有著一雙謎樣深色眼睛的馬頭彎下，靠近了卡拉丁，朝他打個響鼻。氣味潮溼，帶著草味。

「你這個怪物，居然趁我放鬆的時候把我甩開。」卡拉丁說。

馬再次打個響鼻，卡拉丁發現自己大笑出聲。颶風的，剛才還眞爽快！他沒辦法形容爲什麼，可是在掙扎的動物背上緊緊抓住，免得自己被拋飛的經歷著實讓人萬分興奮。

卡拉丁站起身，拍拍身上的灰塵，達利納鑽出人群，眉頭緊蹙。卡拉丁沒注意到藩王還在附近。他看看颶風之夢，看看卡拉丁，然後挑起一道眉毛。

「騎著乖馬是追不到殺手的。」卡拉丁一邊敬禮一邊說。

「沒錯，但是士兵，訓練通常從沒有開鋒的武器開始。你還好嗎？」

「沒事，長官。」卡拉丁說。

「看起來你跟你的人都很適應這項訓練。我會提出馬匹徵召申請，接下來幾個禮拜，你跟你挑選的五個人，每天都要來這裡練習。」達利納說。

「是的，長官。」他會想辦法找到時間。一定可以。

「很好。」達利納說。「我收到你對戰營外初步巡邏的提議，看起來挺好的。兩個禮拜以後開始吧，帶上幾匹馬去野外練習。」

詹奈像是被人掐住了脖子。「城外，光爵？可是……土匪……」

「這裡的馬該要被人使用，詹奈。」達利納說。「上尉，你會帶足夠的人手去保護馬匹吧？」

「是的，長官。」卡拉丁說。

「很好，但是記得把那匹留下來。」達利納朝颶風之夢揮揮手。

「呃，是的，長官。」

達利納點點頭，走了開去，朝卡拉丁看不見的人舉起手。卡拉丁揉揉撞到的手肘，身體內殘餘的颶光先癒合了他的頭，還來不及治療他的手臂就用完了。

橋四隊走向他們的馬匹，聽從詹奈叫他們上馬，開始第二階段訓練的命令。卡拉丁發現自己站在依然騎在馬背上的雅多林身邊。

「謝了。」雅多林不情願地說。

「為什麼？」卡拉丁走過他身邊，走向飛沫，牠繼續咬著草，根本不關心周圍的混亂。

「沒有告訴父親是我挑釁你的。」

「我不是白癡，雅多林。」卡拉丁翻身上馬。「我看得到自己面對的是什麼。」他又很困難地把他的馬拖離食物，旁邊的馬伕給了他一點新指示。

終於，卡拉丁又小跑向那坦。飛沫頂著他上下彈跳，但是他差不多已經掌握跟馬匹一起移動的訣竅——他們稱之爲打浪——以避免被馬匹頂得到處亂竄。

那坦看著他靠過去。「這實在不公平，長官。」

「我對颶風之夢做的事？」

「不是。你就這樣騎馬的方式，看起來很自然。」

感覺一點都不自然。「我想要繼續談談那個晚上。」

「長官？」長臉的男人問。「我沒想到什麼。現在有點無法集中精神。」

「我有另一個問題。」卡拉丁駕馭著馬，讓兩人並排。「我問了你那天值班的情形，但是我走了以後呢？有國王以外的人走到陽台上嗎？」

「只有侍衛，長官。」那坦說。

「告訴我是哪些人，也許他們看到了什麼。」卡拉丁說。

那坦聳聳肩。「我主要盯著門。國王待在客廳一段時間。我想摩亞許出去了。」

「摩亞許。」卡拉丁皺眉。「那時他的輪值不是快要結束了嗎？」

「是啊。他多待了一下，說想要看著國王安頓下來。等待的時候，摩亞許去陽台上看了一陣。你通常要求我們其中一人待在外面。」

「謝謝。」卡拉丁說。「我會去問他。」

卡拉丁發現摩亞許正認眞地聽詹奈解釋著什麼。摩亞許似乎很快就學會騎馬——他似乎什麼都學得很快。在戰鬥方面，他絕對是橋兵之中學得最快的人。

卡拉丁看了他一陣子，皺眉，然後突然回過神來。你在想什麼？你覺得摩亞許跟刺殺行動有關係嗎？別蠢了，這種想法太可笑。況且，那個人沒有碎刃。

卡拉丁調轉馬頭，但同時，他看到與達利納見面的那個人。阿瑪朗光爵。那兩人太遠，卡拉丁聽不到他們的聲音，但是可以看到達利納臉上的笑意。雅多林跟雷納林騎馬走向他們，露出大大的笑容，看著阿瑪朗朝他們揮手。

卡拉丁心中湧現的怒氣如此突如其來、無比炙熱強烈到幾乎讓他喘不過氣。他握緊了拳頭。

他緩緩地吐出呼吸，非常驚訝，他以爲他的恨意埋藏得更深。

他刻意調轉馬頭朝反方向而去，突然很期待跟新兵一起巡邏的機會。能離開戰營，聽起來是個很好的主意。

26 羽毛

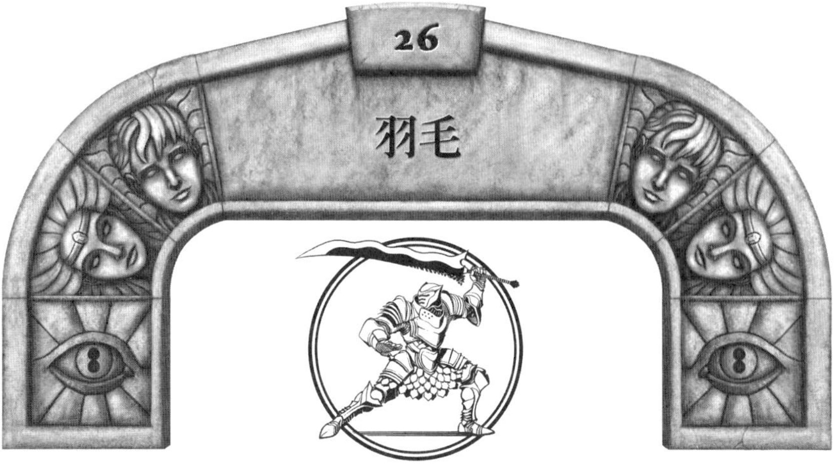

他們責怪我們，
因爲失去那片土地。
曾經覆蓋其上的城市，
確實串連東方山岳，
那力量記載於我族典史，
碎裂平原者非我族之神。

——收錄於〈聆聽者戰爭之歌〉，第五十五節

雅多林衝入了帕山迪軍的戰線，無視於敵人的武器，用肩膀撞上前面的敵人。帕山迪人沉哼了一聲，歌聲頓時停頓，同時雅多林轉身，揮出碎刃，劍上的暫時停滯傳遞出它何時穿透皮肉。

雅多林轉身結束，不理會從肩膀的裂痕散發出的颶光，在他周圍的人一一倒下，眼睛在頭顱中被燒焦。雅多林喘氣不已，炙熱潮溼填滿了他的頭盔。

在那裡，他心想，舉起碎刃往前衝，自己人包圍在左右。不是那些橋兵，難得是一批眞正的士兵。他把橋兵們留在出擊的台地上，他不願意作戰時周圍是不想跟帕山迪人對打的人。

雅多林跟他的士兵們突破了帕山迪人的戰線，與另一批慌亂的士兵們會合，他們穿著綠與金的制服，領頭的是同樣顏色的碎刃師。那人的武器是一柄大的碎刃師鎚頭，他沒有自己的碎刃。

雅多林推開眾人來到他身邊。「加卡邁?你還好嗎？」他問。

「還好？」加卡邁的聲音被頭盔隱藏，他猛然推開了面前的盔甲，露出盈滿笑意的臉。「我太好了。」他大笑，淺綠色的眼睛因爲戰意而發亮，雅多林很瞭解他的心情。

「你幾乎被人團團包圍了！」雅多林說完，轉身面對一群兩兩成組跑上前來的帕山迪人。雅多林敬佩他們繼續衝向碎刃師，而不是逃走。這幾乎是必死之舉，但如果勝利，絕對能改變戰爭的勝負。

加卡邁又大笑，聽起來就像是聽著酒館的歌女唱歌時那樣開心，他的笑聲充滿了感染力。雅多林發現自己也咧嘴而笑，同時跟帕山迪人作戰，一劍又一劍地砍倒他們。他對於簡單的戰事向來不像決鬥那樣喜歡，但是此時此刻的戰鬥雖然不講求技巧，他仍然發現這個情況充滿挑戰，也在其中體會到快意。

不久後，死者紛紛躺在他腳下，他轉身尋找新的挑戰。這座台地的形狀很奇怪，它在平原破碎以前，原本是個高高的山丘，但是另一半卻是在隔壁的台地上。他沒辦法想像是什麼樣的力量能讓山丘從中一剖爲二，而不是由底座被粉碎。

好吧，這也不是個普通形狀的山丘，所以也許跟山丘裂掉的方式有關。這座山丘的形狀比較像是個寬矮的金字塔，但是只有三階高；底座很大，上面的第二層大概有一百呎寬，然後最上面的小山峰放在正中央，幾乎像是三層蛋糕，被大刀從中間切成兩半。

雅多林跟加卡邁在第二層戰場中迎戰，技術上來說，雅多林不需要參與這次出戰，這次沒有輪到他的軍隊。可是現在已來到施行他父親計畫第二步的時刻。於是雅多林只帶了一支小突擊隊出現，幸好他來了。加卡邁被人包圍在第二層，正規軍無法突出重圍。

現在他們把帕山迪人推回到這一層的邊緣，敵方仍然完全佔據著最上層，因爲獸蛹出現在那裡，但是帕山迪人的處境非常糟。沒錯，他們佔據了高地，卻顯然必須通過這幾層之間的平坡，才能掌握撤退路徑。看起來他們原本計劃趁人類來到之前完成收割工作。

雅多林把一名帕山迪士兵從邊緣踢下，讓那人摔了三十呎，壓在最下面一層作戰的人身上。他往右邊一看，往上的斜坡就在那裡，可是帕山迪人堵住了去路，他眞的很想去山頂……

他看著這一層跟上面一層之間的光滑山壁。「加卡邁。」他大喊，同時手一指。

加卡邁跟隨雅多林的動作往上一看，然後退開了戰場。

「你瘋了！」加卡邁對跑過來的雅多林說。

「沒錯。」

「那去吧！」他把鎚頭遞給雅多林，雅多林把它塞入朋友背上的套子裡，然後兩人跑到懸崖邊，開始往上爬。

雅多林套著碎甲的手指戳碎了石頭，同時間拉著身軀往上爬，下面的士兵見狀爲他歡呼。到處都有著手的地方，但是如果沒有碎甲提供向上的力氣，在他萬一掉下去的時候還能保護他，他絕對不會做這種事。

這種事很瘋狂，他們最後一定會被敵人包圍，但是兩名碎刃師互相支援時，可以達成驚人的效果。況且，就算他們支撐不下去，也可以跳下懸崖，假設碎甲狀態夠好，便能夠保護他們安全下墜。

如果他父親在戰場上，雅多林絕對不敢做這種冒險的舉動。

他爬上懸崖一半時，停了下來。帕山迪人聚集在上面那一層的邊緣，準備對付他們。

「你有如何在上面站定的計畫了嗎？」加卡邁問，停在雅多林身邊的岩壁上。

雅多林點頭，「你準備支援我就好。」

「沒問題。」加卡邁一看上方，臉孔隱藏在頭盔後方。「對了，你來這裡幹什麼？」

「我想不會有軍隊拒絕想來幫忙的碎刃師們。」

「碎刃師們？還不只一個？」

「雷納林在下面。」

「希望他不是在作戰。」

「他被一大群士兵包圍在中間，他們收到仔細的指示，不准讓他參戰，不過父親要他親眼見識幾場。」

「我知道達利納在幹嘛。他想要展現合作的精神，想讓這些藩王不要對立，所以他派出了碎刃師來幫忙，即使這不是他的出戰。」

「你在抱怨嗎？」

「哪有。快去看看你要怎麼突破上面那片人群吧，我需要一段時間才能把鎚頭拿出來。」

雅多林在頭盔後面咧嘴一笑，繼續往上爬。加卡邁是洛依恩藩王屬下的地士跟碎刃師，和他算是不錯的朋友。這類的淺眸人需要親眼見證達利納跟雅多林出力，爲更好的雅烈席卡努力。也許這樣幾次作戰之後，就會讓人認同一個可以信賴的長久同盟能帶來的價值，而不是薩迪雅司代表的那種互相陷害、臨時形成的同盟。

雅多林繼續往上爬，加卡邁跟在後面，直到距離山頂只有十幾呎。帕山迪人聚集在那裡，手中握好了鎚頭跟流星錘——適合跟碎刃師作戰的武器。後面幾個人射箭，但是箭矢射中碎甲便毫無作用地反彈了。

很好，雅多林心想，一手伸向旁邊，另一手抓住岩壁，召喚了他的碎刃。他重重將碎刃刺入岩壁，劍身平面朝上，再爬到碎刃旁邊。

然後他踏上了劍身。

碎刃不會斷。它們也幾乎不會彎，所以撐住了他。他有了立足點，也有了起身的地方，所以當他蹲下、往上跳起時，碎甲讓他飛身入天。他經過最上面一層的邊緣時，抓住了那裡的岩石——就在帕山迪人的腳下——一拉之後，撲向等著的帕山迪人。

帕山迪人的歌聲一頓，他以巨石般的力道撞向他們。雅多林將雙腳縮在身下，召喚他的碎刃，用肩膀撞進一群人，同時掄起拳頭揍人，粉碎了一名帕山迪人的胸口，然後是另一個人的頭顱。士兵的皮甲帶著噁心的聲音龜裂，拳頭讓所有人往後飛，有些人還撞上了懸崖。

雅多林的前臂被打中幾次後，他的碎刃才終於出現在手中。他四處揮動，專注於守住自己的陣地，一點也沒注意加卡邁，直到一身綠色的碎刃師落在他身邊，用鎚頭粉碎了帕山迪人。

「謝謝你把一整隊的帕山迪人甩到我頭上。」加卡邁一邊揮舞一邊喊。「真是太好了。」

雅多林一笑，往前一指，「蛹。」

最上面一層的人不多，不過更多帕山迪人正順著山坡往上衝。他跟加卡邁佔了直接能衝向獸蛹的一條路，那是一團巨大、橢圓形狀的褐色巨石，隱隱帶著綠色。它的外殼黏在岩石上，連接處的材質跟外殼一樣。

雅多林跳過地上一具抽動的帕山迪人，他的腿已經無法動彈。雅多林衝向蛹，加卡邁哐啷哐啷地跟在後面。要挖出寶心很難，獸蛹的外皮像石頭一樣堅硬，但是靠碎刃就能做到。他們只需要殺死那東西，切開一個洞，把心臟挖出來，然後——

蛹已經被打開了。

「不會吧！」雅多林大喊，跑到前面，抓住洞的兩邊，伸頭探進一團溼答答的紫色內裡。一塊塊碎甲沉入黏液中，只見寶心平常連接著筋跟血管的地方，只有一個明顯的空洞。

雅多林轉身，在台地最上面尋找。加卡邁唓唧地跑了上來，咒罵一輪。「他們怎麼這麼快把它挖出來的？」

就在那裡。不遠的帕山迪士兵四散，以他們無法理解、充滿節奏感的語言人喊。站在他們後頭的是一個高眺的身影，穿著銀色的碎甲，紅色的披風在身後飛揚。碎甲有尖銳的關節，像是螃蟹的外殼一樣露出刺棘，這個人絕對有七呎高，盔甲讓他看起來相當巨碩，也許是因爲裡面包著的帕山迪人皮膚也長著皮甲。

「是他！」雅多林跑上前去。那是跟他父親在高塔之戰打過的那個碎刃師，他們在過去的幾個禮拜，也許是幾個月中，唯一看到的帕山迪碎刃師。

可能是他們最後一個碎刃師。

碎刃師轉身面向雅多林，手中握著一大顆沒有打磨過的寶石，滴著黏液跟漿水。

「跟我打！」雅多林說。

一群帕山迪士兵衝過碎刃師身邊，奔向山丘後方離地遙遠的懸崖，那裡是山丘從中一分爲二的地方。

碎刃師把寶心遞給其中一個衝鋒的人，然後轉身看著他們往下跳。

他們飛躍過中間的空隙，落在另外半片山頂之上，就是在隔壁台地上面那座。雅多林對於這些帕山迪士兵能夠跳過裂谷的能力仍然相當驚訝。他覺得自己很愚蠢，因爲他發現離地這麼高的距離對帕山迪人來說不是問題，跟人類完全不同。對他們來說，從中一分爲二的高山只是另一道需要跳過的裂谷。

越來越多帕山迪人跳了過去，離開下面的人類，跳到安全的地方。雅多林看到其中一個一不小心，跳起來之前腳下一絆的可憐傢伙慘叫著墜入裂谷。這對他們來說很危險，但顯然沒有跟打退人類一樣危險。

碎刃師沒退。雅多林不去管逃跑的帕山迪人，也不管叫他撤退的加卡邁，而是跑向那個碎刃師，用盡全力揮砍碎刃。帕山迪人舉起自己的碎刃，拍開雅多林的攻擊。

「你是兒子，雅多林．科林。」帕山迪碎刃師說。「你的父親？他呢？」

雅多林僵在原地。對方說的話是雅烈席語——口音很重，沒錯——可是聽得懂。

碎刃師猛然推開了面甲，雅多林震驚地發現對方臉上沒有鬍子。那不就代表這是女人？他很難分別帕山迪人的性別，他們的聲音都很粗啞、低沉，不過他猜想這模樣應該是個女性。

「我必須跟達利納說話。」女人上前一步。「我見過他一次，非常久以前。」

「你們拒絕了我們每一個信差。」雅多林退開，舉著劍。「現在卻想跟我們談？」

「那是很久以前。時間會改變。」

颶父的。雅多林體內的某種衝動催促他要向前攻擊，打倒這個碎刃師，得到一些答案，搶得一些碎具。打仗！他是來打仗的！

可是在他腦海深處的父親聲音阻止了他。達利納會想要這個機會。這也許能改變整場戰爭的走向。

「他要怎麼聯絡妳？」雅多林深吸一口氣，壓下戰意。

「會派信差。」碎刃師說。「不要殺死。」她舉起自己的碎刃，對他行禮，然後拋下碎刃，等它消失。她轉身衝向裂谷，迅捷地飛躍而去。

❖

雅多林拉下頭盔，大踏步走過台地。

醫生照顧著受傷的人，健康的人則坐成一圈喝水，抱怨自己的失敗。

今天洛依恩跟盧沙的軍隊有著難得的情緒。通常當雅烈席卡軍隊在台地出戰失敗時，都是因爲帕山迪人擊退了他們，讓他們拚命奔過木橋撤退。很難得出現雅烈席卡軍掌控了台地，卻沒有寶心收獲的局面。

他脫下了一隻手上的護甲，隨著他的意志，皮帶自行解開，然後他把護甲扣在腰上，滿是汗水的手指撥開更多汗水的頭髮。雷納林到哪裡去了？

他就在台地，坐在一塊岩石上，四周都有護衛包圍。雅多林跨過其中一道橋，朝加卡邁舉起手。加卡邁正在附近除去碎甲，他想要舒服地騎馬回去。

雅多林小跑步到他弟弟身邊，雷納林除下了頭盔，坐在大石塊上，看著眼前的地面。

「嘿，可以回去了嗎？」雅多林說。

雷納林點點頭。

「發生什麼事？」雅多林問。

雷納林繼續盯著地面。一名身材不高，有著銀白頭髮的橋兵護衛，頭往旁邊一點示意。雅多林跟他一起走到不遠的地方。

「一群殼頭想要攻佔一道橋，光爵。」橋兵輕聲說。「雷納林光爵堅持去幫忙，我們盡力勸說了，結果他靠近、召喚來碎刃後，就……站在那裡不動了。我們把他拉走，長官，但從那之後他就一直坐在那塊石頭上。」

雷納林發病了。「謝謝你，士兵。」雅多林走了回去，沒有護甲的手按上雷納林的肩膀。「沒關係，雷納林，這種事難免的。」

雷納林又聳聳肩。

好吧，如果他又這樣鬧脾氣，除非讓他生完氣，否則說什麼都沒用。他弟弟好了之後就會再開口。雅多林心想。

雅多林召集了他的兩百士兵，然後去向藩王們行禮，兩人看起來都不太感激的樣子。事實上，盧沙似乎相信就是雅多林跟加卡邁在胡鬧，才趕走了搶到寶心的帕山迪人們。彷彿他們拿到寶心以後不會撤退一樣，白癡。

雅多林還是和善地微笑。希望父親是對的，伸出友誼之手會有幫助。雅多林個人只希望能有機會在決鬥場上碰到他們，他可以教他們一點關於尊重的常識。

回到軍隊的路上，他去找了加卡邁，那位碎刃師正坐在一個小亭子下喝著一杯酒，看著剩餘的軍隊過橋，其中有很多垂落的肩膀還有沮喪的面孔。

加卡邁揮手要他的侍從去幫雅多林拿一杯氣泡黃酒。雅多林用沒有護甲的手接過，但是沒有立刻喝。

「剛才幾乎很棒。」加卡邁盯著發生過戰事的台地。從這個比較低的角度看過去，那三層結構看起來相當宏偉。

幾乎看起來像是人造的，雅多林漫不經心地想，看著台地的形狀。「幾乎。」雅多林贊同。

「你的父親跟國王很認眞地投入這條路，對不對？」

「我也是。」

「我看得出來你跟你父親打算在這裡幹什麼，雅多林。可是如果你一直跟人決鬥，有一天你會失去你的碎具。就算是你也沒有辦法一直贏下去，早晚要碰到不順的一天，到時就全完了。」

「也許有一天我會輸。」雅多林同意。「不過，到那時我已經贏取了王國中半數的碎具，所以應該可以安排替代我的人。」

加卡邁喝著酒，露出微笑。「我必須說，你真是個自傲的混蛋。」

雅多林微笑，然後蹲在加卡邁的椅子邊——他穿著碎甲，不能坐在椅子上——直視他朋友的表情。

「事實是，加卡邁，我不擔心失去我的碎具，比較擔心會找不到人跟我決鬥。我沒辦法讓任何碎刃師同意跟我決鬥，至少他們都不肯拿碎具做賭注。」

「最近有一系列的……勸說在流傳。」加卡邁承認。「有一些給碎刃師的承諾，如果他們拒絕你的話。」

「薩迪雅司。」

加卡邁看著他的酒。「你去試試看厄拉尼夫。他一直在誇耀他的劍技其實比排名高很多。依我對他的了解，他會認為所有人都拒絕你時，正是他吸引人目光的時候。不過，他挺厲害的。」

「我也是。謝了，加卡。我欠你一次。」雅多林說。

「我聽說你訂婚了，怎麼回事？」

颺風的，這個消息是怎麼走漏的？「只是初提而已，甚至可能不會再有進展。那女人的船似乎遭遇很嚴重的延遲。」雅多林說。

已經兩個禮拜了，沒消沒息。就連娜凡妮伯母都開始擔心，加絲娜應該要送消息來了。

「我沒想過你是那種會讓自己被媒妁之言束縛的人，雅多林。外面可以搭的順風可不少，你明白我的意思吧？」加卡邁說。

「我說過，這件事離正式確定還有很長一段距離。」雅多林回答。

他還是不知道自己對這件事有什麼看法。一部分的他想要反抗，因為他不願意被加絲娜操控，可是他最近的經歷也沒什麼光采的。在丹蘭的事情之後……他是個友善的人，那不算他的錯吧？為什麼所有女人都這麼善妒？

讓別人替他處理一切，這念頭的誘人程度遠超過他會公開承認的部分。

「我可以告訴你細節。也許晚點在酒館裡面聊？把茵琪瑪帶來？你可以告訴我我有多蠢，客觀地給我些意見。」雅多林說。

加卡邁盯著自己的酒不說話。

「怎麼了？」雅多林問。

「雅多林，最近被別人看到跟你在一起的話，對自己的名聲不太好。」加卡邁說。「你的父親跟國王不太受歡迎。」

「這件事終會煙消雲散。」

「我相信。」加卡邁說。「所以我們……等到那時候，好吧？」

雅多林眨眨眼，這句話讓他受到的衝擊遠超過任何戰場上的攻擊。

「當然。」雅多林強迫自己說。

「好傢伙。」加卡邁居然有膽微笑，還舉起手中的酒杯。

雅多林放下碰都沒碰的酒，怒意沸騰地走開。

當雅多林回到自己的軍隊之中，定血已經在等他。雅多林準備翻身上馬，怒氣叫囂不休，但是白色的瑞沙迪馬頭一頂，蹭了蹭他。雅多林嘆口氣，抓抓馬耳朵。「抱歉。我最近沒有太關心你，對不對？」

他好好地抓了抓馬耳朵，在爬上馬背之後，感覺好多了。雅多林拍拍定血的脖子，一人一馬開始走動起來，馬兒雀躍地踏著步。雅多林情緒不好時，定血經常這麼做，彷彿想讓他的主人心情好些。

他今天的四名守衛跟在身邊，他們很配合地帶來了從薩迪雅司那裡搬回來的老橋，幫助雅多林的軍隊去到想要去的地方。他們似乎覺得，雅多林要他的士兵輪流扛橋這件事很有趣。

颸風的加卡邁。這是早晚的事。你越是幫父親說話，他們越是會避之唯恐不及。他們就像小孩子一樣，父親沒說錯。

雅多林有眞正的朋友嗎？一個在逆境出現時會站在他身邊的人？他幾乎認識每一個戰營中有名有號的人，所有人也都認得他，但他們之中到底有幾個眞的在乎他？

「我沒有發作。」雷納林低聲說。

雅多林從陰霾的思緒中清醒過來。兩人並排著前行，不過雅多林的坐騎比較高，他坐在瑞沙迪馬背上時，即使雷納林穿著碎甲，看起來仍然像是騎小馬的小孩。

雲朵遮住太陽，讓他們暫時從炙熱的陽光下得到舒緩，最近空氣已經變得冰冷，看樣子冬天要輪上一季了。空曠的台地在前方延展，空無而破碎。

「我只是站在那裡。我沒有動靜不是因爲我的……病。我只是個懦夫而已。」雷納林說。

「你不是懦夫。我看過你的表現，你跟所有人一樣勇敢。記得那次獵殺裂谷魔嗎？」

雷納林聳聳肩。

「你不知道該如何戰鬥，雷納林，幸好你僵住了沒有受傷。你才剛開始，不應該直接上戰場。」雅多林說。

「我不應該是這樣。你六歲時就開始受訓了。」

「不一樣的。」

「你是在說你不一樣。」雷納林的雙眼直視前方。他沒有戴眼鏡。爲什麼？他不是需要眼鏡嗎？

他只是假裝他不需要而已，雅多林心想。雷納林無比希望自己在戰場上是個有用的人，至今抗拒所有人建議他成爲執徒、專注於學術研究的提議，因爲那似乎比較適合他的特質。

「你只是需要更多訓練而已。」雅多林說。「薩賀會讓你變得強壯。只要再花點時間，你會感覺到改變的。」

「我需要準備好。有事情要發生了。」雷納林說。

他說這句話的方式讓雅多林打了個哆嗦。「你是說牆壁上的數字？」

雷納林點點頭。在最近一次的颶風過後，他們在父親房間外又找到另一組刻劃下的數字。

四十九天。風暴將至。

根據侍衛的說法，沒有人進出這些房間——這些人跟上次不同一批，所以不太可能是他們其中之一做的。颶風的。這些字被刻在牆上時，雅多林就待在一個房間之外。

到底是誰，或什麼東西幹的？

「我們需要準備好。風暴將至，時間不多了……」

五年前

紗藍很想一直待在外面。在花園裡，不會有人互相咆哮，這裡有寧靜。

不幸的是，這是一個虛假的寧靜——由精心栽種的板岩芝跟特意培養的藤蔓所創造的寧靜。一個捏造出來的事實，設計來愉悅人的心神，令人忘卻塵囂。她越來越渴望脫逃，去某個地方，那裡的植物不會被精緻地修剪成不同的形狀，那裡的人們不會小心翼翼地走路，彷彿害怕會造成一片坍方。

一個遠離喊叫的地方。

沁涼的山風從高山吹下，穿過花園，讓藤蔓往後閃躲。她坐在離花床很遠的地方，避免花朵會引起的噴嚏，研究著一塊堅實的板岩芝。她剛畫下的克姆林蟲被風一吹轉了個方向，巨大的觸角抽動片刻，才低下頭，重新開始咀嚼板岩芝。有好多種克姆林蟲，有人試過去計算總共冇多少種嗎？

算她運氣好，她的父親擁有一本畫冊，是必繪者丹奪司的作品之一。她以這本書爲教材，把書攤開，放在身邊對照觀看。

不遠處的宅邸傳出一聲喊叫。紗藍的手一僵，在素描上畫出一道凌亂的線條。她深吸一口氣，試著想要繼續畫下去，但是接下來的一連串叫喊讓她精神緊繃起來。她放下炭筆。

她幾乎畫完了哥哥最近幫她買的一疊畫紙。他回來的時間並不固定，但是絕對不會停留太久，而他在的時候，跟父親總是會避開彼此。

宅邸裡沒有人知道赫拉倫去了哪裡。

她忘記了時間的流逝，只是盯著一張白紙，有些時候她會這樣。抬起頭時，天色已經黑了。幾乎到了父親的宴會時間，他最近都會定時舉辦宴會。

紗藍把她的東西收進背包，然後拿下草帽，走向宅邸。高大聳立的建築物代表理想的費德典型，結實、強悍、高偉。一堆方形的石塊、小小的窗戶，上頭點綴深色的苔蘚。有些書本稱這種建築物為賈·克維德的靈魂——孤傲偉立的莊園，每個光爵獨立統治著他的領域。她覺得這些作者把鄉村生活描寫得太浪漫了。他們真的拜訪過其中一棟莊園，親自體會過鄉村生活的無趣，還是只待在繁華都會的舒適生活中想像了一切？

紗藍走上通往自己房間的樓梯。父親會希望她漂漂亮亮地參加晚宴，會有一件新洋裝等著她穿，她必須安安靜靜地坐在那裡，不要打擾其他人的交談。雖然父親從來沒有說出口，但是她覺得他認為紗藍又開始說話這件事真是可惜。

也許他不希望紗藍提起她看到的事情。她停在走廊上，腦子變得空白。

「紗藍？」

她猛然回過神來，發現是凡·傑舒，她的四哥站在她身後的台階上。她站在那裡盯著牆壁有多久了？

宴會就要開始了！

傑舒的外套敞開，歪歪地穿在身上，頭髮凌亂，臉頰因爲酒精而赤紅。袖釦和腰帶不見了，那些原本是很精緻的配件，上面都有一塊發光的寶石。他一定是賭輸了那些寶石。

「父親之前在喊什麼？你在場嗎？」她問。

「不在。」傑舒用手扒過頭髮。「可是我聽到巴拉特又開始放火的事，差點把他颶風的僕人住所給燒了。」傑舒推開她，然後猛然一跌，又抓住欄杆，免得自己摔倒。

父親不會樂意看到這樣的傑舒去宴會，到時又會有人大喊大叫。

「颶風詛咒的白癡。」傑舒說，紗藍把他扶起來。「巴拉特瘋了，這個家裡只剩下我還有點腦子。妳又在盯著牆壁看了，對不對？」

她沒有回答。

「父親會給妳新洋裝。」傑舒邊說著，紗藍邊扶著他回房間。「可是只會給我辱罵。混蛋。父親愛赫拉倫，我們其他人都不是他，所以我們都不重要。赫拉倫永遠不在這裡！他背叛了父親，他幾乎殺了父親，但是唯一重要的人還是只有赫拉倫……」

他們經過父親的房間。沉重的厚木門開了一條縫隙，女傭在收拾房間，紗藍看到房間另一邊的牆壁。發光的保險箱。

它藏在一幅畫後面，畫上是一片颶風中的海洋，但完全沒有遮掩住那道強大的白色光芒。透過帆布，她可以看到保險箱的輪廓像火焰一樣發光發亮。她的腳步一頓，猛然停下。

「妳在看什麼？」傑舒握著欄杆質問。

「那個光。」

「什麼光？」

「畫後面。」

傑舒瞇起眼睛，猛然向前一撲。「天堂的妳在說什麼啊？妳腦子真的壞了，對不對？眼睜睜看著他殺死母親？」她哥哥躲開她，輕聲咒罵。「我是這個家族中唯一沒有發瘋的，他颶風的唯一一個……」

紗藍盯著光。那裡藏著怪物。

那裡藏著母親的靈魂。

28 靴子

靈的背叛讓我們走到這裡。
它們將其封波能力給了人類繼承人，
卻並非在我們之前最熟知它們的人。
也難怪我們轉過身，
面向諸神度終日，
成爲祂們的塑泥，被祂們改造。

——收錄於〈聆聽者祕密之歌〉，第四十節

「那消息得要泥出十二布姆，紅寶噢，我每顆都會檢查。」紗藍說。

太恩仰頭大笑，純黑的頭髮散落在肩頭。她坐在棚車的駕駛座，布魯斯以前坐的位置上。

「妳說那個是巴伏口音？」太恩質問。

「我只聽過三四次那種口音。」

「妳聽起來像是嘴巴含著一顆石頭！」

「他們就是這樣講話的啊。」

「哪有，比較像是嘴巴裡有沙礫，但是說話的聲音很慢，發音很誇張，像這樣：『偶看過泥給的畫，灰——常好。眞的灰——常好。抹——想過可以有這麼好的布來包偶的屁股。』」

「妳太誇張了！」紗藍反駁，但忍不住發笑。

「有一點。」太恩往後靠，揮動了手中用來指引芻螺的長蘆葦，像是揮動一把碎刃。

「我不明白巴伕口音會有什麼用，他們不是很有用的一族人。」紗藍說。

「小妞，所以他們很重要。」

「他們重要是因爲他們不重要。」紗藍說。「好吧，我知道我的邏輯有時候不太好，但是這句話有點問題。」

太恩微笑。她好放鬆，好……自由。兩人第一次接觸後，紗藍完全沒有預料到她會是這樣的人。可是當時這個女人正在扮演一個角色，守衛的領袖。而紗藍現在聊天的對象，感覺太眞實。

「聽我說，如果要騙人，妳得學會怎麼樣假裝處於他們之下，或是他們之上的地位。妳已經學到如何扮演『重要的淺眸人』，我想妳曾經有過很傑出的榜樣。」

「可以這樣說。」紗藍想到了加絲娜。

「問題是，在很多情況中，一個重要的人沒有用。」

「當一個不重要的人是重要的，當重要的人是不重要的。懂了。」

太恩打量著她，嚼著肉乾。她的劍腰帶掛在椅子旁邊的鉤子上，隨著芻螺的腳步左右搖晃。「小妞，妳知道嗎？一旦妳放下了面具，就變得很伶牙利齒。」

紗藍臉紅。

「不過我喜歡。我比較喜歡可以笑談人生的人。」

「我可以猜出妳想教會我什麼。」紗藍說。「妳想表達一個有巴伕口音、看起來低階、單純的人，可以去淺眸人永遠不能去的地方。」

「還有聽或做淺眸人永遠不能企及的事。口音很重要，口齒清晰的人，無論口袋有多空都無妨。用手臂擦鼻子，說話跟個巴伏人一樣時，有時候別人甚至不會仔細多看一眼妳身上是不是有配劍。」

「可是我的眼睛是淺藍色的。我永遠不可能假裝是低階的人，無論用什麼樣的口音。」

太恩在長褲口袋裡掏了掏。她把外套掛在另一個鉤子上，只穿著淺褐色的長褲以及貼身的高筒靴，還有一件鈕釦上衣，幾乎像是工人的上衣，不過布料好一點。

「拿去。」太恩拋了個東西給她。

紗藍差點沒接住，因爲笨手笨腳而又紅了臉。她把手上的小瓶子舉在太陽前面，看見裡頭有些深色的液體。

「眼藥水。用了之後，眼睛顏色會變黑幾個小時。」太恩說。

「眞的？」

「只要有人脈，這東西其實不難弄到手。挺有用的。」

紗藍放下瓶子，突然感覺一陣寒意。「有沒有——」

「反過來的？」太恩打斷她。「把深眸人變成淺眸人的？就我所知沒有。除非妳相信碎刃的傳說。」

「有道理。」紗藍放鬆下來。「在玻璃上面塗顏料可以讓顏色變深，可是除非把整個玻璃融化了，否則沒辦法把顏色變淺。」

「無論如何，妳要學會一兩種落後地區的口音，賀達熙、巴夫這類地方。」

「我應該有費德鄉下口音。」紗藍承認。

「那種口音沒有用。賈．克維德是個文明的國家，你們國內的幾種口音太類似，外人沒辦法分辨。雅列席人不像費德人一樣能聽出妳的鄉下口音，他們只會覺得這是種罕見異地的口音。」

「妳去過很多地方，對不對？」紗藍問。

「我隨風爲家，只要不是太掛念身外之物，這是個很好的人生。」

「身外之物？可是妳是——很抱歉我得這麼說——妳是個賊！當賊不就是要得到更多身外之物？」

「能弄到手的我絕不放過，但這只證明了身外之物總是來來去去，來得快也去得快。就像我之前在南邊做的案子，我的團隊完全沒有回來，我覺得他們直接跑走了，沒付我錢。」她聳聳肩。「這種事就是會發生，沒必要太激動。」

「什麼樣的案子？」紗藍問，刻意眨眼好取得眼前景象的記憶——太恩懶懶地靠在那裡，揮著蘆葦彷佛是指揮家，無憂無慮。她們兩個禮拜前差一點就死掉，但是太恩沒把這件事放心上。

「那是個大案子。很重要的案子，替能改變這個世界的人做的案子。僱用我們的人一直沒傳任何消息，也許我的人不是跑了，也許他們只是失敗了，我不確定。」此時紗藍看到太恩臉上出現的壓力。她眼睛周圍的皮膚一緊，眼神瞬間疏離。太恩其實很擔心她的雇主會怎麼處置她。然後，她的神色消失了，被撫平了。「妳來看看。」太恩朝前點點頭。

紗藍跟隨她的動作，注意到前面幾座山頭遠的地方有人影移動。離平原越近，四周的景色也開始變化，山丘變得更陡，空氣變得溫暖一些，植物越來越常見。有些山谷裡因爲颶風之後水會從那裡流過去，因而長了叢叢樹林。樹很矮，跟她在賈．克維德熟悉的高大樹木不同，但是能看到灌木以外的植物，還是讓人很愉快。

這裡的草比較長，它們紛紛俐落地躲開棚車，縮進地洞裡。石苞長得很大，板岩芝也一叢叢地長，生靈像是小小的綠點一樣上下跳躍。他們一行人在這趟旅程中陸續經過其他車隊，因爲靠近破碎平原所以商旅越來越多。紗藍並不意外前面有人，可是那些人騎著馬。什麼人養得起這種動物？爲什麼沒有護衛？他們似乎只有四個人。

馬可伯從第一輛棚車喊令，車隊停了下來。紗藍的可怕經歷告訴她，在這裡碰到其他人會是多危險的一件事。護衛隊長絕對不會對任何這類情況掉以輕心，她是這群人的領袖，但是她允許其他更有經驗的人來喊停、選擇前進的方向。

「來吧。」太恩一拍棍子，停下了芻螺，然後跳下棚車，從鉤子抓起外套跟劍。

紗藍連忙爬下，擺出她的加絲娜臉孔。她允許自己跟太恩在一起時露出本性，可是面對其他人時，她需要成爲主事者。冷硬、嚴肅，但能夠激勵其他人，所以她很滿意馬可伯給她的這件藍色長裙，上面繡著銀線，以最精緻的絲綢製成，跟她破爛的洋裝相比簡直有天壤之別。

她們走過跟在領頭棚車後面的法達還有其他人，逃兵領袖瞪了太恩一眼。雖然太恩有著犯罪的過去，但是被法達討厭反而成爲太恩更値得紗藍敬重的理由。

「達伐光主跟我來處理這件事。」太恩經過馬可伯身邊時說。

「光主？如果他們是土匪怎麼辦？」馬可伯站起身，看向紗藍。

「他們只有四個人，馬可伯先生。」紗藍輕鬆地說。「如果我不能一個人料理四名土匪，那我活該被搶。」

兩人走過棚車，太恩繫緊她的腰帶。

「如果他們是土匪怎麼辦？」她們一走出其他人可以聽見的範圍，紗藍便壓低了聲音問。

「我記得妳剛才說妳能料理四個人？」

「我只是配合妳！」

「那很危險噢，小妞。」太恩咧嘴笑了。「聽我說，土匪不會讓我看到他們，而且他們絕對不會就那樣大剌剌地待在那裡。」

這一群四個人待在山丘上。紗藍靠近時，她可以看到他們穿著似乎很筆挺的藍色制服。在山丘之間的低谷中，紗藍踢到了一顆石苞，讓她苦了一張臉。馬可伯給了她一雙搭配洋裝的淺眸人女用鞋。這雙鞋子很華麗，可能值一大筆錢，但厚度其實跟薄薄的室內鞋差不多。

「我們待在這裡等，他們可以來找我們。」紗藍說。

「好主意。」太恩說。

果然，上面的人注意到紗藍跟太恩在等他們時，開始下山了。又有兩個人出現，徒步跟在他們後面。那兩人沒穿制服，身上是工人的衣服。馬伕嗎？

「妳要當誰？」太恩輕聲問。

「……我自己？」紗藍回答。

「這有什麼好玩的？」太恩說。「妳的食角人口音如何？」

「食角人！我——」

「來不及了。」太恩說，此時那些人已經靠近。

紗藍覺得馬挺可怕的，那些巨大的粗壯野獸不像芻螺那麼乖巧。馬老是踏來踱去，到處噴氣。領頭的騎士帶著很明顯的煩躁拉停了他的馬匹，似乎沒有完全掌控這匹動物。

「光主。」他看到她的眼睛時，朝她點點頭。令人吃驚的是，他是一名深眸人，身材高䠷，有著披散在肩膀的黑色雅烈席頭髮。他打量了太恩，注意到她的劍跟軍人制服，但是沒露出任何反應。這是一個很強悍的男人。

「殿下。」太恩大聲地宣布，朝紗藍示意。「昂努路庫阿奇納奧圖阿泰公主！深眸人，在你面前的是皇家之人！」

「食角人？」那人彎腰，檢視紗藍的紅髮。「居然穿著弗林洋裝。大石會發瘋的。」

太恩望向紗藍，挑起一邊眉毛。

妳這女人，我要掐死妳，紗藍心想，深吸一口氣。

「這東西。」紗藍比了比她的洋裝。「它不是你們要公主穿的？它對我好。你要尊敬！」幸好她的紅臉很符合食角人的特色，他們是情感很強烈的一族。

太恩朝她點點頭，一臉欣賞。

「對不起。」男人嘴上這麼說，但看起來不像很抱歉。怎麼會有深眸人騎著這麼貴重的動物？男人的一名同伴正用望遠鏡檢視車隊，他也是深眸人，但是看起來比較適應胯下的坐騎。

「七輛棚車，阿卡，被保護得很好。」那人說。

叫做阿卡的男人點頭。「我被派出來尋找土匪的跡象。」他對太恩說。「妳的車隊一切都好嗎？」

「我們三個禮拜前碰到土匪。」太恩的大拇指往肩後一比。「爲什麼要問？」

「我們代表國王。」男人說。「同時是達利納．科林的私人護衛。」

噢，颶風的。這可不巧了。

「科林光爵正在研究是否可以更廣泛地控制破碎平原周圍。如果妳們眞的遭受了攻擊，我想要知道細節。」阿卡繼續說。

「如果我們被攻擊？你懷疑我們的話？」紗藍問。

「不是——」

「我發怒！」紗藍宣告，雙手環抱胸前。

「你最好小心點。」太恩告訴那些人。「殿下不喜歡發怒。」

「好不令人意外啊。」阿卡說。「攻擊發生在哪裡？你們擊退了他們？有多少土匪？」

太恩提供了細節，讓紗藍有了思考的時間。達利納．科林是她的未來公公——假設她的簡單婚約真的成爲婚禮，希望她不會再遇到這群士兵。

我真的要掐死妳，太恩……

他們的領隊淡淡地聽著攻擊的細節，他似乎不是個太友善的人。

「我很遺憾你們的損失。你們離破碎平原只要再一天半的車程就到，接下來的路程應該都會很安全。」阿卡說。

「好奇一問這些動物，牠們是馬？但你是深眸人。那個……科林，很信任你。」紗藍說。

「我盡我的責任。」阿卡端詳她。「其他人呢？這個車隊看起來全都是弗林人，而妳以食角人來說卻太瘦小。」

「你剛剛是不是侮辱了公主的體重？」太恩瞠目結舌地問。

颶風啊！她真的很厲害。她說這句話的時候居然還弄出了一隻怒靈來。

好吧，也只能繼續撐下去了。

「我發怒！」紗藍大喊。

「你又讓殿下發怒了！」

「非常發怒！」

「你最好道歉。」

「不道歉！靴子！」紗藍宣告。

阿卡往後一靠，來回看著她們兩人，想要釐清剛才聽到的話。「靴子？」他問。

「對。」紗藍說。「我是喜歡你的靴子。你要用靴子道歉。」

「妳……要我的靴子？」

「沒聽到殿下說的話嗎？」太恩雙手環抱地問。「達利納・科林軍隊的士兵這麼無禮嗎？」

「我不是無禮，可是我不會給她我的靴子。」阿卡說。

「你侮辱！」紗藍指著他，上前一步。颶父啊，這些馬匹還眞巨大。「我會告訴所有人！到了以後，我會說：『科林偷靴子，搶女人的貞操！』」

阿卡氣得話都說不完整，「……貞操！」

「對。」紗藍說，然後看了太恩一眼。「貞操？不對，錯字。正吵……不對……正裝！搶女人的正裝！那才是我要說的。」

士兵看向他的同伴，一臉迷惘。眞是的，紗藍心想。這些人知道的字彙不夠，連雙關語都聽不懂。

「不重要。」紗藍雙手一擺。「所有都會知道你們誤會我。你們在這個荒野把我剝光了。整個人都光了！侮辱我的家族跟部族，所有人都會知道科林——」

「好了，夠了夠了。」阿卡彎下腰，很不靈活地騎在馬背上，同時脫下靴子。他的一隻襪子在腳跟處有破洞。「颶風的女人。」他嘟囔著說。他把第一隻靴子往下拋給她，然後脫了另外一隻。

「你的道歉接受。」太恩撿起靴子。

「下地獄的，最好要。」阿卡說。「我會讓別人知道你們的事。也許我們能派人來這颶風的地方巡邏。來吧。」他沒再多說便直接轉身離開她們，也許害怕又被食角人譴責。

紗藍等他一離開聲音可以傳出的範圍，便低頭看著靴子，然後開始不受控制地大笑。悅靈在她身邊周圍升起，像是從腳邊湧起的藍色葉子，包圍著她往上盤旋，最後在她頭上散開，彷彿被風吹散。紗藍帶著大大的微笑看著悅靈，那種靈很罕見。

「啊。」太恩帶著笑容說。「妳不必否認，剛剛真的很好玩。」

「我還是要掐死妳。」紗藍說。「他知道我們在戲弄他。剛才一定是史上最糟的食角人女性模仿表演。」

「其實不錯。妳說太多話了，但是口音很標準。不過不是重點。」她把靴子還給紗藍。

「重點是什麼？」紗藍邊問，兩人一邊爬回山坡。「我應該看起來像個傻瓜？」

「一部分是。」太恩說。

「我剛剛那句是諷刺。」

「如果妳要做這種事，就必須學會適應這樣的情況。假裝是別人時，不能表現出尷尬。表演越誇張，就必須越嚴肅。進步的唯一辦法就是練習，而且要找會發現妳的破綻的人來練習。」

「好像有道理。」紗藍說。

太恩看了一下以後說：「這雙靴子對妳太大了。不過妳跟他要靴子時，他臉上的表情簡直太精采。

『不道歉！靴子！』」

「我真的需要靴子，我不想再光腳或穿涼鞋走在岩石上面。這雙只要加一點墊子就能穿。」她舉起靴子，是滿大雙的。「呃，也許吧。」她回過頭去看。「希望那個人沒有鞋子不會有事，如果他回去的時候跟土匪打鬥怎麼辦？」

太恩翻翻白眼。「小妞，我們早晚得談談妳這個心太軟的問題。」

「當好人又不是壞事。」

「妳正在受訓要怎麼樣成爲合格的詐騙專家。現在我們先回車隊去。我想要跟妳仔細討論一下怎麼改進妳的食角人口音。妳有一頭紅髮，可能最常用到這種口音。」

29 血之法則

藝術形體爲我們所能感知以外的色彩；
因爲我們渴望其偉大歌謠。
我們必須引來創造靈；
在學會之前，這些歌只能足夠。
——收錄於〈聆聽者修正之歌〉，第二百七十九節

托羅．薩迪雅司閉上眼，將引誓架在肩膀上，深深吸入帕山迪鮮血甜美、充滿霉味的氣味。戰意在他體內流竄，宛如神助，美麗的力量。

他的血流在耳中鼓動的聲音大到讓他幾乎聽不到戰場上的喊叫和痛苦的呻吟。有一瞬間，他整個人沉浸在戰意甜美的榮光中，讓人暈眩的狂喜，他過去一個小時完全花在唯一一件能爲他帶來眞正快感的事：爲自己的生命奮鬥，奪取無法與自己抗衡的敵人生命。

戰意褪去。一旦戰鬥結束，戰意總是很快隨之消失。在這些與帕山迪人角逐的劫掠之中，戰鬥已不再如過去一樣酣甜，很可能是因爲他在內心深處知道這場競賽毫無意義。他沒有因此有所提升，也沒有讓他在最終征途上更進一步。在被神將捨棄的大地上，屠殺一堆被克姆泥覆蓋的野蠻人，眞的已經失去了所有滋味。

薩雅迪司嘆口氣，放下碎刃，睜開眼睛。阿瑪朗從戰場另一端走來，跨過人類與帕山迪人的屍體。他的碎刃上沾滿紫色的鮮血，直到他的手肘，戴著護甲的手捧著一顆閃亮的寶心。他踢開了一具帕山迪屍體，走到薩迪雅司身邊，自己的衛隊往外散開，跟藩王的衛隊合併在一起。

薩迪雅司看著他們有效率的動作，有一瞬間感到不滿，因爲他自己的人實在比不上。

阿瑪朗脫下頭盔，掂了掂寶心，然後往上一拋，再接住。「你今天的出兵行動失敗了，你知道嗎？」

「失敗？」薩迪雅司推起他的面甲。不遠處，他的士兵屠殺了一群來不及跟其他人一起逃離台地的帕山迪人，總共五十個。「我覺得挺順利的。」

阿瑪朗一指。西邊戰營方向附近的台地上出現一抹顏色，旗幟屬於哈山跟洛依恩，兩個早應該要來到這塊台地上的藩王，現在才一起抵達。他們使用跟達利納同樣的機械橋，慢吞吞的東西，很容易就能超越。薩迪雅司喜歡用橋兵隊就是因爲他們不需要太多訓練便可以上戰場的好處。如果達利納以爲用引誓交換橋兵會拖慢薩迪雅司的速度，現在一定明白他有多蠢了。

「我們要離開這裡。拿著寶心，趁別人抵達之前回去，那你還能說沒發現今天其實沒輪到你。另外兩支軍隊只要一到，你就沒有辦法否認自己知情了。」

「你誤會了。你以爲我還在乎能不能否認知情。」最後一名帕山迪人伴隨著憤怒的慘叫死去，薩迪雅司爲此感到驕傲。其他人說戰場上的帕山迪人從來不投降，但是很久以前，他剛到破碎平原時，看過他們曾經想要投降。他們放下了武器，而他親自屠殺了他們所有人，用鎚頭碎具還有碎甲，帕山迪人撤退的同伴當時站在不遠的台地上全程看著。

之後再也沒有帕山迪人拒絕讓他或他的人，以正確方式行使終結戰爭的權利。薩迪雅司揮手讓護衛聚集在一起，護送他回戰營，軍隊中的其他人則各自舔舐傷口。阿瑪朗和他一起過了一道橋，走過無所事事的橋兵們，他們躺在地上睡覺，而其他比他們更優秀的人正在別處死去。

「我有責任要跟你一起上戰場，閣下。」阿瑪朗邊走邊說。「可是你要知道，我不贊許我們在這裡的行爲，我們應該要尋找方法，彌補我們跟國王還有達利納之間的差異，不要再試圖進一步刺激他們。」

薩迪雅司冷哼一聲。「別在那裡裝高尚。你騙得了別人，但我心知肚明你其實是個多麼無情的混蛋。」

阿瑪朗聞言一咬牙，眼睛直視前方。他們來到馬匹旁時，他伸出手，按住薩迪雅司的手臂。

「托羅。」他輕聲開口。「這個世界上的事情遠比你那些小吵小鬧更多更重要。你對我的評價是對的。我要你聽見我如此承認的同時，也要明白，我在別人面前絕對不像面對你時這樣實話實說。雅烈席卡必須強大起來，以面對即將到來的事情。」

薩迪雅司爬上馬伕端出來的馬蹬。如果上馬方法不對，穿碎甲上馬可能會傷害到馬匹。他曾有一次上馬時踩斷馬蹬，結果摔痛了屁股仰倒在地。

「雅烈席卡確實得強大起來。」薩迪雅司伸出套著護甲的手。「所以我會靠拳頭的威力、鮮血的統治來讓雅烈席卡茁壯。」

阿瑪朗不情願地將寶心放入他的手中，薩迪雅司抓緊了寶心，另一手握住韁繩。

「你都不擔心嗎？那些你做的事情？還有我們必須做的事情？」他朝一群抬著傷患過橋的醫生們點點頭。

「擔心？我有什麼好擔心的？我可是讓這些廢物爲了有意義的目的死在戰場上。」薩迪雅司說。

「我發現你最近常說這種話。你以前不會。」阿瑪朗說。

「我學會接受這個世上的事實，阿瑪朗。」薩迪雅司調轉馬頭。「很少人願意這麼做。他們只是矇著、期盼著、夢想著、假裝著，卻沒有辦法改變人生中半樣他颶風的事。你必須直視世界，看清它所有的骯髒殘酷；你必須承認它的墮落，與之共存，只有這樣才能實現任何有意義的目標。」

薩迪雅司膝蓋一夾，馬匹向前，留下阿瑪朗在他身後。

這個人會依然忠心耿耿。薩迪雅司跟阿瑪朗之間有個默契存在，就算阿瑪朗現在已成爲碎刃師，這一點仍然不會改變。

薩迪雅司跟他的前鋒靠近哈山的軍隊時，注意到附近台地上有一群帕山迪人正在觀察他們。這些帕山迪斥候越來越大膽了。他派了一組弓箭手去趕走他們，然後騎向站在哈山軍隊最前方、渾身輝煌碎甲、坐在瑞沙迪馬背上的藩王本人。該死的。那種馬比任何種馬都優秀太多，到底要怎麼樣才能弄到一匹？

「薩迪雅司？你幹了什麼？」哈山對他喊過來。

薩迪雅司很快做出決定，他舉起手臂，將寶心拋過分隔兩人的台地。它落在離哈山不遠的岩石地上，彈跳著滾了一小段路，隱隱發出光芒。

「我無聊了，正想著可以幫你省點麻煩。」薩迪雅司喊回去。

然後，他不再理會接下來的問題便逕自離開。雅多林·科林今天要與人決鬥，他不能錯過，萬一那個年輕人又讓自己丟了一次臉，錯過就可惜了。

❖

幾個小時之後，薩迪雅司坐在決鬥場邊屬於他的位置上，扯著脖子上的領子。真是讓人受不了的東西——時髦，但是實在很難忍受。其實他心中偷偷希望自己能像達利納那樣，時時刻刻只需要穿著一身簡潔的制服就好，但他絕對不會告訴任何人，就連雅萊也不會。

他當然永遠不會這麼做。不只是因爲不能讓別人以爲，他正在屈服於戰地守則與國王的權威，更是因爲現在穿軍隊制服根本不合宜。如今爲了雅烈席卡而進行的作戰，並不是用劍與盾在戰場上的搏鬥。

當一個人有角色要扮演時，做出適當的裝扮是很重要的。達利納的軍隊制服證明他已經迷失了，並不了解自己身處在什麼樣的遊戲場上。

薩迪雅司往後一靠，聽著周圍的低聲交談如潮，塡滿了全場。今天出席的人很多，雅多林前一場比試中出人意表的表現引來了高度注意，對於宮廷的人而言，任何新鮮事都是引人感興趣的。薩迪雅司的座位周圍有一圈空地，讓他得以擁有更寬廣的空間與隱私，但實際上也只不過是一張簡單的椅子，架在這座破決鬥場內的石頭板凳上而已。

他極端憎恨他的身體離開碎甲之後的感覺，更是憎恨自己的外貌。曾經，他走過人們時，人人都會轉頭注視。他的權威充斥了整個房間，每個人都會望向他，每個看到他的人都會渴望他。渴望他的權力，渴望他這個人。

他正在失去這些。他當然還是強大的——也許比以前更強大了。可是他們眼中的神情變了，而每一絲讓他意識到青春正在流逝的變化，都令他顯露出的一切越發任性暴躁。

他每踏出一步，就死去更多一點。沒錯，這是凡人均不可避免的命運，但是他深切感覺到死亡如此逼近。他希望至少還有幾十年的時間，只是死亡的陰影仍然伸得如此、如此地長。唯一通往不朽的道路就是征服。

摩挲的衣料聲宣告雅萊正在他身邊落座。薩迪雅司不需多想便伸出手，按在她的背凹，撓了撓她喜歡被碰觸的地方。她的名字是對稱的，這算是她父母一點點汙衊神明的舉措——居然有人膽敢暗示他們孩子與生俱有神性。薩迪雅司喜歡這種人，他一開始正是被她的名字所吸引。

「嗯嗯。」他妻子帶著一聲舒服的嘆息說。「好舒服。決鬥還沒開始啊。」

「要不了多久了。」

「很好。我眞的沒有等待的耐心。聽說你今天把得到的寶心送了出去。」

「丟在哈山的腳下，騎馬揚長而去，一臉我根本不在乎的樣子。」

「眞聰明。我早該想到還有這樣的解決方法。這麼一來，你就可以瓦解達利納說我們反抗他只是因爲貪婪的論點。」

下方，雅多林終於出現在比賽場地上，穿著一身藍色的碎甲。某些淺眸人很有禮貌地鼓掌。對面的厄拉尼夫走出了自己的備戰室，光亮的碎甲上除了原本的顏色，就只有被他漆成深黑色的胸甲。

薩迪雅司瞇起眼睛，繼續抓著雅萊的背。「這場決鬥根本不該發生。所有人應該要不是太害怕，再不然就是看不起這種事，根本不會接受挑戰。」

「都是些白癡。」雅萊輕輕地說。「他們知道自己該怎麼做，托羅。暗示跟承諾我都給了，可是他們每個人心裡仍然偷偷盼望自己是打倒雅多林的人。這些愛決鬥的蠢人根本不可靠。他們很粗心、衝動，太急於在別人面前炫耀自己、爭取名聲。」

「不能讓他父親的計畫成功。」薩迪雅司說。

「不會的。」

薩迪雅司瞥向達利納的位置。兩人離得不遠，屬於大聲喊叫就可以交談的距離。達利納沒看他。

薩迪雅司低聲說：「這個王國是我建造的，雅萊，我知道它有多脆弱。推翻它不應該這麼困難。」這是重建這個國家唯一、正確的方法，就像重新鑄造一件武器一樣。

下方的決鬥開始，雅多林踩在沙地上，朝厄拉尼夫走去，後者使用的是原本屬於加維拉的碎刃，有著殘忍的外型。雅多林急於與對方交鋒。他有這麼迫不及待嗎？

人群中，淺眸人安靜下來，深眸人大喊，希望看到像上次那樣的好戲，但這次沒有變成摔跤比賽。兩人嘗試性地互相攻擊了一輪，接著雅多林因爲肩膀上被敲了一記而退開。

太散漫了，薩迪雅司心想。

「我終於發現，兩個禮拜以前在國王房間的騷動到底是怎麼一回事。」雅萊說。

薩迪雅司微笑，眼睛依然盯著下方的戰鬥。「妳當然查得出來。」

「是暗殺行動。有人破壞了國王的陽台，手法很粗陋，想要讓他摔爛在一百呎下方的岩石上。根據我聽到的消息，差點就成功了。」

「如果能差點殺了他，那就不算是什麼粗陋的手法。」

「抱歉，托羅，但是暗殺行動的結果差一點就差很多。」

沒錯。

薩迪雅司思索片刻，想要憶起自己聽說艾洛卡差點死去時，是否有任何情緒波動。他什麼都沒發現，只有淡淡的一點憐憫。他喜歡那個男孩，但是爲了重建雅烈席卡，所有先代統治階級的痕跡都必須被移除。艾洛卡必須死，最好能安安靜靜地死，不過得在達利納被處理掉以後。薩迪雅司認爲，出於對老加維拉的敬重，他會親自割斷那男孩的脖子。

「妳覺得這些刺客是誰聘來的？」薩迪雅司的聲音壓得很低，再加上護衛在他座位周圍隔出來的空間，他根本不需要擔心被別人聽到。

「很難說。」雅萊歪向一邊，扭轉身子，好讓他能抓到她背上另一個地方。「不是盧沙或艾拉達。」

這兩人都牢牢地被掌握在薩迪雅司的掌心。艾拉達感覺有點無可奈何，盧沙則是很興奮。洛依恩膽子太小，其他人太謹慎。還有誰會動手？

「薩拿達。」薩迪雅司猜測。

「他是最有可能，但我會去查查看能發現什麼。」

「有可能是持有國王碎甲的某個人。如果我運用權限，也許我們能有更多發現。」薩迪雅司說。

薩迪雅司是情報藩王，這是好幾個世紀以前存留下來的職銜，當時王國的各種職責被分派給不同的藩王，技術上來說，薩迪雅司如今擁有調查與治安管理權。

「也許。」雅萊遲疑地說。

「可是？」

她搖搖頭，看著下面的決鬥者們又攻防了一輪。

這次的交手讓雅多林其中一邊手部的護甲流出颶光，引起一些深眸人的噓聲。為什麼他們會允許這些人進來？艾洛卡為這些低階人保留位置，這表示會有無法前來觀賞的淺眸人。

「達利納對我們計畫的回應是讓你成為情報藩王，而他利用這個先例讓自己成為戰事藩王。所以，你每採取一步行動、使用身為情報藩王的權柄，就會更加強化他在這場衝突中的權威地位。」

薩迪雅司點點頭，「所以妳有計畫了？」

「還沒有，可是我正在盤算。你注意到他開始在戰營外巡邏了嗎？還有外市場。這會是你的責任嗎？」雅萊說。

「不，那是商務藩王的工作，國王還沒指派人選，不過我應該有權掌管十個戰營的治安、指派法官跟治安官。有人對國王下手的第一時間他就應該來找我，但是他沒有。」薩迪雅司思索了片刻，把手從雅萊的背部移開，讓她坐直起來。

「這是我們可以利用的弱點。」薩迪雅司說。「達利納向來對權力不太能放手，他從來不信任別人會好好盡自己的責任。他該來找我的時候卻沒有來，減弱了他認爲整個王國應該一起合作的立場，這是他盔甲中的弱點。妳能往裡面捅一刀嗎？」

雅萊點點頭。她會利用她的線民在宮廷中開始質疑：如果達利納想要塑造更好的雅烈席卡，爲什麼不願意放棄任何權力？他爲什麼沒有讓薩迪雅司參與保護國王的行動？他爲什麼不肯對薩迪雅司的法官敞開大門？

如果皇室把職權交給如同薩迪雅司這樣的人，卻又假裝沒有發生過這回事，那麼皇權威信何在？

「你應該辭去情報藩王一職做爲抗議。」雅萊說。

「還不到時候。我們先等這些謠言咬痛了老達利納，讓他決定他得讓我盡我的責任，然後在他想要讓我參與之前，我會辭職。」

這麼一來，兩方之間的嫌隙會加深，包括達利納跟王國本身。

下方的雅多林繼續戰鬥著，看起來完全心不在焉。他一直暴露出自己的弱點，任憑對方攻擊。這就是常常誇耀自己劍技的年輕人？他當然很優秀，但是沒有那麼優秀。不像薩迪雅司在戰場上，看到那男孩在跟……

他在假裝。

薩迪雅司發現自己咧嘴笑開。「他幾乎很聰明嘛。」藩王輕聲說。

「怎麼了？」雅萊問。

「雅多林沒有表現出眞正的能耐。」薩迪雅司解釋的同時，年輕人勉強打中了厄拉尼夫的頭盔。「他不願意展現他眞正的能力，因爲擔心會嚇跑別人，不肯跟他戰鬥。如果他看起來必須勉強才能打贏對方，其他人也許會想去抓住這個機會。」

雅萊瞇起眼睛，看著下面的戰鬥。「你確定嗎？會不會只是他今天情況不好？」

「我很確定。」薩迪雅司現在知道有哪些跡象，可以在雅多林的特定動作中看出端倪。他引誘厄拉尼夫攻擊，然後再勉強擋下。雅多林・科林比薩迪雅司以爲的還要聰明。

而且他的決鬥技巧也比薩迪雅司以爲的還要更優秀。勝利需要技巧——可是要在看起來一直落後的情況中求勝，那必須是劍術大師才辦得到的事。隨著戰鬥持續進行，所有觀眾的情緒也更加沸騰，雅多林讓比賽看起來懸殊不大。薩迪雅司懷疑有多少人像他一樣看得出其中奧妙。

雅多林的動作遲緩，身體十幾處地方都在流瀉颶光，但全都經過精心計算，分散在不同區域，所以碎甲不會破裂，讓他受到眞正的危險。當他終於靠一記「幸運」的反擊打倒厄拉尼夫時，所有人興奮地歡呼，就連淺眸人都深陷其中。

厄拉尼夫氣憤地離場，大聲咒罵著雅多林的運氣，可是薩迪雅司倒是相當佩服。*這小子說不定挺有前途的，至少比他父親有前途*，他心想。

「又贏了一套碎具。」雅萊不滿地說，看著雅多林舉起手，離開了比賽場。「我會加倍努力不讓這種事再發生。」

薩迪雅司敲敲椅子邊。「妳是怎麼形容這些決鬥者的？粗心？衝動？」

「沒錯。然後呢？」

「雅多林同時具有兩種特質，而且過猶不及。」薩迪雅司低聲說。「他可以被挑釁、操作，引發他的憤怒。他有著他父親一樣的激烈情緒，但是控制得沒有那麼徹底。」

*我有沒有辦法讓他站到懸崖邊緣，然後把他推下去？*薩迪雅司心想。

「不要再鼓勵別人拒絕跟他戰鬥，不過也不要鼓勵他們與他戰鬥。我們別再參與，我想知道這件事會怎麼發展下去。」

「聽起來很危險。那男孩是個武器，托羅。」雅萊說。

「沒錯。」薩迪雅司站起來。「但是握著武器的柄，被割傷的機會就很小。」他扶著妻子站起。「我還要妳去告訴盧沙的妻子，下次我決定自行出擊時，他可以跟我一起發兵。盧沙很有衝勁，他對我們來說可以很有用。」

她點頭，決定離開。薩迪雅司跟在她身後，可是遲疑片刻，瞥了達利納一眼。如果這個人沒有被困在過去的話，這一切又會如何？如果他願意看見世界的真實模樣，而不是想像它該有的樣子？

*那你大概也就同時把他殺了，*薩迪雅司對自己承認。*不要假裝不是這樣。*

最好當個誠實的人，至少應該對自己誠實。

決定了壘（山崖風蝕之後的凹洞）輪廓的外表，崖頂顯示有明顯的克姆泥堆積，也形成了大型的尖刺柱，繞著邊緣圍成一圈，多半面向順風。

許多品種對我來說都是全新的，這裡的植物種類沒有父親的莊園那樣豐饒，但是它的生長方式帶著不顧一切的堅定。

30 自然的紅暈

據說當引虛者進入我們的歌謠時，
遠處的大地很溫暖，
我們帶著牠們回家，
從此家便屬於牠們，
一步步走來，
此後未來眾人仍皆言，非如此不可。

——收錄於〈聆聽者歷史之歌〉，第十二節

突然迸發的色彩讓紗藍驚喘出聲。色彩像是在晴朗無雲的天空中劃破一道閃電。紗藍放下了她的錢球——太恩正在教她怎麼把錢球藏在手裡——然後從棚車中站了起來，外手扶著椅背穩住身形。沒錯，她絕對沒看錯。鮮豔的紅色與黃色畫在無趣的褐色與綠色畫布上。

「太恩，那是什麼？」紗藍說。

另一個女人伸長著腿躺著，寬沿的白帽蓋在眼前，雖然她應該要駕車。

紗藍戴著布魯斯的帽子，她把這頂帽子從他的遺物中拿回來，好遮擋陽光。

太恩側了身，挑起帽子，「怎麼了？」

「那裡。那裡的顏色。」紗藍說。

太恩瞇起眼睛，「我沒看到什麼啊。」

她怎麼會沒看到那片鮮豔的顏色，跟那片長滿石苞、蘆葦和草堆的山丘相比如此鮮明？紗藍拿過了女人的望遠鏡，舉起來更仔細地看了看。「都是植物。那裡有一片岩石遮蓋，擋住來自東邊的威脅。」

「哦，就這樣？」太恩又躺回去，閉起眼睛。「我以為是什麼車隊帳棚之類的。」

「太恩，那是植物。」

「又怎麼樣？」

「在單一生態系統中出現多樣的花卉植物！」紗藍驚呼。「我們得過去！我要叫馬可伯帶車隊往那裡去。」

「小妞，妳有點怪啊。」太恩邊說邊聽紗藍叫喊著要車隊停下。

馬可伯不太情願地同意繞路，接受了她的指揮。車隊離破碎平原不到一天路程，他們一直走得挺輕鬆。紗藍很努力地克制自己的興奮，凍土之地的一切都很單調，現在突然有了可以作畫的新素材，簡直讓她激動到無法平常心看待。

他們來到了懸崖，那裡有個凸出的石頭平台，角度正好遮住風，比這更大的石頭平台叫做壘，這種被保護的山谷能夠讓城鎮蓬勃發展。這一片地沒有那麼大，可是生命仍然在此成長。一叢又矮、如骨頭般白皙的石頭在這裡，樹上長著鮮豔的紅葉。不同種類的藤蔓垂掛在岩壁上，地上長滿了石苞，這一種就算沒下雨也會打開，石苞裡面的花朵垂掛著累累的花瓣，吐出如舌般的細藤，像蟲子一樣蠕動，尋找著水源。

一個小水池映照出上方藍色的天空，餵飽了石苞跟樹木；濃密的樹蔭遮蔽天幕，養出一片碧綠的苔蘚。這片美景像是一塊無趣的岩石上的一道道紅寶石與祖母綠岩脈。

棚車一抵達的瞬間，紗藍就跳了下來，嚇壞了灌木叢裡的不知名生物。幾隻非常小的野斧犬快速跑走，她看不出來品種——牠們的動作太快，也不是很確定是不是野斧犬。

她走入狹小的壘，一邊心想，有小動物，那我不必太擔心更大的生物。白脊那樣的大獵食者應該早就把小動物都嚇走了。

紗藍帶著微笑向前走去。眼前幾乎像是花園，不過這些植物很顯然是野生而非人工種植，一有人過來就連忙縮起花朵、觸手和葉子，在她周圍讓出一塊空地。她壓下一個噴嚏，繼續在植物中前行，找到一片深綠色的水池。

她找了一塊岩石鋪好毯子，坐下來開始素描。車隊中的其他人則在壘周圍尋訪，或是爬上岩壁眺望。紗藍吸入了美妙的潮溼空氣，植物們也漸漸放鬆下來。石苞的花瓣舒展，膽怯的葉子張開，周遭像是大自然的臉上泛起了紅暈，在她身邊擴散開來。颶父啊！她不知道原來自己這麼想念被多種美麗植物包圍的感覺。她攤開素描本，快速畫下祈禱文，讚美剎拉希，美之神將。紗藍的名字也是從那個神將的名字演化而來。

植物們又因爲某人的動靜而縮起來。加茲笨拙地邊走過一堆石苞邊咒罵，因爲他得很費心力才能不踩上藤蔓。他來到她身邊，遲疑片刻，低頭看著池子裡。「颶風啊！那是魚嗎？」他說。

「鰻魚。」紗藍看著撥亂了碧綠水面的東西猜測。「應該是鮮橘色的。我父親家裡的裝飾花園中也有類似的。」

加茲彎下腰想看得更清楚，直到一條鰻魚尾巴一甩，劃破水面，潑了他滿臉水滴。紗藍大笑，記憶住這個獨眼男子專注地看著碧綠水池，抿著嘴唇，一手擦拭額頭的景象。

「你找我什麼事，加茲？」

「這個……」他不安地挪動身軀。「我在想……」他瞥了一眼素描本。

紗藍翻到新的一頁。「想要一張我替葛夫畫的那樣？」

加茲握拳咳嗽一聲。「對啊。那張畫眞好看。」

紗藍微笑，開始素描起來。

「妳要我擺個姿勢嗎？」加茲問。

「可以啊。」她同意，但主要是讓他在她畫畫時有點事做。她把他的制服畫得整齊一些，肚子畫小了些，下巴線條也恣意調整一番。不過最大的差異在表情：抬頭，看著遠方。表情對了，眼罩看起來便顯得高尚，有疤痕的臉也展露睿智，制服更像是驕傲的徽記。她在背景加了一些淡淡的細節，暗示著火堆邊的那晚，車隊眾人感謝加茲跟其他人救了他們。

她把紙張從素描本上取下，轉向他。加茲敬畏地接過，一手扒過頭髮。「颶風的，我眞的看起來像這樣嗎？」他低語。

「對。」紗藍說，感覺到圖樣在不遠隱隱震動著。這是謊言……但也是事實。當時被加茲拯救的人絕對看到了這樣的他。

「謝謝妳，光主。」加茲說。「我……謝謝妳。」艾希的眼睛啊！他居然熱淚盈眶了。

「好好收著，今天晚上之前都不要折。我會在上面刷一層漆，不讓炭炭筆糊掉。」紗藍說。

他點點頭離開，一路上又嚇壞了植物。他是第六個請她作畫的人，她也鼓勵他們提出這樣的要求。只要能讓他們想起他們可以是、應該是的樣子，都是好事。

妳呢，紗藍？她心想。所有人似乎都希望妳成為他們期盼中的樣子。加絲娜、太恩，妳父親……妳自己想要成爲什麼樣子？

她翻著素描本，找到五六種自己處於不同情狀中的樣子：一名學者，一名宮廷光淑，一名藝術家。

她想要成爲什麼樣的人？

她可以全部都是嗎？

圖樣嗡嗡出聲。紗藍瞥向旁邊，發現法達躲在附近的樹叢裡。高大的傭兵領袖對圖畫沒多說什麼，但是她看見他輕蔑的神情。

「不要嚇壞我的植物，法達。」紗藍說。

「馬可伯說我們在這裡紮營過夜。」法達丟下這句之後就離開。

「麻煩……」圖樣嗡嗡說。「沒錯，麻煩。」

「我知道。」紗藍等著植物恢復，重新畫了起來。

可惜的是，雖然她能從商人那裡弄到炭筆跟漆，卻沒有彩色的粉筆，否則她可能會更進一步地畫下去。但這一系列寫生也不錯，增添了跟素描本裡其他內容不同的畫作。

她刻意不去想那些已失去的作品。

她畫了又畫，享受這片小樹林中的簡單寧靜。生靈加入她，小小的綠點在植物跟花朵間彈跳；圖樣浮到水面上，開始算起附近一棵樹上有幾片葉子，令人覺得好笑。紗藍仔細畫了六幅池塘與樹木的作品，希望之後能從哪本書上辨別它的品種。她刻意畫下一些樹葉的細節，然後才開始隨意作畫。

畫畫時能夠待在一個固定的地方而不是搖晃的棚車，眞是十分愉快。這裡的環境太完美，光線正適合作畫，寧靜安詳，周圍生意盎然……

她停頓下來，注意到筆下的畫面：大海邊的海岸，後面有片形狀怪異的山崖。畫面很遙遠，在滿是岩石的海岸上，幾名模糊的身影正在扶助彼此爬出海面。她敢發誓其中一人是亞耶伯。

她希望成眞的幻想。她如此這麼希望他們能活下來。也許她永遠不會知道結局。

她翻了書頁，繼續隨性地作畫。這是一個女人跪在一具身體上方，舉起鎚頭跟鑽子，彷彿要鑿入那個人的臉。她身下的人體很僵硬、死氣沉沉……也許是石頭？

紗藍搖搖頭，放下了筆，研究起這幅畫來。她爲什麼要畫這個？第一幅有道理，她擔心亞耶伯跟其他水手。可是潛意識讓她畫出的第二幅怪畫有什麼含義？

她抬起頭，發現影子變長，太陽已經落到天邊。紗藍朝陽光微笑，突然被遠處的人影一驚。

「太恩！」紗藍的內手舉到胸前。「颶父啊！妳嚇死我了。」

女人從躲避著她的植物之間走了過來。「這些畫很好，但我覺得妳應該把時間花在練習假簽名上頭。妳在這方面是天生專家，而且還不需要擔心練習會讓妳惹上麻煩。」

「我有練習，但是我也需要練習我的技藝。」紗藍說。

「妳眞的很投入在這些畫作上啊。」

「我沒有投入進去，被我投入進去的都是別人。」

太恩笑開來，走到紗藍的石塊邊。「很機靈嘛，我喜歡。到了破碎平原之後，我得介紹妳給幾個朋友認識，他們會一下子就把妳帶壞。」

「聽起來不太妙。」

「亂說。」太恩跳上隔壁一塊石頭乾燥的部分。「妳還是妳自己，只是妳的笑話會葷一點。」

「太好了。」紗藍滿臉通紅。

她以爲自己臉紅的樣子會讓太恩笑話她，沒想到對方反而陷入深思。「我們得想辦法讓妳嚐一口現實的滋味，紗藍。」

「哦?現在現實都被提煉成藥水啦?」

「不是，是往臉上招呼的一拳。乖女孩如果沒死，也會哭死。」

「我想妳會發現我的人生也沒有不停的鮮花跟蛋糕。」紗藍說。

「我相信妳是這樣覺得的，每個人都是這樣。紗藍，我喜歡妳，我眞的喜歡妳，我認爲妳很有潛力。可是接受訓練的目的……會需要妳去做一些很困難的事情，這些事情會讓妳的靈魂扭曲、撕裂。妳會處在從未經歷過的情況之中。」

「妳幾乎不認得我，怎麼確定我沒做過類似的事?」紗藍說。

「因爲妳還沒有被打破過。」太恩的表情很淡漠。

「也許我只是在假裝。」

「小妞，妳把囚犯畫成英雄，拿著素描本在花朵邊跳舞，光是有人暗示一點有顏色的內容就會讓妳臉紅。無論妳覺得自己的過去有多麼難忍，妳都必須有心理準備未來絕對會變得更糟。我眞的不知道妳有沒有辦法應付。」

「妳爲什麼要對我說這個?」紗藍問。

「因爲再過一天多，我們就要到破碎平原。這是妳退出的最後機會。」

「我……」

到了以後該怎麼處理太恩?承認附和太恩的假想只是爲了從她身上學東西?紗藍心想，她認識一些人，在戰營中的人，也許認識一下很有用。

要繼續假裝嗎?紗藍想要這麼做，不過有一部分的她知道這麼做的原因是她喜歡太恩，不希望對方停止教導她。「我下定決心了。」紗藍發現自己說。「我要繼續實行我的計畫。」

這是謊言。

太恩嘆口氣，然後點點頭。「好。那妳準備好要告訴我這個大騙局是什麼了嗎？」

「達利納‧科林。他的兒子跟一個來自賈‧克維德的女人有婚約。」

太恩挑起眉毛。「還眞奇特，那女人不會出現？」

「不會在他預計的時間出現。」紗藍說。

「妳長得像她？」

「可以這麼說。」

太恩微笑。「不錯，妳讓我以爲妳要勒索對方，那種計畫實行起來很困難。但這種騙局妳說不定能辦到，我很佩服。很大膽，很可行。」

「謝謝。」

「所以妳有什麼計畫？」太恩說。

「我會向科林介紹自己，跟他說我是他兒子要娶的女人，讓他把我安頓在他的家人之中。」

「不行。」

「不行？」

太恩猛烈地搖頭。「這樣讓妳會欠科林太太的人情，讓妳顯得太需要他人施以援手，破壞妳受人尊敬的能力。妳現在布下了紅顏局，目的是弄走有錢人的錢球。這種局靠的就是給人的觀感還有自身的形象。妳最好去住在不同戰營的某間旅店，表現得像是完全能夠自給自足，維持一種神祕感，不要太容易讓這個兒子追上手。對了，是哪個兒子？年紀大的還是年紀小的？」

「雅多林。」紗藍說。

「嗯……不確定是不是比雷納林好。雅多林．科林是著名的情場高手，我能明白他父親為什麼想要讓他趕快成婚，要抓住他的注意力可不容易。」

「真的？」紗藍開始真心擔憂了。

「對啊。聽說他有十幾次都差一點訂婚，我想他之前確實訂過婚。幸好妳見過我，我得好好想想該怎麼樣出手，但是首先妳絕對不可以接受科林家的接待。如果妳沒表現出某種高不可攀的特質，雅多林絕對不會有興趣。」

「我們已經有了初步婚約，還要裝出高不可攀的樣子，有點難度。」

「還是很重要。」太恩舉起一根手指。「想要布下感情騙局的人是妳，困難度是有，但基本上是安全的，我們一定可以想出辦法。」

紗藍點點頭，內心更擔憂了。這個婚約會變成怎麼樣？加絲娜不在了，沒辦法幫忙推波助瀾。那個女人想要紗藍跟她的家族綁在一起應該是因為波力的潛力，紗藍懷疑科林家族中不會有人這麼堅持要一個無名費德家族的女孩嫁進去。

太恩站起身時，紗藍把她的焦慮推到一旁。如果婚約結束，那就結束吧。她有更重要的事情放在心上，兀瑞席魯跟引虛者才是正事。只不過她得想個辦法處理太恩，不能真的讓太恩設下針對科林家族的騙局。又一件要權衡的事情。

奇怪的是，她發現這個念頭讓她頗為振奮。在去找東西吃之前，她決定再多畫一張畫。

煙霧形體爲躲藏，溜入人群無使覺。
擁有力量的形體——如靈之封波，
我們眞敢再次選用？它窺伺。
神所創造，我們畏懼的形體。
魄散的碰觸，它擔負解形詛咒，
以影子形成——死亡不遠。
它說謊。

——收錄於〈聆聽者祕密之歌〉，第五十一節

卡拉丁領著一群又瘦又累的人回到橋四隊的營房，正如他先前祕密囑咐下去那樣，其他人發出一連串的歡呼跟招呼聲。現在才剛剛入夜，燉菜的熟悉香味是卡拉丁能想到最溫馨的東西之一。

他讓到一邊，四十個人小跑步經過卡拉丁。他們不是橋四隊的人，但是今天晚上，他們會被視爲橋四隊的一份子。他們把頭抬得高高的，露出大大的笑容，接過其他人遞來的燉菜。他們大石問了其中一人巡邏的情況如何，雖然聽不到那個士兵的回答，但他聽到大石絕對因此而發出的大笑聲。

卡拉丁微笑，靠著營房牆壁，雙手環抱胸前。他抬頭看向天空，太陽還沒落下，但是在漸暗的天色中，星星開始在塔恩之疤周圍出現。一顆淚滴掛在天邊，比其他星星更明亮的星辰，據說是雷雅落下的一滴淚。有些星星挪了位置——是星靈，很正常的事——可是今天晚上有哪裡感覺很奇怪，他深吸一口氣。是空氣聞起來很悶嗎？

「長官？」

卡拉丁轉身。一名橋兵在身後，他是有著短黑髮、五官明朗的認眞男人，沒有跟其他人一起聚在煮燉菜的掛爐旁。卡拉丁思索著他的名字……

「比特，是吧？」卡拉丁說。

「是的，長官。第十七橋兵隊。」那人回答。

「有什麼事？」

「我只是……」男人看著溫暖的火堆，橋四隊的成員正在跟巡邏回來的人們說笑。不遠處有人在營房牆壁上掛起了幾套不同的盔甲，以前那都是用帕山迪人的厚皮甲做成的頭盔跟胸甲，縫在普通橋兵的皮革衣服上，現在則有做工精湛的鋼鐵頭盔還有胸甲。卡拉丁猜想著是誰把以前的護甲掛了起來。他甚至不知道有人去把那些盔甲拿了回來，這些是雷頓替他們做的，在他們被釋放前一直藏在裂谷裡。

「長官。我只是想說，對不起。」比特說。

「爲什麼？」

「我們是橋兵時……」比特用手按著頭。「颶風的，那感覺像是上輩子的事了。那段時間裡，我腦子老是不清楚，一切都很模糊。可是我記得，當派出去的是你們而不是我的人時，我記得自己希望你們會失敗，因爲你們膽敢揚著下巴走路，我——」

「沒關係，比特。這不是你的問題，你可以怪薩迪雅司。」卡拉丁說。

「也許吧。」比特臉上露出思索的表情。「他徹底了毀了我們，對不對，長官？」

「對。」

「沒想到，人也是可以回爐再造的，我從來沒想過。」比特轉過頭。「我必須把這一切帶給橋十七隊的其他小伙子，對不對？」

「泰夫會幫你，但是沒錯，我是這麼希望的。你覺得你辦得到嗎？」卡拉丁說。

「我只需要假裝是你就好了，長官。」比特說完，露出微笑，去拿了一碗燉菜，加入其他人。

這四十個人很快就會準備好，可以成爲他們自己橋兵隊的士官。這個改變比卡拉丁預期的還要快。泰夫，你太棒了，他心想。你眞的辦到了。

對了，泰夫呢？他跟他們一起去巡邏，現在卻不見蹤影。卡拉丁看了看後面，也許他去查看其他橋兵隊了。這時，他看到大石趕走一個穿著執徒袍子的瘦子。

「怎麼了？」卡拉丁拉住經過的食角人。

「那個人，一直拿著素描本來這裡待著，想要畫橋兵。哈！因爲我們有名啦。」

卡拉丁皺眉。執徒做這種事有點怪，不過所有執徒在一定程度上都怪怪的。他讓大石回去看著鍋，自己離開火堆，享受這片寧靜。

戰營裡好安靜，好像它屏住了呼吸。

「巡邏似乎很有效果，那些人改變了。」席格吉說，慢慢朝卡拉丁走來。

「一起行軍兩天對士兵的影響不小。你看到泰夫了沒？」卡拉丁說。

「沒有，長官。」席格吉朝火堆點點頭。「你得吃點燉菜。今天晚上沒什麼時間聊天。」

「颶風。」卡拉丁突然想起來。離上次颶風好像沒有太久，但是颶風來臨的間隔本來就不固定——至少不是他認知中的固定。防颶官有一些很複雜的數學計算可以用來預估颶風，卡拉丁的父親把這種計算當成嗜好。

也許他一直感覺到的就是這個。他突然開始預測起颶風，是不是因爲這個晚上感覺太……那個了？

你在胡思亂想，卡拉丁心想。他甩掉長時間騎馬跟行軍帶來的疲累，走去火堆邊拿燉菜。他得趕快吃完，他想要在颶風時加入守衛達利納跟國王的人手。

他往碗裡裝食物，去參加巡邏的人爲他發出一陣歡呼。

❖

紗藍坐在搖晃的棚車上，手摸過身邊座位上的錢球，藏起一個後又拋下另一個。

太恩挑起眉毛，「我聽到另一顆落下的聲音。」

「乾網的！我以爲我學會了。」紗藍說。

「乾網的？」

「罵人的話。我從水手那裡聽來的。」紗藍臉紅地說。

「紗藍，妳知道那是什麼意思嗎？」

「呃……跟捕魚有關？像是在說網子乾了？一直抓不到魚，所以不是好事？」紗藍說。

太恩滿臉笑意，「親愛的，我要盡我所能地帶壞妳。在此之前，我想妳應該避免使用水手罵人的話，拜託啦。」

「好的。」紗藍的手又撫過錢球，替換了一顆。「沒有敲出聲！妳聽到沒？呃，應該說，妳沒有聽到對不對？沒有半點聲音！」

「很不錯。」太恩捏出某種像是苔蘚的東西，在手指之間搓揉了一陣，紗藍覺得自己看到苔蘚冒出煙來。「妳做得越來越好了。我覺得我們應該再想個辦法來利用妳的繪畫天賦。」

紗藍已經有個想法，大多數逃兵都請她畫了肖像。

「妳有練習口音？」太恩邊搓著苔蘚，眼神邊模糊起來。

「有的，這位大姊。」紗藍以賽勒那口音回答。

「很好。有了更多資源以後，我們再來考慮裝扮的問題。我等不及要看妳露出那隻手出門時的表情。」

紗藍立刻將內手舉在胸前。「什麼！」

「我警告過妳了，會有很困難的事情。」太恩露出壞壞的笑容。「在瑪拉特以西，幾乎所有女人出門時都露出雙手。如果妳去到那裡不想引人注意，就要入境隨俗。」

「那太傷風敗俗了！」紗藍滿臉通紅。

「那只是一隻手，紗藍。颶風的，你們弗林教徒還眞保守。這隻手看起來跟另外那隻手明明一模一樣。」太恩說。

「很多女人的胸部跟男人的也差不多，但她們也不該因此就像男人一樣出門不穿上衣！」紗藍怒斥。

「事實上，在雷熙群島跟依瑞某些區域，女性經常不穿上衣外出。那裡很熱，沒有人會多想，我自己也挺喜歡的。」

紗藍雙手捂臉——一隻手套著，一隻手露著——遮住了她的紅臉。「妳故意挑釁我。」

「沒錯，我是。」太恩輕笑著。「就妳這樣的女孩騙過了一整團逃兵，還接管了我們的商隊？」

「我不需要脫光去做這件事。」

「真是好運。妳現在還覺得自己經驗豐富、閱歷充足？光是提到露出內手就能讓妳臉紅了。妳還看不出來，如果要妳主導一場大騙局會有多困難嗎？」

紗藍深吸一口氣。「也許吧。」

「露出妳的手不會是妳需要去做的事情中最困難的。」太恩的眼神依然遙遠。「不管是風吹或颶風打，都差得遠了。我……」

「怎麼了？」紗藍問。

太恩搖搖頭。「晚點再談。妳看到戰營了沒？」

紗藍在座位上站起，以手遮眼擋住西方落下的夕照。北邊是一片薄霧，好幾百個，不對，好幾千個火堆往空中吐出黑煙，壯觀景象讓她一時喘不過氣來。「我們到了。」

「今晚紮營吧。」太恩沒有挪動她舒適的姿勢。

「看樣子只差幾個小時，我們趕一趕就可以——」紗藍說。

「然後入夜以後抵達，被逼得還是要紮營。在早上精神充足時到達最好，相信我。」太恩說。

紗藍坐下，叫來一名車隊的工人。一個光腳的年輕人來到車隊邊，他腳下的繭一定厚得嚇人，車隊中只有資格夠老的人才能騎馬。

「去問馬可伯商主，他覺得在這裡過夜如何？」紗藍對年輕人說。

他點點頭，小跑步離開，經過一排慢吞吞的芻螺。

「妳不信任我的判斷？」太恩的聲音帶著笑意。

「馬可伯商主不喜歡被人指揮。如果停下來是個好作法，也許他會自己提議。用這種方式來領導似乎是個比較好的方式。」紗藍說。

太恩閉起眼睛，臉朝著天，仍然舉著一隻手，不經心地搓著手指間的苔蘚。「我今天晚上也許有些消息給妳。」

「什麼消息？」

「妳家鄉的。」太恩的眼睛睜開一絲縫隙，雖然她的姿勢依然懶洋洋，眼神卻是好奇的。

「那不錯啊。」紗藍不置可否地說。她試圖不要太常提起她的家或她在那裡的生活，也沒有告訴太恩她的旅程，或是沉船的事。紗藍越少提起自己，太恩越不容易發現她的新學生有何背景。

*她自己判斷錯誤不能怪我，*紗藍心想。*況且，教我怎麼僞裝的人是她。我不應該因爲對她撒謊而良心不安。她對所有人都撒謊。*

這個念頭讓她一陣難過。太恩說得沒錯，紗藍確實很天眞。她忍不住因爲說謊而有罪惡感，就算對方是個職業騙子也一樣！

「我以爲妳會多問幾句。」太恩閉起眼睛。「畢竟是這種情況。」

這句話勾起了紗藍的好奇心，她發現自己有點忍不住。「什麼情況？」她終於問了。

「所以*妳不知道啊*，我猜也是。」太恩說。

「有很多事情我不知道，太恩。」紗藍翻著白眼說。「我不會造棚車，我不會說依瑞雅利話，我絕對不知道該怎麼樣讓妳不這麼討厭，雖然我一直很努力想學會這三件事。」

太恩微笑，閉著眼睛。「妳的費德王死了。」

「哈納凡納？死了？」她從未見過她的藩王，更不要提國王了。國王是很遙遠的人，她發現這件事無法讓她掛心。「那他的兒子會繼承王位？」

「沒錯。如果他沒和另外六名賈·克維德藩王也一起死了的話。」

紗藍驚喘。

「他們說是白衣殺手幹的。」太恩低聲說，依然閉著眼睛。「六年前殺死雅烈席卡王的雪諾瓦人。」

紗藍擺脫了一時的迷惘。那她的兄弟們都好嗎？「六名藩王，有誰？」如果她知道是誰，或許有助於讓她知道她家鄉的狀況如何。

「我不確定。賈·瑪拉跟艾薇諾確定在內，亞伯列應該也有。有人在攻擊中死去，有人在那之前就死去，但是這兩個消息都還很模糊。最近要從費德那裡弄出可靠的訊息很難。」

「法蘭，他還活著？」這是她的藩王。

「據說他正在為王位奮戰。我的線民今晚會用信蘆傳遞信息，也許到時就有消息可以給妳。」

紗藍往後坐倒。國王，死了？繼位之戰？颶父啊！她要怎麼知道她的家人跟莊園的下落？他們離首都很遠，但是如果整個國家都陷入了戰爭，就連落後的鄉下地方也會被影響。她沒有更快方法可以聯絡到她的哥哥們，隨風號沉下去時，她的信蘆也跟著消失了。

「任何消息，我都很感謝。任何消息都好。」紗藍說。

「到時候就知道了。我會讓妳過來看對方的報告。」

紗藍往後一靠，消化了這個信息。她猜我不知道，但是等到現在才告訴我。紗藍喜歡太恩，但是必須記得這女人的專業就是隱藏信息。太恩還知道什麼事情卻不肯分享的？

前方，車隊的年輕人順著前行的棚車走回，來到紗藍身邊時，又轉身跟著她的棚車前進。「馬可伯商主說這個要求太睿智了，他說我們應該在這裡紮營。戰營都有各自的邊界管制，今天晚上應該不會放我們進去。況且，他不確定我們能否在晚上的颶風到來之前抵達戰營。」

旁邊的太恩繼續閉著眼睛，露出大大的笑容。

「我們紮營吧。」紗藍說。

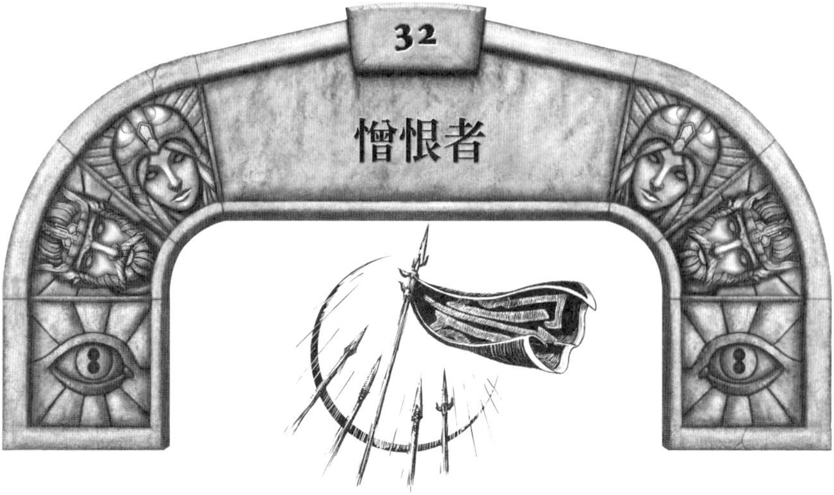

32 憎恨者

眾人均覺靈背叛了我們。
我們的思維與它們的領域太近。
因此它們給予了我們形體，但之後，
卻被最聰明的一些靈要求更多。
我們給不出人類借出的，
雖然我們是湯，人類卻是肉。

——收錄於〈聆聽者靈之歌〉，第九節

在卡拉丁的夢裡，他是颶風。

他掌控著大地，衝過它，淨化它的怒吼。一切在他面前都被衝開，被他突破。在他的黑暗中，大地重生了。

他飛騰入空，帶著閃電沸騰的活力，全是他乍現的靈光。呼嘯的風聲是他的聲音，雷聲是他的心跳。他壓制了一切，克服了一切，籠罩了一切，而且——

而且他曾經這麼做過。

卡拉丁突然有了一種頓悟，像是從門下密密滲入的水。沒錯。他之前做過這個夢。

他努力地轉過頭，一個跟永恆一樣大的臉擴張在他的身後，是颶風之後的力量，是颶父本人。

榮譽之子，一個如咆哮風聲的聲音說。

「這是眞的！」卡拉丁朝颶風大喊。他就是風。靈。他找到了自己的聲音。「你是眞的！」

她信任你。

「西兒？」卡拉丁喊。「對，她是。」

她不該信。

「是你禁止她來找我嗎？是你不讓靈出現的嗎？」

你會害死她。那個聲音如此深沉，如此強大，聽起來很遺憾。很哀傷。

你會害死我的孩子，將她的屍體留給邪惡的人類。

「我不會！」卡拉丁大喊。

你已經開始這麼做了。

颶風繼續肆虐。卡拉丁從上往下俯瞰著世界。船隻躲在海灣中，在暴烈的海浪上搖晃著。軍隊躲在山谷裡，準備在一個有很多山丘跟高山的地方開戰。一個巨大的湖泊在他抵達之前就乾涸了，水躲到下方岩石中的小孔。

「我該怎麼阻止這件事發生？我該怎麼保護她？」卡拉丁質問。

你是人類。你會背叛。

「我不會！」

你會改變。人類會改變。所有人類都是。

這片大陸如此遼闊，好多人說著他無法理解的語言，每個人都躲在房間裡、洞穴裡、山谷裡。

啊，一切將如此結束，颶父說。

「什麼？」卡拉丁朝暴風大喊。「什麼改變了？我覺得——」

他來對付你了，小叛徒。我很遺憾。

有東西出現在卡拉丁面前。第二個風暴，閃爍著紅色的閃電，巨大到讓這片大陸，甚至是這個世界，與之相比都如此渺小。一切都沉淪在這片颶風的影子之下。

對不起。他來了。颶父說。

卡拉丁醒來，胸口心跳如雷。

他幾乎從椅子上摔下。他在哪裡？峰宮，國王的會議廳。卡拉丁坐了一會兒，然後……

滿臉通紅。他睡著了。

雅多林站在不遠的地方跟雷納林說話，「我不知道這次會面能有什麼結果，但我很高興父親同意這件事。我幾乎快放棄，以為這次會面不會發生，而且傳遞信息的帕山迪人花了這麼久才到。」

「你確定你見到的那個是女人嗎？」雷納林問。他終於跟他的新碎刃締結了，再也不需要到處都拿著它。「女的碎刃師？」

「帕山迪人挺怪的。」雅多林聳聳肩說。他瞥向卡拉丁，嘴唇揚起，輕蔑地一笑。「小橋兵，上工打瞌睡啊？」

漏水的百葉窗在旁邊搖晃著，雨從木框下滲入。娜凡妮跟達利納在隔壁的房間。

國王不在。

「陛下！」卡拉丁大喊，連忙站了起來。

「他在廁所，小橋兵。」雅多林朝另一扇門點點頭。「你能在颶風中睡著，太令人佩服了。幾乎跟你在睡著時流下的口水有得比。」

沒時間鬥嘴了。那個夢……卡拉丁轉向陽台門，急喘著氣。

他來了……

卡拉丁拉開陽台門。雅多林大喊，雷納林也叫了出來，可是卡拉丁不理他們，面對著颶風。

狂風繼續咆哮著，大雨灑在岩石的陽台上，宛如折斷的木棍。可是沒有閃電，而勁風雖然暴烈，卻沒有強力到能夠挑起巨石或吹倒牆壁。颶風最猛烈的階段已經過去了。

黑暗。風從空無一物的深淵吹起，擊打著他。他感覺自己好似站在虛無上方，沉淪地獄，在古老的歌謠中那裡叫做布雷司，是惡魔與怪物的家園。他遲疑地走了出去，透過依然大開的門口，光線照入空曠的潮溼陽台上。他找了欄杆——依然牢固的那部分——握在冰冷的手指中。雨水咬痛他的臉頰，滲透他的制服，鑽入了衣服，尋找溫暖的皮膚。

「你瘋了嗎？」雅多林站在門口質問。

在風聲與遠處傳來的雷聲中，卡拉丁幾乎聽不到他的聲音。

❖

圖樣嗡嗡哼著，雨水落在棚車上。

紗藍的奴隸們縮成一團哆嗦著。她希望自己有辦法讓那個該死的靈安靜下來，但圖樣根本不理會她的催促。至少颶風幾乎要結束了。她想要出去，想去讀太恩的人送來了哪些關於紗藍家鄉的消息。

圖樣的哼聲幾乎像是嗚噎。

紗藍皺眉，彎腰靠近它。它在說話嗎？

「糟糕……糟糕……好糟糕……」

❖

西兒從颶風濃重的黑暗中衝出，是黑暗中突現的一道亮光。她在卡拉丁身邊繞過一圈後，才落在他面前的鐵欄杆上。她的洋裝似乎比平常更長、更飄逸。雨水穿過她的身體，卻沒有擾亂她的輪廓。

西兒看著天空，然後猛然轉過頭。「卡拉丁。有不對勁的事。」

「我知道。」

西兒轉身，不斷這裡看看，那裡看看。她小小的眼睛睜得大大的。「他要來了。」

「誰？颶風嗎？」

「那個憎恨的人。」她低語。「內在的黑暗。卡拉丁，他在看著我們。要出事了。要出嚴重的事了。」

卡拉丁只遲疑了片刻就衝回房間，推開雅多林進入光線中。「去找國王。我們要離開這裡。現在就走。」

「什麼？」雅多林質問。

卡拉丁推開門，裡面是達利納跟娜凡妮等待的地方。藩王坐在沙發上，表情疏離，娜凡妮握著他的手，卡拉丁沒想到會是這樣。

藩王看起來不害怕也不生氣，只是陷入沉思。他正在輕聲說話。

卡拉丁全身一僵。他也在颶風中看到景象。

「你在做什麼？你好大的膽子。」娜凡妮質問。

「妳能把他叫醒嗎？」卡拉丁走入這個房間。「我們需要離開這裡，離開皇宮。」

「胡說。」國王的聲音響起，艾洛卡跟在他身後走入房間。「你在亂說什麼？」

「陛下，你在這裡不安全。我們必須帶你離開皇宮，帶你去戰營。」卡拉丁說。

颶風的，那裡安全嗎？他是不是該去沒人會想到的地方？

雷聲在外面轟隆，但是雨聲減緩，颶風正在停下。

「太可笑了。」雅多林站在國王身後，雙手往空中一甩。「這裡是戰營中最安全的地方。你要我們離開？把國王拖入颶風中？」

「我們必須叫醒藩王。」卡拉丁朝達利納伸手。

達利納此時抓住他的手臂。「我醒了。」達利納的眼神清明過來，從原本凝視的遙遠地方回返。「發生了什麼事？」

「小橋兵要我們從皇宮撤離。」雅多林說。

「士兵？」達利納問。

「長官，這裡不安全。」

「爲什麼這麼說？」

「長官，是直覺。」

房間安靜下來，外面的降雨減緩成溫和的滴答聲。細雨來臨了。

「那我們走吧。」達利納站起身說。

「什麼？」國王質問。

「你讓這個人掌管你的侍衛，艾洛卡。」達利納說。「如果他認爲我們所在的位置不安全，那我們應該按照他說的去做。」

那句話後面沒說出口的是，之後再說，可是卡拉丁不在乎。他推開國王跟雅多林，跑過主房間，來到通往外面的門。他的心跳在胸膛中重重擊打，全身肌肉緊繃。西兒，只有他能看到她，正驚慌失措地穿梭過房間。

卡拉丁推開門。外面的走廊上站著六個看守的人，主要是橋兵，只有一個是國王原本的侍衛，叫做拉利諾。「我們要走了。」卡拉丁指著前面。「貝德還有霍伯，你們是前鋒，去查看出大樓的路，走後門，穿過廚房，如果看到不尋常的東西就喊人。摩亞許，你跟拉利諾是後衛，看著這個房間，直到我把國王跟藩王藏起來，然後再跟上來。馬特跟艾瑟，你們倆無論如何都要待在國王身邊。」

護衛們沒有多問，立刻行動起來。斥候衝向前方時，卡拉丁回到國王身邊，抓住他的手臂，把他拖向門口。艾洛卡允許卡拉丁這麼做，臉上充滿震驚的神色。

其他的淺眸人跟在身後。橋兵兄弟馬特跟艾瑟跟在後面，站在國王兩側，摩亞許守著門口。他緊張地握著矛，反覆來回戒備，指著不同的方向。

卡拉丁趕著國王跟他的家人順著他挑選出的路徑前進，他們沒有往左走向通往皇宮正式入口的斜坡，而是朝右邊深入皇宮內側，穿過皇宮，潛入深夜。

走廊向來是安靜的。颶風來襲時，所有人都躲在房間。

達利納跟卡拉丁一起走到最前面。「士兵，我很好奇是什麼事引起你的警覺。不過這可以等我們安全撤離之後再說。」他說。

因爲我的靈瘋了，卡拉丁心想，看著她在走廊中不停飛來竄去。就是這樣引起我的警覺。他該怎麼解釋這回事？說他聽風靈的話？

他們越走越深入。颶風的，這些空無一人的走廊真讓人心慌。這棟皇宮絕大部分只是個在山峰裡挖空的走道，靠外的部分造出了窗戶。

卡拉丁突然停下來。

前面的燈光熄滅了，前方的走廊越來越暗，直到如礦坑般黑漆。

「等等。」雅多林也當場停下。「怎麼黑了？錢球呢？」

錢球的光被吸光了。

該死的。前面走廊牆壁上有什麼？一大團黑暗。卡拉丁慌亂地從口袋裡掏出一枚錢球，舉了起來。是個洞！這條走道從外面被往內挖了一個入口，直接挖穿了岩石。一陣冷風從洞中吹了進來。

卡拉丁的光也點亮了前方地板上的某樣東西。一具屍體倒在走廊交叉口，身上穿著藍色制服。貝德，是卡拉丁派去探路的人之一。

一行人驚恐地盯著屍體。走廊詭異地安靜，熄滅的燈光讓國王的抗議聲都停歇了。

「他在這裡。」西兒低語。

一個沉肅的身影從側面的走廊出現，握著一把修長的銀色碎刃，邊走邊在岩石地板上割出一條白痕。那人穿著鬆散的白色衣服，薄薄的長褲，寬大的上衣，每走一步都會隨風飄揚。光頭，淺色的皮膚。雪諾瓦人。

卡拉丁認得這個人。雅烈席卡每個人都聽說過這個人。白衣殺手。卡拉丁曾經在先前那樣的夢境中看過他，不過當時還不認得這個人。

殺手的身體流淌著颶光。

他是封波師。

「雅多林，跟我來！雷納林，保護國王！帶他往原路回去！」達利納大喊。話聲未歇，黑刺從卡拉丁手下那裡抓起一把矛，衝向殺手。

他會害死自己，卡拉丁心想，跟在他身後。

「跟雷納林王子一起！」卡拉丁向他的人大喊。「照藩王說的去做！保護國王！」他的人，包括摩亞許跟趕上他們的拉利諾連忙開始撤退，拖著娜凡妮跟國王一起快走。

「父親！」雷納林大喊。摩亞許抓住他的肩膀，把他拖了回去。「我可以戰鬥！」

「去！保護國王！」達利納怒吼。

卡拉丁跟達利納還有雅多林一起衝向前，他從身後那群人那裡聽到的最後一句話，是艾洛卡國王嗚噎的聲音：「他來殺我了。我早就知道他會來殺我，就像他殺死父親一樣……」

卡拉丁大著膽子吸入了一些颶光。白衣殺手平靜地站在走廊，流淌著自己體內的光。他怎麼會是封波師？什麼樣的靈選中了這個人？

雅多林的碎刃在他的手中出現。

「三叉陣。」達利納輕聲說，三人靠近殺手時，放慢速度。「我在中間，你熟悉這個陣形嗎，卡拉丁？」

「是的，長官。」這是個戰場上簡單的小隊陣形。

「讓我來，父親。」雅多林說。「他有碎刃，而且那個光，我覺得不對勁——」

「不行。我們一起攻擊。」達利納瞇著眼睛，看著殺手依然平靜地站在貝德的屍體前方。「我這次沒有在大桌上睡著，你這個混蛋，你絕對不能再帶走我身邊的人！」

三個人一起往前衝。達利納身為三叉陣中間者，會盡量引起刺客的注意，卡拉丁和雅多林則從兩邊攻擊。藩王很聰明地拿著矛，增長了攻擊的距離，而不是用他的配劍。他們同時衝上前去，希望能讓對方一時不知該如何應對。

殺手等著他們靠近，然後猛然跳起，身後跟著光。他在空中一扭轉身體，達利納此時猛然大吼，一矛刺出。

殺手沒有落下，而是落在十二呎高的走廊天花板上。

「是真的。」雅多林的聲音宛如見鬼。他往後彎腰，舉起碎刃，想用一種彆扭的角度攻擊。可是殺手在一片白裳摩挲聲中順著牆壁往下跑，用自己的劍拍開雅多林的碎刃，然後一掌打向雅多林的胸口。

雅多林像是被人掀了一樣往上飛起，身體流出颶光，撞上天花板。他呻吟著翻過身，但還是躺在天花板上。

颶父的！卡拉丁心跳如擂鼓，體內的颶風沸騰著。他的矛跟黑刺的矛一起刺出，想要刺中殺手。

那人沒有閃。

兩柄矛同時刺中對手的身體，達利納刺中肩膀，卡拉丁刺中身側。刺客一轉身，碎刃切斷了矛，一劈兩斷，彷彿他根本不在乎身上的傷。他往前一撲，甩了達利納一耳光，把藩王打趴在地上，然後碎刃朝卡拉丁揮去。

卡拉丁彎腰，千鈞一髮之際躲開了攻擊，然後連忙後退，前半段的矛喀啦一聲落在達利納身邊。達利納呻吟著翻過身，一手按住臉頰被刺客掌摑的地方，鮮血從撕裂的皮膚沁出。封波師帶著颶光揮出的一擊沒那麼容易恢復。

殺手冷靜、自信地站在走廊當中。在他被染紅的衣服之間露出的傷口上，颶光治療了他的皮肉。

卡拉丁退開，握著沒有頭的矛。這個人做的事……他該不會是逐風師吧？

不可能。

「父親！」雅多林從天花板上大喊，年輕人站了起來，但是從他體內流出的颶光用盡了。他想要攻擊殺手，卻從天花板上滑了下來，重重摔到地上，肩膀著地。他的碎刃從手中落下，消失。

殺手跨過雅多林，雅多林動了動，卻沒有站起身。「對不起。」颶光從殺手口中流淌。「我不想這麼做。」

「我不會給你這個機會。」卡拉丁咆哮著衝向前去。西兒繞著他飛，他感覺到一陣風吹起。他感覺到風暴在體內肆虐，驅策他前進。他握著殘存的矛衝向殺手，把矛使得像是木杖一樣，感覺風引導著他的方向。

精準的攻擊，與武器合而爲一的瞬間。他忘卻了擔憂，忘卻了失敗，甚至連自己的憤怒都忘記了。

只有卡拉丁跟一柄矛。

世界本應如此。

刺客的肩膀挨了一記，然後腰邊也被刺中，他不能全不理會，因爲他的颶光會被療傷耗盡。殺手咒罵一聲，又吐出了一口颶光，然後退開，雪諾瓦人的眼睛——形狀有點太大，顏色宛如淺色的藍寶石——因爲不斷的刺劈而睜大。

卡拉丁吸入剩下的颶光。太少了。他沒有帶著新的錢球。太大意。

那裡，卡拉丁心想。他可以感覺到會發生什麼事。他會繞過攻擊，舉起矛柄，矛柄會擊中刺客的頭側，強勁的攻擊連颶光都難以抵擋，刺客的腦中會有一陣暈眩，露出破綻。

他是我的了。

不知爲何，刺客避開了。

刺客的動作太快，快到比卡拉丁以爲的更快，快得跟……跟卡拉丁一樣快。卡拉丁的攻擊只刺中空氣，自己也差點被碎刃刺穿。

卡拉丁的下一個動作完全出於直覺，多年的訓練讓他的肌肉有自己的本能。如果他的對手是普通敵人，自動調整武器去格擋對方下一步攻擊的方式會很完美。可是殺手有碎刃。卡拉丁的直覺——靠著不懈的努力所鍛鍊出的直覺——背叛了他。

銀色的武器割斷了卡拉丁殘餘的矛，然後刺穿卡拉丁的右手臂，就在手肘下方。一陣不可思議的痛楚穿過卡拉丁全身，他驚喘一聲，跪倒在地。

然後……什麼都沒有了。他感覺不到他的手臂。皮肉變得灰白、毫無生氣，手掌攤開，手指張開，半截矛從手中落下，撞上地面。

殺手把卡拉丁踢開，讓他重重撞上牆壁，卡拉丁呻吟，軟倒在牆邊。

白衣男人往國王消失的方向走去，再次跨過雅多林。

「卡拉丁！」西兒的形體是一條光帶。

「我沒辦法打敗他。」卡拉丁低語，眼中含淚。痛楚的淚。憤怒又無能爲力的淚。「他是我們的一份子。他是燦軍。」

「不是！」西兒強烈地說。「不是。他是可怕得太多的存在。卡拉丁，沒有靈在引導他。拜託你，起來。」

達利納站了起來，擋在殺手跟通往國王的路之間。黑刺的臉頰一團血汙，可是眼神很清醒。「我不會讓你對他下手！」達利納大吼。「不准你動艾洛卡。你奪走了我的兄弟！不准你奪走我身邊唯一還屬於他的東西！」

殺手站到走廊中的達利納面前。「我來這裡不是爲了他，藩王。」他低語，颶光從嘴唇中吐出。「我是爲了你而來。」殺手猛向前撲，拍開達利納的攻擊，踢中黑刺的腿。

達利納單膝跪下，他的悶哼聲在走廊中響起，手中的矛落地。一陣冰冷的風從他身邊牆上的洞口吹入。

卡拉丁大吼一聲，強迫自己站起來，衝向走廊，一隻手毫無用處地死去。他永遠再也無法用矛了。他不能去想這件事。他必須趕到達利納身邊。

太慢了。

我會失敗。

刺客揮動他可怕的碎刃，最後一擊。達利納沒有閃躲。

他反而握住了碎刃。

碎刃落下的同時，達利納雙手合掌，夾中了劍。

殺手驚訝地哼了一聲。

在那瞬間，卡拉丁撞向他，利用體重跟慣性把殺手撞上牆壁。只不過那裡已經沒有牆壁了。他們撞入刺客在牆壁上割出的洞。

兩人一起摔到外頭的空氣之中。

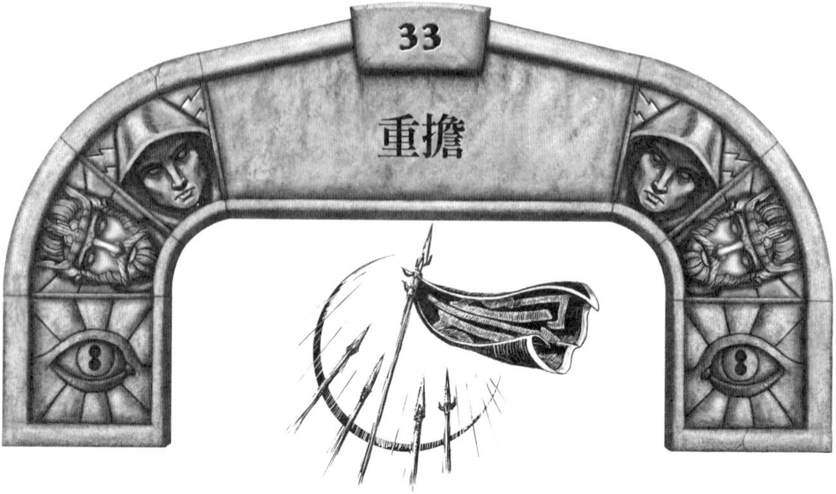

33 重擔

可是融合並非不可能，
它們的封波與我們的併合終能大成。
曾有人承諾可有此一天。
我們是否眞了解總和之解？
我們不質疑它們是否能接受我們，
而是我們是否膽敢再擁有它們。
——出自〈聆聽者靈之歌〉，第十節

卡拉丁跟著大雨一起落下。

他還完好的一隻手緊抓著殺手雪白的衣服。殺手脫手的碎刃在他身邊爆炸成水霧，兩人一起落向一百呎以外的地面。

卡拉丁體內的風暴幾乎要停止了。颶光太少！

殺手突然冒出更強大的光。

他有錢球。

卡拉丁深吸一口氣，颶光從殺手腰間的錢球袋子流向他。

颶光流入卡拉丁的同時，殺手也對他一踢。光用一隻手抓住不夠，卡拉丁被拋開了。

落地。

重重落地。沒有準備，沒有時間把腿彎起，只是直直撞向冰冷、潮溼的堅硬石頭，視線如閃電一般亂晃。

片刻後，他的視線清楚起來，發現自己躺在通往國王皇宮的斜坡底，一陣溫和的雨打在身上。他看向遠處牆壁上的洞。

他活了下來。

這些問題有了解答，他心想，掙扎地想在岩石上跪起。颶光已經在治療他右側身體被撕成碎片的皮膚。他的肩膀撞斷了一塊骨頭，但可以感覺一陣炙熱的痛楚漸漸歇息，顯示那裡正在癒合中。

然而他的右前臂還有手，在全身升騰的颶光照耀下，手仍然是死灰色，像是一排被掐熄的蠟燭，這部分的身體沒有發光。他感覺不到手，連手指都動不了，只能軟軟地垂著，被他捧著。

不遠的白衣殺手在雨中站直。他居然還能把腿彎起，有控制性、優雅地雙腳落地。這個人的經驗足以與能力匹配，使卡拉丁看起來就像菜鳥一樣。

殺手轉向卡拉丁，然後突然停下。他以卡拉丁不懂的語言輕聲說了幾句，語言充滿氣音、嘶長，有很多「噓」這類的聲音。

一定要動起來，趁他還沒召喚出碎刃，卡拉丁心想。可惜的是，他沒辦法壓制自己對於失去一隻手泛起的驚恐。他再也不能用矛了。再也不能治人了。他學會成為的兩種人，如今都不可能了。

除了……他幾乎可以感覺到……

「我綑綁了你嗎？」殺手以帶著口音的雅烈席語說，他的眼睛變黑，失去原先的藍色。「綁向地面？可是你為什麼沒摔死？不對，我一定是把你往上綑綁。不可能。」他往後退一步。

一瞬間的驚訝。一瞬間活下去的契機。也許……卡拉丁感覺到颶光在騷動，體內的風暴掙扎著、催促著。他一咬牙，用力一使勁。

顏色回到他的手上，還有感覺——冰冷的痛楚——突然充斥了他的手臂、手掌、手指。光開始從他的手中流出。

「不會的……」殺手說。「不會的！」

卡拉丁對於手的不知名處理吞噬了他體內大部分的颶光，充斥全身的颶光褪去，只留下一點光暈。他仍然跪著，一咬牙，拔出腰間的匕首，卻發現沒什麼力氣。他幾乎是手忙腳亂地才握好武器。

他把武器換到另一隻手。只能這樣。

他猛然站起，撲向殺手，*必須趕快攻擊他才有機會*。

殺手往後一跳，騰起足足有十呎高，白色衣服在夜空中撕裂。他以靈活的優雅落地，碎刃出現在他手中。「你是什麼？」他質問。

「跟你一樣。」卡拉丁說。他感到一陣噁心，卻強迫自己站挺。「逐風師。」

「你不可能是。」

卡拉丁握著匕首，幾絲剩餘的颶光從他的皮膚流出，雨打在他身上。

殺手慌亂地後退，眼睛睜得老大，彷彿卡拉丁變成了裂谷魔。「他們說我是個謊言！」刺客尖叫。「他們說我是個錯誤！賽司，法拉諾之孫賽司……無實之人！他們稱我為*無實之人*！」

卡拉丁盡量充滿威脅地向前一步，希望他的颶光能撐住，讓自己看起來更有威嚇性。他吐出氣，讓颶光在他身前噴出，在黑暗中隱隱發光。

刺客慌亂後退，踏入水窪。「他們回來了嗎？他們都回來了嗎？」他質問。

「是的。」卡拉丁說。

這個回答感覺是對的。至少這個回答能讓他活下去。

刺客又看了他一會兒，然後轉身逃開。卡拉丁盯著發光的身影快步奔跑，然後撲向空中，在一道光中往東方急速遁去。

「颶風的。」卡拉丁吐出了最後的颶光，癱軟在地。

❖

他漸漸恢復神智以後，西兒站在他身邊的岩石地面上，雙手扠腰。「你執勤時居然睡著了？」

卡拉丁呻吟一聲，坐了起來。他覺得極端虛弱，卻還活著。可以了。他舉起手，但是颶光消失以後，黑夜裡什麼都看不太見。

他可以動手指。整隻手跟前臂都在痛，卻是他感覺過最美妙的疼痛。

「我癒合了。」他低語，然後一陣咳嗽。「我被碎刃砍傷但還是癒合了。妳爲什麼沒跟我說還可以這樣？」

「因爲在你做到之前，我也不知道你可以啊，傻瓜。」她說得好像這是世界上最理所當然不過的事。接著她的聲音放柔了，「有人死去了。在上面。」

卡拉丁點頭。他能走路嗎？他勉強站起，緩緩地走到峰宮底部，朝另一邊的台階而去。西兒焦慮地繞著他飛。他的力氣隨著開始爬上台階一點一點地回來。他得停下來好幾次才能喘過氣，在路上他撕掉了外套的袖子，隱藏他被碎刃刺穿的事實。

他來到山頂。有一部分的他害怕發現所有人都死了。走廊很安靜。沒有喊叫，沒有守衛，什麼都沒有。他繼續走著，感覺只有他一個人，直到看到前面的光。

「停下！」一個顫抖的聲音喊話，是橋四隊的馬特。「你，在暗處的你！出示身分！」

卡拉丁繼續往前走，累到沒法回答。馬特跟摩亞許守著通往國王房間的門，還有一些來自國王衛隊的成員。他們看清是卡拉丁之後發出驚訝的呼喊，簇擁著他進入艾洛卡房裡的溫暖與光明。

他在這裡找到達利納跟雅多林——還活著，正坐在沙發上。艾瑟在處理他們的傷口，卡拉丁教過橋四隊裡幾個人基本戰場急救技術。雷納林軟在角落的一張椅子中，碎刃像垃圾一樣被他丟在腳邊。國王在房間來回踱步，與他的母親低聲交談。

一看到卡拉丁進來，達利納站起身，甩開艾瑟的照料。「全能之主的第十聖名啊，你還活著？」達利納近乎敬畏地問。

卡拉丁點點頭，然後坐倒在一張厚軟的皇族用椅上，不在乎自己身上的水或血是不是沾在上面。他發出輕聲的呻吟，一半是因爲看到他們全都安好而鬆了口氣，一半是因爲太累了。

「怎麼可能？」雅多林質問。「你摔了下去。我不太清醒，但我知道我看到你摔了下去。」

我是個封波師，卡拉丁心想，看見達利納望著他。我用了颶光。他想要這麼說，卻說不出口。他沒有辦法在艾洛卡跟雅多林面前這麼說。

颶風的。我眞是個懦夫。

「我把他抓得很緊。我不知道。我們在空中一直翻轉，落地的時候，我沒有死。」卡拉丁說。

國王點點頭，「你不是說他把你黏到天花板嗎？他們可能是飄下去的。」他對雅多林說。

「也許吧。」雅多林說。

「你落地以後，殺掉了他嗎？」國王充滿期盼地問。

「沒有，他跑走了。我想他很意外我們反擊得這麼好。」卡拉丁說。

「好？」雅多林問。「我們就像三個小孩用棍子攻擊裂谷魔一樣。颶父的！我這輩子沒被人揍得這麼慘過。」

「至少我們得到了預警。」國王的聲音聽起來仍然很慌張。「這個橋兵……他是個好保鏢。年輕人，我們會嘉獎你。」

達利納站起身，走過了房間。艾瑟幫他把臉擦乾淨，堵住了流血的鼻子。藩王左臉頰上有一道傷口，鼻子也斷了，不過達利納在軍中這麼久，一定不是第一次被人打斷鼻子，這些都是看起來比實際上更慘的傷口。

「你怎麼知道的？」達利納說。

卡拉丁與他對望。他身後的雅多林轉過頭來，瞇起眼睛，低頭看著卡拉丁的手臂，皺著眉頭。

那個人看到了什麼，卡拉丁心想。他跟雅多林之間的麻煩事還不夠多嗎。

「我在外面的空中看到有光在動，所以只是跟隨直覺行動。」卡拉丁說。

不遠處的西兒衝入房間，刻意看著他，朝他皺眉。可是他沒有說謊。他確實在夜晚中看到一點光亮。她的光亮。

「這麼多年以來，我一直不相信那些目擊證人說，看到殺害我兄長的人飛簷走壁，其他人跌倒時是往上飛而不是往下掉……全能之主在上。他到底是什麼東西？」

「死神。」卡拉丁低語。

達利納點點頭。

「爲什麼他現在回來了？」娜凡妮走到達利納身邊。「都過了這麼多年？」

「他想要奪走我。」艾洛卡背朝著他們說，卡拉丁可以看到他手中握著杯子。他喝下杯中物，立刻又從旁邊的壺裡倒滿。深紫色的酒。國王的手邊倒邊抖。

卡拉丁與達利納對視。藩王聽到了。這個賽司不是衝著國王來的，而是達利納。

達利納沒有糾正國王，所以卡拉丁也沒說什麼。

「如果他回來，我們該怎麼辦？」雅多林問。

「我不知道。」達利納在他兒子身邊坐下。「我不知道……」

照顧他的傷口。卡拉丁父親的聲音在他心中低語，身爲醫生的他被敦促。縫合那邊臉頰，重新固定鼻梁。

他有更重要的任務。卡拉丁強迫自己起身，雖然他覺得身體像是扛起鉛塊般沉重，但還是從門邊的士兵那裡拿過一柄矛。「爲什麼走廊這麼安靜？」他問摩亞許。「你知道僕人們在哪裡嗎？」

「是藩王下令的。」摩亞許朝達利納點點頭。「達利納光爵派了兩個人去僕人住的區域，要所有人離開。他認爲如果殺手回來，也許會立刻開始不顧對象殺人。越多人離開皇宮，死傷就越小。」

卡拉丁點點頭，取下一盞錢球燈，走到走廊。「等等。我得先去做一件事。」

❖

雅多林軟在沙發上。那個橋兵走了。卡拉丁當然沒解釋自己要去幹什麼，也沒請國王容許他告退。颶風的，那傢伙似乎覺得自己比淺眸人還要高等。不對，那颶風的傢伙似乎覺得自己比國王還要高等。

有一部分的他在說，他可是跟你一起並肩作戰過。有多少人，無論是淺眸或深眸，能這麼堅定不移地與碎刃師對抗？

雅多林心煩意亂地看著天花板。他一定看錯了。他從天花板摔下來時，腦子不清醒。殺手不可能眞的用碎刃刺穿了卡拉丁的手臂吧？畢竟那橋兵的手臂看起來似乎完全沒事。

那他的袖子爲什麼不見了？

他跟殺手一起摔下去了，雅多林心想。他跟對方打過一場，看起來像是受傷，但是實際上沒有。這是一場騙局嗎？

別再想了，你會變得跟艾洛卡一樣疑神疑鬼，雅多林心想，瞥向國王，後者正臉色發白地盯著空酒杯。他眞的把酒壺喝光了？艾洛卡走向臥室，那裡會有更多酒等著，所以他拉開了門。

娜凡妮驚喘一聲，國王立刻停下腳步。他轉頭看向門。木頭的背面被刀刮傷，扭曲的線條組成一系列符文。

雅多林站起身。有幾個符文是數字，對不對？

「三十八天。所有國家的終結。」雷納林唸出。

❖

卡拉丁疲累地順著皇宮走廊前行，依照之前的路徑重新走過一遍。往餐廳的方向，走入走廊，牆壁上有個通往虛空的大洞。經過達利納灑在地板上的血，來到路口。

貝德的屍體躺在那裡。卡拉丁跪下，翻過屍體。他的眼睛被燒光了。那雙空洞的眼睛上方，是卡拉丁所設計，代表自由的刺青。

卡拉丁閉上雙眼。我對不起你，他心想。這名開始禿頭的方臉男人熬過了橋四隊，還參與了拯救達利納的軍隊。他熬過了地獄，卻倒在這裡，被一個擁有不該有的力量的殺手殺死。卡拉丁痛苦地沉吟。

「他爲了保護別人而死。」西兒說。

「我應該能讓他們活下去。我爲什麼不直接放他們自由？我爲什麼把他們帶向這個責任，帶向更多死亡？」卡拉丁說。

「總是有人要戰鬥，總是有人要去保護別人。」

「他們做得已經夠多了！他們流了該流的血。我應該驅逐他們所有人，達利納可以去找別的保鏢。」

「他們做出了選擇，你不能奪走他們選擇的權力。」西兒說。

卡拉丁跪倒在地，掙扎著想要控制他的悲傷。

你必須學會什麼時候該關心，什麼時候該放手。你會長出繭的。他父親的聲音說。

他從來沒有成功過。颶風的自己，從來沒有成功過。所以他絕對無法成爲優秀的醫生，他沒有辦法失去病患。

現在，現在他殺了人以後呢？現在他是個士兵了以後呢？這一切又有什麼意義？

他痛恨自己爲什麼這麼擅長殺戮。

他深吸一口氣，艱辛地重新控制住自己。「他可以做到我力不能及的事。」他終於開口，睜開眼睛，看向西兒，她站在離他不遠的空中。「是因爲我還有更多需要說的箴言嗎？」

「是還有更多，可是我覺得你還沒有準備好。無論如何，我想你已經可以做到跟他一樣的事，只需要練習。」西兒說。

「他怎麼學會封波術的？妳說那個殺手沒有靈。」

「沒有任何榮譽靈會讓那種東西得到可以讓他肆意屠殺的能力。」

「人類的觀點有可能不同。」卡拉丁努力不讓聲音透露出情緒，一面把貝德的臉轉回朝下，不讓自己再去看那雙被燒空的眼睛。

「如果榮譽靈認爲這個人做的事情是對的呢？妳給了我屠殺帕山迪人的能力。」

「那是爲了保護。」

「在帕山迪人眼中，他們是在保護自己的同類。對他們來說，我是挑起紛爭的那一方。」卡拉丁說。西兒坐下，雙手環抱膝蓋。「我不知道，也許吧。可是沒有別的榮譽靈在做跟我一樣的事。我是唯一一個不聽話的。但他的碎刃……」

「怎麼了？」卡拉丁問。

「它不一樣。非常不一樣。」

「我看起來覺得很正常，如果碎刃這種東西還有所謂的正常。」

「它不一樣。」她再次重複。「我覺得我應該知道爲什麼，跟他呑食的颶光量有關……」

卡拉丁站起身，然後順著側邊的走道走去，舉高了他的燈。裡面是藍寶石，牆壁因此變成藍色。殺手用他的碎刃切出了洞，進入走廊，然後殺死貝德。可是有兩個人被卡拉丁派去。

沒錯，又一具屍體。霍伯，是橋四隊救的第一批人其中一個。去他颶風的殺手！卡拉丁記得當初這個人被其他人丟在台地上等死，是他救了這個人。

卡拉丁跪倒在屍體邊，把它翻了過來。

發現它在哭泣。

「我……我……對不起。」霍伯激動得幾乎說不出話來。「對不起，卡拉丁。」

「霍伯！你還活著！」他注意到霍伯制服的褲腿在大腿一半的地方被劃破。在布料下，霍伯的雙腿是灰黑的、枯槁的，像卡拉丁之前的手臂。

「我甚至沒有看到他。那個人把我砍倒，然後刺穿了貝德。我聽到你們打鬥的聲音，我以爲你們都死掉了。」

「沒關係，你沒事就好。」卡拉丁說。

「我感覺不到我的腿。我的腿沒了。長官，我已經不是士兵了。我現在沒用了，我——」

「不對。」卡拉丁堅定地說。「你還是橋四隊的人。永遠都是。」他強迫自己微笑。「就讓大石教你煮飯。你燉菜的技巧怎麼樣？」

「很差，長官。我連清湯都可以煮焦。」霍伯說。

「那你的手藝絕對跟大多數軍隊廚師差不多。來吧，我們回去找其他人。」卡拉丁將雙臂托在霍伯身下，想要把他抱起來。

他的身體卻不肯答應。他不由自主地呻吟出聲，又把霍伯放了下來。

「沒關係，長官。」霍伯說。

「有。」卡拉丁吸入提燈裡一枚錢球的光。「有關係。」他再次施力，抬起霍伯，把橋兵抱回其他人身邊。

34 鮮花與蛋糕

我們的神靈生於靈魂碎片，
出自那位，想要掌控一切，
毀滅眼中所見之處大地，充滿怨氣。
那是他的靈，他的天賦，他的代價。
但夜晚形體提及未來的生命。
一個有敵手的勇者挺身而出。
一場連他都必須回敬的狠鬥。

——收錄於〈聆聽者祕密之歌〉，最後一節

太恩光主，法蘭藩王可能已經死了，我們的情報來源並不確定。他的健康情況一直不好，現在傳言他的病況終於失控，不過他的軍隊正在準備完全進駐費德納，所以如果他死了，他的私生子應該會繼續假裝他還活著，信蘆寫著。

紗藍往後一靠，不再看繼續書寫的信蘆。它不靠任何外力，自行移動，跟太恩在塔西克某處的同僚手中握著的信蘆是一對。颶風過後，他們正式紮營，紗藍去了太恩豪華的帳棚。空氣中仍然帶著雨的氣味，帳棚的地面滲入了一些雨水，讓太恩的毯子被泡溼了。紗藍很後悔自己沒有穿那雙過大的靴子，而是選了薄鞋。

如果藩王死了，對她的家族有何影響？在她父親死之前，藩王是主要麻煩來源之一，她的家族也爲了結交盟友以博得藩王的歡心，或是爲了推翻他而陷入重大的債務危機中。王位爭奪戰也許會威脅到她家族的債權人，讓他們去向她的哥哥們逼債。或者在一團混亂中，他們會內鬥到忘記紗藍的兄弟跟這渺小的家族。鬼血呢？繼位之戰會讓他們出現還是消失，前來追討或放棄魂器？

颶父啊！她需要更多消息。

信蘆繼續移動，寫下對賈・克維德王位有野心的一連串名字。「妳跟這些人之中的哪些有交情？」太恩問，雙手環抱胸前，思索地看著名單。「這個情況也許能幫助我們。」

「我對這些人來說不夠重要。」紗藍苦著臉說。這是事實。

「我們也許還是會回去賈・克維德。妳了解那裡的文化、人民，很有用。」太恩說。

「那是戰場！」

「戰場就是絕望，絕望就是育養我們的乳汁，孩子。一旦我們跟著妳在破碎平原得手，說不定再吸收一兩個成員，我們也許可以去看看妳的家鄉。」

紗藍立刻感覺到一陣罪惡感。根據太恩的說詞，還有她說的那些故事，紗藍明白她經常會選擇庇護紗藍這樣的人，一個學徒、可以培養的對象。紗藍懷疑有部分原因是因爲太恩喜歡身邊有個崇拜她的人。

她的人生一定很寂寞，紗藍心想。不斷地遷徙，不斷地有機會就抓住，卻什麼都沒有得到，除了偶爾碰上一個她可以培育的年輕盜賊……

一道奇怪的影子照在帳棚牆壁上。是圖樣，不過紗藍會注意到它，只是因爲她知道要怎麼看出它的蹤跡。如果它願意，基本上是沒有人能看得到它的，但是它跟一些靈不一樣，不能完全消失。

信蘆繼續書寫，更清楚地告訴太恩幾個國家中的不同狀況。之後，它寫了一句奇特的話。

我向破碎平原的情報來源查了一下，妳問的那些人的確是亡命之徒。大多數是曾隸屬於薩迪雅司藩王的軍隊成員，他對逃兵一向不寬待，筆如此寫著。

「這是怎麼回事？」紗藍從椅子上站起來，仔細去看筆寫下的內容。

「我之前提過，我們得討論這回事。」太恩替信蘆換紙。「我一直跟妳解釋過好幾次，我們這樣的人生會需要做出一些很冷酷的事情。」

筆繼續寫，叫做法達的那個領頭人，價值四枚祖母綠布姆賞金，其他人則是一人兩布姆。

「賞金？我答應過這些人！」紗藍質問。

「噓！蠢孩子，隔牆有耳。妳想害死我們，就讓他們聽到這個對話吧。」太恩說。

「我們絕對不會把他們交出去換賞金。太恩，我承諾過了。」紗藍放輕了聲音說。

「妳承諾過？」太恩大笑。「小妞，妳以爲我們是什麼人？妳的承諾算什麼？」

紗藍漲紅臉。桌上的信蘆繼續寫著，完全不知道她們已經沒在看，它寫的跟太恩之前的一個案子有關。

「太恩，法達跟他的人可以變得有用。」紗藍說。

太恩搖搖頭，走到帳棚旁邊，替自己從酒囊裡倒了一杯。「妳應該因爲妳在這裡的成就而驕傲。妳幾乎沒有經驗，卻掌控了三個不同的團體，讓他們奉妳這樣一個身上幾乎半枚錢球都沒有、也完全沒有權勢的人爲主，實在太高明了！

「可是重點是，我們說的謊言，我們創造的夢想，都不是眞的。我們不能讓它成眞。這也許是妳必須學會、最困難的一課。」她轉身面對紗藍，表情變得冷酷，所有輕鬆戲謔的神色消失。「一個優秀的女騙子之所以會死，通常都是因爲她開始相信自己的謊言。她找到了一個好機會，希望讓它繼續下去。她一直維持著，覺得自己可以撐得住。再一天就好，她告訴自己，再一天就好，然後……」

太恩放開酒杯。酒杯落地，酒水在帳棚地面跟太恩的地毯上潑出一片血紅。

紅色的地毯……曾經是白色的……

「妳的地毯……」紗藍感覺全身麻木。

「妳覺得我離開破碎平原時，還要帶著地毯走嗎？」太恩低聲問，跨過灑出的酒水，抓住紗藍的手臂。「妳覺得我們能帶走這些嗎？這都是沒有意義的東西。妳對這些人說了謊。妳替自己搭起了一個舞台，等到明天，我們進入戰營時，眞相會往妳臉上甩個大耳光。

「妳眞的覺得妳能替這些人求到赦免嗎？對象還是薩迪雅司藩王那樣的人？別傻了。就算騙得過達利納，難道妳想要把我們捏造出來的這一點可信度，浪費在解放達利納政敵追緝的殺人逃犯身上？妳覺得妳能騙多久？」

紗藍坐回凳子上，心神激動。一部分是因爲太恩，一部分是自己。她應該要料到太恩會背叛法達跟他的人，她早就知道太恩是什麼樣的人，卻還迫不及待地讓太恩教導她。說實在的，法達跟他的人也許應該被懲罰……

可是這不代表紗藍會背叛他們。她告訴過他們，他們可以改變。她承諾過。

謊言……

學會說謊，不代表就得讓謊言掌控。可是她要怎麼樣保護法達又不疏離太恩呢？她能辦到嗎？

如果紗藍眞的能證明自己是跟達利納・科林的兒子有婚約的女人，太恩會怎麼做？

妳覺得妳能騙多久……

「好了，這下有點好消息了。」太恩露出大大的笑容。

紗藍從沉思中驚醒，瞥了一眼信蘆寫出的內容。

關於妳在艾米迪拉頓的任務，我們的雇主寫信來說他們很滿意。他們想要知道妳是否取得了情報，但我認爲這對他們來說是次要的。他們說漏了嘴，情報已經從別處取得，內容是關於某個他們在研究的城市。

以妳的部分來說，沒有任何消息顯示目標倖存。妳對於任務失敗的擔憂似乎是多慮了。無論船上發生了什麼事，對我們都是有利的。根據報告，隨風號沉入海中，所有水手罹難。加絲娜·科林已死。

加絲娜·科林已死。

紗藍吃驚地張大嘴。那……不是……

「也許那些白癡眞的得手了，看樣子他們會付我錢。」太恩滿意地說。

「妳在艾米迪拉頓的任務是刺殺加絲娜·科林。」紗藍低聲說。

「應該說是操作整個計畫。」太恩心不在焉地說。「我原本也想親自去，但實在受不了坐船。海上上下下的，我會吐個乾淨到……」

紗藍說不出話。太恩是殺手。太恩是刺殺加絲娜·科林的幕後黑手。

信蘆還在寫。

……有一些有意思的消息。妳問了賈·克維德的達伐家族處境如何。看起來加絲娜在離開卡布嵐司之前，接受了一名新學生……

紗藍朝信蘆伸手。

太恩握住她的手，看完最後幾行字之後，眼睛睜得老大。

……一個叫做紗藍的女孩。紅頭髮，皮膚白皙，沒有人知道太多她的事。我們的情報來源似乎不覺得很重要，必須要我追問才有細節。

紗藍跟太恩同時抬起頭，兩人對望。

「啊，地獄的……」太恩說。

紗藍想要抽出手，但是發現自己被拖起來，她還來不及反應，太恩便立刻將她面朝下地壓住。女人的靴子踩到紗藍背上，讓她一口氣喘不上來，整個身體受不了突來的刺激，眼前一黑，掙扎著要吸入空氣。

「地獄的，地獄的！妳是科林的學生？加絲娜呢？她活著嗎？」太恩說。

「救命！」紗藍沙啞地說，努力朝帳棚的牆壁爬去，幾乎說不出話。

太恩跪上紗藍的背，再次擠壓出她肺裡的空氣。

「我要我的人把帳棚附近的範圍清空了，我擔心妳會告訴那些逃兵，我們要把他們交出去。颶父的！」太恩跪倒，身子靠近紗藍的耳朵。紗藍掙扎，太恩一手抓住她的肩膀，大力捏住，「加絲娜，活著、嗎？」

「沒有。」紗藍低聲說，痛得流下眼淚。

「妳應該知道，這艘船上有兩間非常精緻的艙房，是我花了不少錢爲我們兩人訂的。」加絲娜的聲音在她們身後響起。

太恩咒罵一聲，跳起來轉身去看到底是誰在說話。當然是圖樣。紗藍看都沒看它，直接朝帳棚牆壁衝去。法達跟其他人在外面某處，如果她可以——

太恩抓住她的腿，把她用力往回拖。

我逃不掉，腦子裡的本能在想。紗藍心中一陣驚慌，又變回當年完全手無縛雞之力的自己。她父親越發毀滅性的暴烈，崩壞的家庭。

無能爲力。

逃不掉，逃不掉，逃不掉……

要爭。

紗藍用力把腿從太恩手中抽出，撲向那女人。她絕對不要再有那種無能爲力的感覺。絕對不可以！

太恩驚呼，受到紗藍不計一切、使盡全力的攻擊。十指撓抓、憤怒、狂亂的攻擊。一點效果都沒有。

紗藍根本不知道該怎麼與人搏鬥，沒兩下又痛得倒在地，太恩的拳頭埋在她的肚子裡。

紗藍跪倒在地，臉上都是眼淚，徒勞無功地想要吸入空氣。太恩往她的頭側重擊一拳，讓她眼前一陣發白。

「那是誰說的？」太恩說。

紗藍眨著眼，抬頭，視線模糊。她又倒在地上了。她的指甲在太恩臉頰上留了一串血痕。太恩伸手摸去，手指上一片血紅，臉色頓時變得猙獰，朝桌子伸出手，上面放著收在劍鞘裡的劍。

「眞是一團亂。颶風的！我得把那個法達弄進來，想辦法推到他頭上。」太恩咆哮，抽出劍。

紗藍努力地跪起，想要站立，可是她的腿站不穩，房間不斷亂轉，彷彿她還在船上。

「圖樣？圖樣？」她沙啞地說。

她聽到外面有動靜。有喊叫聲？

「對不起。」太恩的聲音冰冷。「我必須了結整件事。其實，我很以妳爲傲。妳騙過了我。妳在這方面，眞的很有一套。」

冷靜點，紗藍告訴自己。要冷靜！

十下心跳。

可是對她來說，不需要十下，對不對？

不行。一定要十下。時間，我需要時間！

她的袖子裡有錢球。太恩靠近時，紗藍猛然吸氣，颺光變成她體內的一陣風暴，她舉起手，推出一道光。她沒辦法讓光凝聚成形狀——她還沒學會——但有一瞬間，光似乎形成了一個模糊的紗藍，像是宮廷中權勢滔天的女子，驕傲地挺立。

太恩看到光影的投射，頓時停下腳步，然後在面前揮動著劍。颺光一陣蕩漾，消散成煙霧。

「原來我發瘋了，幻聽、幻象都出現了。想來一部分的我並不想這麼做。」她往前進，舉起劍。「我很遺憾妳需要用這種方法來學到這一課。小妞，有時候我們必須做我們不喜歡的事情，困難的事情。」

紗藍低吼，雙手前推，一陣白霧在她手中扭動翻轉，最後形成一柄晶亮的銀色碎刃，刺穿太恩的胸口。女人幾乎來不及驚呼出聲，頭顱中的眼睛已經被燒焦。

太恩的屍體從劍上滑下，癱軟成一團。

「困難的事情。」紗藍低吼。「沒錯。我相信我跟妳說過，這一課我已經學過了。謝謝。」她搖搖晃晃地站起身。

帳棚門帘猛然被掀開。紗藍轉身，舉著碎刃劍尖朝向門口。法達、加茲，還有其他幾個士兵猛然停步、撞成一團，手上的武器滿是鮮血。他們看看紗藍，又看向地上眼睛被燒焦的屍體，然後再看向紗藍。

她覺得自己整個人都麻木了。她只想驅散碎刃，把它藏起來。太可怕了。

可是她沒有。她碾壓過這樣的心情，深深藏起。此時此刻，她需要掌握強大的力量，這把武器最合適。就算她如此痛恨它。

「太恩的手下呢？」那是她的聲音嗎？這麼冷硬，完全沒有情感？

「颶父的！」法達進入帳棚，手按著心口，看著碎刃。「那天晚上，妳對我們懇求時，妳可以殺了我們所有人，還有那些土匪。妳可以自己動手殺了——」

「太恩的手下呢！」紗藍大吼。

「都死了，光主。」阿紅說。「我們聽到……聽到一個聲音。叫我們來找妳，他們卻不讓我們通過。接著我們聽到妳尖叫，然後——」

「那是全能之主的聲音嗎？」法達悄聲問。

「那是我的靈，你們只需要知道這麼多。把這個帳棚搜一遍，這個女人是被僱來刺殺我的。」某種程度上，這是實話。「也許帳棚裡有資料，提到是誰僱用她的。只要有文字的東西，全部都帶來給我。」

他們慌亂地進入房間開始動手尋找，紗藍在桌子旁邊的木凳上坐下。信蘆仍然等在那裡，懸浮著，停在紙張的底部。它需要一張新紙。

紗藍驅散了碎刃。「不要把你們看到的事告訴其他人。」她跟法達跟他的人說。雖然他們連忙保證，但是她懷疑他們的保證能維持多久。碎刃是近乎神話中的物品，況且還被女人掌握？一定會有流言傳出去。真是屋漏偏逢連夜雨。

*妳是因爲那受詛咒的東西才活著。*她告訴自己。*再說一次。不要抱怨。*

她拿起信蘆，換了張紙，把它放在角落。片刻後，太恩遠處的同夥又開始書寫。

*艾米迪拉頓那件案子的雇主想要見妳，*筆寫著。*鬼血似乎有別的任務要交給妳。妳要我替妳在戰營裡安排跟他們見面嗎？*

筆停在原處，等待回應。信蘆剛寫了什麼？那些人，太恩的雇主；那些鬼血，找到了他們需要的情報……關於一座城市的情報。

兀瑞席魯。那些殺了加絲娜、威脅她家人的人，也在尋找那座城市。紗藍凝視著紙張跟上面的字良久，後頭法達跟他的人開始翻找箱子，敲著側面好尋找夾層。

妳要我替妳在戰營裡安排跟他們見面……

紗藍拿起信蘆，改變法器的設定，寫下一個字。

好。

間曲

伊尚尼◆薩賀◆塔恩

I-5

颶風騎士

在納拉克城中，大家都緊緊關起窗戶，因爲夜色降臨，颶風逼近。他們在門框下面塞妥破布，架好門栓，厚重的方形擋風板被用力槌入窗框中。

伊尚尼沒有加入準備的行列，而是站在度德的住所外面聽他的回報——他剛和雅烈席卡那邊的人討論和談後回來。她原本更早之前就想派人去，但是五人小組故意拖延、抱怨連連，直到伊尚尼想把他們五個人都掐死爲止。至少他們最後終於同意讓她派使者前去。

「七天以後。會談在中立台地上進行。」度德說。

「你看到他了嗎？那個黑刺？」伊尚尼迫不及待地問。

度德搖頭。

「另一個呢？那個封波師？」伊尚尼問。

「也沒看到。」度德一臉擔憂地看向東邊。「妳最好快走。我可以在颶風過去以後再告訴妳更多細節。」

伊尚尼點點頭，一手按在朋友的肩膀上。「謝謝。」

「祝妳好運。」度德以決心節奏說。

「祝我們好運。」她回答之後，他關上門，留她獨自在一座黑暗、似乎空無一人的城市裡。伊尚尼檢查了一下背上的颶風盾，然後拿出口袋裡的寶石，裡面是凡莉抓到的靈，然後與決心節奏同步。

時間到了。

她跑向颶風。

決心是一種莊嚴的節奏，讓人感覺穩定中逐漸升高的重要性跟力量。她離開納拉克，到了第一道裂谷後，用力一跳。只有戰爭形體有這樣的跳躍力量，其他要去別的台地還有種植食物的工人會使用繩橋，能在每次颶風來臨前收起來。

她穩定地落在對面，腳步伴隨決心前進。颶風牆在遠方出現，在黑暗中幾乎看不清。風越來越強，推擠著她，彷彿要制止她前進。天上的風靈隨著旋風穿梭跳舞，預兆著即將到來的事物。

伊尙尼跳過另外兩道裂谷，然後慢下腳步，走到矮山丘的山頂。颶風牆如今佔據了整個夜空，以驚人的速度前進，一片巨大的黑暗混合垃圾與雨水，是由水、岩石、灰燼、斷裂植物交織而成的旗幟。伊尙尼解下她背上的巨大盾牌。

對於聆聽者而言，進入颶風帶著某種浪漫性。沒錯，颶風很可怕，可是每個聆聽者都需要獨自在颶風中過上好幾夜。歌謠說尋找新形體的人會被保護，她不確定這是幻想還是事實，可是歌謠沒有阻止大多數聆聽者藏在石牆裂縫中躲避颶風牆，然後在第一波破壞經過後，走入颶風。

伊尙尼喜歡用盾牌。感覺比較像是正面面對騎士。這個，颶風的靈魂，被人類稱爲颶父——它不是她這一族的神明，事實上歌謠稱呼它是叛徒——一個選擇去保護人類而不是聆聽者的靈。

可是她的族人尊敬它。它會殺死任何不尊敬它的人。

她把盾牌的底部放在地上一塊凸起的岩石邊緣，然後用肩膀抵著盾牌，低下頭，一腳抵著岩石，一手握著裝靈的石頭。其實她寧可穿碎甲，但不知道爲什麼，碎甲會干擾變形過程。

她感覺到也聽到颶風逼近。大地搖晃，空氣怒吼，破碎的苖子被冷風吹動，掃過她的身體，就像是猛撲向前的軍隊前鋒，咆哮的風聲就是它的戰吼。

她緊閉起眼睛。

它重重地擊中了她。

雖然她已選擇了姿勢也繃緊了肌肉，還是有東西擊中了盾牌，把盾牌掀飛。狂風抓住盾牌，從她手中拔走。她往後退了幾步，然後撲向地面，肩膀迎向風，低著頭。

雷聲擊打著她，憤怒的狂風想要把她從台地上扯起、丟入空中。她緊閉著眼睛，在颶風中一切都是漆黑的，只有幾道閃電起落。她不覺得自己受到任何保護。她的肩膀抵著勁風，縮在一塊岩石後面，感覺風用盡了全力想要毀滅她。碎石摩擦著附近黑暗的台地，搖晃著大地。她只能聽到風聲，偶爾還會被雷聲打斷。

一首沒有旋律、可怕的歌。

她讓自己與決心同調。就算她聽不到，至少還可以感覺得到。

雨水像是箭頭一樣射中她，又被她的頭盔還有盔甲彈開。她咬著牙抵抗深入骨髓的寒意，留在原地。她之前這麼做過很多次，無論是變形，或是偶爾針對雅烈席人的突襲。

她可以活下去。她會活下去。

她攀抓著岩石，注意力集中在腦中的韻律，而暴風則努力想要將她從台地上推下。凡莉過去的伴侶，戴米開始鼓吹想要變形的人先待在建築物裡，直到颶風已經進行了一段時間再行動。他們要等到第一波的颶風肆虐過去之後才出來，因爲誰都不知道變形的時刻何時會來臨。

伊尚尼從來沒有嘗試過。颶風非常暴力，很危險，但也是探索的機會。在颶風中，熟悉的感覺變成某種偉大、恢宏、可怕的存在。她不期待進入颶風的時刻，但是她必須進去時，總會覺得這個經驗很刺激。

她抬起頭，閉起眼睛，臉朝向風，感覺風吹向她、搖晃她，感覺到雨水打在她身上。颶風騎士是個叛徒——但是叛徒在成爲叛徒之前，是個朋友。這些颶風屬於她的族人。聆聽者是颶風的一部分。

她意識中的節奏改變。一瞬間，所有節奏都合而爲一，變成一致。無論她選擇與哪一個節奏同調，她可以聽到同樣節奏——穩定、單一。像是心跳。這一瞬間來臨了。

颶風消失了。風，雨，聲音……消失了。伊尙尼站起身，全身溼淋淋，肌肉冰冷，皮膚失去所有感覺。她搖搖頭，身上水花飛濺，抬頭看著天空。

那張臉的確在。巨大、無盡。人類們經常提到他們的颶父，可是他們從未像聆聽者那樣認識過它：與天空一樣寬廣，眼睛充滿無數的星星。伊尙尼手中的寶石猛然綻放出光芒。

力量，能量。她可以想像力量竄過她身體，充實她、讓她活了起來。伊尙尼將寶石砸向地面，擊碎了它，釋放靈。她很努力要抓到正確的感覺，正如凡莉所訓練的那樣。

這真的是妳要的嗎？聲音像是雷聲一樣在她體內震蕩。

騎士對她說話了！這種事在歌謠中會發生，可是從來……從來沒有……她與感謝同調，但現在這一切都是同樣的節奏了。

跳。跳。跳。

靈從牢籠中逃離，繞著她，散發出奇異的紅光，幾絲閃電從它身上冒出。怒靈？

不對。

我想這是注定的，它一定會發生，颶風騎士說。

「不。」伊尙尼退開靈身邊。在驚慌中，她的意識放棄了凡莉告訴她的準備方式。

「不！」

靈變成一道紅光，擊中了她的胸口，幾絲紅線往外擴散。

我沒有辦法阻止這件事。孩子，如果我有這個能力，我會庇佑妳。對不起。颶風騎士說。

伊尚尼驚呼，節奏從她腦中消失，她跪倒在地，感覺形體的變換席捲過全身。

對不起。

大雨再次來臨，她的身體開始改變。

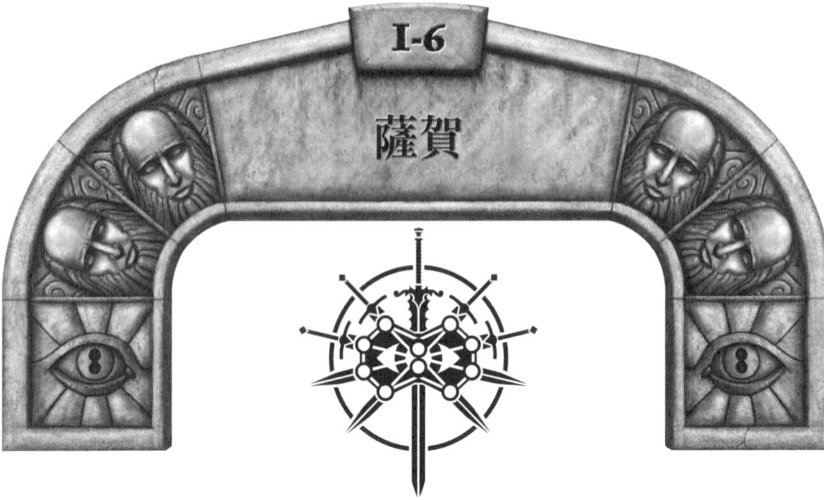

有人靠近。

薩賀醒了過來，猛地睜開眼睛，立刻知道有人靠近了他的房間。

該死的！現在是半夜，如果又是一個他拒絕過、被寵壞的淺眸小孩……他嘟囔一聲，下了床。我老了，老得處理不動這種事。

他拉開門，門外是夜色中的訓練場。空氣很溼潤。噢，對，又有颶風來了。投入劍柄，再找一個地方刺進去。該死的東西。

一個年輕人正舉起手要敲門，卻被突然打開的門嚇得往後一跳。卡拉丁。那個橋兵變成的保鏢。身邊有個靈，薩賀可以感應到它老是在到處亂轉。

「你看起來跟死神一樣。」薩賀沒好氣地對男孩說。卡拉丁的衣服上滿是鮮血，半身的制服都扯爛了，右邊的袖子消失不見。「發生了什麼事？」

「有人刺殺國王。」男孩輕聲說。「還不到兩個小時以前。」

「噢。」

「我還可以接受你的提議，學習如何與碎刃作戰嗎？」

「不行。」薩賀重重甩上門，轉身走回床榻。

當然，男孩把門推開了。該死的禿驢。覺得自己是別人的所有物，自己什麼都不能擁有，所以就覺得連門也不用上鎖了。

「拜託你。」男孩開口。「我——」

「小子。」薩賀轉身看他。「這房間裡住著兩個人。」

男孩皺眉，看向唯一的一張床榻。

「第一個，是態度凶惡，但心裡卻會為那些快要撐不住的孩子留一塊溫暖的劍客，他在白天出現；另一個，是態度非常非常凶惡的劍客，他認為世界上的一切跟所有人都徹底令人厭惡，當有哪個可惡的白癡把他在半夜最糟糕的時間挖起來時，他就會出現。我建議你去問第一個人，而不是第二個，明白嗎？」

「好，我會回來。」男孩說。

「很好。」薩賀坐倒在床上。「還有，不要一長出來頭就青了。」

男孩停在門邊。「不要……呃？」

什麼爛語言，薩賀邊想，邊爬回床上。連個可以用的譬喻都沒有。「把你那種不受教的態度放在一旁，帶著認真學習的心來。我最討厭把比我小的人揍一頓，這會讓我覺得自己在欺負人。」

男孩嗯了一聲，把門關起來。薩賀把他的毯子拉了起來——該死的禿驢只有一條毯子——在床上翻個身。快睡著時，他以為會有聲音在他腦海中說話。

當然，沒有的。

很多年沒有了。

曾經燃燒卻消失的火焰。曾經只有他感覺得到，別人無感的灼熱。沒有別人聽到，只有他發出的慘叫。最極致的折磨，因爲那意味著生命。

「他一直這樣呆呆地看著，陛下。」

語言。

「他似乎什麼都沒看見。有時候會唸叨兩句，有時候會大喊，可是一直就是這樣呆呆地看著。」

天賦跟語言。不是他的。從來都不是他的。現在是他的。

「颶風的，挺詭異的吧？陛下，我一路上都得跟這東西同一輛車。一半時間聽他在棚車後面胡言亂語，剩下時間總感覺他盯著我的後腦杓看。」

「智臣呢？你提到了他。」

「陛下，他一開始還跟我在一起，但是第二天的時候他說他需要一塊石頭。」

「一塊……石頭。」

「是的，陛下。他跳下棚車，找到了一塊，然後，呃，拿著石頭敲了一下自己的腦袋，陛下。他敲了三四次，然後帶著古怪的笑容回到棚車上，然後說……說……」

「說什麼？」

「他說，他需要，呃，我特別背下來好告訴你。他說：『我需要一個客觀的參照情況來評斷你提供的陪伴品質，我將之定位在大概第四到第五下敲擊之間。』我其實不太了解他的意思，長官。我認爲他可能在取笑我。」

「挺有可能的。」

他們爲什麼不慘叫？這麼熱！死亡的熱。死亡還有死者還有他們的說話沒有慘叫著宣告死亡只宣告沒有來臨的死亡。

「陛下，之後，智臣就、就、就跑了。跑到山裡。跟那些颶風的食角人一樣。」

「波丁，你不需要去了解智臣，那只會讓你痛苦而已。」

「是的，光爵。」

「我喜歡這個智臣。」

「我們都知道，艾洛卡。」

「說實話，陛下，我寧可讓那個瘋子陪我。」

「那是當然的。如果其他人喜歡跟智臣在一起，那他還算得上什麼弄臣呢？」

他們都燒起來了。牆壁都燒起來了。地板都燒起來了。燃燒還有在一個不能在的地方裡面然後是無所不在。在哪裡？一個旅程。水？輪子？

火。對，火。

「瘋子，你聽得到我說話嗎？」

「我是塔勒奈．艾林，戰爭神將。」聲音。他說了。他不相。語言自己會出現，就像它們總會出現。

「你說什麼？說大聲點。」

「回歸的時刻，寂滅時代，就要來臨了。我們必須準備。你們已經遺忘了許多，在歷經過去時代的摧毀之後。」

「艾洛卡，我覺得我能聽得懂一些。是雅烈席語。北方的口音。沒想到皮膚這麼黑的人會說這種口音。」

「瘋子，你的碎刃是從哪裡來的？告訴我。大多數碎刃都是代代相傳，傳承跟歷史都有明確記載。但這把碎刃完全沒有人知道來歷。你是從誰手中奪走的？」

「卡拉克會教你們灌澆青銅，如果你們已經忘記了。我們會直接用魂術替你們製造大塊的金屬。我眞希望我們能夠教會你們鑄造鋼，但是澆灌比冶煉要簡單得太多，而且你們必須有我們可以快速製造的東西。你們的石器沒有辦法抵擋將要來臨的未來。」

「他說了什麼青銅。還有石頭？」

「弗德爾可以訓練你們的醫師，加斯倫……他會教導你們領導統御的技藝。在每次回歸中間，總是失去了太多……」

「碎刃！你是從哪裡得到的？」

「你怎麼把碎刃從他手中拿走的，波丁？」

「我們沒有，光爵。他就這樣把碎刃丟下來了。」

「沒有消失？所以是沒跟他締結的碎刃。他不可能得到它太久。你找到他的時候，眼睛就是這個顏色嗎？」

「是的，長官。一個有碎刃的深眸人，看起來還眞奇怪。」

「我會訓練你們的士兵。我們應該還有時間。艾沙總說有辦法能夠讓知識不會在寂滅時代來去之間消失。而且你們有了令人意外的發現，我們會利用這點。有封波師可以成爲守護者……騎士……」

「陛下，他以前就這樣說過。他自言自語的時候就是一直重複，一遍又一遍地重複。我不認爲他知道自己在說什麼。很詭異，他說話的時候都面無表情。」

「他看起來像是在野外住了好久，頭髮這麼長，指甲都裂了。也許是某個村民走失的失智老父。」

「那是雅烈席口音。」

「那碎刃呢，艾洛卡？」

「叔叔，你該不會認爲那眞是他的吧？」

「未來的日子會很艱難，但只要經過訓練，人類仍然能倖存。你必須帶我去見你們的領袖。其他神將應該很快就會加入我們。」

「最近我願意接受任何可能性。陛下，我建議你把他送去給執徒，也許他們可以幫助他恢復神智。」

「那你要把碎刃怎麼辦？」

「我相信我們一定可以找到好用法。其實我現在就有個主意。波丁，也許我會需要你的協助。」

「儘管吩咐，光爵。」

「我想……我想我來晚了……這次……」

多久了？

多久了？

多久了？

多久了？

多久了？

多久了？

多久了？

太久了。

伊尚尼回來時，他們都在等著。

幾千個人聚集在納拉克外面的台地邊緣。工人、靈活、士兵，甚至有些配偶形體都因爲有新鮮熱鬧可看而暫時停止了肉慾的饗宴。新的形體，強大的形體？

伊尚尼大步走向他們，讚嘆地感覺體內的能量。如果她快速握拳，就可以看到細小、幾乎是隱形的紅色閃電從手中爆發出來。她有著花紋的皮膚——主要是黑色，有一點點紅紋——沒有改變，但是粗壯的戰爭形體消失了，取而代之的是手臂皮膚上凸起的一排排短硬鰭，有幾處位置的皮膚因此繃得很緊。她用岩石測試了新的皮甲，發現非常堅韌。

她又有髮絲了。她已經多久沒有感覺到有髮絲了？更神奇的是，她覺得自己的精神完全集中，再也不擔心族人的未來。她知道自己該怎麼做。

伊尚尼來到裂谷邊緣時，凡莉擠到人群最前面。兩人隔空對望，伊尚尼可以看到她妹妹嘴邊的詢問。成功了？

伊尚尼跳過裂谷。不像戰爭形體時需要助跑，她直接蹲下，跳起、躍入空中。她身邊的風似乎都萎縮了。她飛躍過裂谷，落在自己的同胞中間，一絲絲紅色的力量在她降下時順著腿來回竄動，吸收了落地時的衝擊。

所有人往後退開。好清楚。一切都好清楚。

「我從颶風中回來了。」她以讚美節奏說，這個節奏可以用來表達眞正的滿足。「我帶來兩族人民的未來。我們損失慘重的日子結束了。」

「伊尚尼？」度德穿著他的長外套發話。「伊尚尼，妳的眼睛。」

「怎麼了？」

「是紅色的。」

「它們代表我成爲的樣子。」

「可是，在歌謠裡——」

「妹妹！」伊尚尼以決心節奏喊。「來看看妳的傑作！」

凡莉走上前來，一開始有點膽怯。「颶風啊。」她以讚嘆節奏說。「所以成功了？妳可以安全地在颶風中行動？」

「不只如此。風都服從我。而且，凡莉，我可以感覺到……感覺到有什麼在醞釀。是一場颶風。」伊尚尼說。

「妳現在感覺得到有一場颶風？是從節奏裡感覺到的嗎？」

「不是節奏，是節奏之外。」伊尚尼說。她該怎麼解釋？她該怎麼對沒有嘴巴的人解釋何謂味道，對沒有視覺的人解釋何謂看見？「我感覺有一股颶風正在我們能體驗到的範圍之外醞釀。一股強大、憤怒的風暴。一個至強的風暴。如果我們有足夠的人同樣使用這個形體，我們可以招來這場風暴，我們可以讓颶風服從我們的意志，把颶風召喚到我們的敵人頭上。」

所有旁觀的人都哼著讚嘆。因爲他們都是聆聽者，所以他們可以感覺到節奏，聽到她，所有人都和諧地哼唱著，所有人的韻律都是一致的。完美。

伊尚尼攤開雙臂，大聲說：「放開你們的絕望，唱出喜悅！我望入颶風騎士的眼睛，我看到它的背叛。我明白它的意念，看到它要幫助人類對抗我們。可是我的妹妹發現了救贖！有了這個形體，我們可以獨力自主，不靠任何人，把我們的敵人從這片大地上如暴風掃落葉般掃蕩乾淨！」

跟隨讚嘆節奏的哼唱聲更嘹亮，有些人開始唱起歌來。

伊尚尼沉浸於其中的榮光。

她刻意不去聆聽自己內心深處正驚恐慘叫的聲音。

第三部

致命

Deadly

紗藍◆卡拉丁◆雅多林◆娜凡妮

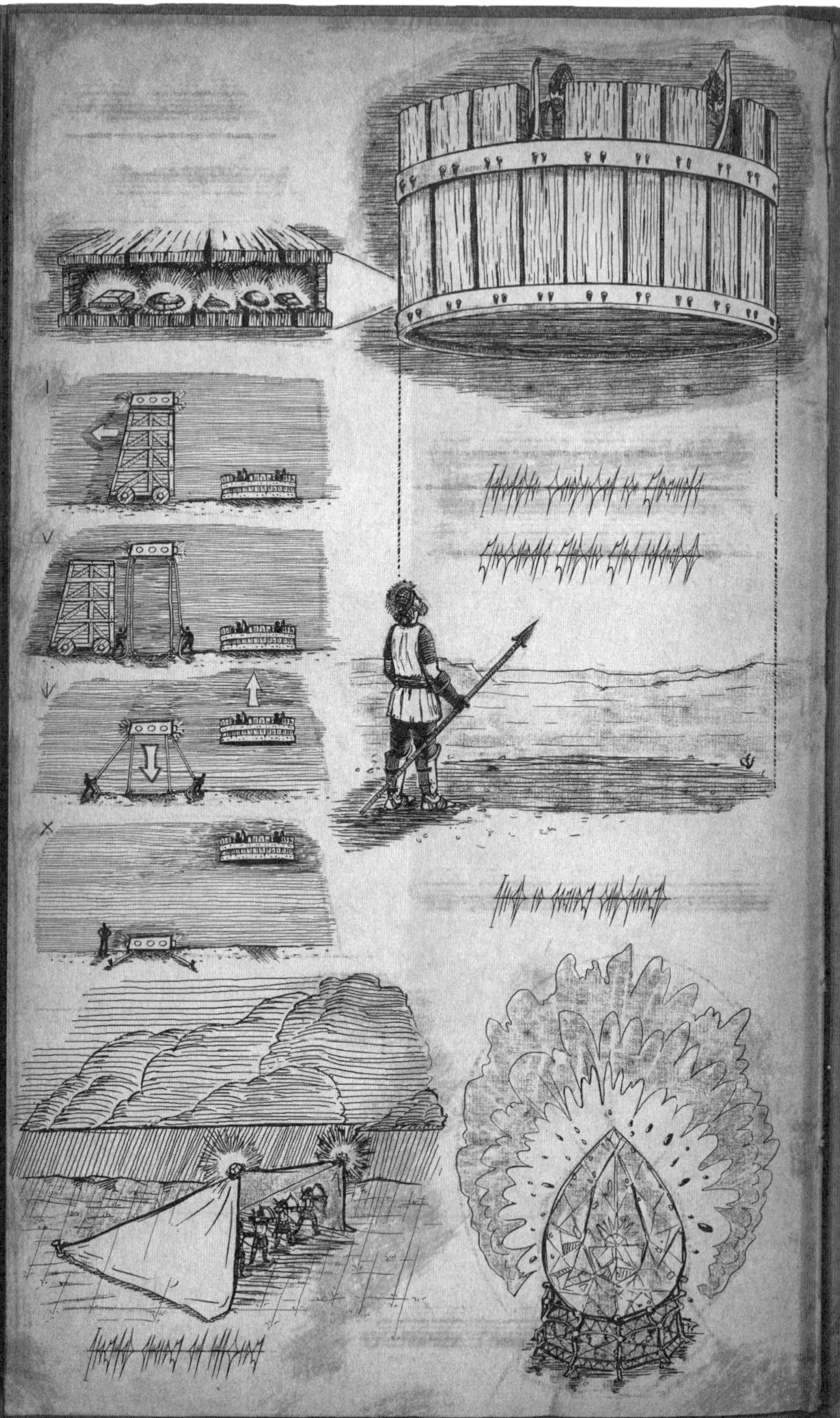

當他們依照每個結合種類不同的天性，決定個人掌控的領域之後，也稱呼它爲「納海聯繫」，因爲它能夠影響被它掌握住的靈魂。在如此描述下，每個人都與推動羅沙的力量直接相關，十種波力，有各自的名字，兩兩成軍。從這個角度來看，可以看出每支軍團都會與其比鄰共享一種波力。

——收錄於《燦言》，第八章，第六頁

雅多林抛出他的碎刃。

使用這武器不只需要練習招式，還要習慣手中重量過輕的劍身。真正的碎刃大師知道該如何運用與劍之間的聯繫。他學會把劍抛下之後，能命令劍待在原處，知道如何從拾起劍的人手中把劍召喚回來。他學會某種程度上，劍跟人是一體的，武器會成爲靈魂的一部分。

雅多林學會了用這種方法控制他的劍。通常都是這樣。可是今天，劍幾乎一離開他的手就消散了。

銀長的碎刃變成白煙，維持了形體片刻，像是一個菸圈，然後便消散在一道扭曲的白色氣流中。雅多林煩躁地吼了一聲，在台地上來回踱步，手往旁邊伸出，重新召喚碎刃。十下心跳。有時候，這段時間久得像是永恆。

他穿著碎甲卻沒戴頭盔，頭盔放在旁邊的一塊石頭上，所以他的頭髮在清晨的風中自由飛揚。他需要碎甲。他的左肩跟左半身是一團紫色的瘀青，腦袋還因爲昨天晚上被殺手攻擊、撞上地面而隱隱疼痛。沒有碎甲，今天他根本不可能那麼靈活。

況且，他需要碎甲的保護力量。他不時轉頭東看西看，覺得殺手會再出現。昨天晚上他一夜沒睡，坐在父親房間外面的地板上，穿著碎甲，雙手抱膝，咬著裂皮草根來保持清醒。

他曾經這麼一次沒穿碎甲被人見縫插針，這種事情不會再發生。

可是你要怎麼辦呢？碎刃出現時，他正心想。隨時都穿著？

問出這些問題的一部分自己是理性的。他現在不想要理性。

他甩掉碎刃上凝結的水珠，然後一轉手把劍往前一拋，同時傳遞出要劍保持形狀的意識命令。可是武器再次一脫手就變成白霧，甚至沒飛到他瞄準石塊的一半距離。

他是怎麼了？好多年前他就已經掌握了駕御碎刃的要領。沒錯，他不常練習丟劍——決鬥不允許這種事，他也沒想到自己會需要用到這種招式，但那是在他被困在走廊天花板上、無法跟刺客直接搏鬥之前。

雅多林走到台地邊緣，望著破碎平原崎嶇的大地，三名擠在一起的橋兵在附近守著他。太可笑了，如果白衣殺手回來，三個橋兵有什麼用？

雅多林心想，*但戰鬥的時候，卡拉丁是有用的，比你有用。*那個人實在是厲害得讓人起疑。

雷納林說雅多林對那個橋兵上尉不公平，可是那個人眞的很怪。不只是他的態度——每次跟人說話都擺出一副好像是你求他的樣子。還有他似乎看待什麼都很悲觀，對這個世界感覺憤怒。很簡單，這個人不討人喜歡，但是雅多林認識很多不討人喜歡的人。

卡拉丁很怪，而且是雅多林說不出來的怪。

好吧，這些都放下不管，卡拉丁的人只是在盡自己的職責而已。沒必要對他們發脾氣，所以他朝他們微笑。

雅多林的碎刃再次落入手中，怎麼會有這麼大卻這麼輕的劍？他每次握住碎刃時，都能感覺到一股力量。雅多林使用碎具時，從來沒有感到無助過。就算周圍都是帕山迪人，就算確信自己會死，他還是感覺到力量。

可是現在這個是什麼感覺？

他轉身拋出劍，按照薩賀多年前的教導那樣專注心神，直接對劍發出命令——想像他要劍怎麼做。它維持了形狀，前後翻滾，在空中閃爍，刺中岩石，直直沒入到劍柄。雅多林深深吐了一口氣，終於成功了。他釋放劍，劍爆炸成一團霧氣，像是小溪一樣從留下來的空洞流瀉。

「來吧。」他對他的保鏢們說完，從岩石上抓起頭盔，走向不遠處的戰營。一如既往，戰營外牆面東的部分被侵蝕得最嚴重，戰營像是破掉的烏龜蛋一樣，裡面的東西都灑了出來，然後在這麼多年過去後，甚至開始朝別的台地爬過去。

有一個奇怪的隊伍從那片凸出的文明走出。一群穿著袍子的執徒同聲唸誦，包圍握著直立長竿的帕胥人。長竿之間有絲布覆蓋，足足有四十呎長，在風中飄蕩，讓人看不到中間的東西。

魂師？他們通常不會白天出來。「在這裡等著。」他告訴護衛們，然後跑向執徒。

三名橋兵聽話沒動。如果卡拉丁跟他們在一起，他會堅持跟上來，也許那傢伙的態度跟他奇特的地位有關。父親爲什麼讓一名深眸士兵處在指揮體系之外？雅多林很認同應該以敬意跟榮譽心對待所有人，無論眼眸顏色，但是全能之主讓某些人天生就是領導者，其他人是追隨者，這是天地間的法則。

持著長竿的帕胥人看到雅多林，低下頭看地面。附近的執徒讓雅多林通過，不過他們看起來很不自在。雅多林被允許可以見魂師，但是讓他去拜訪他們就很不合常理了。

在臨時搭建的絲綢房間中，雅多林看到了卡達西，達利納最得力的執徒之一。這名高大的男子原本是士兵，在他頭上的疤痕可以證明這點。卡達西正在跟穿著血紅色袍子的執徒說話。

魂師。使用這門技藝的人跟使用的法器（也稱為魂器），稱呼都一樣。卡達西不是魂師，他穿著標準的灰袍而不是紅袍，剃成光頭，臉上有方正的鬍鬚。他注意到雅多林的到來，遲疑片刻後，便尊敬地低下頭。跟所有的執徒一樣，卡達西算是奴隸。

包括那五名魂師，每人都以右手撫胸，展示在手背上的閃亮法器。其中一名女性執徒瞥向雅多林。颺父啊，那人的目光已經完全不是屬於人類所有。長期使用魂器會改變一個人的眼睛，變得像寶石一樣閃閃發光。女人的皮膚已經硬化成石頭般的質地，光滑的表面上帶有細紋，感覺就像這個人是活生生的雕塑一樣。

卡達西連忙走向雅多林。「光爵，沒想到您會來監督。」

「我不是來監督的。」雅多林不安地瞥向魂師們。「我只是好奇而已。你們不是通常都在晚上才動手嗎？」

「光明的人，我們不能只在晚上行事了。有太多需要魂師去做的事情，建築物、食物、除去廢物……要完成所有工作，我們必須讓每個法器都有不同的執徒受訓，然後輪班進行。您的父親已經在這個禮拜准許了這件事。」

這句話引來幾名紅袍執徒的注目。他們對於別人使用他們的法器進行訓練有什麼想法？從那些幾乎迥異於人類的表情很難理解。

「原來如此。」雅多林說。颶風啊，我們還眞依靠這東西。所有人都在談論碎刃跟碎甲，以及碎具在戰場上帶來的優勢。可是說實話，一切是由這些奇怪的法器，還有它們製造出來的穀類，才能讓這場戰爭這樣進行下去。

「我們可以繼續了嗎，光明的人？」卡達西問。

雅多林點點頭，卡達西走向那五人，簡短地下令。他說話的速度很快，很緊張。看到卡達西這樣很奇怪，他通常非常平和、自持。魂術讓每個人都緊張起來。

五個人開始低聲唸誦，跟著外面頌唱的執徒合音。接著五人上前，站成一排，舉起手。雅多林發現自己臉上冒出了汗，被偷溜過絲綢之牆的風吹得冰涼。

一開始什麼都沒有。然後石頭出現了。

雅多林覺得他看到一絲霧氣凝結的樣子——像是碎刃出現的瞬間——然後一面巨大的牆突然就出現了。風往內吹，像是被岩石吸引，讓布料猛烈地抖動，在空中拍打扭曲。風為什麼會往內吹？不是應該被取代空間的岩石往外推嗎？

巨大的阻隔繃緊了布的兩邊，讓絲布往外膨脹，然後高高地往空中隆起。

「我們需要更高的竿子。」卡達西喃喃自語。

石牆看起來跟軍營一樣樸實無華，但這個形狀不一樣。面向戰營那邊是扁的，朝向另一邊的是斜坡，像梯形。雅多林認出這是過去幾個月中，他父親一直討論想要搭建的東西。

「擋風牆！這太好了，卡達西。」雅多林說。

「是啊，您的父親似乎喜歡這個提議。有了幾十面擋風牆，建地就可以擴展到整個台地上，不必擔心颶風了。」

下那塊飄浮的木頭。不遠處的弓箭手平台震動、搖晃，然後開始往空中升起，與方塊的方向完全相反。

「成功了！」露舒驚呼。

「我不喜歡晃成那樣。」法理拉說，年邁的工程師抓抓自己代表執徒的鬍鬚。「上升的過程應該要更爲平緩。」

「它沒掉下來，我覺得可以了。」娜凡妮說。

「風聽到我的乞願啊，我還上去過那地方呢。」露舒舉起望遠鏡。「我沒看到半點寶石的閃光，如果寶石正在龜裂怎麼辦？」

「那我們早晚會發現。」娜凡妮說。說實話，她自己還挺想站上那片高台的。如果達利納發現她做出這種事，絕對會有心臟病。那男人是個寶貝，但保護欲實在有點過強，像是颶風的風勢有一點大那樣。

圓形平台搖搖晃晃地往上升，看起來像是被拉到空中，實際上沒有半點東西在支撐它。終於，它到達高點。原本那塊懸吊在空中、放置法器的方木塊如今已經落在地上被綁好。圓木台浮在半空，微微有點傾斜。

沒有掉落。

雅多林爬上通往她的觀察台的台階，身上的碎甲讓整棟建築都搖晃作響。當他來到她身邊時，除她以外的所有學者都已經不斷地議論、瘋狂地筆記，形狀像是小暴風雲的邏輯靈在所有人身邊升起。

成功了。終於。

「哇，那個平台是在飛嗎？」雅多林說。

「親愛的，你現在才注意到？」娜凡妮問。

他抓抓頭。「我之前不專心嘛，伯母。呃，那個……那個眞奇怪。」他似乎很困惑。

「怎麼？」娜凡妮問。

「就是，就是像……」

他。那個殺手，根據雅多林跟達利納兩人的說法，可以操控重力靈。

娜凡妮看向學者們。「你們要不要都下去，叫他們把平台放下來？可以看看寶石有沒有毀損。」

其他人明白這是讓他們退下，於是興奮地下了樓梯，但是露舒——親愛的露舒——沒走。那女人說：「噢！從上面看比較好，萬一——」

「我要跟我的侄子談話。單獨談話，謝謝。」有時候跟學者說話得直接一點。

露舒終於滿臉通紅行了個禮後，快速離開。雅多林來到欄杆旁。站在穿著碎甲的人身邊，很難不覺得自己是侏儒，而當他伸手握住欄杆時，她覺得自己可以聽到木頭因爲被抓得死緊而發出的呻吟。他一念之間就可以捏斷那欄杆。

我得找出辦法製造更多碎甲，她心想。雖然她不是戰士，但還是有她可以做來保護家人的事。她越了解科技的祕密，以及囚禁在寶石內的靈之力，就越靠近自己的目標。

雅多林正盯著她的手。噢，他終於注意到了，是吧？

「伯母？妳戴手套？」他很艱難地問出口。

「方便多了。」她舉起內手，動動手指。「哎，別一臉大驚小怪的樣子，深眸女人沒事就這樣。」

「妳不是深眸女人。」

「我是皇太后，沒人在乎我該死的做什麼。我可以全裸地到處跑跳，他們只會搖搖頭說我有多特立獨行。」

雅多林嘆口氣，沒再繼續說下去，而是朝平台點點頭。「怎麼辦到的？」

「結合法器。」娜凡妮說。「關鍵在於找到方法克服寶石內部的結構弱點，因為那很容易在能量灌注耗弱跟物理催壓同時發生造成的疊加壓力下，產生脆化。我們……」

她停下來，因為看到雅多林的眼神變得呆滯。在一般社交情況下，他是個聰明的年輕人，可是半點學者氣息也沒有。娜凡妮微笑，換成給普通人的說法。「如果用特定方法把法器用的寶石一分為二，就可以把兩塊寶石連結起來，讓它們模仿彼此的動作，就像信蘆那樣，對吧？」

「啊，對。」雅多林說。

「所以呢，我們也可以製造出兩塊能造成完全相反效果的寶石。我們在那個圓形浮動平台的地板中裝滿這樣的寶石其中一半，然後把另外一半裝在木方塊裡面。一旦兩邊全部啓動，就能用相反的方式模仿彼此的動作，那我們就能把一邊平台拉下，讓另一邊平台升起。」

「這樣啊。那在戰場上可以發揮作用嗎？」雅多林問。

她把這個概念介紹給達利納時，他也問了一模一樣的問題。「現在的問題是距離。這一對寶石的距離越遠，互動的能力就越弱，也造成它們更容易龜裂。操控信蘆那種輕巧的東西還好，但如果要操控重物……我們想讓它們在破碎平原上成功運作，這是我們現在的目標。若能把這東西滾上戰場，然後啓動它，透過信蘆寫信告訴我們，我們把這邊的平台拉下，你們的弓箭手就能升到五十呎高，到達完美的射箭位置。」

這句話終於讓雅多林熱血起來。「那敵人就沒辦法把它推翻或爬上去了！颶父的。這東西有戰術優勢啊！」

「一點也沒錯。」

「妳聽起來不是很熱衷。」

「我有啊，親愛的，但那不是我們爲這個技術設想出來最大膽的概念。連一絲微風，甚至是一陣颶風的力度都不到。」

他對著她皺眉。

「一切都還在技術初階和理論階段。」娜凡妮微笑地說。「但你等著吧，當你看到那些執徒們想像出來的事物——」

「不是妳？」雅多林問。

「我是他們的贊助人，親愛的。」娜凡妮拍拍他的手臂。「就算我有能力，也沒有時間畫所有的樣圖跟數據。」她低頭看著聚集在下面的執徒跟女性科學家，他們正在檢視平台的地板。「他們容忍我的存在。」

「絕對不只這樣吧。」

也許在另一個人生中會是這樣吧。她很確定他們其中有些人將她視爲同僚，可是更多人仍然把她當成一個贊助他們的女人，只爲了在宴會上可以炫耀新的法器。也許她不過就是那樣的人。高階的淺眸女子總得有些嗜好，不是嗎？

「你是來護送我去參加會議的吧？」藩王們因爲殺手的攻擊而反應激烈，執意要求艾洛卡今天與他們會面。

雅多林點點頭，突然聽到什麼動靜，整個人全身一震，轉過頭，保護性地站到娜凡妮跟不知道是什麼的東西中間。可是那個聲響只是工人正在拆卸達利納的機械滾橋，那是這個場地的主要用途，她只是暫時借來進行實驗而已。

她朝他伸出手臂。「你跟你父親一樣糟糕。」

「也許吧。」他接過她的手臂。那隻包在碎甲下的手掌也許會讓某些女性不安，但是她比大多數女性都更常與碎甲接觸。

兩人一起走下寬廣的台階。「伯母，妳有沒有用什麼方法，呃，鼓勵我父親的追求？呃，我指的是你們兩人之間的事。」對於一個從小到大，只要是穿裙子的生物都是他調情對象的男孩來說，雅多林說這幾句話的時候，臉色卻是紅了又紅。

「鼓勵他？孩子，我不只是鼓勵他。我幾乎得誘惑那男人。你父親還眞是固執。」娜凡妮說。

「我可沒注意到這點。」雅多林挖苦地說。「妳知道妳讓他的立場變得有多困難嗎？他想要強迫其他藩王透過社會中的榮譽制約來服從戰地守則，但是他卻刻意不去理會另一個類似的社會制約。」

「只是個煩人的傳統而已。」

「妳似乎很樂於不理那些妳認爲是煩人的傳統，卻要我們遵從其他所有傳統。」

「當然。」娜凡妮微笑地說。「你現在才發現？」

雅多林的表情變得嚴肅。

「別鬧脾氣。」娜凡妮說。「加絲娜顯然決定跑到不知道哪裡去，所以你已經脫離了你的隨訂。我還沒機會讓你成婚，至少也要等她回來以後再說。」根據她對加絲娜的了解，也許就是明天，也有可能是好幾個月之後。

「我沒有鬧脾氣。」雅多林說。

「當然沒有。」她拍拍他戴著護甲的手臂，兩人已走到台階底部。「我們去皇宮吧。如果遲到了，我不覺得你父親會因爲我們而延遲會議。」

36 全新的女人

當他們被普通人提起時，釋放者宣稱他們被誤解了，只因爲他們擁有可怕的力量；而他們與其他人交流時，總是堅持使用其他的稱呼，主要是普通對談中經常用到的「招塵師」（Dustbringer）是他們無法接受的別稱，特別是那類似「引虛者」（Voidbringer）的詞語。他們對於自己因爲這兩者的相似而遭受的成見相當憤怒，但是對於許多談起這件事情的人而言，兩者之間並沒有多少差異。

——收錄於《燦言》，第十七章，第十一頁

紗藍醒來的時候，是個全新的女人。

她還不能完全確定這個女人是誰，但是她知道這個女人不是誰。她不是在破碎家庭中承受風暴的畏懼女孩，她不是想從加絲娜．科林那裡偷東西的無知女人。她不是被卡伯薩和太恩打敗的同一個女人。

這不代表她不害怕，或是不無知了。她仍然兩者皆是，但是她同樣也很厭倦，厭倦被人操控、厭倦被人誤導、厭倦被人看輕。跟弗拉克夫旅行的一路上，她假裝她可以成爲領袖，掌握一切。如今她覺得自己不需要再假裝了。

她跪在太恩的箱子旁邊，抗拒叫那些人來打壞它的衝動，至少她需要一兩個收衣服的箱子。但是她在帳棚裡並沒有找到鑰匙。

「圖樣，你能不能去裡面看看？從鑰匙孔裡鑽進去？」她說。

「嗯……」圖樣爬到箱子旁邊，然後縮小到拇指大小，輕鬆地鑽了進去。她聽到它的聲音從裡面傳出來。「很黑。」

「可惡。」她拿出錢球，舉在鑰匙孔前。「有幫助嗎？」

「我可以看到圖樣。」它說。

「圖樣？什麼樣的——」

喀啦。

紗藍吃了一驚，伸出手掀開箱子，圖樣在裡面開心地嗡嗡作響。

「你把箱子的鎖開了。」

「是個圖樣。」它開心地說。

「你可以動東西？」

「這裡推推那裡推推，這邊的力量很小，嗯……」

箱子裡裝滿衣服，還有一袋裝在黑布包裡的錢球，兩者都很有用。紗藍翻了翻，找到一件有精緻刺繡、現代剪裁的禮服。太恩當然會需要一件好衣服來假裝自己是更高階的人。紗藍穿上後發現胸口有點鬆，除此之外還算可以，然後她用死去女人的化妝品與梳子整理了面容跟頭髮。

那天早上離開帳棚時，她——不知多久以來的第一次——終於覺得自己像是個眞正的淺眸女人。正好，今天也是她終於來到破碎平原的日子，希望也是她迎向命運的一天。

她走到晨光下。她的人正在跟車隊的帕胥人一起拔營，太恩的人死了之後，營地中唯一的武裝勢力都屬於紗藍。

法達來到她身邊。「我們昨晚依照妳的指示，把屍體燒了，光主。今天早上妳還在梳洗時，有另一支巡邏軍隊前來，光主。他們希望我們知道他們會負責維持這附近的和平。如果有人在這個地方紮營，在灰燼中發現太恩跟她的士兵的骸骨，可能會引發問題。車隊工人如果被問起，我不知道他們會不會替妳保守祕密。」

「謝謝你。叫人把骨頭裝到袋子裡，我會處理。」紗藍說。

她真的這麼說了？

法達簡潔地點頭，好像這是他預料中的答案。「我們快到戰營了，有些人不太自在。」

「你還是覺得我沒有辦法履行對他們的承諾嗎？」

他居然笑了。「不，我已經完全被說服，光主。」

「所以呢？」

「我會讓他們安心。」他說。

「很好。」

兩人分道揚鑣，紗藍則去找馬可伯。她找到他的時候，年邁有鬚的商主以前所未有的敬意向她深深鞠躬。他已經聽說碎刃的事。

「我需要你的人去戰營幫我找一頂轎子。」紗藍說。「我現在不能派士兵去。」她不會冒險讓他們被抓住、囚禁。

「當然。」馬可伯的聲音僵硬。「那價錢會……」

信。

她意有所指地看了他一眼。

「……出自我的錢包，感謝您讓我們安全抵達。」他格外強調安全兩個字，彷彿這句話不太值得採信。

「那你保守祕密的代價呢？」紗藍問。

「光主，我向來保守祕密。您需要擔心的應該不是我這張嘴。」說得沒錯。

他爬上自己的棚車。「我的人會先行一步，再派轎子回來給您。現在，我得向您告別了。光主，希望您沒有受到冒犯，但我希望我們再也不會相見。」

「我們在這件事情上的看法一致。」

他朝她點點頭，敲敲芻螺，棚車滾滾而去。

「我昨天晚上聽見他們說話了。」圖樣在她的禮服背後以興奮的聲音嗡嗡說。「不存在對於人類來說，真的是這麼欲罷不能的話題嗎？」

「他們提到有人死了？」紗藍問。

「他們一直在想妳會不會『對付』他們。我明白不存在是一件讓人不期待的事，但是他們卻一直講，一直講，一直講，眞是太有意思了。」

「那你的耳朵要靈敏點，圖樣。我想今天會變得更有趣。」她走回帳棚。

「可是我沒有耳朵。啊，對了，是個譬喻吧？眞是美味的謊言。我得記下這個譬喻。」

❖

雅烈席卡戰營比紗藍預期的要大太多，簡直是一排十個微型城市，每座城市都散發出數千道炊煙。一陣陣車隊不斷進進出出，經過形成城牆的盆地邊緣。每個戰營上方都飛舞著數百面旗幟，宣揚某個高階淺眸人的存在。

轎子帶著她走下斜坡的同時，她眞的被眼力所及的人數震驚了。颶父啊！她曾經以爲她父親領地上的區域市集已經數量龐大了，但這裡有多少張嘴要餵飽？每場颶風之後，他們需要多少水？

她的轎子猛然一顚。

她留下了她的棚車，因爲芻螺是屬於馬可伯的。如果之後把她的人叫來時，棚車還在，她會想把車賣掉。現在，她坐在轎子上，轎伕是帕胥人，一個擁有那些帕胥人跟這頂轎子的淺眸男子，正在旁邊盯著他們工作，慢慢地走在前面。她充分地感受到被引虛者抬入戰營的諷刺感。

法達跟她的十八名護衛在後方跟著，再來是五名奴隸抬著她的箱子。她給了他們鞋子，還有商人提供的衣服，但光是一套新衣服隱藏不了好幾個月奴隸生涯的痕跡，士兵們的情況也沒好上多少。他們的衣服只有在颶風來臨時才洗過一次，而且頂多只是沖涇而已，算不是上眞正洗乾淨。她偶爾聞到的氣味，讓她決定他們必須跟在她的轎子後面。

她希望自己聞起來不是這樣。她有太恩的香水，但是雅烈席卡的貴族喜歡洗澡，身上有潔淨的氣味——這也是神將傳達的智慧之一：隨著颶風來臨洗滌，無論奴僕光爵，提防腐靈，淨化身體。

她靠著幾桶水盡量達到標準，但是沒有辦法奢侈地履行好準備個徹底，她需要儘快獲得藩王的庇護。如今來到這裡，她再次徹底體會到未來任務的艱鉅：要找出加絲娜在破碎平原上到底在找什麼，利用那個訊息說服雅烈席卡領導階級提防帕胥人，還要調查太恩要見面的對象，然後……怎麼樣？詐騙他們嗎？找出他們到底對兀瑞席魯知道多少，轉移他們對她的哥哥們的注意力，也許想辦法讓他們對加絲娜做出的事情付出代價？

好多事情要做。她需要資源。達利納・科林是她最大的希望。

「可是他會收容我嗎？」她低聲問。

「嗯嗯？」在不遠處座位上的圖樣問。

「我需要他贊助我。如果太恩的消息來源知道加絲娜死了，那達利納大概也知道了。他對我的意外出現會做何反應？他會把她的書拿走，拍拍我的頭，叫我回去賈・克維德嗎？科林家族沒有必要跟我這樣的費德小家族結盟。我……我現在在大聲胡言亂語對不對？」

「嗯嗯嗯。」圖樣聽起來很想睡，不過她並不知道靈會不會累。

她的焦慮隨著一行人靠近戰營而越發攀升。太恩當初很堅決她不可以要求達利納的保護，因爲這樣會讓她欠他人情。紗藍殺了那個女人，但仍然看重太恩的看法，有關太恩對達利納的判斷是否有可取之處？

轎子的窗戶被人敲了敲。「我們要讓帕胥人把妳放下來一下。得去問問藩王在哪裡。」法達說。

「可以。」

她不耐煩地等著。他們一定是派轎子的主人去做這件事——法達跟她一樣，對於派自己的人獨自進入戰營很緊張。她終於聽到外面傳來一陣模糊的交談聲，接著法達回來，靴子步步摩擦著岩石。她拉起簾子，抬頭看他。

「達利納・科林跟國王在一起，所有的藩王都在那裡。」法達望向戰營的臉上有點不安。「風向有點問題，光主。」他瞇起眼睛。「太多巡邏隊，很多士兵在外面。轎子的主人不肯說，但聽起來最近出事了。出了要人命的事。」

「那帶我去見國王吧。」紗藍說。

法達朝她一挑眉。雅烈席卡王也許是世界上最有權勢的人。「妳不是要殺了他吧？」法達彎下腰，小聲地問。

「什麼？」

「我在猜女人爲什麼會有……那個嘛。」他不肯看她。「靠得夠近，召喚出那個東西，趁別人都不知道發生什麼事之前，立刻刺穿他的胸口。」

「我沒有要殺你的國王。」她好笑地說。

「殺了也無所謂。」法達低聲說。「我幾乎希望妳會殺了他。他是個穿著父親衣服的孩子，我絕對沒看走眼。自從他坐上王位之後，雅烈席卡的狀況越來越差。可是如果妳做了那種事，我的人要脫身就難了，一定很難。」

「我會遵守諾言。」

他點點頭，她放下遮住轎子玻璃的窗簾。颶父啊。給女人一把碎刃，讓她靠近……有人試過這個辦法嗎？一定有，但是光想就讓她反胃。

轎子轉向北邊。她花了很長一段時間才穿過戰營，這裡眞是太大了。終於，她探出頭，看到右邊有一座山丘，上面有一棟建築物，以山岳的岩石雕鑿出來，盤踞在山頂。皇宮嗎？

如果她說服了達利納光爵接納她，把加絲娜的研究交給她，然後呢？她在達利納的家族中算什麼？一個低階書記，可以隨便被塞在哪個角落裡就忘記？她大半輩子都是這樣過的。

她發現自己突然很激動，絕不允許這種事發生。她需要自由，也需要金錢好調查兀瑞席魯跟加絲娜的死因。紗藍不接受其他可能。她絕不接受其他可能。

那就要讓它發生，她心想。

如果有許願那麼容易就好了。轎子轉向通往皇宮的之字形山路後，她的新素描本——從太恩的東西裡找出來的──一晃，撞上她的腳。她拿起本子，翻了翻裡面的頁面，看到其中皺皺的一張，是她想像中的布魯斯的畫像。一個英雄，而不是奴隸。

「嗯嗯……」圖樣在她身邊說。

「這張畫是個謊言。」紗藍說。

「對。」

「但也不是。到最後，他在某種程度上，也成為了這個樣子。」

「對。」

「所以什麼是謊言，什麼是眞實？」

圖樣輕聲哼著，像是滿足地趴在爐火前的野斧犬。紗藍摸著圖畫，撫平它。然後她拿出畫板還有筆，開始畫了起來。在顚簸的轎子裡畫畫很困難，這不會是她最優秀的畫作，可是她的手指帶著好幾週以來沒再有的專注，在畫紙上移動。

先用粗線條勾勒出她腦海中的影像。這次她不是複製記憶，而是追逐更模糊的東西：一個如果她想像得當，就會成為眞實的謊言。

她急忙動筆，彎著腰，很快就忘了轎扶的腳步韻律。她只看到了圖畫，只知道流淌在畫紙上的情感；加絲娜的決心、太恩的自信，還有一種她沒有辦法描述的正直，是從她哥哥赫拉倫身上捕捉的特質，那是她認識的人中最好的一個。

一切影像都透過她灌注於炭筆，最後出現在紙張上。塗拓跟線條成為陰影跟圖案，最後成為身形跟臉孔。快速地素描，充滿生氣。畫紙上是紗藍，一個自信的年輕女子，站在達利納・科林面前，還有她想像中的他。她讓他穿著碎甲，而他跟周圍其他人都以銳利的警戒目光看著紗藍。她堅強地挺立，手舉向他們，以自信和強大的姿態對他們說話。沒有顫抖、不害怕與人對抗。

紗藍心想，如果我不是在一個充滿恐懼的家庭中長大，我就會是這個樣子。所以我今天會是這樣的面貌。

這不是謊言。而是不同的眞實。

敲門聲傳來，她幾乎沒有注意到轎子已停下。她暗自點頭，折起畫紙，收到內手袖子裡的內袋，然後下了轎子，踩上冰冷的岩石。她感覺自己充滿精力，不由自主地吸入了一小點颶光。

皇宮比她預期中更精細也更普通。這裡絕對是座戰營，所以國王的住所沒有卡布嵐司的皇居那麼華偉，但在同時，光看到這樣的結構能在這裡被建造出來就已經十分驚人，因爲這裡如此遠離文明還有雅烈席卡的資源。高大的岩石堡壘從石塊雕鑿出幾層樓高，聳立在山岳頂端。

「法達、加茲，陪著我，你們其他人，待在這裡守著。我會派人傳話。」她說。

他們向她敬禮，她不知道這麼做合不合適。她大步向前，發現她挑選了逃兵中最高跟最矮的人，所以兩人陪同她的時候，出現了平緩的身高斜坡：法達、她、加茲。難道她眞的因爲外型而挑選了護衛？

皇居建築物的大門面向西邊，紗藍發現有一大群守衛站在大開的門前，裡面有一條深邃的隧道，沿伸入山岳內部。門口有十六個守衛？她讀過資料，知道艾洛卡王很多疑，但這也太過了。

「法達，你要宣告我的身分。」一行人走上前時，她低聲說。

「說什麼？」

「紗藍．達伐光主，加絲娜．科林的學生，雅多林．科林的隨訂未婚妻。等我告訴你之後再說。」

滿臉鬍鬚的男人點頭，手按著斧頭。紗藍沒有感染他的不安，反而情緒高漲。她的頭抬得高高的，走過守衛身邊，一臉她原本就屬於這裡的樣子。

他們讓她通過了。

紗藍差點摔跤。門口有十幾個守衛，卻沒有半個人阻攔她。幾個人舉手似乎是想要阻止她——她從眼角餘光瞄到——可是他們最後安靜地退開。站在她身邊的法達輕哼了一聲，兩人走入大門後有如隧道般的走廊。

走廊的迴音捕捉了門口侍衛的交談聲音。終於，有一個人在她身後喊住了她，「……光主？」

她停下腳步，轉身面對他們，挑起一邊眉毛。

侍衛喊著：「對不起，光主，可是您是……？」

她朝法達點點頭。

他喝斥一聲，「你們不認得達伐光主？雅多林．科林光爵的隨訂未婚妻？」

侍衛們都安靜下來，紗藍轉身，繼續前進。身後的交談聲幾乎立刻又響起，大到她聽清了幾個字。

「……記不住那人到底有多少女人……」

他們來到交叉口。紗藍看看一邊，然後看另一邊。「我猜應該是往上。」她說。

「國王都喜歡在所有東西的最上面。光主，妳光靠氣勢也許能通過大門，但是沒辦法靠這一招見到科林。」法達說。

「您眞的是他的未婚妻嗎？」加茲緊張地問，撓著眼罩。

「我上次查證的時候還是。當然，這是在我的船沉沒之前。」紗藍領頭往前走。她不擔心能不能見到科林，她一定會有晉見他們的機會。

他們繼續往上走，不時跟僕人問路。僕人們都是一群一群地走動，只要有人對他們說話就會一臉受驚的樣子。紗藍認得這種膽顫心驚的態度。這個國王跟她父親一樣，是那麼糟糕的主人嗎？

他們越往上，建築物就越不像堡壘，更像皇宮。牆壁上有浮雕，地板上有拼花磁磚，精雕細琢的百葉窗，越來越多扇窗戶。他們來到國王靠近山頂的召見廳時，石頭牆壁上已經出現木頭邊框，雕刻上有金箔與銀箔，燈裡有巨大的藍寶石，遠超過於一般大小，散發著燦爛的藍光。如果她需要用到颶光，這裡一定不缺。

通往國王會議廳的通道上塞滿了穿著十幾種不同制服的士兵。

「地獄的，那是薩迪雅司的族色。」加茲說。

「還有薩拿達、艾拉達、盧沙……我說過他在跟所有藩王會面。」法達說。

紗藍很輕易地就看出不同的派系，得益於加絲娜那本講述十名藩王各自姓氏與家族背景的書。薩迪雅司的士兵跟盧沙還有艾拉達的士兵聊著天，達利納的士兵沒有跟別人打成一片，紗藍可以感覺得到這群士兵跟走廊上那些士兵之間的敵意。

達利納的侍衛沒有幾個淺眸人，真奇怪。前面門口邊的那個人好像還有點眼熟？那個高高的深眸人，穿著一件長及膝蓋的藍色外套。那個人有著及肩長的頭髮，微微卷曲……他正跟另一個士兵低聲說話，士兵是之前在下面大門邊守著的其中一個人。

「看樣子他們比我們早到了。」法達低聲說。

那人轉身，直視她的眼睛，然後低頭看看她的腳。

慘了。

那個人——根據制服判斷，還是個軍官——直直朝她大步走來，沒理會走到紗藍面前的一路上，其他藩王士兵對他投注的敵意目光。

他冷冷地開口：「雅多林王子的婚約對象是個食角人？」

她幾乎已經忘記兩天前在戰營外的那次碰面。我一定要掐死那——她打住了這個念頭，感到猛然的一陣沮喪。她最後確實是殺了太恩。

「顯然不是。」紗藍抬起下巴，沒有使用食角人的口音。「當時的我獨身在野外奔波，暴露我的眞實身分不是什麼明智之舉。」

男人嗯了一聲。「我的靴子呢？」

「你就是這樣跟貴族淺眸女士說話的？」

「我就是這樣跟小偷說話的。我才剛拿到那雙靴子。」

「我跟達利納藩王說完話以後，會叫人送一打新的給你。」紗藍說。

「妳覺得我會放妳進去見他？」

「你認爲你有選擇的餘地？」

「女人，我是他的護衛隊隊長。」

可惡，她心想。這下麻煩了。至少她沒有因爲這樣的衝突而全身發抖，她眞的已經克服了這一點，太不容易了。

「那好吧，隊長，告訴我，你叫什麼名字？」她說。

「卡拉丁。」奇怪，聽起來好像淺眸人的名字。

「很好。我跟藩王提起你的時候，就說得起你的名字了。他絕對不會樂意見到他兒子的婚約對象被這樣對待。」

卡拉丁朝幾名士兵揮手，穿著藍色衣服的人包圍她跟法達還有……

加茲去哪了？

她轉身看見他正一步一步朝走廊後方退去。卡拉丁瞄到他，明顯地大吃一驚。

「加茲？這是怎麼一回事？」卡拉丁質問。

「呃……」獨眼人結結巴巴地說不出來。「大人……呃，卡拉丁。你是，啊，軍官了啊？所以你一切順利啊……」

「你認識這個人？」紗藍問卡拉丁。

「他想害死我。」卡拉丁平靜地說。「而且不只一次。他是我認識的鼠輩中，最可恨的其中之一。」

太好了。

「妳不是雅多林的婚約對象。」卡拉丁迎向她的目光，他手下幾個人已迫不及待地抓住加茲，因爲那人一邊往後退的時候，正好跟從下面上來的士兵撞個滿懷。「雅多林的婚約對象淹死了。妳是一個很不懂得抓時機的投機份子。我懷疑達利納．科林會樂意見到一個因爲他侄女的死而從中獲益的騙子。」

她終於開始感覺緊張。法達瞥向他，明顯擔心卡拉丁的猜測是正確的。紗藍穩住心神，朝內袋伸手，拿出一張她在加絲娜的筆記中找到的紙。「娜凡妮光淑在裡面嗎？」

卡拉丁沒回答。

「請把這個給她看。」紗藍說。

卡拉丁遲疑了片刻後，接過紙張。他翻看一陣，但很明顯不知道自己把紙拿反了。那是加絲娜跟她母親之間的對話，裡面談到隨訂的訂立，這是透過信蘆的溝通，所以會有兩份——一份是加絲娜這邊寫的，一邊是娜凡妮那邊的。

「再說吧。」卡拉丁說。

「再……」紗藍發現自己氣得說不出話來。如果她沒辦法進去找到達利納，那……那……這個颶風的傢伙！她用外手一把抓住他的手臂，卡拉丁正轉身要對他的士兵下令。「你真的是因爲我騙了你才要弄成這樣？」她壓低了聲音質問。

他直視她。「這是我的工作。」

「你的工作就是要這樣惹人厭跟冥頑不靈嗎？」

「不是。我私底下也是這樣惹人厭跟冥頑不靈。我的工作是讓妳這種人離達利納．科林遠些。」

「我保證他會想見我。」

「好吧，請原諒我不能相信食角人公主的保證。在我的人把妳拖去地窖時，要不要給妳點殼嚼嚼？」

夠了。

「地窖聽起來眞是太好了！至少我待在那裡可以離你這種白癡遠一點！」她說。

「遠不了多久，我就會去拷問妳。」

「什麼？難道我還不能挑個比較好的待遇？像是直接被處決之類的？」

「妳眞以爲我找得到哪個劊子手願意一邊忍受妳的長舌，一邊把繩子套在妳的脖子上？」

「你如果眞想殺我，朝我哈口氣就夠了。」

他臉上一紅，周圍的幾個侍衛開始偷笑起來。「我要哈氣殺人還得站得近點，妳那張臉只要遠遠的就足夠殺死任何男人了。」

「任何男人？」她問。「哎呀，可是你沒死耶，大概是因爲你算不上什麼男人吧。」

「我說錯了。我的意思不是任何男人，是妳同族的雄性而已。不過別擔心，我會小心不讓我們的芻螺靠近的。」

「哦？所以你父母住在那一區？」

他的眼睛睜大，她發現自己似乎第一次眞正刺激到他。「我的父母跟這件事沒關係。」

「嗯，很有道理。我想他們也不想跟你有任何關係。」

「至少我的祖先夠聰明，不會跟個海綿繁殖！」他凶狠地喝斥，大概是在說她的紅頭髮。

「至少我知道我的祖先是誰！」她也回嘴。

兩個人互瞪一陣。一部分的紗藍很滿意能夠讓他失控，不過根據自己臉上的熱度，紗藍也失控了。加絲娜一定很失望，她花了多少心血想讓紗藍管住自己的舌頭？眞正的機智是自己能夠掌控的機智，而不是漫無目的地擊發，就像弓箭不該無的放矢一樣。

紗藍第一次發現寬大的走廊變得安靜，一堆士兵跟侍從都呆呆地看著她跟那名軍官。

「呿！」卡拉丁甩開她的手——她從剛才抓住了就沒放開。「我改變主意了。妳很明顯是個出身高貴的淺眸人，只有他們才會這樣惹人生氣。」他氣呼呼地離開她，朝國王房間走去。

不遠處的法達明顯放鬆下來。「跟達利納藩王的護衛隊隊長放聲大吵，這樣眞的睿智嗎？」法達低聲問她。

「我們創造了一個事件。」她自己也鎮靜下來。「現在達利納．科林無論如何都會聽說這件事。那個護衛就不能把我的來訪當成祕密壓下去。」

法達遲疑了。「所以這是妳的計畫其中一部分。」

「並沒有。我沒有聰明到那個地步，但應該會奏效的。」她轉頭看加茲，他被卡拉丁的人放開了，讓他能夠跟他們站在一起，但那些侍衛仍然緊盯著他們。

法達用氣音說：「就連在逃兵之中你都算得上是個懦夫，加茲。」

加茲只是盯著地上。

「你怎麼認識那個隊長的？」紗藍問。

「他原本是個奴隸，跟我在同一個木材場上工作。真是個他颶風的人。光主，他很危險，很暴力，是會惹麻煩的人。我不知道他怎麼在這麼短的時間內就爬到這麼高的位置。」

卡拉丁沒有進入會議廳，但沒多久門就開了一條縫隙。會談似乎結束了，至少進入休息時間。幾名侍從衛進去詢問他們的藩王是否有什麼需求，士兵們也開始聊起天。卡拉丁隊長瞥了她一眼，不情不願地拿著那張紙走了進去。

紗藍強迫自己雙手交握地站在原處——一手收在袖子裡，一手露在外面——不讓自己看起來很緊張。終於，卡拉丁回到走廊上，臉上滿是惱怒的無奈。他指指她，用拇指比比肩膀後的門，示意她可以進去。他的侍衛讓她通過，不過把想跟上去的法達攔了下來。

她揮手讓法達退後，深吸一口氣，然後穿過來回走動的士兵，走入國王的會議廳。

37 觀點問題

於是，每一軍團都與庇護該軍的神將依據其特性與脾性兩兩相合，最典型的莫過於岩衛師（Stoneward），他們追隨的是塔勒奈拉．艾林，石筋，戰爭神將。他們認爲其德行就是要彰顯決心、力量、可靠。可嘆的是，他們沒有省察自身即使面對明確的錯誤時，依然冥頑不靈的粗疏陋習。

——收錄於《燦言》，第十三章，第一頁

會議終於暫時休止。他們還沒談完——颶父的，感覺起來應該永遠談不完——但是至少暫時不吵架了。雅多林站起身，腿上跟身上的傷口不斷抗議，然後離開正在低聲交談的父親與伯母，整個房間裡都迴蕩著嘈雜的人聲。

父親是怎麼忍受的？根據娜凡妮掛在牆上的法器鐘，至今已經過了整整兩個小時。兩個小時以來，都是藩王跟他們的妻子在抱怨白衣殺手的事，沒有人有共識該怎麼應對。

他們都不去正視有人朝他們臉上戳刀的事實，其實已經無法可想。唯一的可能就是雅多林保持清醒，不斷練習，訓練自己要在那怪物回來的時候與他對抗。

你覺得你能打敗他？他可是能在牆壁上走路，讓自然之靈都聽從於他的人，你可以嗎？

這是個讓人不安的問題。在他父親的建議下，雅多林不情願地同意脫下碎甲，穿上更為合宜的服裝。達利納說，我們在這場會議上要傳達出來的是自信，不是恐懼。

所以穿盔甲的人是卡爾將軍，也帶著一支突擊軍隊，躲在旁邊的房間裡。父親似乎覺得殺手應該不會此時此刻發動攻擊，如果他想要殺掉藩王，可以在晚上一一打敗他們，那樣更容易。如今他們齊聚一堂，每人都帶著侍衛，還有幾十個碎刃師，感覺不是個謹慎的選擇。沒錯，這場會議中有碎具的人不在少數，其中三名藩王穿著碎甲，其他人也有碎刃師隨行。亞伯巴達、加卡邁、雷希、霈利司、盧沙藩王本人……雅多林鮮少看到這麼多碎刃師齊聚一堂。

這有用嗎？世界各地都傳來了被屠殺的國王的消息，整個羅沙上到處都有被砍頭的君主。在賈・克維德，據說殺手殺了幾十個手持可阻擋碎刀的半碎盾，還有包括國王在內的三名碎刃師。這是一場橫跨整個世界的災難，背後卻只有一個人——假設他還是個人。

雅多林在房間角落給自己找來一杯甜酒，那是一名穿著藍與金的制服、態度殷勤的僕人為他倒的。橘酒，基本上就是果汁。雅多林還是一口把整杯喝下，然後去找雷利司。他不能光是坐在這裡聽別人抱怨。

幸好他坐在那裡時也擬定了一個計畫。

盧沙的兒子兼明星碎刃師雷利司有著一張鏟子般的臉，又扁又寬，鼻子看起來像是被別人拍扁了一樣。他穿著一身綠與黃、花邊很多的衣服，款式看起來一點都不別致。他想穿什麼都可以，結果居然選這種東西穿？

他是戰營中少數幾個配備齊全的碎刃師，也是現任的決鬥冠軍——光是這一點再加上他的家族，讓他成為雅多林很感興趣的目標。他正站在一旁，跟他的表弟依利特還有三名薩迪雅司的書記說話，那三名女子穿著傳統的弗林哈法，頭髮盤成繁複的辮子，以髮簪固定。其中一名女子梅菈麗刻意瞪了雅多林一眼。她跟以前一樣漂亮，盤起了頭髮，上面滿是髮簪。對了，他到底是做了什麼讓她生氣的事？他們的約會已經是好久以前的事情了。

「雷利司。」雅多林舉起杯子。「我只是想說，你之前提議要獨自去跟殺手對決非常勇敢。你願意爲吾王而死的精神令人感動。」

雷利司臉色不善地看著雅多林。這個人的臉怎麼會這麼扁？他小時候被摔過嗎？「你認爲我會輸。」

「你當然會輸啊。」雅多林笑著說。「雷利司，我們明眼人不說瞎話。你那個頭銜已經拿了幾乎半年了，但自從打敗艾皮納之後，你就沒贏過任何一場重要的決鬥。」

「說這種話的人好幾年來幾乎沒答應過半場挑戰。」梅菈麗上下打量雅多林。「我很驚訝你父親還讓你跑出來找人說話，他就不怕你一不小心摔痛了？」

「我也很高興見到妳，梅菈麗。妳妹妹好嗎？」雅多林說。

「不准動她的主意。」

啊，對了，他就是錯在這件事上頭。那眞的是個意外。「雷利司，你聲稱自己願意去面對這個殺手，可是卻不敢跟我決鬥？」雅多林說。

雷利司雙手一攤，其中一手還拿著一杯閃閃發光的紅酒。「這是規矩啊，雅多林！你得在等級賽裡熬個一兩年，然後我才會跟你決鬥。我不能隨便誰來都跟他打，尤其是拿我們的碎具在賭！」

「隨便誰來？雷利司，我是最優秀的決鬥家之一。」雅多林說。

雷利司微笑，「眞的嗎？你跟厄拉尼夫戰了那樣一場之後，還能這樣說？」

「對啊，雅多林，」雷利司矮小、開始禿頭的表弟依利特開口。「最近你只打了幾場還算有點意思的決鬥，其中一場可以說是作弊贏的，第二場你根本就走狗運！」

雷利司點點頭。「如果我改了規矩，接受你的挑戰，那颸風牆會因爲有幾十個不入流的劍客追著我跑而被突破。」

「不會的。到那時你就不是碎刃師了。我會贏光你的碎具。」雅多林說。

「這麼有自信啊。」雷利司笑著，轉身去看依利特跟女人們。「聽聽看這個人的口氣。他好幾個月不去留意等級戰，現在突然又跑回來，以爲這樣就能打敗我。」

「我會拿我的碎甲跟碎刃，還有我弟弟的碎甲跟碎刃，以及我從厄拉尼夫那裡贏來的碎具下注。總共五組碎具跟你賭你的兩組。」

依利特吃了一驚，這個人只有碎甲，而且還是他表哥給的。他轉向雷利司，一臉渴望。

雷利司呆了呆，然後閉上嘴，懶洋洋地偏過頭，迎向雅多林的雙眼。「你是個蠢蛋，科林。」

「我可是在見證人面前提議了賭注，你贏了，就可以奪走我家族裡的每一組碎具。哪一個念頭更強？你的恐懼還是你的貪婪？」雅多林說。

「我的驕傲。我不跟你比，雅多林。」雷利司說。

雅多林氣得磨牙。他原本希望跟厄拉尼夫的一戰能讓其他人低估他，讓他們更願意與他決鬥，可是沒有成功。雷利司大聲笑開，朝梅菈麗伸手，把她拉走，隨從們跟在身後。

依利特遲疑了。

有比沒有好，雅多林心想，一個新的計謀浮現。「你呢？」雅多林問那個表弟。

依利特上下打量挑戰者。雅多林跟這個人不熟。據說他是個還可以的決鬥家，不過經常被他表哥的光芒掩蓋。

可是那份飢渴——依利特想要成爲配備齊全的碎刃師——可以大做文章。

「依利特？」雷利司說。

「同樣的條件？」依利特迎向雅多林的注視。「你的五組賭我的一組。」

多糟糕的交易啊。

「同樣的條件。」雅多林說。

「我接受。」依利特說。

盧沙的兒子從他身後呻吟一聲，一把抓住依利特的肩膀，邊吼邊把他拖到一旁。

「你叫我從等級戰開始，我正是這麼打算。」雅多林對雷利司說。

「不准對我的表弟動手。」

「太遲了，你聽到了，那幾位小姐也聽到了。我們什麼時候上場，依利特？」

「七天。查徹日那天。」依利特說。

七天，以這樣的挑戰來說算是等好久。他想要有訓練的時間嗎？「明天怎麼樣？」

雷利司朝雅多林低吼了一聲，很不符合雅烈席人的禮儀表現。他把表弟推到更遠的地方。「雅多林，你這麼急幹什麼，你不是該專心保護你父親嗎？他身爲軍人活得久到神智都不清醒了，多慘啊。他開始在公眾場合裡失禁了沒？」

穩住，雅多林告訴自己。雷利司想要激怒他，也許想把雅多林逼到忍不住揮劍，讓雷利司有機會能向國王訴請協調，解除所有跟科林家族的契約——包括他跟依利特的決鬥。可是這幾句侮辱人的言詞太過分，就連雷利可的同伴都倒抽一口冷氣，因爲這種非常不符合雅烈席人的粗魯而退離幾步。

雅多林沒有被對方孤注一擲的挑釁激怒。他已經得到了他想要的。他還不確定自己該怎麼處理殺手的問題，但眼前這件事情是有好處的。依利特的階級不高，追隨的藩王是盧沙，而盧沙越來越以薩迪雅司的左右手自居。打敗依利特就能讓雅多林離眞正的目標更進一步——與薩迪雅司本人決鬥。

他轉身要離開，卻突然停步。有人站在他身後。一個粗壯的男人，有著腫脹的臉，黑色的卷髮，臉色偏紅，鼻子更是鮮紅，細細的血管浮現在臉頰。男人有著士兵的手臂，雖然穿著花俏，但雅多林不情願地承認，對方一身衣服的確挺時髦的。黑色的輕便長褲以森林綠滾邊，短版的大敞外套，裡面是一件筆挺的同款襯衫，脖子上繫有圍巾。

托羅・薩迪雅司，藩王，碎刃師，正是雅多林剛才在想的人。也是他在世界上最痛恨的人。

「又有一場決鬥啊，小雅多林。」薩迪雅司喝一口酒。「你眞的下定決心要把臉丟個徹底呢。我還是覺得你父親居然不再禁止你決鬥這件事很奇怪，我以爲這件事對他來說攸關榮譽。」

雅多林推開薩迪雅司，不信任自己能跟這條鰻魚多說半個字。光看到這個人就令他回想起當初看著薩迪雅司從戰場上撤退，留下自己跟父親兩人被敵人重重包圍時的冰冷驚慌。

哈伐、裴瑞松、艾勒馬，他的好士兵和好朋友，在那天都死了。還有另外六千個人。

薩迪雅司在雅多林經過時抓住他的肩膀。那人壓低了聲音說：「你要怎麼想都行，孩子。但是我的作爲是爲了你父親好，是向以前的盟友致敬的一刀。」

「放、手。」

「如果你年老的時候癡呆了，就該向全能之主祈禱，會有像我這樣的人能給你一個好死。因爲有人在乎你，不會恥笑你，而且在你要自刎的時候，替你握著劍。」

「我會掐住你的脖子，薩迪雅司。」雅多林從齒縫中擠出字字句句。「我會掐得死緊、死緊，然後把我的匕首戳入你的肚子裡攪動。你不配好死。」

「嘖嘖。」薩迪雅司微笑地說。「小聲點，房間裡都是人。如果被人聽到你威脅一名藩王怎麼辦？」雅烈席人的方式。你可以在戰場上拋棄盟友，所有人知道也沒關係——可是對本人無禮，那是萬萬不行的。社交圈的人會對此表示不滿。納拉的手啊！他父親對他們所有人的評價眞的一點都沒錯。

雅多林快速轉身，甩掉薩迪雅司的箝握。他反射性將手指握成拳，向前一步準備要在那張微笑、自滿的臉上招呼一拳。

一隻手落在雅多林的肩膀上，讓他的動作停頓。

「雅多林光爵，我不覺得這是個明智之舉。」一個溫和但嚴肅的聲音，讓雅多林想到他父親，不過音調不一樣。他瞥向來到身邊的阿瑪朗。

高䠷身材，有一張彷彿從岩石中鑿出的面孔的梅利達司·阿瑪朗光爵，是這裡少數幾個穿著正式軍服的淺眸人之一。雖然雅多林也希望能夠穿點更時髦的衣著，但已漸漸開始明白軍服象徵的重要性。

雅多林深吸一口氣，放下拳頭。阿瑪朗朝薩迪雅司點點頭，然後抓著雅多林的肩膀，讓他轉個身，從藩王身邊走開。

「閣下，你不能讓他這樣刺激你。」阿瑪朗低聲說。「他會想盡辦法利用你來打擊你父親。」

屋裡滿是交談中的侍從，兩人從人群中穿過。四處都有人在分派飲料與點心，原本會議的中場休息瞬間變成了宴會。一點也不意外，重要的淺眸人都在這裡，所有人自然都想多多應酬、拉拉關係。

「你爲什麼還待在他那裡，阿瑪朗？」雅多林問。

「他是我宣示效忠的君上。」

「你的位階足夠選擇新的君上。颶父的！你現在已經是碎刃師了，甚至不會有人質問你。來我們的戰營吧，加入我父親。」

「這麼做會造成兩邊的分歧。」阿瑪朗低聲說。「只要我待在薩迪雅司身邊，我就可以幫忙協調歧異。他信任我，你父親也是，我跟兩者之間的友情有助於維繫王國的完整。」

「薩迪雅司會背叛你。」

「不會的，薩迪雅司藩王與我有共識。」

「我們也以爲是這樣，然後他背叛了我們。」

阿瑪朗的表情變得難以解讀。他走路的姿態充滿了儀態，背挺得筆直，朝經過的許多人禮貌地點頭。完美的淺眸將軍，有極爲出色的能力，卻不高高在上，任憑他的藩王差遣的一把利劍。自從開戰以後，他大多數時間都花在訓練新兵上頭，將最優秀的軍力送到薩迪雅司身邊，同時又守護著雅烈席卡的不同區域。薩迪雅司在破碎平原上有這麼優秀的成績，一半是得益於阿瑪朗。

「你父親是個不懂變通的人，我不會祈望他改變，雅多林。但這也代表他現在這樣是無法跟薩迪雅司藩王共事。」阿瑪朗說。

「你就可以？」

「沒錯。」

雅多林哼了一聲。阿瑪朗是王國最優秀的人才之一，有著無懈可擊的名聲。「我很懷疑。」

「薩迪雅司跟我都同意，爲了達到一個高尚的目標，我們採取的手段可以是令人唾棄的。你父親跟我都同意那個目標：一個更好的雅烈席卡，沒有這麼多的紛爭。這只是觀點的問題……」

他繼續說下去，但雅多林發現自己的注意力飄遠。他經常聽到他父親類似的說法，如果阿瑪朗開始對他背出《王道》這本書，他大概會忍不住狂嚎。至少——

那是誰？

令人驚艷的紅頭髮，裡面沒有一絲黑髮，纖細的身材與豐腴的雅烈席人如此不同；一身絲質的藍色禮服，簡單卻又優雅；白皙的皮膚——看起來幾乎像是雪諾瓦人——配上淺藍色的眼睛，眼睛下方的臉頰有一抹淡淡的雀斑，讓她顯得充滿異國風情。

那年輕女子彷彿滑過水面一般穿過房間。雅多林扭著脖子，一路直盯著她經過的身影。她眞是與眾不同。

「艾希的眼睛啊！」阿瑪朗輕笑。「你還是老樣子。」

雅多林把眼睛從那女孩身上拔下。「什麼老樣子？」

「眼睛被每個晃過的小東西揪住就不放了。孩子，你得定下來了，挑一個吧。你母親要是知道你到現在都還沒結婚，一定沒辦法接受。」

「加絲娜也沒結婚啊，她比我大十歲。」如果她像娜凡妮伯母堅信的那樣還活著的話。

「你堂姊在這方面根本算不上榜樣。」他的語氣充滿沒說出口的批評。任何方面都是。

「阿瑪朗，你看看她。」雅多林歪著身子，看著年輕女子走向他父親。「那頭髮，你看過那麼深的紅色嗎？」

「我敢打賭是費德人，有食角人的血統。有些家族以此爲傲。」

費德人。不可能吧……會嗎？

「抱歉。」雅多林離開阿瑪朗身邊，很有禮貌地推擠眾人，來到年輕女子正跟他父親和伯母交談的地方。

「恐怕加絲娜光主的確與船一起沉沒了。」女子正在說。「我爲你們失去親人的傷痛感到遺憾……」

38 無聲的風暴

逐風師（Windrunner）如此參與之後，便發生了先前提及的事件：亦即發現某種引人入歧途的尊榮存在，但這是某些燦軍依附者的叛逆行爲或是出自於外人，亞維納不願推論。

——收錄於《燦言》，第三十八章，第六頁

「……很遺憾。我帶來了一些我搶救出來、屬於加絲娜的遺物。我的人在外面守著東西。」

她發現自己很難用平靜的語氣說出這些話。這一路上，幾個禮拜以來她都在爲加絲娜哀悼。可是一旦提起她的死，想起那個可怕的夜晚，又讓她的情緒如洶湧的浪潮一般翻騰，威脅要再次吞沒她。

她爲自己勾勒出來的形象救了她。她今天可以是那個女人，而那女人並不是毫無情緒，卻能克服她的哀痛。她專注於當下，以及面前的任務——特別是面前的兩個人，達利納跟娜凡妮·科林。

藩王正是她猜想的模樣：一個五官稜角都被歲月磨損的男人，短短的黑髮，兩側泛銀。筆挺的制服讓他像是整個房間中唯一對戰鬥有深刻了解的人。她忍不住猜想他臉上的瘀青是否來自與帕山迪人的戰鬥。娜凡妮則看起來像是二十年後的加絲娜，依然漂亮，不過有著爲人母的氣質。紗藍永遠無法想像加絲娜爲人母的模樣。

紗藍走上前來的時候，娜凡妮還泛著微笑，可是現在她臉上的所有笑意已經消失。紗藍看著那女人坐倒在不遠的椅子上，她原本對她女兒的安危還抱著希望，但我剛剛粉碎了那個希望。

「謝謝妳帶這個消息來給我們。」達利納光爵說。「能夠確認……是好的。」

感覺眞的太糟糕。不只是自己被勾起對加絲娜死亡的回憶，更因爲她還要加重別人的負擔。「我有消息可以提供給你們，關於加絲娜在研究的課題。」紗藍試圖隱晦地說。

「又是那些帕胥人？」娜凡妮憤怒地說。「颶風的，那女孩對他們太著迷了。自從她認定她需要爲加維拉的死負責之後，她就變成這樣。」

什麼？紗藍從來沒有聽過這種說法。

「她的研究可以先等等。」娜凡妮的眼神凌厲。「我要知道妳以爲妳看到她死去時的所有細節。把妳知道的一切鉅細靡遺說出來，不得有任何遺漏。」

「也許等到會議結束之後……」達利納說，一手摸上娜凡妮的肩膀，他的碰觸如此溫柔。這不是他哥哥的妻子嗎？他眼中的神情，那是對他嫂嫂的親情，還是更多的感情？

「不行，達利納。現在。我現在就要聽。」娜凡妮說。

紗藍深吸一口氣，準備要開始，讓自己冷硬起來，面對那些情緒，卻發現自己出奇地自持。在她整理思緒的同時，注意到一名金髮年輕男子正在看她。那應該是雅多林。他確實如傳言一般英俊，穿著跟他父親一樣的軍服，可是雅多林的軍裝比較……有型？這麼說對嗎？她喜歡他有點凌亂的頭髮配上筆挺的制服，讓他顯得更像活生生的人，比較不像一幅畫。

她將注意力轉回娜凡妮身上。「我在半夜醒來，到處都是喊叫聲跟煙味。我打開門，看到不認識的人擠在通往加絲娜艙房的走廊上，就在我房間對面。他們把她的身體放在地上，然後……光主，我看著他們刺穿她的心臟。對不起。」

娜凡妮全身緊繃，頭一抖，彷彿被甩了一巴掌。

紗藍繼續說下去。她盡量提供娜凡妮所有眞相，但顯然紗藍做的一些事——織光術、對船施展魂術——都不該與他人分享，至少現在不行。所以她說她把自己鎖在房間裡，一個她已經準備好的謊言。

「我聽到那些人在上面，一個接著一個被處決時發出的慘叫。」紗藍說。「我意識到我能給他們的唯一希望，就是替那些強盜製造出危機，所以我用我拿到的火把放火燒船。」

「燒船？」娜凡妮驚恐地問。「在我女兒昏迷時燒船？」

「娜凡妮……」達利納捏著她的肩膀。

「妳害死了她。」娜凡妮看著紗藍的雙眼。「加絲娜不能像別人那樣游泳，她——」

「娜凡妮。」達利納更堅定地重複。「這個孩子的決定是正確的，她怎麼可能單獨對抗一群男人？而她看到的……娜凡妮，加絲娜不是昏迷，那時候做什麼都已經來不及。」

女人深吸一口氣，明顯是在掙扎，想要控制住自己。「我……道歉。」她對紗藍說。「我現在情緒不穩，有不理性的傾向。謝謝……謝謝妳帶消息來給我們。」她站起身。「恕我失陪。」

達利納點點頭，讓她還算是優雅地退場。紗藍退後一步，雙手交握在身前，覺得自己很沒用，甚至奇特地羞愧，目送著娜凡妮離去。她原本就不認爲這會是很順利的過程。確實不是。

她利用這個時刻來查看圖樣的情況，它正趴在她裙襬上，幾乎看不見形狀。就算有人注意到它，也只會覺得這塊布料的設計有點奇怪——前提是它確實乖乖依照她的命令，不准移動或說話。

「我猜妳到這裡的一路上已相當勞累。」達利納說完，轉向紗藍。「船觸礁以後，妳被困在凍土之地？」

「是的，幸好我碰到商隊，跟著他們一路前來。很遺憾的，我們遇上了土匪，又因爲士兵即時到來而救了我們。」

「士兵？」達利納驚訝地說。「哪個旗幟下的？」

「他們沒說。我猜想他們原本來自破碎平原。」紗藍回答。

「逃兵？」

「我沒有問細節，光爵。可是我的確向他們保證過，他們之前的犯罪會獲得赦免，以回報他們高尚的行爲。他們救了幾十條性命，我加入的車隊裡每個人都可以證明那些人的見義勇爲。我認爲他們想要贖罪，想尋找能夠重新開始的機會。」

「我會讓國王在他們的赦免書上蓋印，請替我準備一份名單。我總是覺得吊死士兵是種浪費。」達利納說。

紗藍放下心。一件事處理好了。

「還有一件我們必須討論的敏感事宜，光爵。」紗藍說。兩人轉向在旁邊徘徊不去的雅多林，他露出微笑。

他的確有很好看的笑容。

加絲娜第一次跟她解釋隨訂的意義時，紗藍對這件事的興趣是很抽象的。嫁入一個強大的雅烈席卡家族？她的兄弟可以得到盟友？她能夠獲得被承認的身分，還能繼續跟加絲娜一起爲了拯救世界而努力？聽起來全部都是很美好的事。

可是看著雅多林的笑容，她沒有想起半點這些好處。她提起加絲娜時的痛楚沒有完全消失，但是看著他的時候，她發現自己更容易忽略那份痛楚。她也發現自己忍不住臉紅了。

她心想，這也許很危險。

雅多林走上前來加入他們，周圍的交談聲讓身處人群中的他們反而有些隱私。他替她從某處找到一杯橘酒，遞給她。「紗藍．達伐？」他問。

「呃……」她是嗎？噢，對。她接過酒。「是的？」

「雅多林．科林。」他說。「對於妳的遭遇，我感到非常遺憾。我們必須告訴國王有關他姊姊的事，如果可以的話，請允許我代妳前去，讓妳免除掉這個責任。」

「謝謝你，可是我想要親自見他。」紗藍說。

「當然當然。至於我們的……關係，當初妳還是加絲娜的學徒時，那樣的安排自然是很合理的，對吧？」

「也許吧。」

「既然現在妳都到了這裡，也許我們應該去散散步，再看看情況如何。」

「我喜歡散步。」紗藍說。笨啊！快點，想些有意思的回答。「呃。你的頭髮很好看。」

一部分的她——受過太恩訓練的那個她——哀嘆了一口氣。

「我的頭髮？」雅多林摸摸頭髮。

「對。」紗藍很努力想要讓她遲緩的大腦再次轉動。「賈．克維德鮮少見到金髮的人。」

「有人認爲這是血統不純的象徵。」

「眞好笑，他們也這樣說我的髮色呢。」她朝他微笑。

這麼做似乎對了，因爲他也回以一笑。剛才圓回來的方式也許不是她這輩子最成功的一次，但一定也沒那麼差勁，因爲他在微笑。

達利納清清喉嚨。紗藍眨眨眼，她完全忘記藩王還在那裡。

「雅多林，去幫我拿些酒來。」他說。

「父親？」雅多林轉向他。

「噢。對，我去。」王子離開。艾希的眼睛啊，那人眞是太英俊了。她轉向達利納，那個，呃，沒那麼英俊的父親。當然，他的氣質相當出眾尊貴，但是他的鼻子被打斷過，臉上的瘀青對他的容貌也沒太大幫助。

事實上，他看起來挺嚇人的。

「我要聽妳說說妳的事，妳家族的確切地位，還有妳爲什麼這麼迫切想要與我兒子保持關係。」他輕聲說。

「我的家族被逼入絕境。」紗藍說。跟這個人坦承相告似乎是最好的策略。「我父親死了，但是我們欠債的對象還不知道。我從沒有想過要與雅多林聯姻，直到加絲娜提起這件事，但是如果可以，我極欲把握這個機會。嫁入您的家族將會對我的家族提供很大的保護。」

她還是不知道該怎麼處理她哥哥們欠下的魂器。不過走一步是一步。

達利納沉吟了一聲，他沒想到她會這麼直接。「所以妳沒什麼可以給的。」他說。

「根據加絲娜曾經提及您對種種事情的觀點，我不認爲我的財富或政治關係，會是您優先考慮的條件。如果您的目標是那樣的聯姻，那您很多年前就會讓雅多林王子婚配了。」這些話如此魯莽出口，讓她自己也忍不住皺眉。「無意冒犯，光爵。」

「妳沒有冒犯我，我喜歡直接了當的人。我想要讓我兒子在這件事上能夠表示意見，並不代表我不希望他獲得有價值的聯姻。但是一個外國小家族的女性，還聲稱自己家族走投無路，對這份聯姻帶不來任何好處？」

「我沒有說我帶不來任何好處。」紗藍回答。「光爵，過去十年中，加絲娜收了多少學徒？」

「就我所知，沒有。」他承認。

「您知道她拒絕了多少個嗎？」

「大概有點概念。」

「可是她接受我了。難道這不足以證明我是可以帶來價值的嗎？」

達利納緩緩點頭。「我們先保持現在隨訂的情況。我一開始同意的理由仍然成立——我希望讓那些因爲政治利益想要操控雅多林的人，認爲他已經不是單身了。如果妳能說服我、娜凡妮光主，當然還有那小子本人點頭，我們可以將隨訂推進到正式婚約。在這段期間，我會讓妳成爲我的一名初級文書員。妳可以在那裡證明妳的價值。」

雖然這個提議很慷慨，卻讓她感覺像是綑牢她的繩子。初級文書員的薪資可以讓她餬口，但是絕對不是什麼傲人的數目，而且她毫不懷疑達利納會盯著她。那雙眼睛洞悉人心的能力令人害怕，她的一舉一動都會被送到他眼前。

他的慈悲會成爲她的牢籠。

「您很慷慨，光爵。」她不由自主地開口。「可是我其實——」

「達利納！」房間裡的一人大喊。「你到底是要讓我們今天把這會開完，還是我得要人把晚餐給我送來？」

達利納轉向一名臉上有鬚、身材福態的男子。那人穿著傳統的衣服——開襟長袍，裡面是寬鬆的上衣，以及叫做塔卡瑪的戰士裙。瑟巴瑞爾藩王，紗藍心想。加絲娜的筆記很鄙夷地評論這個人的煩人和沒用。就連薩迪雅司都不會被這樣形容，雖然他的部分寫著「不可以信任」。

「好，好，瑟巴瑞爾。」達利納離開紗藍身邊，走向房間中央的一圈座位。他在書桌旁邊的座位上坐下，一個有著高挺鼻子的驕傲男人坐在他身邊。那就是國王，艾洛卡，他比紗藍以爲的還要年輕。瑟巴瑞爾爲什麼是叫達利納重新開始會議，而不是國王？

接下來的一段時間，就是測試紗藍先前的準備工作是否充分的時刻。因爲高貴的男女們一一在豪華的座位上坐下，每個人身邊都有一張小桌子，後面是一名上僕，準備應對重要的需求；一群帕胥人不斷添加桌上需要的水、乾果、新鮮水果。每次有帕胥人經過時，紗藍就忍不住打個寒顫。

她暗中比對起在座的藩王。薩迪雅司很好認，皮膚下明顯可見的血管讓他滿臉紅光，就像她父親喝完酒時那樣。其他人向他點點頭，讓他先入座。他似乎跟達利納一樣受人尊敬。他的妻子雅萊有著纖細的脖子、厚嘴唇、大胸脯，還有寬嘴。加絲娜的筆記說她跟她丈夫一樣精明。

這對夫婦身邊各坐著一名藩王。一個是有名的決鬥家艾拉達，加絲娜的筆記上寫著他是個強大的藩王，喜歡冒險，眾人皆知他會去進行聖典中禁止的投機遊戲，以此博奕。他跟薩迪雅司似乎交情很好。他們不是敵人嗎？她讀過兩人經常因爲土地問題有紛爭。好吧，這塊石頭似乎已經碎了，因爲他們對達利納的態度是一致的。

加入他們的是盧沙藩王跟他的妻子。加絲娜認爲他們頂多是一對小偷，但也警告這兩人很危險，善於鑽營。

房間中的家具排列似乎讓所有人都能看得出來這兩個陣營。國王跟達利納，對上薩迪雅司、盧沙和艾拉達，顯然當下的政治派系跟加絲娜當初的紀錄已經有了差異。

房間安靜下來，似乎沒人在乎紗藍正站在一旁觀看。雅多林在他父親身後坐下，旁邊是一名更年輕的男子，戴著眼鏡，還有一個空座位，應該是留給娜凡妮的。紗藍小心翼翼地繞過房間，周圍滿滿都是護衛、侍從，甚至還有穿碎甲的人。她的目標是離開達利納的直接視線範圍，免得被他注意到而後趕出去。

亞菈・盧沙光主雙手交握，傾身首先開口：「陛下，我個人以爲今日至今的談話一直在繞圈子，完全沒有任何成果。您的安全當然是我們最大的擔憂。」

在那圈藩王對面，瑟巴瑞爾大聲哼嘰著，響亮地咬著瓜果。房間裡所有人似乎都刻意忽視這個煩人的鬍子男人。

「沒錯。白衣殺手。我們必須要有所作爲，我絕對不會在我的宮殿裡束手待斃。」艾拉達說。

「他正在殺死世界上各處的藩王與國王！」洛依恩補上一句。紗藍覺得那個人長得像烏龜，因爲他拱著背又禿頭。加絲娜是怎麼說他來著……？對了，*他是個膽小鬼*，紗藍心想。*總是挑最安全的選擇*。

「我們必須表現出一個統一的雅烈席卡。」哈山說。她立刻就認出他來，因爲他有著長脖子還有高貴的口音。「我們不能允許自己被各個擊破，更不能隨意起紛爭。」

「所以你們必須聽從我的命令。」國王朝藩王們皺眉。

「不對，是我們必須放棄您強加在我們身上的可笑限制，陛下！現在不是讓世人把我們當蠢才看待的時候。」盧沙說。

「聽聽盧沙說的。」瑟巴瑞爾挖苦地說，靠回椅背。「他可是蠢才方面的專家。」

爭論持續，紗藍開始對房間中的狀況更有了解。其實有三個派系。達利納跟國王、薩迪雅司一團人，還有她稱之爲斡旋派的一群，領頭者是哈山，他說話的方式讓他像是房間中最與生俱來的政治家，而這第三派人想要調解另外兩派的衝突。

所以這才是重點，她心想，聽著盧沙跟國王還有雅多林．科林爭論。他們都想要說服這些中立藩王加入他們。

達利納很少說話，薩迪雅司也是，似乎樂於讓盧沙跟他的妻子替他發言。兩個人盯著彼此，達利納不動聲色，薩迪雅司帶著淡淡微笑，似乎一切都很安然，直到看清他們的眼神盯視著對方，幾乎眨都不眨。

這個房間中有一場風暴。沉默的風暴。

每個人似乎都是三派中的一員，除了瑟巴瑞爾，他不斷翻著白眼，偶爾說出一兩句幾乎不堪入耳的話。他顯然讓其他自持、矜貴的雅烈席人覺得相當不自在。

紗藍緩緩地將這場對話背後的含義抽絲剝繭出來，他們不斷爭論著國王的禁令跟規定……重點似乎不是規定，而是背後的權威，關於藩王應該要服從國王到什麼程度，又有多大程度的自主權？眞是令人欲罷不能。

直到其中一人提起她。

「等等。」法瑪，一名中立藩王開口。「那個女孩是誰？誰的隨從裡有費德人？」

「她剛剛在跟達利納說話。」洛依恩說。「達利納，你是不是有些什麼賈．克維德的消息卻沒告訴我們？」

「女孩，妳，」雅萊．薩迪雅司說。「妳家鄉的繼位之戰，過來告訴我們一些什麼，妳有這個殺手的訊息嗎？爲什麼被帕山迪人僱用的人會想要推翻妳的皇室？」

房間中所有眼睛都注視著紗藍。她一瞬間感覺到驚慌。世界上最重要的一群人在質問她，他們的眼睛盯視著她——

然後她想起那幅畫。那才是她。

「很可惜，光爵跟光主們，我在這方面派不上用場。當刺殺悲劇發生時，我並不在家鄉，也不明白其中原因。」

「那妳在這裡有何目的？」哈山問得很有禮貌，也很堅定。

「她當然是在逛動物園啊。」瑟巴瑞爾說。「你們這群人蠢態畢露的樣子，是這片凍土之地最棒的免費娛樂。」

最好還是裝做沒聽到那句話。「我是加絲娜・科林的學徒。」紗藍迎向哈山的眼睛。「我在這裡的目的是私人原因。」

「啊，那個只有傳言、若有似無的婚約啊。」艾拉達說。

「那就對了。」盧沙說。他看起來有種油滑感，黑色的頭髮被頭油梳得光亮，手臂粗壯，嘴邊一圈鬍子，可是最令人不安的是他的笑容——充滿獵捕興致的笑容。「孩子，要怎麼樣才能邀請妳去拜訪我的戰營，與我的書記們談談話呢？我想要知道賈・克維德中發生的事。」

「我的提議更好。」洛依恩說。「女孩，妳住在哪裡？我邀請妳拜訪我的宮殿，我也希望聽聽妳家鄉的事情。」

可是……她剛剛才說她什麼都不知道……

紗藍挖出加絲娜的訓練。他們才不關心賈・克維德，他們想要知道的是她的婚約，他們懷疑背後還有別的意圖。

剛才邀請她的兩人是加絲娜認爲最沒有政治敏銳度的人。其他人，像是艾拉達跟哈山，會私底下再向她提出邀約，免得在公眾場合暴露出他們的意向。

「別擔憂，洛依恩。」達利納說。「她當然要待在我的戰營裡，同時在我的文書員中有一席之地。」

「事實上，我剛剛還來不及回應您的邀請，科林光爵。我很樂於在您的戰營中服務，但可惜的是，我已經接受另一個戰營的職位了。」紗藍說。

震驚的沉默。

她知道她想說什麼。很大一場賭注，加絲娜絕對不會贊同，但她還是開了口。信任自己的直覺。畢竟在藝術上她也是靠自己的直覺成功的。

「瑟巴瑞爾光爵。」紗藍看向加絲娜徹底唾棄的鬍子男。「他是第一個向我提出職位、邀請我入住的人。」

那人幾乎被自己的酒嗆到。他從酒杯上緣看向她，瞇起眼睛。

她以自認無辜的姿態聳聳肩，報以微笑。

拜託了……

「呃……對。」瑟巴瑞爾靠回椅背。「她是個遠親。如果不讓她跟我住的話，我哪還算是個人呢。」

「他的提議很慷慨。每個禮拜提供我三枚布姆。」紗藍說的話讓瑟巴瑞爾的眼睛暴凸出來。

「我不知道這件事。」達利納看看瑟巴瑞爾後，又看向她。

「抱歉，光爵。我應該先告訴您的。我覺得住在正追求我的人家裡並不合宜。您一定能理解。」

他皺眉。「我難以理解的是爲什麼會有人自願靠近瑟巴瑞爾。」

「哎，習慣之後就會發現，瑟巴瑞爾叔叔其實還不錯。就像很煩人的噪音聽久了以後也能恍若未聞呢。」紗藍說。

大多數人似乎都被她的話驚駭到了，只有艾拉達一笑，而正如她所希望的，瑟巴瑞爾直接大笑出聲。

「這件事就這樣定了吧。」盧沙不滿地說。「我希望妳至少願意來找我，提供一下簡報。」

「放棄吧，盧沙，她對你來說太年輕了。不過對象如果是你的話，我相信一定只能是『簡』報。」

盧沙聞言氣急敗壞。「我哪有……你這個腦子發霉的老……呿！」

紗藍很高興對話又轉回政治議題，因為剛才最後一句話讓她滿臉通紅。瑟巴瑞爾這個人也太沒遮攔了。但他似乎很努力不讓自己參與到這些政治討論中去，這也是紗藍想要的位置。有最多自由的位置。她還是會跟達利納還有娜凡妮合作，研究加絲娜的筆記，但她不願意欠他們人情。

誰又能說欠另一個人情會有什麼不同呢？紗藍繞過房間，來到瑟巴瑞爾的座位，他身邊沒有妻子也沒有家人隨侍。他還單身。

「我差點拎著妳的耳朵把妳丟出去，小傢伙。」瑟巴瑞爾不動聲色地低語，啜著酒，沒有看她。「妳剛才把自己交到我手中實在很蠢，所有人都知道我喜歡點火看戲。」

「可是您沒有把我丟出去，所以剛才那樣並不蠢，只是有回報的風險。」她說。

「我還是有可能拋下妳。我絕對不會付妳那三個布姆。我的情婦幾乎就要花我這麼多錢，而那個安排對我還有點好處。」

「您一定會付我這筆錢的，因為這已經是公開的事，但別擔心，我有這個價值。」

「妳有科林的訊息？」瑟巴瑞爾問，端詳著酒。

他果然還是在意的。

「訊息是有，但跟科林比較無關，而是跟這個世界有關。相信我，瑟巴瑞爾光爵，您剛剛同意的是一筆獲益豐厚的交易。」

她只需要想個辦法讓它成為事實。

其他人繼續爭論白衣殺手的事，她推斷出他在這裡下手過，但被擊退了。艾拉達正把討論重點轉向抱怨他的寶心被王室奪走——紗藍不知道那些寶石被拿走的原因是什麼——達利納．科林卻在此時站了起來。他的動作像是一塊滾動的石頭，無可規避、無可轉圜。

艾拉達的話音漸漸消失。

達利納說：「我在路上經過一堆奇特的石頭，是一種我覺得很罕見的石頭。龜裂的板岩被颶風吹蝕，堆積在較爲堅固的岩石邊，一疊薄薄的石片像是被人親手堆疊而成。」

其他人用看瘋子的眼光看達利納。可是他的話喚醒紗藍記憶深處的什麼……他在引述她讀過的一本書。

達利納轉身，走向迎風大開的窗戶。「可是並沒有人堆起這堆岩石。雖然它們看起來搖搖欲墜，事實上卻相當堅固，曾經被掩藏的岩脈如今暴露在空氣中，不知道它們如何能保持如此整齊的堆疊，無視於肆虐的風暴。

「我很快便斷定出它們眞實的特質。我發現從某個方向推動的力量，讓一塊石頭貼上另一塊，以及背後的岩塊。從這個方向，無論我施予多大的力氣，都無法撼動岩石。但是，當我取下最下層的一塊岩石，以抽出來而非推入的力道時，整疊岩石隨著一陣微小的山崩便坍塌。」

房間裡所有人都盯著他，直到瑟巴瑞爾終於說出大家心中的話：「達利納，他地獄的第十一個名字，你到底在碎唸些什麼啊？」

「我們的辦法沒有用。」達利納看著所有人。「征戰多年，卻跟之前的處境一樣。我們現在面對這名殺手時，也跟他當年刺殺我兄長時那樣束手無策。賈．克維德王派了三名碎刃師跟半支軍隊去對抗這個怪物，卻因爲一柄刺穿胸膛的碎刃而死，碎具被投機份子瓜分一空。

「如果我們無法打敗殺手，那我們必須解決掉他攻擊的原因。如果我們可以抓住或消滅他的雇主，那也許我們可以取消束縛他的契約。根據我們最近的了解，他是帕山迪人僱用的。」

「太棒了。」盧沙挖苦地說。「我們只要打贏這場戰爭就好，畢竟我們在這上面只花了五年嘛。」

「我們沒有努力。不夠努力。我打算跟帕山迪人和談。如果他們不願意按照我們的條件和談，那我會帶著我的軍隊，還有任何願意加入我的人前往破碎平原，結束台地上的遊戲，不再爭奪寶心，而是直接攻擊帕山迪人的營地，無論在哪裡，徹徹底底打敗他們。」

國王輕輕嘆氣，坐在書桌後的他靠回椅背。紗藍猜想他早就料到會發生這種事。

「去破碎平原。聽起來像是很棒的嘗試，正適合你。」薩迪雅司說。

哈山帶著小心翼翼的口氣開口：「達利納，我不覺得我們的處境有多少改變。破碎平原仍然多半是未知的區域，帕山迪人的營地有可能藏在任何地方，躲在我們的軍隊不可能輕易到達的遠處。我們都同意在如果他們來攻擊我們的情況下戰鬥，但主動攻擊他們的營地恐怕是太不謹慎的作法。」

「哈山，讓他們攻擊我們這件事本身就是問題，因爲這讓他們佔據先手之利。沒錯，我們的狀況沒有改變，改變的只是我們的決心。這場戰爭已經拖延太久，無論如何，我都會結束它。」達利納說。

「聽起來很棒。」薩迪雅司又說了一次。「你明天去還是等後天？」

達利納鄙夷地看了他一眼。

「我只是想推斷一下什麼時候會有空出來的戰營。」薩迪雅司假裝無辜地說。「我的營地已經快用完，等到帕山迪人把你跟你的人都屠殺乾淨了，我不介意往外擴張。你想想，當初你被困在那裡時碰到多大的麻煩，現在居然還要再自投羅網一次。」

雅多林在他父親身後倏地站起，滿臉漲紅，怒靈像是一潭潭鮮血在他腳邊翻湧。他的弟弟把他勸坐下來。紗藍猜想這其中一定有別人都知道的背後原因。

我缺乏足夠的背景資料就闖入這裡，她心想。颶風啊，我沒被咬碎真是好運。突然間，她不再因爲自己今天的成就而感覺那麼驕傲。

「在昨天晚上的颶風來臨前，我們見到了帕山迪人的使者。這是許久以來，第一個願意與我們對話的人。他說他的領袖願意談談和平的可能。」達利納說。

藩王們一臉震驚。和平？紗藍的心跳加速，這樣會讓尋找兀瑞席魯的路更加簡單。

「就在那天晚上，殺手攻擊了。這是第二次。他上次在我們跟帕山迪人簽訂和平協約之後出現，現在他又在和平提議的隔天之後出現。」

「這些混蛋。」艾拉達輕聲說。「這是他們什麼扭曲的儀式嗎？」

「也可能是巧合。那個殺手在全世界都犯案，帕山迪人不可能全部都聯絡過，可是這些事件讓我相當警惕，讓我幾乎在想帕山迪人是不是被陷害了……會不會有人正在利用這名殺手，想讓雅烈席卡永遠沒有和平的一天。可是帕山迪人確實聲稱僱用他來殺加維拉……」

「也許他們被逼得走投無路。」洛依恩靠入椅背。「他們之中有一派要求和平，另一派則不擇手段要摧毀我們。」

「無論如何，我都打算以最糟情況來設想。」達利納看向薩迪雅司。「我會前往破碎平原的中心，無論是要徹底打敗帕山迪人，或是接受他們的投降與解除武裝，但是這樣的軍事行動需要時間安排。我需要訓練我的人很長一段時間，進行長期的軍事探勘，同時派斥候去偵查平原中心的狀況。除此之外，我還得挑選出新的碎刃師。」

「……新的碎刃師？」洛依恩問，烏龜般的腦袋好奇地抬起來。

「我很快就會有更多碎具。」達利納說。

「請問可以允許我們知道這份驚人的寶藏出自何方嗎？」艾拉達問。

「當然是靠雅多林從你們每個人手中贏來的啊。」達利納說。

有些人把它當笑話一樣聽著，達利納似乎不覺得這是笑話。他重新坐下，其他人認爲這代表會議結束——又一次讓人感覺會議主導者是達利納，不是國王。

權力的結構絕對改變了，紗藍心想。包括戰爭的特性。加絲娜關於宮廷的筆記肯定已經過時。

「我猜妳會陪我一起回戰營吧。」瑟巴瑞爾站起身對她說。「這場會議不只浪費時間，聽那些吹牛皮的人暗地偷偷威脅對方而已，今天還讓我破費了。」

「還不是最糟的情況。」紗藍扶著老人起身，因爲他站立時好像不太方便。但是他一站好，不穩的感覺就消失，他也抽開手。

「怎麼樣才算最糟？」

「除了貴以外，我可能還是個無趣的人。」

他看著她，然後笑了。「妳說的似乎有道理。那就來吧。」

「您先去。我在車邊跟您會合。」紗藍說。她走到別處，尋找國王，親自告知加絲娜的死訊。他的反應很平靜，表現出眞正的尊嚴，達利納大概已經告訴他了。

完成這個任務之後，她去找了國王的書記官。沒過多久，她走出會議廳，看到法達跟加茲緊張地等在外面。她將一張紙遞給法達。

「這是什麼？」他邊問邊把手上的紙翻來覆去。

「赦令。上面有國王的戳記，給你跟你的人。過一陣子我們會拿到上面寫了每個人名字的公文，但是可以先用這份文件不讓你們被逮捕。」

「妳居然辦到了?」法達繼續翻看著,不過很顯然根本不識字。「颶風的,妳居然真的實踐諾言了?」

「當然。」紗藍說。「不過你要知道,這張紙只包括過去的罪行,所以叫所有人都給我乖乖的。好了,走吧,我已經安排好我們的住宿。」

39 多彩

四年前

父親舉辦宴會是爲了假裝一切如常。他邀請附近小村落的光爵，給他們好吃好喝的，並展示他的女兒。

然後，在他們走後的隔天，他會坐在桌邊聽著書記們回報他又更貧窮了。紗藍偶爾會看到這時的他按著額頭，茫然失焦地看著前方。

可是今晚，他們依然飲宴、僞裝。

「你們當然見過我的女兒。」等他的客人們坐定之後，父親朝紗藍一比。「達伐家族的珍寶，我們最大的驕傲。」

這些訪客——來自兩個山谷外的淺眸人——禮貌地點點頭，父親的帕胥人此時端酒上來。酒跟奴隸都是在展示父親其實並不擁有的財富。紗藍已開始幫忙管帳，這是她身爲女兒的責任，所以心知肚明他們的財務現況。

今天晚上的寒意被劈啪作響的壁爐抵消，如果是在別的地方，這樣一個房間也許會讓人覺得溫馨。但這裡不是。

僕人們替她倒只能令人微醺的黃酒。父親喝的是紫酒，特別濃烈。他坐在首桌，這張桌子跟房間一樣寬——一年半前赫拉倫就是在這裡威脅要殺掉他。大概六個月前，他們接到一封赫拉倫的短信，還有一本加絲娜．科林的新書，是要給紗藍的。

紗藍顫抖、低聲地把他的信唸給父親聽。信裡沒寫什麼，大多數是很隱晦的威脅。那天晚上，父親差點把他的一名女僕打死。愛珊至今走路都還微微跛腳，僕人再也不敢偷偷討論父親殺死他的妻子這件事。

誰都不敢再反抗他，紗藍心想，瞥向她父親。我們都太害怕了。

紗藍的另外三個哥哥縮在自己的桌邊，避免看向他們的父親，也不跟賓客互動。他們的桌上有幾個小小的錢球杯正散發光芒，但整個房間其實需要更多照明，錢球或火光都不足以驅散房間中的陰霾。可是她覺得父親正喜歡這樣。

來訪的塔維納光爵是一名身材修長、穿著出眾的男人，身著一件深紅色的絲質外套。他跟他的妻子親密地坐在首桌，十幾歲的女兒坐在兩人中間。紗藍沒有聽到她的名字。

隨著晚宴進行，父親數次試圖挑起話題，但是他們的回應都很簡短。雖然表面上這是場宴會，但是沒有人看起來很開心。訪客們一臉懊悔接受邀請的表情，但是父親在政治上的地位強過他們，跟他保持良好關係很有價值。

紗藍則對自己的食物興趣缺缺，耳裡聽著父親誇耀他的新野斧犬種犬。他提到牠們的多胎多產。謊話。

她不想反駁他。他對她很好。他向來對她很好。可是，難道不該有人做些什麼嗎？

赫拉倫會這麼做。他離開他們了。

越來越糟糕了。總有人該做點什麼，說點什麼來改變父親。他不該像現在這樣，喝得醉醺醺，責打深眸人……

第一道菜結束。紗藍注意到一件事。巴拉特——最近父親開始以南．巴拉特稱呼他，彷彿把他當成長子——一直瞥向客人。眞意外。他通常不會理他們。

塔維納的女兒跟他對上眼，微笑，然後垂眸繼續看自己的食物。紗藍眨眨眼。巴拉特……跟女孩子？多奇怪的念頭。

父親似乎沒注意到。他終於站了起來，向房中眾人舉杯。「今晚，讓我們慶祝。良好的鄰居，濃烈的酒。」

塔維納跟他的妻子遲疑地舉杯。紗藍才剛剛開始學習禮儀——過程很困難，因爲她的老師們一直待不下去——可是她知道一個好的弗林光爵不該鼓勵喝醉的。不是他們不會喝醉，但是弗林的作法就是做而不提。她父親對這種禮儀方面的事情向來不擅長。

「這是重要的夜晚。」父親啜了一口酒以後說。「我剛收到蓋佛瑪光爵的消息，塔維納，我相信你認得他。我已經太久沒有妻子了，蓋維瑪光爵要將他最小的女兒跟婚書一起送來，我的執徒會在月底時舉辦儀式，我將會有新妻子。」

紗藍感覺一陣冰寒襲身，她把披肩攏得更緊。剛才提到的執徒坐在自己的桌前，無聲地進食。那三個人一般的花甲之齡，年輕時服侍紗藍的祖父。他們一直對她很好，跟他們學習是她所有事情都在崩潰的生活中，能有一絲愉悅的事情之一。

「爲什麼沒人說話？」父親環顧房間質問。「我才剛剛訂婚！你們看起來像一群颶風的雅烈席人！我們是費德人！你們這群白癡，發點聲響啊！」

訪客們禮貌地拍手，看起來比之前更加不自在。巴拉特跟雙胞胎交換一個眼神，然後輕輕地搥起桌面。

「你們全下虛無吧。」父親坐倒在椅子上，帕胥人們來到矮桌前，每個人都捧著一個盒子。「給我的孩子們的禮物，紀念這件盛事。」父親一揮手說。「眞不知道我幹嘛白費這個心思。哼！」他一口喝光杯中的酒。

男孩們得到的匕首做工非常精緻，上面有碎刃一樣的刻紋。紗藍的禮物是一條項鍊，以圓潤豐厚的銀環組成。她沉默地拿著項鍊。父親不喜歡她在宴會上說話，雖然他總要把她的桌子放在首桌旁。

他從來不對她大吼。不會直接吼。有時候她反而希望他可以吼出來，也許這樣傑舒就不會一直責怪她。這——

宴會大廳的門被猛然推開。黯淡的光線下，一名高大的男人穿著深色的衣服，站在門口。

「怎麼回事！」父親怒斥，站起身，用力一搥桌面。「是誰打斷我的宴會？」

男人大踏步走進。他的臉又長又瘦，看起來像是被捏扁一樣。柔軟的暗紅色外套袖口上有花邊，抿起嘴唇的樣子，讓他看起來像是剛剛找到一間在大雨中滿溢而出的茅坑。

他一隻眼睛是深藍色，另一隻是深褐色。既是深眸人，又是淺眸人。紗藍又感覺到一陣寒意。

一名達伐家僕跑到首桌邊朝父親低語。紗藍沒有聽到他們在說什麼，可是無論對方說了什麼，都讓父親臉上的震怒頓時消失。他仍然站著，但是卻驚愕地張大了嘴。

幾名穿著暗紅色制服的僕人繞過來人走入房間。他邁著準確的步伐前進，彷彿正仔細地選擇落腳的地方，好避免踩到什麼東西。「我是這片區域的統治者法蘭藩王殿下，所派遣之使者。他接獲消息，知道這片區域中有一些很不幸的傳聞流連不散——關於一名淺眸女子之死的傳言。」他直視她父親的雙眼。

「我的妻子是被她的情人所殺，後來她的情人也自殺了。」父親說。

「其他人的說法不同，林·達伐光爵。」來者說。「這種傳言讓人……困擾，殿下爲此感到不滿。如果在他治下的光爵殺了一名貴族淺眸女子，這就不是一件他能忽視的事。」

父親沒有以紗藍預料會發生的暴怒回應，反而朝紗藍跟訪客們揮揮手。「去吧。留點空間給我。你，信差，我們單獨聊聊，沒必要把泥巴踩到走廊上。」

塔維納一家站起身，一臉迫不及待想走。不過他們離開時，女孩確實瞥了巴拉特一眼，壓低聲音說了幾句。

父親看向紗藍，她發現自己又因爲別人提起母親而僵在原處，坐在首桌之前的桌子邊無法動彈。

「孩子，去跟妳哥哥們一起。」父親輕聲說。

她努力起身、告退，經過來到首桌前的信差。那雙眼睛……是雷丁，藩王的私生子。據說他父親把他當劊子手跟殺手用。

哥哥們並沒有明確地被指示要離開房間，所以他們坐在壁爐周圍，遠到可以讓父親有點隱私。他們給紗藍留了個位置，她坐下來，精緻的絲綢禮服皺成一團。布料包圍她的蓬鬆感讓她感覺自己其實不存在，只有禮服的存在才重要。

藩王的私生子跟父親一起在桌邊坐下。至少終於有人站出來面對他。如果藩王的私生子決定父親有罪該怎麼辦？會發生什麼事？調查嗎？她不想要父親倒下，她只想要阻止正在緩緩勒斃他們的黑暗。在母親死後，似乎他們的光明也隨之熄滅了。

在母親……

「紗藍？妳還好嗎？」巴拉特問。

她搖搖頭。「我可以看看你們的匕首嗎？從我那裡看過來時，覺得匕首看起來很精緻。」

維勤只是盯著火，可是巴拉特把他的匕首拋給她。她笨拙地接住，然後從皮套中抽出，欣賞層層疊疊的金屬在火光下映射出的光芒。

男孩們看著火靈在火上跳舞。三個兄弟從那時候起再也沒跟彼此說過話了。

巴拉特轉過頭去看首桌。「眞希望我能聽到他們在說什麼。」他低語。「也許他們會把他拖走。他幹下這種事，那樣正好。」

「他沒有殺死母親。」紗藍輕聲說。

「哦？」巴拉特哼了一聲。「那麼到底發生了什麼事？」

「我……」

她不知道。她不能思考。不能想那個時候，不能想那天。父親眞的動手了嗎？雖然火堆很溫暖，但她再次感覺到冰冷。

沉默返回。

有人……得有人做些什麼。

「他們在談植物。」紗藍說。

巴拉特跟傑舒看著她，維勤繼續盯著火。

「植物。」巴拉特沒好氣地說。

「對。我可以隱約聽到他們的說話聲。」

「我什麼都聽不到。」

紗藍在過於蓬鬆的禮服下聳聳肩。「我的聽力比你好。對，植物。父親抱怨花園裡的樹根本不聽他的命令。他在說『它們因爲生病所以一直掉葉子，而且拒絕長新葉子。』

「信差在問：『你有沒有試試用打的讓它們聽話？』

「父親回答：『我沒事就打，都打斷了一堆，還是不聽話！眞是亂七八糟，它們至少該把自己收拾收拾整齊嘛。』

「信差說：『還眞是麻煩，沒葉子的樹留著幹嘛。幸好我有辦法可以解決，我家親戚以前也有這樣的樹，後來他發現只要對著樹唱歌，葉子就會長出來了。』

「父親說：『啊，有道理，我立刻就去試。』

「『希望有效。』

「『有效的話，我可就舒福了。』」

她的哥哥們不解地盯著她。

終於，傑舒歪著頭，他是兄弟幾人中年紀最輕的，只比紗藍大。「舒……福……了……」

巴拉特猛然大笑出聲，響亮到他們的父親瞪來一眼。「妳太糟糕了。」巴拉特說。「紗藍，妳簡直糟糕透頂了。妳應該覺得很羞愧。」

她露著大大的笑容，藏身在她的禮服裡。就連維勤，雙胞胎中年紀比較大的那個，都露出了一絲微笑。她已經多久沒有……看到他微笑了？

巴拉特擦擦眼睛。「我剛剛還以爲妳眞的能聽到他們說話。妳這個小引虛者。」他深深吐了一口氣。「颶風的，可是感覺眞好。」

「我們應該要更常笑才對。」紗藍說。

「這不是個適合笑的地方。」傑舒啜著酒說。

「因爲父親？他只有一個人，我們有四個。我們只要更樂觀點就好。」

「樂觀沒辦法改變事實。」巴拉特說。「眞希望赫拉倫沒有離開。」他一拳搥在椅子旁邊。

「泰特・巴拉特，不要責怪他去旅行。」紗藍輕聲說。「有好多地方可以去看，那些我們也許永遠不會造訪的地方。就讓我們其中一個人去找尋，想想他會帶回來給我們的故事。那些色彩。」

巴拉特看著乏味的黑色岩石房間，只有黯淡的壁爐，散發橘紅色的光。「色彩。我不介意這裡多一些色彩。」

傑舒微笑。「只要不是父親的臉，都是很好的改變。」

「好了好了，別這樣貶低父親的臉，它可是很擅長完成任務的。」

「什麼任務？」

「提醒我們所有人，有比他的體臭還更糟糕的東西存在，那其實是很高尚的天職。」

「紗藍！」維勤看起來跟傑舒完完全全不像。維勤長得瘦，眼眶凹陷，頭髮剪短到看起來幾乎像是執徒。「不要在父親可以聽到的地方說這種話。」

「他現在正忙著講話。可是你說得沒錯，我也許不應該取笑我們的家族。達伐家族既奪目出眾又堅毅不拔。」

傑舒舉杯，維勤猛力點頭。

「當然，疣也有同樣的特性。」她補上一句。

傑舒差點把嘴裡的酒都噴出來，巴拉特又發出震耳的大笑。

「不准吵！」父親朝他們大喊。

「這是宴會！您不是要我們表現得更像費德人嗎？」

父親狠狠瞪他，然後轉頭繼續跟信使說話。兩人窩在首桌邊，父親的姿態頗爲懇求，藩王的私生子則坐得愜意，挑著眉毛，臉上毫無動容之色。

「颺風的，紗藍，妳什麼時候變得這麼靈巧了？」巴拉特說。

靈巧？她不覺得自己有哪裡靈巧。突然間，她剛才表現出來的大膽消失，讓她整個人縮回椅子裡。那些話像是不受控制一樣就從她嘴裡說了出來。「那只是……只是我從書上看來的。」

「那妳該多讀讀這種書，小東西。書的內容讓這裡都變得更光亮了。」巴拉特說。

父親一掌重重拍在桌上，晃動了杯子，震動了盤子。紗藍瞥向他，擔心地看著他指著信使，說了什麼。他的聲音太低，遠得讓紗藍聽不見，但是她看得出來他眼中的神色。她之前看過很多次，之後他就會拿著他的手杖——甚至有一次拿了火鉗——然後揮向僕人。

信使優雅地站起，他的尊貴氣質像是盾牌一樣，阻隔了父親的怒火。

紗藍好羨慕他。

「顯然這次對話毫無進展。」信使大聲地說。他看著父親，但是似乎是說給所有人聽的。「我來之前就對此無可避免的情況有所準備。」

「他們需要淺眸人的證詞。」傑舒輕聲對他的兄弟姊妹說。「父親足夠重要，他們不能隨便把他撤換下來。」

「之前曾經有人願意對我們說出眞相。」信使大聲說。「可是現在他又隱藏了自己的行蹤。你們誰有著和他一樣的勇氣？願不願意跟我來，向藩王證實這片土地上發生的罪行？」

他看向他們四人。紗藍縮在椅子上，想要讓自己看起來很渺小。維勤沒有把目光從火堆上移開，傑舒看起來像是想要起身，但之後又拿起酒杯咒罵，滿臉漲紅。

巴拉特。巴拉特抓住椅子的把手，像是想要站起，但是他瞥向了父親。

父親眼中的激烈仍然存在。當他的怒氣炙熱時，他會大吼、朝僕人丟東西。可是像現在這種時候，當他的怒氣變得冰冷時，才是他變得眞正危險的時刻。這是父親安靜下來的時刻。這是喊叫停止的時刻。至少喊叫的人不再是父親。

「他會殺了我。」巴拉特低語。「如果我敢說出去一個字，他就會殺了我。」先前的勇敢消失，他不再是個男人，而是個少年，一個被嚇壞的青少年。

「妳辦得到，紗藍。」維勤壓低了聲音對她說。「父親不敢傷害妳。況且，妳看見事情的經過。」

「我沒有。」她低聲說。

「妳在場！」

「我不知道發生了什麼事。我不記得。」

那件事沒有發生過。沒有。

壁爐的一根木柴燒動。巴拉特看著地面，沒有站起來。他們沒有人會站起來。一片半透明的花瓣在他們之間盤旋、飄動，淡淡地現身。羞恥靈。

「這樣啊。如果你們任何人……在未來的任何時候想起了事實，在費德都會找到一雙願意傾聽的耳朵。」信使說。

「你這雜種，你沒辦法把拆散這個家族的。」父親站起身。「我們團結在一起。」

「除了那些已經不再是這個團體的人吧。」

「你給我離開！」

信使唾棄地看了父親一眼，鄙夷的冷嗤，意思是「我雖然是私生子，但也沒有你那麼卑劣」。然後他離開，大踏步地出了房間，招來等在外面的人，簡扼的命令雖然天色已晚，他仍然要繼續上路，奉其父親的命令，前往下一座宅邸。

他一離開，父親兩手按著桌面，深深吐了一口氣。「出去。」他朝他們四人說，垂下頭。

他們的腳步遲疑。

「出去！」父親大吼。

四人逃出房間，紗藍跟在她哥哥身後跑了出去，最後看到父親軟倒在座位上，捧著頭。他給她的禮物，那條精緻的項鍊，被遺落在桌上，躺在他面前打開的盒子裡。

40 帕洛娜

無庸置疑的是，他們當場的回應充滿了極大的擔憂，因爲這些人在放棄箴言的人之中具有領袖地位。當時並未使用重創期這個詞，但之後這個名詞被廣泛使用在描述該事件上。

——收錄於《燦言》，第三十八章，第六頁

瑟巴瑞爾允許紗藍共乘一車，一起離開了國王的皇宮，前往他的戰營。圖樣一直在她裙襬的皺褶間輕輕震動，逼得她得不斷叫它安靜點。

藩王坐在她對面，頭靠著有軟墊的車壁，順著車廂的震動輕輕打呼。沿途地面上的石苞已經被清除一空，中間還鋪設長長一道石板來分隔左右兩線。

現在她的士兵的處境已經安全下來，晚一點會來跟她會合，她也有了運作基地跟收入。早先的會議氣氛緊張，然後娜凡妮又提前離場，所以科林家族尚未要求紗藍交還加絲娜的遺物。她還要再去找娜凡妮，提出幫助研究的事，但到目前爲止，今天的進展還算不錯。

現在紗藍只需要拯救世界就可以了。

瑟巴瑞爾哼了一聲，從打盹中驚醒。他挪動一下身軀，擦擦臉頰後說：「妳變了。」

「不好意思，我沒聽明白？」

「妳看起來變小了。剛才在那裡，我猜妳大概二十，也許二十五，可是現在看起來妳頂多只有十四歲。」

「我十七歲了。」紗藍沒好氣地說。

「差不多啦。」瑟巴瑞爾沉哼了一聲。「我敢打賭妳的禮服之前更鮮亮，妳的五官更鮮明、漂亮……一定是因爲光的角度。」

「你老是這樣出言侮辱年輕淑女的外貌嗎？還是你得先對她們流一臉口水以後才會這樣？」紗藍問。

他露出大大的笑容。「妳顯然沒受過宮廷社交的訓練，我喜歡。可是妳得小心，在這個地方汙辱了不對的人，報復可是來得很快。」

紗藍透過車窗，看到他們終於來到一座飄揚著瑟巴瑞爾旗幟的戰營，上面有瑟貝與利艾的符文，設計成天鰻的樣子，黑底襯深金色。

門口的士兵行禮，瑟巴瑞爾朝一人下令，要他們之後帶領紗藍的人去他的宅邸。車輛繼續前行，瑟巴瑞爾往後一靠，看著她，似乎在等她做出某種反應。

她想不出來他在等什麼，也許她判斷錯了。她將注意力轉向窗外，很快判定此地只是個名義上的戰營，這裡的街道也許比自然發展出的巷道來得整齊，但是紗藍看到的平民遠多過於士兵。

他們經過酒館、露天市場、商店，還有一定能住上十幾戶人的高大建築，許多街道上都是摩肩接踵的人群。這裡沒有卡布嵐司那樣多樣化或鮮豔，但是建築物以堅實的木材跟岩石所建，互相依靠好增加穩固性。

「圓屋頂。」紗藍說。

「我的工程師說這樣更能擋風。」瑟巴瑞爾驕傲地說。「還有弧形的拐角跟牆壁。」

「好多人！」

「幾乎都是永久居民。在所有戰營中，我擁有的裁縫師、工匠和廚師種類最齊全；我已經搭建起十二座工廠，布料、鞋子、陶瓷、幾座磨坊，我也控制了吹玻璃製造業。」

紗藍轉頭看瑟巴瑞爾，他聲音中的自豪完全不符合加絲娜筆記中的他。當然，在加絲娜筆記與理解中的藩王，都是來自於她少數幾次造訪破碎平原的經驗，也都有一段時間了。

「我聽來的消息說，與帕山迪人的對戰中，你的軍隊取得最少的戰果。」紗藍說。

瑟巴瑞爾的眼中有著笑意。「其他人尋找來自寶心的快速收益，但是錢要花到哪裡去？我的紡織廠很快就能生產比運送成本更便宜的制服，我的農夫卻能提供比魂術可製造還要多樣化的食物，我種植拉維穀跟塔露穀，更不要提我的養豬場。」

「你這隻狡猾的鰻魚。其他人在作戰時，你卻忙著創造經濟體系。」紗藍說。

「我一直很小心。」他靠向她神祕兮兮地說。「我不想讓他們一開始就發覺我在做什麼。」

「眞聰明，但是爲什麼要告訴我？」紗藍說。

「如果妳成爲我的文書員之一，反正也會看得出來，況且也沒必要再保守祕密，現在所有工廠都有穩定產出，我的軍隊幾乎一個月也不會出動一次。因爲我避免出兵的所以得繳交罰款給達利納，強迫他派別人去，但是這個花費是値得的。況且，比較聰明的藩王也都看得出來我在幹什麼，其他人只認爲我是個懶惰的笨蛋。」

「所以你不是懶惰的笨蛋？」

「我當然是！」他驚呼。「打仗太費力了。況且，士兵會死，這樣我就得撫卹他們的家人，根本就沒好處。」他看著窗外。「我三年前就看穿了這個奧祕。所有人都搬來這裡，但沒人把這裡當成長久的居住地。雖然寶心很有價值，卻也保證了雅烈席人絕對不會完全從這裡撤離……」他微笑。

車輛終於停在一座外表不太華麗的宅邸前面，兩邊是比較高大、多人共居的建築物。宅邸的花園中滿是裝飾性的板岩芝，有一條石板路，甚至有幾棵樹。屋子雖然不大，卻有精緻的經典風格，前面有石柱，利用後面一排比較高的建築物形成了完美的擋風牆。

「我們應該有房間可以給妳，也許妳得住到地窖裡。別人都覺得應該要有的東西，我都覺得根本沒地方擺。整整三套餐廳和家具，呿！我會邀人來才怪。」

「你眞的對別人的評價不高啊？」紗藍問。

「我恨他們，可是我很努力想恨所有人，這樣我就不會漏掉哪個特別值得我恨的人。總而言之，我們到了，妳別想我會扶妳下馬車。」瑟巴瑞爾說。

她不需要他扶，因爲一名門役很快便來到，扶著她下車，踩上車道旁邊的石頭台階。另一名門役來到瑟巴瑞爾身邊，被罵了幾聲，但還是接受了對方的幫助。

一名矮小的女人，穿著一件材質高級的洋裝站在宅邸門口，雙手扠腰。她有著黑色卷髮，所以是雅烈席卡北部的人？

「啊，來了。」瑟巴瑞爾跟紗藍一起走向女人面前。「我生命中的剋星。請妳先忍住別笑，直到我們分開以後，我脆弱、年邁的小心靈已經無法承受這樣的取笑了。」

紗藍不解地看著他。

然後，女人開口：「請告訴我，你沒有綁架她，圖利。」

絕對不是雅烈席人，紗藍想要判斷女人的口音。

賀達熙人。她的指甲看起來像是岩石，證明了這點。她是深眸人，但是材質高級的服裝表明她不是僕人。

沒錯。這是那位情婦。

「她堅持一定要跟我來，帕洛娜。」瑟巴瑞爾上了台階。「我沒辦法打消她的念頭，我們得給她找個房間之類的地方住。」

「她是誰？」

「某個外國人。她說她想跟我來的時候，老達利納好像一臉不太高興，所以我就說好了。」他遲疑了一下。「妳叫什麼名字？」他轉問紗藍。

「紗藍．達伐。」紗藍朝帕洛娜鞠躬。她也許是深眸人，但很明顯也是這個屋子的主人。

賀達熙女子挑起眉毛。「她很有禮貌，意思是她跟這裡一定格格不入。我眞的無法相信你隨隨便便就帶個女人回來，只因爲你覺得會讓其中一個藩王生氣。」

「呿！女人，妳讓我變成整個雅烈席卡中最懼內的男人——」

「我們不在雅烈席卡。」

「——而我甚至他颶風的沒結婚！」

「我不會嫁給你，所以你不用再提了。」帕洛娜雙手抱胸，上下打量了紗藍一番。「她對你來說太年輕。」

瑟巴瑞爾咧嘴笑開，「我已經說過這句了，用在盧沙身上。眞是太爽了，他口吐白沫到不行，看起來簡直跟颶風一樣。」

帕洛娜微笑，然後揮手要他走。「你的書房裡溫了酒。」他大剌剌地朝門口走去。「吃的呢？」

「你把廚師趕走了，記得嗎？」

「噢，對。那妳煮也可以啊。」

「你也可以煮。」

「呿。妳這個女人眞沒用！只會花我的錢而已。我到底是爲了什麼忍受妳啊？」

「因爲你愛我啊。」

「不可能。」瑟巴瑞爾停在門口。「我是不會愛人的，太麻煩了。好啦，妳處理一下那個女孩吧。」他走了進去。

帕洛娜示意紗藍來她身邊。「孩子，究竟是怎麼一回事？」

「其實他說得都沒錯，」紗藍發現自己滿臉通紅。「可是漏掉了幾個事實。我來這裡是因爲我跟雅多林・科林有婚約。我覺得住在科林家族裡會過度限制我的行動，所以我尋求其他選擇。」

「嗯。妳這樣一說反而讓圖利——」

「不要這樣叫我！」裡面的聲音喊。

「——那個白癡像是做了一件手腕巧妙的政治操作。」

「嗯，他算是被我逼著要收下我，而且我在公眾場合中暗示他會給我非常慷慨的零用金。」紗藍說。

「太多了！」裡面的聲音喊。

「他是……站在那裡聽我們說話嗎？」紗藍問。

「他很擅長這樣偷偷摸摸的。」帕洛娜說。「來吧，我找個地方讓妳安頓下來。妳一定要告訴我，他答應——就算是有答應意味也可以——要給妳多少零用金，我會讓妳拿到那筆錢。」

幾名僕人將紗藍的箱子從車廂中搬下。她的士兵還沒有到，希望他們沒碰上麻煩。她跟著帕洛娜一起進了屋子，裡面的裝潢跟外面一樣古典，有許多大理石跟水晶、鑲金邊的雕像，寬廣的圓弧台階通往二樓陽台，俯瞰大廳。紗藍沒看見那個不知道是不是還在偷偷摸摸的藩王在哪裡。

帕洛娜帶著紗藍來到東翼一套非常舒適的房間，所有配色都是白色，有著豪華的家具，堅硬的岩石牆壁跟地板被絲綢壁掛還有厚厚的地毯調和，她覺得自己幾乎配不上這麼奢華的裝潢。

我不應該這樣想，紗藍心想，看著帕洛娜開櫃子檢查是不是有毛巾跟床單。*我已經跟一名王子訂婚了*。

可是，這麼精緻的環境讓她想起她父親。他給了她的蕾絲、珠寶、絲綢，好讓她忘記……別的時候……

紗藍眨眼，轉向正在說什麼的帕洛娜。「不好意思，我沒聽清楚？」紗藍問。

「僕人。妳有自己的女僕嗎？」帕洛娜說。

「沒有，可是我有十八名士兵還有五名奴隸。」

「他們會幫妳換衣服嗎？」

紗藍滿臉通紅。「我的意思是，如果可以的話，我希望他們也能有住所。」

「可以。」帕洛娜輕鬆地說。「我甚至可以找點有用的事讓他們去做，我想妳應該想用妳的零用金負擔他們的薪水。還有妳的女傭，我會替妳找。用餐時間是第二鐘、中午、第十鐘。如果其他時候想吃東西，可以去找廚房問，但廚師也許會罵人——如果這次我還能把他請回來。我們有颶風儲水槽，所以通常有流水可以用，如果妳需要洗澡的熱水，小廝一個小時左右能把水燒熱。」

「有流水？」紗藍很熱切地問。她之前在卡布嵐司第一次看到這種設計。

「颶風水槽。」帕洛娜往上指。「每次有颶風時，儲水槽就會裝滿水，水槽的形狀可以自動過濾掉克姆泥。不過颶風過去之後，要等到下午才能用，否則水會是黃的。妳看起來眞是迫不及待。」

「抱歉，賈・克維德沒這種東西。」紗藍說。

「歡迎來到文明世界。我想妳應該已經把兜襠布跟木棍放在門外沒拿進來吧？我去幫妳找個女傭。」矮小的女子準備離開。

「帕洛娜？」紗藍開口。

「什麼事，孩子？」

「謝謝妳。」

帕洛娜微笑。「風知道，妳可不是他第一個帶回家的流浪動物，我們有些人甚至就此留下來了。」她離開。

紗藍往柔軟的白床一坐，差點整個人陷入到脖子那麼深。

這東西是什麼做的啊？空氣跟夢想嗎？感覺太奢侈了。

在她的客廳——她的客廳啊——裡的咚咚聲意味著僕人帶著箱子來到。不久後他們離開，把門關上。已經有很久一段時間，紗藍沒有像現在這樣不需要爲生存掙扎，或是擔心被同行的旅伴殺害。

所以，她墜入夢鄉了。

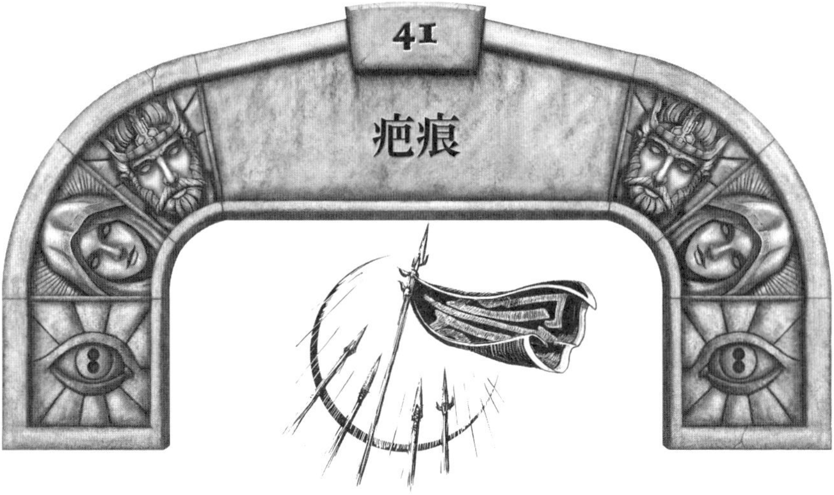

41 疤痕

如此罪惡的行徑已經超越之前軍團們被指控的魯莽舉止，因爲此時的戰鬥特別激烈，許多人將這個行爲歸咎於發自內心受到背叛的感覺；而在他們撤退後，大約兩千人攻擊他們，毀滅許多成員，但這只是十中之九，因爲其中一支說他們不會放棄自己的武器逃跑，而是靠著犧牲其他九支軍團，進行了廣泛的隱藏行蹤。

——收錄於《燦言》，第三十八章，第二十頁

卡拉丁的手指摸著裂谷牆面，橋十七隊在他身後排列整齊。

他還記得第一次爬下裂谷時有多害怕。他害怕自己的人在拾荒的時候，會因爲大雨帶來的突發洪水而被沖走。他有點意外加茲沒有「一不小心」就在颶風天時，把橋四隊發落到裂谷進行任務。

橋四隊迎向了自身的懲罰，佔據了這些深坑。卡拉丁意外地發現下到這裡來讓他更有回家的感覺，遠勝於返回爐石鎮去看他父母能帶來的安慰。這些裂谷是屬於他的。

「小子們準備好了，長官。」泰夫來到他身邊。

「你那天晚上去哪裡了？」卡拉丁問，看著上方一線空曠的天空。

「我那天沒執勤，長官。」泰夫說。「我去市場找找看有沒有東西買。難道我每件小事都要報告？」

「你在颶風天裡跑去市場？」卡拉丁問。

「我可能忘了時間……」泰夫別過頭去。

卡拉丁想要追問，但是泰夫有權保有他的隱私。他們已經不是橋兵了。他們不需要時刻都在一起。他們可以再次擁有正常的人生。

他想要鼓勵這一切，但還是覺得有點不安。如果他不知道他們人在哪裡，要怎麼樣保證他們所有人的安全？

他轉身去看橋十七隊——亂七八糟的隊伍，有些是被買來扛橋的奴隸，其他人曾經是罪犯。不過在薩迪雅司的軍隊中，任何罪行都有可能讓人被派到橋兵隊裡。欠債、侮辱軍官、打鬥，都有可能。

「橋十七隊，你們的指揮官是比特下士。你們不是士兵，也許你們穿著制服，但是你們還襯不上那身制服，只是在扮家家酒。我們要改變這件事。」卡拉丁對所有人說。

那些人挪動著腳步，面面相覷。雖然泰夫過去這幾個禮拜以來，一直在訓練他們和其他幾隊，但這些人仍然不認爲自己是士兵。只要他們這樣看待自己，他們手中的矛就會拿得歪七扭八，聽人說話時會懶洋洋地四處張望，排成一列的時候會亂動。

「這些裂谷是我的。我允許你們在這裡練習。比特下士！」卡拉丁說。

「是的，長官！」比特立正。

「你要帶的這堆颶風垃圾簡直是爛泥，但他們不是我見過最糟的。」

「我很難想像，長官！」

「相信我，」卡拉丁看著那些人。「我原本在橋四隊裡。泰夫下士，他們是你的了，讓他們多出點汗。」

「是的，長官。」泰夫說。他開始大喊下達命令，卡拉丁則抓起矛，走入裂谷深處。要讓這二十隊都步上正軌一定要花很多時間，但至少泰夫妥善訓練了那些下士。希望神將祝福，讓這套訓練方式也能在那些普通人身上生效。

卡拉丁希望他能夠解釋，就算只解釋給自己聽也好，為什麼他這麼焦慮，急著要讓這些人準備好。他覺得自己正在朝某個目標奔跑，不過不知道是什麼。牆壁上的文字……颶風的，他一想到就緊繃，剩下三十七天。他經過西兒，她正坐在一朵從壁上綻放的皺花上。卡拉丁一靠近，花便縮了回去。她沒注意到，依舊坐在空中。

「你想要什麼，卡拉丁？」她問。

「讓我的人活著。」他立刻說。

「不對，那是你以前想要的。」西兒說。

「妳是說我現在不想要他們好好的？」

西兒滑落到他的肩頭，彷彿被一陣強風吹落。她交疊雙腿，淑女地坐著，裙襬隨他走動時揚起的風擺盪。

「在橋四隊裡，你付出一切只為了拯救他們，現在他們已經被拯救了。你不能一直這樣保護每個人，像是，呃……像是……」

「像是守著蛋的庫殼爸爸？」

「一點也沒錯！」然後，她想了想。「庫殼是什麼？」

「一種有殼類，大概跟小野斧犬一樣大，看起來有點像螃蟹跟烏龜的混合體。」卡拉丁說。

「噢噢噢……我想要看！」西兒說。

「這裡沒有。」

卡拉丁雙眼直視地向前走，所以西兒不斷地戳他的脖子，直到他轉頭看她，然後她誇張地翻起白眼，「所以你也承認你的人算得上是安全了，等於你沒有回答我的問題。你想要什麼？」

他經過一堆堆的骨頭跟木頭，上面長滿了苔蘚，腐靈跟生靈繞著彼此打轉，小小的綠點在一堆死亡中盤旋生長的藤蔓上散發著幽光。

「我想要打敗殺手。」卡拉丁對自己的激動感到驚訝。

「為什麼？」

「因為保護達利納是我的責任。」

西兒搖搖頭。「不是這樣。」

「什麼？妳現在這麼擅長判斷人類的動機了？」

「不是所有人類，只有你的。」

卡拉丁哼了一聲，小心翼翼地繞過一個黑色水溏的邊緣。他可不想一整天都穿著一雙溼答答的靴子，這雙新靴子的防水力不太好。

「也許吧。我想要打敗殺手，因為這一切都是他的錯。如果他沒有殺死加維拉，提恩就不會被徵兵，我就不會跟著他入伍，提恩也就不會死了。」他說。

「你不覺得羅賞會找別的方法報復你父親？」

羅賞是卡拉丁在雅烈席卡家鄉的城主。把提恩派去參軍就是那人小心眼的報仇方式，用來對付卡拉丁的父親，因爲他的醫術不夠精湛，無法救活羅賞的兒子。

「他也許還是會想到別的辦法，但是那個殺手活該去死。」卡拉丁承認。

他還沒走到，就已經先聽到其他人的聲音，他們的說話聲響迴蕩在空洞的裂谷谷底。

其中一人說：「我想要解釋的是，沒有人問對了問題。」席格吉的聲音，帶著揚起的亞西須口音。

「我們說那些帕山迪人是野蠻人，所有人都說他們在碰到雅烈席卡探險隊以前，從來沒有見過人類。如果眞是這樣，那他們的雪諾瓦殺手是哪個颶風帶去的？而且還是會封波術的雪諾瓦人。」

卡拉丁踏入這幾人隨意放置在地面上的錢球投射出的光圈。從上次到過這裡以後，地上的垃圾已經被清理乾淨，席格吉、大石、洛奔坐在大石塊上等他來。

「你是暗示白衣殺手其實沒有替帕山迪人做事？」卡拉丁問。「還是你在暗示帕山迪人說自己那麼離群索居，其實是騙人的？」

「我什麼都沒暗示。」席格吉轉向卡拉丁。「我的師傅訓練我要問問題，所以我正在提問，這整件事有很多不對勁的地方。雪諾瓦人出了名的提防外人，鮮少離開自己的土地，而且絕對沒有雪諾瓦傭兵，結果現在出來一個到處刺殺國王的雪諾瓦人？他還替帕山迪人工作？如果是的話，他們爲什麼等了這麼久才讓他再次撲向我們？」

「他替誰工作，重要嗎？」卡拉丁邊吸入颶光邊問。

「當然。」席格吉問。

「爲什麼？」

「因爲這是個問題。」他好像被這個問題冒犯到了。「況且，要找出他眞正的雇主，才能幫我們找出他們的目的，而知道了目的以後也許有助於我們打敗他。」

卡拉丁微笑，開始嘗試要跑上牆壁。

他摔落下來，仰躺在地上，嘆口氣。

大石的頭出現在他上方，「看著很好笑，但這東西，你確定眞的可以？」他說。

「那個殺手會在天花板上走路。」卡拉丁說。

「你確定他不是跟我們做的實驗一樣？」席格吉不太相信地問。「利用颶光把東西黏在一起之類的？他可以用颶光塗滿了天花板後，再跳到天花板上，黏在那裡。」

「不是。」颶光從卡拉丁嘴唇流出。「他往上跳，在天花板上落地，然後順著牆壁往下跑，不知道用什麼方法把雅多林丟到了天花板上。王子不是黏在那裡，而是摔倒在那裡。」卡拉丁看著颶光升起，蒸發。「最後，殺手……他飛走了。」

「哈！」蹲坐在岩石上的洛奔開口。「我就知道。等我們弄清楚這一切的時候，所有賀達熙人的國王會對我說：『洛奔，你在發光，非常了不起，而且你還可以飛。因爲你會飛，所以你可以娶我女兒。』」

「賀達熙王沒有女兒。」席格吉說。

「他沒有？我一直被騙了！」

「你不知道你自己的皇室成員有誰？」卡拉丁坐起來問。

「大佬，我從小離開之後，就沒再回過賀達熙。現在雅烈席卡跟賈．克維德裡的賀達熙人跟我們家鄉的賀達熙人一樣多。點我的火啊，我幾乎可以算是雅烈席人了！只是沒那麼高，脾氣沒那麼差而已。」

大石向卡拉丁伸手，把他拉起來。西兒坐在牆壁上。

「妳知道這是怎麼一回事嗎？」卡拉丁問她。

她搖搖頭。

「可是那個殺手是逐風師。」卡拉丁說。

「我想是？」西兒說。「跟你有點像？也許？」她聳聳肩。

席格吉順著卡拉丁說話的方向看去。「眞希望我能看到它。」他嘟囔。「那就是——啊！」他往後一跳，指著前面。「它看起來像個小人！」

卡拉丁朝西兒挑起眉毛。

「我喜歡他。」她說。「還有，席格吉，我是『她』，不是『它』，謝謝。」

「靈有性別？」席格吉驚訝地問。

「當然，不過嚴格來說，這也許跟別人眼中的我們是什麼有關。把自然力量擬人化或是這類的胡說八道。」她說。

「妳不會感到不舒服嗎？因爲自己也許只是一個人類觀感的產物？」卡拉丁問。

「你是你父母的產物，誰在乎我們是怎麼出生的？我可以思考，這樣就夠了。」她淘氣地咧嘴一笑，然後化做一條光束飛向席格吉，讓他帶著震驚的表情坐倒在岩石上。她停在他面前，變回年輕女子的樣貌，然後彎腰靠近他，把自己的臉變成跟他一模一樣。

「啊！」席格吉再次大喊，往後退開，惹得她咯咯笑，又把臉變回來。

席格吉看向卡拉丁。「她說話……她說話就像眞人一樣。」他一手按著額頭。「故事裡都說守夜者也許就有這個能力……強大的靈，巨大的靈。」

「他說我很巨大嗎？」西兒歪著頭問。「我說不上來我的感覺。」

「席格吉，逐風師會飛嗎？」卡拉丁說。

對方僵硬地又坐了下來，依然盯著西兒。「故事跟傳說不是我的強項。我擅長的是描述不同的地方，讓這個世界顯得更小，幫助不同的人理解對方。我聽過傳說裡有人會在雲朵上跳舞，但那麼久以前傳下來的故事，誰知道什麼是想像，什麼是事實？」

「我們得弄清楚這件事，殺手會回來的。」卡拉丁說。

「那就再跳牆啊。我不笑太多。」大石在一塊岩石上坐下，從旁邊的地面上抓起一隻小螃蟹，看了看以後，丟到嘴巴裡，開始咀嚼起來。

「嗯。」席格吉說。

「好吃。」大石嘴巴鼓鼓地說。「可是有油有鹽會更好。」

卡拉丁看著牆，閉上眼睛，吸入更多颶光。他感覺颶光在體內，拍打著血管跟筋脈的牆壁，想要逃脫。那脈動催促他向前，跳躍，行動，做點什麼。

席格吉對其他人說：「我們現在認爲破壞國王欄杆的人就是白衣殺手嗎？」

「呿。他幹嘛做這種事？他要殺人很容易。」大石說。

「對啊。也許欄杆是別的藩王動手的。」洛奔贊同。

卡拉丁睜開眼睛，看著自己的手臂，手掌貼著溼滑的裂谷，手肘伸得直直的。颶光從他的皮膚上升起，盤旋的幾絲颶光在空氣中蒸發。

大石點點頭。「所有藩王都要國王死，雖然他們不說，但其中一人派了破壞者。」

「那破壞者怎麼到陽台的？」席格吉問。「他們一定要花時間才能切斷欄杆，那是金屬的。除非……卡拉丁，切口有多光滑？」

卡拉丁瞇起眼睛，看著颶光升起。那是赤裸的力量。不對。力量這個詞不對。那是一股能量，像是掌控整個宇宙的波力。它們讓火焰燃燒，讓岩石落下，讓光發光。這些稀疏的煙霧，是波力被簡化成某種原始的型態。

他可以利用。用來……

「阿卡？」席格吉問，但他的聲音聽起來很遙遠，像是不重要的嗡嗡響。「那個欄杆的切口有多光滑？有可能是碎刃嗎？」

聲音消失。有一瞬間。卡拉丁覺得自己看到了一個不存在的世界投射下的影子，屬於另一個地方的影子。在那個地方，遙遠的天空有著被困住的太陽，彷彿被一道雲朵的走廊包圍。

那裡。

他決定牆壁的方向要變成*在下*。

突然，唯一能支撐他重量的只剩他的手臂。他往前撞上牆壁，沉哼了一聲。對周圍環境的意識猛然回歸，只是他的視線角度變得很奇怪。他慌忙地站起身，發現自己站在牆壁上。

他往後退了幾步——卻是順著裂谷的方向往上走。對他來說，牆壁就是地面，另外三個橋兵站在實際的地面上，讓地面看起來像是牆壁……

卡拉丁心想，*這個，還眞混亂*。

「哇。」洛奔興奮地站起身。「這下眞的好玩了。順著牆壁往上跑啊，大佬！」

卡拉丁遲疑片刻後，轉身開始奔跑。這感覺就像身在洞穴裡，裂谷此時的兩面牆一面在上，一面在下，他朝天空走的時候，上下兩面牆緩緩地夾向彼此。

卡拉丁感覺著體內躁動的颶光，他咧嘴微笑。西兒順著他飛，開懷大笑。他們越靠近上方，裂谷變得更窄。卡拉丁減慢速度，然後停下。

西兒衝在他前面，穿出裂谷，彷彿從山洞的洞口跳出。她轉著圈，形成一條光帶。

「來吧！到台地上！到陽光下！」她朝他大喊。

「那裡有斥候在尋找寶心。」他說。

「不管，你趕快出來。不要躲藏了，卡拉丁。存在。」

洛奔跟大石在下面興奮地歡呼，卡拉丁看著外面的藍色天空。「我必須知道。」他低語。

「知道？」

「妳問我，我為什麼保護達利納。西兒，我必須知道他是不是真的像他表現出來的那樣。我必須知道他們之中是不是有人真的能名符其實。這就能讓我知道——」

「讓你知道？」她變成真人大小的年輕女子，站在他面前的牆壁上，幾乎跟他一樣高，她的裙襬消散在霧氣中。「讓你知道什麼？」

「榮譽是否已死。」卡拉丁低語。

「他死了。但是他在人心之中活著，在我之中活著。」西兒說。

卡拉丁皺眉。

「達利納．科林是個好人。」西兒說。

「他跟阿瑪朗是朋友。他的內心可能跟阿瑪朗一樣。」

「你不相信這點。」

「我必須知道，西兒。」他向前走去，想要像握住人類手臂一樣抓住她，但她太飄渺了，他的手整個穿透過去。「我不能只是相信。我需要知道。妳問我，我想要什麼，這就是我要的。我要知道我能不能相信達利納，如果可以……」

他朝裂谷外的天光點點頭。

「如果可以，我會告訴他我的能力，我會相信至少有一個淺眸人不會奪走我手邊的一切。就像羅賞那樣，就像阿瑪朗那樣，就像薩迪雅司那樣。」

「你非要如此不可？」她問。

「我警告過妳，我是被擊潰的人，西兒。」

「不是。你是被重新塑造了。人可以歷經這一切重新站起。」

「別人也許可以。」卡拉丁舉起手，摸著額頭的疤痕。颶光爲什麼沒有癒合這些？「我對自己還不確定，但是我會盡我的全力去保護達利納．科林。我會知道他是什麼樣的人，他眞正的樣子。然後，也許……我會讓他得到他的燦軍。」

「那阿瑪朗呢？他呢？」痛苦。提恩。

「他，我會殺掉。」

「卡拉丁。」她雙手交握在身前說。「不要讓這一切毀了你。」

「不可能的。」他說。颶光用完了，他的制服外套開始往後掉，垂向裂谷地底，頭髮亦然。「阿瑪朗已經辦到了。」

下方的地面完全施展出威力，卡拉丁開始往下摔落，離西兒遠去。他吸入颶光，在半空中翻轉，感覺血脈重新甦醒，雙腳著地落下，充分體會了力量與颶光。

其他人沉默了一下，看著他站直身。

「那個，是下來很快的方式。哈！可是沒有包括摔扁臉，那就好笑了。所以你只有小小鼓掌。」大石開始鼓掌，的確很小聲。可是洛奔歡呼，席格吉點頭，露出大大的笑容。

卡拉丁哼了一聲，抓過一只水囊。「國王的欄杆是被碎刃割斷的，席格吉。」他喝了一口水。「對，不是白衣殺手幹的，用這種手法要艾洛卡的命太粗糙了。」

席格吉點點頭。

「不只這樣，欄杆一定是那天晚上颶風過後才被割斷的，否則早就被風吹到變形。所以那個暗中下手的凶手是一個碎刃師，不知道用什麼方法，居然在颶風之後到了陽台上。」

洛奔搖搖頭，接住卡拉丁丟回來的水囊。「難道我們要相信戰營裡有個碎刃師偷溜進皇宮，爬上陽台，而且還沒有人注意到他？」

「有別人能做這個嗎？」大石朝牆壁揮揮手。「走上去？」

「我懷疑會有。」卡拉丁說。

「繩子。」席格吉說。

他們看向他。

「如果我想幫碎刃師潛進去，我會賄賂某個僕人，放下繩索。」席格吉聳聳肩。「很容易就可以把繩索偷偷綁到欄杆上，也許就是纏在那個僕人身上，藏在衣服下面。破壞者跟他的同夥可以順著繩索往上爬，割斷欄杆，挖空水泥，然後再爬下來，僕人再把繩索割斷，若無其事回去就好了。」

卡拉丁緩緩點頭。

「好，我們去查誰在颶風的時候出門，然後去找同夥。簡單！哈。也許你沒得空氣病，席格吉。也許只有一點點病。」

卡拉丁覺得很不安。在颶風後跟國王幾乎摔下去的這段時間裡，摩亞許去了陽台上。

「我會去問問。」席格吉站起身。

「不要。」卡拉丁連忙說。「我來。別跟其他人提半個字。我想要先查查看。」

「好吧。」席格吉朝牆壁點點頭。「你能再來一次嗎？」

「還要再測試？」卡拉丁嘆口氣說。

「我們有時間。」席格吉說。「況且，我相信大石想要看到你摔扁臉。」

「哈！」

「好吧。可是我得抽光用來照明的一些錢球。」卡拉丁說。他瞥向一堆堆放在太過乾淨的地上的錢球。「對了，你們爲什麼把這裡的垃圾都清掉？」

「清掉？」席格吉問。

「對啊。沒必要清掉那些屍體，雖然那只是骷髏。但……」

他沒再說下去，因爲席格吉此時舉起一枚錢球，照向牆壁，露出卡拉丁之前沒看到的景象。壁上有深深的刮痕，苔蘚被刮光，岩石也被抓出深溝。

裂谷魔。一隻大殼來過了這裡，牠粗壯的身體把所有東西都刮光光了。

「我沒想到牠們會這麼靠近戰營。也許這一陣子不該來這裡訓練那些菜鳥。」

其他人點點頭。

「牠已經不在了，否則我們就會被吃掉。很明顯。所以繼續吧。」大石說。

卡拉丁點點頭，不過練習時，那些刮痕仍在他心頭盤旋不去

❖

幾個小時後，他們帶領著一群疲累的前任橋兵回到營房。雖然他們看起來精疲力竭，但是橋十七隊的人比下裂谷之前更精神奕奕。他們來到營房，發現大石的學徒廚師正在煮一大鍋濃湯的時候，精神更加振

奮了。

卡拉丁跟泰夫回到橋四隊自己的營房時，天色已黑。這裡由另一個大石的學徒在煮濃湯。大石自己——因爲比卡拉丁更早回來——正在喝湯，給出建議，沈走到大石後面，把碗疊了起來。

出問題了。

卡拉丁停在火堆的光線外，泰夫僵在他身邊。「有哪裡不對勁。」泰夫說。

「沒錯。」卡拉丁看著所有人。他們都擠在火堆的一邊，有人坐著，有人站著，都聚在一起，笑聲很勉強、姿態很緊張。這些人受過軍事訓練，所以碰到不安的情況時，就會用戰術訓練來回應。

火堆另外半邊坐著威脅他們的人。

卡拉丁走入火光中，看見有個人坐在那裡，穿著好看的制服，雙手垂在身邊，低著頭。雷納林．科林。奇怪的是，他正小幅度地不斷搖晃著身軀，盯著地面。

卡拉丁放鬆了。「光爵。」卡拉丁來到他身邊。「有什麼需要嗎？」

雷納林連忙站起，行軍禮。「長官，我希望進入你的麾下服務。」

卡拉丁在內心哀號一聲。「光爵，我們離開火邊再來討論吧。」他抓住瘦弱王子的手臂，將雷納林帶離別人的耳力範圍之外。

「長官。」雷納林低聲開口。「我想要——」

「你不該叫我長官。」卡拉丁壓低聲音說。「你是淺眸人。颸風的，你是東羅沙最強大的人的兒子。」

「我想要進入橋四隊。」雷納林說。

卡拉丁揉揉額頭。在身爲奴隸的這段時間，他習慣了處理大問題，已忘記應付高階淺眸人有多令人頭痛。他以爲自己已經聽過他們最扯的要求，但顯然他錯了。

「你不能進入橋四隊。我們是你們一家人的保鏢。你要怎麼辦？保護自己嗎？」

「我不會扯後腿的，長官。我會很努力。」

「雷納林，對於這一點我毫不懷疑。好吧，你爲什麼想進入橋四隊？」

「我的父親跟哥哥，他們是戰士、士兵。也許你沒注意到，但我可以告訴你，我不是。」雷納林輕聲說著，臉上陰影一片。

「是的，是因爲……」

「身體疾病。我有弱血病。」雷納林說。

「這是俗名，包括了很多種症狀。你到底是什麼病？」卡拉丁說。

「我有癲癇，意思是——」

「我知道，我知道。是原發性還是症狀性？」

雷納林在黑夜中動也不動。「呃……」

「起因是腦部受創，還是突然毫無原因就開始發作？」卡拉丁問。

「我從小就得病了。」

「抽搐有多嚴重？」

「沒事。」雷納林連忙說。「其實沒有別人以爲的那麼嚴重，不是每個人以爲的那樣，我不會摔倒或是口吐白沫。我的手臂會抽搐幾次，或是我會無法控制地抽動一下。」

「你能夠保持清醒？」

「可以。」

「那應該是局部抽搐而已。有人給你苦葉咀嚼嗎？」卡拉丁說。

「我……有，我不知道有沒有用。問題不只是抽搐。次數多的時候，我會很虛弱，尤其是身體的一側。」

「嗯，我想這應該跟抽搐的症狀有關。你有沒有發生過肌肉持續鬆弛，例如半邊臉沒辦法微笑的症狀？」

「沒有。你怎麼會知道這種事？你不是士兵嗎？」

「我懂一些戰場急救術。」

「戰場急救……治癲癇？」

卡拉丁握拳咳嗽了一聲。「好了，我明白他們爲什麼不想要你上戰場。我看過有些人的傷口造成類似的症狀，醫生們向來不讓這些人繼續服役。光爵，無法上戰場不是什麼可恥的事，不是每個人都需要戰鬥。」

雷納林惱恨地說：「是啊，每個人都這樣告訴我，然後他們又都回戰場去了。執徒們說所有天職都是重要的，可是關於死後他們又是怎麼說的？需要一場大戰才能奪回寧靜宮，這一生中最優秀的戰士，會在下一生中獲得尊榮。」

「如果死後眞的又是一場大戰，那我希望我能夠下沉淪地獄，至少在那裡我能夠睡一下。無論如何，你不是士兵。」

「我想要成爲士兵。」

「光爵——」

「你不用派我去做什麼重要的事。我來找你，沒有去別的軍營，正是因爲你的人花大多數時間巡邏。如果我也一起巡邏，就不會碰上多少危險，即使發病也不會傷害任何人。可是至少我可以親眼去看，去感覺那是什麼感覺。」

「我——」

他急急忙忙地繼續說下去，卡拉丁從來沒有從這個安靜的年輕人口中聽過這麼多話。

「我會服從你的命令。就把我當成新兵，我在這裡時，不是藩王的兒子，不是淺眸人，只是一個士兵，拜託你，我想要加入你們。雅多林年輕時，我父親讓他當了兩個月的矛兵。」

「眞的？」卡拉丁眞的驚訝了。

「父親說每個軍官都應該體驗他手下士兵的人生。」雷納林說。「我現在有碎甲了。我會去參戰，可是我從來沒有感受過當個士兵是什麼感覺。我想這是我能做到最靠近成爲士兵的體驗。拜託你。」

卡拉丁雙手抱胸，打量著年輕人。雷納林看起來很焦慮，非常焦慮，他的雙手握成拳頭。不過卡拉丁沒看見雷納林緊張時經常把玩的小盒子。王子的呼吸變得粗重，可是他咬著牙關，眼睛直視前方。

前來見卡拉丁，向他提出請求，不知道爲什麼嚇壞了這個年輕人。可是雷納林還是做了。有哪個新兵能做得更好？

*我眞的在考慮要這麼做嗎？*想想都覺得很荒謬，但是卡拉丁的任務之一就是要保護雷納林。如果卡拉丁能教會他一些紮實的自保戰技，那就更能幫助他活過幾次殺手的攻擊。

「我也許應該再指出，如果我花時間跟你的人一起受訓，保護我就會變得簡單很多。長官，你的資源有限，少一個要保護的人一定很有吸引力。我少數不在這裡的時候，就是在薩賀大師那裡接受碎甲訓練。」

卡拉丁嘆口氣。「你眞的想當個士兵？」

「是的，長官！」

「去把那些髒碗洗乾淨。」卡拉丁一指。

「然後去幫忙大石把他的鐵鍋洗乾淨，把煮飯的傢伙收起來。」

「是的，長官！」雷納林的回答很興奮，卡拉丁從來沒聽過誰被派去洗碗還這麼起勁的。雷納林小跑步過去，開心地收拾起碗。卡拉丁雙手抱胸，靠在軍營牆壁上。其他人不知道該怎麼對待雷納林，他們把還沒吃完的碗交給他，希望對方會因此滿意，而且他一靠近，交談聲立刻就安靜不少。當初沈加入的時候他們也很緊張，最後也都接受了。他們能這樣接受淺眸人嗎？

摩亞許拒絕把他的碗交給雷納林，而是自己洗了乾淨，這是他們原來的習慣。洗完之後，他慢慢地走到卡拉丁身邊。「你真要讓他加入？」

「我明天會去跟他父親談談。」卡拉丁說。「聽聽藩王的看法。」

「我不喜歡。橋四隊……我們每天晚上的交談……這都應該是安全的、不會受到他們侵擾的，你懂吧？」

「我知道，可是他是個好孩子。如果有哪個淺眸人能融入這裡，那一定就是他。」卡拉丁說。

摩亞許轉身，朝他挑起一邊眉毛。

「我猜你不贊成？」卡拉丁問。

「阿卡，這個人不對勁。他說話的方式，看人的方式，很怪。不過那不重要。他是淺眸人，這應該就夠了，意思是我們不能信任他。」

「我們不需要信任他。我們只需要看好他，也許嘗試教好他要怎麼保護自己。」卡拉丁說。

摩亞許嗯了一聲，點點頭。他似乎接受了這是讓雷納林留下的好理由。

卡拉丁心中開始想，*摩亞許在這裡，別人聽不到，我應該問……*

可是他要怎麼說出口？摩亞許，你參與了刺殺國王的計畫嗎？

「你想過我們要怎麼辦嗎？我是說阿瑪朗的事。」摩亞許問。

「阿瑪朗是我的問題。」

「你是橋四隊。」摩亞許握住卡拉丁的手臂。「你的問題就是我們的問題。他把你變成了奴隸。」

「他做的不只這些。」卡拉丁低吼，無視西兒要他別說了的手勢。「他殺了我所有的朋友，摩亞許，就在我眼前。他是個殺人凶手。」

「所以我們必須做點什麼。」

「是。但該做什麼？你覺得我應該去找司法官嗎？」卡拉丁問。

摩亞許笑了。「他們能怎麼樣？你必須讓那個人跟你決鬥，卡拉丁。一對一，把他打敗。直到這麼做之前，你的內心深處一定都有哪裡覺得不對。」

「你聽起來像是你知道這是什麼感覺。」

「我知道。」摩亞許露出一絲笑容。「我的過去也有引虛者。也許這就是爲什麼我了解你，也許這就是爲什麼你了解我。」

「那是什麼——」

「我不想談。」摩亞許說。

「我們是橋四隊，你的問題就是我的問題。國王對你的家人做了什麼？」卡拉丁說。

「也許吧。」摩亞許別過頭。「我只是……今晚不說了。今晚我只想放鬆。」

「摩亞許！」泰夫從靠近火邊的地方喊過來。「你要來嗎？」

「我來了。」摩亞許回喊。「洛奔，你呢？準備好了沒？」

洛奔露出大大的笑容，站起來，在火邊伸懶腰。「我是洛奔，意思是我隨時隨地都準備好，你應該早

轆，所以坐在沙發上掀起了蓋子，發現裡面有烤餅，中間夾了甜餡，旁邊還有一些沾醬。

「提醒我早上的時候要去謝謝帕洛娜。那個女人簡直是神。」

「嗯。不是，我覺得她是……啊……誇飾法？」

「你轉得很快。」紗藍說，此時圖樣變成一團糾結的線條，浮在她身邊座位上空。

「不是。我太慢了。妳喜歡一些食物，但比較不喜歡其他。爲什麼？」

「味道。」紗藍說。

「我應該要知道這個字的意思，但其實我不知道。」圖樣說。

颶風啊，味道要怎麼形容呢？「這就像顏色一樣……可以用嘴巴看東西。」她做了個鬼臉。「這個比喻眞的實在太糟糕。抱歉。我肚子空空的時候沒什麼靈感。」

「妳說妳肚子空空，但我知道妳不是這個意思。我會靠上下文來推斷妳實際的意義，可以說這句話就是個謊話。」

「這不是謊話，如果所有人都了解、知道這是什麼意思就不是。」紗藍說。

「嗯。那是最好的謊話。」

「圖樣。」紗藍撕下一塊烤餅。「有時候你跟想要背出古代弗林詩句的巴伏人一樣難懂。」

食物旁邊的紙條上面寫著法達跟她的士兵都到了，被安置在附近的住所，她的奴隸暫時被歸入宅邸的僕從中。

紗藍一邊咀嚼著烤餅——眞是好吃——走到箱子邊，原本打算收拾箱子，可是她掀開第一個箱子時，立刻看到紅色的閃光。太恩的信蘆。

紗藍盯著看，這就是傳遞消息給太恩的人。紗藍猜想是個女人，不過因爲訊息轉送點是在塔西克，那裡也許甚至不是弗林文化的國家。有可能是男人。

她知道的太少了。她得很小心……颶風的，就算她小心，說不定還是會害死自己。可是紗藍已經厭倦被別人擺布。

這些人對兀瑞席魯有一定程度的了解，所以無論危不危險，都會是紗藍最好的線索。她拿出信蘆，準備了有書寫板的紙，放上信蘆。她一將信蘆上的轉鈕撥到準備完成的設定後，筆就浮在空中，卻毫無動靜，沒有立刻開始書寫。那個想要聯絡她的人已經離開了，筆說不定已經閃了好幾個小時。她得等另一邊的人回來才行。

「太不方便了。」她說完以後便暗自微笑。她真的在抱怨橫跨半個世界的立即溝通，還得要多等幾分鐘，實在太不方便了嗎？

我得找個辦法聯絡哥哥們，她心想。沒有信蘆，聯絡會慢得讓人焦躁。她是不是有辦法透過塔西克的傳信站，選一個不同的中間人送訊息過去給他們？

她重新坐回沙發上——把筆跟書寫板放在那盤食物旁——然後看著太恩跟遠處這個人之前的溝通過程。沒有幾張，太恩大概定時會消滅這些紙張。剩下的幾張都跟加絲娜、達伐家族，還有鬼血有關。

紗藍發現一個怪異的地方。太恩談起這群人的口氣，並不像是盜賊跟偶然合作的雇主。她提到要在鬼血裡「打好關係」跟「向上爬」。

「圖樣。」圖樣說。

「什麼？」紗藍看向他問。

「圖樣。在字裡。嗯。」它回答。

「這張紙？」紗藍舉起紙張。

「這張還有別的。」圖樣說。「看到最前面的幾個字嗎？」

紗藍皺眉，檢視著紙張。每張紙的最前面幾個字都是來自於寫信的對方。一個簡單的句子，詢問太恩的安好或是狀態。太恩每次都很簡單地回答。

「我不懂。」紗藍說。

「五個一組。這些字母是五個一組，每個訊息都遵循一個圖樣——前三個字都要用這五組字母中的三個開頭，然後太恩的回答要用剩下兩個字母。」

紗藍看了看，但是她不懂圖樣的意思。它又解釋了一次，她覺得自己懂了，但是覺得很複雜。

「這是暗碼。」紗藍說。很合理，總要有辦法認證信蘆另外一端是對的人。她發現自己差點就毀了這個機會時紅了臉。如果圖樣沒有看出來，或是信蘆立刻開始書寫，紗藍也許就暴露了自己。

她辦不到。她沒有辦法滲透一群手段足夠高超，又強大到可以毀掉加絲娜本人的組織。她根本辦不到。

可是她必須這麼做。

她拿出素描本，開始畫畫，讓手指自由移動。她需要年紀更大一點，但沒有大很多。她必須是深眸人，其他人會發現他們不認得的淺眸人在戰營裡亂走，深眸人比較不引人注意。不過面對特定對象時，她可以暗示她用的是改變眼睛顏色的眼藥水。

黑色頭髮。像她的眞髮一樣是長髮，但不是紅色的。同樣的身高，同樣的身材，但是很不一樣的臉。飽經風霜的五官，像太恩一樣，下巴上有疤痕，比較方正的臉型。沒有那麼漂亮，但也不醜，比較……直接。

她從身邊的燈吸入颶光，能量讓她畫畫的速度更快。這不是興奮，而是不斷向前進的需要。

她俐落地畫完，發現有一張臉從紙張上回望著她，幾乎像是活生生的人。紗藍吐出颶光，感覺颶光包圍她，在她身邊扭轉。她的視線朦朧了片刻，只看到褪去颶光的光暈。

然後，光消失了。她沒有覺得自己哪裡不同。她戳戳自己的臉，感覺像是同一張，她是不是——

垂過她肩頭的髮絲是黑色的。紗藍盯著髮絲片刻，然後從椅子上站起，同時既期待又膽怯。她走到盥洗間，來到鏡子面前，看著一張已經變化完成的臉，有著深色皮膚跟黑色眼睛。是她筆下的那張臉，卻有了色彩跟生命。

「成功了……」她低語。這遠超過了改變她衣服上的裂痕，或是讓自己看起來年紀比較大，她以前能改變的範圍只有那麼一點。現在這是完全徹底的改變。「這個能用到什麼程度？」

「我們想像得出的都可以。」圖樣從不遠處的牆上說。「或者該說妳能想像得出的都可以。我不擅長處理不存在的東西。可是我喜歡。我喜歡它的……味道。」它似乎很得意自己說出了這樣的話。

有哪裡不對勁。紗藍皺眉，舉起她的畫紙，發現鼻子旁邊有一點沒畫完。織光術沒有完全遮蓋起她的鼻子，旁邊有一塊模糊的空隙。空隙很小，看起來也許只像一條奇怪的疤痕，但在她眼裡，這瑕疵刺目極了，對不起她的藝術素養。

她戳戳鼻子其他部分，她畫得比眞的鼻子還要大，而且能透過幻象摸到自己的鼻子。那個幻象沒有任何眞實感，如果她很快地用手指戳過她的假鼻子尖端，那裡會散開成一團颶光，像是被風吹走的煙霧。

她移開手指，影像彈回原位，旁邊還是有缺口。畫得太不仔細了。

「這個影像能維持多久？」她問。

「它吸取颶光。」圖樣說。

紗藍從內袋取出錢球，全部都暗掉了——應該是她跟藩王們說話的時候把錢球的颶光用完的。她從牆上的燈罩取下一枚錢球，用同樣金額的黯淡錢球取代，握在拳頭中。

紗藍走回客廳，她當然需要一套不一樣的衣服，深眸女人不會——

信蘆開始寫了。

紗藍快步來到沙發旁，屏著呼吸，看著字出現。我想我今天得到的一些訊息會有用。簡單的開場，但是符合密碼的規律。

「嗯。」圖樣說。

她需要自己回答的頭兩個字也是用配對的字母開始。可是你上次也那樣說，她寫著，希望這樣符合密碼。

別擔心，妳會喜歡的，不過時間緊一點就是。他們想要見面，訊息如此寫。

很好，紗藍回答，放鬆下來——然後感謝太恩強迫她花時間練習仿造筆跡的技巧。她學得很快，因爲這是一種畫畫，可是太恩的提議如今讓她能模仿那女人的筆跡，比較潦草但是也相當到位。

信蘆寫著，太恩，他們今天晚上想要見面。

今天晚上？幾點？牆壁上的鐘顯示已經是第一夜鐘過半，現在只有第一個月亮，剛剛天黑。她拿起信蘆，開始要寫「我不知道我有沒有準備好」，可是她阻止了自己，太恩不會這樣說。

所以她改成寫「我沒準備好」。

信息回答，他們很堅持。所以我之前才聯絡妳。顯然加絲娜的學徒今天到了。發生了什麼事？跟你無關，紗藍回答，模仿太恩之前使用的口氣。對方是個僕人，不是同僚。

自然，可是他們今天晚上想要見妳。如果妳拒絕，對方有可能會切斷聯絡。信蘆如此說。

颶父啊！今天晚上？紗藍用手扒梳過頭髮，盯著紙張。她今天晚上可以嗎？

再等下去有什麼用嗎？

她心跳如雷地寫著，我以爲我抓住了加絲娜的學徒，可是那個女孩背叛了我。我不舒服，可是我會派我的學徒去。

又有一個學徒，太恩？信蘆寫著。之前發生了西西的事情還這樣？況且，我懷疑他們會想見一個學徒。

他們沒有選擇，紗藍寫。

也許她可以在身體周圍創造一個織光，讓她看起來像是太恩，可是她懷疑自己已經準備好面對那樣的事情。假裝一個她創造出來的人已經夠困難了，還要僞裝成一個特定的人？她一定會露出馬腳。

我去問問，信息寫。

紗藍等著。在遙遠的塔西克，信差會拿出另一支信蘆，成爲與鬼血聯絡的中間人。紗藍利用這段時間檢查她從盥洗間拿出的錢球。

裡面的光消散了一點點。要保持這個織光術，她需要身上帶著一批灌滿颶光的錢球。

信蘆又開始書寫。他們願意。妳能很快趕到瑟巴瑞爾的戰營嗎？

我可以。爲什麼去哪裡？紗藍寫。

因爲那是少數幾個營門開整夜的戰營。信蘆寫。妳的雇主會在那裡的一棟建築，跟妳的學徒見面。我替妳畫張地圖，叫妳的學徒在薩拉思升到中天的時候趕到。祝妳好運。

接下來是一張簡圖，標示出位置。薩拉思升到中天？那她只剩下二十五分鐘，卻跟這個戰營完全不熟。紗藍立刻跳起來，然後又凍結在原地。她不能這樣去，身上穿著淺眸女子的衣服。她衝到太恩的箱子，翻找合適的衣服。

幾分鐘後，她站在鏡子前，穿著寬鬆的咖啡色長褲，白色的長袖襯衫，還有內手上的薄手套。她自己的手這樣露出來，感覺非常赤裸。長褲就沒這麼嚴重，她家中的深眸女子在農莊工作時都穿這些，雖然她從來沒看過淺眸女子穿。可是手套……

她整個人在發抖，也注意到她這樣的時候，假臉也一起發紅。她皺起鼻子時，假鼻子也會動。這是好事，只不過她原本希望能夠隱藏起自己的尷尬。

她穿上一件太恩的白外套，僵硬的布料長達靴子上端。她用一條粗厚的豬皮腰帶束起，讓正面幾乎完全合攏，就像太恩之前的穿法。最後她把口袋裡的錢球全用房間其他灌滿颶光的錢球取代。

鼻子上的瑕疵仍然讓她很介意。該找個東西來遮住臉，所以她趕忙跑回箱子邊，找出了布魯斯的寬緣白帽，前面尖起，帽子邊緣都是黑色的皮革花邊，希望戴在她頭上的效果比在布魯斯頭上來得好。

她戴上帽子，回到鏡子前時，很滿意地看到自己的臉差不多都被遮住了，看起來確實有點蠢，但是這套衣服沒有一處不蠢。戴手套？長褲？這件外套穿在太恩身上令人印象深刻——代表了經驗還有傳達個人風格。但是紗藍穿在身上時，自己覺得看起來就是在假裝。她看穿了幻象，看到從賈・克維德鄉下來的畏怯女孩。

加絲娜說過，權威不是真的，僅是水霧——一個幻象。我可以創造這個幻象……妳也可以。

紗藍挺直背脊，擺正帽子，走到臥房，把幾樣東西塞入口袋，包括要去哪裡的地圖。她走到窗邊，把窗戶打開。幸好，她在一樓。

「走了。」她對圖樣說，然後進入黑夜。

當雷夫領導階層停止因爲理念不同而進行的內部迫害時，納拉．艾林責無旁貸地終於接受奉其爲主的破空師。雖然他一開始拒絕他們的追隨，同時因爲自己的理念，拒絕替他認爲是貪慕虛榮、皮毛瑣事的行爲背書。這是最後一位確立上下結盟關係的神將。

——收錄於《燦言》，第五章，第十七頁

雖然時間已晚，戰營依舊人潮洶湧，她並不意外。在卡布嵐司的那段期間，讓她知道不是所有人都把入夜當成停止工作的原因。這裡的夜晚，街道上的人群幾乎跟白天坐在車裡經過時一樣多。

而且幾乎沒有人注意她。

難得一次，她不再覺得引人注目。就連在卡布嵐司都有人會瞥向她，注意到她，打量著她。有人想掠奪她，有人想利用她。一個沒有合適護衛的年輕淺眸女人非常惹眼，很有可能是個機會，可是在這裡，有著直黑髮與深褐色的眼睛，讓她就跟隱形沒兩樣。感覺太棒了。

紗藍微笑，雙手塞在外套口袋裡。雖然沒有人多去看她戴著手套的內手一眼，她還是覺得很尷尬。

她來到十字路口，朝一邊去。戰營閃爍著火把跟提燈，這是一個市集，忙碌到沒人敢在提燈裡放錢球。紗藍走了過去，在人多的街道上比較安全，她的手指捏皺了口袋中的紙張。她一邊拿出紙，一邊等著前面交談的人群散開讓她過去。

地圖看起來很容易，她只需要認清楚方向就好。她繼續等了一陣，終於發現前面的那群人是不會動的，她原來以爲他們會像對待淺眸人那樣急忙替她讓路。她對自己的愚蠢搖搖頭，繞過他們。

一路上都是這樣的情況，她被逼著要從人跟人之間的縫隙擠過去，走在路上不斷被推擠。這個市集像是兩條朝反方向平行流動的河，兩邊都是商店，中間是販賣食物的小販，有些地方甚至有布棚，從街道的一邊橫越到街道另一邊的建築。

這一條路也許只有十步寬，擁擠得令人髮指，一團壅塞、凌亂，但紗藍愛死了。她好想停下來，畫下她經過的一半人，他們似乎都充滿生命，無論是在討價還價或只是跟朋友走在一起、咬著小吃。她在卡布嵐司的時候爲什麼沒多出來走走？

她停下腳步，笑看著一個正在演布偶戲的男人。更遠處，有一個賀達熙人正用點火器以及某種油讓空氣中燃燒出火焰。如果她能停一下下，把他畫下來……

不行。她有正事要辦。有一部分的自己並不想去做這件事，難怪她的腦子一直在找事情讓她分心。她已經越來越熟悉自己這種心理機制。她會利用它，她需要它，但她不能允許它控制自己。

不過她還是停在一個女人賣著蜜糖水果串的推車前。那些水果看起來又紅又多汁，用小棍子串起，外面沾了一層透明的脆糖漿。紗藍從口袋裡拿出一枚錢球，遞了出去。

女人僵在那裡，盯著錢球，附近的人也停了下來。

怎麼了？那只是個翡翠馬克，她又不是拿了布姆出來。她看了寫著價錢的符文。一根蜜糖水果串只要一枚透幣。她通常不會花心神去想錢球的面額，但如果她沒記錯……

她的馬克是這東西價錢的兩百五十倍。然而即使是在當年捉襟見肘的家裡，他們也不覺得這是多少錢。

但那是從宅邸跟莊園的角度來看，而不是小販與深眸勞工的角度。

婦人說：「呃，我想我找不開，這位……呃……公民。」這個頭銜是用來稱呼第一或第二那恩的富有深眸人。

紗藍滿臉通紅。她到底要什麼時候才不會這樣一直表現出自己的無知？「這是用來買點心，還有買妳幫個忙的。我新來乍到，需要問路。」

「這路問得有點貴啊，小姐。」女人說，仍然迅速地收起了錢球。

「我要找那耳街。」

「啊。小姐啊，妳走錯了路，妳得轉回去，右轉，走大概，呃，六個街口吧？很好找，藩王要所有人把屋子建得方方正正的，像眞正的城市一樣，妳順著有酒館的地方走就會找到了。可是小姐，妳別介意我多嘴一句，我不覺得那是妳該去的地方。」

就算她已經扮成了深眸人，其他人還是認爲她沒辦法照顧自己。「謝謝。」紗藍說，拿起一串蜜糖水果。她快步離開，穿過人流，混入朝反方向穿過市集的人潮。

「圖樣？」她低聲說。

「嗯。」它正攀在她的外套外側，靠近膝蓋的部分。

「跟在我後面，看看有沒有人在跟蹤我。可以嗎？」紗藍說。

「如果他們來，就會形成圖樣。」說完，它落到地面。有一瞬間，在外套跟地面之間的空中，它是一團黑色的線條，然後就像是落在湖面上的一滴水那樣消失無蹤。

紗藍快速順著人流前進，內手死死抓著外套口袋裡的錢球袋，外手拿著水果串。她記得太清楚，加絲娜在卡布嵐司時刻意暴露過多財富，就吸引來一大票強盜，快得像爬向颶風水的藤蔓。

紗藍照那女人的指引前進，自由的感覺被焦慮取代。一轉彎出了市集，她走入一條人少了很多的路。那個賣水果的攤販會把紗藍指到陷阱裡，好方便其他人搶她嗎？她低著頭，快步在路上走。她不能用魂術來保護自己，不能像加絲娜那樣。颶風的！紗藍甚至沒辦法點燃樹枝，她懷疑自己能轉化活生生的人。

她有織光術，但已經在使用了，她能同時用織光術編織出第二個影像嗎？她的偽裝怎麼樣了？錢球的颶光一定正在被吸走，想到這裡，她差點就要把錢球拿出來看看消耗了多少，但及時打住。笨蛋。她擔心會被搶，所以打算露出手中的一把錢來看看？

她在兩個街道口以後停下。路上確實有人，幾個穿著工人衣服的男人正在回家的路上。這裡的建築物確實沒有先前那麼完好。

「沒有人在跟。」圖樣在她腳邊說。

紗藍嚇得差點跳到屋頂上。她把內手舉在胸前，深深地呼吸幾次。她真的覺得自己能滲透一群殺手？她自己的靈都可以嚇到她。

*太恩說除了親身經歷之外，沒有別的方法能夠讓我學到東西。我得先混過前面這幾次，希望能在害死自己之前，早點習慣這種事，*紗藍心想。

「走吧，時間不多了。」紗藍說。她開始邊吃水果串邊走。真的很好吃，但是她緊張到沒辦法徹底享受這份美味。

有酒館的街道其實是五個街口，而不是六個街口外。被紗藍越捏越皺的紙張，顯示了見面的地點是一棟公寓。

紗藍拋開棍子，來到公寓面前。這棟樓一定建成沒多久，戰營裡的一切最多都是五六年而已，但它看起來卻很古老，石頭上充滿白斑，百葉窗歪歪斜斜地掛著，她很驚訝這棟樓還沒被颶風吹倒。

她很清楚這是自願到白脊洞穴送晚餐，但還是走上前，敲敲門。門被一個深眸人打開，那人的身材跟塊大石頭一樣，臉上的鬍子被修成食角人的樣式，髮絲看起來的確帶著一點紅。

對方上下打量她的同時，她克制住緊張地挪動重心的衝動。終於，他完全把門打開，用粗厚的手示意要她進去。她沒漏掉靠在他身邊牆壁上的巨大斧頭，唯一的照明是牆上微弱的颶光燈，看起來裡面只有一枚夾幣。

紗藍深吸一口氣，走了進去。

這地方的空氣充斥著霉味，她聽到走廊某處傳來滴水聲，颶風雨水從漏水的屋頂滴著滴著，就滴到了一樓。守衛沒說話，她來到大廳。地板是木製的，每次踏在木頭上，她都覺得自己會摔下去，每踩一步木頭就會發出吱嘎聲。好石頭從來不會發出這種聲音。

守衛朝牆壁上的開口點點頭，紗藍盯著那片黑暗。樓梯。往下。

颶風啊，我在做什麼？

她正在做的，就是不要膽怯。紗藍瞥向壯碩的守衛，挑起眉毛，強迫聲音保持平穩，「你們為了裝潢真是盡心盡力啊。在破碎平原這裡，到底要找多久才能有個詭異樓梯間的巢穴？」

守衛居然露出微笑。他沒有因此看起來比較不嚇人。

「我該不會一踩上去，樓梯就塌了吧？」紗藍問。

「它好。」守衛的聲音出奇地高亢。「它沒有對我垮掉，我今天還吃了兩個早餐。」他拍拍肚子。

「去。他們在等妳。」

她拿出一枚錢球照明，開始走下樓梯間。這裡的石牆是被切割而出的，誰會花這個精神在一棟快爛掉的公寓下面挖地窖？她注意到牆上幾條長長的克姆泥滴痕時，得到了答案。這克姆泥滴痕看起來像是蠟燭旁邊融化的蠟，很久以前已經硬成了岩石。

她心想，*這個洞是在雅烈席人來到這裡之前就有的*。建立這座戰營時，瑟巴瑞爾就把這棟樓建在已經存在的地下室上方。這個洞穴裡面以前一定有人住過，沒有別的可能答案。他們是誰？很久以前的拉坦人嗎？

樓梯間通往一個小小的空曠房間。這麼破敗的建築物會有地下室好奇怪啊，地下室通常只有華貴的屋子裡才會出現，那是花了相當精神去建造、預防淹水之用。紗藍不解地雙手抱胸，直到地板一角打開，讓房間沐浴在光線中。紗藍屏住呼吸，退後一步。這岩石有一部分是假的，隱藏了密門。

地下室之下還有地下室。她來到洞穴邊緣，看到有梯子往下朝紅地毯延伸，以及經過剛才的陰暗後，顯得幾乎令人瞎眼的刺目光線。這地方在颶風之後一定淹水得很嚴重。

她翻身抓住梯子往下，很高興自己穿著長褲。暗門從上面關起——似乎有某種升降鎖的機制。

她跳到地毯上，轉身，發現這間房幾乎豪華如皇宮，與樓上完全不相稱。中間是一張長長的餐桌，上面的玻璃杯閃閃發光，杯身上鑲嵌著寶石，光芒在房間牆壁上潑灑著。牆上有布置溫馨的櫃子，每一層都裝滿了書本跟裝飾品，大多都放在小玻璃展示箱中。算是某種戰利品？

房間裡大概有五六個人，其中一人特別引起她的注意。他的背脊挺直，純黑色的頭髮，穿著白色的衣服，站在劈啪作響的壁爐前。他讓她想起一個人，一個她童年時出現過的人。有著微笑眼睛的信使，知道好多事情的謎。兩個瞎子在時代的終結等待，凝視思索著美……

男人轉身，露出一雙淺紫色的眼睛，還有臉上的老疤痕。一條刀疤順著他的臉頰往下延伸，扭曲了他的上唇，雖然他看起來舉止講究——左手握著酒杯，穿著最精緻的衣裝——他的臉跟手卻訴說著不同的故事。充滿戰爭、殺戮、爭鬥的故事。

這不是紗藍過去見過的信使。男人舉起右手，手中似乎握著某種長長的蘆葦。他將蘆葦舉在口中，像是武器一樣，用它直指紗藍。

她僵在原地，動彈不得，看著房間對面的武器。終於，她轉過頭。牆壁上有一個標靶，是幅織毯，上面有不同的動物。紗藍驚呼，往旁邊一跳，剛好此時男人吹動武器，一枚小飛箭射出，離她只有幾吋遠，然後埋入牆上織毯畫中的動物之一。

紗藍將內手舉到胸前，深吸一口氣。穩住，她告訴自己。穩住。

「太恩她……」男人放下吹箭。「不舒服？」他說話的靜謐語調讓紗藍顫抖，辨別不出他的口音。

「對。」紗藍終於出聲。

男人將杯子放在身邊的壁爐架上，然後從襯衣口袋取出另一枚飛箭，仔細地塞入吹筒。「她不像是會讓這種小事阻止她參加重要會議的人。」

他抬頭看向紗藍，吹箭武器裝設完畢。紫色的眼睛像是玻璃，有著疤痕的臉沒有表情，房間裡的人似乎都屏住呼吸。

他看穿了她的謊話。紗藍感覺一陣冷汗淋漓。

「你說得沒錯，太恩沒事。可是計畫沒有按照她承諾的進行。加絲娜·科林死了，刺殺行動的執行太粗糙。太恩覺得目前還是應該透過中間人來辦事比較保險。」紗藍說。

男人瞇起眼睛，然後終於舉起蘆葦，猛然一吹。紗藍一驚，可是吹箭沒有刺中她，又擊中了織毯畫。

「她表現得像個懦夫。妳知道我也許會因爲她的錯誤而殺了妳，卻還是自願前來？」他說。

「光爵，每個人都要有個開始。」紗藍的聲音不聽使喚，微微顫抖。「我不能不冒險就想往上爬。如果你不殺我，也許我就有機會見到太恩可能永遠不會引見給我的人。」

「很有膽子。」男人說。他的兩隻手指一劃，一名坐在壁爐邊、細瘦的淺眸人——牙齒大到看起來像是祖上有哪代其實是老鼠——急忙趕上前，將一件東西放在紗藍身邊的長桌上。

一袋錢球。裡面是一定布姆，雖然袋子是深褐色的，卻仍然燦爛地發光。

「告訴我她在哪裡，錢就是妳的。」有疤痕的男人說，裝入另一枚飛箭。「妳有野心，我喜歡。我會爲了她的藏身地付妳錢，還會替妳在我的組織中找個位置。」

「抱歉，光爵，但你知道我不會把她出賣給你。」紗藍說。他一定看得出她的害怕，汗水浸溼了帽子的襯裡，順著太陽穴涔涔而下。懼靈在她腳邊的地面鑽出，不過桌子應該藏住了它們。「如果我因爲錢就背叛太恩，那我對你來說能有什麼價值？你會知道只要價錢合適，我也會同樣對待你。」

「榮譽心？」男人臉上依然毫無表情，手指捏著飛箭。「就憑妳這樣的小賊？」

「再次抱歉，光爵，但我不是普通的小賊。」紗藍說。

「如果我對妳動刑呢？我向妳保證，我可以用這種方式得到訊息。」

「光爵，我毫不懷疑，但你眞的覺得太恩會告訴我她在哪裡，然後再派我來？對我動刑又有什麼用？」

「這個嘛，」男人低頭，塞入飛箭。「至少挺好玩的。」

呼吸，紗藍告訴自己。慢慢呼吸，像平常那樣呼吸。好難啊。「我不認爲你會這麼做，光爵。」

他舉起吹箭，快速一吹，飛箭深入牆壁的同時發出沉沉的聲響。「爲什麼不會？」

「因爲你不像是會把有用的東西丟掉的人。」她朝玻璃箱裡的陳設品點點頭。

「妳膽敢認爲妳對我來說會是有用的？」

紗藍抬起頭，迎向他的目光。「對。」

他直視她的眼睛。壁爐劈啪作響。

「好吧。」他轉向壁爐，再次拾起杯子，繼續一手握著吹箭，用另一手喝酒，背對著她。

紗藍覺得自己像是繩子被割斷的傀儡。她猛然吐出一口氣，雙腳痠軟，坐倒在餐桌旁的椅子。她以顫抖的手指拿出手帕，擦擦額頭的太陽穴，推開帽子。

當她把手帕收起時，發現有人在她旁邊坐下。紗藍甚至沒看到他移動，他的出現讓她一驚。矮小褐色皮膚的人臉上綁著某種甲殼面具，看起來其實像是……皮膚已經從面具的周圍長出來了。

橘色與紅色的甲殼像是拼圖一樣，讓人感覺有一對眉毛，還充滿了怒氣。在面具後，一雙黑色的眼睛眨也不眨地看著她。那男人，不對，那女人——紗藍注意到對方有微微的胸部與上身的輪廓，只是露出的外手讓她錯看了。

紗藍壓下臉紅。女人穿著深褐色的衣服，腰間綁了一條複雜的腰帶，上面有更多的甲殼，壁爐邊有其他四個人，穿著比較傳統的雅烈席卡服飾，質問她的高大男人沒有再說話。

「呃，光爵？」紗藍轉頭看他。

「我在思考。我原本打算要殺了妳，追蹤太恩。妳可以告訴她，如果她自己來找我就不會有事，我不生氣她沒有從加絲娜身上取回情報。我僱了我覺得最適合這個任務的獵人，但也明白其中的風險。科林死了，太恩的任務是要不計代價地達成這點。也許我沒辦法稱讚她做得有多好，但是我很滿意。

「可是決定不親自前來解釋，這種懦弱的表現讓我反胃。她像獵物一樣躲了起來。」他喝了一口酒。「妳不是懦夫。她派了一個她知道我不會殺死的人。她向來很聰明。」

這下好了。紗藍現在該怎麼辦？她遲疑地站起來，不想離那個眼睛眨都不眨的奇怪女人太近，而是利用機會仔細地觀察房間。火堆的煙霧從哪裡消散？他們從這裡一路挖了一條煙囪往上？

右牆的戰利品比較多，包括幾顆巨大的寶心，光是這幾顆加起來就比她父親的宅邸還要貴重。幸好沒有灌注颶光，雖然沒有經過切割，但大概會亮得讓人眼睛都瞎掉。一朵怪花浸泡在某種液體中，這些紀念品上面沒有任何解釋的牌子。那塊淺粉紅色的晶體看起來像是某種寶石，但爲什麼這麼纖細？箱子裡有著幾片碎屑，彷彿光是放在櫃子上的動作就幾乎讓它要碎掉。

她遲疑地走向房間更深處。壁爐的煙霧升起，然後繞著某個掛在壁爐上方的東西盤旋。一塊寶石……？不是，是法器，像是紡錘一樣聚集起盤旋的煙霧。她從來沒看過這種東西。

「妳認得一個叫做阿瑪朗的人嗎？」白衣疤痕男子問。

「不認得，光爵。」

「我是墨瑞茲。」男人說。「妳可以用這個頭銜稱呼我。妳呢？」

「我是圍紗。」紗藍用了之前思索一陣後編出的假名。

「好。阿瑪朗是薩迪雅司宮廷中的碎刃師，他也是我目前的獵物。」

這種說法讓紗藍全身一陣戰慄。「墨瑞茲，你要我做什麼？」她很努力，但是說出這個頭銜時發音仍然不太正確。這不是個弗林名詞。

「他在薩迪雅司的宮殿旁邊有一棟宅邸。阿瑪朗藏著一些祕密在裡面，我要知道他有哪些祕密。叫妳的女主人去調查，下禮拜把南奈的情報送來給我，她知道我要什麼。如果她可以做到，我對她的失望會散去。」

溜入碎刃師的宅邸？颶風啊！紗藍根本不知道自己該怎麼辦到這種事。她應該離開這個地方，捨棄自己的偽裝，能保住一條命逃走就算命大了。

墨瑞茲放下空空如也的酒杯，她發現他的右手上都是疤痕，手指扭曲，像是被打斷過，但重新接合得很差。墨瑞茲中指上有一枚閃閃發光的金色徽戒，上面的圖形跟加絲娜畫的一樣。這是紗藍的侍從身上有的符號，卡伯薩在身上刺青的符號。

她不能退出。紗藍要用盡一切方法，找出這些人知道些什麼。關於她的家族、加絲娜，還有世界末日。

「我們會辦到。」紗藍對墨瑞茲說。

「不問如何付款？」墨瑞茲好笑地問，取出口袋中的吹箭。「妳的主人向來會問。」

「光爵。」紗藍說。「沒有人會在最高級的酒館裡討價還價。你的付款會被接受。」

自從她進房間以來，第一次看到墨瑞茲微笑，雖然他沒有看她。「小匕首，別傷到阿瑪朗。」他警告。「他的性命屬於別人。不要驚動別人或引來懷疑。太恩的任務是調查結束以後就回來，只有這樣。」

他轉身，朝牆壁吹了飛箭。紗藍瞥向爐火邊的另外四個人，一一快速眨眼，取得關於他們的記憶，然後她感覺出自己被要求退下，自動地走到樓梯邊。

她知道墨瑞茲的眼睛盯著她的背，他最後一次舉起吹箭。上面的暗門掀開，紗藍感覺身後的視線盯著她的背，一路往上。

一枚飛箭在她腳下穿過，從兩格梯子之間鑽出、刺向牆壁。

紗藍急促地喘息，離開了密室，再次走入滿是灰塵的地下室。暗門關起，把她關在黑暗中。

她頓時顧不得形象，急急忙忙地跑上台階，出了建築物，來到街道之後重重地喘氣。外面的街道變得更繁忙而非安靜，因爲酒館正引來人群。紗藍急急忙忙快步走。

她發現自己並沒有仔細計劃前來見鬼血這件事。她該怎麼辦？從他們那裡取得情報嗎？這麼一來她就必須取得他們的信任。墨瑞茲似乎不相信任何人。她要怎麼找出他對兀瑞席魯知道多少？要怎麼叫他的人不要再去騷擾她的哥哥？要怎麼——

「跟蹤。」圖樣說。

紗藍猛然停下。「什麼？」

「人跟蹤。」圖樣的聲音很和氣，彷彿不知道這個過程對紗藍來說有多緊張。「妳要我盯著。我盯著。」

墨瑞茲當然會派人來跟蹤她。紗藍的冷汗再次直流，強迫自己繼續前進，不要轉頭去看身後。「多少人？」她問。

圖樣爬上了她的外套邊。

「一個。有面具的人，不過她現在穿著黑色披風。我們要去跟她說話嗎？妳們現在是朋友了嘛，對吧？」

「我不這麼認爲。」

「嗯……」圖樣說。她猜想它是想要弄清楚人類互動的關係。能弄得懂算它厲害。

怎麼辦？紗藍懷疑自己能擺脫身後跟蹤的人，那女人一定很熟練這種事，而紗藍……她很熟練怎麼讀書跟畫畫。織光術，她心想，我能用織光術做點什麼嗎？她的僞裝仍然有效，披散在肩膀上的黑色頭髮證明了這點。她能變化罩在自己身上的幻象嗎？她吸入颶光，讓自己加快速度。前面有一條小巷穿過兩群公寓之間，紗藍強迫自己不去回想卡布嵐司裡一條很類似的小巷，立刻加快腳步，轉進小巷，然後吐出颶光，試圖要改變颶光的形狀，也許可以變成一個壯碩的男人，遮蓋住她的外套，然後……

然而颶光只是吐出在她身前，完全沒有作用。她慌了，但仍然強迫自己順著小巷前進。

沒有成功。爲什麼沒成功？她在自己房間裡面的時候不就成功了！

她唯一能想到不一樣的地方就是她的素描。在她的房間裡，她畫了一幅詳細的圖，而現在沒有。

她朝口袋伸手，取出上面畫著地圖的紙，背面是空白的。她再朝另外一個口袋掏了掏，尋找她直覺下放入口袋的炭筆，試圖邊走邊畫。不可能。薩拉思幾乎落下了，天色太黑。況且，她沒有辦法邊走邊好好畫出細節，更何況沒有什麼堅硬的墊板。如果她停下來好好畫，會引起對方懷疑嗎？颶風啊，她好緊張，連炭筆都握不正。

她需要一個她可以躲藏、蹲下、好好畫完的地方，像是剛剛在小巷中經過的門廊。

她開始畫出一面牆。

這個可以邊走邊畫。她轉向一條小巷，營業中的酒館在她身上灑下光芒。她沒去理會吵雜的笑聲跟喊叫，雖然其中幾個人的聲音似乎是朝她喊來的。她在紙張上畫下一面簡單的石牆。

她不知道會不會成功，但是她要試試看。她轉入另一條小巷，差點被一個丟了鞋子的醉漢絆倒，那人正倒在地上呼呼大睡，然後她快速奔跑。沒跑多遠，她便鑽入一扇門廊，退入兩呎深的地方。她吸入剩餘的颶光，想像她畫的牆能夠遮住這個門廊。

四周變黑了。

小巷原本就很暗，可是現在她什麼都看不到。不是月亮的鬼魅光芒，不是小巷盡頭滲透出來、被火光點亮的酒館。她的畫成功了嗎？她貼向身後的門，扯下帽子，盡量確保自己身上沒有任何一處會從假牆後露出。她聽到外面有隱約的摩擦聲，像是踩在石頭上的靴子，像是衣物擦過對面石牆的聲音。然後，安靜了。

紗藍站在原地，全身動彈不得，努力地想要聽到周圍的聲音，但只聽得到心跳。終於，她低聲說：「圖樣，你在嗎？」

「在。」它說。

「去看看那女人是不是在附近。」

它沒有發出任何聲音便離開，一陣子之後又回來，「她不在了。」

紗藍吐出一口憋著的呼吸，然後一咬牙，從牆壁後走出。一片光，像是颾光，充斥她的視線。然後，她便走出了颾光，站在小巷，身後的虛像像是被吹皺的煙霧在她身邊短暫盤旋，又很快重新凝結起來。

這個假象其實很不錯。如果仔細檢視，這片牆跟眞實的木柱並沒有完全連結，可是在晚上很難看清。沒過多久，幻象就變成一團盤旋的颾光，然後蒸發。她沒有可以維持幻象的颾光了。

「妳的僞裝沒了。」圖像提醒。

紅頭髮。紗藍驚呼一聲，立刻將內手塞入口袋。太恩訓練出來的深眸女騙子可以半裸地跑來跑去，但是紗藍本人不可以。這是不對的。這又是個很蠢的想法，她很清楚，但是她改變不了自己的感覺。她遲疑片刻後，脫下外套，再脫下帽子，又有了不同的頭髮跟臉，她是個不同的人。她認爲戴著面具的女人從一個方向離開，於是選擇了反方向。

紗藍遲疑片刻，想要弄清楚自己身在何處。宅邸在哪裡？她試圖重新回想自己走過來的路徑，可是沒辦法判斷如今所在的位置。她需要一個可以看到的地標。她拿出皺成一團的紙，快速畫下自己目前走過的路徑地圖。

「我可以帶妳回去宅邸。」圖樣說。

「我行的。」紗藍舉起地圖，點點頭。

「嗯，這是個圖案。妳可以看得到這個？」

「對。」

「可是信蘆用字母組成的圖案不行？」

她該怎麼解釋。「那是語言。戰營是一個地方，一個我可以畫出來的地方。」該怎麼走回去的路線圖清楚地在她腦海中。

「啊……」圖樣說。

她毫無意外地回到了宅邸，可是無法確定自己是否眞的甩掉了跟蹤者，也不知道瑟巴瑞爾的僕人是否有人看到她穿過花園、爬上窗戶。這就是偷偷摸摸的麻煩。如果一切似乎都正常，最難判斷的就是不知道這是因爲自己眞的安全了，還是因爲別人雖然看到，只是選擇暫時不作爲而已。

她先是關起百葉窗，再拉好窗簾，然後才撲回豐軟的床舖，不斷深呼吸、發抖。

她心想，這是我做過最可笑的事情了。

可是她卻發現自己異常興奮，先前的刺激情況讓她滿臉發燙。颶風的！她居然很喜歡剛才那個過程。那種緊繃的氣氛、冷汗直流的情況，靠著口舌的靈便保住自己一條性命，就連最後甩脫跟蹤都是。她是怎麼了？她想從加絲娜那裡偷東西的時候，明明整個過程的每個步驟都讓她想要反胃。

紗藍心想，我已經不再是那個女孩了，好幾個禮拜以來就不是了。她微笑地看著天花板。

她會想到調查阿瑪朗光爵的辦法，她會贏得墨瑞茲的信任，好查出他知道多少。我還是需要跟科林家族的聯盟，她心想，通往目標的道路就是雅多林王子。她必須找到辦法，儘快與他有交流，但是又不能讓自己顯得慌不擇路。

在她所有必須完成的任務中，跟他有關的部分似乎是愉快的。她臉上笑意不斷，下了床，決定去看看之前的餐盤上還有沒有什麼剩下的。

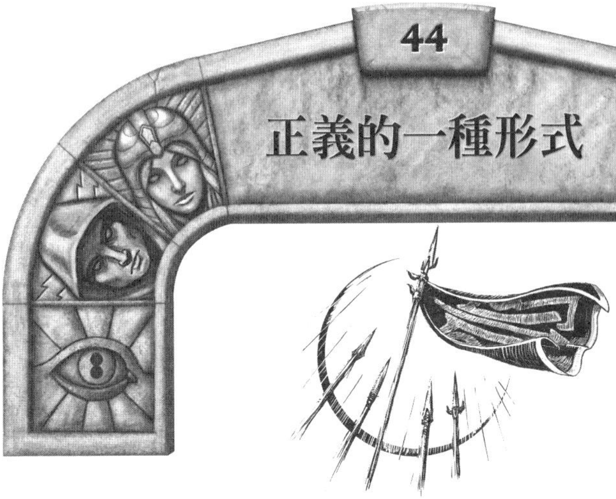

44 正義的一種形式

可是盟鑄師（Bondsmith）成員僅有三人，對其而言並非罕見，亦無意大肆增添其人數，因爲於麻達薩的時代，其軍團中僅有一人，時刻相伴兀瑞席魯與其王座。眾人皆知其靈極爲講究，想要將該軍團擴充至其他軍團的程度，無異於癡人說夢。

——收錄於《燦言》，第十六章，第十四頁

卡拉丁每次造訪達利納的淺眸人訓練場時，都覺得自己極爲格格不入，因爲在那裡的其他士兵幾乎都是貴族。

達利納要求他的所有士兵在執勤時都必須穿著制服，這些人也完全遵守。卡拉丁穿著自己的藍色制服，沒有理由覺得跟他們完全不是同一個群體，但是他卻如此覺得。他們的制服比較豪華，有著明亮的釦子，縫在精緻的外套車線上，鈕釦上還鑲著寶石，其他人則以刺繡裝飾制服，鮮豔的圍巾近來成爲一種流行。

淺眸人打量著走進來的卡拉丁一行人。雖然普通士兵把他們視爲英雄——這些人尊重達利納跟他的決定——他們的身體語言仍訴說著對這一行人的敵意。

這些人的目光在說，我們不歡迎你們，每個人都有自己該處的位置，這裡不是你的，你就像是待在餐廳裡的芻螺。

「長官，我能否暫時放下我的任務，前去進行今天的訓練？」雷納林詢問卡拉丁，年輕人穿著橋四隊的制服。

卡拉丁點點頭。王子一走，其他橋兵們就放鬆下來。卡拉丁指出三個守望的位置，三名士兵便跑過去站崗，摩亞許、泰夫和亞克則待在他身邊。

卡拉丁帶領他們以軍步走到薩賀面前，他正站在鋪滿沙子的校場後方。雖然其他執徒都忙著端水、拿毛巾、拿武器給正在對練的淺眸人們，薩賀卻是在沙地上畫了一個圓圈，正朝裡面丟彩色的小石頭。

「我接受你的提議。」卡拉丁來到他面前。「我帶了三個人來跟我一起學習。」

「我沒提議要訓練你們四個。」薩賀說。

「我知道。」

薩賀哼了一聲。「繞著這裡的外面小跑四十圈，然後來這裡回報。你們必須在我玩膩之前回來。」

卡拉丁用力一揮手，四個人立刻往外開跑。

「等等。」薩賀大喊。

卡拉丁停下，靴子抵著沙地。

「我只是在測試你們有多願意服從我。」薩賀朝圈子裡又丟了一顆石子。他哼了一聲，似乎相當滿意。終於，他轉頭看他們。「我想我也不需要先操練你們一番。但是小子，你們耳朵上的紅可是我從來沒看過的。」

「我……耳朵上的紅？」卡拉丁問。

「該死的語言。我的意思是，你們覺得必須要證明自己，迫不及待想要找人打上一架——意思是你們對所有人跟所有事情都抱著怒氣。」

「這能怪我們嗎？」摩亞許問。

「我明白。但是如果我要訓練你們這幾個小傢伙，不能讓你們的紅耳朵老是擋著路。你們乖乖給我聽話，照我說的去做。」

「是的，薩賀師傅。」卡拉丁說。

「不要叫我師傅。」薩賀朝肩膀後面的雷納林一比，他正在眾多執徒的協助下穿上碎甲。「我是他的師傅。對於你們幾個小傢伙，我只是一個關切的旁觀者，想要幫助你們去保住我朋友的命。在這裡等我回來。」

他轉身走向雷納林。亞克拾起薩賀剛才在丟的一顆彩色石頭，薩賀頭都沒回就說：「還有不要碰我的石頭！」

亞克一驚，立刻拋下石頭。

卡拉丁放鬆下來，靠著一根撐住屋簷的石柱，看著薩賀指導雷納林。西兒飛了下去，開始審視那些小石子，臉上帶著奇特的表情，想要弄清楚那些石頭有什麼特別的地方。

沒多久，薩賀帶著雷納林走過來，一面解釋著對方今天的訓練內容。顯然他想要帶雷納林去吃午餐。卡拉丁微笑著，看著執徒連忙端出桌子、餐具，還有可以撐住碎刃師重量的沉重凳子，他們甚至拿出了桌巾。薩賀留下不解的雷納林，他穿著魁梧的碎具，抬起了面甲，看著滿滿一桌午餐，接著彆扭地拿起一支叉子。

「你在教他要怎麼細微地使用新得到的力量。」卡拉丁對走回來的薩賀說。

「碎甲很強大。」薩賀說著，沒看卡拉丁。「訓練碎刃師靠的不只是破壞牆壁或從屋頂跳下來。」

「那我們什麼時候——」

「等著。」薩賀又走開了。

卡拉丁瞥向泰夫，後者聳聳肩，「我喜歡他。」

亞克笑了。「因爲他的脾氣幾乎跟你一樣差，泰夫。」

「我哪裡脾氣不好了？」泰夫回嘴。「我只是沒辦法忍受別人的愚蠢。」

等到薩賀跑回來他們身邊，所有人立刻精神一振，眼睛大睜。

薩賀拿著一把碎刃。

他們一直在期待這一刻。卡拉丁說過，在訓練過程中，他們也許有辦法摸到碎刃。他們的眼睛緊盯著碎刃，彷彿看著絕美的女人脫下手套。

薩賀走上一步，然後將碎刃刺入他們面前的沙地。他的手從劍柄身上移開，揮了揮。「好了。都試試吧。」

他們只盯著碎刃。最後，是泰夫開了口：「克雷克的呼吸啊，你是認眞的，對吧？」

不遠的西兒已經不去看石頭，而是盯著碎刃。

「跟你們的隊長在什麼鬼半夜談了一輪之後，第二天早上我就去找了達利納光爵還有國王，要求他們允許我教導你們劍術招式。你們不需要拿劍，但是如果要跟有碎刃的殺手對打，那你們就必須知道招式內容，還有怎麼應對。」

他低下頭，手按在碎刃上。「達利納光爵建議讓你們使用國王的一柄碎刃。聰明的人。」

薩賀拿開手，示意。泰夫伸出手，摸了摸碎刃，但是摩亞許搶先一把握起巨劍的握柄，用力往外一抽，從地面上拔起，但力道太大，他跌跌倒倒地往後退，泰夫立刻閃開。

「你小心點！再這樣耍白癡，一定會把自己颶風的手臂給砍了。」泰夫猛然大罵。

「我才不是什麼白癡。」摩亞許舉起劍，劍尖朝外。一個勝靈出現在他的頭邊。「它比我以爲的還要重。」

「眞的？所有人都說碎刃很輕啊！」亞克說。

「那些是習慣用普通劍的人。若是一輩子練長劍的人，拿起這種看起來有兩三倍鋼的武器，一定會覺得這更重，而不是更輕。」薩賀說。

摩亞許哼了一聲，謹愼地揮動武器。「那些故事說得讓我以爲這把劍根本沒重量，會像風一樣輕。」他連忙將劍刺回地面。「而且切割的時候，風阻也比我以爲的更強。」

「我想這大概就是期待點的不同吧。」泰夫抓抓鬍子，揮手要亞克去拿起劍。壯碩的男人比摩亞許更小心地將劍抽出。

「颶父的，握著這把劍讓人感覺自己好強。」亞克說。

「這只是個工具。很寶貴的工具，但仍然只是工具。記住這點。」薩賀說。

「這不只是工具。」亞克擦試著劍。「對不起，但我眞的這樣覺得。你這樣說普通劍我還相信，但是這……這是藝術。」

薩賀受不了地搖頭。

「怎麼？」卡拉丁問，看著亞克不情願地將碎刃交給泰夫。

「普通人因爲出身太低就不准使用劍，這麼多年了，我還是覺得有夠蠢。劍哪有什麼神聖的，只是有些情況比較合適，有些比較不合適而已。」薩賀說。

「你是個執徒，不是應該維持弗林技藝跟傳統嗎？」卡拉丁說。

「我可不是個多好的執徒，但我剛好是很優秀的劍客。」他朝劍點點頭。「你也來？」

西兒猛然看向卡拉丁。

「除非你要求，否則我就算了。」卡拉丁對薩賀說。

「一點也不好奇是什麼感覺？」

「這種東西殺了我太多朋友。如果你不介意的話，我寧願不要摸。」

「隨便你吧。達利納光爵要你們能夠適應這些武器，不要這樣敬畏它們。每次有人被這種劍砍死，有一半原因是他看呆了，忘了躲。」薩賀說。

「對啊，」卡拉丁輕聲說。「我看過這種事。用它朝我揮砍一下，我需要練習面對這把東西。」

「沒問題，我去拿這把劍的護刃。」

「不要。不要護刃，薩賀。我需要感到害怕。」卡拉丁說。

薩賀端詳卡拉丁一陣後，點點頭，走到旁邊，從摩亞許手中拿走劍。摩亞許剛才又開始揮起劍。西兒飛過，繞著那些看不到她的男人頭邊飛了一圈。

「謝謝。」她落在卡拉丁的肩膀上。

薩賀往後退了幾步，擺出招式。卡拉丁認出這是淺眸人的決鬥招式之一，但認不出來是哪一式。薩賀上前一步，揮落巨劍。

驚慌。

卡拉丁忍不住泛起驚慌。一瞬間，他看到達雷死去——碎刃砍斷了達雷的頭。他看到好幾張臉，有被燒乾的眼睛，映照出碎刃太過銀亮的表面。

碎刃從他面前吋許的距離掠過。薩賀上前一步，動作流暢地引著碎刃回歸身前，再次攻擊。這次不會錯過了，所以卡拉丁必須往後退開。

颶風的，這怪物太美了。

薩賀再次揮劍，卡拉丁得往旁邊跳開才能閃躲。他心想，薩賀，你有點太認眞了，然後眼角閃過的陰影引起他立刻的反應，瞬間轉身，正正面對上了雅多林．科林。

兩人對視，卡拉丁等著對方開口調侃。雅多林的眼睛閃向薩賀跟碎刃，然後又閃回卡拉丁身上。最後，王子淺淺地點頭，轉身走向雷納林。

對方的意思很簡單。白衣殺手打敗了他們兩人，爲了準備再次與敵人決鬥，沒有什麼努力是可以取笑的。

但是，他還是個被寵壞、愛吹牛的傢伙，卡拉丁轉回面對薩賀時心想。對方正揮手招來另一名執徒，將碎刃交給他。

「我得去訓練雷納林王子了，沒辦法因爲你們這些笨蛋放他整天一個人。艾薇會在這裡教導你們一些技術，讓你們輪流面對碎刃，就像卡拉丁剛才那樣。你們要習慣碎刃，不要一看到碎刃朝你們砍去就整個人僵住。」

卡拉丁跟其他人點點頭。在薩賀跑開後，卡拉丁才注意到新來的執徒是個女人。雖然她是執徒，但還是戴著手套，所以仍然有性別上的體現，即使寬鬆的執徒外衣跟剃光的頭遮掩了其他更明顯的特徵。

拿著劍的女人，很奇怪的景象。當然，這有比深眸人拿碎刃更怪嗎？

艾薇給他們幾柄木劍，長度跟重量平衡跟碎刃頗爲相近，如同孩童拿粉筆畫出的塗鴉可以頗爲類近一個眞人。然後她帶領他們做了幾輪練習，展示十種不同的碎刃劍招。

卡拉丁從第一次摸到矛開始，就想要殺死淺眸人，在後來的幾年內——在他被奴役前——他已經頗爲

「那你的腳一定是石頭做的。」她朝下瞥了一眼，然後挑起眉毛。

「等等，」雅多林的眉頭皺得更深了。「妳穿了那橋兵的靴子？怎麼穿的？」

「很不舒服的過程，而且還得配上三雙襪子。」紗藍回答後，拍拍雅多林套著盔甲的手臂。「雅多林，如果你真的想要我替你素描，我會的。別一副嫉妒的樣子，不過我還是想要像你提議的那樣，一起出去走走。噢！我得去把那套畫下來，失陪了。」

她走向雷納林，王子穿著盔甲，正被薩賀痛打，應該是讓他習慣穿著碎甲時被痛打的感覺。紗藍的綠色長裙與紅色頭髮與校場內的色彩形成強烈對比。卡拉丁端詳她，思索自己能多信任這個女人……大概沒有多少。

「這個讓人受不了的女人。」雅多林低吼。他瞥向卡拉丁，「不要那樣色迷迷地看著她的屁股，小橋兵。」

「完全沒有這種事。而且你幹嘛在意？你才剛說她讓人受不了。」

「對啊。」雅多林又轉頭回去看她，臉上露出燦爛的笑容。「她剛剛幾乎對我視而不見，對不對？」

「差不多吧。」

「真是讓人受不了。」雅多林說，不過這次話中似乎帶著迥然不同的意味。他的笑容變得更明亮，大步跟在她身後走去，動作之輕盈與身上壯碩的碎甲完全不合。

卡拉丁搖頭，淺眸人就愛玩這種無聊遊戲。他怎麼會淪落到今天這種地步，得花那麼多時間跟他們在一起？他走回水桶要再喝點水。不久後，一把練習武器落到沙地上，昭告摩亞許來了。

摩亞許朝卡拉丁感激地點點頭，接過他遞來的杓子。泰夫跟亞克現在正輪流要面對碎刃。

「她放你走了？」卡拉丁朝訓練師點點頭。

摩亞許聳肩，大口地喝水。「我沒發抖。」

卡拉丁贊許地點頭。

「我們在這裡做的是好事，重要的事。經過你在裂谷的操練以後，我以爲我沒有什麼要學的了，但現在我知道自己還有好多不會的。」

卡拉丁點點頭，雙手抱胸。雅多林向雷納林展示幾個劍招，薩賀贊許地點頭。紗藍坐定位，準備要畫下來。這會不會是她的計謀，可以接近他們，好讓她找個合適的時間，往雅多林的肚子戳上一刀？

這麼想也許有點疑神疑鬼，但這也是他的工作。所以他的眼珠持續盯著雅多林，看著王子轉身，開始與薩賀對戰，讓雷納林看看劍招的實際應用。

雅多林是個優秀的劍客，卡拉丁願意承認這點。薩賀也是。

「是國王。」摩亞許說。「他處決了我的家人。」

卡拉丁花了一刻才明白摩亞許在說什麼。摩亞許想殺的人，他心懷怨恨的人。是國王。

一陣驚駭竄過卡拉丁全身，像是被人揍了一拳。他轉頭看摩亞許。

「我們是橋四隊。」摩亞許繼續說，看著旁邊，但眼神空洞。他又喝了一口水。「我們是一體的。你應該要知道……我爲什麼是這個樣子。我的祖父母是我唯一的家人，我父母在我小時候就死了，奶奶跟爺爺，他們把我養大。國王……殺了他們。」

「怎麼發生的？」卡拉丁輕聲問，掃視周圍有沒有執徒聽到他們的對話。

「我當時人不在那裡，正在一支前往這片蠻荒地的商隊中工作。爺爺奶奶是第二那恩階級，對深眸人來說已經算是重要人物了，你知道嗎？他們有自己的店，兩人都是銀匠。我沒學這門手藝，因爲我喜歡往外跑，總是想去別的地方。

「科林納城有個淺眸人擁有兩三間銀鋪，其中一間就在我祖父母的店對面。他一直不喜歡有人跟他競爭。上任國王死前的一年多左右，那時候加維拉來了平原，留下艾洛卡管著王國，艾洛卡跟這個與我祖父母競爭的淺眸人是好朋友。

「所以他幫了他的朋友一個忙，隨便弄了個藉口就把奶奶跟爺爺抓走了，但他們有足夠的地位，能夠要求正式審判，在司法官面前進行調查。我想當時艾洛卡嚇了一跳，發現他沒辦法當做法律不存在，因此他用沒時間當藉口，把奶奶跟爺爺關進了地牢，等待調查開始。」摩亞許將水瓢浸回水桶。「幾個月以後他們死在裡面，還在苦等艾洛卡許可他們的申請。」

「這跟殺死他們不一樣。」

摩亞許迎向卡拉丁的雙眼。「你不認爲把兩個七十五歲的老人關到皇宮地牢裡，就跟判死刑一樣？」

「我想……唉，你說得對。」

摩亞許用力地點頭，抽出水瓢，用力往水桶一丟。「艾洛卡知道他們會死在那裡，這樣就不需要進行審判，揭露他的腐敗行徑。那個混蛋殺了他們，刻意謀殺了人好保守自己的祕密。我跟著商隊回來時，家裡空無一人，鄰居卻說我家人已死了兩個月。」

「所以你現在想殺艾洛卡。」卡拉丁低聲說，光講出口就覺得滿身發寒。這附近沒有別人會聽到，武器敲擊聲跟訓練場上的頻繁喊叫，已經掩蓋了他們說話的聲音，然而這些話仍然飄浮在他面前的空氣中，如吹奏小號般響亮。

摩亞許全身一僵，直視他的眼睛。

「那天晚上在陽台，是你讓欄杆看起來像是被碎刃割過的嗎？」卡拉丁說。

摩亞許抓住他的手臂，看著四周。「我們不該在這裡討論這件事。」

「颶父的，摩亞許！」卡拉丁終於開始意識到這件事的嚴重性。「我們是被僱來保護那個人的！」

摩亞許說：「我們的工作是要保住達利納的命，這個我同意。以淺眸人來說，他看起來不太壞。颶風的，如果他是國王，這個王國會好得多。不要告訴我你不是這樣想的。」

「可是殺國王——」

「不要在這裡談。」摩亞許咬緊牙關，壓低了聲音。

「我不能裝做不知道。納拉的手啊！我得要告訴——」

「你會這麼做？」摩亞許質問。「你會洩漏一個橋四隊成員的祕密？」

兩人四目對望。

卡拉丁別過頭。「地獄的，我不會。至少，如果你同意不要再做這種事，我就不會。也許你對國王有怨恨，但你不能就這樣想要……你知道……」

「那我還能怎麼辦？」摩亞許輕聲問，如今他已經站到卡拉丁眼前。「卡拉丁，像我這樣的人，能從國王身上得到什麼樣的正義？你告訴我。」

這不是真的。

「如果你願意去見一個人，我可以暫時住手。」摩亞許說。

「誰？」卡拉丁轉頭看他。

「這個計畫不是我想的，有別人參與。我只需要丟條繩子給他們就好。我要你聽聽他們說的。」

「摩亞許……」

「你去聽聽他們要說的。」摩亞許抓緊了卡拉丁的手臂。「阿卡，你聽聽就好。如果你不同意他們說的事，我會退出。拜託你。」

「你答應在我們見面之前，不會再對國王做出任何不利的行動？」

「我以我祖父母的榮譽發誓。」

卡拉丁嘆口氣，還是點了點頭。「好吧。」

摩亞許明顯放鬆下來。他點點頭，拿起練習劍，又跑回去跟碎刃對打。卡拉丁嘆口氣，轉身要拿起他的劍，卻對上飛在他身後的西兒。她小小的眼睛睜得好圓，雙手在身邊緊握成拳。

「你剛剛做了什麼？我只聽到最後一部分。」她質問。

「摩亞許有一份。」卡拉丁壓低了聲音說。「西兒，我得查清楚這件事。如果有人想殺國王，我有責任要調查。」

「噢。」她皺眉。「我感覺到別的。別的不一樣的。」她搖搖頭。「卡拉丁，這很危險，我們應該去找達利納。」

「我答應了摩亞許。」他跪下來，解開靴子，脫下襪子。「除非我知道更多，否則我不能去找達利納。」

西兒化成一條光帶，跟著他一起拿起假碎刃，走到沙地上。他的光腳踩著冷冷的沙子。他想要感覺沙子。

他擺出風式，練習了艾薇教他的幾招。不遠處一群淺眸男人互相推擠了一陣，朝他點點頭。其中一人低聲說了些什麼，讓其他人笑開，但另外幾人繼續皺眉。看著深眸人就算是使用練習碎具，也不是他們覺得好笑的事情。

*這是我的權利，*卡拉丁心想，揮著劍，不去理他們。*我打敗過淺眸人。我屬於這裡。*

爲什麼深眸人沒有被鼓勵要這樣練習？歷史上贏得碎劍的深眸人都在歌謠與故事中被讚頌。名師艾佛德、拉納辛、田園雷尼諾……這些人都被推崇至極。可是現代深眸人卻被告知不可以去想不屬於他們這個階級的事情，否則後果自負。

可是弗林教存在的意義是什麼？這些執徒、天職、藝術的存在又是爲了什麼？要進步。要變得更好。爲什麼他這樣的人沒有被鼓勵要去做更大的夢？這一切似乎都相互矛盾。社會與宗教，完全互斥。

士兵在寧靜宮裡會受到榮耀尊崇，可是沒有農人，士兵也沒得吃——所以當農人應該也可以。在人生中，透過天職讓自己進步，可是不要太有野心，否則我們會把你們關起來。

不要因爲國王下令殺死你的祖父母而報復，可是要去報復帕山迪人，因爲他們下令殺死一個你從來沒有見過的人。

卡拉丁停下動作，滿身大汗卻仍不滿足。當他戰鬥或訓練時，不應該是這樣，應該是卡拉丁還有武器兩者合而爲一，而不是腦子裡迴蕩著那些問題。

「西兒，」他嘗試用劍直刺。「妳是榮譽靈，意思是妳能告訴我怎麼做才是對的？」

「絕對可以。」她浮在空中，化成年輕女子的形體，雙腿在隱形的平台下晃來晃去。她沒有像平常卡拉丁練習時那樣，化成光帶在他身邊飛來飛去。

「摩亞許想殺國王是錯的嗎？」

「當然。」

「爲什麼？」

「因爲殺人是錯的。」

「那我殺的帕山迪人呢？」

「我們談過這件事。我們必須這麼做。」

「如果他們其中一人是封波師，有自己的榮譽靈呢？」卡拉丁說。

「帕山迪人不能成為封波——」

「妳假裝一下。」卡拉丁哼著，又刺出一劍。他做得不對。「我會認為帕山迪人到了現在只想要生存。颶風的，那些參與加維拉之死的人可能已經死光，畢竟他們的領袖在雅烈席卡被處決了。所以妳告訴我，如果一個正在保護自己族人的普通帕山迪人對上我，他的榮譽靈會怎麼說？說他做得對？」

「我……」西兒縮成一團，她最討厭這種問題。「不重要。你說你不會再殺帕山迪人了。」

「那阿瑪朗呢？我能殺他嗎？」

「這是正義嗎？」西兒說。

「一種形式的正義。」

「有差別的。」

「什麼差別？」卡拉丁質問，向前直刺。颶風的！他為什麼不能讓這該死的武器刺向該去的地方？

「因為它對你的影響。」西兒輕聲說。「想著他的事情改變你、扭曲你。你應該要保護別人，而不是殺人。」

「要保護人就得殺人。」他叱罵。「颶風的，妳說話開始越來越像我爸了。」

他又試了幾招，直到艾薇終於過來，開始糾正他。她看到他的煩躁時一笑，因為他握劍的方式又錯了。「你覺得自己一天就能學會？」

他是這樣想過。他知道怎麼用矛，練得很久、很辛苦。他本來想也許他會自然而然地學會這件事。

沒有這回事。可是他還是繼續練下去，不斷反覆練習招式，踢起冰冷的沙子，揚在對練與練習自己劍招的淺眸人之上。終於，薩賀走過來了。

「繼續練。」那人甚至沒有檢視卡拉丁的劍招。

「我以爲你要親自訓練我。」卡拉丁在他身後喊著。

「太辛苦了。」薩賀回喊，從某根柱子旁邊的一團衣服裡挖出一個瓶子。另一個執徒把他的彩色石頭堆在那裡，讓薩賀臉色一沉。

卡拉丁跑到他身邊。「我看到達利納・科林身上沒有武器也沒有盔甲，就用雙掌夾住半空中的碎刃。」

薩賀哼了一聲。「老達利納成功做到了末拍這招吧？幹得好。」

「你能教我嗎？」

「那是個很蠢的招式。」薩賀說。「之所以會成功，是因爲大多數碎刃師在揮碎刃的時候，不像用普通劍時那麼大力。而且這招通常沒有用，通常都會失敗，失敗的時候人就會死，所以最好把時間專注在練習眞的能幫助你的東西上。」

卡拉丁點點頭。

「不追問了？」薩賀問。

「你的理由很好。很紮實的士兵邏輯。完全合理。」

「嗯。也許你還有點指望。」薩賀從瓶子裡喝了一口。「現在回去練習。」

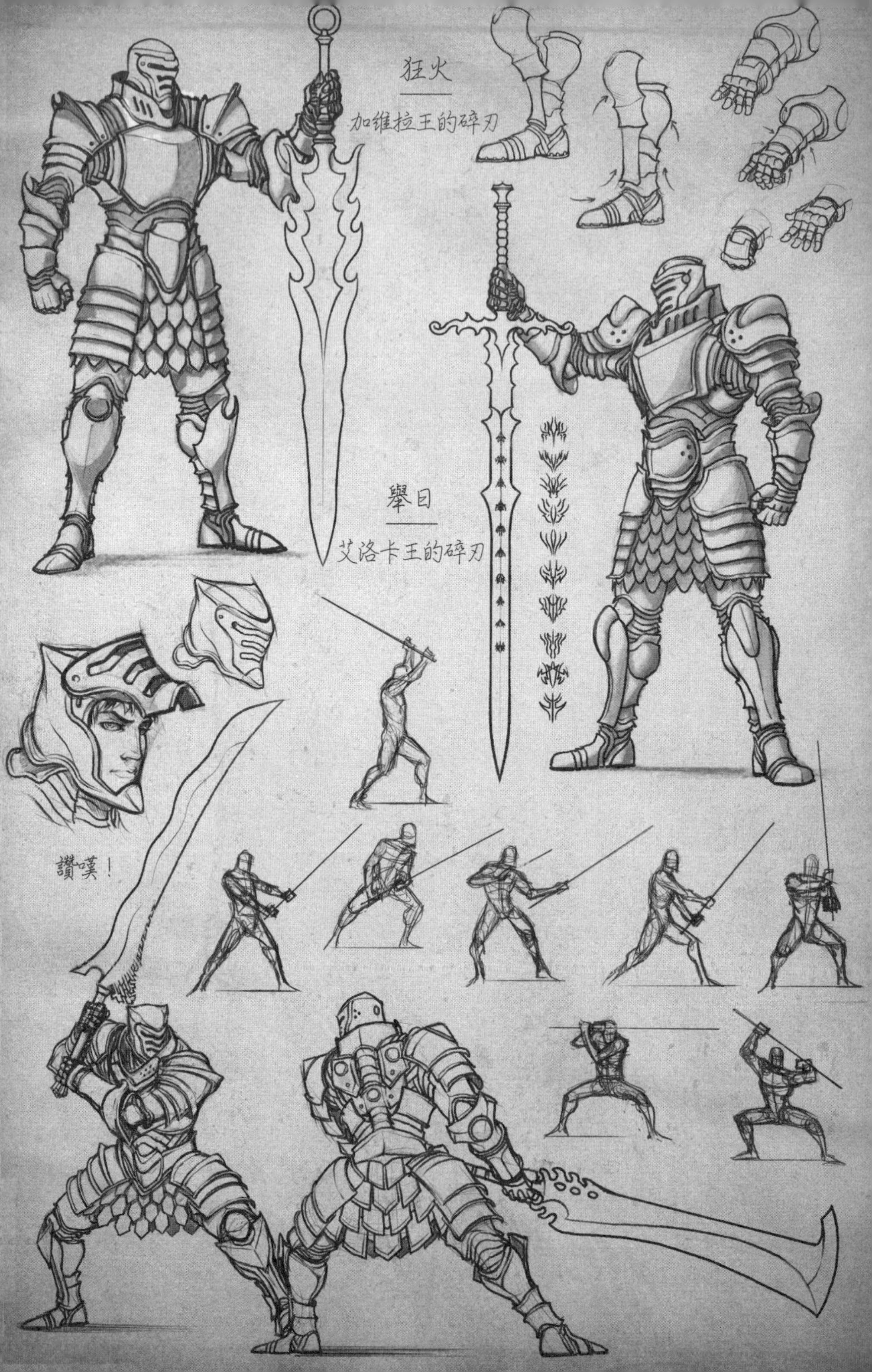
狂火
加維拉王的碎刃
舉日
艾洛卡王的碎刃
讚嘆！

45 中年節

三年半前

紗藍戳著籠子，裡面色彩斑斕的動物在踏桿上動了動，朝她歪著頭。

這是她看過最古怪的東西，牠像人類一樣用兩隻腳站著，大概只有兩個拳頭疊起來那麼高，但是轉頭看她的樣子，絕對展現出獨特的個性。

那東西只有一點點殼，鼻子跟嘴巴上都有，可是最奇怪的就是頭髮。它有蓋遍全身的鮮綠色頭髮，扁扁地貼在身上，好像被梳理過，在她的注視下，那東西轉頭開始啃頭髮——一大片頭髮抬了起來，她可以看到那片頭髮是順著中央的脊椎長出來的。

「這位年輕小姐，覺得我這隻雞如何？」商人驕傲地說著，雙手背在身後，大肚子凸在身前，像是船首像。在她身後人們擁擠地來往，好多人，在同一個地方大概有五百多人。

「雞。」紗藍膽怯地戳著籠子。「我吃過雞。」

「這可是不同的品種。」賽勒那男人大笑著說。「吃的雞很笨，這個聰明，幾乎跟人一樣。它會說話，聽聽看。捷克梭諾弄尼！說自己的名字！」

「捷克梭諾弄尼。」那動物說。

紗藍向後一退。這個字的發音被動物不屬於人類的聲音扭曲，但還是聽得出來牠想說什麼。「引虛者！」她倒抽冷氣，內手壓在胸前。「會說話的動物！你會讓我們招來魄散的注視！」

商人大笑，「小姐，這些東西在雪諾瓦到處都是，如果牠們說話就會招來魄散，那整個國家都被詛咒了！」

「紗藍！」父親跟他的保鏢站在另一處，正在跟對面的商人說話。她快步走向他，又回頭看著那怪怪的動物。雖然牠很詭異，但如果牠會說話，她還是很同情牠被困在籠子裡。

中年節市集是每一年的高潮，每年都是舉行在中平季裡——與泣季相對的季節，此時沒有颶風——會從大大小小周圍的鄉鎮吸引來客。許多人來自於她父親管理的領地，包括低階的淺眸人，他們統治同樣的村莊好幾個世紀。

深眸人當然也會來，包括商人——第一跟第二那恩的公民。她父親不常提起，但是她知道他認爲他們的地位跟財富是不應當的。全能之主選擇了淺眸人來統治眾人，不是這些商人。

「來吧。」父親對她說。

紗藍跟著他和保鏢們一起穿過繁忙的市集，就在她父親的領地上，離大宅大概有半天路程。這片盆地周圍有不小的防風林，山坡上都長滿傑拉樹，強壯的樹幹上樹葉茂盛——長長尖尖的粉紅色、黃色、橘色從遠處看起來，讓樹就像是爆炸的色彩。紗藍在她父親的一本書中讀到這些樹會吸收克姆泥，讓自己的木質變得像岩石一樣硬。

在盆地裡面的大多數樹木都被砍倒了，有些還站著的，則被用來撐起幾十呎長的布棚，綁在高處。他們經過一個正在咒罵的商人，因爲風靈從他的一個棚子下咻地竄了過去，讓所有東西都倒在一起。紗藍微笑，從手臂下拿起背包。不過現在不是素描的時候，因爲她父親正一路衝向決鬥場，今年應該跟前幾年一樣，得在那裡待上大部分時間。

「紗藍。」他的聲音令她加快腳步跟上。十四歲了，她還是覺得自己手腳不協調，而且身材像個男孩子。隨著她開始變化成女人，她知道應該要爲自己的紅頭髮跟雀斑而尷尬，因爲那代表她不純淨的血統。這些仍然是傳統的費德顏色，因爲過去他們的血統曾跟山上的食角人混雜過。

有些人對這些顏色感覺驕傲。她的父親可不這麼認爲，所以紗藍也不會這樣想。

「妳這個年紀必須表現得更像淑女。」父親說。深眸人在他們周圍讓開，向經過的父親深深地鞠躬。父親的兩名執徒跟在他們身後，雙手背在後面，表情沉思。「妳不能再這樣一直東張西望的。要不了多久，我們就該替妳找個丈夫了。」

「是的，父親。」她說。

「我也許不能再帶妳來這樣的活動，妳只會到處亂跑，像個小孩子。妳需要新的家教。」

他把上一個家教嚇走了。那個女人，塔拉妮是個語言專家，紗藍的亞西須語學得不錯，但是她在經過父親的……發作之後，很快就離開了。紗藍的繼母第二天出現時臉上有瘀青，她的另一位家教哈舍光淑，立刻把東西一收就走，甚至沒有辭職。

紗藍聽了她父親的話，點點頭，但暗自期盼自己能夠溜去找她的哥哥們。今天她有工作。她跟她父親一起來到了「決鬥場」，名字好聽，其實也不過就是一圈被繩子圍起來的地方，被帕胥人堆滿了半個沙灘的沙。旁邊架起上面有遮陽傘的桌子，讓淺眸人能坐下聊天、吃飯。

紗藍的繼母瑪麗絲比紗藍大不了十歲，長得不高，五官嬌小，坐姿挺直，黑色頭髮中帶有幾絡金色。兩人進入包廂裡，父親坐到她身邊。在他這個階層，第四達恩，會來這個市集的人包括他總共有四個。決鬥者則會是來自鄰近區域的較低階淺眸人，許多人都沒有自己的土地，決鬥是他們贏得名聲的方法之一。

紗藍坐在專屬於她的位置，僕人遞給她一杯涼水。她還沒來得及喝上一口，就有人來到包廂。

瑞維拉光爵也許能被稱之爲英俊，要不是他年輕時在決鬥中被砍掉鼻子的話。他臉上戴著木頭做的假鼻，漆成黑色——同時遮蔽五官上的瑕疵，又吸引注意。銀色的頭髮，配上剪裁現代的高檔套裝，但表情看起來卻像是老想著家裡忘了熄滅的爐火。他的土地就在父親的領地旁邊，他們都是在藩王統治下，等級差不多的十人之二。

瑞維拉身邊跟著兩個上僕，他們黑白色的制服是普通僕人不許穿著的，父親渴望地看著他們。他試圖想要僱用上僕，但是每個人都因爲他的「名聲」而拒絕。

「達伐光爵。」瑞維拉沒有等到允許，便逕自走上通往包廂的台階。父親跟他是同樣的階級，可是所有人都知道父親受到的指控——而且藩王還偏向相信那個指控。

「瑞維拉。」父親說，眼睛直視前方。

「我可以坐下嗎？」他在父親身邊坐下，那位置是身爲繼承人的赫拉倫如果在場會坐的位置。瑞維拉的兩名僕人站在他身後，他們什麼都沒說，卻居然傳達出不贊許的氣場。

「你兒子今天要下場嗎？」父親問。

「是的。」

「希望他能保住所有的部位，我們可不希望你的經驗變成家族傳統。」

「好了好了，林，你這樣跟生意夥伴說話可不行。」瑞維拉說。

「生意夥伴？我們做了哪些我不知道的交易嗎？」

瑞維拉的一名女性僕從在父親面前放下一疊紙張。紗藍的繼母遲疑地拿起，然後開始大聲讀出。這是交易貨品的條文，父親將他的庫樹棉還有生燒姆給瑞維拉，交換小小的一筆款項。瑞維拉會將貨物帶去市場販賣。

唸到四分之三長時，父親就喊停。「你在幻想吧？一袋一個透馬克？這是那些燒姆十分之一的價格而已！更別提我必須在收割這些原料的村莊周圍的道路巡邏，還有要付給村莊的維修費，這個交易會讓我損失很多錢球。」

「沒這麼嚴重，我覺得你會認爲這個安排很恰當。」

「你瘋了。」

「我挺受歡迎的。」

父親皺眉，滿臉漲紅。紗藍記得曾經有一段時間，她甚至沒有看過他發怒。那段日子已經死去很久了。「受歡迎？」父親質問。「這是什麼——」

「也許你不知道，藩王最近親自造訪了我的莊園。他似乎很喜歡我爲他的紡織業做出的貢獻，除此之外，我兒子的決鬥能力也引發他對我家族的注意。從下個月開始，我被邀請每十個禮拜就可以去費德納拜訪藩王一個禮拜。」

父親有時候不是最聰明的人，但是他絕對很有政治頭腦。至少紗藍是這麼認爲，雖然她很想相信他是優秀的。無論如何，他立刻明白了對方的意思。

「你這鼠輩。」父親低聲說。

「林，你的選擇不多。」瑞維拉靠向他。「你的家族快完蛋了，你的名聲也垮了，你需要盟友，我則需要在藩王面前呈現財政天才的樣子。我們可以互相幫助。」

父親垂下頭。在包廂外，第一組決鬥者被宣告唱名，這是一場無足輕重的對決。

「我踏的每一步，都只是更走入角落，慢慢地，被它們困住。」父親低聲說。

瑞維拉將紙張再次推向紗藍的繼母。「妳能不能重新再讀一次？我想妳丈夫剛才沒有仔細聽。」他瞥向紗藍。「還有，這孩子需要在場嗎？」

紗藍不發一語地離開。反正這也是她想要的，只不過她對於離開父親還是很難過。他不常跟她說話，更別提問她的意見，但是她在的時候，他似乎都能更堅強些。

他心神不寧到甚至沒有派一名保鏢跟著她走。她出了包廂，夾著背包，穿過正在替父親準備吃食的達伐僕人。

自由。

自由對紗藍而言有如祖母綠布姆一樣寶貴，如拉金一樣罕見。她趕忙離開，免得她父親想起他沒有下令要人陪伴她。一名守在外圍的侍衛吉斯還是朝她走來，可是又轉頭去看包廂。他朝那邊走去，也許打算去問自己是不是該跟上紗藍。

最好不要讓他回來找到自己。紗藍走向市集，裡面有著許多來自異國的商人還有神奇的景象。那裡會有猜謎遊戲，也許會有世界歌者，唱著遙遠國都的故事。在身後看著決鬥的淺眸人發出的禮貌鼓掌聲中，她可以聽到普通深眸平民的鼓聲，還有歌唱與歡聲笑語。

先工作。黑暗如颶風的影子覆蓋在她的家族。她會找到太陽。她會。

意思是現在要先回去決鬥場。她繞到包廂後方，在鞠躬的帕胥人以及根據身分不同對她點頭或鞠躬的深眸人之間穿梭，最後她找到一個包廂，裡面有幾名地位較低的淺眸人家族，在遮蔭下共用這片空間。

愛莉塔，塔維納光爵的女兒，坐在盡頭，就在照入包廂側面的陽光下，滿臉呆滯地看著決鬥者，微微歪著頭，臉上帶著微笑，長髮是純然的黑色。

紗藍爬到包廂旁，朝她噓了一聲。年紀較大的女孩皺眉轉身，然後手舉到唇前。她瞥了父母一眼，然後彎下腰說：「紗藍！」

「我跟妳說要等我來。」紗藍低聲回答。「妳有思考我寫信告訴妳的事嗎？」

愛莉塔朝洋裝口袋伸手，然後拿出一張小小的紙。她淘氣地微笑，點點頭。

紗藍接下紙片，「妳能溜走嗎？」

「我得帶著女僕，但去哪裡都可以。」

怎麼會這樣？

紗藍快速溜走。技術上，她比愛莉塔的父母階級要高，但是在淺眸人之間，年齡是個麻煩的問題。有時候高階的孩子在跟較低達恩的成人說話時，孩子的地位反而會顯得不重要、況且塔維納光爵跟光淑當場看到那個私生子造訪的場面，導致他們不喜歡父親和他的孩子。

紗藍退離了包廂，轉向市集，此時她緊張地停下腳步。中年節市集充滿了人潮跟場所，讓人有點害怕，附近一群工人在長桌上喝酒，然後對比賽壓注。這是低階的淺眸人，比深眸人高不了多少，不只必須工作養活自己，甚至不是商人或是工匠師傅，只是……人。赫拉倫說城市裡有很多這種人，跟深眸人一樣多。她覺得這件事很奇怪。

奇怪又引人思索。她好想躲在角落裡，不受注意地觀察，可以拿出畫板，任憑想像力沸騰。但是她只能強迫自己繞過市集邊緣。哥哥們提過的帳棚一定會在邊緣，對吧？

前來市集的深眸人遠遠避開她，她發現自己好害怕。她父親說過，一名年輕的淺眸女孩可能會是低階粗人的目標。附近這麼多人，絕對不會有人想傷害她吧？不過她仍然抓緊了自己的背包，走路時微微顫抖。

像赫拉倫那樣勇敢會是什麼感覺？像她母親那樣。

她母親……

「光淑？」

紗藍回神。她站在馬路上多久了？太陽的位置動了。她傻傻地轉身，看到侍衛吉斯站在她身後。雖然他有著大肚子，一頭亂髮，但仍然很強壯，她曾經看過他將芻螺轡頭壞掉的拖車拉到一旁。從有記憶以來，吉斯就是她父親的護衛之一。

「啊。」她努力想隱藏自己的緊張。「你是來陪我的？」

「呃，我是要把您帶回去……」

「我父親是這樣命令你的嗎？」

吉斯嚼著亞嗎根，有人也叫做啐草根。「他在忙。」

「那你會陪著我？」她說這句話時的緊張讓她全身發抖。

「應該吧。」

她鬆了一口氣，轉身順著小徑走回，那裡岩石上的石苞跟板岩芝都被清走。她轉頭看看這邊，又看看那邊。「呃……我們得找到賭樓。」

「那不是小姐該去的地方，尤其不是您這個年紀該去的，光主。」吉斯打量她。

「那你可以去告訴父親我想做什麼。」她不安地動著身體。

「然後您想趁這個時間自己去找，對吧？找到了就會自己去？」

她聳聳肩，滿臉通紅。她確實會這麼做。

「那我會讓妳一個人在那種地方亂晃。」他呻吟。「光主，您為什麼要這樣違抗他？這麼做只會讓他生氣。」

「我想……我想不管我或別人怎麼做，他都會生氣。」她說。「太陽會亮。颶風會吹。父親會吼。人生就是這樣。」她咬著嘴唇。「賭樓？我保證我會很快。」

「這邊。」吉斯說。他帶路時速度沒有特別快，經常瞪著走過的深眸人。吉斯是淺眸人，但也只是第八達恩而已。

「賭樓」這個詞對於在市集邊緣架起的布棚、上面滿是補丁跟破洞的場所來說，實在言過其實。就算她自己找也會很快找到。粗厚的帆布以及垂下幾呎長的兩側布料，讓裡頭出奇的黑。

賭樓裡擠著一團男人，紗藍看到的少數幾個女人，內手上的手套手指處被剪掉了。眞是太羞恥。她發現自己滿臉通紅地站在邊緣，看著裡面黑漆漆、不斷來回的軀體。裡面的男人沙啞地吼叫，所有的費德禮節都被留在外面的陽光下，絕對不是合適她進入的地方。她難以相信這是合適任何人的地方。

「我替妳進去怎麼樣？」吉斯說。「妳是想要壓注——」

紗藍往前，不管自己的慌亂、不安，走入了黑暗。如果她不去，那就代表他們沒有一個人在反抗，什麼都不會改變。吉斯待在她身邊，替她擠出了一些空間。她感覺難以呼吸，空氣充滿了汗味跟咒罵。男人轉身瞥向她，多半甚至沒有鞠躬或點頭，或是致意來得太慢。他們的意思很明顯，如果她不肯待在外面，服從社交禮儀，那他們也不需要服從社交禮儀，向她展現任何尊敬。

「妳在找什麼嗎？牌桌？猜牌？」吉斯問。

「鬥野斧犬。」

吉斯呻吟。「妳會被人刺一刀，我會被人架起來烤，這太誇張了……」

她轉身，注意到一群人在歡呼，聽起來很像就在那裡。她不去理會自己的手越發明顯的顫抖，也試著不去理會一圈坐在地板上的醉酒男人，他們似乎都盯著地上一堆嘔吐物。

歡呼的男人們坐在粗陋的板凳上，其他人聚集在周圍。幾具身體之間的縫隙露出兩隻小野斧犬——沒有靈。當人群這樣擁擠時，靈很少出現，即使情緒如此高漲。

其中一張板凳沒有擠滿人。巴拉特坐在這裡，外套敞開，雙手交疊，靠在前面的柱子上。凌亂的頭髮跟彎曲的腰讓他看起來對一切都不在意，可是他的眼睛……他的眼睛充滿了欲望。他看著那些可憐的動物殺死對方，帶著強烈的執著與專注，宛如在閱讀緊湊小說情節的女人，情緒激昂。

紗藍來到他身邊，吉斯站在離她有點距離的地方。他看到巴拉特以後，人就放鬆下來。

「巴拉特？」紗藍膽怯地問。「巴拉特！」

他瞥向她，然後差點從凳子上摔下來，又連忙站起。

「這是什麼……紗藍！出去。妳在這裡做什麼？」他朝她伸手。

她忍不住蹲下。他聽起來很像父親。他抓住她的肩膀時，她舉起愛莉塔的紙條。紫色的紙，上面灑滿了香水，似乎在發光。

巴拉特遲疑了。一旁的一隻野斧犬用力咬入另一隻野斧犬的腿。血灑在地上，深深的紫色。

「這是什麼？」巴拉特問。「這是塔維納家族的符文。」

「是愛莉塔寫的。」

「愛莉塔？他們的女兒？爲什麼……什麼……」

紗藍破了印泥，打開信讀給他聽。「她想要跟你一起順著市集小溪散散步。她說她會跟她的女僕一起在那邊等你，如果你想去的話。」

巴拉特扒梳過他的卷髮。「愛莉塔？她在這裡？當然，她在這裡。每個人都在這裡。妳去跟她說了？為什麼——可是——」

「我知道你看她的眼神。過去幾次你在我們附近時，我注意到了。」紗藍說。

「所以妳跟她談過了？」巴拉特質問。「沒有我的許可？妳說我會對這種——」他接過信，「這種事有興趣？」

紗藍點點頭，抱住自己。

巴拉特看向正在打鬥的野斧犬。他下注是因為其他人期待他會下注，可是他不是為了錢才來這裡——跟傑舒不一樣。

巴拉特再次扒過頭髮，又看看信。他不是個殘忍的人。她知道這樣想很奇怪，因為他有時候的行為並不讓人這樣認為，可是紗藍知道他表現出的善良，他內心藏著的力量。在母親離開之前，他並沒有像現在這樣對死亡如此著迷。他可以回頭，不要再繼續。他可以的。

「我需要……」巴拉特看著帳棚外。「我要去！她會等我。我不該讓她等。」他扣起外套。

紗藍熱切地點頭，跟他一起出了賭樓。吉斯跟在後面，不理會叫喊他的幾個人，賭樓裡一定有人認得他。

巴拉特來到陽光下。一瞬間，他似乎變成了不一樣的人。「巴拉特？」紗藍問。「我沒看到傑舒跟你在一起。」

「他沒有來這裡。」

「什麼？我以為——」

「我不知道他去了哪裡。」巴拉特說。「我們一到，他就跟別人走了。」他看向遠處從高山上流下的小溪，匯入穿過市集的河道。「我該跟她說什麼？」

「我怎麼知道？」

「妳也是個女人。」

「我才十四歲！」況且她也不會有被追求的機會，父親會替她挑選丈夫。他唯一的女兒太寶貴，不可以浪費在無聊的事情上，例如讓她自己做決定。

「我想……我就跟她聊聊吧。」巴拉特說。他沒再說一個字，小跑步走了。

紗藍目送他，然後在一塊石頭上坐下，全身發抖，雙手環抱著自己。那個地方……那個帳棚……好可怕。

她在那裡坐了好長一段時間，因為自己的軟弱而恥辱，卻也驕傲。她成功了。雖然只是小事，但是她還是做了什麼。

終於，她站起身，朝吉斯點點頭，讓他帶路走回他們的包廂。父親的會面應該結束了。

結果他結束一場談話之後，又開始了另一場。一個她不認識的人坐在父親身邊，一手拿著一杯涼水。高䠷、修長，有藍色眼睛和深黑色的頭髮，沒有一絲雜色，穿著同樣顏色的衣服。他抬頭瞥向走入包廂的紗藍。

那人一驚，手上的杯子落在桌面。他快速地一揮手抓起杯子，不讓杯子翻倒，然後張著嘴巴轉頭看她。

那表情瞬間消失，取而代之的是一副無所謂的神色。

「笨手笨腳的笨蛋！」父親說。

新來的客人沒再看紗藍，低聲與父親說話。紗藍的繼母站在旁邊跟廚子一起，紗藍走到她身邊。

「那是誰？」

「不重要的人。」瑪麗絲說。「他說他帶來了妳哥哥的消息，但是他的身分太低，甚至拿不出族譜。」

「我哥哥？赫拉倫？」

瑪麗絲點點頭。

紗藍轉頭去看新來的人，注意到對方很隱密地從口袋裡拿出一個小包，舉到飲料邊。紗藍全身一驚。她舉起手，毒藥——

新來的人祕密地將小包裡的東西倒入自己的飲料，然後舉到唇邊，喝下粉末。那是什麼東西？

紗藍放下手。新來的人不久後站起，離開時沒有向父親鞠躬。他朝紗藍微笑，然後下了台階，出了包廂。

赫拉倫的消息。到底是什麼？紗藍膽怯地去到桌邊。「父親？」

父親的眼睛直盯著決鬥場中央。兩個人握著劍，沒有盾牌，符合經典的理念。他們流暢的戰鬥方式據說是在模仿碎刃的戰鬥方式。

「有南．赫拉倫的消息？」紗藍追問。

「妳不准說他的名字。」父親說。

「我——」

「妳不准提起那個人。」父親看向她，表情深沉。「今天我宣布他失去繼承權。泰特．巴拉特如今正式成爲南．巴拉特，維勤成爲泰特，傑舒成爲艾沙。我只有三個兒子。」

她知道這種時候不該逼問他，可是她要怎樣才能知道那個信差說了什麼？她坐倒，再次全身戰慄。

「妳的哥哥們都在躲我。」父親看著決鬥。「沒有人遵循禮教，跟他們的父親一同用餐。」

紗藍雙手交疊在腿上。

「傑舒可能在某處喝酒，颶父才知道巴拉特去了哪裡，維勤拒絕下車。」他喝乾杯裡的酒。「妳能不能跟他去談談？今天不順利，如果我去找他……我擔心自己不知道會做出什麼。」

紗藍站起身，然後一手按了按父親的肩膀。他垮著肩，向前傾身，一手握著空的酒杯，另一手拍拍她放在肩上的手，眼神遙遠。他努力過。他們都有。

紗藍找到了車，跟著其他車一起停在市集的西面斜坡上。這裡的傑拉樹長得很高，堅硬的樹幹變成克姆泥的淺褐色，尖刺如上千根火舌從每根樹枝上散出，不過她一靠近，離她最近的尖刺就縮了起來。

她有點驚訝地看到有隻貂在陰影下鬼鬼祟祟，她原來以為這區附近的貂都被抓走了。車伕們在不遠處圍成一個圈打牌，有些要留下來守著車，紗藍聽倫人說過，他們會輪流待在這裡，好讓每個人都能去市集。其實倫人也不在這裡，不過其他車伕正在朝她鞠躬。

維勤坐在他們的車上，修長、蒼白的年輕人只比紗藍大十五個月。他跟他的雙胞胎有點相像，但是鮮少會有人認錯。傑舒看起來較大，維勤瘦到看起來病懨懨的。

紗藍上車，坐在維勤對面，將背包放在身邊的座位上。

「父親把妳派來了，還是妳又來進行妳最近的拯救行動？」維勤問。

「都有？」

維勤不看她，看向窗外的樹木，遠離市集。「紗藍，妳沒辦法讓我們變好。傑舒會毀了自己，只是時間問題。巴拉特正一步步變成父親的樣子。瑪麗絲每兩個晚上就有一晚在哭，父親早晚有一天會殺了她，就像對母親那樣。」

「你呢？」紗藍問。這句話問錯了，她一說出口就知道。

「我？我根本看不到了。我那時已經死了。」

紗藍抱住自己，雙腿縮在椅子上。哈舍，她原本的家教，一定會因爲這個不淑女的姿勢而斥責她。她做了什麼？她說了什麼？他說得對，她心想。我沒有辦法讓這一切變好。赫拉倫可以。我不行。他們都在慢慢崩潰。

「所以到底是什麼？」維勤問。「我只是好奇問問，妳弄了什麼要來『救』我？我猜妳對巴拉特用了那女孩。」

她點點頭。

「妳做得很明顯。」維勤說。「妳寄給她那麼多信。傑舒？他呢？」

「我有今天的決鬥名單。他好希望自己能決鬥，如果我讓他知道有哪些比賽，也許他會想來看。」紗藍低聲說。

「妳得先找到他。」維勤哼了一聲說。「我呢？妳知道劍或漂亮的臉蛋對我來說都沒用。」

紗藍覺得自己很蠢，但還是在背包裡翻了翻，拿出幾張紙。

「畫畫？」

「數學問題。」

維勤皺眉，接了過來，心不在焉地抓抓臉，看著問題。「我不是執徒。我才不要被關起來，被強迫把所有時間用來說服其他人要聽全能之主的話——況且這傢伙很可疑的居然沒什麼話要自己說。」

「這不代表你不能做研究。」紗藍說。「我從父親的書裡蒐集到這些，是判斷颶風時間的算式。我翻譯了文字，把它簡化成符文讓你能讀，我想你可以試著猜測下一場颶風什麼時候會來……」

他翻著紙張。「妳全部都抄了翻了，連圖片都畫了下來。颶風的，紗藍，這花了妳多久時間？」

她聳聳肩。她花了好幾個禮拜，但除了時間以外她什麼都沒有。白天坐在花園裡，晚上坐在自己房間裡，偶爾去看看執徒，接受關於全能之主的平和教導。有事情做很好。

「好蠢。」維勤放下紙張。「妳覺得妳能達成什麼？我不敢相信妳在這件事情上浪費了這麼多時間。」

紗藍低下頭，眨著眼淚，下了車。她感覺很糟糕，不只是維勤說的話，更是她的情緒如何背叛了她。她控制不住自己的情緒。

她從車子邊趕忙離開，希望車伕不會看到她用內手擦眼睛。她在石頭上坐下，試圖讓自己平靜下來卻失敗了，眼淚不斷流出。她聽到幾個帕胥人跑過，溜著他們主人的野斧犬，別過頭去。慶典的一部分包括幾場狩獵。

「野斧犬。」一個聲音從她身後說。

紗藍一驚，內手舉在胸前，轉身。

他坐在樹幹上，穿著黑色的衣服。她看到他時，他動了動，身邊的尖葉子紛紛回縮，形成一片消失的紅橘色浪。是先前跟父親說話的信差。

「我一直在想你們有沒有人覺得這個名詞很怪。妳知道斧頭是什麼，但是犬是什麼？」信差說。

「有什麼關係？」紗藍問。

「因爲這是一個字。」信差回答。「一個簡單的字，裡面蘊藏了一整個世界，像是等待綻放的苞。」

他端詳她。「我沒想到會在這裡看到妳。」

「我……」她的直覺要她離這個怪人遠一點，可是他有赫拉倫的消息——父親絕對不會分享的消息。

「妳以爲你會在哪裡找到我？決鬥場？」

男人從樹幹上翻下，落到地上。紗藍往後一退。

「不用這樣。」男人在石頭上坐下。「妳不必怕我，我非常不擅長傷害人，都怪我的出身背景。」

「你有我哥哥赫拉倫的消息。」

信差點點頭。「他是個非常有決心的年輕人。」

「他在哪裡？」

「在做他覺得很重要的事情。我覺得他這樣不對，因爲沒有什麼事比一個人做他決定是很重要的事更可怕。至少從大方向來說，這世界上沒有多少事情，會因爲有一個人決定不認眞而偏離正軌。」

「他好嗎？」她說。

「夠好了。給妳父親的消息是周圍有他的耳目，正在盯著妳父親。」

難怪父親心情不好。「他在哪裡？」紗藍膽怯地上前一步。「他叫你來找我嗎？」

「沒有，孩子。」男人的表情軟化。「他只給了我這個簡單的口信傳給妳父親，那只是因爲我跟他說我會往這個方向來。」

「噢！我以爲你是他派來的，我以爲那是你來這裡的主要目的。」

「結果卻是如此。告訴我，孩子，靈會對妳說話嗎？」光熄滅，生氣消失。

眼睛不該看到，扭曲的符號。

她母親的靈魂裝在盒子裡。

「我……」她說。「沒有。爲什麼會有靈對我說話？」

「沒有聲音？」男人靠向前。「妳靠近時，錢球會暗掉嗎？」

「對不起，我該回去找我父親了。他一定會找我。」紗藍說。

「妳父親正漸漸毀掉妳的家庭，這點妳哥哥說對了。其他事情就全說錯了。」信差說。

「例如？」

「妳看。」男人朝車子點點頭。她的角度正好，能看進她父親的車窗裡。她瞇起眼睛。裡面，維勤向前傾身，用了從她背包裡拿出的鉛筆——她把它忘在裡面了。他開始在她留下的數學問題上抄抄寫寫。

他在微笑。

溫暖。她感覺到的溫暖，深沉的光芒，就像她曾經知曉的喜悅。很久以前，在一切變壞之前。在母親之前。

信差低聲說：「兩個瞎子在時代的終結等待，凝視思索著美。他們坐在世界最高的懸崖上俯瞰著大地，卻什麼也沒看到。」

「啊？」她看著他。

「第一個人問第二個人：『能從一個人身上奪走美嗎？』

「第二個人回答：『它從我身上被奪走了，因爲我記不得了。』這個人因爲孩提時代的一個意外而失明。『我每天晚上都向彼方的神祈求恢復我的視覺，好讓我能再次找回美。』

「『所以美是一個必須被看到的東西？』第一個人問。

「『當然，這就是它的本質，要怎麼樣不用看的，卻能欣賞一件藝術？』

「『我可以聽到音樂。』第一個人說。

「『好吧，有些種類的美可以用聽的，但是沒有視覺不能知道美的全貌，只能知道美的一小部分。』

「『一件雕塑。』第一個人說。『難道我不能用摸的去感覺它的起伏緩斜，將普通岩石變化成稀有神奇的錐鑿？』

「『應該是可以這樣知道雕塑的美吧。』第二個人說。

「『那食物的美呢？當廚師創造出一道佳餚，讓味覺歡悅時，難道不是藝術嗎？』

「『應該是可以這樣知道廚藝的美吧。』第二個人說。

「『那女人的美呢？難道我不能透過她碰觸的溫柔，聲音中的善良，閱讀哲學給我聽時靈敏的思考，知道她的美嗎？難道我不能知道這種美嗎？就算我沒有眼睛，難道我不能知道大多數種類的美嗎？』

「『好吧。可是如果你的耳朵被摘去，聽覺被奪走呢？你的舌頭被切掉，嘴巴被縫起，你的嗅覺被破壞了？如果你的皮膚被燒焦到再也無法感受？如果你僅剩的只有痛呢？那時你就不能知道美了。美是可以從一個人身上奪走的。』」

信差停下來，朝紗藍歪頭。

「怎麼？」她問。

「妳覺得呢？美可以從一個人身上奪走嗎？如果他不能碰到、嚐到、聞到、聽到、看到……如果他知道的僅有痛苦呢？那個人的美被奪走了嗎？」

「我……」這跟其他事有什麼關係。「痛苦會每天改變嗎？」

「算是吧。」信差說。

「那對那個人來說，美就是痛苦減弱的時候。你爲什麼要對我說這個故事？」

信差微笑。「人性就是要尋找美，紗藍。不要絕望，不要因爲在道路上長出的尖刺就停止追逐。告訴我，妳能想像出最美的是什麼？」

「父親大概在想我在哪裡了……」

「就配合我一下。我會告訴妳，妳哥哥在哪裡。」信差說。

「一幅美麗的畫。那是最美的東西。」

「說謊。」信差說。「告訴我實話。是什麼，孩子？美，對妳而言。」

「我……」是什麼？

「母親還活著。」她發現自己低聲說出這句話，迎向他的眼睛。

「還有呢？」

「我們在花園裡。」紗藍繼續說。「她在跟我父親說話，父親在笑、抱著她。我們都在，赫拉倫也在，他沒有離開。我母親認識的那些人……德雷德……沒有來過我們家。母親愛我。她教導我哲學，她教會我畫畫。」

「很好。」信差說。「但妳可以做得更好。那是哪裡？感覺怎麼樣？」

「是春天。」紗藍回了一句，覺得煩躁。「苔藤綻放著鮮豔的紅，聞起來很香，空氣因為早上的颶風而潮溼。母親說話的聲音很低，但是語氣中帶著韻律，父親的笑不會低迴，而是高高在空中升起，沐浴了我們所有人。

「赫拉倫在教傑舒說話，他們在附近練劍。維勤笑了，因為赫拉倫的腿被打中；他正在學習，想成為執徒，這是母親希望的。我正在畫下他們所有人，炭筆劃著紙張。我覺得溫暖，雖然空氣有點涼。我身邊有一杯冒著蒸汽的熱蘋果汁，我剛剛喝了一口，嘴裡還留著甜美的味道。這一幕很美，因為它原本可以這樣，原本應該這樣。我……」

她眨掉了眼淚。她看到了。颶父啊，她看到了。她看到母親的聲音，看到傑舒把錢給巴拉特，因為他比輸了，可是他一邊給錢一邊大笑，不在乎輸贏。她可以感覺到空氣，聞到氣味，聽到樹叢中歌兒的聲音。幾乎是眞的。

一絲絲光在她面前升起。信差拿出了一把錢球，舉在她面前，凝視她的眼睛。霧氣騰騰的颶光在他們之間升起。紗藍舉起手指，她理想生活的影像像是棉被一樣包圍住她。

不。

她往後縮，迷霧般的光褪去。

「我明白了。」信差輕聲說。「妳還不了解謊言的本質。很久以前我也有這個問題。這裡的碎力很嚴格。孩子，妳必須先看到眞實，才能延展眞實，就像人必須先知律法才能違背律法。」

過去的陰影在深淵騷動，暫時朝光明浮現。「你能幫我嗎？」

「不能。現在不能。首先，妳還沒準備好，而且我在別處還有工作，改天吧。堅強的孩子，繼續去砍那些刺，創造出通往光的路。妳對抗的東西不是完全自然的。」他站起身，朝她行禮。

「我哥哥。」她說。

「他在雅烈席卡。」

雅烈席卡？「爲什麼？」

「當然是因爲他覺得那裡需要他。如果我再見到他，會把妳的消息說給他聽。」信差輕盈地走開，腳步流暢，幾乎像是邁著舞步。

紗藍看著他離開，內心深處的東西再次安穩下來，回到她意識中被遺忘的地方。她發現自己甚至沒有問那個人的名字。

46

愛國份子

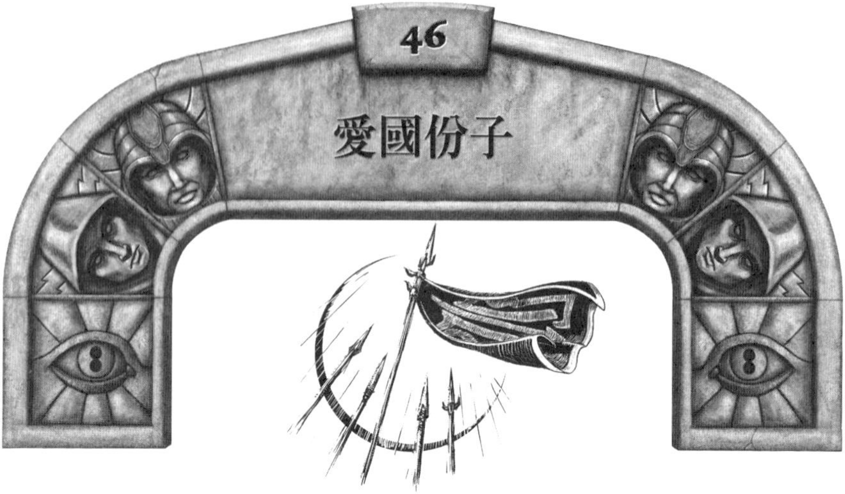

當西莫被告知緣舞師（Edgedancer）到來時，他將一陣驚怖恐懼隱藏於心底，亦如他人。緣舞師並非最嚴格的軍團，他們優雅靈活的動作掩藏住如今已經相當著名的致命殺機，同時他們也是所有燦軍中最口齒靈便、舉止優雅的一群。

——收錄於《燦言》，第二十章，第十二頁

卡拉丁來到橋兵列隊的末端。所有人都立正站好，矛扛在肩頭，眼睛直視前方。他們的改變實在有天壤之別，他在漸暗的天色中點點頭。

「了不起。」他對橋十七隊的比特下士點頭。「我很難得看到這麼優秀的一隊矛兵。」

這是指揮官們都要學會說的謊話。卡拉丁沒有提起有些橋兵站立時會晃動身體，或他們的隊形變化有點凌亂。他們已經很努力了。卡拉丁從他們認眞的表情，開始以自己的制服、身分爲傲看得出來這點。他們已經準備好可以進行巡邏任務，至少可以在戰營附近。他在心底記下，要泰夫開始帶他們跟另外兩個已經準備好的隊伍輪流巡邏。

卡拉丁以他們爲傲，而隨著這個小時不斷延續，夜晚來臨時，他讓他們知道了這點，然後就叫士兵們去吃晚餐，那食物聞起來跟大石的食角人燉菜完全不一樣。橋十七隊將他們每晚必吃的豆子咖哩視爲身分認同的一部分，想到他們透過飲食建立起自己的獨特性，卡拉丁就覺得頗爲好笑。他走入夜色，扛著他的矛。他還要去查看另外四支隊伍。

接下來是橋十八隊，也是有問題的一支隊伍。他們的下士雖然很認眞，卻缺乏軍官需要的威嚴。好吧，其實沒有任何橋兵具有這種特質，但這位特別弱，他習慣乞求而非命令，同時無法與人正常社交。

不過不能把所有過錯都怪在維特身上，這也是特別亂的一支隊伍。卡拉丁發現橋十八隊的人三三兩兩地坐著，吃著晚餐，沒有笑聲，也沒有團隊氣氛。他們不像當橋兵時那樣每個人都孤獨地自處，而是崩解成互不相往來的小團體。

維特下士叫所有人列隊，所有人慢慢地站起來，懶得站直或行禮，卡拉丁在他們眼中看到了眞相。他能對他們怎麼樣？絕對不可能比他們當橋兵時還要更糟，所以幹嘛要努力？

卡拉丁對他們進行團結與動力的訓話，心裡想著要帶他們再去裂谷訓練一次，如果這樣還不行……那他大概得把他們分成不同的小組，塞在運作良好的團隊裡。

他終於搖著頭離開了橋十八隊。他們似乎都不想當士兵。那他們爲什麼要接受達利納的提議，而不是離開？

因爲他們不想要再選擇了，他心想。選擇是一件很難的事。

他明白這種感覺，颶風的，他眞是太明白了。他記得坐在那裡呆呆看著牆壁，沮喪到甚至沒有力氣站起身自殺的感覺。

他全身一震。那不是他想要記起的日子。

他朝橋十九隊走去時，西兒順著一陣風飄過，變成一小團霧氣。她幻化成一團光帶，在他身邊繞了好幾圈後，才落在他的肩膀上。

「別人都在吃晚餐。」西兒說。

「很好。」卡拉丁說。

「卡拉丁，我不是在跟你回報，而是在跟你爭論。」她說。

「爭論？」他停在橋十九隊營房不遠處的陰影中，那些橋兵情況不錯，圍成一圈在火堆邊吃飯。

「你在工作。」西兒說。「還在工作。」

「我得讓那些人準備好。」他轉頭去看她。「妳知道有事情要發生了。牆壁上那些倒數……妳有看到更多的紅靈嗎？」

「有。」她承認。「至少我覺得有。我從眼角瞄到它們在偷窺我，次數很少，但是它們確實存在。」

「有事情要發生了。倒數的日期直指泣季，不管那時候發生什麼事，我要這些橋兵都準備好面對。」

「可是如果你先累死，那就什麼都不用想了！」西兒遲疑了一下。「人真的會累死，對不對？我聽泰夫說過，他覺得他自己快累死了。」

「泰夫喜歡誇張，這是好下士的表現之一。」

西兒皺眉。「所以最後那一句……是開玩笑？」

「對。」

「啊。」她直視他的眼睛。「可是，你還是要休息，卡拉丁。拜託你。」

卡拉丁回頭看橋四隊的營房。它離這裡有段距離，在行列的盡頭，但他覺得聽到大石的笑聲在夜裡迴盪。

終於，他嘆口氣，承認自己的疲累。他可以明天再去查另外兩支隊伍。他握著矛，轉身走回去。夜晚的逼近代表大概再兩個小時所有人就會就寢。卡拉丁回來時，聞到熟悉的燉菜味，今天是霍伯在盛菜，他坐在一個其他人替他特製的高樹墩，一條棉被蓋著他灰白無用的雙腿。大石站在附近，雙手環抱胸前，一臉得意。

雷納林也在，正接過其他人用完的碗去洗乾淨。他每天晚上都這麼做，靜靜地跪在洗碗盆前，穿著他的橋兵制服。這小伙子眞的很認眞，他沒有表現出一絲他哥哥那種被寵壞的脾氣。他堅持要加入所有人，也經常坐在人群的邊緣，晚上時則是待在橋兵們的最外圍。眞是個好奇怪的年輕人。

卡拉丁經過霍伯，捏了捏對方的肩膀，點點頭，正視霍伯的眼睛，舉起拳頭。奮鬥下去。卡拉丁伸手要去拿燉菜，然後全身一僵。

附近的樹幹上坐著不只一個，而是三個強健、手臂粗壯的賀達熙人。他們全都穿著橋四隊的制服，三人之中卡拉丁只認得普尼歐。

卡拉丁在不遠處找到洛奔，他正盯著自己的手，不知道爲什麼被他握成拳頭舉在胸前。卡拉丁早就放棄要理解洛奔的行爲。

「三個？」卡拉丁質問。

「表哥！」洛奔抬頭回答。

「你的表哥也太多了。」卡拉丁說。

「不可能！羅德、輝歐，快打招呼！」

「橋四隊。」兩人舉起碗說。

卡拉丁搖搖頭，接過自己的燉菜，走過大鍋，來到營房旁邊比較暗的區域。他朝儲藏室探頭，看到沈在那裡堆著一袋袋的塔露穀，只用一枚鑽石幣照明。

「沈？」卡拉丁說。

帕胥人繼續堆著袋子。

「列隊立正！」卡拉丁大喝。

沈全身一僵，然後挺著背脊，站直身立正。

「稍息，士兵。」卡拉丁輕聲說，來到他面前。「我今天跟達利納・科林談過，問他我可不可以給你武器。他問我我信不信任你，我跟他說了實話。」卡拉丁將他的矛遞給帕胥人。「我信。」

沈看著矛的眼睛看向卡拉丁，黑色的眼睛帶著遲疑。

「橋四隊沒有奴隸。」卡拉丁說。「很抱歉，之前我害怕了。」他催促對方接過矛，沈終於接下。

「雷頓跟那坦早上會帶著幾個人練習，他們願意幫你，這樣你就不用跟那些青藤菜鳥一起練。」

沈握著矛的神情彷彿握著一件聖物。卡拉丁轉身要離開儲藏室。

「長官。」沈說。

卡拉丁停下腳步。

「你是……」沈以他慣常的緩慢語氣說。「……好人。」

「我這輩子都因爲眼睛的顏色被別人評判，我不會因爲你的膚色就對你做出同樣的事情。」

「長官，我——」帕胥人似乎因爲什麼事情在苦惱。

「卡拉丁！」摩亞許的聲音從外面傳來。

「你有話想說嗎？」卡拉丁問沈。

「晚點。」帕胥人說。「晚點。」

卡拉丁點頭，走出房間去看出了什麼事。他發現摩亞許在大鍋旁邊找他。

「卡拉丁！」摩亞許發現他了。「來吧，我們要出去走走，你要跟我們一起來。今天晚上就連大石都來。」

「哈！燉菜給好人顧。我會去做。離開小橋兵的臭味遠遠。很好。」大石說。

「喂！」德雷說。

「啊。還有大橋兵的臭味。」

「來吧。」摩亞許朝卡拉丁揮手。「你答應過的。」

他才沒有。他只想在火邊坐下，吃掉他的燉菜，看著火靈。可是每個人都在看他，就連沒有要跟摩亞許一起出去的人也是。

「我……」卡拉丁說。「好吧，去就去。」

他們全部歡呼鼓掌。颶風的蠢蛋，看到指揮官出去喝酒值得歡呼？卡拉丁快速灌了幾口燉菜，就把剩下的交給霍伯，然後很不情願地走去找摩亞許，洛奔、皮特和席格吉也來了。

「妳知道嗎？如果這是我以前的矛兵隊，我會認爲他們想要把我弄出戰營，好趁我不在時搞怪。」卡拉丁壓低聲音對西兒說。

「我不覺得是這樣。」西兒皺眉。

「沒錯。這些人只是想要我也跟平常人一樣。」所以他確實需要去。他已經跟其他人有太大差別，不想要他們把他視爲淺眸人那樣。

「哈！」大石小跑過來。「這些人，他們說喝得過食角人。得空氣病的低地人。不可能。」

「喝酒比賽？」卡拉丁在內心呻吟。他給自己找了什麼樣的麻煩啊？

「我們明天快到中午才執勤。」席格吉聳肩。泰夫今天晚上盯著科林一家，還有雷頓的人手。

「今晚。」洛奔手指指天。「勝利的會是我。俗話說得好，喝酒比賽時，絕對不要壓獨臂的賀達熙人輸！」

「有這種俗話？」摩亞許問。

「之後會有俗話說，喝酒比賽時，絕對不要壓獨臂的賀達熙人輸！」

「洛奔，你的體重跟餓死的野斧犬差不多。」摩亞許懷疑地說。

「可是我專注啊。」

他們繼續往外走，轉向通往市場的小路。戰營往外擴散出去，以淺眸人的建築物爲中心，不同營房往外形成圓圈。市場位於士兵圈外的外圍，一路上他們經過許多營房，都是普通士兵居住，那些人忙著進行一些他在薩迪雅司的軍隊中鮮少看到的行爲：趁著晚餐開始前磨矛、爲胸甲上油。

可是今天晚上出去的人不只卡拉丁的人。其他幾組已經吃過飯的士兵也笑著朝市場走去。他們正緩慢地從達利納軍隊的屠殺中恢復。

市場生意盎然，大多數建築物都有油燈照耀。卡拉丁一點也不意外。普通的軍營都會有很多隨軍人員，況且還是一支移動中的軍隊。這裡的商人展示著貨物，消息販子賣著他們號稱從信蘆那裡得到的新聞，包括世界上的大事，說著賈・克維德開戰了是怎麼回事？還有亞西爾有了新國王？卡拉丁只隱約知道那些地方在哪裡。

席格吉跑過去聽新聞，給了販子一個錢球，洛奔跟大石則在爭論今天晚上去哪間酒館好。卡拉丁看著川流不息的人群。士兵正進行夜間巡邏，一群在聊天的深眸女子在香料攤之間走過，淺眸的信使在板子上寫著新的颶風時間日期預測，她的丈夫在旁邊無聊地打著呵欠——好像自己是被逼陪她來的。泣季快要來了，持續不斷地下雨，沒有颶風——唯一停止的一天是泣季正中央的光日，今年是每兩年一循環的千日中的單數年，這表示今年的泣季會比較平穩。

「不要吵了。」摩亞許對大石、洛奔、皮特說。「我們要去『頑固芻螺』。」

「啊！可是他們沒有食角人啤酒！」大石說。

「那是因爲食角人啤酒能把牙齒都融了。」摩亞許說。「況且今天晚上輪到我挑。」皮特大點著頭，他也挑這家。

席格吉聽完消息回來，顯然還在哪裡停留了一下，他手上拿著一個散發蒸汽的紙包。

「你也這樣啊。」卡拉丁呻吟。

「很好吃啊。」席格吉不滿地說，咬了一口芻塔。

「你連那是什麼都不知道。」

「我當然知道。」席格吉遲疑了。「喂，洛奔，這裡面有什麼？」

「福藍利亞。」洛奔開心地說。大石也跑去攤販那裡買個芻塔吃。

「那是什麼？」卡拉丁問。

「肉。」

「哪種肉？」

「有肉的那種肉。」

「魂術。」卡拉丁看著席格吉。

「你當橋兵的時候，每天晚上都吃魂術食物。」席格吉聳聳肩，咬了一口。

「因爲我沒得選。你看，他把麵包都炸了。」

「福藍利亞也要炸。」洛奔說。「先捏著小團，混入拉維穀粉，外面裹上麵衣油炸，然後塞在炸麵包裡，再淋上濃醬。」他滿意地咂吧咂吧嘴巴。

「比水還便宜。」皮特看著跑回來的大石。

「因爲就連穀子大概也都是魂術做的。」卡拉丁說。「味道一定全部都像發霉一樣。大石，你太讓我失望了。」

食角人有點不好意思地笑笑，卻還是咬了一口，他的芻塔發出脆裂的聲音。

「有殼？」卡拉丁問。

「克姆林蟲的爪。」大石露出大大的笑容。「炸過的。」

卡拉丁嘆口氣。他們再次走入人群，來到一棟木造建築物，靠在一棟更大的岩石建築物側邊。這裡的一切當然都調整到能讓門口盡量背向颶源點，街道的設計也是從東往西走，方便風吹。

溫暖、橘色的燈光從酒館灑落。火光。不會有酒館用錢球來照明，就算在燈籠上加鎖，錢球的濃郁光芒對那些喝醉的客人而言，可能也是太誘人。橋兵們擠了進去，迎面而來一陣低沉的交談、喊叫和歌聲。

「我們絕對找不到地方坐。」卡拉丁喊著，壓過吵鬧的聲響。雖然達利納戰營的人數銳減，這地方仍然擠滿了人。

「當然找得到位子。」大石滿臉都是笑。「我們有祕密武器。」他指向皮特，那個橢圓臉的安靜青年正擠過人群，走向前面的酒吧。一個漂亮的深眸女子站在那裡擦著酒杯，一看到皮特就露出燦爛笑容。

「你有沒有想過，橋四隊裡結婚的人要安置在哪裡？」席格吉對卡拉丁說。

結婚的人？看著皮特靠在酒吧上跟那女人說話的表情，似乎確實不遠了。卡拉丁沒想過這種事。他應該要想到的，他知道大石結婚了——食角人已經寄信給家人，不過山峰很遠，還沒收到回信。泰夫結過婚，但是他的妻子死了，跟他大部分的家人一樣。

其他人也有家人，當他們是橋兵時，沒有提到過去，可是卡拉丁隱隱約約問出了一點苗頭。他們會慢慢地找回正常的生活，他們的家人會是其中一部分，尤其是在這樣穩定的戰營之中。

「颶風的！」卡拉丁一手按頭。「我得去要更多空間。」

「很多營房給了眷屬居住的空間，有些結婚的士兵也會在市場裡租房，他們可以搬到其中一個地方去。」席格吉思索。

「這樣會破壞橋四隊！不可以。」大石說。

嗯，結婚的男人通常也是比較優秀的士兵，他想想個可行的辦法。達利納的戰營現在有很多空曠的營房，也許他應該多要幾間。

卡拉丁朝酒吧的女人點點頭。「這地方應該不是她的吧？」

「不是，凱只是個酒吧女侍。皮特挺喜歡她。」大石說。

「我們得問問她識不識字。」卡拉丁讓到一旁，看著半醉的客人擠出去，走入夜晚。「颶風的，有人識字那就太好了。」在正常的軍隊中，卡拉丁會是淺眸人，他的妻子或姊妹會是這支隊伍的書記跟文書。

皮特揮手叫他們過去，凱帶著他們來到旁邊的一張桌子，卡拉丁背靠著牆壁坐下，離窗戶不遠，有需要的話他可以探頭去看外面，但是從外面看不到他的側面。他看到大石坐下時，對大石的椅子寄予一點同情，因爲在橋兵隊中，大石是唯一一個比卡拉丁高了幾吋的人，卻足足有卡拉丁兩倍寬。

「食角人啤酒？」大石期盼地問著，看著凱。

「那會把我們的杯子都融化了。淡啤酒？」她問。

「淡啤酒。」大石嘆口氣。「這東西是女人喝的，不是食角人大男人。至少它不是紅酒。」

卡拉丁叫她隨便點，幾乎沒有去注意她在說什麼。這地方其實一點也不溫馨，又吵、又亂、又是煙霧瀰漫又臭味橫生，但也充滿生氣。笑聲，吹牛跟大喊，敲擊的杯子。這……這才是人們生存的目標。白天老老實實地幹活，晚上跟朋友一起來酒館。

這樣的人生也不賴。

「今晚很吵。」席格吉說。

「都很吵，可是今晚，也許比較多。」大石回答。

「軍隊今天跟貝沙伯一起出勤，贏了。」皮特說。

這是好事。達利納沒有去，可是雅多林去了，帶著橋四隊的三個人。他們沒被要求一定要上戰場，只要不危及到卡拉丁的人，任何台地出兵都是好事。

「這麼多人好。讓酒館暖。外面太冷。」大石說。

「太冷？你是從他颶風的食角人山峰來的！」摩亞許說。

「那怎麼樣？」大石皺眉問。

「那些是大山。下面一定比上面要暖得多。」

大石居然一時之間說不出話來，混合著氣惱跟不可置信，讓他的淺色食角人皮膚都染上一層紅，看起來很好笑。「太多空氣！你腦袋想不通了吧。冷？食角高山很暖！暖得不得了。」

「眞的？」卡拉丁懷疑地問。說不定大石又在開玩笑。有時候那些笑話只有大石聽得懂。

「是眞的。高山有溫泉可以加熱。」席格吉說。

「啊，那可不是溫泉。」大石朝席格吉晃晃手指。「那是低地人的字。食角人海洋是生命之水。」

「海洋。」皮特皺眉問。

「很小的海洋。每座山峰都有一個。」大石說。

「每座高山的尖頂都有一個落陷湖，裡面滿滿都是溫暖的湖水，所以雖然地勢很高，卻足以孕育出可以讓人生存的土地。不過只要一遠離這種食角人城鎮，就會進入颶風留下的冰凍氣溫跟冰原。」

「你故事說錯了。」大石說。

「這是事實，不是故事。」

「一切都是故事。」大石說。「聽著。很久以前，昂卡拉其，就是我的族人，你們叫食角人，沒有住在山上。他們住在空氣很濃很難動腦的地方。可是很受人恨。」

「誰會恨食角人？」皮特問。

「大家都恨。」大石回答。凱端來了飲料，又是特別待遇，大多數人得自己去酒吧端酒。大石朝她微笑，抓起自己的大酒杯。「是第一杯。洛奔，你想打敗我？」

「我開喝了呢，滿査。」洛奔舉起自己沒有那麼大的杯子。

壯碩的食角人喝了一口，嘴唇上滿是泡沫。「大家都想要殺食角人。」他在桌面上用力一搥。「他們怕我們。故事說我們太會打。所以我們被獵殺，幾乎被摧毀。」

「如果你們這麼會打，怎麼會幾乎被摧毀？」摩亞許指著他問。

「我們人少。」大石驕傲地按著胸口。「你們人多。你們在低地上到處都是，想要走路都沒辦法不踩到雅烈席人的腳趾頭。所以我們昂卡拉其幾乎要被摧毀，但是我們的塔納凱，像國王但不只是國王，他去找神求救。」

「神？你是說靈。」卡拉丁說。他尋找西兒，她坐在上方的橫樑上，看著幾隻小昆蟲爬上柱子。

「神是有的。」大石尋著卡拉丁的目光看去。「是的。不過有些神比別的神強。塔納凱，他去找了最強的神，他先去找了樹的神。『你們能隱藏我們嗎？』他問，可是樹的神不行。『人類也獵捕我們。如果你們躲在這裡，他們會找到你，會把你當成木柴用，像對我們那樣。』」

「用食角人當木柴。」席格吉不鹹不淡地說。

「噓。」大石回答。「接下來，塔納凱，去找了水的神。『我們能住在水裡嗎？給我們像魚一樣的呼吸，我們會在海底服侍你。』可惜，水不能幫忙。『人類用鉤子深入我們的心臟，抓走我們想要保護的。如果你們住在這裡，也會變成他們的餐點。』所以我們不能住在這裡。

「『最後，塔納凱，很絕望，去找了最強大的神，山的神。『我的族人要死了。』他懇求。『拜託，讓我們住在你的山坡上，膜拜你，讓雪跟冰成爲我們的保護。』

「山的神想了很久。『你們不能住在我們的山坡上，因爲那裡沒有生命。』祂們說。『這是精靈的地方，不是人的。可是如果你能找到方法讓它成爲人的地方以及精靈的地方，我們會保護你。』於是塔納凱回到水的神那邊，說：『給我們你的水，讓我們能喝，能住在山上。』水的神答應了。塔納凱去樹的神說：『給我們你豐饒的水果，讓我們可以吃，可以住在山上。』樹的神答應了。然後塔納凱回到山上說：『給我們你的熱，在你心中的東西，讓我們能住在你的山峰上。』

「然後，他讓山的神滿意了，因爲他們看到昂卡拉其會努力工作，不會成爲神的負擔，會自己解決問題，所以山的神將山峰縮回自己的身體，爲生命之水讓出空地。水的神創造了海洋，樹的神承諾了草跟水果以給予生命，山的心的熱給出了我們可以住的地方。」

他往後靠，大喝了一口酒，然後將酒杯重重摜在桌子上，咧嘴而笑。

摩亞許慢慢地喝著，「所以神很高興你們自己解決了自己的問題……靠的是去跟別的神乞求幫助？」

「噓。是好故事。也是事實。」大石說。

「可是你剛說上面的湖是水，所以就是溫泉，跟我說的一樣。」席格吉說。

「不一樣。」大石回答，舉起手朝凱揮了揮，然後露出大大的笑容，懇求地揮揮杯子。

「怎麼不一樣？」

「不只是水，是生命之水，是與神連結的，如果昂卡拉其在裡面游泳，有時候會看到神的地方。」大石說。

卡拉丁一聽，立刻向前傾身。他原來滿腦子都在想要怎麼樣幫助橋十八隊解決他們的紀律問題，可是這句話引起了他的注意。

「神的地方？」

「對。」大石說。「祂們住的地方。生命之水，祂們讓你看到地方，運氣好，在裡面可以跟神溝通。」

「所以你可以看到靈？因爲你在那些水裡游泳過，他們對你做了什麼？」卡拉丁問。

「不是故事的一部分。」大石說，此時第二杯酒到了，他朝凱高興地笑著。「妳是非常棒的女人。如果妳來高山，我會讓妳成爲家人。」

「你付錢就好，大石。」凱翻翻白眼。她去旁邊開始收空杯子，皮特跳起來幫忙，從另一個桌子開始收起，讓她吃了一驚。

「你可以看到靈，是因爲你在水中發生了事情。」卡拉丁追問。

「不是故事的一部分。」大石打量他說。「是……很複雜，我不會再說這件事。」

「我想去。我也想去游泳。」洛奔說。

「哈！不是族人，會死。不能讓你游泳，就算今晚你喝酒贏我。」他朝洛奔的酒一挑眉。

「在祖母綠湖中游泳對外人而言會死，是因爲你們把碰觸湖水的外人都處決了。」席格吉說。

「不，不是真的。聽故事。不要這麼無趣。」

「那只是溫泉而已。」席格吉抱怨，也開始喝了起來。

大石翻翻白眼。「上面是水，下面不是。生命之水。神的地方。這是真的。我自己遇過神。」

「像西兒的神？還是河靈？」卡拉丁問。河靈不常見，但據說有時候可以簡單地說話，像風靈。

「不。」大石說，他靠向前，彷彿在透露一個祕密。「我看到魯努阿那其。」

「呃，很好。好棒。」摩亞許說。

大石說：「魯努阿那其是旅行與惡作劇之神，很強大的神。祂從山峰海洋深處，從神的領域而來。」

「他長得怎麼樣？」洛奔睜大眼睛問。

「人樣。也許像雅烈席人，但皮膚更白，臉很方正，也許英俊，有白髮。」大石說。

席格吉猛然抬頭，「白髮？」

「對。不是老人的灰髮，是白髮，但祂是年輕人，祂在岸上跟我說話。哈！取笑我的鬍子。問這是食角人日曆的第幾年，覺得我的名字好笑。很強大的神。」

「你怕嗎？」洛奔問。

「當然不怕。魯努阿那其不能傷害人。其他神禁止，大家都知道。」大石把他的第二杯酒喝光，朝空中舉起，又笑著朝經過的凱晃了晃。

洛奔連忙把他剩下的第一杯也喝掉。席格吉一臉困擾，只喝了一半。他盯著酒，不過當摩亞許問他怎麼了的時候，席格吉藉口自己累了。

卡拉丁終於喝了自己的一口酒。拉維穀啤酒，泡沫多，淡淡甜味，讓他想起家，不過他也是進軍隊以後才開始喝的。

其他人開始談論起朝台地出兵的事。薩迪雅司顯然開始違背命令，不與他人共同一起出擊。他前一陣子自己出動過，趁別人還沒來得及時搶走寶心，然後彷彿那不是什麼重要東西一般，丟到一旁。可是幾天前，薩迪雅司跟盧沙藩王也一起出兵過，當時並沒有輪到他們。他們聲稱自己沒有得到寶心，但是大家都知道他們贏了，把戰利品藏了起來。

這些對達利納的反抗行為在幾個戰營間傳得沸沸揚揚的。更因為薩迪雅司似乎很憤怒他不能派調查員進入達利納的戰營，去尋找與國王安危有關的「重要事實」。一切對他來說都是場遊戲。

有人必須把薩迪雅司給處理了，卡拉丁說著，一邊喝酒，微涼的液體在口裡滑動。他跟阿瑪朗一樣，不斷想害死我跟我的人。難道我沒有理由，甚至權利，去同樣回敬他嗎？

卡拉丁正在學習那個刺客當天的技巧，如何順著牆壁往上爬。也許可以爬上別人覺得爬不到的窗戶。他可以趁黑去薩迪雅司的戰營。發著光，暴力……

卡拉丁能為這個世界帶回正義。

他的內心告訴他這種想法有問題，但是他沒有辦法有邏輯地思考這件事。他又喝了一點，環顧這個房間，再次注意到每個人看起來都好放鬆。這是他們的人生。工作，玩樂，對他們來說就足夠了。

他不夠。他需要更多。他拿出發光的錢球，只是一枚鑽石夾幣，開始隨手在桌上滾了起來。

在一個小時的聊天中，卡拉丁只偶爾說上幾句，摩亞許推了推他，「你準備好了嗎？」他低聲問。

「準備好？」卡拉丁皺眉。

「對。會面就在後面的房間，我剛才看到他們進來了。他們在等我們。」

「誰……」他沒說下去，意會過來摩亞許在說什麼。卡拉丁同意去見摩亞許的朋友們，那些想殺國王的人。他的皮膚一涼，空氣突然變冷。「所以你今天晚上要我來？」

「對啊。我以爲你會猜到。來吧。」摩亞許說。

卡拉丁低頭看著自己這杯黃褐色的液體，終於，他喝完了全部，站了起來。他需要知道那些人是誰。這是他的職責所在。

摩亞許替他們編了藉口，說他發現有個老朋友，想介紹給卡拉丁。大石看起來一點也沒醉，大笑兩聲揮手要他們去。他已經喝到第……六杯？七杯？洛奔喝完三杯就已經醉倒。席格吉才剛喝完兩杯，看樣子不打算再喝。

看來不用比了，卡拉丁心想，讓摩亞許拉著他走。這裡依舊忙碌，但沒像先前那麼擠。酒館後面有一條走廊通往私人用餐區，是有錢的商人不想跟外面那些大老粗們混在一起時用的。一名胖子站在其中一間外，看起來像是有部分亞西須血統，部分像是曬得很黑的雅烈席人，腰上套著長刀，但沒有對想開門的摩亞許說什麼。

「卡拉丁……」西兒的聲音。她在哪裡？顯然消失了，就連他也看不到。她之前這麼做過嗎？「要小心。」

他跟摩亞許一起進入房間。三男一女坐在裡面的桌邊喝酒，另外一個侍衛站在後面，裹在披風裡，腰邊有劍，低著頭，彷彿完全不在意來人。

兩個坐著的人，包括女人，是淺眸人。卡拉丁應該猜到的，因爲事關碎刃，可是他仍然頓了頓。淺眸男子立刻站起，他也許比雅多林大一點，有著純黑的雅烈席卡髮色，髮型俐落。他穿著開襟外套和一件看起來昂貴的黑色襯衣，鈕子之間有白色藤蔓的刺繡，喉頭有個扣環。

「這就是赫赫有名的卡拉丁！」男子驚呼，上前一步，伸手要跟卡拉丁握手。「颶風的，眞高興見到你。讓薩迪雅司丟臉的同時還救下了黑刺本人？好樣的，好樣的。」

「你是？」卡拉丁。

「一名愛國份子。叫我葛福斯就好。」

「你是那個碎刃師嗎？」

「你講話眞是一點也不繞圈子啊。」葛福斯示意要卡拉丁在桌邊坐下。

摩亞許立刻坐下，朝桌邊另一人點點頭。他是深眸人，有短頭髮跟凹陷的雙眼，卡拉丁猜想那人是傭兵，留意到他座位旁邊的斧頭跟身上的厚皮甲。葛福斯繼續邀請，可是卡拉丁沒有立刻坐下，而是打量起桌邊的年輕女子。她端莊地坐著，雙手捧酒輕啜，一手藏在扣住的袖子裡，長得挺漂亮的，紅唇微翹，頭髮盤起，以金屬裝飾固定。

「我認得妳。妳是達利納的書記之一。」卡拉丁說。

她小心翼翼地看著他，很努力想要擺出放鬆的樣子。

「丹蘭是藩王親隨的成員之一。」葛福斯說。「卡拉丁，請坐，喝點酒。」

卡拉丁坐下，卻沒有倒酒。「你們想殺國王。」

「他眞的很直接，是吧？」葛福斯對摩亞許問。

「而且有效率，所以我們喜歡他。」摩亞許說。

葛福斯轉向卡拉丁。「如我先前所說，我們是愛國份子，雅烈席卡的愛國份子，爲了雅烈席卡應該有的未來。」

「想要殺死王國統治者的愛國份子？」

葛福斯向前傾身，雙手抱拳放在桌上，臉上的笑意消失了一分。這樣也好，剛才他表現得也太勉強。

「好吧，那我們直話直說。艾洛卡是個非常差勁的國王，你一定也注意到了。」

「輪不到我來評判國王。」

「拜託，你想告訴我，你沒看過他做事的樣子？被寵壞、脾氣暴躁、疑神疑鬼、什麼事情都先發怒亂吵，而不是諮詢臣民，只會孩子氣地亂要求，而不是領導眾人。他正在將這個王國吹倒在地。」葛福斯說。

「你知道在達利納把他控制住以前，他制定了什麼樣的政策嗎？」丹蘭問。「過去三年來，我在科林納那裡幫忙書記們整理他攪亂的皇家律法，有一段時間裡，只要有人勸說得動他，什麼法令他都會簽名通過。」

「他完全無能。」深眸傭兵說，卡拉丁不知道他的名字。「他害死了很多好人，讓薩迪雅司那個雜種犯下叛亂罪還逍遙法外。」

「所以你們想要刺殺他？」卡拉丁質問。

葛福斯直視卡拉丁。「對。」

「如果國王正在毀滅他的國家，難道這不是人民的權力，人民的職責，將毒瘤除去？」

「如果他被除去了，接下來會發生什麼事？你問問自己，卡拉丁。」摩亞許說。

「達利納應該會接下王位。」卡拉丁說。艾洛卡在科林納有個孩子，只不過幾歲大而已，就算達利納只是攝政王，他仍然會是統治者。

「王國由他領導會好得多。」葛福斯說。

「現在也幾乎是他在主導。」卡拉丁說。

「不是。」丹蘭回答。「達利納克制了自己。他知道他應該要坐上王位，但是因爲愛著他死去的哥哥而有所遲疑。其他藩王認爲這是一種弱點。」

「我們需要黑刺，」葛福斯大力敲桌子。「否則王國會崩解。艾洛卡的死會讓達利納立刻有所行動。我們就能得回二十年前那個人，那個一開始統一藩王們的人。」

「就算那個人沒有完全回來，情況也絕對不會比現在更差。」傭兵補充。

「所以，對，我們是刺客、殺人犯，至少我們希望是。」葛福斯對卡拉丁說。「我們不想要政變，也不想要殺死無辜的守衛，我們只想除去國王。安安靜靜的，最好是場意外。」

丹蘭皺眉，然後喝了一口酒。「可惜至今沒有進展。」

「所以我想要跟你見面。」葛福斯說。

「你要我幫你們？」卡拉丁問。

葛福斯舉起手。「想想我們說的話，我只要求這點。想想國王的行爲，觀察他，問問自己：『王國在這個人帶領下，還能撐多久？』」

「黑刺必須得到王位。」丹蘭輕聲說。「這件事早晚會發生，爲了他好，我們想要幫助他快一點達成，讓他不用做出困難的決定。」

「我可以揭發你們。」卡拉丁迎向葛福斯的眼睛，一旁站著聽他們說話的披風男人動了動，站得更挺。

「邀請我來這裡是個風險。」

「摩亞許說你當年是個外科醫生。」葛福斯一臉不擔心的樣子。

「對。」

「如果手發炎，威脅到整個身體，你會怎麼做？你會等著手自行復原，還是切除它？」

卡拉丁沒有回答。

「卡拉丁，你現在控管著國王衛隊。我們需要機會，一個不會傷害到任何守衛的時機，來發動攻擊。

我們原本不希望自己沾上國王的鮮血，希望這件事像是個意外，但是我現在明白這是儒夫的想法。我會親自下手。我只需要一個機會，然後雅烈席卡的痛苦就會結束。」

「這樣對國王來說也比較好。他正在王位上慢慢死亡，就像遠離陸地的溺斃者一樣。長痛不如短痛。」丹蘭說。

卡拉丁站起身，摩亞許遲疑地跟著站起。

葛福斯看著他。

「我會考慮。」卡拉丁說。

「這樣好，很好。你可以透過摩亞許跟我們聯絡。成爲這個王國需要的醫生吧。」葛福斯說。

「走吧。」卡拉丁對摩亞許說。「其他人會在想我們去哪裡了。」

他走了出去，摩亞許在後面匆忙道別。卡拉丁還是覺得一定會有人阻攔他，難道他們不擔心他會像剛才威脅的那樣揭發他們？

他們讓他走掉，回到喋喋不休、喋喋不休的大廳。

颶風的，他心想。他們要不是這麼有道理就好了。

「你怎麼碰上他們的？」卡拉丁對跑上來的摩亞許說。

「瑞爾，就是坐在桌邊的那個人，在我成爲橋兵之前的一個商隊裡工作。我們一脫離奴役生涯，他就來找我。」摩亞許握住卡拉丁的手臂，在他們走回桌邊前拉停了他。「他們說得對。你知道他們說得對，阿卡。我看得出你的心思。」

「他們是謀逆者，我不想跟他們扯上任何關係。」卡拉丁說。

「你說你會想想的！」

「我這麼說是爲了讓他們放我離開。我們有責任，摩亞許。」卡拉丁輕聲說。

「難道這個責任大過於對國家的責任？」

「你根本不在乎這國家，你只想要報仇。」卡拉丁怒叱。

「好吧。可是卡拉丁，你沒注意到嗎？葛福斯對所有人一視同仁，無論眼眸顏色。他不在乎我們是深眸人，他娶了深眸人。」

「眞的？」卡拉丁沒聽說過這種事。

「對。」摩亞許說。「他甚至有個兒子是個單眼淺眸人。葛福斯根本不在乎別人怎麼想他，他只做對的事。而現在，這是——」摩亞許環顧四周，他們現在身邊都是人。「就是他說的那件事。總得有人做。」

「不要再跟我提這件事。」卡拉丁抽開手臂，走回桌子。「再也不要去跟他們見面。」

他坐了下來，摩亞許也煩躁地坐下。卡拉丁努力想要讓自己融回大石跟洛奔的談話，但就是做不到。

周圍都是人們笑鬧喊叫的聲音。

成爲這個王國需要的醫生……

颶風的，眞是一團混亂。

（燦軍箴言．下冊待續）

轉化（Transfromation）：魂術

傳輸（Transportation）：移動與眞實領域的位置變化

聚合（Cohesion）：強軸交錯

張力（Tension）：弱軸交錯

論法器製造

目前已知有五大類型的法器。法器製作的方式是法器製作組織的不傳之祕，但目前看起來似乎都來自於科學家的努力研究成果，而非過去燦軍使用的神奇封波術。

改變型法器（ALTERING FABRIALS）

增幅（Augmenters）：這些法器的用途爲增強，可以用來引發熱、痛楚，甚至是一陣徐風，如同所有法器，力量來源均爲颶光。最適合的對象似乎是力量、情緒、感官。

來自賈・克維德，俗稱的半碎具便是以這類法器綁在金屬片上，以增強其硬度。我看過這類法器搭配許多種不同的寶石，因此我推斷十種極石中的任何一種都適合。

減幅（Diminishers）：這些法器的作用正好與增幅法器相反，通常受到的限制也很類似。爲我揭祕的法器師們相信，以現今的能力，足以製造超過世上法器成品的新法器，尤其在增幅或減幅方面的效果均會更大。

配對型法器（PAIRING FABRIALS）

結合（Conjoiners）：透過在紅寶石中灌注颶光，使用無人願意告訴我的方法（雖然我有自己的猜測），可以創造出配成一對的寶石。這個過程需要將原本的寶石一分爲二，兩半寶石隔著一段距離，仍能感受到原本另一半的引力。在製造法器的過程中，似乎使用某種方法，可以影響兩半寶石之間相隔多遠的距離，依然維持配對的功效。

力量的儲存是固定的。舉例而言，若有一邊綁在一塊很重的石頭上，那麼要舉起同對中另一個法器，便需要用到足以舉起石頭的力氣。在創造法器的過程中，似乎有某種程序會影響這對法器的有效距離範圍。

倒轉（Reversers）：使用紫水晶而非紅寶石，也能創造出兩半相連的寶石，但是這種法器的功能是創造相斥的力量。舉例而言，舉高一半，另外一半便承受壓力往下陷。

這種法器剛剛才被發現，已經有很多實際應用的可能性。這類法器似乎有些出人意料的限制，但是我無法得知是何種限制。

示警型法器（WARNING FABRIALS）

這一組法器中只有一種，俗名稱爲示警器（Alerter）。一台示警器只能警示附近的單一物件、情緒、感官，或是現象。這些法器利用金綠柱石爲力量來源。我不知道這是唯一有效的寶石類型還是另有其因。

在此類法器中，灌注的颶光量與示警範疇有關，因此使用的寶石大小非常重要。

逐風術與捆縛術（WINDRUNNING AND LASHINGS）

關於白衣殺手之奇特能力的報告，讓我找到一些大多數人無從得知的資料。逐風師是燦軍之一團，他們主要使用捆縛術中的兩種捆術。這種封波術的效果在該燦軍軍團內被稱爲「三重捆術」（Three Lashing）。

◆**基本捆術**（Basic Lashing）**：改變引力方向**

此類捆縛術應該是所有類型中最常使用，卻並非最容易使用的能力（最容易使用的捆縛術爲接下來將討論的全面捆術）。基本捆術是逆轉生命體或物體與星球的靈魂引力方向，暫時將該生命體或物體與不同的物件或方向連結。

這種改變造成引力的改變，因此會造成星球能量的變化。基本捆術可讓逐風師在牆壁上奔跑，造成物件或人飛入空中等類似效果。進階使用則能讓逐風師靠著將部分體積往上方捆縛，以減輕自己的體重（數學算式爲將四分之一體積往上捆縛，可減輕一半體重；將一半體積往上捆縛，可達成無重狀態）。多重基本捆術可將物件或人體以雙倍、三倍或其他倍數之體重往下拉。

◆**全面捆術**（Full Lashing）**：將物體捆在一起**

全面捆術看起來跟基本捆術很相似，但是運作原理完全不同。前者與引力有關，後者則以黏著力道（燦軍稱之爲『封波術』）有關，能將兩件物體捆成一件。我相信這項封波與大氣壓力有關。

要使用全面捆術，首先逐風師須對物體灌注颶光，然後將另一件物體貼上，兩件物體將以極大的連結捆綁在一起，幾乎不可能斬斷。大多數材質會在連結被破壞之前，自身先崩壞。

◆**反向捆術**（Reverse Lashing）：**讓物體增加引力**

我相信這屬於基本捆術的特殊變異。此類捆縛術在三者中需要的颶光量最少。逐風師只要在物體內灌注颶風，以意識施予指令，即能在該物體中創造出可吸引其他物件的引力。

此捆縛術的關鍵是在物體周圍創造出一個圈圈，模仿與地面的靈之聯繫，因此這項捆縛術很難影響碰觸到地面的物體，因此時物體與星球的連結爲最強。墜落或飛翔中的物體最容易受到影響；其他物件也可以被操控，但是需要的颶光跟技巧則要高上許多。

織光術

第二種封波術型態。使用對光與聲音的操縱製作幻象在整個寰宇中相當常見，可是其與賽耳現行的種類不同。織光術有強大的靈性精神因素，需要的不只是在意識中清楚凝現意圖製作的幻象，更需要製作者本身與它有一定程度的聯繫，因此製作出來的幻象不只是靠著織光師的想像，更是倚賴他們希望創造出的結果。

在許多方面來說，織光術跟尤立許原版的力量最爲相近，對此我感到相當興奮。我希望能更深入研究這個能力，希望能夠全面了解其與認知與靈魂特性間的關連。

中英名詞對照表

A

Abamabar　阿邦馬巴
Abrasion　磨損（封波術）
Abri　阿布里
Abrial　亞伯列
Abrobadar　亞伯巴達
Abronai　艾伯奈
Abry　奧布雷
Acis　艾其思
Adhesion　黏附（封波術）
Adis　亞地司
Adolin Kholin　雅多林·科林
Adonalsium　雅多納西
Adrotagia (Adro)　雅德羅塔吉亞（雅德羅）
Aesudan　愛蘇丹
Agil　阿吉
Aharietiam　阿哈利艾提安
Aimia　艾米亞王國
Aimian　艾米亞人
Airsick　空氣病
Akak　阿卡克
Akak Reshi　阿卡克·雷熙
Akinah　阿奇那
Aladar　艾拉達
Alai　阿萊
alaii'iku　阿賴依庫
Alakavish　阿拉卡維希
Alami　雅拉米
Alaxia　亞拉席雅
Alazansi　亞萊詹
Alds　愛德
Alerter　示警器
Alespren　酒靈
Alethela　雅烈席拉王國
Alethi　雅烈席人
Alethkar　雅烈席卡王國
Alezary　亞列薩里
Ali-daughter-Hasweth　哈思維司之女艾李
alil'tiki'i　阿利提其艾
Alim　阿林
Allahn　亞藍
Almighty　全能之主
Altering Fabrials　改變型法器
Amark　阿馬克
Ambrian　亞布麗安
Among the Darkeyed　《深眸人之間》
Amydlatn　艾米辿拉頓
Ancient of Stones　磐石古軍
Angerspren　怒靈
Anticipationspren　期待靈
Aona　艾歐娜
Apara　阿帕菈
Arafik　阿拉非克
Arak　阿拉克
Ardent　執徒
Arik　阿瑞

Artform　藝術形體
Artifabrian　法器師
Artmym　阿特邁
Ash　艾希
Asha Jushu　艾沙·傑舒
Ashelem　艾什藍
Ashir　亞希爾
Ashlv　艾徐蘿
Ashno of Sages　智者亞須諾
Askarki　阿司卡企人
Assuredness Movement　自負運動
Ati　雅提
Au-nak　奧拿克
Augmenters　增幅
Av　艾夫
Avado　阿法多
Avarak Matal　阿拉法克·馬塔
Avaran　亞法倫
Avena　亞維納
Avramelon　阿法拉瓜
Awespern　讚嘆靈
Axehound　野斧犬
Axies　克西司
Axikk　雅席克
Azimir　亞西米爾
Azir　亞西爾王國
Azish　亞西須人

B

Babatharnam　巴巴薩南王國
Babsk　巴伯思
Backbreaker Powder　折背粉
Bajerden　巴赫登
Balat Davar　巴拉特·達伐
Balsas　巴撒斯
Barlesha Lhan　巴爾勒沙·嵐
Barm　巴姆
Barmest　巴邁司特
Bashin　巴辛
Basic Lashing　基本捆術
Battah　巴塔
Battalionlord　營爵／營長
Battar　巴達
Bav　巴伏人
Bavadin　巴伐丁
Bavland　巴伏
Bavlander　灣地人
Baxil　巴西爾
Bay of Elibath　愛里貝斯灣
Baylander　灣地人
Beal　貝爾
Beggars' Feast　乞丐宴
Behardan King　貝哈丹王
Beld　貝德
Berizhet　伯利司赫特
Betab　貝塔
Betabanan　貝塔般南日
Betabanes　貝塔伯奈日
Bethab　貝沙伯
Beznk　貝茲克
Bickweight　磚重
Bila　碧拉
Bindspren　縛靈
Bisig　比西格
Bitterleaf　苦葉

Black Fisher　黑漁夫
Blackbane　黑毒葉
Bloodivy　血春藤
Bluebar　藍棒
Blunt　阿直
Bluth　布魯斯
Bondsmith　盟鑄師
Book of Endless Pages
《無盡之書》
Bordin　波丁
Boriar　波利亞
Bornwater　誕水
Braize　布雷司
Branzah　枝紮
Breachtree　折樹
Breakneck　斷頸遊戲
Breachtree　庫樹
Bridgelord　橋隊長
Brightlady　光淑
Brightlord　光明爵士（光爵）
Brightness　光主
Broam　布姆
Brother Kabsal
卡伯薩弟兄
Bussik　布希克

C

Cabine　卡賓
Cadilar　卡迪拉
Caeb　卡艾柏
Calinam　卡琳娜
Calling　天職
Callins　卡林司
Captivityspren　囚靈
Causal　隨訂
Caull　阿考
Cenn　瑟恩
Chach　查克
Chan-a-rach　張阿拉克
Chachanan　查卡南日
Chachel　查徹日（週三）
Chanaranach (Chana)
卡娜拉拿克（卡娜）
Chasm　裂谷
Chasmfiend　裂谷魔
Chicken　雞（泛指各種鳥類）
Chilinco　齊林可
Chip　夾幣
Chivi　奇薇
Chouta　芻塔
Chull　芻螺
Circle of Memories　回憶圈
City of Bells　鈴城
City of Lightning　電之城
City of Shadows　影之城
Citylord　城主
Clearchip　透幣
Cobalt Guard　碧衛
Cobwood　團木
Cognitive Realm　意識界
Cohesion　聚合（封波術）
Coldwin　科德溫
Common Throne　群眾王座
Companylord　連爵／連長
Conclave　集會所
Conicshell Mucus　尖殼漿

Conjoiners　結合
Coracot　科拉卡獸
Corberon　柯貝隆
Coreb　克雷伯
Corl　克羅
Cormshen　《克姆珊》
Corvana's Analectics
《柯法娜語錄》
Cosmere　寰宇
Craving　渴望
Creationspren　創造靈
Crem　克姆泥
Cremlings　克姆林蟲
Crushkiller　惡碎怪
Crustspine　脆刺
Cryptics　謎族靈
Crystal　水晶
Cultivation　培養
Curnip　捲蔔
Curse of Kind　族詛
Cusicesh　庫希賽須
Cussweed Root　啐草根
Cymatics　音流
Cyn　肯

D

Dabbid　達畢
Dahn　達恩
Dai-gonarthis　戴艮納西斯
Dalar　答拉
Dalewillow　谷柳
Dalilak　答里
Dalinar Kholin　達利納·科林
Dallet　達雷
Dalksi　達克西
Damnation　沉淪地獄
Dandos the Oilsworn
必繪者丹奪司
Danidan　丹尼丹
Danlan Morakotha
丹蘭·摩拉克沙
Dara　達拉山
Darkhill　黑丘
Davim　達維
Davinar　達維納
Dawn's Shadow　晨影
Dawnchant　晨頌
Dawnchat　晨言
Dawncity　曦城
Dawnshards　晨碎
Dawnsinger　晨歌者
Dazewater　昏水
Deathbend River　死彎河
Death Rattles　死亡搖鈴
Deathspren　死靈
Decayform　腐朽形體
Decayspren　朽靈
Deeli　笛麗
Delp　得普
Demid　戴米
Dendrolith　單鐸利
Denocax　德諾卡軟膏
Desh　德西
Desolation　寂滅時代
Devi　戴維
Devotary　信壇

Devotary of Insight　洞悉信壇
Diglogues　《談話集》
Diagram　圖表
Dialectur　迪亞勒特
Diamond　鑽石
Diggerworms　挖蟲病
Diminishers　減幅
Division　分裂（封波術）
Double Eye　雙瞳眼
Dova　多法
Dreamstorm　颶風之夢
Drehy　德雷
Drying Sea　死海
Dullform　遲鈍形體
Dumadari　度馬達利
Dunny　度尼
Durk　杜克
Dust　灰
Dustbringer　招塵師
Dysian Aimian　代西・艾米亞人

E

Earless Jaks　無耳傑克斯
Eastern Crownlands　東皇地
Edgedancers　緣舞師
Eighth Epoch　第八時代
Eighty's War　八十戰爭
Eila　艾拉
Eiliz　艾利茲
Elanar　艾拉那
Eleseth　艾雷色絲
Elevate　晉級
Elhokar Kholin　艾洛卡・科林
Elit　依利特
Elithanathile　依利賽納西爾
Elsecaller　異召師
Elthal　艾索
Elthebar　艾特巴
Emerald　綠寶石（祖母綠）
Emul　艾姆歐
Emuli　艾姆利人
En　阿恩
Endless Ocean　無盡海洋
Enthir　恩錫爾琴
Envisager　預見者
Epan　愛潘
Epinar　艾皮納
Epoch Kindoms　時代帝國
Era of Solitude　孤獨時期
Eranniv　厄拉尼夫
Erratic　塗鴉
Eshava　愛莎瓦
Eshonai　伊尚尼
Eshu　艾書
Eternathis　《永恆記》
Eth　艾瑟
Ethid　艾熙德
Everstorm　永颶
Evinor　艾薇諾
Evod Markmaker　名師艾佛德
Excitement　興奮
Exhaustionspren　疲憊靈
Expanse of Broken Sky　碎空域
Expanse of Density　密度域
Expanse of Vapor　水霧域
Extex　艾克特思

Eylita　愛莉塔

F

Fabrial　法器
Fabrisan　法布利森
Fabrisan's Conundrum
　法布利森謎題
Falksi　琺科曦
Falilar　法理拉
Farcoast　遠岸鎮
Fathom　噚樹
Fearspren　懼靈
Felt　費特
Femalen　女倫
Feverstone Keep　燒石堡
Fiddlepox　笛痘
Fin　斐
Fingermoss　手指苔
Firemark　火馬克（紅寶馬克）
Firemoss　火苔
Firestorm　狂火
First Ideal　第一理念
First Moon　初月
Flamespren　火靈
Flangria　福藍利亞肉
Fleet　飛速
Focal Stone　聚力石
Frostlands　凍土之地
Fourleaf Sap　四葉汁
Fourth Land　第四大陸
Frillbloom　皺花
Fu Abra　福・阿布拉村
Fu Albas　福・阿巴司特村
Fu Moorin　福・姆林村
Fu Namir　福・那米爾村
Fu Ralis　福・拉力司村
Full Lashing　全面捆術

G

Gabrathin　加布拉辛
Gadol　加多
Galan　加藍
Gallant　英勇
Gangnah　甘納
Garam　加拉
Gare　加耳
Gashash-son-Navammis
　那法米絲之子加沙須
Gavarah　加瓦菈
Gavashaw　加瓦霄
Gavilar Kholin　加維拉・科林
Gawx　搞斯
Gaz　加茲
Gemheart　寶心
Geranid　葛蘭妮
Gerontarch　哲龍王
Gevelmar　蓋佛瑪
Ghostblood　鬼血
Glory　光榮
Gloryspren　勝靈
Glurv　葛夫
Glys　葛萊斯
Gom　哥姆
Gon　公
Goshel　哥舍
Grandbow　巨弓

Granite　花崗岩
Grasper　抓蟲
Gravitation　重力（封波術）
Gravityspren　重力靈
Graves　葛福斯
Great Concourse　大學院
Grent Ones　大能者
Greatshell　巨殼獸
Greenvine　青藤（新兵）
Gregorh　葛雷果
Grump　阿壞
Gtet　泰特劍
Gu　古
Gulket　古克
Gulket Leaves　古克葉
Guvlow's Incarnate　谷洛再世

H

Hab　哈伯
Habatab　哈拔塔
Habrin　哈柏林
Habsant　哈布桑
Hall of Art　藝術廳
Hallaw　哈洛
Hamel　哈末
Hammie　哈米
Hapron Street　哈普隆街
Harkaylain　哈凱連
Harl　哈勞
Hasavah　哈薩瓦
Hashal　哈莎
Hasheh　哈舍
Hasper　哈斯波螺
Hateful Hour　恨時
Hatham　哈山
Hatredspren　恨靈
Hav　哈福
Havah　哈法
Havar　哈伐
Havarah　哈瓦拉
Havrom　哈弗隆
He who adds　增添之人
Hearthstone　爐石鎮
Heb　希伯
Helaran Davar　赫拉倫．達伐
Heliodor　金綠柱石
Herald　神將
Herald of Beauty　美之神將
Herald of Luck　好運神將
Herdaz　賀達熙王國
Herdazian　賀達熙人
Hesina　賀希娜
Hierocracy　神權聖教（時代）
Highlady　光淑
Highlord　上主
Highmarshal　上帥
Highprince　藩王
Highprince of Commerce　商務藩王
Highprince of Information
　情報藩王
Highprince of War　戰事藩王
Highspren　上族靈
Highstorm　颶風
Hobber　霍伯
Hoel Bay　霍耳灣
Hoid　霍德

Holetental 或雷坦塔
Holy Enclave 聖庫
Honor 榮譽（碎神）
Honor Chasm 榮譽溝
Honorblade 榮刃
Honored Dead 英靈
Honorspren 榮耀靈
Honu 禾努
Horl 霍耳
Horneater 食角人
Horneater Peaks 食角人山峰
Houselord 族主
Huio 輝歐
Huqin 胡金
humaka'aban 胡瑪卡阿班
Hungerspren 餓靈

I

i-nah 唉那
Ialai 雅萊
Idolir 艾多里耳
Idrin 艾德林
Ilamar 艾勒馬
Illumination 照映（封波術）
Immortal Words 永生之言
Impossible Falls 不可能瀑布
Inadara 音娜達拉
Infantrylord 步兵長
Information House 信息屋
Inkima 茵琪瑪
Innia 音妮亞
Intoxicationspren 醺靈
Invia 音薇亞
Invest 授予
Investiture 授能
Iri 依瑞王國
Iriali 依瑞雅利人
Ironstance 鐵式
Ironsway 鐵道鎮
Isan 愛珊
Isasik Shulin 愛莎西克・書林
Ishar (Ishi) 艾沙（艾兮）
Ishashan 艾沙珊
Ishi'Elin 艾兮・艾林
Ishikk 依席克
Istow 依絲托
Iviad 艾維雅德
Ivis 艾薇
Ivory 象牙
Ixil 依西爾
Ixsix's Emperor
《伊瑟西斯之皇帝》
Iyatil 愛亞提

J

Jacks 傑克斯
Jah Keved 賈・克維德王國
Jakamav (Jak) 加卡邁（加卡）
Jal Mala 賈・瑪拉
Jam 阿詹
Janala 珍娜菈
Jarel 加瑞
Jasnah Kholin 加絲娜・科林
Javih 加斐
Jayla Ruthar 亞菈・盧沙
Jella Tree 傑拉樹

Jenet 詹奈
Jes 傑思
Jesel 傑瑟耳日（週一）
Jesachev 傑沙克夫日
Jesesach 傑瑟薩克日
Jesesan 傑瑟桑日
Jeseses 傑瑟瑟斯日
Jesnan 傑思南週
Jezerezeh'Elin 傑瑟瑞瑟．艾林
Jezrien 加斯倫
Jin 金
Jix 吉斯
Jorna 約那
Joshor 約朔
Jost 約司特
Joyspren 悅靈
Jusha Davar 傑舒．達伐

K

Ka 凱
Kaber 卡貝遊戲
Kadash 卡達西
Kadasixes 卡達西思
Kadrix 卡德立克司
Kael 凱爾
Kak 卡克
Kakakes 卡卡克日
Kakanev 卡卡耐夫日
Kakash 卡卡許週
Kakashah 卡卡沙日
Kakevah 卡維卡日
Kaktach 卡塔克日
Kaladin (Kal) 卡拉丁（阿卡）
Kalak 卡拉克
Kalami 卡菈美
Kalana 卡拉娜
Kali'kalin 卡里卡林
kaluk'i'iki 卡路克艾依其
Kammar 卡瑪
Karanak 卡拉納克
Karm 卡姆
Kasitor 卡西朵
Katarotam 卡塔樓譚
Kazilah 卡希拉
Kelathar 凱拉薩
Kelek 克雷克
Ketek 凱特科
Khal 卡爾
Khakh 卡克
Kharbranth 卡布嵐司城
Khav 卡夫
Khokh 闊克
Kholinar 科林納城
Khornak 科納克
King Hanavanar 哈納凡納王
King's Boon 國王恩賞
King's Testers 國王測試者
Klade 克雷德
Kneespike 膝刺
Knights Radiant 燦軍騎士
Knobweed Sap 團草乳
Kolgril 可吉魚
Koolf 庫夫
Koorm 庫姆
Korabet 可拉貝特
Korater 克拉特

Kukori　庫可里
Kurl　庫殼
Kurp　克普
Kurth　庫司（雹之城）
Kusiri　庫希麗
Kylrm　凱洛

L

Ladent　拉頓
Lait　壘地
Lalai　菈萊
Lamaril　拉瑪瑞
Lanacin the Surefooted　穩足拉納辛
Lanceryn　連佘里
Laral　拉柔
Laresh　拉瑞史
Larkin　拉金蟲
Larmic　拉米螺
Larn　拉恩
Lashing　捆縛術
Last Desolation　最後寂滅
Last Legion　最後軍團
Lastclap　末拍
Laughterspren　笑靈
Lavis　拉維穀
Lead Huntmaster　獵長
Leef　李夫
Leeward　背風向
Leggers　多足
Levrin　雷林
Leyten　雷頓
Lhan　拉罕
Lhanin　拉尼因
Liafor　利亞佛
Liail　利艾
Liespren　謊靈
Lifebrother　命兄
Lifespren　生靈
Lift　利芙特
Light Year　輕年
Lightday　光日
Lightweaver　織光師
Lightweaving　織光術
Lilting Adrene〈輕快的阿德萊納〉
Lin Davar　林・達伐
Linil　歷尼
Lirin　李臨
Liss　利絲
Listener　聆聽者
Listener Song of Histories〈聆聽者歷史之歌〉
Listener Song of Listing〈聆聽者列表之歌〉
Listener Song of Revision〈聆聽者修正之歌〉
Listener Song of Secrets〈聆聽者祕密之歌〉
Listener Song of Spren〈聆聽者靈之歌〉
Listener Song of Wars〈聆聽者戰爭之歌〉
Listener Song of Winds〈聆聽者風之歌〉
Lister Oil　李斯特消毒油

Litima 麗提瑪
Loats 洛亞
Logarithmic Scale 對數圖
Logicmaster 邏輯師
Logicspren 邏輯靈
Lomard 洛馬
Long Trail 長路
Longbrow’s Straits 長眉海峽
Longroot 長根
Longshandow 長影
Lopen 洛奔
Lost Radiants 失落燦軍
Lucentia 露光霞
Luckspren 運氣靈
Luesh 魯艾熙
Lull 暫靜
lunu’anaki 魯努阿那其
Lurg 羅螺
Lustow 路司托
Luten 路頓
Lyn 琳恩
Lyndel 林德

M

Maakaian 瑪奇安教徒
Maben 馬班
Mabrow 麥伯
Macob 馬可伯
Madasa 痲達薩
Maderia 麥德芮雅
mafah’liki 瑪法利奇
Maib 梅布
Makabakam 馬卡巴坎王國
Makabaki 馬卡巴奇人
Makal 瑪卡
Makam 馬卡木
Makkek 馬凱克
Malan 馬藍
Malasha 瑪拉紗
Malchin 馬金
Malen 男倫
Malise Gevelmar
瑪麗絲．蓋佛瑪
Malop 馬洛普
Manaline 馬那萊
Mancha 滿查
Maps 地圖
Marabethia 瑪拉貝息安
Marakal 麥拉卡
Marat 瑪拉特
Marf 馬福
Mark 馬克
Markel Tree 馬可樹
Marks 馬克斯
Marnah 馬爾納
Marri 痲麗
Mart 馬特
Mashala 瑪莎拉
Masly 《馬思禮》
Master-servant 上僕
Matain 瑪坦音
Mateform 配偶形體
Mathana 瑪賽娜
Maxin 馬辛
Mediationform 調停形體
Meirav 梅菈芙

Melali　梅菈麗
Melishi　梅利席
Memory　記憶
Meridas Amaram
　梅利達司・阿瑪朗
Merim　枚覽
Merchant　商人
Mesh　梅希
Methi Fruit　梅西果
Mevan Bay　梅凡灣
Miasal　米雅撒
Middlefest　中年節
Midnight Essence　子夜精
Midpeace　中平季
Miliv　密理夫
Milp　米普
Minara　米娜拉
Midnight Mother　子夜之母
Mintez　明泰
Mishim　迷辛（第三月亮）
Misted Mountains　迷霧山脈
mkai bade fortenthis
　姆凱貝得富頓希司
Moash　摩亞許
Moelach　摩拉克
Monavakah　莫那伐卡
Moratel　莫拉特
Mord　摩德
Most Ancient　至長者
Mourn's Vault　穆恩密庫
Mraize　墨瑞茲
Mrall　莫拉
Mudbeer　泥啤酒
Multiple Basic Lashing
　多重基本捆術
Mungam　蒙佳
Murk　莫克
Musicspren　樂靈
Myalmr　麥雅茉

N

Nacomb Gaval　維可・加法
Nadris　納德利斯
Nafti　娜芙蒂
Naget　納傑
Nahel Bond　納海聯繫
Nahn　那恩
Nak-ali　納克阿里
Naladan　娜菈旦
Nale　納勒
Nalan'Elin　納拉・艾林
Nalem　那倫
Nall　娜爾
Nalma　納馬
Nan　南
Nan Balat　南・巴拉特
Nan Helaran　南・赫拉倫
Nanel　南奈
Nanes　那諾
Nanha Relina　蕾林娜・南哈
Nanha Terith　特麗絲・南哈
Nanhel Eltorv　南河・艾托夫
Nar Sreet　那耳街
Narak　納拉克
Narbin　那賓布
Narm　那姆

Nasha　那山
Natam　那坦
Natan　拉坦
Natanatan　那塔那坦王國
Natir　那提爾
Navani Kholin　娜凡妮・科林
Navar　那伐
Nazh　納哲
Nearer the Flame　《近火》
Nelda　奈達
Nergaoul　訥加烏
Neshua Kadal　內書亞・卡達
Neteb　耐特伯
Neturo　奈圖羅
New Natanan　新那坦南
Niali　倪亞歷
Nightform　夜晚形體
Nightspren　夜靈
Nightstream Sea　夜流海
Nightwatcher　守夜者
Nimbleform　靈活形體
Nin　寧
Niter　奈特
Nlent　蘭特
Nohadon　諾哈頓
Nomon　諾蒙（第二月亮）
Norby　諾比
Northgrip　北握城
Nu Ralik　努・拉力克
Nuatoma　駑阿托瑪
numuhukumakiaki'aialunamor
　駑母呼苦馬奇亞奇艾亞路納摩

O

O mas vara　兀洛馬法拉
Oathbringer　引誓
Oathgate　誓門
Oathpact　誓盟
Oathstone　誓石
Ocean of Origins　始源之海
Origin of Storms
　颶風起源／颶源點
Odium　憎惡（碎神）
Off Year　無颶年
Old Magic　上古魔法
Oldblood　老族
One　一體
Oolelen　烏雷倫
Origin　起源處
Ornery Chull　頑固芻螺
Outer Market　外市場

P

Pai　珮
Pailiah　佩利亞
Painspren　痛靈
Pairing Fabrials　配對型法器
Palafruit　帕拉果
Palah　帕拉
Palahel　帕拉和日（週五）
Palahakev　帕拉哈克夫日
Palaheses　帕拉賀西思日
Palahevan　帕拉和凡日
Palahishev　帕拉希薩夫日
Palanaeum　帕拉尼奧

Pali　帕利
Paliah　帕莉雅
Palona　帕洛娜
Pama　帕瑪
Panatham　帕那坦
Pandri　潘德麗
Parap-shenesh-idi
帕普拉—山耐西—艾迪
Parasaphi　帕菈莎菲
Parshendi　帕山迪人
Parshmen　帕胥人
Passions　烈情諸神
Passionspren　激情靈
Pedin　裴丁
Peet　皮特
People of the Great Abyss
大深淵一族
People's Hall　人民大廳
Perel　佩瑞
Perethom　裴瑞松
Philosophy of Aspiration
期望哲學
Philosophy of Ideals　理念哲學
Philosophy of Purpose　目的哲學
Philosophy of Starkness
極簡哲學
Physical Realm　實體界
Pilevine Fruit　堆藤果
Pinnacle　峰宮
Pitt　比特
Placini　普拉西尼
Plated Stone　石盤
Plytree　線樹
Poem of Ista　〈艾司塔之詩〉
Polestone　極石
Prickletac　荊灌
Prime Aquasix　阿卡席克斯首座
Prime Kadasix　卡達西思主神
Prime Map　主地圖
Progression　進展（封波術）
Protector　保護者
Protoscript　前文字
Proving Day　證實之日
Punio　普尼歐
Purelake　純湖
Purelaker　純湖人

Q

Quili　奇利

R

Radiant　燦軍
Rainspren　雨靈
Raksha　拉克沙
Ral　阿勞
Ralinor　拉利諾
Ralinsa　拉林薩街
Rall Elorim　勞・艾洛里
Raninor of the Fields
田園雷尼諾
Rashir　拉席爾
Rasping　嘶怪
Rathalas　拉薩拉思
Rayse　雷司
Recreance　重創期
Red　阿紅

Redin　雷丁
Redwater　紅水
Reesh　利西
Regrowth　重生
Relanas　雷拉納斯
Relay Room　傳信站
Relis　雷利司
Relu-na　雷魯納
Ren　倫人
Renarin　雷納林
Rencalt　仁卡
Rener　雷奈
Reral Makoram　雷拉・馬可朗
Re-Shephir　瑞佘斐爾
Reshi　雷熙人
Reshi Isles　雷熙群島
Reshi Sea　雷熙海
Resi　雷希
Restares　雷斯塔瑞
Reversers　倒轉
Reverse Lashing　反向捆術
Revilar　瑞維拉
Revolar　雷沃拉
Revv　雷夫
Reya　雷雅
Rhythm of Anxiety　焦慮節奏
Rhythm of Betrayal　背叛節奏
Rhythm of Consideration　深思節奏
Rhythm of Curiosity　好奇節奏
Rhythm of Irritation　煩躁節奏
Rhythm of Joy　喜悅節奏
Rhythm of Lost　喪失節奏
Rhythm of Mourning　哀悼節奏
Rhythm of Peace　和平節奏
Rhythm of Pleading　懇求節奏
Rhythm of Praise　稱讚節奏
Rhythm of Remembrance　記憶節奏
Rhythm of Reprimand　責怪節奏
Rhythm of Resolve　決心節奏
Rhythm of Skepticism　質疑節奏
Rhythm of Winds　風之節奏
Rianal　瑞亞納
Riddens　瀝流
Ridgebark　裂皮草根
Right of Challenge　挑戰權
Rilla　芮菈
Rillier　瑞利爾
Rin　凌
Rind　林德
Rira　里拉
Rishir　芮希爾王國
Riverspren　河靈
Rlain　瑞連
Rock　大石
Rockbud　石苞
Rocklily　石百合
Rod　羅德
Roion　洛依恩
Roshar　羅沙
Roshone　羅賞
Rotspren　腐靈
Royal Defender　皇家護衛
Ru Parat　魯帕拉特

Ruby 紅寶石
Ruby Mark（Firemark）
紅寶馬克（火馬克）
Rust Elthal 魯斯・艾薩
Ruthar 盧沙
Ryshadium 瑞沙迪馬
Rushu 露舒
Rysn 芮心

S

Safehand 內手
Safepouch 密囊
Salas 薩拉思（第一月亮）
Salinor Eved 沙利諾・艾夫
Sani 薩妮
Santhid 山提德
Santhidyn 山提德獸
Sapphire 藍寶石
Sarpenthyn 沙奔淡
Sas Morom 撒司・墨隆
Sas Nahn 煞・那恩
Savalashi 薩法拉席
Scarfever 疤熱
Scholarform 學者形體
Scragglebark 粗皮苔
Scrak 思夸可
Sea of Spears 矛海
Sea-Silk 海絲
Sebarial 瑟巴瑞爾
Sebes 瑟貝
Second Ideal 第二理念
Seedstone 種石
Seeli 西莉
Sel 賽耳
Sela Tales 瑟拉・泰爾王國
Selay 色雷人
Seld 《賽德》
Sellsword 販劍人
Sellafruit 瑟拉果
Serugiadis 瑟魯吉亞迪
Sesemalex Dar 瑟瑟瑪雷達城
Seveks 瑟維克思
Shadesmar 幽界
Shadowdays 影時代
Shadows Remembered
《追憶影蹤》
Shalash (Ash) 紗拉希（艾希）
Shalebark 板岩芝
Shallan Davar 紗藍・達伐
Shallowcrab 鬥淺蟹
Shamanate 山馬內特
Shamel 沙眉
Shamespren 羞恥靈
Shard 碎力／碎神
Shardbearer 碎刃師
Shardblade 碎刃
Shardplate 碎甲
Shards 碎力
Shash 沙須
Shashabev 沙沙貝夫日
Shashanan 沙山南日
Shattered Plains 破碎平原
Shauka-daughter-Hasweth
哈思維司之女韶卡
shaylor mkabat nour
賽拉姆卡巴特奴爾

Sheler　薛勒
Shell　殼獸
Shellhead　殼頭
Shelltick　殼蝨
Shen　沈
Shesh Lerel　薛須・雷樂
Shim　辛姆
Shin　雪諾瓦人
Shin Kak Nish
　辛・卡・尼西王國
Shinovar　雪諾瓦王國
Shoren　修倫
Shorsebroon　修司布隆城
Shubalai　書芭萊
Shulin　書林
Shum　燒姆
Si　西
Siah Aimians　西亞・艾米亞人
Sigzil (Sig)　席格吉（阿席）
Slick　滑溜
Silent Gatherers　沉默蒐集者
Silent Mount　無言峰
Silnasen　席爾那森
Silver Kingdom　銀色帝國
Simberry　辛莓
Simol　西莫
Sinbian　欣比安
Sivi　希微
Sja-anat　斯加阿納
Skai　史凱
Skar　斯卡
Skybreaker　破空師
Skychips　天幣
Skyeel　天鰻
Skymark　天馬克（藍寶馬克）
Slaveform　奴隸形體
Slaver　奴隸主人（奴主）
Smokeform　煙霧形體
Smokestance　煙式
Smokestone　煙石
Snarlbrush　纏灌
Songlings　歌螺
Soulcaster　魂師／魂器
Soulcasting　魂術
Soul's March　靈魂長征
Souther Depth　南方深淵
Spanreed　信蘆
Spark-flickr　火劍
Sphere　錢球（球幣）
Spikemane　刺芒
Spiritual Realm　靈魂界
Splintered　碎裂
Spilnter　碎片
Spray　飛沫
Spren　精靈
Stagm　思塔根
Staplind　史塔布林德
Starspren　星靈
Steamwater Ocean　蒸騰海洋
Steen　使丁
Stine　司汀
Stone Shaman　石巫
Stone Shamanism　拜石教
Stone-barked Tree　石皮樹
Stonesinew　石筋
Stonestance　石式

Stonewalker　踩石人
Stoneward　岩衛師
Stoneweight　石重
Stormfather　颶父
Stormform　颶風形體
Stormlight Archive　颶光典籍
Stormpause　颶風停緩期
Stormseat　颶風座
Stormspren　颶風靈
Stormwall　颶風牆
Stormwarden　防颶員
Stormwhisper　念颶怪
Stormward　颶風向
Stormwagon　颶風車
Stumpweight Sap　矮重樹漿
Stumpweight Tree　矮重樹
Stumpy Cort　短科特魚
Suna　蘇拿
Suhart　次藝
Subspren　昏靈
Sumi　索米
Sunmaker　創日者
Sunmaker Mountains　造日山脈
Sunraiser　舉日
Sunwalk　陽光道
Sur　蘇耳
Sur Kamar　蘇爾・卡滿
Sureblood　定血
Surge　波力
Surgebinder　封波師
Surgebinding　封波術
Syasikk　賽西克
Symbolhead　符號頭
Sylphrena (Syl)
西芙蕾娜（西兒）
Szeth　賽司
Szeth-son-son-Vallano
法拉諾之孫賽司
Szeth-son-Neturo
奈圖羅之子賽司

T

Tadet　塔得特
Taffa　塔凡
Tag　泰格
Tai-na　太納
Takama　塔卡瑪
Takers　拿翹組
Talak　塔拉克
Talani　塔拉妮
Talat　塔拉
Talata　塔拉塔
Talatin　塔拉汀
Taleb　塔雷伯
Talik　塔里克
Taln　塔恩
Talenel　塔勒奈
Talenel'Elin　塔勒奈・艾林
Talenelat　塔勒奈拉
Talenelat'Elin　塔勒奈拉・艾林
Tallew　塔露穀
Taln's Scar　塔恩之疤
tan balo ken tala　坦包羅坎塔拉
Tana'kai　塔納凱
Tanat　塔那
Tanatanes　塔那塔那日

Tanatanev　塔那塔耐夫日
Tanates　塔那特司週
Tanatesach　塔那特薩奇日
Tanavast　坦那伐思特
Tarah　塔菈
Taran　塔南
Tarat Sea　塔拉海
Taravangian (Vargo)
　塔拉凡吉安（法哥）
Tarilar　塔瑞拉
Tarma　塔瑪
Tarn　老塔
Taselin　塔瑟里
Tashikk　塔西克
Tashlin　塔須林
Tavinar　塔維納
Tearim　提瑞姆
Teft　泰夫
Teleb　特雷博
Telesh　泰雷熙
Telm　泰姆
Temoo　特目
Ten　坦
Ten Deaths　十死神
Ten Divine Attributes　神之十相
Ten Essences　十元素
Ten Fools　十傻人
Ten Human Failings　人之十敗
Tenner　坦納
Tenem　特南
Tension　張力（封波術）
Terxim　特西姆
Teshav　泰紗芙
Tet Wikim　太特·維勤
Tezim　特席姆
Thaidakar　賽達卡
Thalath　瑟拉席
Thanadal　薩拿達
Thaspic　塞斯皮克
Thath　薩斯
Thaylen　賽勒那人
Thaylenah　賽勒那王國
The Almighty's Tenth Name
　全能之主的第十聖名
The Arguments　《證經》
The Dark Home　黑暗家園
The Day of Recreance　再創之日
The Double Eye of the Almighty
　全能之主的雙瞳
The Five　五人組
The Night of Sorrows　哀傷之夜
The Poem of the Seventh Morning
　〈第七晨之詩〉
The Ring　環主
The Shallow Crypts　淺窖
The Song of the Last Summer
　〈往夏之歌〉
The True Desolation　眞正荒寂
The Wind's Pleasure　風之愉悅號
Thinker　阿想
Three Gods　三神
Three Lashing　三重捆術
Thresh-son-Esan
　艾森之子瑟雷敘
Thude　度德
Thunderclast　雷爪

Tibon 提邦
Tien 提恩
Tif 提夫
Tifandor 提凡朵
Tigqikk (Tig) 提格吉克（提格）
Times and Passage 《歷史與進程》
Tinalar 提納拉
Tivbet 提福貝
Tomat 托馬
Ton 阿同
Took 托克
Toorim 圖林
Topaz 黃寶
Topics 《主題史》
Torfin 托分
Tormas 托瑪斯
Torol Sadeas 托羅・薩迪雅司
Town Hall 市鎮廳
Tozbek 托茲貝克
Trademaster 商主
Trailman 徑人
Tranquiline Halls 寧靜宮
Transformation 轉化（封波術）
Transportation 傳輸（封波術）
Traxil 特拉席爾
Treff 特雷夫
Triax 特里亞斯
Troal 托勞
Truthberry 實話果
Truthless 無實之人
Truthwatcher 真觀師
Tu Bayla 圖・貝拉
Tu Fallia 圖・法利亞
tuanalikina 吐安那利奇那
Tukar 圖卡
Tukari 圖卡里人
Tukks 托克思
tuma'alki 吐馬阿奇
Tumul 圖木
Turi 圖利
Tvlakv 弗拉克夫
Tyn 太恩
Tyvnk 泰溫克

U

Ulatu 烏拉圖
uli'tekanaki 兀理特卡那奇
ulo mas vara 兀洛馬法拉
umarti'a 兀瑪提阿
Unclaimed Hills 無主丘陵
Unkalaki 昂卡拉其
Unmade 魄散
Urithiru 兀瑞席魯
Uvara 兀法拉人

V

Valam 法蘭
Valama 法拉馬
Valath 法拉斯
Valhav 法哈佛王國
Vallano 法拉諾
Valley of Truth 真實山谷

Vamah 法瑪
Van Jushu 凡・傑舒
Vanrial 凡瑞爾
Vanrial Hypothesis 凡瑞爾推論
Vao 伐歐
Varala 法勞菈
Varanis 瓦藍尼斯
Varas 瓦拉偲
Varikev 法瑞克夫
Varnali 伐納利
Varth 伐史
Vartian 凡紳
Vathah 法達
Vathe 法西
Vavibrar 《法維布拉》
Veden 費德人
Vedel 弗德爾
Vedeledev 弗德勒弗
Vedenar 費德納
Veil 圍紗（紗藍化名）
Velat 薇菈
Ven 凡
Vengeance 復仇
Vengeance Pact 復仇同盟
Venli 凡莉
Veristitalian 記實學家
Vet 維特
Vev 維夫
Vevahach 維瓦哈克日
Vevanev 維法奈日
Vevishes 維微西日
Vinebud 藤苞
Vinestance 藤式
Voidbinding 束虛術
Voidbringer 引虛者
Voidspren 虛靈
Vorin 弗林
Vorin Kingdom 弗林國度
Vstim 弗廷
Vun Makak 馮・馬卡克

W

Waber 華伯
War 《戰事論》
War Codes 戰地守則
War of Loss 失落之戰
War of Reckoning 清算之戰
Warform 戰爭形體
Warliday 瓦力日
Warlord 戰主
Warning Fabrials 示警型法器
Wastescum 廢墟區
Wasting Sickness 消渴症
Way of Kings 《王道》
Weeper 泣血殺手
Weeping 泣季
Weepings Old 泣年
Weevilwax 小惡魔蠟
Whitespine 白脊
Wikim Davar 維勤・達伐
Willshaper 塑志師
Wind's Pleasure 隨風號

Windblade 風刃
Windbreak 擋風牆
Windrunner 逐風師
Windrunning 逐風術
Windrunner River 逐風河
Winds of Fortune 幸運之風
Windspren 風靈
Windstance 風式
Winterwort 冬結根
Wistiow 維司提歐
Wit 智臣
Words 箴言
Words of Radiance 《燦言》
Wordsman 書人
Workform 工作形體
Worldsinger 歌世者
Wyndle 溫德

Y

Yake 亞克
Yalb 亞耶伯
Yamma 亞嗎葉
Yelig-nar 夜林拿
Yenev 葉奈夫
Yezier 葉席爾
Yaezir 亞什爾
Yis 依史
Yix 依克斯
Yolish 尤立許
Yonatan 永納坦
Ym 尹姆
Ysperist 伊斯派瑞教徒
Yu-nerig 由內利
Yulay 育雷
Yustara 余斯塔拉

Z

Zahel 薩賀
Zawfix 扎費司
Zeh-daughter-Vath 沾之女法絲
Zircon 鋯石
Zither 齊特琴
Zuln 祖恩

BEST嚴選 079

颶光典籍二部曲：燦軍箴言・上冊

原 著 書 名／The Stormlight Archive: Words of Radiance
作　　　者／布蘭登・山德森（Brandon Sanderson）
譯　　　者／段宗忱
企劃選書人／王雪莉
責 任 編 輯／王雪莉
文 字 校 對／李沛璇
行 銷 企 劃／周丹蘋
業 務 主 任／范光杰
行銷業務經理／李振東
總　編　輯／楊秀真
發　行　人／何飛鵬
法 律 顧 問／台英國際商務法律事務所　羅明通律師
出版／奇幻基地出版
城邦文化事業股份有限公司
台北市 115 南港區昆陽街 16 號 4 樓
電話：(02)25007008　傳真：(02)25027676
網址：www.ffoundation.com.tw
e-mail：ffoundation@cite.com.tw
發行／英屬蓋曼群島商家庭傳媒股份有限公司城邦分公司
台北市 115 南港區昆陽街 16 號 8 樓
書虫客服服務專線：(02)25007718・(02)25007719
24 小時傳真服務：(02)25170999・(02)25001991
服務時間：週一至週五09:30-12:00・13:30-17:00
郵撥帳號：19863813　戶名：書虫股份有限公司
讀者服務信箱 E-mail：service@readingclub.com.tw
歡迎光臨城邦讀書花園　網址：www.cite.com.tw
香港發行所／城邦（香港）出版集團有限公司
香港灣仔駱克道 193 號東超商業中心 1 樓
電話／(852) 2508-6231　傳真／(852) 2578-9337
E-mail／hkcite@biznetvigator.com
馬新發行所／城邦（馬新）出版集團
【Cite(M)Sdn. Bhd.(458372U)】
11, Jalan 30D/146, Desa Tasik, Sungai Besi, 57000 Kuala Lumpur, Malaysia.
電話：603-9056 3833　傳真：603-9056 2833

封 面 設 計／黃聖文
排　　　版／極翔企業有限公司
印　　　刷／高典印刷有限公司
■2016 年（民 105）2 月 3 日初版
■2024 年（民 113）5 月 3 日初版14刷

售價／550元

國家圖書館出版品預行編目資料

颶光典籍二部曲：燦軍箴言（上冊）／
布蘭登・山德森（Brandon Sandersen）作; 段宗忱譯 - 初版 - 臺北市：奇幻基地, 城邦文化出版：家庭傳媒城邦分公司發行；民105. 02
面：公分. -（BEST嚴選：079）
譯自：The Stormlight Archive: Words of Radiance
ISBN 978-986-92183-9-9（平裝）

874.57　　104028937

ISBN　978-986-92183-9-9

Printed in Taiwan.

廣 告 回 函
北區郵政管理登記證
台北廣字第000791號
郵資已付，免貼郵票

104台北市民生東路二段141號11樓

英屬蓋曼群島商家庭傳媒股份有限公司城邦分公司 收

請沿虛線對摺，謝謝

奇幻基地

每個人都有一本奇幻文學的啓蒙書

奇幻基地官網：http://www.ffoundation.com.tw

奇幻基地粉絲團：http://www.facebook.com/ffoundation

書號：**1HB079**　　書名：颶光典籍二部曲：燦軍箴言．上冊

請於此處用膠水黏貼

奇幻基地

讀者回函卡

謝謝您購買我們出版的書籍！請費心填寫此回函卡，我們將不定期寄上城邦集團最新的出版訊息。

姓名：＿＿＿＿＿＿＿＿＿＿＿＿＿＿＿＿ 性別：□男 □女

生日：西元＿＿＿＿年＿＿＿＿月＿＿＿＿日

地址：＿＿＿＿＿＿＿＿＿＿＿＿＿＿＿＿＿＿＿＿

聯絡電話：＿＿＿＿＿＿＿＿傳真：＿＿＿＿＿＿＿＿

E-mail：＿＿＿＿＿＿＿＿＿＿＿＿＿＿＿＿＿＿＿＿

學歷：□1.小學 □2.國中 □3.高中 □4.大專 □5.研究所以上

職業：□1.學生 □2.軍公教 □3.服務 □4.金融 □5.製造 □6.資訊

□7.傳播 □8.自由業 □9.農漁牧 □10.家管 □11.退休

□12.其他＿＿＿＿＿＿＿＿＿＿＿＿＿＿＿＿

您從何種方式得知本書消息？

□1.書店 □2.網路 □3.報紙 □4.雜誌 □5.廣播 □6.電視

□7.親友推薦 □8.其他＿＿＿＿＿＿＿＿＿＿＿＿

您通常以何種方式購書？

□1.書店 □2.網路 □3.傳真訂購 □4.郵局劃撥 □5.其他

您購買本書的原因是（單選）

□1.封面吸引人 □2.內容豐富 □3.價格合理

您喜歡以下哪一種類型的書籍？（可複選）

□1.科幻 □2.魔法奇幻 □3.恐怖 □4.偵探推理

□5.實用類型工具書籍

您是否為奇幻基地網站會員？

□1.是□2.否（若您非奇幻基地會員，歡迎您上網免費加入，可享有奇幻基地網站線上購書75折，以及不定時優惠活動：http://www.ffoundation.com.tw/）

對我們的建議：＿＿＿＿＿＿＿＿＿＿＿＿＿＿＿＿＿＿

＿＿＿＿＿＿＿＿＿＿＿＿＿＿＿＿＿＿＿＿＿＿＿

＿＿＿＿＿＿＿＿＿＿＿＿＿＿＿＿＿＿＿＿＿＿＿

請於此處用膠水黏貼

Brandon Sanderson

布蘭登・山德森

蒸騰海洋
阿拉克
索米
阿卡克
北握
賀達熙
穆恩密庫
法瑞克夫
雷沃拉
魯帕拉特
艾拉那
賈·克維德
貝拉
科林納
卡
書林
法拉斯
食角人山峰
席
巴伏
黑主丘陵
烈
拉薩拉思
雅
晨影
席爾那森
特里亞斯
費德納
度馬達利
力亞
塔拉海
卡拉納克
破碎平原
卡布嵐司
凍土之地
新那坦南
長眉海峽
淺窖
賽勒那
始源之海
深淵

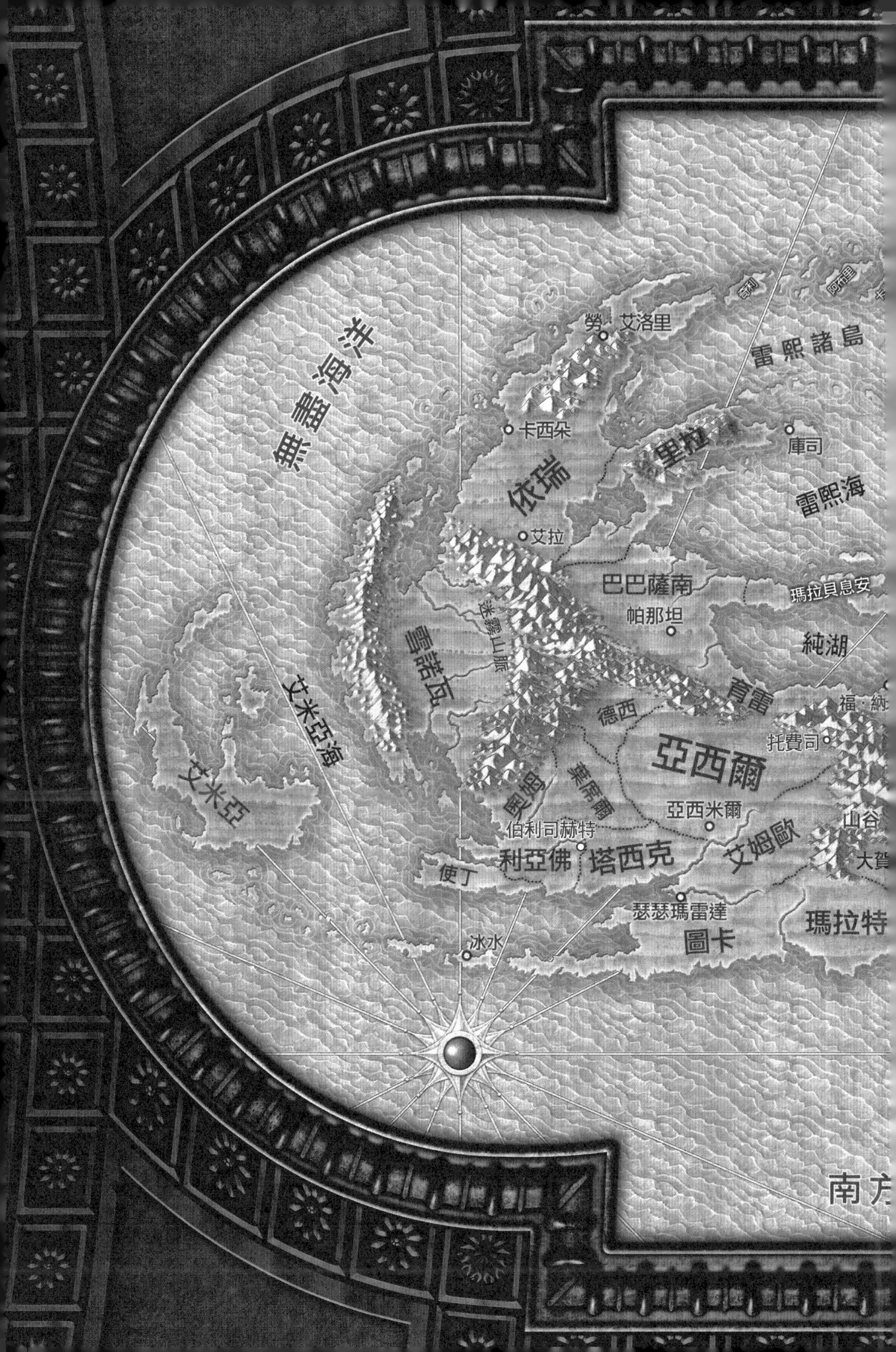

無盡海洋
勞·艾洛里
奇利
阿布里
雷熙諸島
卡西朵
依瑞
里拉
庫司
雷熙海
艾拉
巴巴薩南
瑪拉貝息安
帕那坦
純湖
迷霧山脈
雪諾瓦
育雷
福·納
德西
托費司
亞西爾
艾米亞海
艾米亞
葉席爾
亞西米爾
山谷
伯利司赫特
利亞佛
塔西克
艾姆歐
大賀
使丁
瑟瑟瑪雷達
瑪拉特
圖卡
冰水
南方

Brandon Sanderson

布蘭登・山德森